MARTIN
MICHAUD

In die Fluten der Dunkelheit

VICTOR LESSARD ERMITTELT
THRILLER

Aus dem kanadischen Französisch
von Anabelle Assaf und Reiner Pfleiderer

HOFFMANN UND CAMPE

Die Originalausgabe erschien 2019 unter dem Titel *Ghetto X*
bei Les Éditions Libre Expression, Montréal, Québec.

Der Verlag dankt dem Canada Council for the Arts
für die Förderung der Übersetzung.

Canada Council for the Arts · Conseil des arts du Canada

1. Auflage 2021

www.hoffmann-und-campe.de
Umschlaggestaltung und Motiv:
© Hauptmann & Kompanie Werbeagentur, Zürich
Satz: Pinkuin Satz und Datentechnik, Berlin
Gesetzt aus der Berling LT Std Roman
Druck und Bindung: GGP Media GmbH, Pößneck
Printed in Germany
ISBN 978-3-455-01080-0

HOFFMANN UND CAMPE

Ein Unternehmen der
GANSKE VERLAGSGRUPPE

Dem Andenken meines Vaters.

Für Patrice und Julie.

SOUNDTRACK

Die folgenden dreißig Stücke gehören zu denen, die ich während der Arbeit an dem Roman am häufigsten gehört habe. Sie finden sie auf dem Spotify-Account von Kennes (geben Sie in die Suchleiste »spotify:user:kennes-editions« ein).

Before the Beginning	John Frusciante
The Search	NF
Arch	My Education
City Luv	Foreign Diplomats
Infinity	Suuns
Mange un char	Maybe Watson
Colourway	Novo Amor
What I Saw	John Frusciante
The Day I Die	ISLAND
Lost in Hollywood	System of a Down
16 Lines	Lil Peep
Le sang mêlé à l'eau salée	Laura Babin
I Found	Amber Run
L.E.S. Artistes	Santigold
Clothes of Sand	Nick Drake
Passe ton chemin	Jean Leloup
King of Everything	Dominic Fike
Real Thing	Middle Kids
Cop Killer	John Maus
A Time to Be So Small	Interpol

La route que nous suivons	Louis-Jean Cormier
Lost in the Plot	The Dears
I'm Jim Morrisson, I'm Dead	Mogwai
The Axe	Thom Yorke
Arrows	Foo Fighters
Bones of Birds	Soundgarden
I Bet on Losing Dogs	Mitski
Blanket Me	Hundred Waters
Where's my love	SYLM
Radiant	Halftribe

DREISSIG MINUTEN NACH DER ERSTÜRMUNG VON GHETTO X DURCH SPEZIALKRÄFTE

Ein rechteckiger, fensterloser Raum mit holzverkleideten Wänden, darin ein Tisch, ein gerader Stuhl und ein Sessel mit Rollen. Die Tür geht auf, und eine Frau in den Vierzigern tritt ein. Groß, schlank, dunkelhäutig. Sie trägt ein figurbetontes, marineblaues Kostüm und hat ihr schwarzes Haar zu einem Knoten zurückgebunden. Der Mann, der ihr folgt, bleibt in der Tür stehen, und jemand nimmt ihm von hinten die Handschellen ab, mit denen seine Arme auf dem Rücken gefesselt waren.

Die Vernehmungsbeamtin deutet auf den Stuhl.

»Ich möchte Sie bitten, sich zu setzen.«

Der Mann gehorcht, und während sie auf dem Sessel Platz nimmt, massiert er seine schmerzenden Handgelenke und fährt sich mit den Händen übers Gesicht.

»Etwas zu trinken, zu essen?«

Sie legt die Hände vor sich hin. Er betrachtet ihre langen, verschränkten Finger, ihre sorgfältig lackierten Nägel. Dann mustert er seine Hände, die mit Schnittwunden und blauen Flecken übersät sind, und bemerkt, dass er Dreck unter den Fingernägeln hat.

Er hebt den Kopf.

»Ich hätte gerne einen Kaffee. Und meine Zigaretten.«

Sie zeigt ein krampfhaftes Lächeln.

»Wir werden Ihnen auch etwas bringen, damit Sie sich frisch machen und umziehen können.«

Er nickt. Die Frau deutet auf eine Kamera, die auf einem Stativ in der Ecke steht und auf sie gerichtet ist. An dem Apparat leuchtet ein grüner Punkt. Er sieht aus wie das Auge eines Zyklopen, der sie beobachtet.

»Ich weise Sie darauf hin, dass unser Gespräch aufgezeichnet und gefilmt wird.«

Wieder nickt der Mann und stößt einen Seufzer aus. Die Frau starrt ihn an.

»Fürs Protokoll: Ich bin Claire Sondos, Agentin des Service Canadien de renseignement de sécurité. Jetzt darf ich Sie bitten zu sagen, wer Sie sind.«

Er ruckelt sich kurz auf seinem Stuhl zurecht und sieht ihr direkt in die Augen.

»Mein Name ist Victor Lessard.«

1.
LEERE VERSPRECHUNGEN

Victor öffnete die Glastür und trat hinaus in die Kälte des Tages. Sein Herz pochte bis in die Schläfen, als er der Blutspur hin zum Ende des langen Gebäudevorsprungs folgte.

Der Mann lehnte mit aufgeschnittenen Pulsadern am Geländer und sah ihm entgegen. Der kupferfarbene Himmel rahmte seine schmächtige Gestalt. Das Messer, das er in der zitternden Hand hielt, blitzte in der Sonne, während er einen Blick über die Schulter warf. Sechs Stockwerke tiefer, auf dem überfüllten Parkplatz des Casino de Montréal, strömte eine Menge von Schaulustigen zusammen. Zwischen kurzen Atemstößen rief er Victor etwas zu. Seine helle, angsterfüllte Stimme hallte vom Beton wider.

»Ich springe, wenn du noch näher kommst.«

Victor blieb stehen und hob die Hände, zog seinen Ohrstöpsel heraus und ließ ihn am Kabel baumeln. Dann lockerte er seine Krawatte und streifte sie über den Kopf, ohne den Knoten zu lösen. Vier Meter und eine Mauer des Schweigens trennten die beiden Männer.

Victor musterte den anderen, der sich mit dem Unterarm die Stirn abwischte und dabei Blut ins Gesicht schmierte: Mitte fünfzig, graues Haar, eine hagere Gestalt in schlackernden, abgewetzten Jogginghosen. Der Mann sah ihn seinerseits prüfend an.

Victor kannte diesen Blick. Es war nicht nur der eines Spielers, der zu viele Stunden an den Casinotischen zugebracht hatte. Es war der erloschene Blick eines Menschen, für den gewinnen oder verlieren keinerlei Bedeutung mehr hatte.

Victor klopfte an eine Tasche seiner Jacke.

»Ich will nur meine Zigaretten rausholen.«

Der andere nickte. Victor steckte sich eine an, dann hielt er ihm das Päckchen hin. Der Mann verzog angewidert das Gesicht und lehnte kopfschüttelnd ab.

Victor stieß den Rauch langsam aus und fuhr dabei mit der flachen Hand über seinen Bürstenschnitt. Der Anflug eines Lächelns kräuselte seine Augenwinkel.

»Sie haben recht, irgendwann bringt mich das noch um.«

Der Mann fand Victors Galgenhumor nicht witzig, wurde aber ein wenig lockerer.

»Das ist meine letzte. Versprochen.«

Der Spieler spähte traurig zum Parkplatz hinunter.

»Leere Versprechungen. Das ist das Problem.«

Er blickte wieder zu Victor und entzifferte das Namensschild an seinem Revers.

»Victor Lessard. Es ist das erste Mal, dass ich dich hier sehe …«

»Ich arbeite auch noch nicht lange im Casino.«

»Was hast du vorher gemacht?«

Victor strich über seinen dichten Bart und senkte den Blick seiner grünen Augen in die des Mannes.

»Polizei. Kapitalverbrechen. Und Sie? Wie heißen Sie eigentlich?«

In seiner Schwermut gefangen, ließ der andere die Frage unbeantwortet und spann seinen Gedanken weiter.

»Ich hatte gesagt, dass damit Schluss wäre. Sechs Monate ist das jetzt her.«

Seinem kreidebleichen Gesicht und der Blutlache nach zu urteilen, die sich zu seinen Füßen sammelte, schätzte Victor, dass der Mann nur noch eine Stunde zu leben hatte, wenn er nicht schleunigst ins Krankenhaus gebracht wurde, vielleicht weniger.

»Leere Versprechungen?«

Der Mann schlug die Augen nieder.

»Mein Sohn hatte mir Geld geliehen. Ich hatte meine Schulden damit bezahlt. Aber nein! Ich musste wieder herkommen! Warum?«

Victor zuckte mit den Schultern und beäugte einen Moment lang seine Zigarette.

»Es ist eine Sucht.«

Er nahm noch einen Zug, dann zerdrückte er die Kippe mit dem Schuh. Der Mann sprach weiter.

»Das wird mir mein Sohn niemals verzeihen. Diesmal nicht. Ich kann nicht länger lügen.«

Zehn Meter hinter Victor flog die Glastür auf, und heraus stürmte ein athletisch gebauter Mann mit kahl rasiertem Schädel, der einen weinroten Anzug trug.

Bei seinem Anblick kletterte der Verzweifelte auf das Geländer.

»Wer bist du? Verzieh dich!«

Victor beschwichtigte ihn mit ruhiger Stimme.

»Ich regle das. Einen Moment bitte.«

»Ich springe, wenn er nicht verschwindet!«

Ein Passagierflugzeug durchschnitt mit lautem Getöse den Himmel. Ohne sich umzudrehen, gab Victor seinem Vorgesetzten, dem Sicherheitschef, ein Zeichen, stehen zu bleiben.

»Alles in Ordnung, Dionne. Wir unterhalten uns. Sorg dafür, dass wir nicht mehr gestört werden.«

Dionne nickte, als er die Situation erfasst hatte, machte nach kurzem Zögern kehrt und entfernte sich. Victor wartete, bis die Glastür sich wieder geschlossen hatte, dann setzte er das Gespräch behutsam fort.

»Ihr Sohn wird Ihnen verzeihen, ganz gleich, was Sie getan haben.«

»Nein! Es gibt Dinge, die sind einfach unverzeihlich.«

Victor zupfte an seiner Krawatte.

»Sie können sich ändern. Man kann sich immer ändern.«

Der Spieler schüttelte den Kopf, dann legte sich ein Zug von Bitterkeit um seine Lippen.

»Wenn du dich splitternackt ausgezogen hast, weißt du, wer du wirklich bist.«

Er bedachte Victor, dessen Handy in diesem Moment in der Tasche vibrierte, mit einem zerknirschten Lächeln.

»Aber danke, dass Sie mir zugehört haben.«

Dann ging alles ganz schnell. Während Victor seine Einsneunzig in Bewegung setzte und nach vorn hechtete, schloss der Mann die Augen und ließ sich in die Tiefe fallen.

Die Spätnachmittagssonne hüllte ihre vollschlanke Gestalt in goldenes Licht, und während sie von einem Bein auf das andere trat und an die Scheibe trommelte, hielt sie die linke Hand weiter ans Ohr gedrückt.

Ihr Blick strich über das Stadtzentrum weit unten, in dem es wimmelte wie in einem Bauch, der von Maden aufgefressen wird, wanderte die Rue University hinauf, mäanderte durch das McGill-Ghetto und verlor sich dann am Mont Royal. Der Hügel trug bereits sein Herbstkleid. Durch das Loch, das die Kugel in die Scheibe gebohrt hatte, hörte sie das Rauschen des Verkehrs und das Hupen der Taxis.

Stöhnend vor Ungeduld wartete Jacinthe Taillon, bis Victors Stimme verstummte und der Piepton erklang, dann sprach sie ins Handy:

»Hallo, mein Lieber. Tja, ich bin's schon wieder. Äh … entschuldige, ich weiß, ich sollte dich eigentlich nicht bei der Arbeit stören …«

Sie musste grinsen.

»He, ich stelle mir gerade vor, wie du ganz entspannt mit deiner kleinen Thermoskanne Kaffee im Casino sitzt und dir die Bilder deiner Überwachungskameras anschaust …«

Sie wurde wieder ernst. Der Anblick ihres Gesichts, dessen

erschlaffte Züge sich im Fenster spiegelten, verdross sie. Sie hielt die Hand davor, wobei der Silberring an ihrem Mittelfinger klickend gegen die Scheibe stieß.

»Jedenfalls würde ich gern mit dir über etwas reden. Über etwas anderes …«

Die Frau, die im Kollegenkreis »die dicke Taillon« genannt wurde, drehte sich in den Raum um, in dem Techniker von der Spurensicherung um eine Leiche herumwuselten.

»Und übrigens, ich langweile mich null. Natürlich wirst du jetzt sagen, das liegt daran, dass meine neue Partnerin viel sexyer ist als du …«

Aus dem Augenwinkel beobachtete sie Nadja Fernandez, die junge Ermittlerin südamerikanischer Abstammung, die gerade mit Jacob Berger, dem Pathologen, sprach. Ihr schwarzes Haar brachte ihre makellosen Züge und ihre Lippen noch besser zur Geltung.

»Ruf mich aber auf jeden Fall zurück.«

Sie legte auf. Trotz des Spotts in ihrer Stimme ging ein Ausdruck tiefer Traurigkeit über ihr Gesicht. Mit wenigen Schritten trat Nadja zu ihr. Sie hielt ein Notizbuch in der Hand.

»Mit wem hast du gesprochen?«

»Äh … mit der Leichenhalle. Sie kommen.«

Die junge Frau sah sie an, halb verdutzt, halb amüsiert.

»Na klar. Ich habe sie ja angerufen …«

Jacinthe überging die Bemerkung und richtete ihre Aufmerksamkeit auf Jacob Berger, der zu ihnen herüberkam. Ein verschmitztes Lächeln spielte um ihre Lippen.

»Hallo, Burgers!«

Der Pathologe verdrehte die Augen. Er wusste, dass sie seinen Nachnamen mit Absicht verballhornte, aber es nervte ihn immer wieder aufs Neue, als wäre es das erste Mal.

Ohne die Handschuhe auszuziehen, griff Jacinthe in die Tasche ihrer Cargohose, brachte eine Handvoll Sonnenblumenkerne zum Vorschein und schob sie unter dem missbilligenden Murren Bergers in den Mund. Grinsend leckte sie das Salz ab, das an ihrem Mittelfinger klebte.

»Delaney ist wieder da, Burgers …«

Tatsächlich war der Commandant der Abteilung Kapitalverbrechen soeben von einer mehrwöchigen Reise mit seiner unheilbar krebskranken Frau zurückgekehrt.

Berger zeigte ihr offen seine Verachtung.

»Ich sehe da keinen Zusammenhang, Taillon.«

»Ach nein? Du wirst ihn anrufen und dich beschweren, falls du auf dem Fußboden Sonnenblumenkerne findest.«

Auf dem Casinoparkplatz waren alle Blicke auf die beiden Gestalten gerichtet, die sich sechs Stockwerke höher am Rand des Gebäudevorsprungs damit abmühten, dem Tod ein Schnippchen zu schlagen. Dem einen, der versucht hatte, sich das Leben zu nehmen, war der Schrecken am Gesicht abzulesen.

»Ich will nicht sterben!«

Der Mann baumelte über dem Abgrund und hielt mit blutleeren Fingern die Krawatte umklammert, die Victor, gegen das Geländer gestemmt, mit beiden Händen festhielt.

Dann sah Victor, wie die Finger des Mannes an dem Stoff entlang nach unten glitten. Sein Gesicht wurde puterrot, und die Adern an seinem Hals traten noch stärker hervor, als er in einem letzten verzweifelten Versuch die Muskeln anspannte und mit aller Kraft zog, um ihn zu sich hochzuhieven.

In der Ferne begann eine Sirene zu heulen, doch sie klang wie aus einer anderen Welt. Und selbst wenn man gegen Angst und Einsamkeit nie etwas tun kann, so verschmolzen jetzt die Blicke der beiden Männer und wurden eins.

2.

AUF DER SUCHE NACH DER VERLORENEN ZEIT

Zwei Stunden später parkte Victor den grauen Saab 900 Turbo, den er gebraucht gekauft hatte, in der Avenue des Canadiens-de-Montréal. Seine Geliebte, Nadja Fernandez, kannte sich mit Autos aus und hatte ihn vor der zweifelhaften Technik dieses alten Modells von 1993 gewarnt, dem Jahr, in dem die Montréal Canadiens letztmals den Stanley Cup gewonnen hatten. Doch Victor hatte der Patina der braunen Ledersitze einfach nicht widerstehen können.

Er stieg aus dem Wagen und inspizierte seine Kleidung. In einer perfekten Welt wäre er schnell nach Hause gefahren und hätte sich umgezogen. Doch die Wirklichkeit sah anders aus. Die Augen mit einer Hand beschirmend, spähte er an dem Wolkenkratzer nach oben. Die blendenden Strahlen der untergehenden Sonne umschlangen den Glastower wie die Tentakel eines Kraken.

Er hatte Lust auf eine Zigarette, widerstand aber dem Verlangen und ging zum Eingang, wo ein Streifenpolizist wartete, der ihn zum Aufzug brachte. Allein in dem Stahlkäfig, drückte er auf den Knopf der vierundvierzigsten Etage. Während die Kabine gen Himmel schwebte, nahm er die rechte Hand in die linke, um das Zittern, das sie schüttelte, zu stoppen.

Ein uniformierter Polizist hielt auf dem Flur Wache. Sie kannten sich vom Sehen und grüßten sich. Dann hob der Ordnungshüter das gelbe Plastikband an, und Victor schlüpfte gebückt darunter durch. Vor der Tür zögerte er. Er hatte Angst davor, in das Grauen einzutauchen, das er unweigerlich dahinter vorfinden würde. Doch er holte tief Luft, um die negativen Gedanken zu verscheuchen, und drückte gegen die Tür, die sich in den Angeln drehte.

Die Scheinwerfer blendeten ihn, und so kniff er die Augen zusammen, um das vertraute Ballett, das in der Wohnung aufgeführt wurde, besser sehen zu können. Kriminaltechniker in weißen Overalls tänzelten durch den Raum, als ob sie imaginären Strichlinien auf dem Boden folgten.

Er warf einen Blick in die Runde: Er befand sich in einem dieser Luxuswohntürme, die rund um das Centre Bell, zugleich Biertempel der Brauerei Molson und Hockeyarena der Canadiens, wie Pilze aus dem Boden geschossen waren. Der offene Wohnraum beherbergte links von der Eingangstür eine umgekehrt l-förmige Theke aus schwarzem Granit, die eine hochmoderne Küche umschloss. Dahinter bemerkte Victor einen Korridor, der zur Toilette und den Schlafzimmern führen musste.

Der Wohn- und Essbereich, der sich zu seiner Rechten erstreckte, war minimalistisch eingerichtet und endete an einem freihängenden Gaskamin mit einem Brenner aus schwarzem Stahl. Die Glaswand gegenüber ging auf einen Wald aus Wolkenkratzern hinaus.

Victor registrierte die unverputzten Betonwände, die klaren Linien, die klinische Nüchternheit der Einrichtung, doch in erster Linie beschäftigte sich sein Gehirn mit dem Blut auf dem Fußboden nahe dem Kamin, einer großen Lache, dunkel und glibberig, deren metallischer Geruch ihm den Magen umdrehte.

Das Blut. Das war es, was er betrachtete, noch vor der Leiche. Einmal, weil dieses Blut das ausgelöschte Leben symbolisierte. Und dann, weil sich der Hergang des Geschehens daraus ableiten ließ. Es war tragisch, wenn ein Mensch das Leben verlor, und noch tragischer, wenn er es durch Mord verlor.

In einem ersten Schritt galt es die Angehörigen aufzusuchen und sich ihren Gefühlen zu stellen: ihrer Sprachlosigkeit, ihren Fragen, ihren Schreien, ihren Tränen, ihrer Fassungslosigkeit. Und dieser ausweglosen Verzweiflung, die einem jedes Mal das Herz zerriss. Später dann die Nächte, die man durcharbeitete. Die Spuren, denen man allen nachgehen musste, Dutzenden an der Zahl. Die Rätsel, die man lösen musste, manchmal unter Einsatz des eigenen Lebens. Das Adrenalin, die Angst, die Gefahr. Und, im günstigsten Fall, ein Einzeltäter, den es zur Strecke zu bringen galt.

Victor näherte sich dem Toten. Es handelte sich um einen blonden Mann mit widerspenstigen Strähnen, der mit dem Gesicht nach unten in der Blutlache lag. Nach der sichtbaren Hälfte des bleichen Gesichts zu urteilen, zwischen dreißig und fünfundvierzig Jahre alt.

Victors Blick wanderte zu der Eintrittswunde, die auf Höhe des linken Schulterblatts deutlich zu erkennen war. Das Projektil hatte das T-Shirt zerfetzt. Ursprünglich grau, hatte das besudelte Textil eine goldbraune Farbe angenommen.

Um seine aufsteigende Übelkeit niederzukämpfen, atmete Victor tief durch. Kurz glaubte er, an die Luft zu müssen, doch das Unwohlsein verflog gleich wieder. Er ging zu der Glaswand, wo ein Kriminaltechniker Proben sammelte, und nahm das Loch in Augenschein, das die Kugel in Kopfhöhe in die Scheibe gerissen hatte. Es weitete sich kegelförmig nach innen, und an seinen Rändern entsprangen feine Risse wie in einer geborstenen Eisdecke. Kein Zweifel, der Schuss war von draußen abgegeben worden.

Victor drehte sich um und blickte zur gegenüberliegenden Wand, an der unten mit roter Kreide ein Loch im Beton umkringelt war. Dort hatte die Kugel ihren Flug beendet, nachdem sie das Opfer durchbohrt hatte. Verwundert nahm er zur Kenntnis, dass das Projektil mehr als einen Meter unterhalb des Lochs in der Scheibe eingeschlagen hatte. Nur ein Einschlag.

Schweren Herzens griff er nach den Zigaretten in seiner Jackentasche. Obwohl er schon vor längerer Zeit den festen Vorsatz gefasst hatte, sich von seiner Abhängigkeit zu befreien, blieb der Tabak ein treuer Verbündeter im Kampf gegen die Finsternis.

Victor verstand, warum Jacinthe ihn angerufen hatte, doch eigentlich war er nur ungern hier. Er war fertig mit diesem Beruf, der ihn zermürbt hatte. Fertig mit dem Papierkrieg, den mühsam erwirkten Haftbefehlen und dem Druck der Vorgesetzten, die in ihrem Schwarz-Weiß-Denken nach einfachen Antworten gierten.

Und er wollte nie wieder seine Lieben vernachlässigen.

Sein Sohn Martin, der seine eigenen Probleme hatte, war noch nicht aus Saskatchewan zurückgekehrt, wo er auf der Farm seines Onkels arbeitete. Und seine Tochter Charlotte, aus der eine hübsche junge Frau geworden war, intelligent, zielstrebig und gebildet, studierte erfolgreich Journalistik. Im Moment weilte sie in Paris, wo sie ihre letzten Prüfungen ablegte.

Auch wenn er sich selbst die Schuld an den Schwierigkeiten gab, die Martin hatte, so wäre er andererseits nie auf die Idee gekommen, den Erfolg seiner Tochter an die eigene Fahne zu heften. Er wollte sich die nötige Zeit nehmen, um die Erwachsenen, zu denen seine Kinder geworden waren, besser kennenzulernen, damit er in dem Leben, das sie sich aufbauten, kein Fremder wurde.

Das war alles.

Victor wandte sich wieder der Glaswand zu. Im Spiegelbild der Scheibe begegnete sein Blick dem eines Technikers, der ihn grüßte. Als Schicksalsgenossen waren sie sich schon hundertmal begegnet, hatten aber keine zehn Worte gewechselt. Er nickte ihm zu und versuchte dann anhand der Einschlagspuren zu bestimmen, wo der Schütze gestanden haben könnte.

Er überlegte einen Moment, dann kehrte er zu dem Toten zurück. Als er sich über ihn beugte, spiegelte sich sein Gesicht in der Blutlache. Er sah aus wie ein alter Löwe, der über das Leid der Welt grübelte.

Er schloss die Augen. Alte Erinnerungen stiegen in ihm auf. Bilder der Opfer. Gesichter des Todes. Die Gespenster, die ihn verfolgten. Er hatte so viele Leichen gesehen, so viele zerstörte Leben, so viel heimtückische Gewalt. Er hatte Mitleid mit diesen jäh beendeten Existenzen, doch dieselbe Empathie empfand er auch für die Lebenden, für diejenigen, die im Stillen litten. Deren Namen man nie behielt.

Und deren Schmerz im Verlauf jeder Ermittlung sein eigener wurde. Häufig auf Kosten seiner körperlichen und geistigen Gesundheit.

Möglicherweise lag das auch ein wenig an dem Schicksalsschlag, den er selbst in seiner Kindheit erlitten hatte. Mit Gewissheit würde er das nie sagen können.

Um die düsteren Gedanken zu verscheuchen, pumpte er seine Lunge voll Luft und atmete langsam durch den Mund wieder aus. Nach und nach verblassten die Bilder. Doch mit jedem Tag schleppte er schwerer an dieser Last, die ihn zu erdrücken drohte. Und ganz gleich, was ihm noch widerfahren, was das Leben noch für ihn bereithalten mochte, er würde sie niemals abwerfen können, so wie er niemals von seiner Alkoholsucht loskommen würde. Bestenfalls konnte es ihm gelingen, Zeit zu gewinnen, den Ablauf der Frist hinauszuschieben, Stunde um Stunde, Tag um Tag. Nun aber genug davon.

Er öffnete die Augen, als eine Stimme in seinem Rücken ihn veranlasste, sich umzudrehen.

»Na, so was! Wen haben wir denn da?«

Jacinthe kam den Flur herunter und blieb zwei Meter vor ihm stehen. Mit spöttischer Miene musterte sie ihren Expartner eingehend von Kopf bis Fuß und stieß dann einen Pfiff aus.

»Na ja, nicht übel, der Anzug … Ist der geliehen?«

Victor grinste.

»Sagen wir, ich habe mir eine Kaufoption gesichert.«

»Cool. Und die roten Flecken, waren die schon drauf?«

Er brauchte nicht nachzusehen: Auf Jacke und Hemd war Blut von dem Mann, den er gerettet hatte. Er zuckte lässig mit den Schultern.

»Das ist Ketchup. Ich muss besser aufpassen.«

Der Sarkasmus in seiner Stimme war Jacinthe nicht entgangen. Sie lächelte. Die beiden musterten sich noch einen Moment mit feuchten Augen, wobei ihr Schweigen verriet, wie sehr sie sich gegenseitig vermisst hatten. Dann fielen sie einander in die Arme.

»Du bist echt bescheuert, Lessard!«

Nachdem sie sich herzhaft gedrückt hatten, trat Jacinthe einen Schritt zurück, und beide lachten, um ihre Nervosität und Verlegenheit zu überspielen. Denn sie hatte ihm zwar viele SMS geschickt, die im Übrigen unbeantwortet geblieben waren, und mehrmals vorgeschlagen, »zusammen essen zu gehen«, doch dies war ihr erstes Wiedersehen, seit er nach Abschluss des Sprayerfalls bei Marc Piché, dem Direktor des Montréaler Polizeidienstes SPVM, seine Kündigung eingereicht hatte.

»Was außer faulenzen hast du eigentlich gemacht, bevor du in deinen neuen Job eingestiegen bist?«

Victor überlegte, während er die Gummihandschuhe nahm, die sie ihm hinhielt. Abgesehen von seinen häufigen Besuchen im Hospiz, wo er an Ted Rutherfords Bett gesessen hatte, verschwamm alles in seiner Erinnerung.

Er hatte sich wohl zum x-ten Mal die Kämpfe Muhammad Alis auf seinem Blu-Ray-Player angesehen, außerdem Tierfilme, und er hatte Blumen auf das Grab seiner Familie auf dem Friedhof Notre-Dame-des-Neiges gelegt, aber die übrige Zeit hatte er nur im Sessel gehangen und zwischen Schüttelfrost und Schweißausbrüchen im Halbschlaf dahingedämmert, in dem er von albtraumhaften Bildern verfolgt wurde, ehe er keuchend hochschreckte, um dann, nachdem er sich beruhigt hatte, in einen tieferen Schlaf zu sinken.

Tatsache war, dass er diese Zeit für sich gebraucht hatte, um sich zu entwöhnen. Denn für Victor Lessard war die Jagd nach Mördern eine Sucht, eine harte Droge. In der Hinsicht war er ein Junkie der schlimmsten Sorte.

Jacinthe merkte, dass er in Erinnerungen abdriftete, und nahm einen neuen Anlauf.

»Ground control to Major Tom. He, Lessard?«

Jäh in die Gegenwart zurückgeholt, stammelte Victor los.

»Äh … nicht viel … relaxt.«

Lieber hätte er geantwortet, er hätte regelmäßig Nadja bekocht, wenn sie von der Arbeit kam. Aber dazu hatte ihm die Kraft gefehlt. Abgesehen von seltenen Ausflügen ins Lebensmittelgeschäft Akhavan, wo er sich mit Pizzen, Hummus und mariniertem Huhn eindeckte, hatte er sich unter dem Vorwand, die Restaurants im Viertel ausprobieren zu wollen, das Essen ins Haus liefern lassen. Nadja respektierte zwar sein Bedürfnis, mal total abzuschalten, hatte sich deshalb aber nichts vormachen lassen.

Jacinthe musterte ihn mit durchdringendem Blick.

»Was ist? Hast du keine Lust, darüber zu reden?«

»Es hat nichts mit dir zu tun.«

Sie ging in Richtung Glaswand, machte dann kehrt, baute sich vor ihm auf, stemmte die Hände in die Hüften und knurrte:

»Ich habe dich angerufen, dir gesimst und Nachrichten hinterlassen. Du bist einfach abgetaucht, Lessard!«

Victor senkte den Kopf.

»Ich habe Zeit gebraucht. Ich musste einen Schnitt machen.«

»Ich wollte doch nur mit dir reden. Fünfzehn Jahre löscht man nicht einfach so aus. Mann, wir waren Partner!«

Er schaute wieder auf und sah ihr in die Augen.

»Du hast recht, ich weiß.«

»Heute habe ich dich zum ersten Mal wegen etwas angerufen, das mit dem Job zu tun hat. Und prompt stehst du auf der Matte. Erklär mir das.«

Victor quittierte den Vorwurf mit Schweigen. Er verstand es selbst nicht. Er schlüpfte gerade in die Gummihandschuhe, als Nadja zu ihnen stieß. Obwohl sie eine dienstliche Miene aufsetzte, verrieten ihre Augenwinkel, dass sie sich freute, ihn zu sehen.

»Ich wollte dir nur sagen: Ich wusste nichts davon.«

Er lächelte und strich ihr über die Wange. Paul Delaney hatte beschlossen, Nadja so lange im Dezernat Kapitalverbrechen zu behalten, bis er jemand gefunden hatte, der die große Lücke, die Victor hinterlassen hatte, schließen konnte.

»Keine Sorge, ich hab verstanden.«

Nadja legte die Stirn in Falten, als sie die Flecken auf seinem Anzug bemerkte.

»Das ist doch Blut, oder? Ist alles in Ordnung?«

Er winkte ab.

»Alles okay. Ich erkläre es dir später.«

Sie stutzte, sah ihm prüfend ins Gesicht und nickte.

Jacinthe schob die Daumen in ihren Gürtel und zog ihre Hose hoch.

»Das reicht, ihr Turteltauben, ihr könnt euch nachher ein Zimmer suchen.«

Nadja begriff, dass dieses Wiedersehen für die beiden wie eine Art Stammesritus war, rang sich ein Lächeln ab und entschwand ohne ein weiteres Wort.

Jacinthe sah ihr nach, wie sie in den Flur einbog, der zu den Schlafzimmern führte.

»Mit ein bisschen Erfahrung wird sie fast so gut werden wie du.«

Victor sah seine Expartnerin ernst an.

»Wenn der Chef erfährt, dass ich an einem Tatort aufgekreuzt bin, kriegen wir Ärger …«

Er hatte vor Marc Piché keine Angst, aber er war lieber auf Abstand bedacht. Er hatte auch deshalb gekündigt, weil er sich außerstande gesehen hatte, weiter unter dem Mann zu arbeiten. Er war nämlich zu der Überzeugung gelangt, dass der Direktor des SPVM Tötungsdelikte eines hochrangigen Polizisten gedeckt hatte.

Jacinthe machte ein finsteres Gesicht und verschränkte die Arme vor der Brust.

»Scheiß auf Piché! Der wird nichts erfahren.«

»Ach ja? Und die Streifenpolizisten? Die Kriminaltechniker? Alle haben mich gesehen. Irgendeiner wird es ausplaudern.«

Ein wildes Funkeln trat in Jacinthes Augen, und auf ihre Lippen das boshafte Grinsen eines Menschen, der sich wünschte, dass es genau dazu kam. Mit lauter Stimme rief sie drohend in die Runde:

»Der Erste, der redet, kriegt eins in die Fresse.«

Victor seufzte resigniert. Manche Dinge änderten sich eben nie. Die erlesenen Manieren seiner Expartnerin gehörten dazu.

»Für den Fall, dass es noch nicht bei dir angekommen ist, ich habe den Dienst quittiert, Jacinthe.«

»Du hast recht, genau da liegt das Problem: Es ist noch nicht bei mir angekommen. Ich war mir sicher, dass du zurückkommst, wenn du zehn Tage zu Hause Däumchen gedreht hast. Aber nein, der Herr muss sich einen anderen Job suchen. Scheiße, Lessard! Sicherheitsdienst im Casino … Ist das dein Ernst?«

Sie starrten sich einen Moment lang an. Doch in Jacinthes Blick lag kein Vorwurf. Nur die Ohnmacht und Enttäuschung einer Frau, die fest davon überzeugt war, dass ihr Freund gerade sein Leben gegen die Wand fuhr, und sich Vorwürfe machte, weil sie ihn hatte gewähren lassen. Sie wusste es! Sie brauchte ihn. Und er sie, davon war sie überzeugt. Lessard musste in seinen alten Job zurück. Er brauchte diese Arbeit. Daran würde sich nie etwas ändern.

Es war Victor, der die Augen niederschlug und das Schweigen brach.

»Ich gebe dir fünf Minuten. Wer ist das Opfer?«

3.
TIME TO ROCK AND ROLL

Eine Stunde vor dem Mord

Seit Tagesanbruch lauern die beiden Männer, mit schwarzen Overalls bekleidet und mit Knie- und Ellbogenschützern versehen, im dichten Gestrüpp auf einem Geländevorsprung. Der Schütze liegt auf dem Bauch, eine Sonnenbrille auf der Nase, das Präzisionsgewehr auf eine Unebenheit im Boden gestützt. Er lässt das Zielfernrohr von Stockwerk zu Stockwerk wandern. Der Beobachter, der rechts hinter ihm kniet, macht seine Messgeräte fertig.

»Ziel auf zwölf Uhr, Messiah. Gesehen?«

Der Schütze nickt, ohne den Blick zu heben. Der Beobachter zieht einen Militärcomputer zurate, der auf seinen Oberschenkeln liegt. Dann stellt er das Objektiv seines Fernrohrs ein.

»Okay. Sind wir so weit?«

Der Schütze dreht leicht an einer Stellschraube, um das Zielfernrohr scharfzustellen.

»Wir sind so weit, Black Dog.«

Der Beobachter fährt in roboterhaftem Ton fort.

»Wenn es Probleme gibt, treffen wir uns am Treffpunkt. Rückzugsmöglichkeit über die Kuppe oder den Wanderweg. Verstanden?«

»Roger. Time to rock and roll.«

Im Glastower ziehen Bilder aus dem Bewohneralltag an den Augen des Schützen vorüber. Im sechsten Stock ist ein Paar im Aufbruch begriffen, zweifellos um zur Arbeit zu gehen. Im vierzehnten machen Teenager die Nacht zum Tag und lassen eine

Flasche Alkohol kreisen. Im zwanzigsten dient die Glaswand dem Liebesakt zweier schlaffer Körper mit ergrautem Haar als Stütze.

Messiah atmet tief ein. Im einunddreißigsten verharrt er bei einem Mann, der einem kleinen Mädchen vorliest.

Black Dogs Stimme knistert in seinem Ohrhörer.

»Noch keine Bewegung im Sektor Bravo.«

Aber Messiah hört ihn nur wie durch Watte. Beim Anblick des Kindes hat sein Herz zu klopfen begonnen. Um seinen Atem und seine Angst wieder unter Kontrolle zu bringen, lässt er das Gewehr sinken und hält kurz inne. Und dann, emotional aufgewühlt, erinnert er sich.

Afghanistan, 2011. Er liegt auf dem Dach eines Hauses in Schussposition. Die sengende Sonne blendet ihn. Er muss in einer belebten Straße eine Zielperson erschießen. Seine Beobachterin, eine junge Frau namens Iba Khelifi, liegt neben ihm. Ohne das Auge vom Okular ihres Spektivs zu nehmen, nervt sie ihn.

»Die Typen, mit denen du zusammen bist, lachen dich doch bestimmt aus, wenn sie sehen, dass du mit einer Araberin zusammen arbeitest. Wie hältst du das aus? Warum hast du darum gebeten, mit mir zu arbeiten?«

Messiah antwortet im selben sarkastischen Ton.

»Weil du am besten einen bärtigen Taliban von einem anderen bärtigen Taliban unterscheiden kannst.«

Iba lächelt spöttisch.

»Das stimmt … Neulich mit Marchessault hast du danebengeschossen.«

Aber Messiah schaut weiter in sein Zielfernrohr.

»Ich schieße niemals daneben. Aber ich möchte nie wieder auf das falsche Ziel schießen, weil mein Beobachter Mist gebaut hat.«

»Gut. Ich schätze dich für deine Fähigkeiten. Du schätzt mich aus demselben Grund. Ich behandle dich mit Respekt … Ich überlasse es dir, die Gleichung zu vervollständigen.«

Messiah fällt keine Antwort darauf ein. Sichtlich zufrieden mit ihrer Schlagfertigkeit, fasst Iba an ihren Ohrhörer, aus dem es zu quäken beginnt.

»Es wird im Sektor A passieren. Die vier Fenster oben rechts. Bezugspunkte 1, 2, 3 und 4. Im Uhrzeigersinn. Verstanden?«

Messiah bestätigt und ändert seinen Schusswinkel. Iba stellt ihre Geräte ein. Die Warterei geht weiter, unerbittlich. Die brütende Hitze setzt ihnen zu.

Seit Stunden liegen sie reglos da. Messiah ist schweißgebadet und dehydriert. Nicht mehr lange, und er wird kollabieren. Zwei amerikanische F-15-Jagdbomber donnern mit hoher Geschwindigkeit über sie hinweg. Der Lärm ihrer Triebwerke lässt seinen Brustkorb vibrieren und die Mauern erzittern. Dann ertönt Ibas Stimme in seinem Ohrhörer. Endlich ist der Befehl da.

»Der Mann im blauen Kaftan. Er ist gerade herausgekommen …«

Iba Khelifi nimmt mit einem ihrer Geräte eine Messung vor.

»Zielfernrohr auf 1,3. Elevation beibehalten. Spin-Drift 3,4 Zentimeter.«

Messiah nimmt die Korrekturen sorgfältig vor.

»Verstanden. Eingestellt.«

»Feuer frei.«

Der Scharfschütze wischt sich den Schweiß von der Stirn. Die Zielperson schlendert in einer dichten Menge. Er holt tief Luft, dann nimmt er das bewegliche Ziel ins Visier.

Ibas Stimme drängt.

»Der Mann im blauen Kaftan. Worauf wartest du, Messiah?«

Als sein Zeigefinger den Abzug berührt, bleibt die Zeit stehen. Die Detonation zerreißt die Stille, und die Kugel beginnt pfeifend ihren Flug in Richtung Ziel. Dann durchfährt ein Zucken den Mann im blauen Kaftan, seine Arme werden nach hinten gerissen, und sein Körper sackt leblos in die Knie.

»Zielperson am Boden. Good kill, Messiah!«

Er schließt die Augen und beginnt wieder zu atmen. Doch Ibas Stimme holt ihn ans Zielfernrohr zurück.

»Oh nein! Scheiße!«

Die junge Frau bemüht sich um einen sachlichen Ton.

»Kollateralopfer …«

Machtlos beobachtet Messiah durch sein Zielfernrohr eine Szene schieren Grauens: Das Projektil hat die Zielperson durchschlagen und ein kleines Mädchen getroffen, das hinter ihr an einer Mauer gesessen hat. Jetzt liegt es auf dem Boden, mit dem Gesicht nach unten, den Kopf im Staub.

Iba wendet sich ihm zu.

»Das konnten wir nicht ahnen.«

Messiah steht bereits.

»Wir müssen runter. Nachsehen.«

Sie hält seinen Blick fest und schüttelt den Kopf.

»Das ist keine gute Idee. Hier wimmelt es von Taliban.«

Aber Messiah will nicht hören.

»Ich habe gesagt, wir müssen runter, Khelifi! Das ist ein Befehl.«

Messiah kehrt langsam in die Gegenwart zurück. Er zieht einen blauen, ins Violette spielenden Stein aus der Brusttasche, betrachtet ihn und legt ihn vor sich hin. Diese einfache Geste hilft ihm, sich zu beruhigen. Wieder gefasst und Herr seiner Gefühle, nimmt er seine alte Position ein und sucht weiter die Stockwerke des Glastowers nach seiner Zielperson ab.

Gleich darauf ertönt Black Dogs Stimme. Sie klingt wie ein Knattern in der Luft.

»Sektor Bravo. Die beiden Fenster links. Das Licht ist gerade angegangen. Gesehen?«

»Die beiden Fenster links, Sektor Bravo. Gesehen.«

Im vierundvierzigsten Stock erscheint ein Mann mit blondem

Haar und stahlgefasster Brille vor seinem Zielfernrohr. Der Mann, den es zu liquidieren gilt.

»Kontakt. Zielperson am ersten Fenster. Bewegt sich nicht. Gesehen?«

Messiah trommelt mit den Fingern der linken Hand auf den Gewehrkolben, um sie zu lockern.

»Gesehen.«

Sie beobachten den Mann eine Weile schweigend, dann sagt Black Dog:

»Ich sende die letzte Nachricht.«

Er tippt ein paar Wörter in seine Tastatur. Unterdessen behält Messiah die Zielperson im Auge. Hellwach und hochkonzentriert, hört er nur noch das regelmäßige Schlagen seines Herzens. Sein Atem geht langsam und tief.

Black Dog studiert Graphiken, die er auf seinen Bildschirm geladen hat.

»Wir haben Gegenwind aus Ost. Korrigiere auf 2.1.«

Messiah dreht an einem Rad am Gewehr. Zwei Klicks sind zu hören.

»Okay. Korrigiert.«

Das Auge am Fernrohr, murmelt der Beobachter:

»Sieht so aus, als ob er mit jemandem spricht.«

»Ich kann den hinteren Teil des Raums nicht einsehen.«

Black Dog späht noch eine Weile durchs Fernrohr.

»Ich auch nicht. Toter Winkel. Okay. Wir bleiben auf der Zielperson. Hast du sie noch?«

»Die ganze Zeit.«

Ohne ihn anzusehen, spricht Black Dog dann die schicksalhaften Worte.

»Feuer frei.«

Den Zeigefinger am Abzug, atmet Messiah tief ein und hält die Luft an.

4.

ZURÜCK IN ALTER SPUR

Jacinthe hatte ins Schwarze getroffen. Warum hatte er auf ihre Nachrichten nicht reagiert, war aber sofort zur Stelle, als ein Mord geschehen war? Woher dieses plötzliche Bedürfnis, die Glut des Schreckens neu zu entfachen? Wollte er sich bestätigen, dass das Feuer endgültig erloschen war und dass er der Versuchung widerstehen konnte?

Oder litt er, als Mensch ein Gewohnheitstier voller Widersprüche, im Gegenteil so unter Entzug, dass er hergekommen war, um sich einen Schuss zu holen?

Diese quälenden Fragen beschäftigten Victor, während er auf das Display des Handys in seiner Hand schaute, auf dem das Facebook-Profil eines Mannes zu sehen war: dunkle Augen, schüchternes Lächeln, Brille mit Stahlfassung, schütteres, blondes Haar.

Seit einigen Wochen wollte er daran glauben, dass er Fortschritte machte, brauchte er das Gefühl, auf dem richtigen Weg zu sein und das Blatt wenden zu können. Wie dumm von ihm, dass er wie auf Kommando hier erschienen war, ohne vorher nachzudenken.

In diesem Moment, als er spürte, wie sich etwas in seiner Magengrube zusammenballte, drang leise Jacinthes Stimme zu ihm.

»Das Opfer heißt Guillaume Lefebvre, siebenunddreißig Jahre alt. Er war Investigativjournalist.«

Victor kämpfte gegen die Unruhe an, die ihn befiel, und betrachtete noch einen Moment lang das Foto des Mannes. Etwas Anrührendes ging von ihm aus, eine Art Melancholie, die Schwermut eines Menschen, der schwere Zeiten durchgemacht hatte.

Victor gab Jacinthe das Handy zurück. Sie steckte es ein, ohne von ihren Notizen aufzuschauen.

»Er war nicht irgendwer. Philosophiestudium an der Universität Montréal, Diplom in Internationalem Journalismus, von 2008 bis 2010 Büroleiter der Nachrichtenagentur AFP im Sudan, 2011 und 2012 Korrespondent in Pakistan. Anfang 2013 wechselt er zum *Journal de Montréal* und arbeitet in der Rechercheabteilung, wo er für eine Reportage über die Flüchtlingskrise mit dem Judith-Jasmin-Preis ausgezeichnet wird.«

Victor nahm die Informationen unbewegt zur Kenntnis und näherte sich dem Toten. Lefebvre war ein Ausnahmejournalist gewesen, von Kollegen und Lesern gleichermaßen geschätzt.

Wie zu sich selbst sagte er mit leiser Stimme:

»Ein Scharfschütze tötet einen Journalisten. Das wird Staub aufwirbeln.«

Jacinthe, der keine Silbe entgangen war, nickte.

»Verstehst du jetzt, warum ich dich hergebeten habe?«

Victors Blick wanderte von dem Loch in der Glaswand zu dem mit roter Kreide umkringelten in der Betonwand.

»Weil du dir ein Bild verschaffen willst, bevor Piché einen Bericht von dir verlangt …«

»… und weil du die Ermittlungen geleitet hast, als ein Sniper den Paten getötet hat.«

Der Boss der italienischen Mafia war 2010 in der Küche seiner Luxusvilla von einem draußen lauernden Schützen erschossen worden.

»Du weißt, worauf man achten muss … Ich habe ja mit einem Gipsbein zu Hause gelegen.«

Jacinthe hatte sich damals bei einem Motorradunfall das Schienbein gebrochen und mehrere Wochen im Dezernat Kapitalverbrechen gefehlt.

»Und nicht jeder von uns ist bei der taktischen Eingreiftruppe gewesen, Monsieur.«

Er lächelte. Die Bemerkung versetzte ihn weit in die Vergangenheit zurück.

»Das ist lange her.«

Sie machte eine wegwerfende Handbewegung.

»Unser Ballistiker hat seine Schwester in Rimouski besucht. Er ist unterwegs, wird aber erst in ein paar Stunden hier sein.«

Auf einmal war es so, als hätte es die letzten Wochen gar nicht gegeben, als führten sie ein Gespräch, das nie unterbrochen worden war, und hätten in die alte Spur zurückgefunden.

Victor kniff sich mit Daumen und Zeigefinger in den Nasenrücken.

»Okay. Dein Journalist, Guillaume Lefebvre, war er verheiratet?«

Jacinthe nickte.

»Seine Frau ist …«

Sie schaute in ihr Notizbuch, blätterte ungeduldig in den Seiten.

»… 2016 gestorben. An einer Lungenembolie. Sie hieß Constance Awa … Awashish.«

Trauer um eine geliebte Frau. Victor dachte bei sich, dass allein dieser frühe Tod ein hinreichender Grund für die Schwermut war, die Lefebvre auf dem Foto ausstrahlte.

»Awashish, das ist doch ein indianischer Name. Kinder?«

Jacinthe nickte und zog erneut ihre Notizen zurate.

»Eine Tochter, Emma. Zwölf Jahre alt. Im September in die siebte Klasse gekommen. Collège de Montréal.«

Er schluckte die Info kommentarlos. Jacinthe sprach weiter, doch er hörte nicht mehr hin. Zwölf Jahre alt. Genauso alt wie er, als sein Vater in einem Anfall geistiger Umnachtung zum Mörder geworden war.

»He, mein Bester! Bist du noch da?«

Victor fuhr aus seinen Gedanken hoch. Jacinthes Gesicht, nur zehn Zentimeter von seinem entfernt, nahm sein gesamtes Blickfeld ein.

Er straffte sich und wich einen Schritt zurück.

»Nur ein bisschen zu nah … Was hast du gesagt?«

»Die Kleine ist zu einem dreiwöchigen Fahrradcamp in Vermont. Wir haben die Familie verständigt.«

Er biss die Zähne aufeinander. Er dachte an dieses Kind, dem man bald mitteilen würde, dass es seinen Vater nie wiedersehen würde. Eine Waise, deren Leben man zerstören würde, so wie sein Vater seines zerstört hatte.

»Wen hast du zu der Familie geschickt? Den Gnom?«

Gilles Lemaire, mit Plateauschuhen eins fünfundsechzig groß, hatte zusammen mit Jacinthe ein Team gebildet, bevor Victor in die Abteilung Kapitalverbrechen zurückgekehrt war.

»Nein, Loïc. Gilles ist in die Abteilung Computerkriminalität versetzt worden.«

»Auf eigenen Wunsch?«

Jacinthe zog einen Flunsch.

»Es war wohl eher der Wunsch eines Mannes, der versucht, die Ehe mit einer Frau zu retten, die sich scheiden lassen will, obwohl sie sieben Kinder unter sechzehn haben.«

Kopfschüttelnd näherte sich Victor dem Esstisch. Es tat ihm leid für seinen alten Kollegen, dessen Beharrlichkeit er ebenso schätzte wie seinen Sinn fürs Detail.

»Gilles … Ich muss ihn unbedingt mal anrufen.«

Er deutete auf das Computernetzkabel, das in der Wand eingesteckt war. Jacinthe kam seiner Frage zuvor.

»Den Computer haben wir noch nicht gefunden. Nadja hat bei der Zeitung angerufen. Sie sind am Suchen.«

»Und sein Handy?«

»Burgers hat es in einer seiner Taschen gefunden. Lefebvre hat zum Entsperren einen Code benutzt, also weder Fingerabdruck noch die bescheuerte Gesichtserkennung. Ein Techniker sitzt dran, aber das könnte knifflig werden.«

Sie sah ihn verschmitzt an.

»Und was den Gnom betrifft: Wenn es darum geht, ihm Tipps in Sachen gemeinsames Sorgerecht zu geben, könntest du auch seine Nummer verloren haben.«

Sie hatte eine merkwürdige Art, einem mitzuteilen, dass sie sich geärgert hatte, doch Victor kannte die Tour in- und auswendig und ließ sich nichts vormachen.

»Hör bloß nicht mit deiner Therapie auf, egal was passiert. Es ist superwichtig, dass man sozialen Umgang lernt. Du wirst es schaffen, Jacinthe. Du wirst es schaffen. Und was hat die Befragung der Nachbarn ergeben?«

Sie gluckste.

»Absolut nichts. Nada.«

Sie legte ihm, nun wieder ernst, eine Hand auf die Schulter.

»Nadja hat mir von Ted erzählt. Wie es aussieht, hat er nicht mehr lange.«

Victor erstarrte. Er war noch weit davon entfernt, sich einzugestehen, dass es mit Ted zu Ende gehen könnte.

»Hat sie das zu dir gesagt?«

Jacinthe erkannte ihren Fehler und korrigierte sich.

»Vielleicht habe ich sie falsch verstanden. Na jedenfalls, wenn ich etwas tun kann …«

Gerührt über die Anteilnahme, lächelte Victor traurig.

»Danke, Jacinthe.«

Bewegt schlugen sie die Augen nieder und schwiegen eine Weile. Der Techniker war in einem Nebenraum verschwunden. Victor drehte sich um, betrachtete den Toten, der in seinem Blut lag, dann das Loch in der Glaswand.

»Wer hat ihn gefunden?«

Jacinthe deutete auf ein paar Kleidungsstücke, die in einer durchsichtigen Schutzhülle an einem Haken neben der Tür hingen.

»Das Gebäude hat einen Concierge-Service. Als Lefebvre nicht geöffnet hat, ist der Angestellte eingetreten und hat die Sachen von der Reinigung aufgehängt. Ein junger Mann. Ich habe mit ihm gesprochen. Er war, wie man so schön sagt, weiß wie ein Bettlaken.«

Sie hatte die letzten Worte besonders betont, aber Victor war zu sehr mit seinen Gedanken beschäftigt, um auf ihren Scherz einzugehen.

»Ich habe auf der Etage keine Überwachungskameras bemerkt. Habe ich sie übersehen?«

»Es gibt einen altmodischen Begriff, und der lautet Privatsphäre, mein Lieber. Unten im Eingangsbereich findest du zwei Türen mit Schlüsselkarte und Kameras. Nadja hat die Aufzeichnungen angefordert.«

Victor nickte, ganz in seine Überlegungen vertieft. Jacinthe schob die Hände in die Taschen.

»In einem Punkt sind wir uns jedenfalls einig: Der Journalist ist von draußen erschossen worden.«

Er murmelte beifällig.

»Die Kugel ist unweit vom Brustbein wieder ausgetreten, richtig?«

»Sie hat das Herz knapp verfehlt. Schwere innere Verletzungen. Burgers hat mir noch mal die Sache mit der temporären Wundhöhle verklickert. Mann, wie mich das nervt, wenn er mich wie seine Praktikantin behandelt.«

Bei jeder Schussverletzung sah es der Pathologe als seine Pflicht an, ihnen zu erklären, dass es durch die Energieabgabe des Projektils an das Gewebe zu einer Ausdehnung kam, die eine Schädigung der benachbarten Knochen und Organe hervorrufen konnte, selbst wenn diese nicht im Schusskanal lagen.

Victor näherte sich wieder der Leiche.

»Was schätzt du, wie groß war Lefebvre? Eins fünfundachtzig?«

»Ja. Ungefähr.«

Er ging zur Glaswand, blieb vor dem Schussloch stehen und untersuchte es.

Jacinthe trat neben ihn.

»Glaubst du, der Schuss kam von dem Gebäude gegenüber?«

Sie deutete nach Westen auf einen noch im Bau befindlichen Wohnturm. Er war ähnlich hoch wie der, in dem sie sich befanden.

Victor schüttelte ohne Zögern den Kopf.

»Bei dieser Entfernung wäre der Höhenunterschied zwischen dem Loch in der Scheibe und dem in der Betonwand nicht so groß.«

Jacinthe schob sich eine Handvoll Sonnenblumenkerne in den Mund.

»Vielleicht wurde die Kugel im Körper abgelenkt, weil sie auf Knochen oder Organe getroffen ist.«

Er streckte ihr die gummibehandschuhte Hand hin.

»Ich würde dir gern ein paar abnehmen.«

»Ich wusste nicht, dass du ein Körnerfresser bist.«

Kurz entschlossen füllte sie ihm die hohle Hand bis zum Rand. Er schloss die Augen und schüttelte resigniert den Kopf.

»Ach ja, entschuldige, ich muss noch an meinen sozialen Kompetenzen arbeiten, richtig?«

Er verkniff sich ein Grinsen, schob ein paar Kerne in den Mund und den Rest in die Jackentasche.

»Die Kugel wurde nicht abgelenkt. Sieh dir das Loch in der Scheibe an. Er ist ungefähr auf meiner Schulterhöhe. Geschätzte eins siebzig vom Boden aus.«

Jacinthe leckte sich mit der Zunge Schalen aus dem Mundwinkel.

»Ja, schon …«

Victor führte sie zu der Betonwand, wo das Projektil seinen Flug beendet hatte und mehrere Zentimeter tief eingedrungen war. Er sank auf ein Knie und fuhr mit dem Zeigefinger über den gleichmäßigen Rand des Lochs.

»Wie hoch ist das Loch vom Boden aus? Dreißig Zentimeter, allerhöchstens.«

Jacinthes Augen bekamen wieder mehr Glanz, wie es schien.

»Okay. Und was bedeutet das, wenn die Kugel nicht abgelenkt worden ist?«

Victor zog die Stirn kraus, während er sich wieder aufrichtete.

»Kennen wir schon das Kaliber?«

Die Polizistin spuckte Schalen in ihre Hand und ließ sie in einer Tasche ihrer Cargohose verschwinden.

»Ich warte noch auf den Ballistikbericht, aber der Techniker hat von einer Patrone im Kaliber .50 gesprochen.«

Victor sah sich in seiner Vermutung bestätigt.

»Eine 50er-Patrone ist fast so lang wie meine Hand. Knappe fünfzehn Zentimeter. Das Geschoss selbst misst vier Zentimeter. Ein wahres Teufelszeug, das Metall durchschlägt. Ein militärisches Kaliber.«

Der letzte Satz zeigte Wirkung. Jacinthe sah ihm alarmiert in die Augen.

»Was siehst du, was ich nicht sehe?«

»Das Projektil wurde nicht in horizontaler Richtung abgefeuert. Die Flugbahn verläuft von oben nach unten. Die Position des Schützen war viel höher als die des Opfers.«

Nach der ersten Überraschung trat Jacinthe wieder an die Glaswand und ließ den Blick über das vor ihnen sich ausbreitende Häusermeer schweifen.

»Wir haben ein Problem, Schätzchen. Bis auf den Wohnturm gegenüber gibt es nicht sonderlich viele Gebäude, von denen aus der Schütze ausreichend freie Sicht gehabt hätte.«

»Du hast recht.«

Sie deutete auf ein Hochhaus, das unweit der Rue Peel und eines Rundpavillons der Université McGill an einem Hang lag.

»Es ist zwar weit, aber vielleicht das weiße da hinten?«

»Nicht hoch genug.«

Sauer, weil er sie herumraten ließ, kaute Jacinthe auf ihren Sonnenblumenkernen.

»Nicht hoch genug, nicht hoch genug … Du machst mir Spaß.«

Mit dem Finger dirigierte er sie zu dem Gebäude zurück, auf das sie eben gezeigt hatte.

»Hinter dem Rundpavillon, was siehst du dort?«

Sie kniff konzentriert die Augen zusammen.

»Na ja, Bäume …«

Im selben Moment schoss ihr ein verrückter Gedanke durch den Kopf, den auszusprechen ihr schwer fiel.

»Warte mal … Du glaubst doch nicht, dass …«

Sie stockte mitten im Satz, als sie seinen zustimmenden Blick sah.

»Scheiße, der Typ hat vom Mont Royal aus geschossen?!«

5.

DIE KUNST DES KRIEGES

Sechs Minuten nach dem Mord

Die beiden Männer bereiten sich darauf vor, den Schutz der Bäume zu verlassen. Mit geübter Hand montiert Messiah das Zielfernrohr ab, zerlegt das Präzisionsgewehr und verstaut die Einzelteile in den Fächern seines Rucksacks. Jede Bewegung ist wohlüberlegt: Er will keine Sekunde verlieren.

Neben ihm schält sich Black Dog aus dem schwarzen Overall, unter dem er Shorts und T-Shirt trägt, und stopft ihn zu seiner übrigen Ausrüstung. Auch Messiah zieht seinen aus, verharrt dann einen Moment und stiert ins Leere.

»›Töte einen, um tausend zu warnen …‹«

Black Dog würdigt das Zitat mit Kennermiene.

»*Die Kunst des Krieges* von Sunzi.«

Messiah nickt.

»Du formatierst den Computer der Zielperson neu?«

»Ist schon so gut wie erledigt.«

Black Dog tippt seit mehreren Minuten auf seinem Laptop, als er aus dem Augenwinkel bemerkt, wie Messiah, ein Knie auf dem Boden, die Patronenhülse, die sein Gewehr ausgeworfen hat, zwischen seinen Fingern betrachtet. Die Hülse, die das Projektil enthielt, das Lefebvres Leben beendet hat.

Er ahnt, was in ihm vorgeht, und versucht ihn zu beruhigen.

»Er hat es verdient. Du hast keine Wahl gehabt.«

Mit bedrückter Miene richtete sich Messiah schließlich auf und schultert den Rucksack. Black Dog arbeitet weiter am Laptop.

»Noch zwei Minuten. Dann bin ich durch.«

Aber Messiah hört nicht hin. Er zieht noch mehr blaue Steine aus der Tasche und legte sie vor sich auf den Boden. Bilder und Stimmen steigen in seiner Erinnerung auf.

Afghanistan, 2011. Die Waffen im Anschlag, die Nerven zum Zerreißen gespannt, rücken Messiah und Iba auf der Straße vorsichtig vor. Die junge Frau ruft den Schaulustigen, die sie mit hasserfüllten Blicken und Beschimpfungen empfangen, auf Arabisch Befehle zu.

»Platz da! Los!«

Der Anblick ihrer Waffen und Messiahs entschlossener Miene überzeugen schließlich auch die Widerspenstigen. Die Menge teilt sich vor ihnen. Bald verschwinden die letzten Passanten im Gewirr der engen Gassen. Sie gelangen an die Stelle, wo das Mädchen gestorben ist.

Erschüttert geht Messiah zu dem kleinen Körper, der auf dem Boden im Staub liegt. Das Mädchen muss fünf oder sechs Jahre alt gewesen sein. Wäre da nicht der Blutfleck, der auf der Höhe des Herzens ihr Kleid besudelt, könnte man meinen, sie schlafe friedlich.

Iba legt ihrem Partner mitfühlend die Hand auf die Schulter.

»Wir können nichts mehr tun. Wir müssen hier weg.«

Mit feuchten Augen schluckt Messiah den Kloß hinunter, der sich in seinem Hals gebildet hat. Er will sich gerade abwenden, da fällt sein Blick auf etwas Glänzendes in der rechten Hand des Kindes. Ein blauer Stein. Er bückt sich, geht runter auf ein Knie und streckt die Hand danach aus. Noch weiß er es nicht, aber der Stein ist mit einem Draht verbunden, der im Ärmel des Pullovers des Mädchens verborgen ist.

Erst als er den Stein mit den Fingern berührt, wittert Iba die Gefahr.

»Nicht!«

Ihre Warnung kommt zu spät. Messiah erkennt seinen Fehler, als er ein Klicken hört. Iba wirft sich gegen ihn, um ihn von dem toten Mädchen wegzustoßen. Im selben Moment gibt es eine heftige Explosion. Wie Puppen werden sie weggeblasen und in einer Wolke aus menschlichen Körperteilen, Blut, Sand und Staub nach hinten geschleudert.

Black Dogs ernste Stimme reißt Messiah jäh aus seinen Erinnerungen und holt ihn in die Gegenwart zurück.

»Neuformatierung … abgeschlossen.«

Er klappt den Laptop zu und lässt ihn in seinen Rucksack gleiten. Messiah sieht ihn finster an.

»Jetzt können wir nicht mehr zurück.«

Black Dog nickt und berührt ihn an der Schulter.

»Wir treffen uns am Pick-up.«

Ohne ein weiteres Wort macht er sich im Laufschritt auf den Weg. Messiah wirft einen letzten Blick in die Runde, um sich zu vergewissern, dass sie keine verräterischen Spuren zurücklassen.

Andächtig betrachtet er die blauen, ins Lila spielenden Steine, die er im Gedenken an den Mann, der soeben durch ihn gestorben ist, zu einem Inuksuk aufgeschichtet hat.

Er schließt die Augen. Eine Stimme hallt durch seinen Kopf und vermischt sich mit dem Bild und dem Pfeifen eines Stocks, der durch die Luft auf ihn niedersaust. Wie jedes Mal, wenn er an die Kendostunden denkt, schmeckt er wieder den Schmerz und die Wut auf der Zunge. »Immer Respekt vor dem Gegner haben. Beweg dich!«

Sein Vater. Der Mann, den er mehr als jeden anderen liebt und hasst. Er nimmt die Sonnenbrille ab und setzt seine Augen dem Licht aus.

Bei der Explosion der selbst gebauten Bombe in Afghanistan, die Iba Khelifi und ihn fast das Leben gekostet hätte, ist sein linkes Auge in Mitleidenschaft gezogen worden. Die Iris hat eine starke

Depigmentierung erfahren und sieht inzwischen wie verwaschen, fast wie gebleicht aus. *»Immer in Bewegung bleiben! Mach schon!«*

Er setzt die Sonnenbrille wieder auf und schlägt den Weg zur Straße ein. Der Hang ist hier steil, von Gestrüpp überwuchert und unwegsam. Aber sein Laufstil wirkt geschmeidig und kraftvoll. In diesem Augenblick erinnert Messiah nicht an eine zum Töten gedrillte Kampfmaschine, sondern an einen Jogger, der jeden Tag auf dem Mont Royal Dutzende anderer überholt.

6.
ERDKRÜMMUNG UND ANDERE PARAMETER

Anfangs erschien ihr die Theorie fraglich. Da sie jedoch dazu neigte, in den Ereignissen stets das Resultat einer gewissen praktischen Logik zu sehen, zermarterte sich Jacinthe weiter das Hirn und versuchte der von Victor angesprochenen Möglichkeit ein Körnchen Wahrscheinlichkeit abzugewinnen.

»Entschuldige, aber anderthalb Kilometer, das ist doch echt weit.«

Er stand reglos bei Lefebvres Leiche. Obwohl ihn der Anblick anwiderte und er am liebsten auf den Korridor geflüchtet wäre, zurück an die frische Luft, zwang er sich hinzusehen, um die ganze Sinnlosigkeit dieses zerstörten Lebens zu ermessen.

»Den Rekord für den weitesten Schuss hält ein kanadischer Soldat: dreitausendvierhundertfünfzig Meter, auf einen IS-Kämpfer. Die Kugel flog zehn Sekunden, bevor sie ihr Ziel traf.«

Jacinthe stöhnte.

»Okay, aber ab einer bestimmten Entfernung sinken doch die Chancen. Es dürfte nicht sehr viele Leute geben, die in der Lage sind, ein bewegliches Ziel aus über einem Kilometer Entfernung zu treffen. Mit dem Wind und so.«

»Das ist wirklich eine Wissenschaft für sich. Man muss mehrere Parameter berücksichtigen: Temperatur, Luftdruck, Schwerkraft, Erdkrümmung, Standort der Zielperson, die Eigenschaften von Waffe und Munition ...«

Jacinthe verzog scheinheilig das Gesicht.

»Genau das meine ich doch, wenn ich ›und so‹ sage.«

Er grinste.

»Ich verstehe! Das ist, als ob du ›und so weiter‹ gesagt hättest.«

Sie schwankte zwischen Belustigung und Verärgerung.

»Jedenfalls sind mir Parameter und Rekorde egal. Mich interessiert nur unser Mörder.«

Victor lehnte sich gegen die Glaswand und blickte zu der Masse von Bäumen auf dem Mont Royal.

»Wir reden hier nicht von nur einem Schützen, sondern von einem Team. Denn um aus dieser Entfernung ein bewegliches Ziel durch eine Glasscheibe zu treffen, brauchst du einen Beobachter, der dich mit den Parametern füttert.«

Jacinthe trat neben ihn und sah ihn ungläubig an.

»Moment mal, Lessard. Wenn da ein Beobachter dabei war, dann handelt es sich nicht nur um einen Mord, sondern um ein Mordkomplott. Ist dir das klar?«

Victor fuhr sich mit der Hand durchs dichte Haar.

»Moment, nur damit wir uns richtig verstehen. Ich bin mir nicht hundertprozentig sicher, dass das Sniper-Nest auf dem Mont Royal war. Ich sage nur, dass es keine sechsunddreißig anderen Möglichkeiten gibt.«

»Du sagst aber auch, dass wir bei einer solchen Entfernung nicht nach Leuten wie meinen Onkel Gérard und seinen Schwager suchen, die sonntagmorgens Rehe jagen.«

Eine Antwort darauf erübrigte sich. Sie überlegten eine Weile.

»*One shot, one kill.* Die Arbeit eines Profis … Meinst du, das sind ehemalige Soldaten?«

Victor zuckte gereizt mit den Schultern.

»Nicht unbedingt. Zunächst einmal gilt es die Stelle zu finden, wo sie im Hinterhalt gelegen haben. Ist sie über einen Kilometer entfernt, bekommst du eine Vorstellung davon, wen du suchst und was für eine Ausrüstung er benutzt hat.«

Jacinthe ließ diese Auskunft sacken, dann fing sie an, auf ihrem Handy zu tippen.

»Wir werden trotzdem nicht drum herumkommen, in unseren Akten zu wühlen und eine Liste vorbestrafter Soldaten und Veteranen zu erstellen. Mit einem Schwerpunkt auf Scharfschützen.«

Victor machte, seine Worte sorgfältig abwägend, einen weitergehenden Vorschlag.

»Dasselbe solltest du mit den Scharfschützen von Polizei und Gendarmerie machen.«

Jacinthe hob den Kopf und nickte, obwohl ihr die Vorstellung nicht sonderlich behagte.

»Aber warum Lefebvre auf diese Weise umbringen? Normalerweise versuchst du doch, so nahe wie möglich an dein Opfer heranzukommen, oder?«

Ohne eine Antwort abzuwarten, sprach sie weiter.

»Schließlich war er Journalist und kein Gangsterboss, der von Leibwächtern beschützt wird. Warum ihm nicht auf einem Parkplatz in Laval eine Kugel in den Kopf jagen?«

Die Stimme, mit der Victor antwortete, klang wie ein sanftes Pusten in die Glut.

»Weil sie es konnten …«

Sie sah ihn an, bemüht, die Tragweite seiner Antwort zu ermessen.

»Willst du damit sagen, dass …«

»Das war kein gewöhnlicher Mord. Das war eine Machtdemonstration. Ihr werdet euch mit Lefebvres Arbeit befassen müssen. Womit hat er sich zuletzt beschäftigt?«

Sie wusste, dass er recht hatte, und dennoch sträubte sich etwas in ihr dagegen. Sie zog die Schultern hoch und wartete ab.

Er fuhr fort.

»Und wenn ihr seinen Computer nicht findet, kann das bedeuten, dass ihn jemand mitgenommen hat.«

»Vor dem Mord?«

Jacinthe stutzte, dann begriff sie.

»Oder jemand, der alles gesehen hat …«

Sie tauschten einen langen Blick. Es war klar, was aus einer solchen Hypothese zu folgern war: Wenn jemand den Mord an Lefebvre mitangesehen hatte, dann war er jetzt in Gefahr.

7.
MIR IST SO TRAURIG UMS HERZ

Acht Minuten vor dem Mord

Bekleidet mit einem langen, grünen Wollmantel, einen Rucksack auf dem Rücken, die Haare und die obere Gesichtshälfte unter der Kapuze verborgen, tritt die junge, dunkelhäutige Frau geräuschlos in die Wohnung Guillaume Lefebvres.

Während sie die Schlüsselkarte einsteckt, merkt sie sofort, dass etwas nicht stimmt. Eine Jacke, Schuhe, eine Ledertasche und Schlüssel liegen auf dem Fußboden verstreut. Sie begreift, dass sie gegen die Regel verstoßen hat und ungelegen kommt, und will gerade kehrtmachen, als er im Flur auftaucht, seinen Laptop in der Hand. Er ist barfuß, trägt eine schwarze Jogginghose und ein graues T-Shirt.

Die Besucherin nimmt ihre Sonnenbrille ab, und die beiden sehen einander herausfordernd an. Der Journalist wird hochrot im Gesicht, die Adern an seinen Schläfen schwellen an.

»Was willst du hier?«

Obwohl auf den anrüchigen Straßen Abidjans sozialisiert, senkt sie leicht den Kopf, um einen Streit zu vermeiden, doch sie antwortet mit fester Stimme.

»Du bist nicht zu unserer Verabredung gekommen. Da habe ich mir Sorgen gemacht.«

Er geht zu der Glaswand und blickt auf die Stadt, die weit unten pulsiert. Ohne sich umzudrehen, giftet er:

»Ich dachte, wir hätten das geklärt. Du solltest den Kartenschlüssel nur im Notfall benutzen. Du hättest dich ankündigen müssen.«

»Kein Handy, kein Telefon, kein Internet. Wir waren uns doch einig!«

»Ich muss weg. Jetzt gleich.«

Lefebvre tut es bereits leid, dass er aus der Haut gefahren ist. Er will sich gerade entschuldigen, als das Mailprogramm seines Rechners mit einem Piepton den Eingang einer Nachricht meldet.

Ärgerlich beißt die Frau die Zähne zusammen.

»Du willst Schluss machen, stimmt's?«

Sie ballt die Fäuste, ringt um Fassung.

»Du willst Schluss machen, aber du hast nicht den Mut gehabt, es mir ins Gesicht zu sagen.«

Die Augen auf den Bildschirm gerichtet, kehrt ihr Lefebvre immer noch den Rücken zu. Als er sich umdreht, sieht er so aus, als wäre ein anderer in seine Haut geschlüpft.

»Was ist los, Guillaume?«

Sie fragt ihn, dabei weiß sie, warum die Dinge aus dem Ruder gelaufen sind, warum der Journalist sich zurückgezogen und abgekapselt hat. Sie mustert ihn im weißlichen Gegenlicht der Glaswand. In einem solchen Zustand hat sie ihn noch nie gesehen.

»Ich habe dir doch gesagt, dass du gehen sollst. Du hast hier nichts verloren.«

»So kann das nicht weitergehen, Guillaume. Du musst damit aufhören, denn …«

Er unterbricht sie.

»Glaubst du etwa, ich habe Angst? Glaubst du, ich lasse mich einschüchtern?«

Da dämmert ihr, dass etwas Schlimmeres im Gang ist, als sie vermutet hat.

»Was ist? Hast du Drohungen erhalten. Von ihnen?«

Wieder piept das E-Mail-Programm. Lefebvre blickt auf den Bildschirm. Und als er wieder zu ihr aufschaut, sind seine Züge von Angst verzerrt.

»Verschwinde! Und zwar …«

Er beendet den Satz nicht. Das Geräusch von splitterndem Glas ertönt, ein Pfeifen, dann das dumpfe Klatschen des Projektils, das sein linkes Schulterblatt durchschlägt.

Entsetzt sieht die junge Frau, wie Lefebvres Körper sich aufbäumt und sein Brustkorb explodiert. Fleisch- und Gewebefetzen wirbeln durch die Luft. Der Journalist kippt vornüber, stößt einen Schwall Luft aus und sackt mit dem Gesicht voraus zu Boden. Wie mit Verzögerung beginnt das Blut zu spritzen.

Die Frau fällt auf den Hintern. Sie ist starr vor Angst. Dann findet sie die Kraft, zu ihm zu kriechen. Lefebvre hat den Kopf in ihre Richtung gedreht. Sie sieht ihm in die Augen.

»Wo ist es, Guillaume? In deinem Computer? Guillaume?!«

Sie spricht zu ihm, aber der Journalist hört sie nicht.

Zu dumm, Emma, ich weiß, dass ich sterbe, aber alles, woran ich mich erinnere, ist das Gedicht über die Raubvögel, das du geschrieben hast, als Constance gestorben ist.

Es handelte von einem Falken, der zu den Sternen fliegen und mit den Toten sprechen kann. Ich erinnere mich noch. Es hieß ›Mir ist so traurig ums Herz‹.

Die junge Frau bemerkt plötzlich, dass sie Blut an den Händen hat. Sie möchte schreien, aber es gelingt ihr, Ruhe zu bewahren und sich dem Sterbenden zuzuwenden.

»Bleib bei mir, Guillaume! Sag mir, wo ich suchen muss.«

Doch Lefebvre versinkt bereits in tintenschwarzem Wasser und fühlt, dass er untergeht wie ein ölverschmierter Vogel. Seine reglose Hand liegt auf dem Boden in seinem Gesichtsfeld. Mit geschärftem Blick betrachtet er die Adern, die unter der Haut verlaufen, die Textur der Epidermis, wird sich jeder Linie bewusst, die seine Handfläche durchzieht.

Eine endlose Sekunde lang staunt er über dieses grenzenlose Labyrinth, dieses verschlungene, pulsierende Netz, und er wird von einer Erkenntnis durchdrungen, die ihn beruhigt: Man hat die Unendlichkeit täglich vor Augen, man muss sich ihr nur nähern und hinsehen.

Und darum bemüht er sich jetzt: Er bewundert das viele Blut, in dem seine Hand liegt, wie angespült von der Flut.

»Wer wird sich um mich kümmern, wenn du mal stirbst?«

Das hast du mich immer wieder gefragt, wenn du deine Panikattacken hattest, Emma. Anstatt das zu tun, was alle Eltern tun, wenn sie ihr Kind zu beruhigen suchen, und dir beispielsweise zu sagen, dass du schon alt sein wirst, wenn es geschieht, habe ich dich in die Arme genommen und dir erklärt, dass das Leben so schnell vergeht, dass nichts an ihm festhalten kann. Weißt du noch?

»Du bist das Schönste, was mir das Leben geschenkt hat, Emma. Ich bin da. Du kannst ruhig schlafen.«

Das habe ich zu dir gesagt, mein Mädchen. Gemeinsam haben wir über eine Eigenschaft der Dinge gesprochen, die dich trösten und dir helfen könnte, auch nach dem Tod deiner Mutter weiterzuleben: die Vergänglichkeit.

Alles ist unablässig in Bewegung. Es stimmt, das erkenne ich jetzt, wo mir vieles klar wird. All die Zeit, die ich verloren habe, Emma. Und dass ich dich nun verliere.

Guillaume Lefebvre spürt, wie er langsam dahingleitet, und es ist ein angenehmes, fast berauschendes Gefühl. Ein letztes Mal nimmt sein Bewusstsein Kontakt zu dieser Wirklichkeit auf, die er gleich für immer verlassen wird.

Er verspürt keinen Schmerz, aber Hände rütteln ihn. Eine schwarze Frau beugt sich über ihn, das Gesicht in Tränen gebadet. Er lächelt sie an, voller Mitgefühl, weil sie weiter ihren Weg gehen muss.

Er bemerkt, dass ihre Lippen sich bewegen. Sie spricht zu ihm.

»Oh, mein Gott! Guillaume! Bleib bei mir! Sag mir, wo ich suchen muss.«

Da stammelt er unter übermenschlicher Anstrengung ein letztes Wort, das die junge Frau ihm mehr von den Lippen abliest, als dass sie es hört.

»Ma… …man.«

Als der Journalist die Augen verdreht und ein letztes Röcheln von sich gibt, erstickt ein Schrei in ihrer Kehle, und ihr Herz ballt sich zusammen wie eine Faust. Guillaume Lefebvre ist tot. Im Sterben hat er nach seiner Mutter gerufen.

Sie springt auf, trocknet die Tränen mit dem Ärmel und wäscht sich am Spülbecken das Blut von den Händen. Dann wischt sie mit einem Lappen Hahn und Anrichte ab.

Sie ist nicht aktenkundig, aber ihr Leben lang hat sie die Spuren ihrer Anwesenheit verwischt. Sie sammelt sich, ergreift den Computer und riskiert dann einen Blick auf den Korridor. Niemand zu sehen.

Jetzt erst wird ihr bewusst, wie unvorsichtig sie gewesen ist, und sie begreift, dass ein zweites Geschoss auch sie hätte treffen und töten können. Und dass sie ihr Leben möglicherweise nur dem Umstand verdankt, dass sie in der Diele geblieben und dann zu Lefebvre gekrochen ist.

Sie wischt den Türgriff ab und eilt den Korridor hinunter. Sie hat einen unbändigen Lebenswillen. Vor allem aber möchte sie, dass alle Welt davon erfährt.

8.

EINE GESCHICHTE ENDET, EINE ANDERE BEGINNT

Einmal ausgesprochen, nistete sich Victors Hypothese so in seine Gehirnwindungen ein, dass er sie unmöglich beiseiteschieben konnte. Er war sich in der Sache keineswegs sicher, aber seine Unruhe wuchs mit jeder Sekunde, als hätte sein Inneres Alarm geschlagen.

Jacinthe und er hatten sich zu Nadja begeben, die noch mit der Durchsuchung von Lefebvres Schlafzimmer beschäftigt war. Auch dort bot eine Glaswand eine atemberaubende Aussicht auf die Stadt und den Mont Royal. Jacinthe schloss eine Kommodenschublade, dann rief sie ihrem ehemaligen Partner zu:

»He, Lessard, wenn dir noch mehr Blut in den Kopf schießt, bleibt nichts mehr für den Rest.«

Er konnte die Füße nicht stillhalten und tigerte ruhelos im Zimmer auf und ab.

»Ich habe mit den Technikern eine Runde gedreht«, sagte Nadja. »Wir haben keinen Hinweis darauf gefunden, dass sich zum Tatzeitpunkt noch jemand in der Wohnung aufgehalten hat.«

Victor blieb stehen und sah ihr in die Augen.

»Abgesehen davon, dass sein Computer verschwunden ist.«

Sie nickte, doch Jacinthe korrigierte:

»Dass sein Computer *möglicherweise* verschwunden ist.«

Victor rasselte in einem Zug herunter, was als Nächstes zu tun war.

»Wir müssen uns die Aufnahmen der Überwachungskamera unten ansehen. Wir suchen jemanden mit einem Computer. Und wir müssen herausfinden, ob Lefebvre eine Verabredung hatte. Es gibt keine Einbruchspuren. Wem könnte Lefebvre eine Schlüsselkarte gegeben haben? Wer kannte seinen Terminkalender?«

Er verstummte, als er merkte, dass er sich so verhielt, als ob er das Dezernat Kapitalverbrechen nie verlassen hätte. Auch Jacinthe war es aufgefallen.

»Ich setze dir sofort ein Empfehlungsschreiben auf, wenn du zurückkommen willst.«

Ein leichtes Grinsen umspielte ihre Lippen. Sie amüsierte sich schon jetzt darüber, was er antworten würde.

»Auf keinen Fall.«

Das Feuer brannte noch und würde immer brennen, aber Victor wollte es nicht zugeben. Mit einem Räuspern brachte sich Nadja den beiden in Erinnerung.

»Ich gehe runter und sehe nach den Aufnahmen.«

Victor nickte. Sie entfernte sich ohne ein weiteres Wort. Jacinthe, die Victors Theorie nach wie vor skeptisch gegenüberstand, weihte ihn in ihre eigene ein.

»Wenn der Schütze tatsächlich auf dem Mont Royal war, kann er anschließend unmöglich hierhergekommen sein. Er muss einen Komplizen im Gebäude gehabt haben. Und als Lefebvre erschossen wird, kommt der Typ rein, schnappt sich den Computer und verschwindet.«

»Wenn zum Zeitpunkt des Mordes jemand hier war, heißt das nicht unbedingt, dass er ein Komplize der Schützen war.«

Jacinthe verzog das Gesicht und ließ ein übellauniges Knurren vernehmen.

»Okay, aber warum haben sie dann nicht auch ihn erschossen?«

»Aus dieser Entfernung konnten sie mit dem Zielfernrohr vielleicht nicht den ganzen Raum einsehen.«

»Du meinst, der andere ist in einem toten Winkel gewesen?«

Victor nickte. Jacinthe tippte auf ihrem Handy herum und hielt es sich ans Ohr.

»Scheiße, Kid! Kannst du mir mal verraten, wieso du nicht ans Telefon gehst? Ich habe doch nicht verlangt, dass du die Atomcodes aus dem Weißen Haus besorgst!«

Victor musste schmunzeln, als sie eine Nachricht absetzte, in der sie Loïc »Tritte in den Hintern« und »eine Abreibung« androhte, falls er nicht in den nächsten Minuten zurückrief. Sie legte auf. Ihr Gesicht war knallrot und glühte regelrecht.

»Wenn dir noch mehr Blut in den Kopf schießt, bleibt nichts mehr für den Rest, Jacinthe.«

Der Scherz brachte sie nur noch mehr in Rage.

»Das macht er andauernd mit mir. Schaltet sein Handy aus, wenn er bei ›Kunden‹ ist. Geht's noch? Er verkauft doch keine Versicherungen, der Blödmann.«

Sie beruhigte sich und führte den Gedankengang fort, den ihr Expartner angestoßen hatte.

»Okay. Und warum ist der Besucher abgehauen, ohne die Polizei zu verständigen?«

Victor überlegte ein paar Sekunden.

»Ich würde sagen, weil er Angst hatte.«

Jacinthe steckte sich den kleinen Finger ins Ohr und pulte darin herum.

»Demnach wäre er geflohen, um den Schützen zu entkommen.«

Victor nickte und trat an die Glaswand.

»Angenommen, es war gar nicht geplant, mit Lefebvres Computer zu verschwinden, es hat sich einfach so ergeben. Wer ist bei ihm gewesen? Was verbindet die beiden? Das ist die entscheidende Frage.«

Jacinthe sah ihn forschend an.

»Die einzige Verbindung, die ich sehe, ist seine Arbeit. Guillaume Lefebvre war einer großen Sache auf der Spur, hatte die Absicht, einen Artikel darüber zu veröffentlichen, und dann … bum!«

Victor nickte, ohne sich umzudrehen, und betrachtete nachdenklich die sich rot färbende Masse des Mont Royal. In der Ferne begannen Kirchenglocken zu läuten.

»Genau. Man wollte ihn zum Schweigen bringen …«

Diesmal erhob Jacinthe keinen Einwand. Sie vertraute auf den Instinkt des Mannes, den sie, ohne es ihm jemals gesagt zu haben, für den besten Ermittler hielt, der ihr jemals begegnet war. Und den sie, aber auch das würde sie ihm niemals sagen, als ihren besten Freund ansah.

9.
KATZ UND MAUS

Dreizehn Minuten
nach dem Mord

Messiah kommt im Laufschritt an dem weißen Pick-up an. Black Dog, der mehrere Minuten vor ihm eingetroffen ist, lehnt am Wagen, noch schwitzend, eine Trinkflasche in der Hand. Ohne eine Sekunde zu verlieren, wirft Messiah seinen Rucksack in die Fahrerkabine, schnauft ein paarmal tief durch und nimmt einen Schluck aus der Flasche, die Black Dog ihm lächelnd hinhält.

»Das war wirklich ein guter Schuss. Profiarbeit.«

»Teamwork, Kamerad. Ohne dich hätte ich das nicht geschafft.«

Die beiden Männer stoßen die Fäuste aneinander. Black Dogs Miene wird wieder ernst.

»Ich versuche nur, den Anforderungen gerecht zu werden. Ich weiß, dass Khelifi für dich die Beste war …«

Messiah verzieht das Gesicht. Diese Erinnerung rührt an den Wurzeln seines Schmerzes. Er versagt sich das Recht, sein Herz auszuschütten und darüber zu sprechen, was in Afghanistan geschehen ist.

Das Handy in seiner Tasche gibt einen speziellen Ton von sich. Er zieht es hervor und betrachtet das Display, auf dem sich ein GPS-Signal bewegt.

»Hast du den Computer der Zielperson neu formatiert, ja oder nein?«

»Ja. Zeig mal …«

Das Signal auf dem Bildschirm bewegt sich weiter. Messiah nimmt seine Sonnenbrille ab und entblößt sein verblichenes Auge.

»Gibt es ein Problem?«

Sein besorgniserregender Blick lässt Black Dog das Blut in den Adern gefrieren.

»Es ist schon merkwürdig, dass jemand mit dem Computer unterwegs ist … Aber ich habe ihn formatiert, ganz sicher. Sekunde …«

Black Dog packt seinen Laptop aus und startet rasch einen Systemcheck.

»Das verstehe ich nicht … Sieht so aus, als hätte jemand den Vorgang blockiert.«

»Versuch es noch mal«, erwidert Messiah mit ruhiger Stimme. »Ich rufe Viper an und gebe ihm die IP-Adresse durch.«

»Verstanden.«

Messiah klettert hinters Steuer. Auf dem Beifahrersitz bearbeitet Black Dog fieberhaft seine Tastatur. Mit unbewegter Miene, das Handy am Ohr, lässt der Mann mit dem verblichenen Auge den Motor an. Der Pick-up heult auf und fährt mit quietschenden Reifen los.

Die schwarze junge Frau konnte keinen klaren Gedanken fassen, als sie aus dem Glastower kam. Daher ist sie minutenlang ziellos umhergewandert, ein lautes Pfeifen in den Ohren. Dann hat ihr Gehirn wieder auf Normalbetrieb geschaltet, und sie hat mit klopfendem Herzen den Weg zur Place du Canada eingeschlagen.

Dort vergewissert sie sich im Schutz der Bäume, dass sie Guillaumes Laptop noch mit ihrem Fingerabdruck entsperren kann. Es rührt sie zu Tränen, dass er ihr sein Vertrauen nicht entzogen hat. Für einen Moment sieht sie wieder das Gesicht des Journalisten vor sich.

Den Laptop auf den Knien, beginnt sie seinen Inhalt zu durchforsten und scrollt durch die Verzeichnisse, die sich in ihrer Sonnenbrille spiegeln. Ihre Enttäuschung wächst im selben Maße, wie sie sich als unfähig erweist, die gesuchten Dateien zu finden.

In ihrer Verzweiflung zieht sie eine externe Platte aus ihrem

Rucksack und schließt sie an den Laptop an, um die Festplatte zu kopieren. Eine Meldung erscheint auf dem Bildschirm: »Downloadzeit: 54 Minuten.« Sie beißt die Zähne zusammen. Sie muss ihr Leben aufs Spiel setzen und Zeit gewinnen, bevor sie sich Guillaumes Rechner entledigen kann.

Und da passiert es: Eine Software, die sie selbst vor Wochen installiert und verschlüsselt hat, löst einen Alarm aus. Jemand versucht per Fernzugriff, die Festplatte zu formatieren, und bestätigt damit ihre Befürchtungen. Ihre Finger fliegen über die Tastatur. Sie weiß, wie man Hackerangriffe abwehrt.

Die Kapuze ihres Hoodies ins Gesicht gezogen, verlässt die junge Frau die Straße und huscht, sich immer wieder misstrauisch umblickend, die Treppen zur Untergrundstadt Montréal hinunter.

Die Vorsichtsmaßnahmen, die sie seit ihrer Flucht aus Lefebvres Wohnung ergriffen hat, sind nicht umsonst gewesen: Soweit sie es beurteilen kann, wird sie nicht verfolgt.

Es wird ihr erst später ganz bewusst werden, aber sie ist kein junges Mädchen mehr, das auf den Straßen von Abidjan ums Überleben kämpft. Sie ist eine Frau, die den Mut hat, das schwere Vermächtnis, das ihr aufgebürdet worden ist, zu tragen.

Der Lärm des Verkehrs und das Rauschen der Stadt verklingen, als sie eine der Türen passiert, die zu dem Netz von unterirdischen Fußgängertunneln führt.

Sie stürzt in eine Ladenpassage, als der Laptop unter ihrem Arm erneut Alarm schlägt. Eilends sucht sie sich eine abgeschiedene Ecke und blickt auf den Bildschirm. Ein Fenster ist aufgepoppt. Wieder ist ein Formatierungsversuch im Gang. Wie beim ersten Mal gelingt es ihr mit ein paar Tricks, ihn zu vereiteln. Sie hastet weiter.

Der weiße Pick-up rollt langsam durch die Rue de la Cathédrale. Mit dem scharfen Blick von Jägern, die dem Wild auf der Spur sind, suchen Black Dog und Messiah die Schar der Spaziergänger ab, die durch die Parkanlage der Place du Canada flanieren.

Black Dog senkt den Blick auf den Bildschirm seines Rechners. Das GPS-Signal bewegt sich wieder.

»Scheiße, warum bleibt der Typ stehen und geht dann weiter? Als ob er wüsste, dass wir einen Tracker in Lefebvres Computer haben.«

Messiah drückt aufs Gaspedal.

»Genau das ist es. Er sucht Beton, um das Signal zu blockieren! Die Metro!«

Der Pick-up rast bei Gelb über die Rue de La Gauchetière, und das Heck schrappt knirschend über den Asphalt, dass die Funken stieben.

Hinter der Kreuzung tritt Messiah auf die Bremse und bringt den Wagen neben dem Château Champlain zum Stehen. Er schlüpft in eine Sportjacke, steckt sich einen Ohrhörer ins Ohr und fischt seine Pistole unter dem Sitz hervor. Bevor er aussteigt, dreht er sich zu Black Dog um.

»Fahr zur nächsten Station und halt dort die Augen offen. Wir dürfen ihn nicht entkommen lassen.«

Noch bevor sein Partner hinterm Steuer sitzt, hat Messiah die Straße überquert. Entschlossen betritt er die Eingangshalle des Wolkenkratzers 1000 de La Gauchière, aus der man in die Untergrundstadt gelangt. Ein Jäger, der ruhig und umsichtig auf die Pirsch geht.

10.
#ICHRETTEDIRWIEDERDENARSCH

Als Victor aus dem Schlafzimmer zum Tatort zurückkehrte, musste er daran denken, wie leicht er zu alter Routine zurückgefunden hatte. Der bloße Gedanke erschreckte ihn. Während seiner Zeit im Dezernat Kapitalverbrechen hatte er Nadja gegenüber immer wieder behauptet, dass er sich keineswegs über den Beruf des Ermittlers definiere. Er könne jederzeit aussteigen, so wie man mit dem Rauchen aufhöre. Worauf sie amüsiert gekontert hatte, dass ihm genau das eben noch nicht gelungen sei.

Mit zunehmendem Alter fällt es immer schwerer zu sagen, welchen Teil von sich man als unabänderlich ansehen kann. Victor versuchte sich in Erinnerung zu rufen, wie optimistisch er am ersten Morgen nach seiner Kündigung gewesen war und wie beseelt von der Hoffnung, sein Leben zu ändern und sich neu zu erfinden. Doch zum jetzigen Zeitpunkt wusste er nicht mehr, ob er sich in die eigene Tasche gelogen und etwas zusammenphantasiert hatte oder ob er einfach nur vor der Wahrheit die Augen verschlossen hatte. Eins war jedenfalls sicher: Den Job, den er im Casino ergattern konnte, wollte er nicht für den Rest seines Lebens machen.

Eine Idee war ihm gekommen, nämlich Vorträge zu halten vor jungen Leuten, die Straßengangs angehörten, um sie dafür zu sensibilisieren, dass Gewalt eine Sackgasse war, und ihnen einen Weg aufzuzeigen, wie sie davon loskommen konnten. Nadja hatte die Idee genial gefunden, doch er hatte sie schon bald wieder auf Eis gelegt, und zwar unter dem Vorwand, dass ihm die nötige

Kompetenz fehle. Was nicht stimmte: Kaum jemand wäre geeigneter und dabei glaubwürdiger gewesen, ein solches Projekt auf die Beine zu stellen.

Jacinthe lief in ihrem wiegenden Gang vor ihm her. Als ihr Telefon klingelte, begann sie es in den zahlreichen Taschen ihrer Cargohose zu suchen.

Ein Grinsen ging über Victors Lippen.

»Vielleicht in deinem Tanga?«

Ohne sich umzudrehen, zeigte sie ihm den Mittelfinger. Schließlich fand sie das Gerät in der Brusttasche ihres Hemdes und schaltete es in den Freisprechmodus.

»Na endlich, Loïc! Sag jetzt nicht, dass du zur Abwechslung mal was tust für dein Geld.«

Loïcs Stimme drang verhalten aus dem Lautsprecher. Er flüsterte. Victor vermutete, dass die Eltern des Journalisten hinter ihm unter Schock auf dem Sofa saßen.

»Ich habe deine Nachrichten abgehört. Wenn du mich anrührst, beschwere ich mich bei der Internen.«

»Wenn ich dich anrühre, mein Freund, gehst du eine Weile breitbeinig.«

Sie zwinkerte Victor zu und versetzte ihm, stolz auf ihre Antwort, einen Klaps, der ihm fast die Schulter auskugelte. Sie hörten Loïc am anderen Ende der Leitung leise kichern.

»Ich habe gerade mit Lefebvres Eltern gesprochen. Sie sind untröstlich. Sein Vater wird zu der kleinen Emma ins Ferienlager fahren, um ihr zu sagen, was passiert ist.«

Victor schlug die Augen nieder, und Jacinthe verzog das Gesicht.

»Hör zu, Kid … Hast du sie das gefragt, worum ich dich gebeten habe?«

»Ja, ja. Sie haben ihren Sohn am Wochenende das letzte Mal gesehen. Er hat vorbeigeschaut, um ein Buch zurückzubringen, das ihm sein Vater geliehen hatte. Auf Drängen seiner Mutter ist er zum Abendessen geblieben. Sie fanden nicht, dass er gestresster war als sonst.«

Damit Loïc ihn nicht hören konnte, flüsterte Victor Jacinthe ins Ohr:

»Er soll sie fragen, ob ihr Sohn Freunden manchmal Schlüsselkarten gegeben hat.«

Sie gab die Frage an Loïc weiter.

»Okay. Ich werde sie gleich fragen. Wer war das im Hintergrund? Paul?«

Victor warf Jacinthe einen vernichtenden Blick zu.

»Nein, nur ein Techniker … Sieh zu, dass du auch eine Liste von Lefebvres engsten Freunden von ihnen bekommst. Okay? Ich mach jetzt Schluss, da kommt noch ein Anruf. Halt mich auf dem Laufenden.«

Victor wartete, bis sie aufgelegt hatte, dann explodierte er.

»Scheiße! Ich hab dir doch gesagt, dass die Sache auffliegt.«

»Tja, du hättest einfach den Mund halten sollen.«

Sie wollte weiterreden, doch jetzt klingelte Victors Telefon. Es war Nadja. Er stellte auf Freisprechen um.

»Ich habe mir die Aufnahmen angesehen. Wir haben eine Frau in einem grünen Mantel und mit Rucksack. Sie ist dreiundfünfzig Minuten vor Entdeckung der Leiche ins Haus gekommen und nach zwanzig Minuten wieder rausgestürmt. Und falls ihr fragen wollt: Nein, ihr Gesicht ist von einer Kapuze verdeckt.«

Jacinthe fuhr sich mit den Fingern durchs kurze Haar.

»Und falls wir fragen wollen: Hatte sie einen Laptop dabei?«

Nadja ließ eine Sekunde verstreichen, um es spannend zu machen.

»Allerdings.«

Sie dankten ihr und baten sie, eine Kopie der Aufnahmen zu besorgen.

»Na also, du hast eine Zeugin, Jacinthe. Das ist doch was.«

Sie strafte Victor mit ihrem vernichtendsten Blick.

»Soll ich jetzt Freudensprünge machen? Ich rufe dich an, um einen kleinen Mord aufzuklären, und was habe ich jetzt am Hals? Scharfschützen auf dem Mont Royal, einen Investigativjournalisten, den jemand zum Schweigen bringen wollte, und eine flüchtige Zeugin.«

Sie legte die Hand aufs Herz.

»Danke, mein Lieber. Meinen allerwertesten Dank! Weißt du was? Im Casino bist du mir lieber.«

Er musste schmunzeln. In meckerndem Ton setzte sie hinzu:

»Hättest du Lust, nachher einen Burger essen zu gehen?«

Während Victor mit einem »Vielleicht« antwortete, das so viel wie »Ja« bedeutete, ging die Wohnungstür halb auf und der draußen postierte Streifenpolizist winkte Jacinthe. Sie ging zu ihm und verschwand auf dem Korridor.

Sie grinste albern, als sie wenig später wiederkam.

»Du hast ein Problem, mein Lieber.«

»Ich? Was für ein Problem denn?«

Er runzelte verdutzt die Stirn.

»Eins von der Sorte Superfrau mit Angelina-Jolie-Mund. Sie schiebt Panik, weil ihr Freund tot ist, und will dich sprechen.«

Victor brauchte einen Moment, ehe er begriff, und konnte seine Überraschung nicht verhehlen.

»Virginie Tousignant?«

»Ja. Deine kleine Journalistin. Du musst versuchen, mehr aus ihr herauszubringen, denn als Mademoiselle spitzgekriegt hat, dass du da bist, hat sie die Konversation mit mir eingestellt.«

»Aber woher weiß sie denn, dass …«

Mit der einen Hand scheuchte sie ihn fort, mit der anderen drückte sie ihr Telefon ans Ohr.

»Ich sorge dafür, dass deine Freundin nicht gleich wieder raufkommt, Loverboy. Hashtag IchrettedirwiederdenArsch.«

Ungläubig und mit weit aufgerissenen Augen machte er ein paar Schritte in Richtung Tür und drehte sich dann um.

»Du wirst mir noch erklären müssen, woher sie …«

Sie spitzte die Lippen und warf ihm mit einem lauten Schmatz einen Kuss zu.

»Ich dich auch.«

Er seufzte. Heute lief gar nichts so, wie er es sich vorgestellt hatte.

11.
DIE LINIE ORANGE

Zweiundfünfzig Minuten nach dem Mord

Messiah hastet durch die zahlreichen Gänge von Montréals Untergrundstadt. Ohne das Tempo zu drosseln, behält er das Display seines Telefons im Blick, auf dem mit Unterbrechungen das GPS-Signal aufleuchtet, und sucht gleichzeitig mit den Augen das Innere der Läden ab, mustert im Vorbeigehen die Gesichter, lauert auf verdächtiges Verhalten, Anzeichen ungewöhnlicher Nervosität, allzu bemühte oder übertriebene Bewegungen, die ihm die Chance eröffnen, sein Opfer auszumachen.

Er hat weder ein Bild noch eine Beschreibung der Person, hinter der er her ist, aber das spielt keine Rolle. Seiner Beobachtungsgabe entgeht nicht das kleinste Detail, und sein Instinkt lässt ihn selten im Stich. Er wird die gesuchte Person erkennen, wenn er sie vor sich hat.

Sein Ohrhörer knistert in dem Moment, als er die Tore zur Metro durchschreitet.

»Noch immer kein Signal?«

Black Dog rollt mit dem Pick-up langsam auf eine Kreuzung zu und sucht die Straßen mit den Augen nach einem Anhaltspunkt oder Hinweis ab. Messiah antwortet mit einem schroffen Nein, als sein Telefon plötzlich einen Ton von sich gibt. Er blickt auf das Display und bemerkt, dass das GPS-Signal wieder leuchtet.

»Er ist ganz in der Nähe!«

Messiah legt einen Zahn zu, hütet sich aber, in Laufschritt zu fallen, um keine Aufmerksamkeit zu erregen.

Mit dem Ziel, in der Menge auf dem Metrobahnsteig unterzutauchen, setzt sich die junge Frau auf die Bank, die am weitesten von der Treppe entfernt ist. Neben ihr stehen drei Omas mit Einkaufstrolleys und schwatzen.

Nervös legt sie sich Lefebvres Laptop auf die Knie und sieht nach, wie weit der Download gediehen ist: noch über zwölf Minuten. Eine Computerstimme aus dem Bahnsteiglautsprecher meldet die Einstellung des Schienenverkehrs auf der Linie Orange wegen eines Unfalls.

Die Frau wirft einen Blick auf die elektronische Anzeigetafel. Die Ankunftszeit des nächsten Zuges ist verschwunden. Angst befällt sie, ihre Gedanken überschlagen sich. Um sie herum pulsiert das Leben Montréals und seiner Bewohner, doch sie kommt sich vor wie in einer Welt fernab der Realität, als hätte es sie unter die letzten Spukgestalten einer Geisterstadt verschlagen. Sie hat das Gefühl, dass alle sie beobachten, dass alle Bescheid wissen und dass in wenigen Sekunden der Mörder auftauchen und sie niederschießen wird.

Um sich darin zu bestärken, trotz der Gefahr weiterzumachen, liest sie sich zum wiederholten Male die letzten E-Mails durch die Lefebvre kurz vor seinem Tod mit den Mördern ausgetauscht hat.

NEWWORLD: WENN DU REDEST, TÖTEN WIR DEINE TOCHTER, DANN DEINE MUTTER.

GLEF: VERSTANDEN. WAS WOLLT IHR NOCH?

NEWWORLD: DEN BEWEIS, DASS DU ALLE KOPIEN VERNICHTET HAST.

GLEF: HABT IHR DOCH NACHGEPRÜFT! ICH HABE ALLES GELÖSCHT!

NEWWORLD: ES GIBT NOCH EINE KOPIE, DIE WIR NICHT LÖSCHEN KÖNNEN …

Guillaume Lefebvre hatte diese Worte gerade gelesen, als seine Brust explodierte und die letzte Kopie zerstört wurde. Die, die in seinem Gedächtnis gespeichert war.

Die junge Frau ballt die Fäuste, bleich vor Empörung und unterdrückter Wut. Dann beginnt sie am Laptop eine Nachricht zu tippen. Und während die Stimme aus dem Lautsprecher die Wiederaufnahme des Fahrbetriebs meldet, ist in der Ferne ein Dröhnen zu vernehmen, das immer lauter wird. Sie stößt einen Seufzer der Erleichterung aus: Gleich wird der Triebwagen der Metro mit seinen glühenden Augen aus dem Tunnel auftauchen.

Messiah steigt die Stufen hinunter und tritt ein paar Schritte auf den Bahnsteig hinaus. Er ist dem Ziel nahe, er spürte es tief in seinem Inneren, in seinen Eingeweiden. Die Augen noch hinter der Sonnenbrille verborgen, sucht er die dicht gedrängte Menge der Fahrgäste ab, trifft eine Auswahl, macht mögliche Kandidaten ausfindig, sondert die anderen aus. Dann legt er die Stirn in Falten: Ganz hinten am Bahnsteig gegenüber ist eine dunkelhäutige, junge Frau in sein Blickfeld geraten. Etwas abseits tippt sie auf einem Laptop, der auf ihren Knien liegt. Messiah eilt in Richtung Treppe, um über die Überführung auf die andere Seite zu gelangen.

Mit trotziger Miene schickt die Frau die Nachricht ab, die sie getippt hat. Im selben Moment ist der Download abgeschlossen. Sie steckt die externe Festplatte aus und wirft sie in ihren Rucksack. Dann schiebt sie den Laptop unauffällig unter die Bank.

Und plötzlich ist der Moment da, vor dem sie sich gefürchtet hat. Als hätte ihr das Gewicht des Blicks, der auf sie fiel, seine Anwesenheit verraten, bemerkt sie aus dem Augenwinkel einen Mann in Shorts und Sportjacke, der die Treppe am anderen Ende des Bahnsteigs herunterkommt und sie dabei unverwandt anstarrt.

Sie zieht den Kopf ein und stülpt sich wieder die Kapuze über. Sie weiß, dass er Bescheid weiß. Sie steht auf, ergreift den Rucksack und schlüpft zwischen die anderen Fahrgäste, um sich vor ihm zu verbergen. Die Menge, die wegen der Unterbrechung des Fahrbetriebs noch dichter geworden ist, drängt sich an der orange gestrichelten Linie. Räder quietschen auf den Gleisen. Die ersten Wagen kommen auf ihre Höhe.

Der Zug bremst mit ohrenbetäubendem Kreischen, wird langsamer und bleibt stehen. Die Türen gehen auf. In mehreren Wellen steigen Leute aus. Sobald sie im Zug sitzt, wagt sie einen Blick zu dem Mann. Er ist noch auf der Treppe und versucht sich durch die Menge zu zwängen, die ins Freie strebt.

Ihre Nerven sind zum Zerreißen gespannt. Bis zum letzten Moment fürchtet sie, dass er noch rechtzeitig einen Wagen erreicht. Es kommt ihr wie eine Ewigkeit vor. Dann endlich schließen die Türen, und der Zug setzt sich in Bewegung.

Messiah sieht ein, dass seinen Bemühungen aussichtslos sind, und bleibt mitten im Menschenstrom stehen.

Der Zug nimmt Fahrt auf, und der Wagen, in den sich die Frau geflüchtet hat, rollt an ihm vorbei. Sie möchte das Gesicht abwenden, doch ihr Blick wird von seinem magisch angezogen. Bevor der Wagen vorbei ist, macht er mit dem Handy ein Foto von ihr. Dann verschwindet der Zug im Tunnel. Messiah geht zu der Bank, auf der die Frau gesessen hat, bückt sich und zieht den Laptop darunter hervor.

In dem Wagen, der in voller Fahrt durch den Bauch der Erde rast, saugt sie gierig Luft in ihre Lunge wie eine Ertrinkende, die in letzter Sekunde an die Wasseroberfläche gelangt ist. Trotzdem dauert es noch mehrere Stationen, bis die Angst, die in ihren Eingeweiden wühlt, langsam nachlässt.

Den Laptop unter dem Arm, eilt Messiah zur Treppe zurück und die Stufen hinauf. Als er oben ins helle Tageslicht tritt, knackt es in seinem Ohrhörer.

Black Dogs Stimme meldet sich.

»Wir haben eine E-Mail von Lefebvres Computer bekommen. Sie lautet: *Es gibt noch eine Kopie, und ich werde sie vor dir finden, du Arschloch.*«

Messiah lädt das Foto der Frau auf seinem Telefon hoch und betrachtet es lange mit undurchdringlicher Miene. Dann kopiert er es in eine Liste von Personen, die er zu einer Gruppe namens *Todesliste* zusammengefasst hat.

12.

EIN UNBEHAGEN NAMENS BEGEHREN

Victor trat auf den Korridor hinaus. Virginie Tousignant stand vor den Aufzügen, mit dem Rücken zu ihm. Er bat den Polizisten, der am gelben Absperrband wachte, sie allein zu lassen. Der Mann ging in die Wohnung und schloss die Tür hinter sich. Die junge Journalistin drehte sich um. Eine Haarsträhne fiel ihr in die grünen Augen. Sie tauschten einen langen, bedeutungsvollen Blick, während sie auf ihn zukam.

Sie wirkte klein in dem riesigen Flur und verströmte die Verletzlichkeit einer Frau, deren Erinnerung an den Tod wieder aufgelebt war.

»Ich bin sofort gekommen, als ich gehört habe, wer das Opfer ist.«

Virginie arbeitete als Reporterin für dieselbe Zeitung wie Lefebvre. Victor hatte sie unter tragischen Umständen kennengelernt, und zwar bei der Untersuchung eines Falls, in den ihr Vater verwickelt gewesen war.

Trotz der traumatischen Erfahrung, die die junge Frau damals durchgemacht hatte, bestand zwischen ihnen eine Spannung, die auf gegenseitiger Anziehung beruhte.

»Woher hast du gewusst, dass ich hier bin?«

»Ich habe es nicht gewusst. Deiner Partnerin ist es herausgerutscht.«

Jacinthe hatte ihn also absichtlich in die Löwengrube geschickt. Victor unterdrückte die Wut, die in ihm hochstieg, und konzentrierte sich auf Virginie. Sie sah niedergeschlagen aus.

»Wie geht es dir?«

Sie biss sich auf die Lippe und hielt die Tränen zurück.

»Guillaume war ein sehr guter Freund. Er war es, der mich dazu bewegt hat, in den investigativen Journalismus zu wechseln, als mein Vater …«

Sie brauchte den Satz nicht zu beenden. Er begriff, dass sie in dieser Tätigkeit eine Mischung aus Läuterung und Wiedergutmachung suchte, so wie auch er in dem Beruf, den er gewählt hatte.

»Er war einfach brillant. Absolut integer, völlig unerschrocken …«

Plötzlich überkam Victor das Verlangen, bis ans Ende der Welt zu flüchten, um sich nicht mehr dem Schmerz und der Verzweiflung der anderen aussetzen zu müssen, deren bitteren Kelch er jedes Mal bis zur Neige leerte.

»Das tut mir aufrichtig leid.«

Die junge Frau legte die Hände an die Wangen.

»Das muss ein Versehen sein. Ich kann nicht glauben, dass ihm jemand etwas Böses wollte.«

Sie holte tief Luft und schloss die Augen, um sich zu beruhigen. Als sie sie wieder öffnete, sah Victor ihr an, dass sie ihre Gefühle wieder einigermaßen im Griff hatte.

»Was kannst du mir sagen?«, fragte sie.

»Ist es die Journalistin oder die Freundin des Opfers, die mich das fragt?«

»Macht das einen Unterschied?«

Das war ein kluger Konter, und Victor sah ein, dass er es nicht über sich brachte, ihr eine Abfuhr zu erteilen.

»Ich dürfte gar nicht hier sein. Ich muss dich also um Diskretion bitten.«

Sie nickte, und er wusste, dass er ihr vertrauen konnte.

»Hat er gelitten?«

»Nein«, versicherte er ihr. Er hatte den Eindruck, dass sie im

Stillen Fragen formulierte, um dann zu erkennen, wie hohl sie waren. Er baute ihr eine Brücke.

»Wann hast du ihn das letzte Mal gesehen?«

Sie hob den Kopf. Ein belustigtes Funkeln stahl sich in ihre Augen.

»Ist es der ehemalige Ermittler oder der einfache Bürger, der mich das fragt?«

»Macht das einen Unterschied?«

Virginie lächelte, dann kehrte wieder Schweigen ein, diesmal jedoch ein anderes, bedrücktes.

»Ich bin Guillaume diese Woche begegnet, aber wir hatten keine Zeit, miteinander zu reden. Wir waren beide zu eingespannt. Vor zwei oder drei Wochen haben wir das letzte Mal zusammen gegessen.«

»Ist er dir verändert vorgekommen?«

»Ja, seit einem Monat fand ich ihn irgendwie reserviert. Er kam nur noch selten in die Redaktion.«

»Hast du ihn darauf angesprochen?«

Die Journalistin überlegte nicht lange.

»Er sagte, er sei in einer schwierigen Phase.«

»Habt ihr miteinander geschlafen?«

In dem Moment, als er die Frage stellte, hätte er sie am liebsten zurückgenommen und anders formuliert.

»He … Seit wann interessiert dich mein Sexleben?«

Ihr Verführungsinstinkt hatte die Oberhand gewonnen, wich aber sofort der Scham darüber, dass sie unter diesen Umständen auf einen solchen Gedanken gekommen war. Sie wurde wieder ernst.

»Es ist hin und wieder passiert. Aber mein Herz war nicht frei. Und seines auch nicht …«

Victor nickte und ließ einen Augenblick verstreichen.

»Hat er sich in letzter Zeit mit einer anderen getroffen?«

»Ich glaube nicht.«

»Weißt du, woran er gerade gearbeitet hat?«

»Guillaume war sehr verschwiegen. Er sprach selten über eine Story, an der er dran war. Aber wenn du willst, kann ich mich schlaumachen. Wo erreiche ich dich, wenn ich etwas finde?«

»Jacinthe und ihre neue Partnerin schmeißen den Laden.«

»Richtig. Ihre neue Partnerin … Ist sie deine Freundin?«

Das Unausgesprochene stand in ihren und seinen Augen, doch Victor brach den Bann.

»Hast du eine Idee, wo wir seinen Laptop finden könnten?«

»Abgesehen von seiner Wohnung und der Redaktion, nein. Warum? Ist er verschwunden?«

Aus Gewohnheit wich Victor aus. »Kennst du seine Tochter?«

Virginies Fassung geriet ins Wanken.

»Die arme Emma. Wieso?«

Er gab ihr die einzige Antwort, die unter den gegebenen Umständen möglich war, obwohl er wusste, dass sie etwas anderes hören wollte.

»Nur so, Virginie.«

Sie sah ihn aus geröteten Augen an.

»Ich habe gespürt, dass es ihm nicht gut ging. Ich hätte versuchen müssen, etwas zu tun …«

Die Tür von Lefebvres Wohnung ging auf, und heraus kamen zwei Männer, die eine Rollbahre schoben. Darauf lag ein schwarzer Leichensack, unter dem sich die Gestalt des toten Journalisten abzeichnete.

Nun war es um Virginies Fassung endgültig geschehen. Victor nahm sie in die Arme und murmelte tröstende Worte, während sie um ihren toten Freund weinte.

Versteckt hinter der Ecke, hatte Nadja jedes Wort des Gesprächs mitgehört. Beschämt rief sie den Aufzug und fuhr wieder nach unten.

Unterdessen war Jacinthe zu Victor und Virginie herausgekommen und stellte Letzterer noch ein paar Fragen. Als alles gesagt war, verabschiedete sich die Journalistin. Berührt von ihrer Trauer, sah das ehemalige Ermittlerteam ihr nach, wie sie am Ende des Korridors verschwand.

»Das hätten wir hinter uns …«

Jacinthe hatte es ohne Sarkasmus und mit betroffener Miene gesagt.

»Ich muss jetzt los …«

»Moment«, protestierte Jacinthe. »Wir sind noch nicht fertig. Wir müssen zwei Scharfschützen zur Strecke bringen.«

»Ich gehöre nicht mehr zum Verein, Jacinthe. Du hast jetzt eine Partnerin. Du brauchst mich nicht.«

Sie bemühte sich vergeblich, ihre Wut zu kaschieren.

»Natürlich brauche ich dich nicht. Geh wieder zu deiner Bande von Losern, die beim Blackjack Geld waschen! Inzwischen wird sich meine Wenigkeit um die Mörder kümmern.«

Sie fuhr auf dem Absatz herum und knallte die Wohnungstür zu. Victor senkte den Kopf. Er hatte sich noch nicht zum Gehen entschließen können, als das Handy in seiner Tasche klingelte. Beim Blick auf das Display wusste er, dass sein Leben von diesem Augenblick an nicht mehr dasselbe sein würde.

13.

DER GANG DURCH DIE LETZTE TÜR

Victor blieb wie erstarrt vor der Tür stehen, außerstande, sie zu öffnen. Er fürchtete sich davor einzutreten und mit der Vergänglichkeit konfrontiert zu werden, mit der Zeit, die verrinnt und die man aufzuhalten versucht. Vor allem aber wollte er sich nicht mit dem Schicksal des Mannes abfinden, den er so geliebt hatte und der für ihn seine wahre Vaterfigur war.

Sein Vater hatte seine Mutter und seine beiden Brüder getötet und sich anschließend selbst das Leben genommen. Victor war später als gewöhnlich nach Hause gekommen und deshalb knapp dem Blutbad entgangen. Ted war als erster Polizist am Schauplatz der Familientragödie eingetroffen und hatte sich nach der grausigen Entdeckung seiner angenommen. Daraus war ein untrennbares Band zwischen ihnen entstanden.

Ted war sein Mentor geworden, als er seine ersten Schritte auf der Polizeischule machte. Und als Victor zum Ermittler befördert wurde, hatten sie im Dezernat Kapitalverbrechen als Partner zusammengearbeitet, bis Ted in den Ruhestand ging.

Mit klopfendem Herzen und zitternder Hand griff Victor nach dem Türknopf. Teds Gesundheitszustand hatte sich plötzlich verschlechtert. Albert, sein Lebensgefährte seit dreißig Jahren, hatte Victor angerufen, nachdem Virginie gegangen war.

Victor hatte es zunächst abgelehnt, sich von Nadja begleiten zu lassen, doch mit einem Feingefühl, das sonst gar nicht ihre Art war, hatte Jacinthe die Frage entschieden.

»Ihr könnt unseren Wagen nehmen, mein Bester.«

Seine Geliebte hatte am Steuer gesessen und unterwegs kein Wort gesprochen, ihre Hand aber auf seine gelegt, und das hatte ihn getröstet, während sie mit heulender Sirene über rote Ampeln fuhren.

Nach der Ankunft im Pflegeheim war Nadja bei Albert in einem der kleinen Schlafräume geblieben, die Angehörigen zur Verfügung standen. Albert hatte sich bereits von Ted verabschiedet, der ihm das Versprechen abgenommen hatte, seinen letzten Stunden nicht beizuwohnen, da er ihm anders in Erinnerung bleiben wollte.

Schon seit Wochen wechselten sie sich an seinem Krankenbett ab. Und wenn es Victor auch nicht wahrhaben wollte: Ted hatte sich der Ziellinie so weit genähert, dass das Ende diesmal unabwendbar war.

Er holte tief Luft, drehte den Türgriff und versuchte ein Lächeln aufzusetzen. Er brachte nur eine Grimasse zustande, die sofort erstarb, als er eingetreten war.

Teds hinfälliger Körper lag, zu schwach und zu abgemagert, in einem zu weißen Bett. Die Lichter der Stadt schimmerten durch die Vorhänge und warfen formlose Schatten an die Wände des Zimmers. Das Rauschen des Verkehrs auf dem Boulevard René-Lévesque und die Sirenen der Krankenwagen, die sich einen Weg durch die Blechlawine bahnten, drangen leise von unten herauf.

Auch Montréal starb mit jedem Tag mehr, ging unter der erdrückenden Last der Bauarbeiten, die es eigentlich wiedererstehen lassen sollten, zusehends in die Knie.

Victor näherte sich Ted und sank auf den abgenutzten Stuhl, der neben dem Bett stand. Er tastete unter der Decke nach Teds Hand.

Der alte Mann schlug in dem Augenblick die Augen auf, als Victor seine eiskalten Finger drückte. Ted räusperte sich.

»Ich muss … ich muss … mit dir sprechen …«

Seine Stimme klang so heiser, als hätte er seit Jahren kein Wort mehr gesprochen.

Victor lächelte beruhigend.

»Ruh dich aus. Wir reden später.«

Der alte Mann schüttelte den Kopf und sah ihn aus fiebrigen Augen fest an.

»Nein, ich muss … ich muss jetzt mit dir sprechen … Ich hätte es … schon … längst tun sollen.«

Er holte fast nach jedem Wort Luft. Victor machte eine beschwichtigende Geste, doch Ted wurde immer erregter.

»Es … es betrifft deinen … Vater. Henri …«

Victor schüttelte den Kopf. Sie hatten nie über ihn gesprochen oder so gut wie nie. Wozu Erinnerungen aufrühren, über die sich die Zeit gelegt hatte? Und warum jetzt? Wieder bat er Ted, seine Kräfte zu schonen, doch der warf ihm einen solchen Blick zu, dass er verstummte.

Dann erzählte ihm Ted mit zitternder Stimme, was ihm auf der Seele lag, wobei es schien, als müsste er sich jedes Wort unter unsäglichen Qualen abringen. Victor tupfte ihm mit einem Handtuch die schweißbedeckte Stirn ab, ohne ihn zu unterbrechen.

Als Ted fertig war, verharrte er einen Moment schweigend und röchelte.

»Ich hoffe, du bist mir nicht böse, mein Junge. Sei auf der Hut …«

Er richtete sich im Bett auf und stieß einen langen Seufzer aus. Und in der Sekunde, die sein Kopf brauchte, um ins Kissen zurückzusinken, glaubte Victor zu sehen, wie das Leben aus den vor Erstaunen geweiteten Augen wich.

Mit hängendem Kopf blieb er neben dem Toten sitzen und stemmte sich gegen den dumpfen Schmerz, der sein Inneres zusammenpresste.

Das war's. Ted war tot. Und selbst wenn der alte Mann gewusst hatte, dass der Tod nah war, so hatte er ihn mindestens einen Augenblick früher geholt, als er erwartet hatte.

Mit den Fingern schloss Victor dem Toten die Augen.

»Ich liebe dich, Papa.«

Er hatte diese Worte wie eine Hommage gesprochen. Es war das erste Mal, dass er ihn so nannte, und es sollte das letzte Mal sein. Worte waren zwischen ihnen immer überflüssig gewesen. Ted hatte auch so gewusst, was er Victor bedeutete.

Victor stand auf, trat ans Fenster und zog die Vorhänge halb auf. Fußgänger schlenderten auf der Straße vorüber, Telefone in der Hand, als hinge das Schicksal der Welt davon ab. Sein Hals schnürte sich zu, seine Augen verschleierten sich, und eine Sekunde lang dachte er, ihm würden Tränen kommen.

Nadja lief Victor entgegen, als er auf den Flur trat. Er nickte ihr zu. Sie drückte ihn an sich. Doch er war, die Augen weit offen, mit den Gedanken woanders. Er hörte noch einmal das Geständnis, das ihm Ted Minuten zuvor gemacht hatte.

»Ich habe nie mit dir darüber gesprochen, weil ich nicht das Recht hatte, die Wunde wieder aufzureißen. Es musste von dir ausgehen … Doch als du neulich abends deinen Vater erwähnt hast, ist mir klar geworden, dass ich nicht länger schweigen darf. Ich habe keine andere Wahl: Ich muss ehrlich zu dir sein, ich muss dir die Wahrheit sagen.«

Jedes Wort, das Ted unter übermenschlicher Anstrengung hervorbrachte, hatte Victor förmlich durchbohrt.

»Vor längerer Zeit habe ich mir noch einmal die Akte über die Familientragödie vorgenommen. Ich weiß, ich hätte mit dir darüber reden müssen. Aber wann hätte ich das tun sollen? Als du fünfzehn Jahre alt warst? Achtzehn? Es gab nie den richtigen Moment. Du warst dabei, ein neues Leben zu beginnen. Und später, als du angefangen hast darüber hinwegzukommen, habe ich mir gedacht, dass es besser für dich wäre, das Vergangene ruhen zu lassen.«

Ted hatte noch einmal Atem geschöpft, bevor er die bedeutungsvollen Worte ausgesprochen hatte.

»Vor einigen Jahren habe ich jemanden ausfindig gemacht, der deinen Vater gekannt hat, Victor. Aber er hat es abgelehnt, mit mir zu sprechen. Ich besaß bei der Polizei keinen offiziellen Status mehr …«

Er hatte mit sarkastischer Miene an seinem sterbenden Körper hinabgesehen.

»Aber vielleicht mit dir, wenn du es versuchst …«

Victor hatte ihm die Hand gehalten und geholfen, sich aufzusetzen.

»Ich hoffe, du bist mir nicht böse, mein Junge. Sei auf der Hut …«

Bevor er seinen letzten Atemzug tat, hatte Ted ihn ein letztes Mal gewarnt. Und er würde nie erfahren, wovor. *»Sei auf der Hut …«*

Victor legte Nadja den Arm um die Schultern. Sie gingen schweigend in das Zimmer, in dem Albert wartete. Als Victor ihn sah, in sich zusammengesunken, das Gesicht tränenüberströmt, wurde der Schmerz unerträglich, und auch seine Augen füllten sich endlich mit Tränen.

FÜNFZIG MINUTEN NACH DER ERSTÜRMUNG VON GHETTO X

Zwei leere Kaffeebecher, ein angebissenes Sandwich und ein Stapel Papier nehmen den Tisch ein. Victor hat sich etwas frisch gemacht und ein sauberes T-Shirt angezogen.

Claire Sondos fährt sich mit der Hand über die feuchte Stirn. Ihre Jacke hängt über der Stuhllehne. Die Luft im Raum heizt sich wieder auf und wird im selben Maße knapp, wie das Gespräch sich hinzieht und der Frust auf beiden Seiten wächst.

»Warte, Victor. Noch mal von vorn. Du hast gesagt, alles hätte in dem Moment angefangen, als du den Mann angerufen hast, der deinen Vater kannte.«

Ihr Ton ist scharf. Alle Höflichkeit ist über Bord geworfen, und sie duzen sich mittlerweile.

»Das habe ich dir doch schon alles erklärt: An dem Punkt bin ich in die Geschichte reingeraten. In ein Wespennest stechen war das Letzte, was ich wollte. Aber als es passiert war, konnte ich nicht mehr zurück.«

Sondos steht auf, geht ein paar Schritte, kommt zurück und baut sich vor ihm auf.

»Du warst nicht gezwungen, so weit zu gehen. Du hättest zu uns kommen können.«

Victor hat die Nase langsam voll. Er stöhnt und sieht Sondos an.

»Dazu hätte ich Vertrauen in euch haben müssen. Und wie es jetzt aussieht, lag ich mit meinen Bedenken gar nicht so verkehrt.«

Er sieht sich in dem Raum um, in dem er eingesperrt ist. Sie schüttelt ärgerlich den Kopf.

»Vertrauen beruht auf Gegenseitigkeit. Man muss es sich verdienen.«

»Wir vergeuden Zeit, die wir nicht haben, Sondos. Lasst mich frei!«

»Davon sind wir noch weit entfernt. Vorher musst du den Mund aufmachen.«

Eine feindselige Stille tritt ein. Nach einer Weile sagt Sondos:

»Du behauptest also, dass dich deine Familiengeschichte auf ihre Spur gebracht hat.«

»Ich sage nur, dass für mich alles mit Teds Tod angefangen hat.«

»Er war dein Mentor.«

»Er war viel mehr als das.«

14.

EIN HAUCH UNAUSGESPROCHENES

Acht Stunden nach Teds Tod

Victor saß mit nacktem Oberkörper auf der Bettkante und betrachtete durchs Fenster den wolkenverhangenen grauen Himmel. Das Zimmer war leer, da der Flur jedoch wie ein Resonanzkörper wirkte, breiteten sich die leisesten Geräusche von der Küche in der ganzen Wohnung aus. Nadja bereitete sich auf ihren Tag vor.

Er stand auf, strich die Bettdecken glatt und klopfte die Kopfkissen zurecht. Dann nahm er die Jogginghose vom Haken hinter der Tür und schlüpfte hinein. Schließlich warf er einen Blick auf seine Uhr, eine alte Hamilton 505, die Ted bis zu seinem Tod getragen hatte. Sie zeigte 7.32 Uhr.

Seine Muskeln und Adern traten deutlich unter der Haut hervor, als er in die Küche ging. Seine Geliebte hantierte an der Anrichte. Sie hörte ihn kommen und drehte sich um. Ihr Lächeln ließ den Raum erstrahlen.

»Salut, Victor Lessard.«

Wie viel Zärtlichkeit in ihrer Stimme schwang. Sie umarmten sich, dann gab sie ihm einen Kuss und hielt ihm eine Tasse mit dampfendem Kaffee hin. Er deutete auf den Aktenstapel auf dem Esstisch.

»Noch immer nichts über die Frau im grünen Mantel?«

Sie verneinte. Mit Hilfe mehrerer Überwachungsvideos hatten sie ihren Weg von Lefebvres Hochhaus bis zur Metrostation Lucien-L'Allier verfolgen können, dort aber ihre Spur verloren, als sie in einem dichten Pulk von Fahrgästen in einen Wagen stieg.

Wegen der tief in die Stirn gezogenen Kapuze war ihr Gesicht nicht zu sehen.

Victor pustete in seinen Kaffee und trank einen Schluck.

»Und der Jogger?«

Den Ermittlern war auf den Überwachungsbildern der Metro ein Mann aufgefallen. Er hatte die Station wenige Minuten nach der Frau im grünen Mantel betreten. Zwar schaffte er es nicht rechtzeitig in den Wagen, in den sie geschlüpft war, doch wie es aussah, hatte er ein Foto von ihr gemacht. Außerdem war zu sehen, wie er anschließend den Laptop, den sie benutzt hatte, unter einer Bank hervorzog. Der Mann wusste offensichtlich, was er tat: Er präsentierte sein Gesicht den Kameras nie in einem Winkel, der seine Identifizierung ermöglicht hätte.

»Bisher nichts … Wir gehen immer noch davon aus, dass er einer der Schützen ist. Nach dem Video vom Bahnsteig zu urteilen, sind er und die Frau alles andere als Komplizen.«

Das Dezernat Kapitalverbrechen hatte die Aufnahmen veröffentlicht und die Bevölkerung um Mithilfe bei der Suche nach diesen »Verdächtigen« gebeten. Sie hatten zwar gewisse Hinweise erhalten, denen sie nachgingen, aber noch fehlte von der Frau im grünen Mantel und dem Jogger jede Spur.

Victor öffnete einen Schrank, nahm eine Kunststoffbox heraus und hielt sie Nadja hin. Sie löffelte den Salat, den sie sich gerade zubereitet hatte, hinein und sah Victor dann verschmitzt an.

»Sonst alles zu Ihrer Zufriedenheit, Sergent-Détective?«

Die Bemerkung stieß bei ihm auf ein größeres Echo, als er sich eingestand.

»Du hast recht, ich werde mich da nicht mehr einmischen. Diesmal habe ich euch noch geholfen, aber mach Jacinthe klar, dass ich versuche mich zu entwöhnen.«

Nadja wurde wieder ernst.

»Sie ist auch auf Entzug.«

Die Anspielung war klar. Er nickte.

»Was steht bei dir heute auf dem Programm?«, fragte Nadja, während sie Gemüseabfälle in den Kompost warf. Victors Antwort kam etwas zu schnell.

»Nichts Besonderes ...«

Sie hakte mit einem Blick nach. Er gab klein bei und lieferte Details.

»Ich werde Albert besuchen. Und dann muss ich beim Notar vorbeischauen. Deswegen habe ich mir freigenommen.«

Die Beerdigung lag vier Tage zurück. Alle seine alten Kollegen waren gekommen und hatten ihre Anteilnahme zum Ausdruck gebracht: Jacinthe Taillon, Paul Delaney, Loïc Blouin-Dubois und Gilles Lemaire.

Victor hatte ein paar Tränen verdrückt, bevor die Trauerfeier begann – Ted hatte das Gebet und die Kirchen wertgeschätzt und das Pfaffentum verabscheut –, doch er hatte sich wieder gefasst und souverän seine Rede gehalten.

»Wirst du als Testamentsvollstrecker viel zu tun haben?«

Victor trat ans Fenster, ließ den Blick über die Straße schweifen und nippte an seinem Kaffee.

»Keine Ahnung. Ich hab so was noch nie gemacht.«

Seine Tochter Charlotte, die eigens zu diesem Anlass aus Paris angereist war, und Marie, seine Ex, waren ihm ebenfalls eine unschätzbare Hilfe gewesen. Martin, der noch unter den Folgen eines Reitunfalls litt, wollte die Reise nicht riskieren, aber sie hatten über FaceTime miteinander gesprochen.

Tatsächlich hatte Martin seit Teds Tod regelmäßig angerufen, um zu erfahren, was es Neues gab. Diese Anrufe hatten ihm vor Augen geführt, wie sehr ihm sein Sohn fehlte.

Nadja kam zu ihm ans Fenster. Ihre schlanken Finger wanderten sein Rückgrat hinauf bis zu seinem Nacken.

»Und danach?«

»Ich werde damit anfangen, ein wenig Ordnung in Teds Sachen zu bringen.«

Nadja hätte ihn gern gefragt, ob er damit den Karton meinte, den ihm Albert in seiner Wohnung gezeigt hatte, in der sich nach der Beerdigung nahe Angehörige und Freunde versammelt hatten, bezähmte diesmal aber ihre Neugier. Tatsächlich hatte sie ihm schon einmal zu entlocken versucht, ob er ihn mit nach Hause gebracht hatte, doch er war nicht darauf eingegangen.

Drei Tage vor Teds Tod hatte Nadja, als sie ihn mit Victor im Pflegeheim besuchte, mehrere Minuten allein an seinem Krankenbett gesessen. Zwischen zwei Hustenanfällen hatte der alte Mann ihr anvertraut, was er Victor zu offenbaren beabsichtigte. *»Du musst ihn im Auge behalten. Ich habe Angst, dass er Dummheiten macht.«*

Nadja scheute sich, Victor davon zu erzählen und ihm zu sagen, dass sie versprochen hatte, auf ihn aufzupassen. Sie nahm sein Gesicht in ihre Hände.

»Wenn du jemals Hilfe brauchst …«

Er stellte seine Tasse aufs Fensterbrett und nahm sie in die Arme.

»Ich weiß. Danke.«

In einem Ton, der frei war von jedem Vorwurf, flüsterte sie ihm ins Ohr:

»Das Blut an deinem Hemd war nicht von einer Kundin, die sich an einem zerbrochenen Glas geschnitten hatte. Warum hast du mir nicht die Wahrheit gesagt? Warum hast du mir nicht von dem Mann erzählt, der sich im Casino umbringen wollte?«

Victor löste sich aus der Umarmung, ging zum Kühlschrank und öffnete ihn.

»Nach dem Mord an Lefebvre und Teds Tod erschien mir das nicht mehr wichtig.«

Er nahm eine Packung Grapefruitsaft heraus. Nadja ging ihm langsam nach.

»Du hast einem Mann das Leben gerettet, Victor. Noch dazu auf heldenhafte Weise. Warum muss ich das bei der Beerdigung von deinem Chef erfahren? War es dir nicht wichtig genug, um es mir zu sagen?«

Mit zerknirschter Miene setzte er den Saftkarton an die Lippen und trank einen Schluck. Nadja sah ihn zärtlich und mitfühlend an.

»Mir ist klar, dass jeder von uns seine Geheimnisse hat, aber das, worüber Ted mit dir gesprochen hat, bevor er gestorben ist …«

Victor starrte zu Boden. Er hätte sich ihr gerne geöffnet, doch er konnte nicht.

»Ich weiß, dass dir sein Tod sehr nahegeht. Ich weiß, dass er die letzte Verbindung zu deiner Vergangenheit war. Ich bin da, wenn du mich brauchst.«

»Lassen wir die Vergangenheit ruhen, Nadja. Ich habe keine Lust, darüber zu reden.«

Er bereute seine Worte, kaum dass er sie ausgesprochen hatte. Doch Nadja ließ sich nicht beirren.

»Ja, aber manchmal ist es besser zu reden, Victor. Es befreit, es tut gut.«

Er musste daran denken, was Ted gesagt hatte, bevor er auf den Mann zu sprechen kam, den er ausfindig gemacht hatte.

»Du fühlst dich für alles schuldig, Victor … Du weißt, warum, aber du hast das nie in Ordnung gebracht. Eines Tages wirst du nicht mehr darum herumkommen, dir den Tod deiner Mutter und deiner Brüder zu verzeihen. Dir zu verzeihen, dass du nicht da warst. Dich zu öffnen … dazu bereit zu sein, darüber zu sprechen.«

Victors Herz krampft sich zusammen.

»Manchmal habe ich Angst vor der Neigung zur Gewalt, die ich von meinem Vater geerbt habe.«

»Du hast immer rechtzeitig die Kurve gekriegt, Victor … Du hast immer gegen deine Dämonen angekämpft. Und trotz allem, was geschehen ist, ist aus dir ein besonderer Mensch geworden.«

Ted bekommt einen Hustenanfall, doch er spricht weiter.

»Du darfst nicht denken, dass eure gemeinsame Zeit vor der Tragödie nicht zählt. Du warst ein Kind, das geliebt wurde. Das ist ein Teil von dir. Du hast das Recht, darauf aufzubauen und glücklich zu sein.«

Victor bekommt feuchte Augen.

»Warum hat er nicht auch mich umgebracht? Warum war ich nicht zu Hause? Bin ich nur wegen eines Zufalls am Leben?«

Ted erwidert mit kaum hörbarer Stimme:

»Mit der Zeit bin ich zu der Einsicht gelangt, dass es kein Zufall gewesen ist.«

Die tröstenden Worte seiner Geliebten holten Victor in die Gegenwart zurück. Er schenkte sich noch einen Kaffee ein und setzte sich auf einen Hocker.

»Du wirst dich nicht ewig davor drücken können. Irgendwann wirst du tief in dich eintauchen müssen. In deine frühesten Erinnerungen. Ich weiß, dass es Dinge gibt, die du nicht wiedersehen willst. Aber nur dort wirst du den Schlüssel finden.«

Verdutzt murmelte Victor:

»Den Schlüssel wofür?«

Nadja strich über seinen Dreitagebart.

»Den Schlüssel, der dir helfen wird, mit dem Geschehenen deinen Frieden zu machen, es hinter dir zu lassen.«

»Glaubst du wirklich, dass es diesen Schlüssel gibt?«

»Es muss ihn geben, Victor. Sonst wirst du dich dein Leben lang für etwas schuldig fühlen, für das du nichts kannst.«

Sie zögerte, dann wagte sie einen Vorschlag.

»Ich habe mir gedacht, wir können zu dem Haus deiner Kindheit fahren. Vielleicht wirst du dich dort an Dinge erinnern, die dir helfen, ihn zu finden, besagten Schlüssel.«

Victor schüttelte den Kopf. Es kam für ihn nicht infrage, an den Schauplatz der Tragödie zurückzukehren. Nadja legte ihre Hand auf seine.

»Ich muss jetzt los. Wir hören später voneinander.«

Victor stand auf, beugte sich zu ihrem Hals hinab und drückte ihr dort einen Kuss auf. Er sog ihr Parfum ein, diesen Duft, der sein Verlangen weckte und seine Ängste besänftigte.

Auch wenn er es nicht fertigbrachte, sich in Bezug auf den Tod seiner Eltern zu öffnen, so hatte er doch eine Gewissheit: Er liebte diese Frau mehr als sein Leben und konnte sich ohne sie an seiner Seite nicht vorstellen. Ihr Gesicht war das, was er auch weiterhin morgens als Erstes sehen wollte.

Als hätte sie seine Gedanken gelesen, drehte sich Nadja um und lächelte ihn im Morgenlicht an, mit diesem Lächeln, das die Welt aus den Angeln hob und der harten Realität einen Sinn verlieh.

15.
EIN ALTER BASEBALLHANDSCHUH

Victor hatte die Lederjacke über die Stuhllehne gehängt und saß jetzt, die Ellbogen aufgestützt, den Kopf zwischen den Händen, wie unter Schock am Tisch. Er konnte den Blick nicht von den vor ihm ausgebreiteten Papieren losreißen, die er gerade durchgesehen hatte, Seiten aus dem Ermittlungsbericht über die Tragödie, die seine Familie zerstört hatte. Bis zu diesem Moment hatte er nie einen Blick hineinwerfen dürfen und auch nie in Erwägung gezogen, darum zu bitten.

Die Fotos seiner Brüder, die leblos und blutüberströmt neben seiner Mutter lagen, hatten den Schmerz wieder aufleben lassen, den zu bändigen er Jahre gebraucht hatte. Im Übrigen hatte er gewusst, dass der Inhalt des Kartons ihn erschüttern würde, und ihn deshalb nach der Beerdigung bei Albert gelassen, um das gemeinsame Zuhause mit Nadja nicht damit zu vergiften.

Er wandte sich nun den Plastikbeuteln mit den diversen Beweisstücken zu und nahm sie in Augenschein. Mehrere enthielten blutverschmierte Kleidungsstücke, die seine Angehörigen im Augenblick der Tragödie getragen hatten. Ebenfalls darunter war der Revolver im Kaliber .38, mit dem sein Vater sie erschossen hatte. So verpackt mutete das Mordinstrument lächerlich an.

Er sah weiter die Beutel durch und stieß auf einen Gegenstand, der ihm hier fehl am Platz erschien: seinen alten Baseballhandschuh, den er in der Hand gehalten hatte, als er das Blutbad im Wohnzimmer entdeckte. Wahrscheinlich hatte er ihn neben den Toten fallen lassen, und die Polizei hatte angenommen, er gehöre Raymond. Er erschauerte. All das Blut. All die ausgelöschten Leben.

Das Foto seines auf dem Bett liegenden Vaters, der sein Jagdgewehr gegen sich selbst gerichtet hatte, verstörte ihn noch mehr. Er hatte ihn im Sterben liegend vorgefunden und ihm den Rest gegeben, indem er ihn eigenhändig erwürgte.

Er hatte nicht aus Mitgefühl gehandelt. Er hatte auf das Grauen mit Wut reagiert. Und wenn es ihm auch gelungen war, die Scham tief in seinem Innern zu begraben, so wusste er doch, dass er sie niemals würde vergessen können. Obwohl sein Vater das Allerschlimmste getan hatte, hatte es ihm keine Genugtuung verschafft, als er spürte, wie dessen Leben unter seinen Händen zu pulsieren aufhörte. Zum damaligen Zeitpunkt besaß er noch nicht die nötige Reife, um zu verstehen, was sich abgespielt hatte. Erst viel später war ihm klar geworden, dass er, indem er ihn getötet hatte, selbst zum Mörder geworden war.

Er hob den Blick zu den Wandregalen, die vom Fußboden bis zur Decke reichten. Sie quollen über von Büchern und alten Gegenständen, die sich im Lauf eines Lebens angesammelt hatten. In der Wohnung an der Place Sir-George-Étienne-Cartier war dieses Zimmer Teds Refugium gewesen, der Ort, an dem er in den letzten Jahren die meiste Zeit verbracht hatte.

Seine Abwesenheit hinterließ in der Realität ebenso ihre Spuren, wie es seine Anwesenheit getan hatte. Victor hatte das Gefühl, überall seinen Geist umherstreichen zu sehen.

Hier sein Rollstuhl, den man in eine Ecke gestellt hatte, dort ein Rollator, unter dessen Füßen Tennisbälle klemmten. Und hinter der Tür sein alter, grauer Trenchcoat, den er immer bei ihren gemeinsamen Ermittlungen getragen hatte. Viel hätte nicht gefehlt, und Victor wäre aufgestanden, um Teds Geruch einzuatmen.

Victor holte tief Luft, raffte die Fotos zu einem Stapel zusammen und schob sie in ihre Schutzhülle zurück. Dann verstaute er die Blätter des Ermittlungsberichts wieder in der Kartonmappe.

Er schlug einen Malblock auf, der seinem Bruder Raymond gehört hatte und an dessen Deckblatt getrocknetes Blut klebte. Er betrachtete gerade die Zeichnung eines Mannes mit einem schwarzen Zahn, der ein Spielzeugflugzeug in der Hand hielt, als hinter ihm eine Stimme ertönte.

»Ted hat es sehr bedauert, dass wir dich nicht bei uns behalten konnten.«

Victor klappte den Block zu und drehte sich um. Albert stand in der Tür. Er trug eine naturfarbene Wolljacke und schien in zehn Tagen um zehn Jahre gealtert zu sein.

»Ja, ich weiß.«

Nach der Tragödie war Victor in einem Heim untergebracht worden, aus dem er öfter ausriss, als gut für ihn war. Gewöhnlich landete er nach mehreren Tagen auf der Straße bei Albert und Ted, die ihm so lange Unterschlupf gewährten, wie sie konnten, ohne dass es den Behörden auffiel. Leider war es in den 1970-er Jahren noch undenkbar, dass ein schwules Paar ein Kind adoptierte oder in Pflege nahm.

»Er hat dich sehr bewundert. Er hat gesagt, du wärst der Beste. Viel besser als er.«

Victor machte eine abwehrende Geste.

»Er hat mir alles beigebracht.«

Albert kannte ihn und wusste, dass diese Bescheidenheit aufrichtig war und dass er zu der Sorte Mensch gehört, die immer das Gefühl hatte, nicht genug getan zu haben.

Der alte Mann deutete auf den Ermittlungsbericht.

»Er hat auch gesagt, dass du dahinterkommen würdest, was da nicht stimmt und was die Ermittler versäumt haben.«

»Mein Vater hatte einige Wochen vor der Tragödie seine Arbeit verloren. Der Bericht kommt zu dem Schluss, dass ihn das in eine Depression gestürzt habe. Und dass er seine Familie umgebracht hat, weil er sich außerstande gefühlt habe, für ihr Auskommen zu sorgen.«

Albert knüllte die Tüte zusammen, in der ihm Victor Lebensmittel gebracht hatte.

»Glaubst du nicht daran?«

»Die Ermittler haben weder mit seinem Chef noch mit seinen ehemaligen Kollegen gesprochen. Auch wenn die Faktenlage klar zu sein schien, hätte das routinemäßig zuallererst gemacht werden müssen.«

Albert zog sich einen Stuhl heran und setzte sich.

»Ted ist es nie gelungen, die ehemaligen Arbeitskollegen deines Vaters bei General Electric ausfindig zu machen. Das hat ihm keine Ruhe gelassen. Er sagte, Henris Name habe zwar in den Unterlagen des Unternehmens gestanden, aber niemand habe sich an ihn erinnert.«

»Das kann kein Versehen sein. Entweder haben die Ermittler geschlampt, oder sie hatten die Anweisung wegzusehen. Aber wie auch immer, wir werden sie nicht fragen können.«

»Warum? Sind sie tot?«

Victor nickte. Beim Durchschauen der Akte hatte er die Namen der beiden Männer sofort wiedererkannt.

»Ein paar Monate nach der Tragödie haben sie im Zuge einer Observation mit hoher Geschwindigkeit den Wagen eines Geistlichen gerammt, der gerade einparkte. Im Dezernat ist es eine Art Mantra geworden, das man Neulingen bis heute bei der Einweisung vorbetet: ›Schnallt auch an, wenn ihr nicht wie Trudel und Phaneuf enden wollt.‹«

Die beiden Männer tauschten ein verhaltenes Lächeln, dann fuhr Victor fort.

»Hat Ted dir eigentlich erzählt, wie er an die Akte aus dem Archiv herangekommen ist?«

Albert kramte in seinem Gedächtnis und schüttelte dann den Kopf.

»Wenn du mich fragst, hat er sie ohne Erlaubnis hergebracht.«

Victor nickte. Er war derselben Meinung.

»Hat er manchmal mit dir darüber gesprochen?«

»Sehr selten … Aber jedes Jahr hat er den Karton hervorgeholt und sich damit stundenlang, manchmal sogar tagelang, hier eingeschlossen.«

Der alte Mann machte eine Pause, wie um sich genauer zu erinnern.

»Einmal, das muss zehn Jahre her sein, habe ich gemerkt, dass er aufgeregt war. Er hatte jemanden aufgespürt.«

»Den Mann, dessen Namen und Adresse du mir am Tag der Beerdigung gegeben hast.«

Er nickte. Er hatte Victor den Zettel zusammen mit dem Karton, der die Ermittlungsakte enthielt, in die Hand gedrückt, ihn aber ihn nie gefragt, ob er den Mann kontaktiert hatte. Dazu war er viel zu diskret.

»Später, als er krank wurde, ist der Karton im Schrank geblieben. Ich musste ihm versprechen, nicht mit dir darüber zu reden. Er sagte: Wenn du keine Fragen stellst, dann deshalb, weil du noch nicht bereit bist, die Antworten zu hören.«

Sie schwiegen eine Weile. Dann standen sie auf, und Victor nahm Albert in die Arme.

»Ich kann dir nie auch nur ein Hundertstel von dem zurückgeben, was ihr für mich getan habt. Nächsten Dienstag schaue ich wieder vorbei, aber du kannst mich jederzeit anrufen, völlig egal weswegen.«

Victor öffnete den Kofferraum des Saab und verstaute den Karton darin. Die Sonnenstrahlen blinzelten zwischen den kahlen Ästen hindurch, und abgefallene Blätter wirbelten im Wind. Er ging ein paar Schritte auf dem Gehweg und spähte zu dem Brunnen und seiner Rotunde, die mitten auf dem Platz thronten. Kleine Kinder schrien und hüpften in einem Laubhaufen, während ihre Eltern sich unterhielten und dabei ein behütendes Auge auf ihre Sprösslinge hatten.

Victor zündete sich eine Zigarette an, denn er hatte Mühe, seine Gedanken zu bändigen.

Weiter entfernt, am Nordende des Parks, vor dem jetzt geschlossenen Schwimmbad, warfen ein Vater und sein Sohn einander einen Ball zu.

Alte Erinnerungen kamen hoch, und auf einmal war es ihm, als könnte er sich dabei sehen, wie er mit seinem Vater dasselbe tat. Und er dachte, dass dieses Ballwerfen einst wie ein Band zwischen ihnen gewesen war, doch er riss sich sofort wieder zusammen.

In seinen Augen kam jede Form von Nostalgie oder Mitgefühl im Zusammenhang mit dem Schlächter einem Verrat an seiner Mutter und seinen Brüdern gleich. Er konnte nicht anders reagieren. Sobald seine Wachsamkeit erlahmte, regte sich etwas in ihm und erinnerte ihn daran, dass das, was sein Vater getan hatte, unverzeihlich war.

Er zog ein letztes Mal an der Zigarette und zerdrückte sie mit dem Absatz. Wieder beim Wagen, klappte er den Kofferraum auf und hob den Deckel des Kartons.

Nach kurzem Zögern griff er nach dem Plastikbeutel mit seinem alten Baseballhandschuh und packte ihn aus. Er drehte ihn eine Weile in den Händen und zog ihn schließlich an. Wie um dem Gegenstand die bösen Geister auszutreiben, ballte er die rechte Faust und schlug mit aller Kraft in das Webbing.

Er legte den Handschuh gerade in den Karton zurück, als das Handy in seiner Tasche vibrierte.

»Hast du, worum ich dich gebeten habe? (…) Okay, super. Ich bin in zwanzig Minuten dort. (…) Nein, besser nicht. Wir treffen uns danach.«

Er legte auf und setzte sich ans Steuer. Als er mit dem Saab auf der Rue Notre-Dame Ouest in Richtung Innenstadt fuhr und an der Ampel neben der Église Saint-Zotique hielt, hatte sich, von ihm unbemerkt, ein schwarzer Wagen an ihn drangehängt.

16.
TOWARISCHTSCH

Der alte Saab parkte zehn Meter oberhalb der Terrasse der Datcha Zakouski, eines der ältesten russischen Restaurants in Montréal. Victor saß noch im Wagen und sah sich auf dem Telefon das Profil an, das er vorhin geschickt bekommen hatte. Obwohl er den Inhalt kannte, überflog er ihn noch einmal. Sein Interesse galt speziell einer Reihe von Fotos, die er durchscrollte. Fotos eines Mannes in verschiedenen Phasen seines Lebens.

Victor blickte auf seine Hamilton. Das Warten wurde ihm zu lang. Er wollte sich gerade noch eine Zigarette anstecken, da tauchte der Mann von den Fotos im Rückspiegel auf. Er trug einen tadellosen, aber altmodischen Anzug und näherte sich mit elastischen Schritten der Terrasse. Victor musterte ihn: klein und stämmig, graues, an den Schädel geklatschtes Haar, gestutzter dünner Schnurrbart, dunkle Augen.

Das auf seinen Wunsch erstellte Profil enthielt nur wenige Informationen: Nikolaï Komarov stammte ursprünglich aus dem russischen Sankt Petersburg und war sechsundsechzig Jahre alt. Er hatte sich 1973 in Québec niedergelassen und wenige Jahre später die kanadische Staatsbürgerschaft erhalten.

Der Mann hatte in einem Jazzquartett gespielt, das in seiner besten Zeit einigen Erfolg gehabt hatte und um die ganze Welt getourt war. Seit zwanzig Jahren gab der Russe in seiner Wohnung in der Rue Notre-Dame Est private Klavierstunden. Keine Vorstrafen. Auch keine Auffälligkeiten in seinen Vermögensverhältnissen. Als kinderloser Junggeselle schien er ein ruhiges Leben zu führen.

Komarov erklomm die Stufen zu der Terrasse, die zwei Meter über der Straße lag. Sie war durch eine Markise geschützt und von einer Balustrade aus Zedernholz umschlossen, auf der Pflanzkübel mit Farnen standen.

Der Kellner begrüßte Komarov, und die beiden umarmten sich wie alte Bekannte. Sie hielten einen kurzen Plausch, dann deutete der Kellner auf die gläserne Eingangstür. Für Herbstanfang war es ein ziemlich kühler Tag, doch der Russe gab zu verstehen, dass er lieber auf der verwaisten Terrasse Platz nehmen wollte. Der Kellner nickte, und Komarov setzte sich an einen hinteren Tisch, gleich neben dem Durchgang, der das Restaurant vom Nachbargebäude trennte.

Victor wartete noch einen Moment und suchte mit den Augen die Umgebung ab. Als er sich überzeugt hatte, dass alles in Ordnung war, stieg er aus dem Wagen, steuerte auf das Restaurant zu und stieg die Stufen zur Terrasse hinauf. Der Kellner kam ihm eilfertig entgegen, doch Victor deutete auf den einzigen belegten Tisch. Der Mann verneigte sich und ging wieder hinein.

»Monsieur Lessard?«

Nikolaï Komarov hatte sich erhoben. Ein Lächeln sträubte seinen Schnurrbart. Er stand aufrecht und würdevoll da und reichte Victor eine kräftige Hand, in die dieser einschlug.

»Danke, dass Sie so kurzfristig Zeit für mich gefunden haben.«

Victor hatte lange das Für und Wider erwogen, nachdem ihm Albert Adresse und Telefonnummer des Russen gegeben hatte. Sein Instinkt hatte ihm geraten, lieber nicht an der Vergangenheit zu rühren, dann hatte ihn aber doch die Neugier gepackt und nicht mehr losgelassen.

»Das ist doch selbstverständlich, ich bitte Sie.«

Die beiden Männer glichen Boxern, die sich gegenseitig taxieren und die Schlagdistanz abschätzen.

Victor hatte ihn achtundvierzig Stunden zuvor angerufen. Zu seiner großen Überraschung brauchte er weder Ted noch seine eigene Geschichte zu erwähnen. Komarov erklärte sich sofort zu einem Treffen bereit, als hätte die bloße Nennung seines Namens genügt.

Der Mann hatte lediglich einen Wunsch geäußert, den er jetzt wiederholte.

»Am Telefon hast du versprochen, mir zu sagen, wie du mich gefunden hast.«

Mit argwöhnischem Blick kam Victor dem Wunsch nach.

»Ted Rutherford, sagt Ihnen das was?«

Komarov runzelte die Stirn und zuckte mit den Schultern, als könnte er sich nicht erinnern.

»Er hat Sie vor einigen Jahren wegen einer Familientragödie kontaktiert. Sie haben es abgelehnt, mit ihm zu sprechen.«

»Rutherford … Ist das der pensionierte Polizist, der auf eigene Faust Ermittlungen angestellt hat?«

Victor nickte.

»Ich wollte keinen Ärger. Ich konnte nicht wissen, ob er lautere Absichten hatte und wirklich der war, für den er sich ausgab.«

»Er ist der beste Mensch, den ich kenne.«

Komarov starrte ihn an, als versuchte er ihn zu durchschauen.

»Daran habe ich keinen Zweifel. Aber lass mich dir eine andere Frage stellen. Warum willst du mich nach all der Zeit sehen? Warum jetzt?«

»Wir haben Ted gerade beerdigt. Bevor er starb, hat er mir Ihren Namen genannt. Wir hatten nie über meinen Vater gesprochen, seit …«

Victor ließ den Satz unvollendet.

»*Sudba. Nikuda ne deneschsja* – Das Schicksal. Man entrinnt ihm nicht.«

Komarov, der Victors Verwirrung bemerkte, wechselte das Thema.

»Es ist verrückt, wie du mich an deinen Vater erinnerst, *Towarischtsch.*«

Victor fuhr in die Höhe, rot im Gesicht. Abgesehen von dem Blut, das in seinen Adern floss, hatte er mit dem Mann, der seine Familie ermordet hatte, nichts gemeinsam.

»Ich fürchte, unser Gespräch ist bereits zu Ende.«

Der Russe wedelte beschwichtigend mit den Händen.

»*Towarischtsch* bedeutet auf Russisch ›Kamerad‹.«

Victor wollte auf dem Absatz kehrtmachen und verschwinden.

»Warte. Ich habe dir eine Geschichte zu erzählen. Ich finde, du solltest sie hören.«

Victor hielt in der Bewegung inne. Ein seltsames Gefühl überkam ihn. Der Russe sprach zu ihm wie zu einem alten Freund, als wären sie gut miteinander bekannt.

Er wollte entgegnen, dass er nicht interessiert sei, doch Komarov kam ihm zuvor.

»Vorher würde ich gerne wissen, woran du dich erinnerst. Was weißt du noch von Henri?«

Hass blitzte in Victors Augen auf.

»Nicht viel. Ich habe so gut wie alles vergessen. Außer, dass er uns geschlagen hat.«

»Er hat euch geschlagen? Aber doch nur am Schluss, nicht wahr? So im letzten Monat vor der Tragödie?«

Zu aufgebracht, um einen klaren Gedanken zu fassen, wischte Victor die Frage mit einer Handbewegung beiseite.

»Ich weiß es nicht mehr genau … Was macht das für einen Unterschied?

Komarov stellte jede Frage, als führte er ein Verhör.

»Und wenn ich dir sage, dass Henri davor nie gewalttätig war?«

Obwohl Fachmann auf dem Gebiet, ließ sich Victor von der Wendung, die das Gespräch nahm, verunsichern.

»Vor was? Was meinen Sie damit?«

»Ein paar Wochen vor der Tragödie ist etwas geschehen, das alles verändert hat. Ein traumatisches Ereignis, das sein Verhalten erklärt.«

In der Annahme, dass Komarov auf das anspielte, was Ted keine Ruhe gelassen hatte, erwiderte Victor:

»Die einzige Erklärung, die die Ermittler geliefert haben, ist der Verlust seines Arbeitsplatzes. Und in diese Richtung haben sie nicht weiter ermittelt.«

Der Russe rutschte auf seinem Stuhl vor und verschränkte die Hände unter dem Kinn.

»Vielleicht weil sie den Befehl bekommen hatten, keine weiteren Fragen zu stellen.«

Langsam verlor Victor die Geduld.

»Befehl von wem?«

Zum ersten Mal legte Komarov mehr Kraft in seine Stimme.

»Für wen hat Henri gearbeitet?«

»General Electric.«

»Das hat er deiner Mutter und seinen Freunden und Bekannten weisgemacht.«

Victor schüttelte unwirsch den Kopf.

»Dummes Zeug.«

»Ach ja? Erinnerst du dich, was er bei General Electric gemacht hat? An den Namen eines einzigen Kollegen? Hast du ihn jemals in seinem Büro besucht? Oder deine Mutter?«

Er stutzte und kramte in seinem Gedächtnis.

»Nein … Ich …«

Komarov formulierte seine Fragen immer schärfer und bedrängte ihn regelrecht.

»Lass mich raten: Er hat ungern über seine Arbeit gesprochen. Er hat zu euch gesagt, er wolle seine Sorgen im Büro lassen und euch nicht damit behelligen. Liege ich falsch, *Towarischtsch*?«

Victor schwieg. Der Russe hatte ins Schwarze getroffen.

»Und wenn ich dir nun sage, dass Henri an einem streng geheimen Projekt der Regierung im Kalten Krieg mitgearbeitet hat? Wenn ich dir sage, dass er nicht entlassen, sondern suspendiert worden ist?«

Er hatte dies alles in einem Atemzug vorgebracht. Doch es schien so weit hergeholt, dass Victor nur den letzten Punkt aufgriff.

»Suspendiert? Ach ja? Aus welchem Grund?«

»Weil gegen ihn ermittelt wurde.«

Victors Gedanken überdrehten und glitten ins Irrationale ab.

»Ermittelt? Weswegen denn?«

Komarov sah ihn an, als sei er im Begriff, ihm den Todesstoß zu versetzen.

»Spionage und Hochverrat.«

Victor starrte den Russen an und wartete darauf, dass er zusammenklappte. Doch der andere zuckte nicht mit der Wimper.

Zehn Meter entfernt, auf der anderen Straßenseite, erschienen die Gesichter Victors und seines Gesprächspartners vergrößert im Sucher eines Fotoapparats, der mit einem starken Teleobjektiv ausgestattet war. Der Zeigefinger eines Mannes betätigte den Auslöser und hielt ihn gedrückt. Die Klicksalve zerriss die Stille im Innenraum des Saab.

17.
PROGRAMM *ROTE FLUT*

Victor nahm wieder Platz, nachdem er den ersten Schock verdaut hatte. Komarov bestellt einen Grog und er einen Kaffee. Er war nach wie vor sehr skeptisch, was die vermeintlichen Enthüllungen des Russen anging, doch er konnte sich nicht zum Gehen aufraffen, als wäre er hier festgenagelt.

Die Angehörigen eines Menschen, der einen Mord begangen hat, hoffen, selbst wenn die Beweise erdrückend sind, immer darauf, dass eine plötzliche Wendung die Fakten in einem anderen Licht erscheinen lässt.

Und dass die dadurch gewonnenen neuen Erkenntnisse, wenn schon nicht die Unschuld des geliebten Menschen beweisen, so doch wenigstens eine rationale Erklärung für sein Tun liefern. Denn für die, die der Mörder zurücklässt, ist Verstehen der einzige Weg, das Dunkel zurückzudrängen.

»Deine Reaktion ist normal. Es ist schwer, dir Henri anders vorzustellen, wenn du über dreißig Jahre lang nur einen Mörder in ihm gesehen hast.«

Victors Züge verhärteten sich.

»Er war einer.«

Wieder hob der Russe beschwichtigend die Hände.

»Keine Sorge, ich habe nicht die Absicht, irgendwas von dem, was er getan hat, zu entschuldigen.«

Victor sah ihn forschend an.

»Nicht? Was wollen Sie dann?«

»Misstraust du mir, weil ich am Telefon so schnell Ja gesagt habe? Ich gebe zu, ich bin nicht aus Altruismus hier. Mir liegt zwar sehr daran, dass du die Wahrheit über Henri erfährst, aber ich selbst habe auch ein paar Fragen an dich.«

Victor wollte etwas erwidern, doch in diesem Augenblick wurden sie vom Kellner unterbrochen. Er beäugte den Russen jetzt noch argwöhnischer, doch sie schwiegen, bis der Mann die Getränke auf den Tisch gestellt und sich wieder entfernt hatte.

Komarov hatte damit begonnen, ihm die Anfänge der Kalten Kriegs zu schildern und die Grundzüge dieses Konflikts in Erinnerung zu rufen, in dem sich die Vereinigten Staaten und die Sowjetunion oder, weiter gefasst, die westlichen Demokratien und die kommunistischen Regime vom Ende des Zweiten Weltkriegs bis zum Fall der Berliner Mauer 1989 und dem Zusammenbruch der Sowjetunion 1991 gegenübergestanden hatten. Victor hatte ihn gedrängt, sich kurz zu fassen, doch der Russe hatte darauf bestanden, systematisch an die Sache heranzugehen.

Jetzt endlich schien er auf den Punkt zu kommen.

»Im Kalten Krieg hatten die Mounties die Aufgabe, die Linke auszuspionieren und Listen von Personen zu erstellen, die in der Lage waren, Massenbewegungen zu organisieren. In diesem Zusammenhang hat die Regierung ein streng geheimes Programm ins Leben gerufen, das Programm *Rote Flut.*«

Victor lehnte sich im Stuhl zurück, verzog aber keine Miene.

»Sollte mir das etwas sagen?«

»Du könntest davon gehört haben. Es ist längst publik. In den neunziger Jahren gab es Berichte darüber, die du im Internet finden könntest.«

»Okay, aber was war der Zweck des Programms? Und warum erzählen Sie mir davon?«

»Geduld, *Towarischtsch*. Dazu kommen wir gleich.«

Komarov ergriff seine Tasse, aus der es dampfte, und führte sie an die Lippen, hielt aber mitten in der Bewegung inne.

»Das Ziel von *Rote Flut* bestand darin, Leute, die mit den Kommunisten sympathisierten, zu identifizieren und zu überwachen und im Falle eines Konflikts mit der Sowjetunion zusammen mit ihren Familien in Lagern zu internieren.«

Victor kniff die Augen zusammen und betrachtete sein Gegenüber mit wachsendem Interesse.

»Aber worüber genau reden wir hier? Über eine Art Ghetto, in das Leute gesperrt werden sollten, deren politische Ansichten nicht genehm waren?«

Der Russe trank einen Schluck und verzog das Gesicht. Der Grog war zu heiß.

»Nicht nur eines. Die Grundidee war, acht über ganz Kanada verstreute Lager zu errichten, darunter eins in Saint-Gabriel-de-Brandon. Internierung ohne vorausgehendes Verfahren und auf unbestimmte Zeit, Verlust aller Grundrechte. Wenn beide Eltern auf der Liste standen, hatten die Behörden Anweisung, auch die Kinder mitzunehmen. Bei Fluchtversuchen durften die Gesetzeshüter sogar von der Schusswaffe Gebrauch machen.«

Victor hatte Mühe, die Fülle von Informationen zu verarbeiten, und fuchtelte mit den Händen, um seinen Gesprächspartner zu einer Pause zu zwingen.

»Moment mal. Ich will sichergehen, dass ich richtig verstehe. Was Sie da beschreiben, nennt man Konzentrationslager. Die hätte es hier geben sollen, in Kanada?«

Komarov nickte ernst.

»Aber diese Lager sind nie errichtet worden.«

Der Russe stellte sein Getränk zurück.

»Nein. Zum Glück. Aber es war alles dafür vorbereitet.«

»Dann war *Rote Flut* ganz umsonst?«

»Faktisch kam das Programm ein einziges Mal zur Anwendung, 1970 während der Oktoberkrise. Die Regierung musste den Kreis der Verdächtigen über die Mitglieder der FLQ, der Befreiungsfront für Québec, hinaus erweitern, um die Intervention der

Armee zu rechtfertigen. Also haben sie auf die Liste zurückgegriffen und dreihundert Anhänger der Kommunisten verhaftet, um der Öffentlichkeit Sand in die Augen zu streuen. Aber das ist eine andere Geschichte.«

»Und dieses Programm, existiert es noch?«

Victor zuckte zusammen, als Komarov in seine Jacke griff, atmete jedoch auf, als der nur ein vorsintflutlich anmutendes Taschentuch hervorzog.

»Es wurde im Jahr 1984 aufgelöst, als die geheimdienstliche Abteilung der Mounties durch den Service canadien du renseignement de sécurité ersetzt hat.«

Ein Zittern befiel Victors rechte Hand.

»Und besagte Liste … Ist sie der Grund, warum mein Vater …«

Er war so erregt, dass er den Satz nicht zu Ende brachte.

»Henri hat 1975 begonnen, für das Projekt *Rote Flut* zu arbeiten. Damals habe ich der Linken angehört, von der ich eben gesprochen habe. Ich habe mit der kommunistischen Partei sympathisiert.«

Der Russe machte eine Pause, während Victors Herz immer heftiger klopfte und sein Atem sich beschleunigte. Dann pulverisierte Komarov seine letzten Gewissheiten.

»Am Tag der Tragödie sollte Henri mir die Liste übergeben.«

18.

ANSCHLUSSSACHE

Jacinthe trat in Paul Delaneys komplett verglastes Büro, um ein Post-it mit der Nachricht »Schau bei mir vorbei« an den Bildschirm seines Computers zu kleben. Der Raum, vom düsteren Grau des Tages nur schwach erhellt, war leer. Zumindest glaubte das Jacinthe, die fast der Schlag traf, als der Chef des Dezernats Kapitalverbrechen auf allen Vieren unter seinem Schreibtisch hervorgekrochen kam.

»Mann, Paul! Hast du mich erschreckt. Ich hatte ja keine Ahnung, dass du in deinem Aquarium bist. Willst du, dass ich dich erschieße?«

Mit geschäftiger Miene befestigte er etwas am Boden, was Jacinthe nicht sehen konnte, und streckte ihr dann die Hand hin, ohne sich umzudrehen. Sein von Aknenarben zerfurchtes Gesicht triefte vor Schweiß.

»Tag, Jacinthe. Reich mir mal den Schraubenzieher. Er liegt gleich da, neben der Maus.«

Sie legte ihn in seine offene Hand.

»Kannst du mir sagen, was du da unten treibst?«

Delaney tauchte wieder unter den Tisch ab.

»Ich mache die Verkabelung neu. Alles läuft auf demselben Stromkreis. Die Scheißsicherung springt jedes Mal raus, wenn ich den Ventilator einschalte.«

Jacinthe starrte ihn an, so wie man einen Raucher anstarren würde, der sich in einer Kinderkrippe eine Zigarette ansteckte.

»Lass sofort die Finger davon. Du bist kein Elektriker!«

»Wer das angeschlossen hat, war garantiert auch keiner. Wolltest du mit mir reden?«

»Ich habe die Analyseergebnisse gekriegt.«

Victors Vermutungen hatten sich bestätigt. Anhand der Einschusslöcher in Lefebvres Wohnung hatten die Ballistiker mittels Triangulation die Flugbahn des Projektils berechnet und waren zu dem Ergebnis gelangt, dass der Schuss vom Hügel aus abgefeuert worden war.

Angeführt von Jacinthe, Loïc und Nadja hatten die Techniker von der Spurensicherung das Scharfschützennest ausfindig gemacht. Es lag an einem steilen Hang des Mont Royal, und zwar in einem bewaldeten, schwer zugänglichen Abschnitt jenseits der Spazierwege. Polizisten und Hundeführer hatten die Umgebung gründlich durchkämmt.

Wieder drang Delaneys Stimme gedämpft unter dem Tisch hervor.

»Und der Inuksuk?«

Abgesehen von Stiefelabdrücken, von denen sie Abgüsse gemacht hatten, um den Hersteller zu ermitteln, war das Nest vor ihrem Eintreffen gründlich saubergemacht worden: keine Patronenhülse auf dem Boden, keine Spucke, kein Kaugummi, keine Zigarettenkippe, nichts, was DNA-Spuren hätte enthalten können, auch keine Speise- oder Getränkereste.

Nichts bis auf ein Objekt, das die Schützen offenbar ganz bewusst zurückgelassen hatten, damit die Ermittler es fanden: einen Haufen blauer, ins Violette spielender Steine.

Jacinthe zog ein Notizbuch aus ihrer Cargohose und blätterte darin.

»Bei den Steinen handelt es sich um Lapislazuli. Eine Art Mineral, das zu Schmuck verarbeitet wird. Die wichtigsten Minen liegen in Afghanistan. Im Mittelalter hat man ihn zermahlen und mit Milch getrunken. Anscheinend zur Stärkung der Glieder und um den Geist vor Angst und Neid zu schützen.«

Mit skeptischem Blick schaute sie von ihren Notizen auf.

»Kein Wunder, dass sie damals nicht sehr alt geworden sind.«

Der Dezernatschef tauchte wieder auf.

»Aber die Steinfigur«, sagte er nachdenklich, »der Inuksuk selbst, der ist doch sicher symbolisch gemeint.«

»Jedenfalls eher, als wenn sie Legosteine hinterlassen hätten, das ist mal sicher. Glaubst du, der Täter ist Indianer oder Inuit?«

»Was weiß ich! Für die hat es bestimmt etwas zu bedeuten, nur was? Soweit ich weiß, haben die Inuit mit solchen Inuksuit Karibus angelockt, bevor sie zu ihrem kulturellen Symbol wurden.«

Jacinthe steckte die Nase wieder in ihre Notizen.

»Und die Lage eines Dorfes oder ihr Territorium markiert.«

Delaney machte eine Pause und überlegte.

»Aber warum dazu ausgerechnet Steine benutzen, die von woanders herkommen? Was verbindet die Inuit mit Afghanistan?«

»Vielleicht ist es nur eine Art Totem … ein Ehrenmal für die Toten.«

»Die Mörder sollen den Inuksuk im Gedenken an Lefebvre zurückgelassen haben?«

Delaney sah Jacinthe zweifelnd an. Sie zuckte mit den Schultern.

»Ich weiß, was du jetzt sagen willst: Ich rede wie Victor Lessard, stimmt's?«

»Hast du seit der Beerdigung noch mal mit ihm gesprochen?«

»Mit Lessard? Warum sollte ich?«

Nicht so leicht hinters Licht zu führen, schüttelte er den Kopf und fummelte weiter an den Kabeln herum.

»Weil er dein Freund ist und du dir Sorgen um ihn machst, Jacinthe.«

»Lessard mein Freund? Da bist du auf dem Holzweg.«

Sie vernahm Schritte aus dem Ermittlerraum und drehte sich um.

»He, Kid, was gibt's?«

Loïc Blouin-Dubois betrat den Raum. Er trug ein schwarzes, mit dem Konterfei Humphrey Bogarts bedrucktes T-Shirt, das seine tätowierten Arme entblößte, und band sich, einen Zettel zwischen den Lippen, gerade die langen blonden Haare zu einem Pferdeschwanz.

Jacinthe nahm ihm den Zettel ab, sodass er weiter auf seinem Kaugummi kauen konnte.

»Was ist das?«

»Das Labor bestätigt, was wir schon wussten: Die Kugel, die wir in Lefebvres Wohnung gefunden haben, hat das Kaliber .50.«

Sie seufzte und legte sich die flache Hand auf die graumelierten Haare.

»Und wir haben noch keinen Treffer in den nationalen ballistischen Datenbanken?«

Loïc verneinte. Delaneys Stimme drang unter dem Tisch hervor.

»Die Typen werden uns in Atem halten. Das sind Profis.«

Selbst wenn es gelingen sollte, eine Übereinstimmung zu finden, war es angesichts der Professionalität der Schützen wenig wahrscheinlich, dass sie ihnen auf die Spur kamen.

Doch wenn Jacinthe in all den Jahren, die sie zusammen mit Victor ermittelt hatte, etwas gelernt hatte, dann, dass man nie eine Spur vernachlässigen durfte, so dünn sie auch sein mochte.

Sie schob die Daumen in den Gürtel und zog ihre Cargohose hoch.

»Und was ist mit Lefebvres Handy? Haben sie es schon entsperrt?«

Loïc schüttelte den Kopf. Der Kaugummi beulte seine Backe aus.

»Wir treten auf der Stelle … Übrigens, in der Halle hat eine Journalistin auf dich gewartet.«

»Schwarze Haare, grüne Augen, feurige Lippen?«

Der junge Ermittler staunte.

»Ich weiß, wer sie ist. Virginie Tousignant.«

»Bitte Fernandez, schon mal mit ihr anzufangen. Ich komme, sobald ich hier mit Paul fertig bin.«

»Ich habe sie in den Konferenzraum geführt. Nadja ist noch nicht da.«

Jacinthe blickte auf ihre klobige Taucheruhr.

»Hmm … kaum anderthalb Monate im Dezernat und schon zu spät kommen … ts, ts, ts …«

Sie hatte beim Lästern gegrinst. Sie zwinkerte Loïc zu.

»Nicht übel, die kleine Virginie, was?«

Loïc pflichtete ihr mit einem verdutzten Nicken bei.

»Sie hat kaum Notiz von mir genommen.«

Jacinthe hieb ihm mit ihrer Pranke auf die Schulter, dass er meinte, in den Boden zu sinken.

»Nicht dein Fehler, Kid. Das liegt nur daran, dass du nicht Victor Lessard bist.«

Wieder meldete sich Delaneys Stimme aus den Tiefen unter dem Schreibtisch.

»Dafür, dass Lessard nicht dein Freund ist, beschäftigt er deine Gedanken aber ganz schön.«

Er tauchte wieder auf und wischte sich mit dem Unterarm den Schweiß von der Stirn.

»Nur so nebenbei: Wenn ich merke, dass du einen Ermittler, der den Dienst quittiert hat, in einen neuen Fall miteinbezogen hast, gibt's Ärger. Haben wir uns verstanden?«

Jacinthe verdrehte die Augen.

»Ja, Chef.«

Delaney kroch wieder unter das Möbel. Jacinthe grinste Loïc zu.

»He, nur so nebenbei: Man sieht deine Poritze, liebster Paul.«

Delaney tastete nach seinem oberen Gesäßansatz und stellte fest, dass die Hose ihn durchaus vollständig bedeckte.

»Und wie kannst du hier überhaupt arbeiten? Man sieht ja nichts!«

»Kein Licht machen. Die Sicherung ist noch drin.«

Delaneys Appell kam zu spät. Jacinthe hatte den Schalter bereits umgelegt. Die Deckenleuchte brutzelte, versprühte einen Funkenregen und erlosch.

Ein Brüllen brach unter dem Schreibtisch hervor, während sie vom Schauplatz des Verbrechens flüchtete.

»Jacinthe Taillon!«

Ein Feixen auf den Lippen, durchmaß sie ohne Hast den Raum der Ermittler.

»Ups … Tut mir leid, Chef.«

Und während sie auf den Konferenzraum zusteuerte, ahnte sie mehr, als dass sie es hörte, wie Delaney ihr einen Schwall von Verwünschungen hinterherschleuderte.

Sie kam an der Plexiglastafel vorbei, an der die Ermittler gewöhnlich die wichtigsten Fakten der laufenden Untersuchung zusammentrugen. Jetzt hingen dort Fotos vom Tatort, vom Scharfschützennest auf dem Hügel und dem Inuksuk, den man dort entdeckt hatte.

Außerdem hatte Jacinthe ein Foto von Emma angebracht, der Tochter Guillaume Lefebvres. Um alle daran zu erinnern, für wen sie ihre Arbeit machten und wofür. Um ihr Gerechtigkeit widerfahren zu lassen.

Sie hätte es nie zugegeben, nicht einmal unter Zwang, doch zwischen Emma und ihr hatte sich ein stummes Zwiegespräch entsponnen. So stellte sie sich jeden Morgen, bevor die Kollegen kamen, vor das Bild des Mädchens und versicherte ihm, dass sie es nicht vergessen würden. Sie beide, sagte sie, stünden auf derselben Seite, und zwar auf der Seite der Menschen, die niemals kapitulierten, auch nicht vor den Ausgeburten eines kranken Hirns.

Virginie stand, als Jacinthe den Konferenzraum betrat. Sie hatte die Haare zu einem Knoten gebunden, trug ein Outfit, das schick und lässig zugleich war, und wirkte angespannt. Die Ermittlerin brauchte nicht nach dem Grund ihres Besuches zu fragen.

»Ich bin da vielleicht auf etwas gestoßen.«

»Okay, Schätzchen, schieß los, ich bin ganz Ohr.«

»Wenn ich vorher keinen Kaffee bekomme, werde ich dich beißen.«

Jacinthe hob die Augenbrauen und erwiderte in laszivem Ton:

»Tu dir keinen Zwang an.«

19.
KOMMUNISTISCHE PARTEI

»Falls Sie mir weismachen wollen, dass mein Vater Doppelagent war und für das KGB gearbeitet hat, verschwenden Sie Ihre Zeit.«

Komarov machte eine beschwichtigende Geste.

»Henri war kein Spion, *Towarischtsch*. Aber hast du ihn wirklich gekannt?«

»Und Sie? Wie gut haben Sie ihn gekannt?«

Komarovs Blick verschleierte sich, als erinnerte er sich an ihn.

»Den anderen kennenzulernen ist manchmal ebenso schwer, wie sich selbst kennenzulernen. Aber ich habe ihn gekannt. Oder geglaubt, ihn zu kennen. Nun ja … Und dann war da noch deine Mutter, Jeanne. Eine zarte Frau, aber von atemberaubender Schönheit.«

Zorn trübte Victors Blick, doch er beherrschte sich.

»Lassen Sie meine Mutter aus dem Spiel.«

Der Russe nahm daran keinen Anstoß und fuhr in vertrauensvollem Ton fort.

»Ich habe ihn von einer Seite gekannt, die du wahrscheinlich nie zu sehen bekommen hast. Entgegen allem Anschein war Henri kein gewöhnlicher Mensch. Er war ein Intellektueller. Ein überzeugter Marxist und ein wahrer Idealist, der an die Umverteilung des Reichtums glaubte.«

Victor versuchte sich ein Bild seines Vaters ins Gedächtnis zu rufen, aus der Zeit vor dem Blutbad, bei ihnen zu Hause, doch da war nichts, als hätte sein Selbsterhaltungstrieb alle Erinnerungen ausgelöscht, um zu verhindern, dass er wahnsinnig wurde.

»Ich bin nicht sicher, ob ich Ihnen folgen kann.«

»Henri hat heimlich der kommunistischen Partei angehört, *Towarischtsch.*«

Victor starrte Komarov ungläubig an.

»Haben Sie ihn dort kennengelernt?«

»Ja. Anfang der siebziger Jahre haben Henri und ich zusammen mit ein paar Genossen eine Zelle gebildet. Wir haben uns heimlich im Keller einer Teestube getroffen, deren Besitzer mit der Partei sympathisiert hat. Wir haben die Klassiker gelesen und uns über Bücher ausgetauscht, wir haben geschrieben, denn wir haben uns ebenso für große Autoren gehalten wie für richtige Proletarier, wir rauchten Zigaretten und tranken Wodka pur. Wir hatten dieselben Ideale, Victor. Wir träumten davon, die Welt zu verändern, wie jeder Zwanzigjährige, der etwas auf sich hält.«

»Sie haben gesagt, er hätte der Partei heimlich angehört. Warum hat er es verheimlicht?«

»Henri war ein vorsichtiger und besonnener Mensch. Nach der Hexenjagd in den sechziger Jahre und der Massenverhaftung während der Oktoberkrise hatte er begriffen, dass es besser war, sich bedeckt zu halten. Und im Unterschied zu den meisten anderen von uns hatte er Kinder.«

»Sie sagen, mein Vater sei kein Spion gewesen. Wie konnte er denn für ein Programm arbeiten, das Jagd auf die Kommunisten machte, zu denen er selbst gehörte?«

Komarov lehnte sich im Stuhl zurück und holte tief Luft.

»Eines Tages ist ein Jugendfreund deiner Eltern wieder in ihrem Leben aufgetaucht. Er arbeitete für die Regierung und hatte die Aufgabe, für ein bestimmtes Projekt fähige Leute zu rekrutieren. Er hatte sofort an Henri gedacht. Erst nachdem Henri erfolgreich mehrere Bewerbungsgespräche absolviert, eine Sicherheitsüberprüfung bestanden und Geheimhaltungsverpflichtungen unterschrieben hatte – mit anderen Worten, nach seiner Einstellung –, hat er erfahren, dass er an der *Roten Flut* mitwirken sollte. Als ihm klar wurde, worum es dabei ging, war es zu spät, einen Rückzieher zu machen, ohne Verdacht zu erregen. Er war am Boden zerstört. Außerdem hatte er Angst davor, dass sein Name jeden Moment auf die Liste gesetzt werden könnte.«

»Also haben Sie ihn dazu überredet, als Maulwurf zu agieren, um das Programm von innen heraus auszuhöhlen?«

»Der Vorschlag kam von ihm selbst. Hätte man die Liste einigen handverlesenen Journalisten zugespielt, hätte dies einen Riesenskandal verursacht: Nicht nur dass Kanada seine eigenen Bürger ausspionierte, man hatte sogar einen Plan erarbeitet, der darauf abzielte, ihnen die Grundrechte zu entziehen und sie einzusperren. Die Regierung wäre zur Rechenschaft gezogen worden.«

»Mein Vater … Haben Sie ihn bezahlt?«

»Natürlich haben wir zusammen mit den Genossen vorgeschlagen, ihn finanziell zu entschädigen. Doch er hat abgelehnt. Verstehst du, Henri wollte sein Land nicht verraten. Doch er hatte große Angst davor, dass die Welt in den Faschismus zurückfallen könnte.«

Ein Vibrieren drang aus Komarovs Jacke, doch er ignorierte es. Victor, der alles andere als überzeugt war, fuhr fort.

»Wenn man ihn suspendiert hat, dann ja wohl deshalb, weil jemandem Zweifel gekommen sind.«

»Er war nicht der Einzige. Die Programmverantwortlichen kamen dahinter, dass jemand die Liste kopiert hatte, und suspendierten alle, die Zugang zu ihr gehabt hatten, bis Licht in die Sache gebracht war.«

»In dem Fall muss man sich fragen, warum mein Vater ihnen die Liste nicht übergeben hat. Er ging doch ein enormes Risiko ein, wenn er sie behielt.«

»Du musst dir über eins im Klaren sein, Victor. Henri steckte in der Zwickmühle: Entweder er verriet seinen Jugendfreund, einen Mann, der ihm voll und ganz vertraute, oder er verriet seine Ideale, wenn er weiter an dem Programm mitarbeitete.«

Victor umkrallte die Tischkante so fest, dass seine Fingerknöchel weiß hervortraten.

»Was ist mit meiner Mutter? Wusste sie Bescheid?«

»Nein. Jeanne hätte ihn dazu zu überreden versucht, auf dem rechten Weg des Kapitalismus zu bleiben. Und sie hätte nicht zugelassen, dass er ihren Freund verriet.«

Fassungslos musterte Victor von Neuem das Gesicht des Russen.

»Aber nichts von dem, was Sie mir da erzählen, erklärt die Verbrechen meines Vaters.«

Ein Piepen meldete den Eingang einer SMS. Komarov fasste an seine Jackentasche.

»Es ist komplizierter, als es vielleicht den Anschein hat. Und doch auch viel simpler.«

Der Mann hatte es geschafft, in Victor zwei Gefühle zu wecken, die sich zueinander verhielten wie Feuer und Wasser und die ihn verwirrten: Neugier und Zweifel.

»Fahren Sie fort. Und ich würde gern wissen, wer dieser Freund war, der ihn angeworben hat.«

Der Russe faltete die Hände und schien einen Entschluss zu fassen.

»Ich habe viel geredet, findest du nicht? Jetzt ist es an der Zeit, dass *du* mir ein paar Dinge sagst. Aber vorher muss ich auf die Toilette. Ein Grog am Morgen fordert seinen Tribut.«

»Sei auf der Hut …«

Das Echo von Teds Warnung schärfte wieder Victors Wachsamkeit, die im selben Maße erlahmt war, wie er sich von Komarovs Geschichte hatte fesseln lassen. Plötzlich bereute er, dass er keine Waffe mitgebracht hatte.

Der andere, der bereits stand, bemerkte seine Unbehagen und lächelte ihm beruhigend zu.

»Sei unbesorgt, ich werde alle deine Fragen beantworten, *Towarischtsch.*«

Der Russe ging zum Eingang und verschwand im Restaurant. Victor warf einen Blick in die Runde. Eine dumpfe Angst hatte ihn beschlichen, die sein Verstand nicht zu zügeln vermochte. Warum bildete sich in seiner Magengrube ein Knoten? Woher rührte das unbestimmte Gefühl, dass er die Situation falsch einschätzte? Unfähig, sitzen zu bleiben, stand er auf und ging ebenfalls nach drinnen.

20.

DAS GEWICHT JEDER SEKUNDE

Das Restaurant war leer. Victor wusste, dass jetzt, vor Beginn des Mittagsgeschäfts, die Küche noch geschlossen war, und dennoch verwunderte es ihn, dass der Kellner nicht da war. Er folgte dem von Tischen mit rot-weiß karierten Tischtüchern gesäumten Gang und gelangte an eine schicke Theke, über der in einem Glasregal Flaschen mit Hochprozentigem standen, die sich in einer Spiegelwand spiegelten.

Der hintere Bereich des Gastraums war zweigeteilt. Links ging es in einen breiten Korridor, der zur Küche führte, rechts zu den Toiletten, wie ein Schild an der Trennwand verriet: *Tualet.*

Victor ließ sich von der Stimme Komarovs führen, die gedämpft an sein Ohr drang. Dieser redete in einer Sprache, von der er annahm, dass es Russisch war. Er spitzte die Ohren, als er sich der Tür näherte. Den Sinn der Worte verstand er zwar nicht, doch am Ton merkte er, dass Komarov auf seinen Gesprächspartner wütend war. Er dachte an die Nachricht, die der Russe draußen am Tisch erhalten hatte.

Komarov verstummte, und für einen kurzen Moment fragte sich Victor, ob ihm seine Phantasie einen Streich gespielt hatte. Dann erschütterte ein dumpfer Schlag die Trennwand. Offensichtlich nahm das Telefonat einen Verlauf, der dem Russen missfiel, und er hatte seinen Ärger darüber an der nächstbesten Wand ausgelassen.

Dann begann der alte Freund seines Vaters zu brüllen. Victor hörte ihn klar und deutlich.

»Ne moschjet byt! Eto ty jemu skasal! (…) Ne bylo wybora u tebja, skotina? On nitschewo ne snajet! (…) Schto?! Skolko u menja wremeni?!« – »Das gibt's doch nicht! Du hast es ihm gesagt! (…) Was Besseres ist dir nicht eingefallen, du Arschloch?! Er weiß gar nichts! (…) Was?! Wie viel Zeit habe ich noch?!«

Um nicht dabei ertappt zu werden, wie er an Türen lauschte, machte Victor, dass er zum Ausgang kam. Draußen blendete ihn das Licht. Die Augen mit der Hand beschirmend, kehrte er auf seinem Platz zurück und wartete, wobei er die Tür im Auge behielt.

Komarov glänzte weiter durch Abwesenheit. Victor wollte gerade wieder aufstehen, um nach ihm zu sehen, als plötzlich die Tür des Restaurants aufschwang, der Russe herausstürzte und, ohne ihn eines Blickes zu würdigen, mit einer für sein Alter verblüffenden Schnelligkeit und Agilität zur Treppe stürmte.

Victor brauchte nur eine Sekunde, um zu entschlüsseln, was er im Gesicht des Russen las. Es war nicht Angst, sondern schiere Panik. Dann schien das Tageslicht ins Flackern zu geraten und in sich zusammenzufallen.

Wie aus dem Nichts kam ein schwarzer Van angerast, bremste mit quietschenden Reifen vor dem Lokal und stellte sich diagonal zur Straße, sodass er den Verkehr blockierte.

Noch bevor der Wagen ganz zum Stehen kam, ging die zur Terrasse weisende Seitentür auf, und drei Männer in Kampfanzügen sprangen heraus, mit Helmen, Sturmhauben, schusssicheren Westen und Maschinenpistolen. Im nächsten Moment brach ein infernalischer Lärm los. Mit kühler Routine nahmen sie alles unter Beschuss, was sich vor ihnen in Augenhöhe befand.

Der Geschosshagel traf Komarov in vollem Lauf, als er die Treppe hinunterrannte. Stummes Entsetzen verzerrte sein Gesicht. Sein von Kugeln durchsiebter Körper taumelte einen Moment lang wie ein betrunkener Tänzer und stürzte dann auf den Gehweg, wo er leblos und mit verdrehten Gliedern liegen blieb.

Und während das Blut des Russen in Strömen floss, richtete die Todesschwadron das Feuer auf die Fassade des Restaurants bis hinüber zur Terrasse. Blumentöpfe und Fensterscheiben zerbarsten, Glas-, Holz- und Steinsplitter flogen nach allen Seiten.

In unserem heutigen Leben vergeht die Zeit wie im Flug, bordet über und verwandelt die Menschen in hirnlose Automaten, die blindlings umherrennen, ohne zu wissen, wohin, und weniger an der einzuschlagenden Richtung interessiert sind als vielmehr daran, einfach weiterzurennen.

Doch manchmal tritt ein Ereignis ein – in der Regel ein Drama oder eine Tragödie –, das uns das Gewicht jeder Sekunde bewusst macht und eine Zwischenwelt schafft, in der sich die Raumzeit ausdehnt und die Zeit plötzlich im Schneckentempo dahinkriecht, in der sich jede Millisekunde wie ein Tropfen dehnt, der vom Wasserhahn fällt.

Und während dieses endlos langen Wimperschlags, wenn unser Leben in einem dunklen, modrigen Wartezimmer, dem wir um jeden Preis zu entrinnen trachten, in der Schwebe hängt, träumen wir davon, zur Herde zurückzukehren und den Wettlauf nach Nirgendwo wiederaufzunehmen.

In dieser Millisekunde, in der die Zeit stehen geblieben war, hatte eine Frau angefangen zu schreien und wild zu gestikulieren, um einen Jugendlichen zu warnen, der, Kopfhörer auf den Ohren und in seine Musik vertieft, mitten in die Schießerei hineinlief.

Ein Mann war wie erstarrt stehen geblieben und hatte seine Einkaufstüten auf den Asphalt fallen lassen. Dann machte die Zeit wieder von ihrem Recht Gebrauch, und das Karussell drehte sich weiter: Überall begannen die Menschen zu rennen, um Zuflucht zu suchen.

Victors Körper hatte instinktiv reagiert, noch bevor sein Verstand die Situation erfasste, und einen Hechtsprung nach links gemacht. Jetzt kauerte er hinter einem Tisch, den er umgeworfen hatte und als Deckung nutzte, und versuchte das Zittern, das ihn befallen hatte, unter Kontrolle zu bringen.

Er musste sich schleunigst in Sicherheit bringen. Wenn er hier blieb, würde er in den nächsten Sekunden sterben. Doch es war ihm unmöglich, über die Terrasse ins Restaurant zu rennen, ohne getroffen zu werden. Er sah die Geschosse gegen den Eingang prasseln.

Seine nächste Aktion konnte seine letzte sei, aber er wollte nicht abtreten, ohne alles versucht zu haben. Obwohl er wusste, dass sein Bein ihn behindern würde – er war vor Jahren während einer Ermittlung angeschossen worden –, machte er sich bereit, über die Holzbrüstung der Terrasse zu springen. Er hoffte, unverletzt den Durchgang zu erreichen, der das Restaurant vom Nachbarhaus trennte.

Ihm blieb nur die eine Option: Flucht.

21.
GEFAHRENPOTENZIAL

Jacinthe betrat den Konferenzraum und stellte einen Becher mit dampfendem Kaffee vor Virginie hin, neben den Aktenordner, auf den diese mit den Fingern trommelte, dann nahm sie ihr gegenüber Platz und trank einen Schluck Cola Zero.

»Okay, Schätzchen. Du hast gesagt, du hättest vielleicht etwas Interessantes?«

Die beiden Frauen hatten sich am Tag nach dem Mord an Lefebvre auf Jacinthes Bitte hin getroffen und vereinbart, dass Virginie als ihre Ansprechpartnerin bei der Zeitung fungieren und ihnen dabei helfen sollte, die berufliche Vergangenheit ihres toten Kollegen zu durchleuchten. Zwar hatten die Ermittler noch keine Spur, die darauf hindeutete, dass die Ermordung des Journalisten mit seiner Arbeit zu tun hatte, doch die Art und Weise, wie er umgebracht worden war, und sein Verhalten in letzter Zeit machten diese Maßnahme unumgänglich.

Hatte er bereits einen Artikel geschrieben, der eine Person oder eine Organisation so aufgebracht hatte, dass sie beschloss, ihn aus dem Weg zu räumen? Hatte er in den Tagen vor seinem Tod an einer Reportage über ein Thema gearbeitet, das so viel Sprengstoff enthielt, dass man ihn zum Schweigen hatte bringen wollen? War er bei seinen Recherchen und Gesprächen in den letzten Wochen auf etwas gestoßen, dessen Gefahrenpotenzial er verkannt hatte?

Virginie schob ihre überdimensionierte Brille den Nasenrücken hoch.

Mit Unterstützung eines Spezialisten vom Dezernat Computerkriminalität hatte sie vergeblich den Inhalt von Lefebvres Rechner durchforstet, einschließlich der besuchten Internetseiten. Außerdem hatte sie mit Lefebvres Chefredakteur, ihrem eigenen Chef, seinem Ressortleiter und seinen Kollegen gesprochen und die Aufträge überprüft, mit denen er die Rechercheure der Zeitung in den vorausgegangenen zwei Jahren betraut hatte.

Guillaume Lefebvre hatte unlängst eine Artikelserie über die menschlichen Aspekte der Migrationsströme abgeschlossen, die auf Erfahrungsberichten von Männern und Frauen in aller Welt beruhte.

»Sind wir uns einig, dass Guillaume, falls er heimlich an einem Artikel gearbeitet hat, ungewöhnlich vorsichtig zu Werke gegangen ist, um unter dem Radar zu bleiben?«

»Auf jeden Fall, denn mit einer so schönen Brille hättest du es sonst bemerkt.«

Jacinthe flirtete und machte sich gleichzeitig lustig. Virginie befeuchtete sich die Lippen.

»Stimmt es eigentlich, dass der Schütze auf dem Mont Royal gelauert hat?«

Die Ermittlerin verzog das Gesicht, als hätte sie etwas Bitteres gekostet.

»Dazu darf ich nichts sagen.«

Die Journalistin lächelte entwaffnend.

»Einen Versuch ist es wert.«

Jacinthe zwinkerte ihr zu.

»Wem erzählst du es weiter?«

Sie erwog, das Spiel der Verführung noch weiterzutreiben, doch sie verkniff es sich, denn genau das musste es bleiben: ein Spiel, bei dem jede ihre Rolle kannte, ein Treffen, bei dem jede darauf Rücksicht nahm, welche Hindernisse zwischen ihnen standen.

Virginie ergriff den Ordner, bevor sie fortfuhr.

»Was ist beste Art, mit jemandem zu kommunizieren, ohne Spuren zu hinterlassen?«

»Das gute alte Gespräch unter vier Augen. E-Mails, Telefonate und SMS hinterlassen Spuren.«

Die Journalistin nickte: Das war die Antwort, die sie erwartet hatte.

»Ich habe mir seine Spesenabrechnungen angesehen.«

Sie zog ein paar Blätter hervor und schob sie über den Tisch: Kopien von vier Rechnungen desselben Restaurants, einer Pinte in Chinatown.

»Wenn Guillaume eine Kontaktperson zum Essen einlud, trug er normalerweise deren vollständigen Namen ein. Bei diesen vier Rechnungen steht nur ein Wort auf der Rückseite.«

Jacinthe sah sich die Datumsangaben an: 22. November, 26. November, 29. November und 2. Dezember des vergangenen Jahres. Und auf der Rückseite von allen vieren stand von Hand geschrieben *Yako.*

»Das ist Guillaumes Schrift, falls du dich das fragst.«

Jacinthe sah sie forschend an.

»Das ist schon eine ganze Ecke her.«

»Ich weiß. Aber es sind die einzigen von ihm als Spesen abgerechneten Essen, die sich niemand bei der Zeitung erklären oder mit einem Treffen in Verbindung bringen kann.«

Jacinthe zuckte alles andere als begeistert die Schultern und nahm eine Rechnung genauer in Augenschein.

»Was soll das bedeuten … ›Yako‹? Ist das der Deckname des Artikels, an dem er gearbeitet hat?«

»Ich bin mir nicht sicher, aber ich halte es eher für den Decknamen eines Informanten.«

»Wie etwa der Frau, die mit seinem Computer aus seiner Wohnung geflüchtet ist?«

Für Virginie lag das auf der Hand.

Jacinthe fuhr fort.

»Yako könnte auch sein Steuerberater sein.«

»Kommt es oft vor, dass du deinen Steuerberater innerhalb von zwei Wochen viermal zum Essen einlädst?«

Jacinthe zog einen Flunsch und überlegte kurz.

»Nur wenn ich mich runterziehen lassen will. Oder wenn es eine wirklich hübsche Sie ist.«

In einem Wohnwagen, der schon bessere Tage gesehen hatte, kauerte die junge, dunkelhäutige Frau unter einer dicken Wolldecke auf ihrem Bett. Den Kopf auf ein Kissen gestützt, beobachtete sie eine Kolonne Ameisen, die Überreste einer toten Maus um das Bett herumschleppten und durch einen Schlitz ins Freie beförderten. Die Natur arbeitete unablässig an ihrem kunstvollen Werk, ihrem gründlichen Vernichtungswerk.

In einer Welt zwischen Traum und Wirklichkeit durchlebte Yako in einer Endlosschleife immer wieder die Ereignisse der letzten Stunden, ohne zu wissen, was sie davon halten sollte. Nur in einem Punkt war sie sich sicher: Diese Augenblicke hatten ihr Leben für immer verändert. Bilder aus der Erinnerung zogen an ihr vorüber.

Nach Lefebvres Tod und ihrer Flucht in die Metro war sie an der Station Montmorency ausgestiegen, zu ihrem alten Pick-up gelaufen, der in einer angrenzenden Straße parkte, und unter sintflutartigem Regen nach L'Ascension gefahren. Schließlich hatte sie die Äste und Zweige weggeräumt, die ein Gittertor verbargen, hinter dem ein holpriger und gewundener Weg in den Wald führte.

Die ganze Fahrt über hatte Yako immer wieder besorgte Blicke in den Rückspiegel geworfen. Das war ihr zur zweiten Natur geworden. Als sie am Ende des Waldwegs endlich den Motor abstellte und die Lichtung überquerte, auf der der alte, von Rostflecken übersäte Wohnwagen stand, waren mehrere Stunden seit ihrer Abfahrt vergangen. Später am Abend war sie hinausgegangen und hatte ein Feuer gemacht. In tiefster Nacht hatten die Sterne am Himmel gefunkelt. Ihre Gespenster.

Da sie nicht schlafen konnte, setzte sie sich im Bett auf und öffnete einen Karton, der gefüllt war mit Papieren und Notizen, die sich in der Zeit ihrer Zusammenarbeit mit Lefebvre angesammelt hatten. Sie nahm den gesamten Inhalt – lose Blätter, Notizbücher, Landkarten – heraus und breitete ihn vor sich aus.

Ganz unten im Karton lag die Fotokopie eines Artikels, der einige Monate zuvor erschienen war. Die Schlagzeile lautete: »Migrantenkrise – von Geflüchteten zu Unerwünschten.« Darunter war zu lesen: »Eine Untersuchung von Guillaume Lefebvre.« Die Augen voller Tränen, das Herz voller Schmerz und Wut, durchlebte sie noch einmal den Mord.

Langsam fand sie in die Gegenwart zurück, stützte die Ellbogen auf die Knie und bettete den Kopf in beide Hände. Tiefe Verzweiflung überkam sie. Dann begann sie mit lauter Stimme zu sprechen, als stünde Lefebvre vor ihr.

»Ich hab dir gesagt, dass das böse enden würde, Guillaume. Du konntest das nicht im Alleingang machen! Ich wäre dir bis zum Ende gefolgt. Das hast du gewusst!«

In einem Wutanfall warf sie den Artikel weg. Die Blätter stoben auseinander, flatterten durch die Luft und sanken zu Boden.

»Wenn du auf mich gehört hättest, hättest du mir die Möglichkeit gegeben weiterzumachen und das, was wir angefangen haben, zu Ende zu bringen.«

Yako blieb lange reglos sitzen und hing ihren trüben Gedanken nach. Wehmütig räumte sie die Papiere in den Karton zurück, als ein Gedanke sie durchzuckte.

Könnte es sein, dass …?

Yako ist über Lefebvre gebeugt. Ihre Blicke verschmelzen.

»Oh, mein Gott! Guillaume! Bleib bei mir! Sag mir, wo ich suchen muss.«

Da stammelt er mit übermenschlicher Anstrengung ein letztes Wort, das die junge Frau ihm mehr von den Lippen abliest, als dass sie es hört.

»Ma… …man.«

Ein Lächeln erschien auf ihren Lippen, ein Hoffnungsfunke erglühte in ihrem Schmerz. Entschlossen stand sie auf, ergriff ihren Mantel und stieg aus dem Wohnwagen.

Das Gespräch im Konferenzraum war in vollem Gange. Virginies Augen funkelten.

»Ich bin mir nicht sicher, ob sie was taugt, aber ich habe eine Theorie. Angenommen, Guillaume hat erst nach dem vierten Treffen mit ›Yako‹ erkannt, dass ihre Geschichte hochbrisant war. Vielleicht sogar gefährlich.«

Jacinthe brauchte ein paar Sekunden, bis sie den Zusammenhang sah.

»Warte … Du willst damit sagen, dass Lefebvre die ersten Treffen mit ›Yako‹ auf die Spesenrechnung setzt, weil er nicht glaubt, dass etwas dabei herauskommt. Aber danach achtet er sorgfältig darauf, dass er keine Spuren hinterlässt.«

»In der Regel sind die ersten Treffen mit einer Quelle ein Abtasten. Man fühlt sich gegenseitig auf den Zahn, bevor man beschließt, dem anderen zu vertrauen oder auch nicht.«

Jacinthe nickte. Das Bild, das die Journalistin zeichnete, deckte sich im Großen und Ganzen mit ihren Erfahrungen bei der Polizei. Es war wichtig, dass man die Beziehung zu einem Informanten pflegte. Oder aber das besaß, was sie *Tante Jacinthes Sonderausstattung* nannte: die Fäuste, die man brauchte, um jemandem Auskünfte zu »entlocken«.

»Okay, so weit kann ich dir folgen. Was zunächst nicht wichtig schien, ist es später geworden. Das würde bedeuten, das Lefebvre zwischen dem 22. November und dem 2. Dezember – auch kurz davor oder danach – Nachforschungen über ›Yako‹ angestellt haben muss.«

Virginie zeigte das zufriedene Lächeln von jemandem, der nur darauf wartet, seine Karten aufzudecken und den Gewinn abzuräumen.

»Davon wäre eigentlich auszugehen, aber ich habe nichts über ›Yako‹ gefunden. Allerdings …«

Sie zog ein weiteres Blatt aus dem Ordner und legte es vor Jacinthe hin. Die warf einen Blick darauf und rief so angewidert, als hätte sie Hundekacke in ihrer Cola Zero entdeckt:

»Iiih … Das sieht ja aus wie ein Pressespiegel.«

»Genau. Am 1. Dezember hat Guillaume eine Rechercheurin der Zeitung gebeten, ihm einen Pressespiegel über Cyberangriffe zusammenzustellen.«

Jacinthe kniff verwirrt die Augen zusammen.

»Das soll sein brisantes Thema gewesen sein? Cyberangriffe?«

»Das war es wahrscheinlich, woran er gearbeitet hat. Aber es verrät uns nicht, wer ihn umgebracht hat.«

»Vielleicht jemand, der gerade einen Cyberangriff durchgeführt hat.«

»Oder jemand, der einen plante.«

Jacinthe überlegte kurz.

»Gar nicht so dumm … Aber Cyberangriffe, da sind wir uns doch wohl einig, waren nicht Lefebvres Spezialgebiet, oder?«

»Manchmal wühlt man als Journalist tagelang in Sachen, die im Endeffekt irrelevant sind. Aber du hast recht, sein Spezialgebiet war es nicht.«

»Könnte es nicht sein, dass jemand von der Zeitung mit ihm darüber gesprochen hat?«

Virginie schüttelte den Kopf.

»Selbst die Rechercheurin hatte es vergessen.«

Die beiden Frauen dachten schweigend nach. Dann sagte Virginie:

»Ich habe übrigens ein paar Nachforschungen angestellt. Yako ist eine Stadt in Burkina Faso. Und in der Nouchi-Sprache wird dieser Ausdruck verwendet, um sein Mitgefühl auszudrücken.«

»Entschuldige, aber mein Nouchi ist nicht auf dem neuesten Stand.«

»Die Sprache ist ein Gemisch aus Französisch und mehreren Sprachen der Elfenbeinküste.«

Jacinthe stieß ihren Stuhl zurück, dass es knirschte, und stand auf.

»Afghanistan, Inuit, ein Inuksuk, Cyberangriffe und jetzt die Elfenbeinküste, Burkina Faso und Yako. Wirst du daraus schlau?«

Sie begann im Raum auf und ab zu laufen. Die Journalistin senkte den Kopf und grübelte lange, bevor sie verneinte. Geraume Zeit verstrich, ohne dass eine das Gespräch wieder aufnahm.

Dann schloss Jacinthe mit verschwörerischer Miene die Tür, zog einen USB-Stick aus der Tasche und hielt ihn Virginie hin.

»Was ist das?«

»Das Dossier über Piché, um das du mich gebeten hast. Aber ich glaube nicht, dass es zusammen mit dem, was ich dir schon gegeben habe, genügt, um deinen Chefredakteur zu überzeugen.«

Die Journalistin steckte den Stick ein. Die Ermittlerin und sie hatten sich seit Victors überraschender Kündigung schon mehrmals getroffen.

»Alles wäre viel einfacher, wenn wir einen direkten Beweis dafür hätten, dass Piché von Tanguays Treiben gewusst und beide Augen zugedrückt hat.«

»Er hat mit Sicherheit davon gewusst! Und wenn jemand in einer Organisation krumme Sachen macht, trägt letztlich immer der Chef dafür die Verantwortung.«

Virginie nickte und stand auf.

»Mal sehen, was dabei herauskommt. Ich halte dich auf dem Laufenden. Auch was Guillaume angeht.«

Jacinthe blieb noch lange im Konferenzraum, nachdem Virginie gegangen war. Sie saß am Tisch und starrte nachdenklich auf das Wort, das sie in ihr Notizbuch geschrieben hatte: *Yako.*

Dann blickte sie auf ihre Uhr, und ihr wurde bewusst, wie lange Nadja schon überfällig war. Sie griff zu ihrem Handy und schickte ihr mit einem ärgerlichen Seufzer eine SMS: »Wo ist dein süßer kleiner Arsch abgeblieben, Chiquita?«

22.
KUGELHAGEL

Nadja hatte Victor nicht geglaubt, als er ihr am Morgen erzählte, was er den Tag über vorhatte. Seit einiger Zeit machte sie sich Sorgen um ihren Geliebten und befürchtete, dass er in eine Depression schlittern könnte oder Schlimmeres. Und dass er acht Tage nach Teds Tod noch immer nicht mit ihr darüber gesprochen hatte, was ihm dieser über seinen Vater verraten hatte, hatte nicht dazu beigetragen, sie zu beruhigen.

Sie wusste nicht, was, doch er heckte etwas aus. Nachdem sie die Wohnung verlassen hatte, parkte sie ihren Wagen weiter oben an der Straße und wartete geduldig, bis auch er das Haus verließ. Als der graue Saab an ihr vorbeifuhr, rutschte sie tief in den Sitz und drehte den Kopf zur Seite. Dann fuhr sie ihm nach, wobei sie genügend Abstand hielt, um nicht von ihm bemerkt zu werden.

Zuerst folgte sie ihm zum Lebensmittelgeschäft. Und als er Albert besuchte, parkte sie auf der anderen Seite des Platzes. Von dort aus konnte sie ungehindert sehen, wie er hineinging und eine Stunde später wieder herauskam, den Karton in den Kofferraum stellte, eine Zigarette rauchte und mit einem Baseballhandschuh spielte.

Als sie sah, wie er in der Nähe der Datcha Zakouski wartete und die Umgebung beobachtete, dann mit einem Mann im Anzug an einem Tisch Platz nahm, da begriff sie, dass dieser etwas mit Ted Enthüllungen zu tun hatte.

Sie war vor Schreck erstarrt, als plötzlich der Van auftauchte und die drei Männer mit der Schießerei begannen. Dann hatte sie, ohne zu überlegen, ihre Dienstwaffe gezückt, denn sie begriff, dass Victor in Lebensgefahr war.

Nadja war hinter der Tür ihres Wagens in Deckung gegangen und richtete nun ihre Pistole auf die Angreifer, die ihr den Rücken zukehrten. Sie eröffnete das Feuer in dem Moment, als deren Schüsse Komarov niedergemäht hatten. Ohne mit dem Schießen aufzuhören, schrie sie so laut sie konnte:

»Lauf, Victor!«

Ihre Stimme ging im Lärm der Schüsse unter. Eine ihrer Kugeln traf einen Gegner am Schulterblatt. Geschützt durch seine kugelsichere Weste, drehte er sich um, richtete die Maschinenpistole auf sie und feuerte.

Sofort folgte der Angreifer zu seiner Rechten seinem Beispiel. Die Geschosse zertrümmerten die Scheibe und klatschten gegen das Blech. Nadja machte sich hinter der Autotür so klein wie möglich, doch das genügte nicht.

Als der Angreifer sah, dass sie getroffen und außer Gefecht gesetzt war, wandte er sich ab und nahm zusammen mit den beiden anderen den Tisch unter Beschuss, hinter dem die zweite Zielperson in Deckung gegangen war. Die Maschinenpistolen setzten einen wahren Kugelhagel frei.

Nadjas Eingreifen hatte die Angreifer nur einen Moment lang irritiert, aber der war für Victor entscheidend. Er konnte nicht sehen, was auf der Straße vorging, doch er hatte den Eindruck, dass irgendetwas oder jemand sie verunsichert hatte.

Vielleicht bildete er es sich nur ein, doch er glaubte, zwischen dem unablässigen Stakkato der automatischen Waffen Schüsse aus einer Pistole zu hören, wie sie die Montréaler Polizei benutzte. Ob ein Streifenpolizist die Angreifer unter Feuer genommen hatte?

Auf jeden Fall wurden die Schüsse vorübergehend weniger

präzise. Und diese wenigen Sekunden nutzte Victor. Er sprang über die Holzbalustrade der Terrasse und landete in dem Durchgang, der die Datcha Zakouski vom Nachbarhaus trennte. Die Angreifer reagierten sofort. Die Waffen im Anschlag liefen zwei zur Treppe, während der Dritte weiter die Stelle unter Beschuss hielt, wo Victor verschwunden war, damit er nicht aufstehen konnte. Eine Salve schlug einen Meter vor ihm ein und versperrte den Weg zum Nachbarhaus.

Victor sah nur noch eine Möglichkeit. Geduckt, um den Kugeln zu entgehen, huschte er an der Balustrade entlang, bis er sich zwischen den Häuserwänden befand, dann richtete er sich auf und rannte, so schnell er konnte, geradeaus.

Der Durchgang zwischen den beiden Häusern war keine vier Meter breit. Im Rennen registrierte er, dass die Hauswand zu seiner Rechten, auf der Restaurantseite, keine Fenster hatte, während die Fenster der beiden unteren Etagen zu seiner Linken vergittert waren. Er bemerkte auch eine Treppe, doch die führte nach unten zu einer Stahltür, die weder Klinke noch Schloss besaß.

Im Moment befand er sich außer Schussweite, und zum ersten Mal seit Beginn der Schießerei fünfundvierzig Sekunden zuvor verstummten die Waffen. Dafür heulten jetzt ganz in der Nähe Sirenen.

Zehn Meter vor ihm endete der Durchgang an einer Mauer und knickte in einem 45-Grad-Winkel nach rechts ab. Er wusste nicht, was hinter der Biegung war, doch er musste sie erreichen, bevor die Verfolger im Durchgang auftauchten, sonst wäre es um ihn geschehen: Ohne jede Deckung würde er ein leichtes Ziel bieten.

Während die Schützen zu der Ecke rannten, hinter der Victor verschwunden war, packte der Fahrer des Vans Komarovs leblosen Körper und wuchtete ihn durch die Seitentür in den Wagen. Dann sprang er wieder hinters Steuer und schmiss den Rückwärtsgang rein.

Die Angreifer erreichten den Durchgang in dem Moment, als Victor nur noch wenige Meter bis zur Biegung hatte. Sie schossen sofort.

Nach einem gekonnten Lenkmanöver platzierte der Fahrer das Heck des Vans so vor dem Durchgang, dass dieser blockiert war.

Eine Kugel traf Victor, als er gerade um die Ecke biegen wollte und sich schon fast in Sicherheit wähnte. Er spürte einen brennenden Schmerz und geriet, wie von unsichtbarer Hand gestoßen, ins Straucheln. Und während sein Körper hart auf dem Boden aufschlug, wirbelten seine Gedanken durcheinander: Jemand hatte das Feuer auf die Angreifer erwidert, da war er fast sicher.

Mit einer letzten Anstrengung versuchte er aufzustehen und fiel wieder hin. Ein Gedanke, den zu verarbeiten sein Gehirn noch keine Zeit gehabt hatte, drängte nach vorn, und während ein eisiger Hauch ihn erfasste und in die Dunkelheit zog, fand er noch die Kraft, ein Wort zu murmeln, einen Namen.

»Nadja …«

Hatte er tatsächlich ihre Stimme gehört, oder war es nur eine Halluzination an der Schwelle des Todes gewesen? Krämpfe schüttelten seine Beine, dann wurde es dunkel um ihn. Mit dem Gesicht nach unten blieb er am Ende des Durchgangs reglos liegen.

23.
POSTAPOKALYPTISCHES CHAOS

Der zivile Polizeiwagen schlängelte sich durch das dichte Gedränge von Fahrzeugen, die Platz machten, um ihn durchlassen. Mit vorgeschobenem Kinn und dumpfer Wut in den Augen drückte Jacinthe auf die Hupe, um zwei Lieferwagen Dampf zu machen, die nicht rechtzeitig zur Seite fuhren.

Statt zu bremsen, um eine Kollision zu vermeiden, beschleunigte sie und wich auf die Gegenfahrbahnen aus, bretterte am Stau vorbei und schwenkte dann auf die richtige Spur zurück, wo sie die Autos im Slalom umkurvte. Trotz ihres fahrerischen Geschicks kam sie im Mittagsverkehr nur ruckweise voran.

Paul Delaney, der auf dem Beifahrersitz saß, brüllte, ohne den Blick von der Straße zu wenden:

»Schneller! Schneller!«

Jacinthe stieg auf die Bremse und riss das Lenkrad herum, sodass der Wagen von links nach rechts eierte und einen Satz auf den Gehweg machte. Dann trat sie wieder das Gaspedal durch und raste, zwei Räder auf dem Bürgersteig, den Radweg entlang. Loïc Blouin-Dubois auf dem Rücksitz schien kurz davor, sich zu übergeben.

Jacinthe schlug mit der Faust aufs Armaturenbrett.

»Siehst du nicht das Blaulicht, du Penner? Weg da mit deinem Fahrrad!«

Bis auf gelegentliche Kraftausdrücke hatten die Polizisten kein Wort gesprochen, seit sie vom Dezernat Kapitalverbrechen losgefahren waren.

Jacinthe hatte den Anruf auf ihrem Handy erhalten, als sie sich gerade über das chinesische Essen hermachen wollten, das Loïc in den Konferenzraum gebracht hatte. Sie war aufgesprungen und hatte dabei ihren Karton mit Chow Mein umgeworfen.

»Schießerei vor der Datcha Zakouski. Meldung von Fernandez. *Let's go!*«

Sie waren im Zivilfahrzeug Delaneys losgebraust, der sofort den Funkscanner eingeschaltet hatte. Zahlreiche Streifen forderten über Funk Verstärkung an. Aus den Stimmen der Polizisten sprach Panik.

Mit zusammengebissenen Zähnen tätigte der Chef des Dezernats Kapitalverbrechen mehrere Telefonanrufe. Doch erst nach langen, beklemmenden Minuten bekam er, was er suchte. Er schaltete den Lautsprecher ein, damit Jacinthe und Loïc den Anruf mithören konnten, der die höchste Alarmstufe ausgelöst hatte: Nadja hatte, bevor sie das Feuer auf die Angreifer eröffnete, einen Notruf abgesetzt.

Ihre entsetzte Stimme ging fast im Geknatter der Maschinenpistolen unter.

»Nadja Fernandez, Dezernat Kapitalverbrechen. Ich befinde mich vor der Datcha Zakouski. Alarm an alle Streifen: Hier wird geschossen! Drei Angreifer in einem schwarzen Van. Ich werde das Feuer erwidern. Verständigen Sie meine Partnerin Jacinthe Taillon. Beeilen Sie sich, sie werden Victor erschießen!«

Während ihrer halsbrecherischen Fahrt wurden die Meldungen von Minute zu Minute präziser. So erfuhren sie, dass Nadja ins nächste Krankenhaus gebracht worden war. Über ihren Gesundheitszustand war zur Stunde nichts bekannt.

Zitternd nahm Delaney seine Pistole aus dem Handschuhfach und kontrollierte das Magazin.

Die Straße glich einem Schlachtfeld. Mit offenen Türen und flackernden Warnlichtern stand ein Dutzend leerer Streifenwagen kreuz und quer vor der Datcha Zakouski, außerdem Zivilfahrzeuge, eine mobile Kommandozentrale, ein Krankenwagen und ein Feuerwehrauto, dessen Besatzung Erste Hilfe geleistet hatte.

Vor und hinter dem mit gelben Plastikbändern markierten Sicherheitsbereich hatten sich Staus gebildet, die den Verkehr im Viertel lahmlegten. Rings um das abgesperrte Geviert postierte Polizisten drängten die Schaulustigen zurück, während Kollegen hin- und herliefen und Anweisungen in die an ihren Schultern klemmenden Funkgeräte brüllten.

Vor dem Restaurant durchkämmten Hundeführer mit schnüffelnden Deutschen Schäferhunden die Umgebung. Außerdem patrouillierten Angehörige der taktischen Eingreiftruppe, mit Schutzwesten, Helmmasken – einer trug sogar einen kugelsicheren Schild – und Maschinenpistolen für alle Eventualitäten gerüstet.

Im Scheinwerferlicht suchten Kriminaltechniker akribisch die Treppe ab und tüteten Schädelkalottenfragmente und abgetrennte Finger ein, Leichenteile Komarovs, dessen blutverschmierte Schuhe auf den Stufen lagen.

Kollegen von ihnen stellten kleine, gelbe Kegel mit Nummern vor die leeren Patronenhülsen und andere Beweisstücke, mit denen die Straße übersät war.

Wieder andere machten unter unablässigem Blitzlichtgeknatter Fotos von den kleinsten Details am Tatort, die später katalogisiert, indexiert und ausgewertet werden würden.

Vor der Terrasse der Datcha Zakouski sprach der gummibehandschuhte Loïc mit zwei Ermittlern der Antiterrorabteilung. Von Zeit zu Zeit blickten sie auf den Bildschirm eines Laptops, der auf der Kühlerhaube eines Polizeiautos stand.

Ein Stück weiter, rechts hinter ihnen, stand Jacinthe reglos da und beobachtete nachdenklich das Gewusel. Ihre Aufmerksamkeit richtete sich abwechselnd auf die Terrasse und den Durchgang, in den Victor vor den Mördern geflohen war. Fünf Meter hinter der mobilen Kommandozentrale sprach Paul Delaney mit Marc Piché, dem Montréaler Polizeichef.

Bleich und von den Ereignissen gezeichnet, kam Loïc zu Jacinthe herüber und riss sie aus ihren Gedanken.

»Ich habe mir mit den Leuten von der Antiterrorabteilung die Überwachungsvideos des Restaurants angesehen. Der Fahrer hat ein erstes Opfer in den Van geladen. Den Mann, mit dem Victor auf der Terrasse gesprochen hat. Danach sieht man Victor dort hineinrennen.«

Er deutete mit dem Finger auf den Durchgang, der die Gebäude trennte.

»Man sieht, wie die Angreifer ihm nachlaufen und zu schießen anfangen. Dann stellt sich der Van vor die Gasse, und man sieht nichts mehr, bis sie wegfahren. Aber die Leute von der Spurensicherung haben am Ende des Durchgangs Blut gefunden. Ziemlich viel Blut. Ich weiß nicht, ob sie genug Zeit hatten, um Lessard in den Van zu laden, aber ich denke, dass …«

Der junge Ermittler stockte, als er den wutentbrannten Blick der Kollegin sah. Und so schnell und unerwartet, dass er gar nicht dazu kam, Gegenwehr zu leisten, hatte ihn Jacinthe am Kragen gepackt und bis auf wenige Zentimeter zu sich herangezogen.

»Hör mir gut zu, Kid. Es ist mir scheißegal, was du denkst. Okay? Nadja ringt im Krankenhaus mit dem Tod. Und mein alter Partner, mein Freund …«

Für einen Moment schwächelte ihre Stimme, aber nicht ihre Faust.

»Wenn du es nicht mit eigenen Augen gesehen hast, wissen wir nicht, ob Lessard es war, der getroffen wurde. Vielleicht hat er sich retten können … Ist das klar?«

Sie ließ ihn los. Er wich einen Schritt zurück.

»Hör zu, denn ich sage das nicht zweimal: Ich möchte wissen, wen Lessard getroffen hat, bevor er hierherkam. Was für einen fahrbaren Untersatz hat er benutzt? Nadja hat mir erzählt, dass er sich kürzlich eine Schrottkiste gekauft hat. Einen alten Saab. Finde ihn!«

Loïc nickte und zupfte seine Jacke zurecht. Dann zückte er sein Notizbuch und schrieb grimmig hinein, während Jacinthe weitersprach.

»Noch etwas: Ich möchte wissen, wer der Mann ist, mit dem sich Lessard getroffen hat. Du besorgst dir einen Screenshot von dem Überwachungsvideo und schickst ihn umgehend zum Erkennungsdienst. Sie sollen sämtliche Datenbanken mit seinem Gesicht füttern. Und wenn sie ihn identifiziert haben, möchte ich, dass du auf dem schnellsten Weg mit der Spurensicherung in seine Wohnung fährst. Wir müssen schneller sein als die Antiterrorleute, sonst erfahren wir nichts, verstehst du, Kid? Die werden uns außen vor lassen.«

Jacinthes Ton duldete keinen Widerspruch. Und der junge Mann hatte keinen vorzubringen.

»Außerdem möchte ich, dass du mit den Kriminaltechnikern klärst, ob das Blut in dem Durchgang Lessards Blutgruppe entspricht.«

»Ist bereits in die Wege geleitet. Ich warte auf den Rückruf. Außerdem habe ich die Krankenhäuser verständigt, damit sie uns benachrichtigen, wenn jemand eingeliefert wird, auf den seine Beschreibung passt.«

Ein Lächeln erschien auf Jacinthes Lippen und erstarb sofort wieder.

»Jetzt sag nicht, dass wir uns mit dir noch zu einer ordentlichen Polizeitruppe mausern.«

Nach einer Pause fuhr sie fort:

»Dann noch was: Der Durchgang, in dem die Spurensicherung das Blut gefunden hat, mündet in eine Seitenstraße. Direkt gegenüber ist ein Friseursalon. Geh hin und besorg mir Zeugen.«

Loïc nickte.

»Du kannst dich auf mich verlassen.«

Auf einmal schien Jacinthe kurz davor, die Fassung zu verlieren.

»Ich weiß, Kid. Ich weiß … Victor liegt vielleicht irgendwo verletzt und wartet auf unsere Hilfe. So lange wir ihn nicht gefunden haben, tot oder lebendig, werden wir also nach ihm suchen. Er selbst hätte mich niemals im Stich gelassen.«

Sie fing sich und schlug wieder einen Befehlston an.

»Jetzt beeil dich. Und wenn dir jemand Steine in den Weg legt, redest du mit Paul. Er steht dahinten mit Piché.«

Sie deutete auf die mobile Kommandozentrale, wo die beiden Männer immer noch konferierten. Loïc nickte und steckte das Notizbuch weg. Mit eingezogenem Kopf und auf einen Rüffel gefasst, riskierte er doch noch eine Frage.

»Und wohin gehst du?«

Jacinthe trat auf ihn zu.

»Kid, zisch ab, bevor ich dir in den Hintern trete.«

Der junge Mann fuhr herum und machte sich, das Telefon am Ohr, auf den Weg zum Friseursalon. Im selben Moment rief eine Frauenstimme:

»Jacinthe!«

Die Ermittlerin drehte sich um und bemerkte Virginie, die mit besorgter Miene und in Begleitung ihres Fotografen hinter dem Absperrband stand. Die Journalistin winkte. Eine Polizistin hinderte sie am Weitergehen.

Jacinthe zückte ihr Handy, scrollte durch die Kontakte und drückte eine Nummer. Gleich darauf klingelte Virginies Telefon. Sie hob ab, während sich Jacinthe entfernte.

»Schau nicht in meine Richtung. Tu so, als ob du mit einem Kollegen sprichst.«

»Stimmt es, dass Victor hier war?«

»Ja, es stimmt. Aber mehr weiß ich nicht.«

Jacinthes Stimme wurde noch leiser, noch vertraulicher.

»Hör zu, ich weiß, du machst dir auch Sorgen.«

»Sag mir Bescheid, wenn du etwas herausfindest«, erwiderte Virginie. »Inoffiziell.«

Jacinthes Finger umkrampften das Telefon.

»Versprochen.«

Sie legte auf, schlug eine andere Richtung ein, schlüpfte unter dem gelben Band durch und steuerte auf den Wagen zu. Sie schickte Loïc gerade eine SMS, als Delaney ihr etwas zurief. Sie ging weiter, ohne ihn oder Piché, der vor der Einsatzzentrale telefonierte, eines Blickes zu würdigen. Sie wollte mit Piché nichts zu schaffen haben. Weder mit ihm noch mit seinen Machenschaften, die sie für Lessards Kündigung verantwortlich machte.

Und überhaupt wäre das, was hier passiert war, niemals geschehen, wenn ihr Freund seine Dienstmarke und seine Pistole behalten hätte. Sie hätte ihn von solchen Dummheiten abgehalten. Und im schlimmsten Fall wäre sie an seiner Seite gewesen, um ihn zu beschützen.

Delaney ließ nicht locker.

»Jacinthe?«

Sie stand kurz davor zu explodieren, kurz davor, zu Piché hinüber zu marschieren und ihm die Faust ins Gesicht zu schlagen, doch aus Respekt vor Delaney nahm sie sich zusammen und antwortete mit einem Schuss Humor:

»Ich wollte euren kleinen Plausch nicht stören, liebster Paul. Außerdem wird Loïc in dem Friseursalon am Ende des Durchgangs deine Hilfe brauchen.«

Sie ließ sich in den Fahrersitz fallen, schlug die Tür zu und fuhr mit quietschenden Reifen davon. Paul Delaney stand noch lange verdutzt in der Staubwolke, die der Wagen aufgewirbelt hatte.

Die Kontrollleuchten der medizinischen Geräte an der Wand tauchten das Zimmer auf der Intensivstation in ein dämmriges Licht. Jacinthe grüßte den Polizisten, der es bewachte. Sie zögerte kurz auf der Schwelle, bevor sie eintrat. Selbst im Krankenbett, blass und an ein Gewirr von Infusionsschläuchen angeschlossen, sah Nadja wunderschön aus. Fast hätte man meinen können, sie schlafe nur.

Die Chirurgin, die den Eingriff an der Polizistin vorgenommen hatte, stieß, noch in OP-Kleidung, zu Jacinthe.

»Sie ist von drei Kugeln getroffen worden. Eine hat den Oberschenkel durchschlagen. Einen Zentimeter weiter links, und sie hätte die Schlagader zerfetzt. Und dann …«

Sie brauchte den Satz nicht zu Ende zu führen. Jacinthe wartete darauf, dass sie fortfuhr.

»Eine zweite ist an der Schulter eingedrungen. Auch da hat sie großes Glück im Unglück gehabt: Die Kugel ist kurz vor der Lunge stecken geblieben.«

Entsetzen legte sich auf Jacinthes Gesicht.

»Und die dritte?«

»Ein Streifschuss am Unterarm. Wir haben die Geschossteile entfernt, alles gereinigt und die Blutungen gestoppt.«

Jacinthe deutete auf einen blutverkrusteten Verband seitlich an Nadjas Kopf.

»Und das da?«

»Ein Schädel-Hirn-Trauma. Im Moment ist das ihre ernsteste Verletzung. Sie hat sich im Fallen den Kopf gestoßen. Wir haben eine Drainage gelegt, damit das Blut abfließen kann. Und wir haben sie in ein künstliches Koma versetzt, bis die Schwellung zurückgeht.«

»Wird sie …«

»… bleibende Schäden davontragen? Das sind Kriegsverletzungen. Aber ich bin zuversichtlich.«

Sie legte der Polizistin eine Hand auf die Schulter.

»Ich lasse Sie jetzt allein.«

»Danke für alles, Frau Doktor.«

Jacinthe stand eine Weile da und betrachtete Nadja, dann zog sie eine Kerze, die sie im Geschenkshop des Krankenhauses gekauft hatte, aus der Manteltasche und stellte sie auf den Nachttisch. Bewegt ergriff sie Nadjas Hand.

»Como esta, chiquita?«

Sie räusperte sich.

»Du weißt ja, ich und große Reden schwingen … Hör mal, es ist vielleicht nur ein Vorurteil, aber ich habe den Eindruck, ihr Mexikaner steht auf das Jesuskind, die Jungfrau Maria und all das. Ich persönlich konnte mit diesen Geschichten ja nie viel anfangen. Aber wenn es sein muss …«

Sie zündete die Kerze an und kehrte zum Bett zurück.

»Ich verspreche dir drei Dinge. Wenn du bald wieder aufwachst, werde ich die Stufen zum St.-Josephs-Oratorium hinaufsteigen. Allerdings nicht auf den Knien, du kennst mich ja. Und das zweite …«

Sie brauchte einen Moment, um ihren Zorn runterzuschlucken.

»Ich werde die Schweine finden, die euch das angetan haben.«

Ein trauriger Schleier legte sich über ihre grauen Augen.

»Und ich werde auch deinen Freund finden. Ich weiß nicht, wo, ich weiß nicht, wann, aber er kann nicht tot sein. Das darf einfach nicht sein.«

Sie schüttelte den Kopf, um ihren Trübsinn zu verscheuchen.

»Ich bin sicher, dass Victor noch am Leben ist, Nadja. Also wach wieder auf, okay?«

Sie wischte mit dem Daumen eine Träne weg, als ihr Handy zu vibrieren begann.

»Sonst … Das wäre doch wirklich zu dumm.«

Sie hob ab. Loïcs angespannte Stimme drang an ihr Ohr.

»Ich habe einen Zeugen, Jacinthe. Ich weiß jetzt, was passiert ist. Lessard ist entführt worden.«

»Haben sie seine Leiche mitgenommen wie bei dem anderen, oder hat er noch gelebt?«

»Ich glaube, er hat noch gelebt, aber …«

Sie hörte schon nicht mehr richtig hin.

»Nicht am Telefon, Kid. Bin gleich da.«

Sie legte auf, schloss die Augen und stieß einen erleichterten Seufzer aus. Als sie die Augen wieder öffnete, loderte ein neues Feuer in ihrem Blick. Koste es, was es wolle, sie würde ihren besten Freund finden.

24.
ZURÜCK UNTER LEBENDEN

Er war erfüllt von einem tosenden Summen, das ihn verschlang; Stimmen plätscherten auf ihn ein, wurden im Hohlraum seiner Brust, gleich neben dem pochenden Herzen, deutlicher, und dann hatte er plötzlich das Gefühl, er würde in Richtung trüber Lichtflecke ausgespuckt. Der Tod wollte ihn also doch noch nicht haben.

Langsam öffnete Victor die Augen. Allmählich nahmen die noch verschwommenen, vereinzelten Bilder klarere Formen an. Er wollte sich aufrichten und losmachen – irgendetwas hielt ihn fest –, sein Mund ging auf, seine Bronchien weiteten sich, und er versuchte Luft zu holen.

Drei asiatische Gesichter beugten sich über ihn, zwei junge Männer und eine Frau um die vierzig. Die Männer schienen furchtbar aufgeregt, während die Frau ruhige Autorität ausstrahlte.

Sie befahl den anderen beiden etwas in einer ihm fremden Sprache.

»Lasst ihn bloß nicht los!«

Jemand rammte ihm eine Nadel in den Unterarm; rasend schnell breitete sich um die Einstichstelle ein brennendes Gefühl aus, das ihn lähmte. Victor sah eine Frauenhand mit einem spitzen Objekt, dann spürte er, wie eine eiskalte Klinge in seine Schulter fuhr. Wütend bäumte er sich auf, kämpfte gegen die unerbittlichen Hände, die ihn auf dem Rücken hielten. Doch je mehr er sich bemühte, desto mehr versank er in einem dunklen Nebel, der ihn schließlich ganz verschlang.

Weißes Licht. Der Eindruck aufzutauchen und sanft auf einer Kugel hin und her zu rollen, ihrer Bewegung nicht entgehen zu können. Ruhe. Das Gefühl, eine ausgestreckte Hand zu ergreifen.

Das Rot hinter seinen geschlossenen Lidern, das ununterbrochene ferne Bellen eines Hundes. Ein ranzig-feuchter Geruch. In seiner Schulter ein Stechen, das sich seine Wirbelsäule hinunterzog, und eine Frauenstimme, die er instinktiv für die seiner Mutter hielt, auch wenn die Zeit jede exakte Erinnerung daran ausgelöscht hatte. Dann rief ihn also die Stimme seiner Mutter zurück zu den Lebenden.

Victor öffnete erst das eine, dann das andere Auge, und es kam ihm vor, als hätte jemand seine Augäpfel mit Vaseline eingeschmiert. Langsam hob sich der Schleier, und nach einer Reihe verschwommener Bilder sah Victor schließlich das Gesicht eines Mannes über sich.

Er hatte einen roten Haarkranz um den Kopf und lächelte, im Mundwinkel eine Zigarette. Victor suchte in seinem Gedächtnis nach einem Namen, aber das Gesicht entglitt ihm wieder und vermischte sich mit dem von Kugeln durchlöcherten Nikolaï Komarov.

Victor spürte, dass er aufwachen musste, wusste aber nicht, wie er Morpheus' verdammten Armen entkommen sollte, die sich weiter über seine Lider legten. Also gab er sich ihnen hin.

Panisch wachte Victor auf und ließ den Blick durch den Raum schweifen. Von den Wänden, die aussahen wie in Fels gehauen, tropfte eine bräunliche Flüssigkeit. Er sah den Infusionsbeutel, dessen Schlauch in seinem Arm mündete, und seine verbundene linke Schulter. Der Schmerz kam etwas verzögert, ein dumpfer Schmerz, der bis in den Nacken strahlte. Victor bewegte die Glieder. An seinem Körper klebten feuchte Laken.

Ein mit Plastiktüten beladener Mann betrat den Raum und stellte sie auf einem Tisch ab. Er trug Jeans, ein grünes T-Shirt und einen marineblauen Pullover aus grober Baumwolle.

»Na, Lessard, gut geschlafen?«

Über Victors Bett erschien ein bleiches, mit Sommersprossen gesprenkeltes Gesicht. Strahlend blaue Augen musterten ihn.

»Gagné?!«

»Höchstpersönlich.«

Zu seinen Zeiten als Ermittler bei der Abteilung für organisierte Kriminalität vom SPVM hatte Yves Gagné auf Druck eines diensthöheren Kollegen Informationen aus dem CRPQ besorgt. Er war verhaftet worden und hatte alles verloren: Frau, Kinder, Job.

Victor deutete mit dem Kinn zum Infusionsbeutel.

»Was ist das?«

»Morphium, du Glückspilz!«

Victor misslang ein Grinsen.

»Hast du mich aus der Seitenstraße gerettet?«

Gagné zog nickend an seiner Zigarette.

»Du weißt doch, das ich einer von den Guten bin.«

Der ehemalige Polizist hatte ihm einmal entscheidende Informationen geliefert, mit denen Victor seine Unschuld am Tod zweier ihm untergebener Kollegen hatte beweisen können.

»Ich habe dich doch dafür bezahlt, dass du mir Komarovs Profil erstellst, nicht, dass du mir das Leben rettest.«

Den Kopf zur Seite geneigt, zuckte Gagné mit den Schultern.

»Schon, aber da ich ihm nach dem Treffen nicht wie geplant folgen konnte, habe ich mir gedacht, das wäre doch ein guter Ersatz. Und als ich dich dann platt wie 'ne Flunder in der Seitenstraße hab liegen sehen, wurde mir klar, dass du schlecht meine Rechnung bezahlen kannst, wenn du tot bist.«

Dank seiner Begabung, Datenbanken zum Sprechen zu bringen, hatte Gagné sich als Privatdetektiv eine neue Existenz aufgebaut, und Victor hatte ihn ohne zu zögern engagiert, um mehr über den Russen herauszubekommen.

»Ich weiß, ich weiß, das war nicht meine Aufgabe. Aber da ich eh schon in deinem Saab saß, um Fotos zu schießen … Sieh's einfach als 'ne Art Bonus.«

Victor umfasste seinen Arm.

»Yves … ich … Du weißt nicht, wie … Danke.«

Gagné lächelte bescheiden. Nachdem er Victor damals geholfen hatte, seine Weste reinzuwaschen, hatte er ihn im Gegenzug darum gebeten, sich bei einer gewissen Sozialarbeiterin dafür einzusetzen, dass er das Besuchsrecht für seine Kinder zurückerhielt. Victor hatte lediglich eine Bedingung gestellt: dass er seine Sucht in den Griff bekam. Als der ehemalige Polizist ihn fragte, ob er bei den Anonymen Alkoholikern als sein Sponsor fungieren würde, hatte er sofort eingewilligt.

»Ich würde sagen, wir sind quitt, Lessard.«

Er spielte den harten Mann, aber was er getan hatte, zeugte von seiner immer noch großen Dankbarkeit gegenüber Victor.

»Schätze mal, du willst wissen, was ich gesehen hab, oder? Anfangs war alles ruhig …«

Im Verlauf von Gagnés Bericht hatte Victor flüchtige Bilder vor Augen. Die Schüsse, der Durchgang, das Projektil. Hände, die ihn unter den Armen packten und wegschleiften. Die Rückbank des Saab. Der stechende Schmerz. Und …

Ruckartig versuchte er aufzustehen, fiel aber mit schmerzverzerrtem Gesicht zurück.

»Komarov!«

»Ganz ruhig, Lessard. Du hast eine Menge Blut verloren.«

Stur wischte Victor Gagnés Hände beiseite.

»Wir müssen in Komarovs Wohnung, bevor die Polizei bei ihm auftaucht!«

»Beruhig dich. Ist schon geschehen.«

Auf Victors Gesicht machten sich Überraschung und Erleichterung breit.

»Hast du was gefunden?«

»Die Wohnung war ein Chaos. Jemand war vor mir da …«

»Die, die ihn abgeknallt haben.«

Gagné verzog das Gesicht zu einem geheimnisvollen Lächeln. Offenbar war das noch nicht alles.

»Aber ich habe trotzdem ein Örtchen gefunden, an dem noch niemand rumgeschnüffelt hatte. Wenn man bei einem Musiker nach etwas sucht, muss man die richtigen Noten spielen.«

Trotz seines benebelten Gehirns dämmerte Victor allmählich das Ausmaß der Geschehnisse.

»Warum hast du mich nicht ins Krankenhaus gebracht?«

»Hättest du lieber in der Notaufnahme auf eine Krankenschwester gewartet, die seit achtundvierzig Stunden im Dienst ist? Du wirst mir noch danken, Lessard.«

In diesem Moment betrat die Asiatin den Raum, die Victor schon früher wahrgenommen hatte, und erteilte Gagné in einer anderen Sprache offensichtlich eine Standpauke. Der ehemalige Polizist antwortete verblüffend fließend in derselben Sprache, bevor er seine Zigarette austrat.

»Da, bitte, hab sie ausgemacht. Zufrieden?«

Augenzwinkernd flüsterte er Victor zu:

»'tschuldige. Meine Ex ...«

Die Asiatin näherte sich dem Bett und überprüfte den Infusionsbeutel. Dann holte sie eine Spritze aus ihrer Tasche und injizierte eine Flüssigkeit in eines der Röhrchen.

Zunehmend verwirrt schüttelte Victor den Kopf.

»Aber als ich damals mit der Sozialarbeiterin gesprochen habe ... Hieß deine Ex nicht Suzie?«

Nachdem er sich davon überzeugt hatte, dass Gagné trocken geblieben war und es mit seiner Mitgliedschaft bei den Anonymen Alkoholikern ernst meinte, hatte Victor seinen Teil der Abmachung erfüllt.

Gagné lächelte verschmitzt.

»Absolut. Vorname: S-h-u. Nachname: S-z-e. Suzie, darf ich dir Victor Lessard vorstellen?«

Victor sah die Frau an.

»Freut mich, Shu. Und danke, dass Sie mich versorgt haben.«

Sie antwortete mit starkem Akzent:

»Ich danke Ihnen, Victor.«

Während sie den Rest aus der Spritze in den Schlauch leerte, deutete sie zu ihrem Exmann.

»Seinetwegen ... und wegen der Kinder. Sie haben endlich einen Vater, auf den sie sich verlassen können.«

Gagné senkte den Kopf, gleichzeitig ergriffen und unangenehm berührt, dass er im Zentrum der Aufmerksamkeit stand. Shu legte Victor eine Hand auf die Stirn und sagte etwas auf Chinesisch. Gagné übersetzte.

»Sie hat dir was gegen die Entzündung gegeben. Die Kugel hat deine Schulter durchschlagen. Glatte Geschichte. Der Knochen ist zwar heil geblieben, aber ein Kugelsplitter steckte noch drin.«

Shu sprach erneut, und Victor kam es vor wie eine Zurechtweisung.

»Sie sagt auch, wenn du nicht still liegen bleibst, reißt die Naht wieder auf.«

Mit gehobenem Daumen bedeutete Victor seiner Retterin, dass er verstanden hatte. Dann wandte er sich, während sie ihm eine Manschette umlegte, um seinen Blutdruck zu messen, wieder Gagné zu.

»Du kannst also Mandarin?«

»Ein bisschen, aber das ist Wu, was man in Shanghai spricht.«

Gagné zwinkerte der Mutter seiner Kinder zu.

»Ihr fehlt zwar in Québec die Zulassung, aber sie ist trotzdem die beste Tierärztin der ganzen Stadt, nicht wahr Suzie?«

Das hatte er mit vollem Ernst gesagt. Ungläubig starrte Victor ihn an, aber Gagné brach in schallendes Gelächter aus, was ihm einen wütenden Blick von Shu eintrug.

»Ich veräpple dich doch nur! Wobei sie sich hier mit der Anerkennung ausländischer Abschlüsse wirklich anstellen. Weshalb

Shu gezwungen ist, ihre kleine Klinik sozusagen unter der Hand zu führen.«

»Kannst du ihr auf Chinesisch von mir danken?«

»Mach's doch selbst: *Xièxiè.*«

Victor tat, wie geheißen. Die Frau nickte ihm knapp zu und verzog den Mund. Vielleicht sollte das aber auch ein Lächeln sein. Ein respektvolles, bescheidenes Lächeln. Victor war sich nicht sicher. Anschließend erteilte sie ihm noch ein paar Vorschriften in der ihm unverständlichen Sprache und verschwand aus seinem Blickfeld.

Gagné sah ihr nach.

»Im Großen und Ganzen sagt sie, du sollst dich ausruhen. Und dass ich mich unterstehen soll, hier zu rauchen.«

Victor verzog das Gesicht vor Schmerz, fühlte sich aber schon weniger schwammig.

»Danke, Yves. Ich mein's ernst. Du hast mir das Leben gerettet.«

Gagné zuckte schlicht mit den Schultern, und Victor fragte:

»Wie lang bin ich schon hier?«

Sobald Shu verschwunden war, kramte Gagné hastig wieder seine Zigaretten hervor.

»Etwa drei Stunden, würde ich sagen.«

»Hast du jemandem Bescheid gegeben?«

Der ehemalige Polizist schüttelte den Kopf.

»Anfangs wollte ich dich da einfach nur rausholen. Ich bin dir hinterhergerannt, hab dich gepackt und ins Auto geschafft. Erst unterwegs fing ich an zu überlegen, was ich an deiner Stelle als Nächstes getan hätte. Da deine Verletzung nicht allzu schlimm aussah, habe ich mir gesagt … na ja, dass die Typen, die dir an den Kragen wollten, besser nicht erfahren, was Sache ist. Ich dachte mir, es verschafft dir am ehesten einen Vorteil, wenn du verschwindest. Unter uns gesagt, ist es für Leute mit den entsprechenden Mitteln nicht besonders schwer, einen Verletzten im Krankenhaus aufzuspüren.«

Gagné hatte alles richtig gemacht. Victor hatte wesentlich mehr Möglichkeiten, seinen Attentätern auf die Spur zu kommen, wenn diese keine Ahnung von seinem Gesundheitszustand hatten oder besser noch, ihn für tot hielten.

Sein früherer Kollege sah ihn eindringlich an.

»Wenn eins klar ist, dann, dass das Mordkommando vorhin nicht nur wegen Komarov da war. Du bist da an etwas Größerem dran. Und so wie ich dich kenne, lässt du nicht locker, bis du herausgefunden hast, wer dahintersteckt.«

Gagnés Worte hallten in Victors Gedanken nach. Da man es offensichtlich auf ihn abgesehen hatte, blieb ihm vielleicht gar keine andere Wahl, als von der Bildfläche zu verschwinden, wollte er seine Lieben vor einem erneuten Angriff beschützen. Würden sie diesen Typen als Kollateralschaden zum Opfer fallen, könnte er sich das nie verzeihen. Also musste er untertauchen. Warten. Überlegen.

Er dachte an Nadja, seine Kinder, an Jacinthe und all die anderen, die sich bestimmt Sorgen um ihn machten. Das konnte er ihnen nicht antun. Er musste ihnen irgendein Lebenszeichen schicken.

Gagnés knisternde Zigarette holte ihn in die Gegenwart zurück.

»Du musst mir schon mehr verraten, wenn ich dir weiterhelfen soll, Lessard.«

Niedergeschlagen lenkte Victor ein.

»Wo sind wir hier?«

»Unter einem Restaurant in Chinatown.«

Victor reckte den Hals, um übers Bett zu spähen, schaffte es aber nicht.

»Hast du meine Sachen hier?«

»Die Leckerjacke liegt da drüben überm Stuhl. Hat jetzt ein praktisches Belüftungsloch. Die restlichen Klamotten waren so voller Blut, dass ich sie weggeschmissen und dir ein paar neue besorgt hab.«

»Und mein Handy?«

»Das ist mir aus Versehen beim Fahren unters Auto geflogen.«

Victor nickte zustimmend. Er hätte dasselbe gemacht. Wer immer ihn umbringen wollte, konnte ihn so jedenfalls nicht mehr orten.

»Hast du Fotos von Komarov und den Schützen?«

Gagné konnte sich ein Lächeln nicht verkneifen. Angesichts der Umstände war er stolz, dass er so einen kühlen Kopf bewahrt hatte. Er holte einen Stoffbeutel und aus diesem eine Digitalkamera mit enormem Objektiv.

Dann schaltete er den Apparat ein, beugte sich zu Victor und drehte ihm den Bildschirm zu.

»Und was für welche. Aber die Schützen waren vermummt.«

Er scrollte durch die Fotos. Es war alles da: Victor und Komarov an ihrem Tisch, wie die beiden Männer erst nacheinander ins Restaurant gingen und wieder herauskamen, und schließlich die Ankunft des Van, das aussteigende Mordkommando und das folgende Blutbad.

»Hast du auch Nahaufnahmen?«

Ein paar Klicks später zeigte ihm Gagné, wonach er gefragt hatte. Auf einem der Bilder sah man den mutmaßlichen Anführer der Truppe. Er trug eine Sonnenbrille. Aber Gagné hatte auch noch Fotos der anderen Schützen.

»Das war kurz bevor die Frau sie ins Kreuzfeuer genommen hat.«

»Wovon redest du?«

»Na, die Frau, die sie angeschossen haben … Keine Ahnung, was aus dir geworden wäre, wenn sie nicht dazwischengefunkt hätte. Eigentlich hat sie dir das Leben gerettet.«

Victors Gesichtsausdruck wechselte von Überraschung zu Entsetzen. In seinem Bauch machte sich eine grässliche Kälte breit, und ein Schaudern fuhr ihm den Rücken hinab.

»Kennst du sie?«

Als er Nadja auf dem Bildschirm des Fotoapparats sah, brach sein Herz in Stücke. Die nächsten Fotos zeigten sie schießend, wie sie getroffen wurde und voller Blut reglos auf dem Asphalt lag. Victor schnellte hoch, sodass die Infusion auf ihrem Ständer gefährlich ins Wackeln geriet. Ein stechender Schmerz durchbohrte seine Schulter.

»Nadja!«

Gagné zwang ihn zurück ins Bett.

»Nadja? Deine Freundin?«

Mit großen Augen packte Victor seinen Schutzengel am Kragen.

»Du musst sie finden, Yves! Ich will wissen, wo sie ist, ich will wissen, wie es ihr geht!«

25.

FRISEURSALON UND METAPHYSIK

Jacinthe marschierte an den Überbleibseln der Schießerei vorbei und fühlte sich, als überquerte sie ein Feld voller Zombies. Streifenpolizisten, Rettungssanitäter und Spurensicherung – eine ganze Armee im Kampf gegen die vorausgegangenen Schrecken.

Aber es reichte, die Anspannung in ihren Gesichtern zu sehen oder aus den wenigen in der Stille gewechselten Worten ihr mangelndes Verständnis für diese sinnlose Gewalt herauszuhören, um zu begreifen, dass das Leben immer noch heilig war.

Jacinthe wurde von Loïc, der mit erhobenem Arm nach ihr rief, aus ihrer gedanklichen Abwärtsspirale gerissen. Sofort schwenkte sie um in seine Richtung. Hinter dem jungen Ermittler war Paul Delaney in ein Gespräch mit einer etwa vierzigjährigen Frau vertieft, die sich eine zitternde Hand vor den Mund hielt.

Der Chef des Dezernats Kapitalverbrechen reichte ihr sein Handy. Auf dem Bildschirm war ein Foto von Victor zu sehen.

»Sind Sie sicher, dass er es war?«

Erschüttert von den Ereignissen, die sie mit angesehen hatte, nickte die Frau.

»Ja, absolut.«

»In welchem Zustand befand er sich? War er am Leben? War er verletzt?«

»Bewusstlos. Er blutete stark. Aber … aber ich glaube, er lebte noch.«

Loïc lief Jacinthe entgegen, während Delaney das Verhör weiterführte.

»Und der andere? Der Mann, der ihn weggeschafft hat?«

Bei Jacinthe angekommen, deutete Loïc auf die Frau, mit der ihr Chef sprach.

»Du hattest recht. Sie war im Friseursalon, als Victor angeschossen wurde.«

In ihrem Rücken fuhr Delaney fort:

»Können Sie mir den Mann beschreiben, der den Verletzten mitgenommen hat?«

Angestrengt durchforstete die Zeugin ihr Gedächtnis; die folgenden Worte fielen ihr schwer.

»Es tut mir leid. Ich habe ihn mir nicht genau angeschaut, ich habe vor allem zu dem Verletzten gesehen.«

Delaney legte ihr eine Hand auf die Schulter. Oft kehrten die Erinnerungen an ein traumatisches Ereignis Stunden, manchmal erst Tage später zurück.

Loïc hatte die Frau vor seinem Vorgesetzten auch schon verhört und brachte Jacinthe auf den neuesten Stand.

»Irgendein Typ ist mit einem grauen Auto vorgefahren. Welche Marke, konnte sie nicht sagen, aber Lessards Saab ist nirgendwo in der Gegend auffindbar. Jedenfalls hat der Typ ihn eingeladen und ist abgehauen. Er war nicht vermummt.«

Verwundert dachte Jacinthe laut nach.

»Also gehörte er nicht zu den Attentätern. Aber ich glaube auch nicht, dass jemand, der gerade zufällig vorbeikommt, einen Blutenden von der Straße in sein Auto hievt …«

Loïc nickte.

»Meiner Meinung nach war der schon vorher da.«

Bevor sie weitersprach, ließ Jacinthe den Gedanken einen Moment reifen.

»Und wenn wir herausfinden wollen, warum, müssen wir den Mann identifizieren, den's erwischt hat. Und in Erfahrung bringen, was Nadja hier wollte …«

Loïc verzog den Mund.

»Auf den Bildern sah Victor nicht aus, als wüsste er, dass sie da ist.«

»Okay. Unsere Hypothese lautet also, dass zwei Leute Lessard gefolgt sind. Nadja und der Typ, der ihn in sein Auto geschafft hat. Steckten die beiden unter einer Decke? Ich kann mir eigentlich nicht vorstellen, dass mir Nadja das verschwiegen hätte.«

Hinter ihnen unterbrach Delaney die Zeugenbefragung, um ans Telefon zu gehen. Loïc parkte sein Kaugummi in der Wange, bevor er antwortete.

»Mir hat Nadja auch nichts gesagt. Aber manchmal entgleitet einem die Situation auch, und bevor man's merkt, eskaliert das Ganze, und es gibt keinen Weg zurück.«

Jacinthe schüttelte entschieden den Kopf.

»Also mir passiert so was nicht.«

Der junge Polizist ließ sich nicht ärgern und öffnete sein Notizbuch.

»Auf den Bildern der Überwachungskameras sieht es aus, als hätten die Schützen Maschinenpistolen gehabt. Vermutlich militärische Modelle.«

Derweil hatte Paul Delaney sein Telefon wieder eingesteckt. Er reichte der Zeugin seine Karte, ließ sich ihre Kontaktdaten geben und stieß dann zu ihnen.

»Hab sie zum Zeichner geschickt, damit wir ein Phantombild von Victors barmherzigem Samariter bekommen.«

Einen Moment lang sahen sie sich alle drei an.

»Bist du in Ordnung, Jacinthe? Falls du etwas Zeit brauchst, legen Loïc und ich schon mal allein los.«

Sie versteifte sich und antwortete schroff:

»Warum sollte ich eine Pause brauchen? Erklär mir das mal!«

Auf das Glatteis wagte sich Delaney lieber nicht.

»Ich habe eben mit Juneau von der Antiterrorabteilung gesprochen. Sie haben den Kellner gefunden. Der war gerade im Keller Wein holen, als die Schießerei losging, und hat sich dort verschanzt. Offenbar kennt er die Identität des Mannes, mit dem sich Victor auf der Terrasse getroffen hat.«

Loïc deutete mit dem Kinn zum Restaurant.

»Worauf warten wir dann noch?«

In dem Moment vibrierte Jacinthes Handy. Unbekannte Nummer.

»Geht schon mal vor, ich komme gleich.«

Delaney und Loïc liefen zum Restaurant, während Jacinthe den Anruf annahm. Als sie die Stimme am anderen Ende vernahm, leuchtete ihr Gesicht auf.

»Hallo, Willard.«

Verblüfft entfernte sie sich noch ein paar Schritte, bevor sie antwortete:

»Mensch Gwendoline, verflucht noch mal … Ich fass es nicht. Dass du dich noch an unseren alten Notfallcode erinnerst!«

Nach einem kurzen Moment der Stille sagte Victor:

»Ich glaube, den hab ich noch nie so dringend gebraucht.«

Einen Augenblick hatte Jacinthe Mitleid, dann gewann ihre Wut die Überhand.

»Lessard, du Hundesohn, wo steckst du?!«

Sie war nicht die Einzige, die sich diese Frage stellte.

26.
IN RAUCH AUFGEHEN

Der Van der Attentäter parkte unterhalb einer der zahlreichen Baustellen am Autobahnkreuz Turcot auf einer Brache. Wütend und mit niedergeschlagener Miene leerte Messiah einen Kanister Benzin über dem blutverschmierten Leichnam von Komarov, der hinten im Wagen lag. Pac Man sah ihm dabei zu, während Black Dog neben einem in der Nähe geparkten Jeep, dessen Motor noch lief, telefonierte.

Vorsichtig versuchte Pac Man, Messiah zu beschwichtigen.

»Wir konnten doch nicht wissen, dass jemand auf uns schießen würde.«

Messiah hielt inne und starrte ihn an.

»Bei unserer Ausbildung sollten wir das auch gar nicht brauchen. Wir hätten auf alles vorbereitet sein müssen. Die Frau war innerhalb meines Radius. Sie war *meine* Verantwortung. Du hättest dich niemals von den beiden Zielen ablenken lassen dürfen.«

»Ich habe mich zehn Sekunden zu ihr umgedreht. Hättest du mich den Job danach in der Seitenstraße erledigen lassen, wären wir jetzt nicht …«

Messiah erdolchte ihn mit einem Blick. Pac Man senkte den Kopf. Jetzt hatte er zum zweiten Mal innerhalb weniger Stunden die Grenze überschritten. Beim ersten Verstoß waren Black Dog und er im Durchgang zwischen den beiden Gebäuden gewesen, kurz nachdem er Victor angeschossen hatte. In dem Moment ertönte hinter ihnen der Befehl:

»Wir hauen ab! Die Polizei kommt!«

Black Dog hatte sofort kehrtgemacht, aber Pac Man war weiter auf den regungslosen Körper zugelaufen. Darauf folgte ein Schuss, und einen Meter vor Pac Mans Kampfstiefeln fuhr eine Kugel in den Boden. Messiah, der in der offenen Hecktür stand, senkte die Waffe. Erneut donnerte er unmissverständlich:

»Wir hauen ab, habe ich gesagt!«

Pac Man sprintete zu ihm ins Auto.

Jetzt näherte sich Messiah ihm mit bedrohlicher Miene und packte ihn am Kragen. Ihre Gesichter waren nur noch wenige Zentimeter voneinander entfernt.

»Die Polizei war im Anmarsch. Mit dem Van konnten wir uns keine Verfolgungsjagd leisten. Wir hätten ihn *vorher* erledigen müssen.«

Er ließ Pac Man los, der sich die Jacke glatt strich.

»Ich glaube sowieso nicht, dass der Typ überlebt hat.«

Messiah warf den leeren Kanister auf den Fahrersitz und winkte Black Dog, der sein Gespräch beendet hatte und mit einer Signalfackel in der Hand auf sie zukam.

»Hast du nicht gehört, was Black Dog vorhin gesagt hat? In die Leichenhalle wurde er nicht eingeliefert.«

Pac Man wollte etwas erwidern, doch Black Dog fuhr dazwischen.

»Und auch in kein Krankenhaus.«

Stinkwütend griff Messiah nach der Fackel, entzündete sie und warf sie in den Van, der sofort in Flammen aufging. In seiner Sonnenbrille spiegelte sich das Feuer, das Komarovs Leiche verzehrte.

»Fuck!«

Eilig ging er zum Jeep; seine Männer folgten.

»Ich kann nicht glauben, dass uns ein Exbulle die Operation versaut! Fuck!«

Messiah, Pac Man und Black Dog stiegen in den Wagen, dessen Fahrer schon auf sie wartete. Sie rasten davon, hinter ihnen die Feuersbrunst, von der eine Rauchsäule aufstieg. Sie erreichten gerade die Straße, als der Van mit ohrenbetäubendem Lärm explodierte.

Der Jeep wirbelte Staub auf. Sie waren umgeben von finsterem Wald, der sie einhüllte, beinahe zu verschlucken schien, als würde er sich hinter ihnen schließen. Sie fuhren schon seit zwanzig Minuten auf dem Trampelpfad, als sie ihr Ziel erreichten. Messiah hatte während der gesamten Fahrt kein Wort gesagt und sprang als Erster aus dem Wagen. Eilig verschwand er in Richtung Gebäude. In ein paar Fenstern flackerte Licht.

Drinnen lief er einen mit gelben Sperrholzlatten vertäfelten Flur entlang. Von beiden Seiten gingen Zimmer ab. Messiah bewegte sich bis zum hintersten Raum, in dem er sein Büro eingerichtet hatte, zögerte jedoch eine Sekunde, drehte sich zur letzten Tür auf der rechten Seite um und öffnete sie. Im Dämmerlicht des spartanisch eingerichteten Zimmers konnte er Iba Khelifi erkennen, die auf ihrem Feldbett schlief.

Angetrieben von einem Gefühl, das er normalerweise unterdrückte, nahm er die Sonnenbrille ab und beobachtete, wie sich die Brust der Frau regelmäßig hob und senkte.

Ein winziges Knacken genügte. Messiah trat einen Schritt zurück, und Iba wachte auf. Noch während sie sich im Bett aufsetzte, schweifte ihr Blick durch die Dunkelheit. Ein Blick, gleichzeitig belebt und erloschen. Ein blinder Blick.

»Bist du's?«

Leise schloss Messiah die Tür und ließ Iba allein in der Stille.

Wenige Minuten später saß er in seinem Büro vor dem Rechner und hatte einen Videochat geöffnet. Sein Gesprächspartner stand in einem möbellosen Raum und goss sorgsam grüne Zimmerpflanzen. Doch seine bebende Stimme machte Messiah rasch klar, dass er diesmal nicht auf die Geduld des Gärtners hoffen durfte.

»Lefebvre auf diese Art auszuschalten war ein völlig unüberlegtes Risiko.«

Verzweifelt ließ Messiah die Faust auf den Tisch krachen, von dem mehrere zusammengerollte Karten kullerten.

»Wir konnten doch nicht zulassen, dass er uns irgendwann auf die Schliche kommt! Mit seinem Artikel wäre alles herausgekommen!«

»War das nicht genau das, was wir wollten?«

»Aber doch nicht so schnell! Das weißt du selbst!«

Messiah fixierte den Stapel Lapislazuli vor ihm. Er nahm einen Stein und drehte ihn wie mechanisch zwischen den Fingern herum, während er fortfuhr.

»Dir ist schon klar, dass du mir keine andere Wahl gelassen hast, als heute zu intervenieren? Ich hoffe nur, dass wir nicht zu spät gekommen sind.«

Grinsend stellte der andere die Gießkanne ab.

»Du bist also auch noch stolz auf dein kleines Manöver, ja? Du tötest einen Mann, der uns immer nützlich war, und machst gleichzeitig einen Polizisten auf uns aufmerksam, der von unserer Existenz nicht mal eine Ahnung hatte. Na, herzlichen Glückwunsch!«

Messiah lehnte sich in seinem Stuhl zurück.

»Du bist der Einzige, der Komarov noch brauchte.«

Sofort protestierte sein Gegenüber.

»Was erzählst du denn da? Komarov hatte ganz genaue Anweisungen.«

Messiah schien nicht überzeugt.

»Warum hast du ihn dann losgeschickt, um mit Victor Lessard zu reden? Wozu sollte das gut sein, mal abgesehen davon, deine kranke Neugier auf alte Geschichten vom Kalten Krieg zu befriedigen?«

»Lessard besitzt vielleicht Informationen, die niemand außer ihm haben kann.«

»Ach ja? Das hast du mir nie erzählt. Informationen worüber?!«

Messiahs Gesprächspartner tat mysteriös.

»Das sage ich dir, sobald ich mir meiner Sache sicher bin.«

Messiah seufzte laut.

»Du immer mit deinen Geheimnissen. Kannst du das nicht einfach mal lassen?«

»Ich verstehe deine Ungeduld, aber …«

Messiah unterbrach ihn, bevor er den Satz beenden konnte.

»Ich bin nicht einfach nur der Anführer einer ideologischen Bewegung. Ich habe Ideen, Visionen, das weißt du ganz genau.«

Das Gesicht des anderen näherte sich dem Bildschirm.

»Ja, ich weiß. Und ich werde es dir bald sagen können. Du musst mir vertrauen und solltest vor allem nicht vergessen, wer hier das Sagen hat.«

Nach dem Gespräch saß Messiah eine ganze Weile still da. Wieder strich er über den Lapislazuli in seiner Hand, dann schloss er fest die Faust darum.

27.
SCHULD UND SÜHNE

Bei dem Versuch, seine Lederjacke anzuziehen, verzog Victor vor Schmerz das Gesicht. Widerwillig half ihm Gagné, den Ärmel über die verletzte Schulter zu streifen.

»Nadja liegt im Koma, ist aber stabil. Ein Spezialistenteam kümmert sich um sie. Wir sollten besser warten, bis sich der Staub gelegt hat, bevor wir sie besuchen.«

Doch Victor lief bereits in Richtung Ausgang. Gagné eilte ihm nach.

»Sie haben einen Polizisten vor ihrem Zimmer postiert.«

»Dann lenkst du ihn eben ab. Ich glaube an dich, das bekommst du hin.«

»Aber hast du mal daran gedacht, dass die Irren, die auf dich geschossen haben, vielleicht das Krankenhaus überwachen? Und vielleicht nur darauf warten, dass du dort aufkreuzt, um den Job zu Ende zu bringen?«

Nur mit Mühe behielt Victor seine Wut unter Kontrolle.

»Lass sie kommen. Dann mache ich sie fertig. Die ganze verdammte Bande.«

»Dafür müssten wir erst mal herausfinden, wer sie sind und was sie gegen dich haben.«

Zögerlich sah Victor Gagné an.

»Wir? Du hast doch gesehen, wozu die Typen imstande sind. Dass du mir hinterher ja nicht sagst, ich hätte dich nicht gewarnt.«

»Ich weiß schon, worauf ich mich einlasse.«

Victor musterte ihn.

»Okay. Aber weißt du auch, warum du dich darauf einlässt?«

Shu erschien im Türrahmen. Sie hatte alles mitangehört und fixierte ihren Exmann mit einer Mischung aus Mitgefühl und Vorwurf.

Auf Chinesisch sagte sie:

»Falls du das machst, um mir zu beweisen, dass du noch wer bist – das ist nicht nötig. Du bist jemand Neues, den ich gerade erst kennenlerne.«

Gagné war gerührt, schluckte die Emotionen jedoch hinunter.

»Momentan weiß ich zwar nicht, warum ich's mache, aber ich werd's schon noch herausfinden.«

Traurig schüttelte Shu den Kopf und ging. Victor sagte:

»Das reicht mir als Erklärung. Auf geht's.«

Er zog Gagné in Richtung Ausgang, doch dieser hielt ihn mit einer Handbewegung zurück.

»Warte. Vorher musst du mir erklären, was überhaupt los ist, und was dahintersteckt.«

Victor starrte ins Leere, als er gedankenversunken in die Finsternis abtauchte.

»Ich weiß zwar noch nicht, inwiefern das mit der Schießerei zusammenhängt, aber als ich zwölf war, dachte ich … dachte die ganze Welt, dass mein Vater meine Mutter und meine Brüder ermordet hat, nachdem er seinen Job bei General Electric verloren hatte.«

Der Puls der Person, die man liebt, das Rauschen ihres Blutes unter der Haut. Wie oft hält man inne und legt das Ohr auf die Brust des Menschen, mit dem man seinen Alltag verbringt, jeden Schritt gemeinsam geht, nur um zu spüren, wie das Leben in seinen Adern pulsiert, um sich einmal bewusst zu machen, dass jeder Herzschlag ein kleines Wunder ist und alles mit einem Mal vorbei sein kann?

Das Gesicht blutverschmiert, hatte Gagné den wachhabenden

Polizisten mit der Behauptung fortgelockt, er sei in einem anderen Krankenhausflügel attackiert worden, sodass Victor in Nadjas Zimmer schlüpfen konnte. Er hatte die Hand seiner Liebsten genommen und ihr Gesicht mit Küssen bedeckt.

Jetzt lag er halb auf ihrem Bett, sein Oberkörper auf Nadjas, damit sie seine Anwesenheit spürte.

Gagnés Informationen zu ihrem Gesundheitszustand waren beruhigend gewesen, und auch wenn noch niemand einschätzen konnte, ob sie bleibende Schäden davontragen würde, schwebte sie immerhin nicht in Lebensgefahr. Doch die anfängliche Beruhigung war Zweifeln gewichen, Schuldgefühlen und Fragen.

Warum war Nadja bei der Schießerei aufgetaucht? Hatte sie sein Verhalten der vergangenen Tage derart misstrauisch gemacht, dass sie ihm gefolgt war? So oder so würde er sich nie verzeihen, dass er sie in Gefahr gebracht hatte.

Aber am meisten warf er sich vor, dass er nicht auf sie hatte aufpassen, sie nicht hatte beschützen können. Die Kugeln, die sie getroffen hatten, waren für ihn bestimmt gewesen; sie hätten seine Haut, nicht Nadjas, durchlöchern sollen.

Seine Gedanken überschlugen sich, aber für Reue war jetzt keine Zeit. Laut Gagnés Beschreibung der Schießerei war Nadja nicht etwa von Anfang an Zielscheibe der Angreifer gewesen, sondern erst nachdem sie selbst das Feuer eröffnet hatte.

Diese Einsicht gab ihm die Kraft, nach vorn zu blicken und seinen Plan in Gang zu setzen. Er musste sie wieder allein lassen, aber er hatte keine andere Wahl. Nadjas Hand in seiner flüsterte er:

»Ich verspreche dir, dass ich die Verantwortlichen finden werde. Jeden Einzelnen.«

Seine Stimme war entschlossen, seine Augen funkelten gewaltbereit. Er würde alles Notwendige tun, um sein Versprechen zu halten.

Die Tür ging auf, und Gagné erschien.

»Wir müssen los …«

Unter Schmerzen stand Victor auf. Seine Schulter pochte.

»Bin sofort da.«

Zärtlich fuhr er mit den Fingern über die Konturen von Nadjas Gesicht, über ihr geschwungenes Kinn, die gewölbten Lippen. Seine große Liebe schlief, und niemand wusste, wann sie wieder aufwachen würde. Er kannte seine Widersacher nicht, aber er hasste sie mit jeder Faser seines Herzens.

28.
UNERWARTETE BEGEGNUNG

Der zivile Einsatzwagen bog auf den Boulevard René-Lévesque in Richtung Osten. Doppelt so schnell wie der restliche Verkehr schlängelte er sich im Zickzackkurs zwischen den anderen Autos hindurch.

Paul Delaneys Stimme klang tonlos und unsicher.

»Der Kellner aus der Datcha meinte, Komarov sei öfter in Begleitung eines jungen Typen da gewesen.«

»Sein Liebhaber, wetten? Mehr habt ihr nicht rausgefunden?«

Delaney schüttelte den Kopf und drehte sich zu Jacinthe, die mit einer Hand am Steuer den Motor aufheulen und die Bremsen kreischen ließ, um das Letzte aus ihrem Wagen herauszuholen.

»Ich verstehe nicht, warum wir unbedingt vor allen anderen bei Komarov sein müssen. Die Spurensicherung ist doch frühestens in einer halben Stunde da, und wir können nicht ausschließen, dass uns jemand in seiner Wohnung auflauert.«

Ohne die Augen von der Straße zu nehmen, wischte Jacinthe die Bedenken ihres Chefs beiseite.

»Was ist los mit dir, Paul? Brauchst du ein Hörgerät, oder ignorierst du absichtlich, was ich sage? Wie soll uns der Typ in seiner Wohnung auflauern, nachdem er durchlöchert wurde wie ein Sieb?«

Delaney brauste auf.

»Du bist diejenige, die nicht zuhört. Der Leiter der Antiterrorabteilung hat mir versprochen, uns freie Hand zu lassen.«

Genervt knurrte Jacinthe:

»Ich vertraue niemandem.«

Das Auto machte einen Schlenker, doch Jacinthe bekam es wieder unter Kontrolle und drückte aufs Gas.

Seit ihrem Telefonat war Jacinthe alles klar. Sonst kannte sie diese Kälte, diese Härte, mit der Victor gesprochen hatte, nicht von ihm. Sein Tonfall ließ ihr das Blut in den Adern gefrieren. Diesmal würde er nicht alles tun, um die Verantwortlichen am Ende hinter Gitter zu bringen. Er würde sie jagen, würde alle ihm zur Verfügung stehenden Mittel darauf verwenden, sie aufzuspüren. Am meisten fürchtete sie, dass er sie auch bestrafen wollte. Er würde keinen Augenblick zögern, sie umzubringen, davon war Jacinthe überzeugt.

Zwar wollte sie auf keinen Fall sein Vertrauen missbrauchen, aber sie konnte auch nicht zulassen, dass er alles aufs Spiel setzte, was er sich mühsam aufgebaut hatte. Dass er seine Gerechtigkeitsideale über Bord warf, obwohl sie ihn ausmachten und das Fundament seines ganzen Lebens waren. Ideale, die er außerdem, allen Widerständen zum Trotz, an sie weitergegeben hatte. Solange es in ihrer Macht stand, würde Jacinthe alles tun, um ihn vor dem Abgrund zu bewahren. In ihren Augen war Victor zu wichtig. Zur Not würde sie ihn vor sich selbst beschützen.

»Wir regeln das, und danach kommst du zurück zum Dezernat.«

»Ich werde nie wieder als Polizist arbeiten. Nicht nach dem Ende, das diese Geschichte nehmen wird.«

Sie würde dafür sorgen, dass er diese Worte zurücknahm.

Komarovs Wohnung befand sich in einem kleinem ehemaligen Geschäftsgebäude auf der Rue Notre-Dame Est, in der Nähe der Ölraffinerien. Auf der braunen Backsteinfassade prangte immer noch ein Schild mit dem roten Schriftzug *Industrieverpackungen*.

Im Hintergrund stieg weißer Rauch aus den Schornsteinen und kroch wie Tentakel in den trüben Himmel. Aus einem schoss eine Flamme hervor, ein Feuergeysir, der dem Unglück der Welt die Zunge rausstreckte.

Seit einer guten Minute kämpfte Delaney unter Jacinthes ungeduldigen Blicken mit dem Türschloss.

»Normalerweise bräuchten wir dafür einen Durchsuchungsbefehl. Das ist dir hoffentlich klar, Jacinthe?«

Sie verdrehte die Augen.

»Du wolltest dich doch vor Ort umsehen, oder nicht?«

»Aber wenn ihr das immer so handhabt, braucht ihr vielleicht mal 'ne Schulung. Wir haben schließlich nicht mehr 1982.«

»Hauptsache, du lässt dir Zeit, Paul. Bloß kein Stress.«

Entnervt drehte er sich zu ihr, zwang sich jedoch, ruhig zu bleiben.

»Also … Ich glaube … Willst du mal versuchen?«

Jacinthe griff nach dem Werkzeug, schob die Spitze ins Schloss und machte eine ruckartige Bewegung. Es klickte. Sie packte den Dietrich weg und zückte die Pistole.

»Soll ich dir das auch zeigen, oder weißt du noch, wie's geht?«

Delaney zog seine Waffe, entsicherte sie und erntete ein zufriedenes Nicken von Jacinthe.

»Na bitte! Du kannst ja doch noch was anderes als den Elektriker spielen.«

Doch dann verschwand der Sarkasmus aus ihrem Gesicht.

»Bereit?«

Ihr Chef nickte. Jacinthe trat die Tür auf. Mit gestreckten Waffen stürmten sie in die Wohnung.

»Polizei!«

Die beiden Ermittler hatten ihre Waffen wieder eingesteckt. Komarovs Wohnung, deren Industriecharme bewahrt worden war, bestand aus einem Sammelsurium von Möbeln, Tand und selbst restaurierten Objekten. Zumindest musste sie das getan haben, bevor jemand alles auf den Kopf gestellt hatte.

Der Boden war übersät mit Papieren, aus den Sofas quoll die Polsterung heraus, und ein Bücherregal war auf einen Beistelltisch gekippt und zerbrochen. Im Umkreis von ein paar Metern lagen Bücher verstreut.

Im Mittelpunkt des rechteckigen Zimmers thronte, unerschütterlich wie eine Sphinx, ein riesiger schwarzer Lackflügel. Mit einem behandschuhten Finger drückte Delaney auf die Taste mit dem tiefsten Ton, der die Stille durchbrach.

»Ein Schiedmayer von 1905. Richtiges Sammlerstück.«

Jacinthe, die gerade ein unversehrtes Regal inspizierte, drehte sich zu ihm um.

»Ich dachte, dein Instrument wäre das Akkordeon, Paul, nicht das Klavier.«

Delaney nuschelte irgendetwas, und sein Blick wanderte zur Tür, die vermutlich zum Schlafzimmer führte. Er schnupperte verwundert.

»Findest du nicht, dass es nach Zigarette riecht?«

Eine Hand an der Waffe ging er auf die Tür zu, während Jacinthe stoisch den Kopf schüttelte.

»Meinst du, die kriegst du allein auf?«

Delaney funkelte sie kurz an, dann drückte er mit einer so kräftigen Bewegung die Tür auf, dass sie innen gegen die Wand schlug. Einen Moment lang blieb er wie angewurzelt stehen, als hätte er einen Geist gesehen.

»Victor?! Was treibst du denn hier?«

Er saß in einem Sessel links neben dem Bett, war in dichten Qualm gehüllt und immer noch blass von der Verletzung und den Schmerzmitteln. Er steckte ein verblichenes Foto in seine Lederjacke und lächelte schief.

»Grüß dich, Paul. Ich habe auf euch gewartet.«

29.
BLITZGEWITTER

In Komarovs Wohnzimmer ging Paul Delaney auf und ab, achtete allerdings immer darauf, keinen der am Boden liegenden Gegenstände zu berühren. Der Dezernatschef war mit den Nerven am Ende; die Situation drohte ihm zu entgleiten.

Er baute sich vor Victor auf, der ihm ins Wohnzimmer gefolgt war.

»Selbst unter normalen Umständen könnte ich dich nicht so schnell wieder einsetzen. Außerdem bräuchte ich dazu Pichés Zustimmung. Du hängst da zu sehr drin, Victor. Ich kann dir keinen Fall anvertrauen, bei dem du gleichzeitig Opfer und Hauptzeuge bist. Lass uns unseren Job machen, lass uns erst mal herausfinden, wer dieser Nikolaï Komarov war. Und du solltest dich schonen und aus der Sache heraushalten.«

Jacinthe mischte sich bisher nicht ein und sah verschiedene Papiere durch, die sie vom Boden aufgesammelt hatte. Wobei ihr in Wahrheit natürlich kein Wort der Auseinandersetzung entging. Gerade sagte Victor:

»Sie haben versucht mich umzubringen, Paul! Und Nadja …«

Ihm versagte die Stimme. Er brauchte einen Moment, bevor er weitersprach.

»Die Frau, die ich liebe, schwebt in Lebensgefahr. Selbst wenn ich wollte, könnte ich das nicht vergessen. Du kannst nicht von mir verlangen, dass ich mich zurücklehne und abwarte.«

Kopfschüttelnd senkte Delaney den Blick. Er atmete tief ein, dann widmete er seine Aufmerksamkeit wieder Victor.

»Du meinst, das Ganze hängt mit deiner Familientragödie zusammen. Aber die ist über dreißig Jahre her. Wieso sollte dich jetzt jemand wegen einer Sache töten wollen, die so weit zurückliegt?«

Victor hatte selbst nur eine Vermutung.

»Es gibt sicherlich mehrere Gründe. Aber der wichtigste wird wohl sein, dass sie mich von der Wahrheit fernhalten wollen.«

Sein Exchef konnte seine Skepsis nicht besonders gut verbergen.

»Wer sind denn ›sie‹? Und welche Wahrheit? Ein geheimes Programm der Regierung zum Bau von Konzentrationslagern. Glaubst du das wirklich?«

Draußen donnerte es, dass die Mauern vibrierten.

»Ich habe in meinem Leben genug Leute verhört, um zu wissen, dass Komarov die Wahrheit sagte. Oder was er für die Wahrheit hielt.«

»Und warum wollte er sich dann vor der Schießerei vom Acker machen? Warum hat er versucht, sich in Sicherheit zu bringen?«

»Irgendwas ist da vorgefallen. Das sollte nicht so ablaufen. Ich glaube, Komarov wurde gewarnt, aber es war zu spät. Ihm blieb nur noch Zeit, seine eigene Haut zu retten.«

Wieder donnerte es. Jetzt fing es auch an zu schütten. Delaney musterte Victor, während die Tropfen aufs Dach und gegen die Fenster prasselten.

»Wir haben den ballistischen Bericht vom Labor bekommen. Die Kugel, die wir bei Lefebvre gefunden haben, und die aus der Schießerei stammen von einer geklauten Munitionscharge der Greenwood-Militärbasis in Novia Scotia.«

Victor sah zu Jacinthe, die mit ernster Miene nickte.

»Heißer Tipp: Die Typen sind vom Militär.«

Delaney schüttelte entschieden den Kopf.

»Militär hin oder her – ich weiß nicht, was sie vorhaben, aber dass sie zu allem bereit und bis an die Zähne bewaffnet sind.«

Victor ballte die Fäuste.

»Man kann sich seine Gegner eben nicht aussuchen.«

Sein Exchef blieb standhaft.

»Ich kann dich weder zurück in den Dienst holen noch eigenmächtig ermitteln lassen. Überhaupt: Was hast du vor? Du willst dich ja wohl nicht allein mit dieser Truppe anlegen. Das wäre Selbstmord. Du musst mitkommen zum Verhör. Du bist unser einziger Zeuge.«

Victor sah die Sache anders.

»Meine Entscheidung steht. Ich bitte dich nicht um Erlaubnis, Paul. Aber wenn du willst, arbeiten wir zusammen. Du schaust, was du über *Rote Flut* herauskriegst und ob es noch andere Verbindungen zum Mord an Lefebvre gibt als die Munition. Und dann halten wir uns gegenseitig auf dem Laufenden.«

Delaney raufte sich die Haare. Er saß in der Falle und wusste es.

»Du verdammter Dickschädel! Kannst du mir garantieren, dass du uns sofort anrufst, wenn du was herausfindest, und dich anschließend raushältst?«

Victor schwieg. Lügen war sinnlos. Dieser Mann kannte ihn wie seine Westentasche, und er selbst respektierte ihn zu sehr.

Delaney schlug sich im selben Moment die Faust in die Hand, in dem ganz in der Nähe ein Blitz herunterkam.

»Genau das ist das Problem. Wenn du erst mal mit dem Herumstochern angefangen hast …«

Sein Tonfall wurde weicher, väterlicher.

»… kannst du keinen Rückzieher mehr machen. Das weißt du genauso gut wie ich. Also bitte vertrau uns, Jacinthe und mir. Wir sind deine Freunde, Victor. Wir werden die Verantwortlichen finden, der Sache auf den Grund gehen. Wenn es einen Zusammenhang mit deiner Vergangenheit gibt, finden wir ihn. Versprochen.«

»Dafür ist es zu spät, Paul. Ich stecke schon bis zum Hals in der Sache drin.«

Delaney ließ einen Moment verstreichen, damit sich die Worte, die er als Nächstes sagen würde, einen Weg durch Victors Emotionen zu seinem Verstand bahnen konnten.

»Sieh dich an. Du bist geschwächt. Du wurdest verletzt, du bist bleich wie ein Gespenst. Wurdest du ordentlich versorgt? Von einem echten Arzt?«

Victor überragte Paul und starrte auf ihn hinab.

»Mir bleibt keine andere Wahl. Stell dir vor, es ginge um Madeleine …«

Damit traf er bei Paul einen wunden Punkt. Das räumte sein Exchef ein, antwortete aber ebenfalls schonungslos ehrlich:

»Du machst mir Sorgen, Victor. Spiel hier nicht den Rächer.«

»Ich spiele nicht. Nichts daran bereitet mir Vergnügen.«

»Mal abgesehen davon – was soll ich Piché sagen? Dass ich dich einfach hab gehen lassen?«

»Dass wir miteinander geredet haben, ich dir mein Versteck aber nicht verraten wollte … und dass ich Angst habe. Das ist die Version für Piché.«

Victor erwiderte Delaneys vorwurfsvollen Blick.

»Gib mir achtundvierzig Stunden. Du hast nichts zu verlieren.«

Seinem alten Chef blieb noch ein letzter Trumpf, auch wenn er ihn nur ungern ausspielte.

Zum ersten Mal, seit sie sich kannten, machte er Victor ein schlechtes Gewissen.

»Du zwingst mich also, für dich zu lügen?«

»Das ist doch keine echte Lüge. Du sparst lediglich ein paar Aspekte der Wahrheit aus.«

In diesem Moment rief ihnen Jacinthe ihre Anwesenheit in Erinnerung.

»Hör zu, Paul. Wir machen einen Deal, okay? Ich behalte Lessard im Auge. Lass mich mit ihm zusammen ermitteln.«

Delaney wurde langsam wahnsinnig und schaltete auf stur.

»Ausgeschlossen. Das kann ich genauso wenig erlauben.«

»Jetzt überleg doch mal zwei Minuten. Wenn Lessard allein

loszieht, verschwindet er vom Radar, und wir sind kein Stück weiter. Aber wenn ich mit ihm gehe, kann ich ihn wenigstens von Dummheiten abhalten.«

»Noch mal: Wie soll ich das der Führungsetage verkaufen?«

»Ich habe erst meinen Partner verloren und jetzt meine neue Kollegin. Du musstest mir eine Auszeit geben, und ich bin mit dem Motorrad los.«

Geschlagen ließ Delaney den Kopf sinken, aber Jacinthe setzte noch eins drauf.

»Außerdem hast du doch selbst vorgeschlagen, mit Loïc allein loszulegen!«

Delaney ignorierte ihr diabolisches Grinsen und wandte sich an Victor.

»Bist du dir sicher, dass du wirklich herausfinden willst, was am Ende dieser Geschichte auf dich wartet?«

Victor dachte einen Moment nach und lief ohne ein weiteres Wort Richtung Ausgang. Dankbar legte Jacinthe Delaney eine Hand auf die Schulter.

»Ich ruf dich an, Boss. Versprochen.«

Als Victor die Tür öffnete, schüttete es draußen wie aus Kübeln. Jacinthe heftete sich an seine Fersen, und Delaney sah ihnen nach, wie sie im Regen verschwanden. Dann fluchte er laut.

Donner grollte und Blitze zerrissen den mit dunklen, unheilvollen Wolken verhangenen Himmel, aus denen weiter ohrenbetäubend laut der Regen prasselte. Wollten die Götter Victor ihren Zorn zeigen, taten sie es auf eindrückliche Weise. Doch er trotzte der Sintflut, als könnten die Elemente ihm nichts anhaben. Neben ihm lief Jacinthe und schielte aus dem Augenwinkel zu ihm herüber. In ihrem Kopf ertönte eine Stimme. Victors Stimme, die ihr, wann immer sie bei einer Ermittlung ins Schwimmen geraten war und sich von ihren Gefühlen oder ihrer Wut hatte überwältigen lassen, wann immer sie eine Abkürzung zwischen Gesetz und

Moral gesucht hatte, dieselben Worte einhämmerte: *»Eine Person mit Verantwortung muss erst recht intelligent handeln.«*

Während sie weiter auf die vom Wind verformte Regenwand zuliefen, dachte Jacinthe darüber nach, dass sie soeben den Bereich der Tugend verlassen und den dehnbaren, undurchsichtigen der Gerechtigkeit betreten hatten. Eine Grauzone, ein sumpfiger Ort, oft das Vorzimmer der Hölle.

Diesmal würde sie auf ihn achtgeben, würde verhindern müssen, dass seine Wut ihn blind machte und die Dinge aus dem Gleichgewicht brachte.

Der graue Saab parkte vor den Überbleibseln einer Autowerkstatt. In der Nähe war die Silhouette eines Mannes auszumachen. Geschützt vom Flachdach über den verfallenen Zapfsäulen, rauchte er eine Zigarette. Jacinthe erkannte ihn sofort. Als sie ihn erreichten, schnipste Gagné seine Kippe weg und kam zum Auto. Victor blieb vorm Kofferraum stehen, Jacinthe tat es ihm gleich.

»Noch kannst du deine Meinung ändern.«

Um ihre Gefühle zu verbergen, zog sie eine Grimasse.

»Wir sind Partner, mein Bester.«

Sie streckte ihm die Faust entgegen, und er schlug gerührt ein. Gerade wollte er sich erneut bei ihr bedanken, sie vielleicht sogar umarmen, als es aus ihr herausbrach.

»Yo, Gagné, was zum Teufel hast du vor?«

Er hatte soeben die Beifahrertür geöffnet. Mit einem Satz stand Jacinthe neben ihm und hinderte ihn am Einsteigen. Ihre Worte übertrafen sogar den Donner um mehrere Dezibel.

»Du kennst wohl die einfachsten Naturgesetze nicht: Die Schabe ordnet sich dem Einhorn immer unter. Will sagen: Du sitzt hinten, Großer.«

Überrumpelt sah Gagné zu Victor, der nur lächelnd die Schultern zuckte, bevor er sich hinters Lenkrad schob. Yves Gagné kletterte auf die Rückbank. Er war weder in der Lage noch in der Stimmung, Jacinthe zu widersprechen, die bereits auf dem Beifahrersitz Platz nahm. Sofort drückte Victor aufs Gas. Im Wagen herrschte bedrückende Stille. Jeder von ihnen grübelte über den Ernst der Lage nach.

Schließlich ergriff Gagné das Wort.

»Taillon, dein Handy …«

Über die Schulter warf ihm Jacinthe einen Blick zu und nickte.

Der Saab fuhr in rasendem Tempo die Notre-Dame hinunter Richtung Innenstadt und ließ die riesigen runden Öltanks hinter sich, die in der untergehenden Sonne aussahen wie Monolithen einer längst vergangenen Zeit.

Das Fenster auf der Beifahrerseite fuhr herunter, Jacinthes Handy flog im hohen Bogen auf die Straße, drehte mehrere Salti und zerbrach schließlich auf dem Asphalt in tausend Stücke.

Eine Weile sagte keiner ein Wort, doch plötzlich erschien ein Lächeln auf Jacinthes Gesicht.

»Na, mein Bester, ich hab doch gesagt, meine kleine Vorstellung wird funktionieren.«

Victor antwortete, ohne die Augen von der Straße zu nehmen.

»Armer Paul. Wir haben ihm gar keine Wahl gelassen.«

SECHSUNDFÜNFZIG MINUTEN NACH DER ERSTÜRMUNG VON GHETTO X

Die Schachpartie geht weiter. Sondos rückt ihre Figuren systematisch vor, stellt eine Frage, kehrt zur vorherigen zurück, damit er noch einige Details präzisiert, und konfrontiert ihn anschließend mit seinen eigenen Antworten, in der Hoffnung, dass er einen Fehler macht. Victor kennt die Taktik in- und auswendig, hat sie selbst schon bei Hunderten Zeugen angewandt, trotzdem ist er mit seiner Geduld langsam am Ende.

»Okay. Wie ging's nach dem Mord an Komarov weiter? Du bist verletzt, verschwindest aber von der Bildfläche. Wer hat dir geholfen?«

»Das ist unerheblich, darauf antworte ich nicht.«

»Zufällig ein gewisser Yves Gagné?«

Victor zieht eine Augenbraue hoch, tut, als verstehe er nicht. Sondos stützt die Hände auf den Tisch und beugt sich zu ihm.

»Wir wissen über alles Bescheid, Victor. Auch dass Delaney derjenige war, der euch die Erlaubnis erteilt hat, ›unterm Radar‹ zu ermitteln.«

»Paul hatte keine Ahnung, was ich mache. Ich habe niemanden um Erlaubnis gebeten.«

Die Agentin des SCRS setzt eine bewundernde Miene auf.

»Solidarität unter Freunden ist etwas wirklich Schönes. Vermutlich wusste Jacinthe Taillon auch von nichts?«

Victor versucht seine Besorgnis zu verbergen, doch sein Tonfall verrät ihn.

»Was habt ihr mit ihr gemacht? Ich will sie sehen.«

»Dafür musst du mir ein bisschen mehr verraten, Victor.«

Sie holt eine Schachtel Zigaretten aus der Jackentasche und nimmt eine heraus.

»Wenn du redest, darfst du die rauchen …«

Er grinst höhnisch, weil diese Erpressungsmethode nun wirklich absurd ist, aber auch, um seine eigene Angst zu unterdrücken. Sondos rollt die Zigarette zwischen den Fingern hin und her.

»Lass mich raten: Nach der Schießerei hast du als Erstes Komarovs Apartment durchsucht. Habe ich recht?«

Victor antwortet nicht.

»Und dabei habt ihr das Foto gefunden?«

Überrascht zuckt er zusammen, was Sondos nicht entgeht.

»Keine Ahnung, wovon du sprichst. Wenn du außerdem so viel weißt, wie du behauptest, wozu verschwenden wir dann hier unsere Zeit? Noch können wir sie aufhalten, aber die Uhr tickt.«

30.
ZWISCHEN WAHRHEIT UND LÜGE

Die drückende Atmosphäre war geschwängert von Fett- und Gargerüchen, Messer hackten auf Schneidebrettern, Fleisch zischte in Pfannen, Kondenswasser tropfte von Scheiben, und die Köche schwitzten: Eine hektische Welt tat sich vor ihnen auf und schloss sich hinter ihnen wieder, verschluckte sie, während sie im Gänsemarsch die enge Küche eines chinesischen Restaurants durchquerten.

In jeder Hand eine Plastiktüte, ging Yves Gagné voraus und wechselte auf Wu ein paar freundliche Worte mit dem Souschef, der ihm das Hühnerblut besorgt hatte, das zur Ablenkung des Wachbeamten im Krankenhaus auf seinem Gesicht gelandet war.

»Wir nehmen zwei Poutines mit Extrasoße und drei Klubsandwichs mit hellem Fleisch.«

»Huhn oder Hund?«

Hinter Gagné folgte Victor mit abwesendem Blick und als Letzte Jacinthe, die immer noch ihre Sonnenbrille trug. Das Trio wich einem heranrauschenden Tellerwäscher mit Trockentuch über der Schulter aus und überwand ein Hindernis aus dreckigen, auf dem mit Gemüseschalen übersäten Linoleumboden gestapelten Bratpfannen.

Die Rufe, die klirrendes Geschirr übertönen mussten, das Getöse der Küchengeräte und Geschrei aus dem Speisesaal, das in Wellen zu ihnen herüberschwappte, wann immer ein Kellner die Schwingtür aufschob, das Klappern der Töpfe, die noch dampfend zur Spüle getragen wurden, all die Geräusche dieses vibrierenden

Mikrokosmos klingelten in Victors Ohren, bis sie anschwollen und sich in das Stakkato der Maschinenpistolen verwandelten.

Einige Sekunden lang plagten ihn wieder die Bilder der Schießerei vor der Datcha Zakouski; er sah die Maschinenpistolen in den Händen der Angreifer und Komarov, der im Kugelhagel zu Boden ging. Diese Bilder mischten sich mit den durch die Jahre verschwommenen seiner toten Mutter und Brüder, umgeben von ihrem eigenen Blut.

Victor holte tief Luft. Woran konnte er sich in Bezug auf seine Eltern, seine Kindheit und die Tragödie, die sie für immer getrennt und zerstört hatte, wirklich erinnern? Bis zu welchem Punkt waren diese Erinnerungen authentisch und nicht bloß von seinen eigenen Überzeugungen, seiner eigenen Phantasie geschaffen?

Seit einer Ermittlung, in deren Verlauf er lang und breit mit einem Spezialisten für forensische Psychiatrie vom Pinel-Institut gesprochen hatte, wusste er, dass die Erinnerung an eine Begebenheit jedes Mal, wenn man sie wiedergab oder an sie dachte, ein wenig modifiziert wurde.

So schuf man manchmal durch das unbewusste Hinzufügen von Details oder Erinnerungsfetzen, die andere beigesteuert hatten, neue, trügerische Verbindungen im Gehirn.

Da es mit der Zeit schwieriger wird, ein eingebildetes Ereignis von tatsächlichen Erinnerungen zu unterscheiden, kann sich eine falsche Erinnerung verfestigen und uns so sehr täuschen, dass wir die Einbildung am Ende für unser wahres Gedächtnis halten.

Welche Rolle hatte die Liste, die sein Vater Komarov am Tag der Tragödie übergeben sollte, beim anschließenden Massaker gespielt? War Henri wirklich das Monster, die blutrünstige Bestie gewesen, die Victor mit eigenen Händen umgebracht hatte, oder hatte ihn Victor selbst auf Grundlage falscher Erinnerungen dazu gemacht? Hatte Henri sie regelmäßig geschlagen oder, wie Komarov angedeutet hatte, nur innerhalb eines sehr kurzen Zeitraums?

Ein Hilfskellner, dürr wie ein Stock und zum Zerbersten gespannt, das Gesicht vor Anstrengung und Ekel verzogen, brüllte sie an, sie sollten aus dem Weg gehen, bevor er einen Kessel kochendes Wasser an ihnen vorbeitrug.

»*Yuǎnlí tā!*«

Jacinthe konnte sich einen Spruch nicht verkneifen.

»Yo, Gagné! Irgendwann stirbt der genauso wie Monsieur Salada!«

Ohne sich umzudrehen rief der ehemalige Polizist zurück:

»Und wie ist der gestorben?«

»Hat sich den Hintern verbrüht!«

Gagné brach in Gelächter aus und antwortete mit dem nächsten schlechten Scherz. Victor hörte nicht zu. Nach wie vor in Gedanken fiel ihm wieder ein, dass der Experte damals bestätigt hatte, wie leicht Erinnerungen manipulierbar sind und dass sie Schwankungen unterliegen, wodurch stets einige Details hinzukommen und andere wegfallen.

Victor hörte noch seine Stimme:

»Wir sind jeden Tag jemand Neues. Mit Erinnerungen, die durch andere Erinnerungen verändert werden. Was wir für die Wahrheit halten, wird irgendwann zur Lüge. All unsere Erinnerungen sind entweder ein bisschen oder komplett falsch. Es gibt ganze Erfahrungen, die wir nie gemacht haben.«

Wenn das zutraf: Hatte Victor überhaupt eine einzige korrekte Erinnerung an die Vergangenheit? Bei dem Gedanken, dass die Realität immer nur einer bestimmten Sichtweise entspricht, also eine völlig subjektive Erfahrung ist, seufzte er. Und ihm wurde mehr denn je bewusst, dass die Welt, wie er sie kannte, nur in seinem eigenen Kopf in exakt diesem Augenblick existierte.

Sie erreichten die rückseitige Wand der Küche und hielten vor einem riesigen Lagerkühlschrank. Gagné deutete mit dem Kinn auf die Tüten in seinen Händen.

»Kannst du mal aufmachen, Victor?«

Er zog an der schweren Tür. Ohne zu zögern verschwand Gagné im Kühlschrank.

»Knips mal die Taschenlampe an, bitte. Und der Letzte macht die Tür zu.«

Victor gehorchte und drehte sich zu Jacinthe, die gerade eine Teigtasche aus einem Korb Dim-Sum stibitzte.

»Was treibst du denn da? Wir müssen!«

»Ganz ruhig, Lessard! Qualitätstests sind in der Gastronomie unerlässlich.«

Genüsslich verspeiste sie den Happen und trat, einen schelmischen Ausdruck im Gesicht, ebenfalls durch die Kühlschranktür. Victor verdrehte nur die Augen und machte hinter ihnen zu.

31.
UNDERGROUND CHINATOWN

Nachdem sie die Treppen hinuntergegangen waren, hatten Gagné, Jacinthe und Victor ein Labyrinth unterirdischer Gänge durchquert, die extrem nach Feuchtigkeit rochen und mehrere Dutzend Meter in die Eingeweide Chinatowns führten.

Im Licht vergitterter Glühbirnen hatten sie Räume mit Arbeitstischen und Maschinen passiert – vornehmlich veralteten Nähmaschinen –, in denen Jahre zuvor illegale Einwanderer geschuftet hatten. Zumindest erzählte das Gagné.

Ohne anzuhalten sah er über die Schulter zu ihnen zurück.

»Noch drei Meter, und wir sind da. Passt auf die Pfützen auf.«

Die unterirdischen Gänge endeten vor einer Reihe Räume, darunter eine Art Gemeinschaftssaal inklusive Kühlschrank, Herd, Kaffeemaschine und vier zerschlissenen Sesseln mit Karomuster. In der Mitte stand ein wackeliger Holzschreibtisch, den ein leuchtender Block Post-its stützte.

Eine an den Tisch geklemmte verkratzte Edelstahllampe warf einen Lichtkegel in den Raum, und auf seiner staubigen Oberfläche stand ein vorsintflutlicher iMac.

Erneut besah sich Victor dieses geisterhafte Gewölbe, in das Gagné ihn schon nach der Schießerei gebracht hatte – und in dem er von Shu behandelt worden war. Eine Kulisse, die eher wie der Zufluchtsort der Bewohner einer zerstörten Stadt anmutete. Die Art Ort, an dem sich in Katastrophenfilmen entscheidet, ob die Menschheit sich selbst retten kann. Und auch Victor war deshalb hier: um herauszufinden, ob er sich selbst retten konnte.

Er drehte sich zu Gagné um und sah ihm in die Augen.

»Noch mal danke für alles, Yves.«

Der Exbeamte setzte ein bescheidenes Gesicht auf, während Jacinthe vor einer Tür stehen blieb, die zum nächsten Zimmer führte. Als sie drinnen auf den Lichtschalter drückte, flackerten mehrere Neonröhren auf und beleuchteten reihenweise Feldbetten. Auf dreien davon lagen neue Schlafsäcke.

Hinter den Pritschen konnte sie eine WC-Schüssel und einen gekachelten, von Schimmelflecken übersäten Raum ausmachen, in dem drei Duschköpfe angebracht waren.

»Yay, ist ja richtig luxuriös hier. Haste bestimmt im Internet gefunden, oder?«

Sofort konterte Gagné:

»Romantisch, was? Falls du mal mit deiner Freundin kommen willst, schick ich dir gern den Link.«

Darauf reichte er ihr ein schweres, in Stoff geschlagenes Objekt.

»Hier. Deine Dienstwaffe kannst du schließlich nicht benutzen.«

Jacinthe packte einen silbernen Revolver aus.

»Danke, Großer. Wo hast du den denn her?«

Gagné machte ein geheimnisvolles Gesicht.

»Pure Magie.«

Anschließend durchwühlte Jacinthe die Tüten, die Gagné auf dem Boden abgestellt hatte.

»Prepaidhandys. Sieh mal an! Und was ist das? Eine Decke?«

Sie schwenkte etwas aus rosafarbener, mit chinesischen Schriftzeichen bestickter Seide.

»Hab für jeden von uns einen Morgenmantel besorgt. Deiner ist XXL.«

Anstatt zu lachen näherte sich Jacinthe Gagné bis auf wenige Zentimeter.

»Hast du auch an die Vaseline gedacht?«

Er sah gleichermaßen überrumpelt wie erschrocken aus.

»Äh … nee, wieso?«

»Damit ich dir den sonst wohin schieben kann!«

Sie warf das Kleidungsstück in die Zimmerecke.

»Als ob ich so was anziehen würde! Ich meine … rosa! Rosa!«

Derweil konzentrierte sich Victor auf seinen Atemrhythmus. Eingeschlossen unter der Erde zu sein bereitete ihm Beklemmungen und verstärkte seine Unruhe. Aber auch noch ein anderes Gefühl, das er nur allzu gut kannte: Angst.

Der Weg, den sie nun beschreiten würden, konnte jeden Moment unter ihnen wegbrechen. Auch wenn er bereit war, im Kampf, wenn nötig, sein eigenes Leben zu geben, konnte er unmöglich Jacinthe oder Gagné in eine solche Gefahr bringen.

Er drehte sich zu ihnen um und sah sie an. Während Gagné, eine Zigarette hinterm Ohr, den Computer anwarf, legte Jacinthe einen USB-Stick auf den Tisch.

»Hier, Großer. Guck dir das mal an. Ist eine Kopie der Militärakten mit den Soldatenprofilen, die der SPVM gerade untersucht. Frag nicht, wie ich darangekommen bin. Pure Magie …«

Dafür wagte Gagné eine andere Frage zu stellen, auch wenn er deren Antwort bereits ahnte.

»Gibt's da Fotos zu?«

Kopfschüttelnd verdrehte Jacinthe die Augen.

»Klar doch. Plus Namen und Adressen der Schützen.«

Victor hatte in einem der Sessel Platz genommen und verfiel wieder ins Grübeln. Sein ganzes Leben hatte er dem Kampf gegen die Gewalt gewidmet, und jetzt hatte ihn dieser Kampf in eine Sackgasse geführt. Zum ersten Mal stand er auf der anderen Seite. Diesmal war er derjenige, den man töten wollte. Wie sollte er anders auf diese Gewalt antworten als mit Gegengewalt?

32.
EIN VERBLICHENES FOTO

Die dichten, in den Fels gehauenen Wände, das herrschende Dämmerlicht und die Tatsache, dass er von nun an im Verborgenen agierte, bildeten innerhalb weniger Minuten einen Kokon, der Victor ein Gefühl relativer Sicherheit verschaffte und beruhigte. Der Druck und die Fiebrigkeit, mit denen das Blut durch seine Venen jagte, ließen allmählich nach. Zeit, ihre Hypothesen durchzugehen.

Doch zunächst wurden sie von Shu Sze unterbrochen. Gagné stellte sie Jacinthe vor, und die beiden nickten einander höflich zu. Dann ging seine Exfrau wortlos zu Victor, der bereits oberkörperfrei im Sessel saß, und löste vorsichtig seinen Verband. Vom geronnenen Blut klebte die Gaze an der Haut, was die Sache nicht einfacher machte.

Es tropfte von der Decke, und Gagné stellte eine Schüssel vor ihnen auf den Boden, um das Wasser aufzufangen. Anschließend drehte er sich zu Victor und nahm den abgerissenen Gesprächsfaden wieder auf.

»Können wir uns sicher sein, dass die Typen von der Schießerei vor dem russischen Restaurant dieselben waren, die Lefebvre umgelegt haben?«

Jacinthe ließ sich in einen der Sessel plumpsen.

»Da wäre zunächst mal die Munition, die in beiden Fällen aus derselben geklauten Charge stammt, Großer. Was brauchst du noch? Unterschriebene Geständnisse?«

Der Expolizist nickte.

»Hast recht. Das wäre zu viel des Zufalls.«

Mit einem lauten Plopp landete ein Tropfen in der Schüssel. Jacinthe machte ihrem Unmut Luft:

»Erst erschießen Elitescharfschützen vom Mont Royal aus einen Journalisten, dann taucht ein ganzes Tötungskommando auf und ballert mitten in der Stadt auf Lessard und einen Russen.«

Gagné, der sich erneut vor den Rechner gesetzt hatte, nickte wieder.

»Dann haben wir noch ein Inuksuk aus Lapislazuli und einen Typen namens Yako, eine Recherche zum Thema Cyberattacken und …«

Jacinthe vervollständigte seinen Satz:

»… nirgends irgendeinen Scheißzusammenhang.«

Victor verzog das Gesicht, als Shu die Gaze mit einer antiseptischen Lösung befeuchtete, damit sie sich leichter abziehen ließ, ohne die frische Kruste zu zerstören. Jacinthe versank in ihrem Sessel.

»Im Moment ist der einzige gemeinsame Nenner also Victor. Sehe ich das richtig?«

Victor schaute sie beide nacheinander an.

»Mir scheint, sogar noch mehr, als du denkst.«

Fragend sah sie ihn an, und Victor nickte Gagné mit Blick auf seine durchlöcherte Lederjacke zu, die über einer Stuhllehne hing.

»Zeig's ihr, Yves.«

Jacinthe runzelte die Stirn.

»Was soll er mir zeigen?«

Victors Blick kreuzte Shus, die ihm gerade eine Spritze mit Antibiotika an die Wunde setzen wollte. Mit einem Blinzeln gab er ihr grünes Licht und wartete, bis die Nadel in seine geschundene Haut gefahren war, bevor er antwortete.

»Was Yves kurz nach der Schießerei gefunden hat.«

Gagné war aufgestanden und hatte ein Foto aus Victors Jackentasche gekramt, eine Porträtaufnahme, die sich Jacinthe im Lampenschein am Schreibtisch näher ansah. Dem verblichenen Foto fehlte die rechte Ecke.

»Wo ist das her? Aus Komarovs Wohnung?«

Gagné setzte sich neben sie.

»Ja. Als ich ankam, war das Apartment schon durchsucht worden. Vermutlich von …«

Jacinthe schnitt ihm das Wort ab.

»… den Typen, die Lessard umbringen wollten. Schon klar, du Genie. Aber wo war das Foto?«

»Auf dem Klavier standen die Noten von Miles Davis' *So What.*«

Jacinthe sah ihn ausdruckslos an.

»Ja, und?«

»Miles Davis konnte ich noch nie widerstehen. Nach fünf, sechs Takten fiel mir auf, dass zwei der Tasten nicht funktionieren. Da Komarov ja Stunden gibt, bin ich stutzig geworden. Also fing ich an zu suchen und entdeckte schließlich ein Geheimfach im Resonanzboden.«

Über Jacinthes Gesicht huschte ein Lächeln.

»Bist ja cleverer, als du aussiehst.«

Wieder ertönte ein Plopp. Jacinthe widmete sich erneut dem Bild. Zwei Männer und eine Frau lächelten in die Kamera. Auch wenn sich die Landschaft inzwischen verändert hatte, kam sie ihr bekannt vor. Die drei Personen standen vor einem Gebäude mit gewölbtem Dach, das über eine riesige Glasfront hinausragte. Rechts vom Gebäude flatterten rote Fahnen, links stand eine gewaltige Metallskulptur in Form von Hammer und Sichel.

»Das Gebäude kenn ich nicht, aber das Foto wurde während der Expo '67 auf der Île Notre-Dame aufgenommen, stimmt's?«

Gagné nickte.

»Das war der sowjetische Pavillon. Von dem der Amerikaner nur durch die Cosmos-Brücke getrennt. Mitten im Kalten Krieg, das muss man sich mal vorstellen. Nach der Ausstellung wurde der Pavillon abgebaut und zurück in die UdSSR verschickt.«

Er reichte Jacinthe eine Lupe, mit der sie sich das Foto genauer ansah. Als das Bild aufgenommen worden war, musste die Sonne kurz vorm Zenit gestanden haben, da es kaum Schatten gab. Hinter dem Dreiergrüppchen waren die Umrisse der Menschenmenge zu erkennen, die in den Pavillon strömte. Gemessen am Zustand der Pflanzen musste es irgendwann zwischen Ende Juni und August 1967 gewesen sein.

Die beiden Männer trugen Hemden mit offenen Kragen und hochgekrempelten Ärmeln und umarmten, jeweils eine Hand auf ihren Schultern, eine gertenschlanke junge Frau in einem geblümten blauen Trägerkleid. Jacinthe schätzte sie auf achtzehn bis fünfundzwanzig. Die Frau war atemberaubend schön.

Mit gepresster Stimme sagte Victor:

»Das sind meine Eltern.«

Eine schwere Stille machte sich breit, nur unterbrochen vom Geräusch des medizinischen Klebebands, das Shu gerade abrollte und in passende Streifen schnitt.

Voller Mitgefühl sah Jacinthe Victor in die Augen.

»Sie war unglaublich schön, deine Mutter.«

Victor, der so gut es ging versuchte, seine Gefühle zu verbergen, nickte.

»Da waren sie circa zwanzig. Ich muss also ungefähr drei gewesen sein.«

Nach kurzem Zögern und mit einem Kloß im Hals fügte er hinzu:

»Ich besaß kein einziges Foto von ihnen. Von ihr, meine ich.«

Sein Gesicht wurde hart. Mitleid mit seinem Vater zu empfinden, war ein Ding der Unmöglichkeit. Der Irrtum wurde umgehend von seinem Gehirn korrigiert.

Jacinthe drehte das Foto um, aber die Rückseite war leer.

»Wie hießen sie?«

»Meine Mutter Jeanne und er … Henri.«

Gagné zeigte auf den Mann rechts von Victors Mutter.

»Das ist Victors Vater.«

Nacheinander studierte Jacinthe ihr Äußeres. Henri Lessard hatte langes kastanienbraunes Haar, eine Adlernase und schmale Lippen. Und wie so viele Menschen, die Morde begingen, hatte auch er ein sympathisches Gesicht und sah eher nach perfektem Schwiegersohn oder bestem Kumpel aus als nach einem Killer, der seine gesamte Familie auslöschen würde.

Jeanne hatte blaue Augen, eine beeindruckende blonde Mähne, volle Lippen und ein umwerfendes Lächeln. Ihr Blick war leicht zu dem Mann links von ihr gewandt.

»Und wer ist der andere Typ?«

Mit seiner athletischen Statur überragte er Victors Eltern um ein ganzes Stück. Außerdem war er gebräunt, hatte elegante Gesichtszüge, beinahe etwas Aristokratisches.

Victor zuckte die Schultern.

»Keine Ahnung … Komarov jedenfalls nicht. Der war kleiner.«

Gagné taxierte einen offenbar besonders interessanten Fleck an der Wand.

»Sehen jedenfalls alle drei aus wie dicke Freunde.«

»Das muss nichts heißen. Wir drei sehen ja auch aus wie dicke Freunde, obwohl ich dich in Wahrheit nicht riechen kann.«

Jacinthe hatte ihm die Abfuhr in neckendem Tonfall erteilt, und Gagné lächelte, bevor er seine Aufmerksamkeit wieder Victor widmete.

»Vielleicht ist das der Kindheitsfreund, den Komarov erwähnte?«

Jacinthe riss die Augen auf.

»Aber ja! Vielleicht ist das der Kerl, der deinen Vater für Rote Dingsda rekrutiert hat?!«

Damit äußerten sie, was Victor selbst schon vermutet hatte, und der Gedanke ließ ihn nicht mehr los. *»Eines Tages ist ein*

Jugendfreund deiner Eltern wieder in ihrem Leben aufgetaucht.« Das waren Nikolaï Komarovs Worte gewesen. Wenige Minuten später hatte er wie eine verrenkte Gliederpuppe auf der Treppe gelegen, ein von Kugeln durchsiebter toter Mann, der Victor mehr über die Identität dieses mysteriösen Freundes hätte verraten können, über diesen Schattenmann, der regelmäßig seine Eltern besucht hatte. Victor fuhr fort:

»Vielleicht ist er es, vielleicht auch die Person, die das Foto gemacht hat oder sonst wer … Aber eine Sache ist klar: Dieses Foto war so wichtig, dass Komarov es in seinem Klavier versteckt hat. Warum?«

Einen Moment lang beobachtete Jacinthe, wie Shu einen sterilen, mit antibiotischer Salbe beschmierten Verband um Victors Wunde legte und anschließend mit den vorbereiteten Klebebandstreifen fixierte. Dann wandte Jacinthe sich wieder Victor zu.

»Ich weiß es nicht, aber feststeht, dass Komarov nicht bloß Klavierlehrer war. Die Schützen haben sogar seine Leiche mitgenommen.«

Das Foto in der Hand ging sie neben Victor in die Hocke und klapste ihm auf den Oberschenkel.

»Und dasselbe hätten sie mit dir gemacht, mein Bester. Zwei Fliegen mit einer Klappe.«

Victor nahm Jacinthe das Foto ab und dachte einen Moment nach, als müsste er sich für das, was er als Nächstes sagen wollte, erst wappnen.

»Der Einzige, der uns dabei helfen kann, das alles zu verstehen, ist er hier – unser Monsieur X.«

Gagné erhob sich und ging im Raum auf und ab.

»Wir müssen ihn finden.«

Jacinthe starrte auf den Mann vom Foto.

»Falls er noch am Leben ist …«

Sie sahen einander an und dachten alle dasselbe. Das war so etwas Ähnliches wie ein Plan. Da Shu mit der Behandlung fertig war, zog Victor wieder sein Hemd an. Sie reichte ihm ein Säckchen mit Kräutern und sagte etwas auf Chinesisch.

Victor drehte sich zu Gagné.

»Was sagt sie?«

Sein alter Kollege deutete ein Lächeln an.

»Wenn es zu sehr wehtut, sollst du das rauchen. Ein, zwei Gramm, und schwupps ist alles wie weggeblasen.«

Victor sah ihn verwundert an.

»Ach, Quatsch. Um wieder auf die Beine zu kommen, sollst du dreimal täglich einen Aufguss davon trinken.«

Shu wandte sich noch mal direkt an ihn und sagte in ihrem starken Akzent:

»Das bringt die Organe und Energien ins Gleichgewicht. Hepatotonisch und antibakteriell.«

Jacinthe konnte der Versuchung nicht widerstehen.

»Als du Chinesisch gesprochen hast, habe ich mehr verstanden.«

Shu konterte:

»Wenigstens spreche ich deutlich.«

Sie brachen in schallendes Gelächter aus. An Shu gewandt, mühte sich Victor mit dem Wort ab, das Gagné ihm beigebracht hatte:

»Xièxiè.«

Die Frau deutete eine Verbeugung an und verschwand. Victor strich über Jeannes Gesicht auf dem Foto. Nach einer Weile sagte Jacinthe:

»Wie war sie so, deine Mutter?«

Victor durchforstete sein Gedächtnis.

»Mein Bruder Raymond und ich haben im selben Zimmer geschlafen. Da ich der Ältere war, durfte ich länger lesen. Wenn er schlief, setzte sich meine Mutter zu mir aufs Bett. Sie sprach nicht viel, streichelte mir nur die Haare.«

Aufmunternd nickte Jacinthe ihm zu, damit er fortfuhr.

»Da gab es etwas Besonderes zwischen ihr und mir. Eine Verbindung, die sie zu meinen Brüdern nicht hatte, nicht mal zum Baby, und auch nicht zu meinem Vater.«

Er unterbrach sich und senkte den Blick. Seine Augen schimmerten feucht.

»Aber manchmal frage ich mich, ob ich mir das inzwischen nur einbilde.«

Jacinthe stand auf und rückte die Schüssel auf dem Boden ein Stück weiter.

»Was du über deine Mutter sagst, ist keine falsche Erinnerung. Bei so was vertut man sich nicht.«

Er hob den Kopf und sah sie an.

»Ach ja? Ich hatte auch in Erinnerung, dass mein Vater uns oft schlug. Trotzdem meinte Komarov, bis etwa einen Monat vor dem Unglück sei er nie gewalttätig gewesen und dass ich meinen Vater nicht wirklich gekannt hätte …«

Jacinthe fiel ihm ins Wort

»… und dass er Kommunist war und der ganze Mist, den er dir über diese Liste aufgetischt hat.«

»Ganz genau. Welche Rolle spielte diese Liste? Inwiefern sorgte sie dafür, dass mein Vater meine Mutter und meine Brüder umgebracht hat? Ich hielt ihn immer für ein Monstrum, aber Komarov schien ihn fast verteidigen zu wollen.«

Darauf wusste Jacinthe keine Antwort. Leise sagte Gagné:

»Ich hatte mal Fieber, meine Mutter behielt mich zu Hause. Als ich mitten am Nachmittag aufgewacht bin, kam sie gerade vom Einkaufen. Ich half ihr beim Auspacken der Tüten und fand einen langen Plastikschlauch und einen Trichter. Als ich sie fragte, wozu die gut seien, sagte sie, sie würde damit die Blumen gießen. Ich war vierzehn Jahre und hab nicht weiter nachgefragt. Ein paar Wochen später wurde sie in der Garage gefunden. Tot in ihrem Auto. Kohlenmonoxidvergiftung.«

Voller Mitgefühl sah Victor ihn an.

»Sie hatte den Schlauch und den Trichter benutzt, um …«

Gagné brauchte den Satz nicht zu vollenden. Jacinthe ging zu ihm und packte ihn unbeholfen an den Schultern.

»Das hättest du doch nicht wissen können, Großer.«

»Vielleicht nicht, aber darum geht's nicht. Worauf ich hinauswill: Dieser Schlauch, den ich in meinen eigenen Händen gehalten habe, ist mir erst irgendwann mit Mitte zwanzig wieder eingefallen.«

Gagné machte eine kurze Pause, bevor er sagte:

»Was ich damit meine ist: Manchmal löscht das Gedächtnis Erinnerungen aus Selbstschutz.«

Victor war so durcheinander, dass er ein paar Sekunden brauchte, um zu antworten.

»Das heißt … vielleicht kannte ich Monsieur X, aber mein Gedächtnis hat ihn gelöscht?«

Ein platzender Wassertropfen in der Schüssel durchbrach die dröhnende Stille.

33.
DU BIST ECHT BESCHEUERT, LESSARD

Jacinthe und Victor saßen am Tisch vor den Waffen und der Munition, die Gagné ihnen besorgt hatte. Dieser hatte den Lauf einer Flinte im Kaliber .12 mit dem Fuß an einen Stuhl geklemmt und kürzte ihn mit einer Metallsäge.

»Könnte nicht dein berüchtigter Yako, der Typ, den Virginie Tousignant in Guillaume Lefebvres Spesenabrechnung entdeckt hat, Monsieur X sein?«

Jacinthe, die gerade Duct Tape um den Griff ihres Revolvers wickelte, war skeptisch.

»Klar, ist alles möglich, Großer. Deine Mutter könnte auch Serge heißen.«

Victor wischte sich die Schulter ab. Jedes Mal, wenn ein schweres Fahrzeug oberhalb ihrer Höhle über die Straße ratterte, rieselte Zementstaub von der Decke.

Nachdem Victor seine Pistole zerlegt hatte, platzierte er Magazin, Schlitten und Lauf vor sich auf einem Lappen. Um das Ratschen der Metallsäge zu übertönen, musste er fast schreien.

»Virginie sagte doch, dass Lefebvre eine Recherche zum Thema Hackerangriffe in Auftrag gegeben hatte, richtig?«

Jacinthe nickte.

»Und dann erzählt mir Komarov, ein russischer Immigrant, was von einer Kommunistenliste, vom Kalten Krieg und dem *Rote Flut*-Programm. Gab's nicht schon öfter russische Cyberattacken?«

Ein Auge zusammengekniffen drehte Jacinthe die Trommel und überprüfte, ob alle Kammern leer waren.

»Hör mal, mein Bester. Sie haben dich in eine Seitenstraße verfolgt, um dich umzulegen, haben Nadja angeschossen und Komarov getötet. An dieser Attacke war nichts virtuell.«

Gagné nickte zustimmend. Jacinthe schwenkte ihren Revolver und nahm ein imaginäres Ziel aufs Korn.

»Dann hat Komarov dir noch was vom Kalten Krieg aufgetischt und irgendeiner alten Kommunistengeschichte. Ich verstehe nicht, wie der Mord an Lefebvre dazu passt, aber die Frage ist doch, inwiefern die Vergangenheit mit der Gegenwart zusammenhängt.«

Victor nahm eine Bürste und reinigte nacheinander jedes Einzelteil seiner Pistole.

»Oder wie wir von meinem Vater, Monsieur X und Komarov zu Lefebvre gelangen …«

Ein metallisches Scheppern erklang. Gagné bückte sich nach dem abgesägten Gewehrlauf, dann pustete er aufs Ende seiner neuen *Shotgun*. Eine Wolke Metallstaub stieg auf.

»… beziehungsweise zu dir.«

Victor setzte seine Pistole wieder zusammen. Während des kurzen Klapperkonzerts schwiegen sie, jeder darüber nachgrübelnd, was diese Hypothesen bedeuteten. Gagné und Jacinthe diskutierten noch mal einzelne Aspekte, doch Victor hörte nur mit halbem Ohr zu. Irgendwas war ihm entgangen, etwas hätte ihm auffallen müssen. Etwas, was sie weiterbringen würde.

Die Waffen waren Schüsseln mit gebratenen Nudeln gewichen, die Shu ihnen aus dem Restaurant gebracht hatte. Gagné aß mit Stäbchen, als äße er nie anders, und auch Victor schlug sich tapfer. Nur Jacinthe, der es an Fingerfertigkeit fehlte, bekam kaum einen Bissen in den Mund.

»Du sagtest, die Ermittler im Fall eurer Familientragödie hätten nie mit den Kollegen deines Vaters gesprochen. Dass man sie entweder daran gehindert hat, ihren Job zu machen, oder ihnen sogar befohlen wurde, sich um was anderes zu kümmern.«

Victor nickte, und Gagné hakte nach:

»An wen denkst du da? Waren vorm SCRS die Mounties für *Rote Flut* zuständig?«

Diesmal nickte Jacinthe. Verwundert fragte Gagné:

»Aber warum hätte sich der SPVM von denen was vorschreiben lassen sollen?«

Mit gequälter Miene machte Victor ein paar Vorschläge:

»Vielleicht wurden sie geschmiert. Oder die Mounties behaupteten, es handele sich um eine Angelegenheit der nationalen Sicherheit. Oder sie haben jemanden gedeckt.«

Einen Moment lang wägten sie jeder für sich die Wahrscheinlichkeit dieser Szenarien ab.

Jacinthe flutschten schon wieder die Nudeln von den Stäbchen, und ihre Frustration erreichte die nächste Stufe.

»Und dein Vater? Wo hätte er diese verdammte Liste versteckt?«

Gagné drehte sich zu Victor um.

»Hast du in seinen persönlichen Sachen nachgeschaut?«

»Ich besitze genau einen Gegenstand aus meiner Kindheit: einen Baseballhandschuh.«

Jacinthe ließ die Stäbchen fallen und wechselte kurzerhand zu ihren Fingern.

»Bist du sicher, dass du nirgends mehr Verwandte hast? Das wäre immerhin ein Anfang.«

Victor schüttelte den Kopf.

»Meine Eltern waren beide Einzelkinder, meine Großeltern bei meiner Geburt schon gestorben. Was glaubst du, warum ich sofort ins Heim kam?«

»Ich wette, irgendwo gab's einen Onkel oder eine Tante. Uns reicht eine einzige Person mit intaktem Gedächtnis.«

Victor überlegte einen Moment, versuchte etwas Klarheit in seine verschwommenen Erinnerungen zu bringen.

»Klingt komisch, aber es kommt mir vor, als hätte ich in unserem Haus nie einen anderen Erwachsenen gesehen.«

Behutsam formulierte Gagné eine weitere Schlussfolgerung:

»Als hätten deine Eltern etwas zu verbergen gehabt …«

Die Bemerkung traf Victor wie ein Hieb in die Magengrube. Jacinthe zog lautstark die Nase hoch.

»Aber irgendwer muss deinem Vater oder deiner Mutter doch nahegestanden haben. Eine Freundin, ein Nachbar …«

Für einen Moment glaubte sie, Victor wäre etwas eingefallen, aber er machte sofort dicht; dieser Abstecher in die Vergangenheit war offenbar zu schmerzhaft für ihn. Betrübt sahen Jacinthe und Gagné sich an.

Um das Unbehagen zu vertreiben, wechselte Gagné das Thema.

»Wir sollten ein wenig schlafen.«

Jacinthe sprang auf.

»Als könnte ich in so einem Loch pennen.«

Quer durch den Gemeinschaftsraum stapfte sie davon.

Dreißig Minuten später schnarchte sie laut wie eine Kreissäge, den Kopf auf dem Morgenmantel, den Gagné ihr mitgebracht hatte, der ebenfalls auf seiner Liege eingenickt war. Victor wiederum wurde im Schlaf von einem Traum heimgesucht.

Sein Bruder Raymond sitzt malend am Esszimmertisch. Neben ihm steht ein Mann, der einen kleinen Modellflieger vor das Kind stellt und ihm die Haare zerzaust. Dann dreht er sich zu Victor um und hält ihm ebenfalls ein Flugzeug hin.

Victor kann sein Gesicht nicht erkennen, aber er hört seine Stimme.

»Der ist für dich, Victor. Eine Mustang. Der beste Propellerjäger aller Zeiten. Der hat die deutschen Piloten vor Angst schlottern lassen.«

Seine Gesichtszüge werden etwas schärfer. Jetzt kann Victor sie klar erkennen.

Es ist der Mann vom Foto.

Nach Luft schnappend fuhr Victor hoch. Sein Herz pochte, als wollte es aus seinem Brustkorb springen. Nachdem er sich ein paar Sekunden beruhigt hatte, vergewisserte er sich, dass seine beiden Komplizen schliefen. Dann stand er auf, schnappte sich Waffe und Jacke und schlich lautlos zum Ausgang. Nur einmal blieb er auf Jacinthes Höhe abrupt stehen, weil sie sich murmelnd im Schlaf bewegte.

Sobald sie wieder schnarchte, lief er weiter. Gerade als er den Schlafsaal verlassen wollte, ließ ihn eine Stimme hinter ihm erstarren.

»… bist echt bescheuert, …ssard.«

Langsam, überzeugt, dass sie ihn auf frischer Tat ertappt hatte, drehte er den Oberkörper zurück zum Saal. Doch er entspannte sich, als er begriff, dass Jacinthe träumte.

Zwar konnte Victor, der bereits den Gemeinschaftsraum durchquerte, es nicht sehen, aber im Tiefschlaf schlich sich ein schelmisches Lächeln auf Jacinthes Lippen.

»Mmmh …lo, Virginie …«

34.
DU VERSCHRECKST DIE VÖGEL

Es war kalt, der Wind pfiff durch die Zweige und ließ die Blätter auf den Bürgersteigen tanzen. Der Herbst war zurück. Am Tatort vor der Datcha Zakouski parkten immer noch mehrere Übertragungswagen, zahlreiche Journalisten standen sich die Beine in den Bauch, in der Hoffnung, den Beamten die neuesten Informationen über die Schießerei zu entlocken. Das Mikro in der gesenkten Hand ging Virginie flüsternd ihre Notizen durch.

»Wir wissen immer noch sehr wenig über den Vorfall, bis jetzt verweigert die Polizei jede Auskunft zur Identität des Opfers.«

Normalerweise saß sie in der Redaktion und machte keine Bild- oder Tonaufnahmen. Doch inzwischen verlangte das Diktat der Multimediaberichterstattung auch von den Zeitungen Videocontent. Und da ihr Chef über ihre »Beziehung« zu Victor Bescheid wusste, bestand er darauf, dass sie vor Ort war.

Der Kameramann gab ihr ein Zeichen. Gleich würden sie einen kurzen Beitrag drehen, der sie mehr als nervös machte. Doch selbst wenn sie es nicht gewesen wäre, hätte sie die junge Schwarze Frau nicht bemerkt, die sie beobachtete.

»Zurzeit vermutet die Polizei, dass hier eine offene Rechnung beglichen wurde. Außerdem läuft die Suche nach einem ehemaligen Ermittler des Dezernats Kapitalverbrechen weiter, dessen Identität ebenfalls bis jetzt unter Verschluss gehalten wird.«

In dem Moment, in dem Yako beschloss, Virginie anzusprechen, verkündete der Kameramann lauthals, er sei bereit. Die Journalistin holte tief Luft.

»Alles klar, los geht's.«

Missmutig machte Yako kehrt und ging zurück zu ihrem Versteck, um Virginie weiter zu beobachten. Doch kurz darauf schweifte ihr Blick zu einem Spatzen ab, der sich in der Nähe hingehockt hatte. Das Vögelchen pickte seelenruhig vor sich hin, unbeeindruckt von der Unruhe, die die Menschen in seiner Umgebung ergriffen hatte. Sein Anblick weckte Yakos Erinnerungen.

»Du verschreckst die Vögel« ist das Erste, was Guillaume Lefebvres Mutter zu ihr sagt, als Yako im Hinterhof ihres Hauses in Ville-Émard auf sie zuläuft.

Noch verstört vom Tod ihres Sohnes hält die Siebzigjährige Brotkrumen in der ausgestreckten Hand und sucht den Himmel nach Vögeln ab, die nicht kommen.

Und wenn »Maman«, Guillaumes letztes Wort vor seinem Ableben, doch mehr war als das Echo eines finalen tröstlichen Gedankens? Wenn das Wort eine buchstäbliche Bedeutung und Guillaume ihr damit einen Hinweis hatte geben wollen?

Yako versuchte ihr Glück.

»Ich habe mich gefragt, ob er kürzlich etwas für mich bei Ihnen hinterlassen hat.«

Die Frage verärgerte Denise Lefebvre.

»Das Einzige, was er vorbeigebracht hat, war ein Buch, das er sich von seinem Vater geliehen hatte.«

Die Alte schimpfte vor sich hin, als Yako sie bat, das Werk sehen zu dürfen. Dennoch ging sie hinein, um es zu holen, und streckte es Yako schroff entgegen.

»Wenn du mir versprichst, dass ich dich nie mehr sehen muss, kannst du's behalten.«

Spät am selben Abend saß Yako bibbernd in ihrem Wohnwagen und blätterte nervös durch das Buch, das Denise Lefebvre ihr »geschenkt« hatte.

»Warum Solschenizyn, Guillaume? Das einzige Buch, das du mir schon mal gegeben hast … Das kann doch kein Zufall sein.«

Sie will schon aufgeben, als sie etwa nach der Hälfte des Buchs in einer Ecke ein eingekreistes »g« entdeckt. Rasch blättert sie ein paar Seiten weiter und findet den nächsten eingekreisten Buchstaben: ein »i«. Ihr Gesicht leuchtet auf.

Sie blättert zurück zum Anfang und sucht den ersten umkreisten Buchstaben. Dann notiert sie nach und nach alle auf einem Stück Papier. Herauskommt »guten Tag«. Als sie die Nachricht vollständig entziffert hat, ist ihre Enttäuschung riesig.

Virginie war mit ihrer Aufzeichnung fertig und packte ihre Sachen zusammen, als sie eine Stimme in ihrem Rücken herumfahren ließ.

»Mademoiselle Tousignant?«

Yako blieb auf Abstand in der Nähe eines Baumes stehen und sah sie misstrauisch an. Mit einem freundlichen Lächeln ging Virginie auf sie zu.

»Guten Tag. Und Sie sind?«

Die junge Frau blickte sich hektisch um.

»Ich war eine Freundin von Guillaume Lefebvre.«

Überrascht blieb Virginie wie angewurzelt stehen. Yako fuhr fort:

»Wir haben nicht viel Zeit. Man darf uns nicht zusammen sehen.«

Sie hielt Virginie das Buch von Solschenizyn hin, die es automatisch studierte.

»Guillaumes Lieblingsautor. Woher hast du das?«

»Von seiner Mutter. Fällt dir nichts auf?«

Konzentriert blätterte Virginie durch die Seiten.

»Was sollen die eingekreisten Buchstaben?«

»Sie ergeben eine Nachricht. Sie ist für dich: ›Guten Tag, Virginie. Du wirst wissen, wo.‹«

Nachdenklich suchte Virginie nach einem Zusammenhang.

»Ich soll wissen, wo was ist? Sein Artikel? Geht's darum?«

Dann kam ihr eine Idee.

»Bist du Yako?«

Erschrocken zuckte die junge Frau zusammen. Doch sie hatte jetzt keine Zeit, darüber nachzudenken, woher Virginie ihren Namen kannte.

»Sag mir einfach, auf welchen Ort er anspielt, und ich verschwinde.«

»Aber ich weiß es nicht! Ich muss nachdenken. Gib mir deine Handynummer, und ich rufe dich an, sobald mir was einfällt.«

Yako durchbohrte sie mit einem Blick.

»Ich weiß, wozu die fähig sind. Je weniger du weißt, desto kleiner die Gefahr.«

»Ich bin das gewohnt. Das gehört zu meinem …«

Virginie verstummte, als ihr bewusst wurde, was sie da sagte. Aber Yako sprach es aus.

»Guillaume hielt sich auch für unantastbar. Wohin das geführt hat, wissen wir ja.«

»Sag mir, wie ich dich erreichen kann.«

Yako entriss ihr das Buch.

»Ich melde mich bei dir.«

Sie drehte ich um und überquerte eilig, begleitet von wildem Hupen, die Straße. Virginie sah ihr nach, bis sie um die Ecke der nächsten Querstraße verschwand. Die Journalistin brauchte einen Moment, bis sie das Ausmaß dessen begriff, was soeben geschehen war.

35.

ANNA DINGSBUMS

Panisch stürmte Jacinthe in den Schlafsaal. Das Handy zwischen Ohr und Schulter geklemmt, schlüpfte sie in ihren Mantel und legte, nachdem Victors Mailbox angesprungen war, unter einem Schwall wüster Flüche wieder auf.

»Dieser Hundesohn geht nicht dran. Let's go, Großer. Der ist hundertpro zu Nadja.«

In der Aufregung fiel ihr ein Umschlag aus dem Mantel. Sie steckte ihn hastig wieder ein, aber es war Yves, der sich gerade seelenruhig aus seinem Schlafsack befreite, nicht entgangen.

»An seiner Stelle hättest du dasselbe gemacht. Deshalb bleiben wir hier und bewegen uns nicht vom Fleck.«

Jacinthe, die Victor gerade eine Nachricht schrieb, schüttelte vehement den Kopf.

»Du kennst ihn nicht. Der versucht die Angelegenheit im Alleingang zu regeln.«

Nur in T-Shirt und Unterhose saß Gagné auf seiner Pritsche und rieb sich die Augen.

»Ich kenn ihn gut genug, um zu wissen, dass er nicht lang wegbleiben wird.«

»Ach ja? Nenn mir einen guten Grund, warum er zurückkommen sollte, du Genie.«

Gagné hielt ihrem Blick stand.

»Der beste Grund steht direkt vor mir.«

Jacinthe war so überrumpelt und gerührt, dass sie nur ein paar genuschelte Worte herausbekam.

»Er braucht dich. Du bist sein Anker.«

Sie setzte sich wieder hin und hörte ihre Mailbox ab. Immer noch kein Lebenszeichen von Victor.

»Allmählich könnte das Boot aber in den Hafen zurückkehren. Irgendwas in ihm ist zerbrochen. Diesmal will er die Schuldigen nicht nur einfach festnehmen …«

»Ja, aber wenn man darüber nachdenkt, ist das auch durchaus verständlich.«

»Nach dem, was seiner Familie zugestoßen ist, gab es für Lessard nichts Wichtigeres als Gerechtigkeit. Oft war er derjenige, der mich davon abhielt, aus der Spur zu geraten und Mist zu bauen. Ich kann ihn nicht einfach machen lassen. Es würde ihn zerstören.«

»Ihm wird schon noch aufgehen, dass das nicht der richtige Weg ist. Und wie du schon sagst: Er hat ja dich.«

Sie nickte. Gagnés Worte taten ihr gut. Er stand auf und ging, nachdem er seine Unterhose gerichtet hatte, in den Gemeinschaftsraum. Dort setzte er sich vor den Rechner und schob den USB-Stick hinein, den Jacinthe ihm am Vortag anvertraut hatte. Er rief die Liste der Soldatenakten auf: mehr als einhundert Namen, ihre Daten und Vorstrafenregister.

Entmutigt seufzte er auf.

»Was für ein verfluchter Batzen. Sag mal … was war das eigentlich für ein Umschlag, der dir eben hingefallen ist?«

Jacinthe war ihm gefolgt und kam jetzt mit einem spöttischen Lächeln auf ihn zu.

»Ich fange gerade an, dich zu mögen, da musst du alles kaputtmachen.«

Anstatt einer Antwort zuckte Gagné mit den Schultern.

»Aus welchem Grund bist denn du hier?«, fragte sie zurück.

»Ich fange gerade an, dich zu mögen, da machst du alles kaputt.«

Jacinthe nickte amüsiert, als Gagné aufsprang und plötzlich ein geschäftiges Gesicht machte.

»Ich geh erst mal duschen.«

»Ich wollte ja nichts sagen, aber das tut uns sicher beiden gut.«

Noch über Jacinthes Bemerkung lächelnd verschwand er Richtung Bad. Sie wartete, bis sie das Wasser rauschen hörte, dann setzte sie sich ihrerseits vor den Bildschirm. Sie hatte da eine Idee.

Gagné trällerte noch unter der Dusche, als Jacinthe, die gerade im Internet recherchierte, eine Nachricht von Virginie bekam, der sie am Vortag die Nummer ihres Prepaidhandys geschickt und Bescheid gegeben hatte, dass es Victor gut ging.

Hab vielleicht eine Spur. Halte dich auf dem Laufenden.

Neugierig rief Jacinthe die Journalistin an und flüsterte ihr auf die Mailbox. Wobei flüstern in Jacinthes Fall eher leisem Schreien glich.

»Virginie Tousignant, wozu schickst du mir so einen Text? Geht's vielleicht noch vager?«

Gerade wollte sie auflegen, als ihr noch etwas einfiel.

»Ach so, was Piché angeht … Wie gefiel deinem Chefredakteur mein USB-Stick? Werdet ihr's veröffentlichen?«

Hinter ihr stand Gagné mit nassen Haaren und einem Handtuch um die Hüfte und hörte alles mit. Doch als Jacinthe auflegte, war der Türrahmen wieder leer.

Während sie auf Victors Rückkehr warteten, schlugen Jacinthe und Gagné auf ihren Feldbetten die Zeit tot. Der ehemalige Polizist hatte ein Spiel vorgeschlagen. Jacinthe war zunächst dagegen gewesen, hatte dann aber so viel Ehrgeiz entwickelt, dass sie gar nicht mehr aufhören wollte. Immerhin hatte sie jetzt eine Methode, mit der sie ihre Nerven und die Aufregung vergessen konnte.

»Noch mal! Einmal noch!«

Seufzend hob Gagné die Hände.

»Na gut. Aber danach ist Schluss. Ein Wort mit sechs Buchstaben, das so viel bedeutet wie ›zu nichts zu gebrauchen‹.«

Jacinthe dachte nach, dann zählte sie an den Fingern ab.

»Ähm … Pimmel!«

»Nein. Unnütz. Das Wort ist unnütz!«

Sie blieb absolut ernst.

»Sagte ich doch.«

Sie prusteten beide los, als sie ein plötzliches Knallen der Kühlschranktür zum Labyrinth zu ihren Waffen greifen und in den Gemeinschaftssaal stürzen ließ. Dort erschien Victor im Eingang, unterm Arm einen Pappkarton, und sie entspannten sich.

»Kleiner Spaziergang durch Chinatown, mein Bester?«

Da er keine Lust hatte zuzugeben, dass er bei dem vergeblichen Versuch, Nadjas Fenster zwischen all den anderen auszumachen, über den Gehweg vorm Krankenhaus getigert war, erfand er eine Ausrede.

»Bin ein bisschen rumgelaufen, hab eine geraucht. Und das hier aus dem Kofferraum des Saab geholt.«

Jacinthe ließ sich nicht täuschen, hakte aber auch nicht weiter nach. Stattdessen zeigte sie auf die Kiste.

»Ist das die Ermittlungsakte, von der du erzählt hast?«

Er nickte. Trotz ihrer Neugier wollte Jacinthe erst mal ein paar Dinge klarstellen.

»Das nächste Mal, wenn dir nach Beinevertreten ist, wäre es ganz nett, wenn du Tante Jacinthe keinen Herzinfarkt bescherst, ja?«

Mit einem Lächeln gab ihr Victor zu verstehen, dass er begriffen hatte. Gagné schaltete sich ein:

»Vermutlich wusstest du's noch gar nicht, aber unsere liebe Freundin Jacinthe hat tatsächlich ein Herz …«

Ohne darauf einzugehen, zeigte sie ihm den Mittelfinger.

»Seit wann sind wir Freunde, Gagné?«

Doch ihr Ton war scherzhaft. Victor stellte die Kiste auf dem Tisch ab und hob den Deckel. Er wühlte ein bisschen herum, bis er Raymonds Malbuch fand.

Jacinthe trat neben ihn.

»Stammt das von dir?«

Er betrachtete die Zeichnung des Mannes mit dem geschwärzten Zahn und dem kleinen Flugzeug in der Hand.

»Nein. Von meinem Bruder Raymond.«

Er hielt kurz inne und wandte sich an Gagné.

»Weißt du noch, was du übers Gedächtnis gesagt hast?«

Stirnrunzelnd zündete sich sein ehemaliger Kollege eine Zigarette an.

»Dass es gewisse Erinnerungen manchmal ausblendet, um uns zu schützen?«

Victor nickte und hielt ihnen die Zeichnung hin.

»Ist mir vorhin wieder eingefallen. Monsieur X hatte einen Goldzahn. Und jedes Mal, wenn er uns zu Hause besuchte, brachte er Raymond und mir Modellflieger mit.«

»Yes! Siehst du, das ist der Vorteil von so einer Riesenbirne wie deiner, Lessard. Manchmal taucht im ganzen Wasser eine Insel auf!«

Gagné wollte mehr wissen.

»Erinnerst du dich noch an was anderes? An seinen Namen vielleicht?«

Victor strengte sein Gedächtnis an, aber ihm fiel nichts mehr ein. Mit der ihr eigenen Zärtlichkeit klopfte ihm Jacinthe auf die verletzte Schulter.

»Ist doch ein guter Anfang, mein Bester.«

Victor verzog das Gesicht und ließ den Arm kreisen, um den Schmerz zu vertreiben. In dem Moment begriff auch Jacinthe ihren Fauxpas.

»Oops! Hab nicht dran gedacht. Aber weißt du was? Als Wiedergutmachung führ ich dich schick aus!«

Vor Überraschung bildete sich eine senkrechte Falte auf Victors Stirn.

»Ach … Und wo geht's hin?«

»In eine Vorstellung. Moderner Tanz. *Schlachten* von Anna Dingsbums.«

Jacinthe schnappte sich ihren Mantel, kramte den Umschlag heraus, den sie zuvor versteckt hatte, und reichte ihn Victor. Schuldbewusst sah sie zu Gagné.

»Tut mir leid, Großer. Ich musste erst ein paar Sachen nachprüfen, bevor ich drüber reden konnte.«

Verwundert hielt Victor die beiden Eintrittskarten in der Hand. Gagné zwinkerte Jacinthe zu.

»Wo hast du die her? Pure Magie?«

»Nee, hab ich bei Komarov gefunden! Während Lessard seine kleine Show für Delaney abzog.«

Sie setzte sich vor den Rechner, tippte etwas ein und las laut vor:

»Während der dunklen Jahre des Großen Terrors und der Stalin'schen Säuberungen wurde Anna Abramowitsch zu einer der wichtigsten russischen Dichterinnen des 20. Jahrhunderts.«

Victor sah zu ihr auf.

»Die Vorstellung ist doch erst morgen. Und wieso sollen wir da hin?«

Sie reichte ihm einen Zettel, der bei den Tickets im Umschlag gelegen hatte. Victor überflog ihn, gab aber schnell auf.

»Das ist russisch.«

»Jap. Hab's durch *Google Translate* gejagt. Das bedeutet …«

Sie räusperte sich und imitierte die hohe Stimme einer jungen Frau:

»Onkel Nikolaï, ich hoffe, dich mit du weißt schon wem bei der Premiere zu sehen. Küsse, deine Lieblingsnichte Vera.«

Victor sah sie abwartend an.

»Mensch, wach doch mal auf, mein Bester. Komarovs Nichte ist die Solistin der Truppe. Vera Nesvitaylo. Hübsches Mädel. In einer Stunde findet die letzte Probe statt. Habe ich alles herausgefunden, während Gagné sich unter der Dusche den Schwengel gewaschen hat.«

Der stand nun auf, als wollte er sie begleiten. Doch Jacinthe legte ihm eine Hand auf die Schulter und zwang ihn, sich wieder hinzusetzen.

»Nichts da, mein Kleiner. So lange wir weg sind, nimmst du dir den USB-Stick vor.«

Sie lief bereits in Richtung Ausgang, als Gagné sich erneut erhob. Sie funkelte ihn an und zeigte bedrohlich mit dem Zeigefinger auf ihn.

»Du bist doch wohl nicht eifersüchtig, Kerlchen?«

Gagné ignorierte sie und wandte sich mit ernstem Gesicht an Victor.

»Vergiss nicht, dass es jemand auf dich abgesehen hat.«

Victor nahm die Aussage zur Kenntnis, dann folgte er Jacinthe.

36.
WELT OHNE LICHT

Eine Prozession von Leuten, deren Münder mit roten Bändern gestopft sind. Die Menschen verrenken sich, um einem Lichtkegel zu entkommen, der wie ein nächtlicher Scheinwerfer seine Beute jagt, dazu schrille Musik, die im Brustkorb vibriert und sich mit grellem Wehklagen mischt.

Wie im Zentrum eines Sturms krümmte sich Vera Nesvitaylo und fing mit ihren Armen die Abwesenheit, die Leere ein, bevor sie rätselhafte Strukturen beschrieben.

Dann streckte sie die Brust raus, richtete sich auf und blieb einen Moment lang völlig starr. Aber das Zittern packte sie erneut, wurde unbeherrschbar, und bald darauf zeichnete sie wie besessen mit den Händen Bilder in die Luft.

In einem zerrissenen schwarzen Kleid, unter dem hier und da helle Haut hervorblitzte, bog sie sich anmutig und zaghaft Richtung Boden, auf dem der reglose Körper eines Mannes in Rote-Armee-Uniform lag, den sie packte und fortzuzerren versuchte. Doch er rührte sich nicht vom Fleck. Er war tot.

Die Musik hörte auf, und der Vorhang fiel vor der Solistin und den anderen Tänzern. Gedämpftes Licht verscheuchte die Dunkelheit aus dem Zuschauerraum des *Cinquième Salle* an der Place des Arts, der bis auf die Choreographin und ihr Team in der ersten Reihe und den Mann, der sich unauffällig ganz hinten hineingesetzt hatte, leer war.

In seinen Sitz versunken hatte Victor aufmerksam den ersten Akt verfolgt.

Ganz in Weiß, umwerfend schön und vergänglich steht Nadja im Licht und hält einen in weiße Farbe getunkten Pinsel in der Hand. Fröhlich lächelt sie ihm aus einem der Zimmer ihrer Wohnung zu.

»Wusstest du, dass wenn man zwei Prismen nebeneinanderlegt, die Farben des Regenbogens wieder Weiß ergeben?«

Sie wirbelt herum und läuft zu einer Wand, deren Putz frisch ausgebessert wurde.

»Weiß ist die perfekte Farbe. Die Farbe der Reinheit. Du wirst sehen, damit schlagen wir ein neues Kapitel auf.«

Nadja sieht ihn an und wird plötzlich ernst. Doch ihre Stimme bleibt sanft, liebevoll.

»Es wird alle anderen auslöschen.«

Sie legt eine Hand auf ihren Bauch. Sie ist schwanger.

Victor war für ein paar Sekunden eingenickt und fuhr hoch, als sich der Vorhang vor einer düsteren Szenerie öffnete, auf deren Rückwand Gefängnisgitter projiziert waren. Vor dieser virtuellen Zelle krochen zahlreiche Menschen wie Larven über den Boden, um Gefangenschaft und Tod zu entkommen, der Degeneration ihrer Körper als finaler Etappe eines Kreislaufs. Um sie herum patrouillierten Wachsoldaten und knallten mit den Stiefelabsätzen. Einer von ihnen brüllte Befehle durch ein Megaphon. Dazu strapazierte eine hypnotische Musik das Trommelfell, schwerfällig und minimalistisch, immer wieder dieselben Klaviertöne. Zwischendurch fielen Schüsse, die an Massenexekutionen in russischen Gulags erinnern sollten.

Inmitten dieses albtraumhaften Szenarios stand Vera Nesvitaylo, das Gesicht geprägt von der Einsamkeit und dem Kummer der Dichterin, die sie darstellte, und ließ die Schultern hängen, als trüge sie eine schwere Last. Dann fing sie an sich schneller und schneller zu drehen, um das Joch abzuschütteln, das sie an Ort und Stelle hielt, bis die Fetzen ihres schwarzen Kleides sie einhüllten wie das Gewand des Todes.

Fasziniert von der Schönheit und dem Charisma der Solistin wurde es Victor etwas leichter ums Herz.

Jacinthe hingegen stand nervös vorm Eingang des Theaters Schmiere, stampfte auf der Stelle und führte missgelaunt Selbstgespräche.

»Du bist so ein Blödmann, Lessard. Ich hätte niemals auf dich hören sollen und dich allein reingehen lassen.«

Sie holte ihr Handy heraus und schickte ihm eine Nachricht, die ziemlich genau ihre mentale Verfassung wiedergab:

Und???!!!

Als sie das Telefon wieder einsteckte, lächelte sie.

»Andererseits … ich und moderner Tanz …«

Aus einer ihrer Manteltaschen kramte sie eine Packung *Cheetos.*

»Die werden mir schon die Chakren wieder öffnen.«

Sie schob sich eine Handvoll in den Mund und lief langsam auf und ab.

Wieder hörte die Musik auf, der Vorhang fiel, wurde aber sofort wieder geöffnet. Die Choreographin kletterte mit ihren Assistenten auf die Bühne und versammelte ihre Truppe im Halbkreis um sich. Sie erörterte ihren Tänzern noch ein paar Verbesserungsvorschläge für den nächsten Tag, dann spendeten sie sich selbst eine Runde Applaus und verschwanden in den Kulissen.

Victor erhob sich. Jetzt, wo die Probe vorbei war, begann die echte Vorstellung. Er fand Vera Nesvitaylo im Flur zu den Garderoben. Sie war in Begleitung eines jungen langhaarigen Mannes, der ein Dashiki trug und mit zwei dampfenden Tassen in den Händen hinter ihr die Garderobe betrat.

In dem kleinen Raum stand B-Lefski ganz nah bei ihr und berührte wie beiläufig die nackte Schulter der Ballerina.

»Du bist großartig, Vera. Und wie. Die Vorstellung wird ein Riesenerfolg.«

Die junge Frau lächelte ihm zu und wischte sich mit einem Handtuch den Schweiß aus dem Gesicht.

»Ein paar Sachen sind noch nicht perfekt, aber danke. Das ist lieb von dir.«

Sie nahm einen Schluck Wasser und kam allmählich wieder zu Atem.

»Zu deiner Musik zu tanzen, ist ein Privileg, Lucas. Wirklich. Und das weißt du.«

Melancholisch, fast verzweifelt vor unerwiderter Liebe, sah er sie an. Sie sagte:

»Deine Nachricht klang gestresst. Was war denn so dringend?«

Er zögerte.

»Hast du was von deinem Onkel gehört?«

Vera war verwundert.

»Nikolaï? Nein, warum?«

Sie dehnte sich, und ihre Schönheit brachte ihn so durcheinander, dass er schlucken musste.

»Nur so …«

Das nahm sie ihm eindeutig nicht ab, aber B-Lefski wusste nicht weiter. Einer seiner Kontakte hatte ihn per Textnachricht über Nikolaï Komarovs Tod informiert, und B-Lefski war davon ausgegangen, dass es Vera das Herz gebrochen haben musste. Also war er hergekommen, um sie zu trösten und sich um sie zu kümmern. Doch als er nun begriff, dass sie gar keine Ahnung hatte, fehlte ihm der Mut, nicht nur den Augenblick, sondern ihre ganze Welt zu zerstören.

»Ich muss bloß wegen der Mine mit ihm sprechen.«

Er verstummte und zwang sich zu einem heiteren Gesicht.

»In Wahrheit wollte ich dich vor der Premiere noch mal sehen. Und dir viel Glück wünschen. Beziehungsweise Hals und Beinbruch.«

Er wollte sich zurückhalten, aber die Worte sprudelten nur so aus ihm heraus.

»Ich kann nicht aufhören, an dich zu denken, Vera. Sogar wenn ich vor dir stehe, denke ich an dich …«

Voller Zuneigung sah ihn die junge Frau an.

»Du weißt, dass ich dich immer gernhaben werde, Lucas …«

Ihr Tonfall wurde weicher, blieb jedoch entschlossen.

»… aber wir werden niemals wieder ein Paar.«

B-Lefski senkte den Kopf.

»Ich weiß, dass ich deine Meinung nicht ändern kann. Es tut nur immer noch weh.«

»Pass auf dich auf, Lucas, ja?«

Sie umarmten sich, dann ging er hinaus und hastete in Richtung Zuschauerraum. Am Ende des Flurs wartete ein Mann an die Betonwand gelehnt. Zwar hatte er etwas Unheimliches an sich, strahlte aber auch Gutmütigkeit aus. B-Lefski erkannte ihn sofort. Die Nachricht, die er von seinem Kontakt erhalten hatte, enthielt neben dem Foto des Mannes auch dessen Namen: Victor Lessard.

Im Vorbeigehen trafen sich ihre Blicke, und Victor musterte den jungen Mann genauer: Mitte zwanzig, Kopfhörer in den Ohren, Ziegenbärtchen, Tätowierungen am Hals und auf den Handrücken. Auch wenn er ihm vage bekannt vorkam, erregte der flüchtige Blick des anderen seine Aufmerksamkeit nicht übermäßig; genauso wenig fiel Victor auf, dass sich der junge Mann ein paar Schritte später noch mal umdrehte und ihn eindringlich studierte.

Erst vor Vera Nesvitaylos Garderobe fiel es Victor ein. Bei dem Typen, der wenige Sekunden vorher an ihm vorbeigegangen war, handelte es sich um den angesagtesten Québecer Rapper der letzten Jahre, und sein Erfolg wuchs weiter. Bekannt als B-Lefski, zählte der junge Künstler zu den Lieblingsmusikern seines Sohnes Martin, der vor seinem unfreiwilligen Umzug nach Saskatchewan als Tontechniker gearbeitet hatte.

Beim Gedanken an seinen Sohn wurde Victor bewusst, dass er Charlotte und ihm Bescheid geben musste, was geschehen war. Und er musste seinen Kindern, möglichst ohne ihnen Angst einzujagen, klarmachen, dass sie auf der Hut sein sollten, auch wenn sie weit weg von Montréal waren.

Victor klopfte dreimal kurz an, bevor ihn eine Stimme hereinbat. Er schlüpfte durch die Garderobentür, gerade als Vera Nesvitaylo den Kopf hob. Mit dem Rücken zu ihm saß sie auf einem Holzstuhl und schminkte sich mit einem Wattebausch das Auge ab.

Victor konnte gar nicht anders, als ihr Gesicht im beleuchteten Spiegel zu betrachten: Auf ihre Schultern und den muskulösen Rücken fielen rote Locken, sie hatte funkelnd grüne, intelligente Augen, makellos elegante Gesichtszüge und einen Schwanenhals.

Ohne sich umzudrehen warf sie ihm im Spiegel ein kleines Lächeln zu, während sie ihrerseits das unbekannte Gesicht musterte.

»Guten Tag, kann ich Ihnen helfen?«

Nicht die Spur eines Akzents. Ihr Französisch war perfekt.

»Mein Name ist Victor Lessard. Ich würde gern mit ihnen über ihren Onkel sprechen.«

Er würde nie erfahren, ob es an seinem Tonfall lag, der ernsten Miene, die er einfach nicht ablegen konnte, oder doch an der Unangemessenheit der Situation, aber auf der Stirn der Startänzerin erschien sofort eine Sorgenfalte.

»Über meinen Onkel Nikolaï? Ist ihm etwas zugestoßen?«

Sie lauerte auf Victors Reaktion, der es hasste, den Unglücksboten zu spielen und zu Boden sah. Im selben Moment wusste Vera Nesvitaylo Bescheid und schlug sich entsetzt die Hand vor den Mund.

»Sind Sie von der Polizei?«

Dummerweise hatte er über eine Antwort auf diese Frage noch gar nicht nachgedacht.

»Ähm … Es ist ein bisschen komplizierter.«

Verzweifelt sah ihn die Tänzerin an.

»Was ist passiert?«

Victor holte tief Luft und erzählte.

Er saß der jungen Frau gegenüber, die ihren Stuhl schließlich umgedreht hatte, um ihm ins Gesicht zu sehen. Obwohl er mit dem Schlimmsten gerechnet hatte, war Vera Nesvitaylo gefasst geblieben, während er ihr von den Umständen des Attentats erzählte, dessen Opfer Komarov und er gewesen waren. Sie hatte unbekanntes Terrain betreten, eine Welt, deren Codes und Regeln ihr nicht geläufig waren, und dieselben drei Fragen gestellt wie alle Opferangehörigen. Wer? Warum? Hat er gelitten?

Victor hatte sich zur einzig angemessenen Antwort entschieden: der schlichten Wahrheit, dass er im Moment selbst nicht mehr wusste. Er spielte mit offenen Karten und betonte, dass die Identität sämtlicher Opfer aktuell noch unter Verschluss gehalten wurde und die Polizei sie sicher bald mit denselben Fragen konfrontieren würde wie er.

Auch was seine eigene Anwesenheit anging, machte er ihr nichts vor: Die Schützen hatten es genauso auf ihn abgesehen wie auf Komarov und außerdem seine Lebensgefährtin verletzt.

Auf dem Handy zeigte er der Ballerina ein Foto. Nadja, bewusstlos in einem Bett, angeschlossen an unzählige medizinische Geräte.

»Sie müssen, wie gesagt, nicht auf meine Fragen antworten.«

Vera schien empört, dass er ihre Bereitwilligkeit, ihm zu helfen, infrage stellte, doch ihr Blick verriet auch ihre Wut über die Ereignisse.

»Ich werde Ihnen helfen, so gut ich kann, und hoffe, dass Ihre Freundin überlebt. Es ist widerlich, was Ihnen beiden und meinem Onkel geschehen ist.«

Victor nickte dankbar.

»Erzählen Sie mir von der Beziehung zu Ihrem Onkel. Sie standen einander sehr nahe, oder?«

Auf Veras Gesicht trat ein wehmütiges Lächeln.

»Meine Eltern leben bis heute in Russland. Onkel Nikolaï ist der älteste Bruder meiner Mutter, aber sie hatten nur wenig Kontakt – er lebt hier, seit er zwanzig ist. Als ich meinen Eltern mit siebzehn sagte, dass ich für meine Tanzkarriere nach Kanada will, stimmte Mama unter einer Bedingung zu: dass ich mich in sämtlichen Angelegenheiten an Onkel Nikolaï wenden würde. Anfangs war ich stinkwütend. Auf einen sechzigjährigen Anstandswauwau konnte ich nun wirklich verzichten. Aber das war, bevor ich ihn kennenlernte. Es hat sofort Klick gemacht. Wie Freundschaft auf den ersten Blick. Er brachte mich immer zum Lachen.«

Ihr Gesicht verfinsterte sich, und sie kämpfte mit den Tränen. Victor gab ihr einen Moment.

»Was wussten Sie über seine sonstigen Aktivitäten?«

»Sie meinen beruflich? Nikolaï war Klavierlehrer. Und früher ein bedeutender Musiker.«

»Verstehe. Aber ich meine eher im Allgemeinen. Worüber sprachen Sie miteinander?«

»Über Freud und Leid, Musik und Tanz.«

»Hatten Sie nie den Eindruck, dass er ein Doppelleben führt?«

Einen Augenblick sah ihn die junge Frau abschätzend an, als bezweifelte sie seine Vertrauenswürdigkeit nun doch. Aber sein Blick schien sie zu beruhigen.

»Onkel Nikolaï war bisexuell und gehörte noch der Generation an, in der man das geheim hielt.«

Einen Moment grübelte Victor über ihre Worte nach. Komarov war diskret gewesen. Was zweifellos erklärte, warum Gagné diese Tatsache entgangen war. Aber da war noch etwas. Irgendetwas, was er Vera hatte fragen wollen, aber es fiel ihm partout nicht ein.

»War er in letzter Zeit in einer Beziehung?«

»Mit Robert Thomson. Dem Konservator des Kunstmuseums.«

Victor holte sein Notizheft aus der Jackentasche und notierte sich den Namen. Dann spuckte sein Gehirn doch noch die Information aus, nach der er suchte.

»Meinten sie ihn in Ihrer Nachricht?«

Sie sah ihn verwundert an, und er half ihr auf die Sprünge.

»Bei den Tickets lag ein Zettel von Ihnen: *Ich hoffe, du kommst mit du weißt schon wem.*«

Sie nickte.

»Sie waren seit drei Jahren zusammen. Und sehr verliebt. Robert wird am Boden zerstört sein.«

37.
KONZENTRISCHE KREISE

Im Kamin des luxuriösen Wohnzimmers, in dem wie als Kontrapunkt zu Maria Callas, die Verdis *La Traviata* schmetterte, zahlreiche Kunstwerke hingen, brannte ein Feuer. Ein vornehmer Mann im Dreiteiler erschien im Flur und betrat mit Aktenkoffer in der Hand den Raum.

Zufrieden setzte sich Robert Thomson aufs Sofa und stellte sein Gepäck neben sich ab. Dann nahm er das Rotweinglas vom Beistelltisch, atmete die Aromen ein und trank genussvoll einen Schluck.

Die Melodie mitsummend hob er den Aktenkoffer auf seinen Schoß und tippte eine Ziffernfolge auf das integrierte Display. Beim Ertönen des Piepens legte er seine beiden Daumen auf den Bildschirm, und ein Klicken ertönte. Thomson öffnete den Koffer und entnahm ihm einen Stapel Dokumente, die er kurz überflog, bevor er zur Feuerstelle lief und sie hineinwarf.

Er zeigte keinerlei Gefühlsregung, doch einem Beobachter wäre aufgefallen, dass ein Foto in den Flammen lag. Sie fraßen sich durch Nikolaï Komarovs Gesicht. Thomson verfeuerte gerade die letzten Dokumente, als sein Handy in der Hosentasche vibrierte. Es war B-Lefski. Beim Antworten klang Thomson betont traurig.

»Hallo?«

Zögerlich erklang die Stimme des jungen Mannes.

»Robert. Ich habe eben von Nikolaï erfahren. Ich weiß nicht, was ich sagen soll. Es tut mir so schrecklich leid.«

Thomson gab weiter den erschütterten Witwer.

»Sie haben ihn brutal umgelegt und seinen Leichnam mitgenommen. Ich verstehe es einfach nicht, Lucas.«

»Ich bin genauso schockiert wie du.«

»Weiß Vera schon Bescheid?«

B-Lefski wollte zur Sache kommen, ließ es sich aber nicht anmerken.

»Wenn du möchtest, sage ich es ihr.«

»Ja, danke.«

»Brauchst du sonst irgendwas, Robert? Soll ich vorbeikommen?«

»Ich möchte lieber allein sein. Die ganzen Erinnerungen, die hochkommen … Und ich werde mit den Beamten reden müssen. Aber wenn doch, melde ich mich bei dir.«

»Hör zu. Ich weiß, das ist jetzt nicht der beste Zeitpunkt, aber ich brauche deine Hilfe mit der Mine. Um die ganze Sache mit … mit Messiah hat sich Nikolaï gekümmert.«

B-Lefski klang zunehmend verärgert.

»Jemand muss Entscheidungen treffen, Robert. Mir sind ein paar Dinge bekannt, von denen du keine Ahnung hast. Und ich will bloß nicht, dass mir Messiah und seine Leute auf die Pelle rücken.«

Auf Thomsons Lippen erschien ein winziges Lächeln, doch er ließ sich die Aufregung nicht anmerken.

»Vertrau mir, Lucas. Es wird keinerlei Probleme geben.«

In einem Büro in der obersten Etage eines unscheinbaren kanadischen Regierungsgebäudes ging wenige Minuten später eine telefonierende Frau gehetzt auf und ab. Sie war groß, schlank, dunkelhäutig und trug ein marineblaues Kostüm. Schließlich blieb sie vor dem Fenster stehen und blickte hinab in den Park. Die blattlosen Bäume wankten im Wind wie schlaksige Vogelscheuchen.

Erneut erklang Thomsons Stimme, und die Frau raufte sich die Haare.

»Uns bietet sich hier eine Gelegenheit. Aber wenn ich Messiah überzeugen will, muss ich sofort handeln.«

Sie atmete tief ein, um ruhig zu bleiben.

»Hast du eine Ahnung, welche Risiken ich für dich eingehe?«

Robert Thomson war kurz still, dann lachte er leise.

»Du willst mir was von Risiken erzählen? Hast du denn eine bessere Idee, Sondos?«

Claire Sondos legte auf. Nein, hatte sie nicht. Und das jagte ihr die größte Angst ein.

38.
HERZLICHEN WILLKOMMEN, VAN GOGH

Der Regen prasselte auf die Blechdächer, während Pac Man und Black Dog, bewaffnet mit ihren Maschinenpistolen, einen Mann in Handschellen über das Campgelände zu einem der Gebäude führten. Sie schubsten den Gefangenen in die längliche Lagerhalle und zwangen ihn noch ein paar Meter weiter, bevor Black Dog ihm zurief:

»Stopp. Endstation.«

Der Mann gehorchte. Unwissentlich stand er genau vor Messiah, der ihm die blickdichte Kapuze vom Kopf zog. Geblendet kniff der Gefangene die Augen zu, sah sich dann aber rasch in seiner Umgebung um.

An der Decke konnte er Balken erkennen, und der Boden war abgenutzt. Die Fenster waren mit Holzlatten verrammelt. Im selben Moment, in dem er mitten im Raum einen zehn Quadratmeter großen Stahlkäfig ausmachte, hörte er das Geräusch von am Boden schleifenden Eisenketten. Die anderen Gefangenen waren aufgestanden. Auch sie trugen Handschellen, und um ihre Hüften und Knöchel lagen Ketten, die zu einem gusseisernen Ring am Boden führten.

Der Neuankömmling zählte fünf Personen, deren Gesichter er wiedererkannte, darunter eine Frau. Außerdem war nicht zu übersehen, dass die Gefangenen bewusst den Blicken ihrer Kerkermeister auswichen. Aber ein letztes Detail frappierte ihn ganz besonders: Jedem von ihnen stand nichts als eine blanke Matratze und ein als Toilette dienender Eimer zur Verfügung.

Während sich sein neuester Fang ein paar Sekunden lang mit der Umgebung vertraut machte, beobachtete Messiah ihn genau. Nichts am Äußeren des arabischstämmigen Mannes war irgendwie außergewöhnlich, abgesehen von seinem verstümmelten rechten Ohr, dem ein Teil fehlte.

Messiah berührte es mit den Fingerspitzen. Eine alte Verletzung; die Haut war direkt überm Knorpel vernarbt und zu einer lilafarbenen Kugel verwachsen.

Erst jetzt durchbrach er die Stille.

»Herzlich Willkommen, Van Gogh.«

Black Dog öffnete kaugummikauend die Käfigtür, und Pac Man stieß den Gefangenen hinein.

Eine Stunde später lag der Mann, den Messiah Van Gogh genannt hatte, kopfabwärts auf einem kleinen, um etwa dreißig Grad geneigten Holztisch. Sein Gesicht war mit einem Tuch bedeckt. Über ihm stand Black Dog und goss den Inhalt eines Wasserkanisters über seinem Mund aus.

Der Mann wand sich, sein Grunzen mischte sich mit dem Gurgeln aus seinem Hals, und seine Füße zuckten unkontrolliert.

Er war kurz vorm Ertrinken, als Messiah plötzlich dazwischenfuhr.

»Das reicht.«

Black Dog hörte auf, und Messiah nahm dem Mann das Tuch vom Gesicht. Van Gogh rang von einem Husteneinfall geschüttelt nach Luft.

»Ich glaube, er hat genug. Iba? Wir sind hier.«

Die junge Frau betrat soeben den Raum und lief mithilfe eines Stocks in ihre Richtung.

»Ich weiß, wo ihr seid. Es stinkt nach Angst und Pisse.«

Auf Arabisch sagte sie zu dem Mann:

»Ich werde versuchen, Ihnen hier rauszuhelfen.«

Entsetzt antwortete er ihr in derselben Sprache:

»Ich habe nichts getan!«

Immer noch auf Arabisch sagte Iba entschieden:

»Mich anzulügen hilft Ihnen auch nicht weiter. Von mir droht Ihnen keine Gefahr.«

Van Gogh nickte. Er hatte verstanden. Black Dog lehnte sich zu Messiah und flüsterte:

»Wir haben keine Ahnung, worüber die reden. Khelifi kann uns sonst was auftischen.«

Iba drehte sich zu ihm.

»Mein Gehörsinn ist der schärfste. Ich verstehe alles, was du sagst. Ich hör dich sogar abends, wenn du dir Pornos reinziehst.«

Stinkwütend feuerte Black Dog zurück:

»Ach ja? Wenn das so ist, verstehst du das hier bestimmt auch: Fick dich, Khelifi!«

Seinen ausgestreckten Mittelfinger sah Iba allerdings nicht. Jetzt wandte sich Messiah an sie:

»Ich will seinen Namen und die Adresse sämtlicher Mitglieder seiner Zelle.«

Sie tastete nach Messiahs Schulter, bevor sie sanft antwortete:

»Er ist der Dritte diese Woche. Findest du nicht, dass ihr zu weit geht?«

Zornig, dass sie vor Black Dog seine Autorität unterwanderte, wollte Messiah ihr gerade eine Ansage machen, als er eine Textnachricht bekam. Während er sie las, verschwand Iba wieder im Flur. Die Nachricht war von Robert Thomson.

Müssen uns treffen. Dringend.

Verärgert lief Messiah Iba hinterher. Vor den Zimmern holte er sie ein, packte sie am Ellbogen und wirbelte sie herum.

»Was zum Teufel sollte das?«

»Wir sind nicht mehr im Krieg, ist dir das klar?«

»Doch, das sind wir! Mehr denn je! Während der Rest der Welt schläft, passen wir auf. Wir müssen unsere Werte verteidigen, unsere Identität beschützen.«

»Niemand will in einem Ghetto leben. Das ist unmöglich. Ich weiß das, du weißt das. Was soll das überhaupt sein, unsere Identität? Unsere Religion? Unser Geschlecht? Unsere Herkunft?«

Iba unterbrach sich. Fast fixierten ihre Augen Messiahs.

»Als ich das letzte Mal mein Gesicht gesehen habe, war ich immer noch arabisch.«

Gereizt schüttelte er den Kopf.

»Bei dir ist das was anderes. Und das weißt du.«

»Ach ja? Inwiefern? Erklär's mir.«

Hin- und hergerissen zwischen seinen Gefühlen für sie und seinen Überzeugungen, zögerte Messiah. Iba fuhr fort:

»Siehst du? Kannst du nicht. Dabei bist du zu so viel mehr imstande.«

Die Worte der jungen Frau rührten ihn. Er streckte die Hand ins Leere, in ihre Richtung.

»Was willst du von mir, Iba?«

»Dass du zur besten Version deiner selbst wirst.«

Messiahs Hand ballte sich zur Faust. Sofort nahm er sich übel, schwach geworden zu sein.

»Vergiss eins nicht: Du kannst hier rumlaufen, wie es dir passt, weil ich es zulasse.«

Er schwieg ein paar Sekunden, bevor er hinzufügte:

»Aber wenn du mir noch mal vor meinen Jungs widersprichst, sperr ich dich ein.«

Er machte auf dem Absatz kehrt und ging. Iba folgte ihm mit dem Blick, als könnte sie ihn sehen, dann murmelte sie:

»Jedem sein Gefängnis.«

39.
VORSICHT, STUFE!

Victor hatte alle seine Fragen gestellt. Für den Moment konnte Vera Nesvitaylo ihm nicht mehr weiterhelfen. Und wenn er sich nach ihrem Gespräch einer Sache sicher war, dann dass sie absolut ehrlich geantwortet und ihm nichts verschwiegen hatte. Aus seiner Jackentasche holte er das Foto, das sie bei Komarov gefunden hatten, und reichte es ihr.

»Haben Sie dieses Bild schon mal bei Ihrem Onkel gesehen?«

»Mmh … nein. Nie.«

Victor deutete auf den Mann, den sie Monsieur X getauft hatten.

»Was ist mit ihm? Erkennen Sie ihn vielleicht? Stellen Sie ihn sich eine ganze Ecke älter vor.«

Vera betrachtete den Mann eingehend, schüttelte aber schließlich den Kopf.

»Nein, ich glaube nicht. Wieso?«

»Ich vermute, dass er irgendwas mit den Ereignissen zu tun hat.«

Veras Blick wanderte vom Foto zu Victor.

»Hat Ihnen Ihr Onkel je erzählt, dass er Mitglied der Kommunistischen Partei war?«

»Wir haben nicht über Politik geredet.«

»Sagt Ihnen denn das Programm *Rote Flut* etwas?«

Vera Nesvitaylos Blick veränderte sich. Ihre Offenheit wich einem Schimmer Argwohn, vielleicht sogar Erstaunen, was Victor nicht entging.

»Sie sind überrascht. Ich muss unbedingt die Wahrheit erfahren. Kennen Sie das *Rote Flut*-Programm, Vera?«

Sie musterte ihn erneut, zögerte noch kurz und sagte:

»Vor drei Wochen war ein Mann wegen eines Interviews hier. Angeblich für einen Artikel über meine Karriere in Montréal.«

Victor kniff die Augen zusammen.

»Und er hat Sie zu Ihrem Onkel befragt?«

Sie nickte.

»Erst ging's um meine Ausbildung, meine größten Rollen, die anstehende Produktion, aber er schweifte ab. Anfangs ist es mir kaum aufgefallen. Onkel Nikolaï spielte ja, seit ich in Kanada bin, immer eine große Rolle, auch für meinen beruflichen Werdegang.«

»Aber die Fragen wurden persönlicher?«

»Ja … Und plötzlich stellte er mir dieselben Fragen wie Sie eben. Als ich mich weigerte zu antworten, schob er einen anderen Termin vor und ging.«

»Erinnern Sie sich an seinen Namen?«

»Nein, leider nicht. Nachdem er gegangen war, habe ich unsere Pressestelle angerufen: Niemand hatte ein solches Interview zugesagt.«

Victor griff nach seinem Handy, suchte kurz und zeigte Vera ein Foto.

»Ist das der Mann?«

Entgeistert starrte Vera ihn an.

»Ja … Wer ist das?«

»Guillaume Lefebvre. Investigativjournalist. Er wurde ebenfalls vor wenigen Tagen ermordet.«

Jacinthe hatte gerade die letzten *Cheetos* verputzt, als zwei finstere Typen durch den Theatereingang stürmten. Instinktiv drehte sie sich zur Wand, um keine Aufmerksamkeit zu erregen, doch da sie die Gefahr förmlich riechen konnte, heftete sie sich ihnen an die Fersen. Drinnen behielt sie die Männer mit etwas Abstand im

Auge, während sie leise mit einem langhaarigen Kerl diskutierten, der Kopfhörer um den Hals trug.

Als der junge Typ mit dem Finger zu den Garderoben zeigte und die beiden Männer im Laufschritt verschwanden, begriff Jacinthe, dass sie es auf Victor abgesehen hatten. Sie zückte ihren Revolver und preschte los, doch die Kerle hatten die Tür zum Backstagebereich hinter sich verriegelt. Während Jacinthe noch versuchte sie aufzutreten, holte sie ihr Handy heraus.

»Yo, mein Bester. Du musst abhauen, sonst bekommst du gleich Gesellschaft. Zwei Lederjackentypen mit Schlägervisage. Bin unterwegs!«

Hastig schrieb Victor Vera seine Nummer auf und ging. Er spähte den Flur hinab in die Richtung, aus der er gekommen war.

Die zwei Männer, von denen Jacinthe gesprochen hatte, versperrten ihm bereits den Weg. Als ihn einer der beiden – ein regelrechter Schrank von Mann – entdeckte, zog er einen Knüppel aus der Jacke. Der andere Kerl war etwas kleiner, stand nervös vor seinem Kompagnon und klappte mit einer einzigen Handbewegung seinen Teleskopschlagstock aus. Die beiden erinnerten Victor an einen Koloss und einen Marathonläufer.

Noch bevor sie auf ihn zurannten, wusste Victor, dass er nur eine Wahl hatte: Flucht oder Angriff. Aber seine Pistole konnte nur der allerletzte Ausweg sein; überall liefen Tänzer herum, wechselten von Garderobe zu Garderobe. Er durfte sie auf keinen Fall in Lebensgefahr bringen.

Also entschied er sich für Option eins, machte kehrt und sprintete in die entgegengesetzte Richtung. Allerdings war der Flur wenige Meter später vorbei und bot nur einen einzigen Ausweg durch eine Tür auf der Linken.

Victor drückte sie auf und stand im Treppenhaus. Ohne zu zögern entschied er sich für oben. Wenn es ihm gelang, in der Biegung zur nächsten Etage zu verschwinden, bevor seine Verfolger durch die Tür waren, gingen sie vielleicht davon aus, dass er die logische Richtung hinunter zur Straße gewählt hatte. Schlimmstenfalls teilten sie sich auf.

Victor hastete die ersten Stufen hoch, als die Tür gegen die Wand schlug. Mit einem Satz war der Marathonläufer bei ihm und packte ihn mit überraschender Kraft an der Wade. In seinem Schwung gestoppt, musste Victor sich am Geländer festhalten, um nicht zu stürzen, drehte sich halb um und verpasste seinem Angreifer mit dem freien Bein einen heftigen Tritt ins Gesicht. Die Finger des Mannes ließen für den Bruchteil einer Sekunde locker, aber nicht los.

Victor trat erneut zu, diesmal kräftiger. Im selben Moment, in dem er sein Bein freibekam, hörte er Knochen knacken. Er setzte sich wieder in Bewegung, doch die Finger des anderen umklammerten weiter erst seinen Knöchel, dann seine Jeans, und hinderten ihn am schnellen Davonkommen. Erneut fuhr Victor herum und verpasste dem Mann diesmal einen Faustschlag direkt gegen das Kinn, woraufhin sein Gegner hintenüberfiel und die Stufen hinunterrollte.

Keine zehn Sekunden nachdem Victor das Treppenhaus betreten hatte, schwang die Tür erneut auf und spuckte den zweiten Typen aus. Schwerfällig, weil korpulenter, kletterte der Koloss über seinen Kumpanen hinweg und nahm die Verfolgung auf, als Victor gerade die letzte Stufe zur nächsten Etage erklomm.

Angeschlagen rappelte sich der Marathonläufer auf, stützte sich an der Wand ab und hob eine Hand an seine blutende Nase. Er biss die Zähne zusammen und fasste nach seinem Teleskopstock. Gerade wollte er hinterherlaufen, als die Tür zum dritten Mal aufflog.

Ihm blieb keine Zeit herauszufinden, wem der massive Schatten gehörte, der soeben hinter seinem an der Wand aufgetaucht war. Er hatte auch keine Gelegenheit zu würdigen, mit welcher Geschwindigkeit Jacinthe den Griff ihres Revolvers auf seinen

Schädel sausen ließ. Dem Marathonläufer entwich sämtliche Luft, bevor er mit dem Gesicht nach unten auf dem Boden zusammenbrach. Dabei landete sein Oberkiefer mit einem lauten Knacks auf der nächsten Treppenstufe.

Keuchend und mit pfeifendem Atem beugte sich Jacinthe über den reglosen Körper. Der Marathonläufer blutete aus Nase und Mund.

»Schlaf schön, Kleiner, Tante Jacinthe ist ja da.«

Sie drehte seinen Kopf, sodass ihm kein Blut in die Atemwege lief, und sprintete, so schnell es ihr die überschüssigen Kilos erlaubten, die Treppe hoch. Zwischen zwei abgehackten Atemzügen schrie sie, dass ihr fast die Lunge kollabierte:

»Lessard!«

Der Koloss öffnete die Tür zur nächsten Etage, hinter der Victor wenige Sekunden zuvor verschwunden war, und blieb wie angewurzelt stehen. Er befand sich auf einer Baustelle mit einem Dutzend roher Betonpfeiler, Schnittholz, Werkzeug und einer Zwischenwand.

Den Knüppel erhoben und bereit zuzuschlagen, schlich er langsam vorwärts. Er näherte sich einem Pfeiler, machte einen Ausfallschritt nach rechts, um seinen Gegner zu überraschen, doch da war niemand.

Er horchte, lauerte auf eine Bewegung, ein Atemgeräusch, aber vergeblich. Links von ihm teilte ein schwarzer Plastikvorhang den Raum. Ein Stück weiter stand ein Container voll Baumaterial.

Durch einen Schlitz im Vorhang, auf den der Koloss jetzt zusteuerte, gelangte man in den anderen Teil des Raums. Gerade schob er das Plastik ein wenig zur Seite, als Victor im Container aufsprang und die Pistole auf ihn richtete.

»Auf die Knie! Schieb deinen Knüppel in meine Richtung und dann beide Hände hinter den Kopf.«

Die beiden Männer funkelten sich gegenseitig an, doch da eine

Kugel schneller fliegen würde als ein Schlagstock, sah der Koloss seine Niederlage ein. Er kniete sich hin und schob seine Waffe zu Victor, der weiter auf ihn zielend aus dem Container kletterte.

»Hände hinter den Kopf, hab ich gesagt!«

Widerwillig gehorchte der Mann.

»In einer Minute kommen noch fünf Typen. Du sitzt in der Falle.«

Victor klopfte sich den Gipsstaub von der Lederjacke.

»Ach ja? Da habe ich aber Angst.«

Er hielt den Lauf seiner Pistole wenige Zentimeter vor die Stirn seines Verfolgers.

»Bevor ich die Geduld verliere, sagst du mir erst mal, für wen du arbeitest.«

Er hörte Jacinthe schnaufen, bevor er sie aus dem Augenwinkel sah. Atemlos betrat sie die Baustelle. Victor widmete sich wieder dem Koloss.

»Wer hat dich geschickt? Rede!«

»Leck mich.«

Jacinthe näherte sich dem Koloss und verpasste ihm wortlos einen Fußtritt in die Kronjuwelen. Während der Mann sich wimmernd auf dem Boden krümmte, sah Victor sie wie versteinert an.

»Was sollte das denn? Ich hab ihn doch vor der Flinte.«

»Willst du warten, bis die Verstärkung hier ist? Lass uns abhauen, Lessard! Los geht's!«

Keuchend stapfte sie zurück zur Tür. Victor warf dem Koloss, der immer noch nach Luft schnappte, einen wütenden, frustrierten Blick zu, dann wandte er sich ab und folgte Jacinthe.

40.
ALLES AN SEINEM PLATZ

Gewisse Automatismen sind so tief in einer Person verankert, dass sie ihr in Fleisch und Blut übergehen, bis sie Teil ihres Wesens werden. Wie zwei perfekt aufeinander abgestimmte Systeme hatten Jacinthe und Victor ihre Rollen wieder eingenommen. Entsprechend musste Jacinthe, während die beiden achtsam die Rue Sainte-Catherine in Richtung Osten hochliefen, nur die Hand ausstrecken, und Victor legte die Schüssel des Saab hinein.

Sie ließ sich auf den Fahrersitz plumpsen, und Victor stieg auf der Beifahrerseite ein. Dann startete sie den Wagen, und sie entfernten sich in rasendem Tempo von der Place des Arts und dem Complexe Desjardins.

Während sie im Theater gewesen waren, war draußen eiskalter Regen gefallen. Nun aber kam die Sonne wieder heraus und warf ein paar Lichtstrahlen auf die Windschutzscheibe. Jacinthe manövrierte über den feuchten Asphalt, als führe sie beim Vierundzwanzigstundenrennen von Le Mans. Geschickt fädelte sie sich in den Feierabendverkehr ein und drehte sich einen Moment später zu Victor, der vor sich hin grübelte.

»Gar nicht so schlecht, dein Blechkasten.«

Er lächelte, war jedoch weiter in seinem Gedankenstrudel versunken. Er machte sich Sorgen um Nadja, über deren Zustand er seit seinem Besuch im Krankenhaus nichts Neues erfahren hatte, und fühlte sich von den Ereignissen erschlagen.

Mit heulendem Motor überholte Jacinthe einen anderen Wagen.

»Hängt die Tänzerin deiner Meinung nach irgendwie mit drin?

Victor machte ein skeptisches Gesicht. Das bezweifelte er.

»Sicher ist jedenfalls, dass diese beiden Clowns, anders als die Schützen vorm Restaurant, keine Profis waren. Aber wer dann? Und vor allem: Wer hat sie benachrichtigt?«

»Ich hab sie mit so 'ner langhaarigen Arschgeige mit Kopfhörern reden sehen.«

Vor Victors Augen tauchte das Bild des jungen Mannes auf, dem er vor den Garderoben begegnet war.

»B-Lefski? Der Rapper?«

Jacinthe, die den Namen noch nie gehört hatte, zuckte die Schultern; sie ließ ein bisschen Zeit verstreichen, bevor sie weitersprach.

»Beim Verhör des Kellners aus der Datcha hat Loïc erfahren, dass Komarov oft mit einem jungen Mann dort war. Vielleicht hatte er was mit diesem B-Lefski?«

Victor schüttelte den Kopf.

»Nein. Komarovs Lebensgefährte heißt Robert Thomson.«

»Weißt du das von der Tänzerin?«

Er bejahte. In diesem Moment klingelte Jacinthes Handy. Sie stellte den Lautsprecher an und begrüßte Virginie.

»Tag, Schönheit. Lessard ist auch hier.«

Auf Jacinthes Worte folgte ein kurzes ergriffenes Schweigen. Sie sprachen zum ersten Mal miteinander, seit Virginie erfahren hatte, dass es Victor gut ging.

»Heute, nach meiner Aufzeichnung, hat mich eine Frau angesprochen. Ihr Name war Yako …«

Victor wusste sofort Bescheid.

»Trug sie einen grünen Mantel?«

Virginie war die Überraschung anzuhören.

»Ja, stimmt.«

Victor und Jacinthe sahen sich einvernehmlich an, und sie übernahm.

»Möchtest du mir vielleicht erklären, wer die Dame ist?«

Virginie sprach kurz mit jemand anderem im Hintergrund, dann kehrte sie zum Gespräch zurück.

»Wie's aussieht, eine Freundin von Guillaume. Er hatte ihr eine Nachricht für mich hinterlassen, damit ich etwas wiederfinde.«

Sie erzählte ihnen von der Botschaft und wie Yako darauf gestoßen war. Für Victor stand die Lösung sofort fest:

»›Du wirst wissen, wo‹ – es geht um seinen Artikel zur Cyberkriminalität.«

Das glaubte Virginie auch.

»Ich habe ihm vor drei Monaten mal bei einem Artikel über die Flüchtlingskrise geholfen. Die Dateien dazu haben wir in einem gemeinsamen, geschützten Ordner abgelegt. Wenn Guillaume seinen Artikel an einem Ort verstecken wollte, zu dem außer mir niemand Zugriff hat, dann dort.«

Jacinthe drückte auf die Hupe und wich einem Wagen aus, dessen Fahrer den Schulterblick vergessen hatte.

»Aus dem Weg, du Vollidiot!«

Victor klammerte sich ans Armaturenbrett, während seine Partnerin das Gespräch übernahm.

»Und? Ist er nun da oder nicht, der verdammte Artikel?«

»Das weiß ich nicht. Ich kann die Dateien nicht öffnen. Die Kollegen von der IT versuchen gerade herauszufinden, woran's liegt.«

Jacinthe krallte die Finger ums Lenkrad.

»Diese Yako … Hat sie dir auch ihren Nachnamen genannt, ihre Adresse oder Telefonnummer?«

»Nein, nur das Nötigste. Sie hat Angst und meinte, sie werde sich wieder bei mir melden.«

Victor rieb sich unter der Jacke die verletzte Schulter.

»Danke, Virginie. Wirklich. Und sei vorsichtig.«

Jacinthe legte auf. Sie schien zufrieden.

»Wenn sie den Artikel findet, sind wir ein Riesenstück weiter!«

Victor, der sich nicht zu früh freuen wollte, kehrte zu seinen Gedanken zurück. Welchen Zusammenhang gab es zwischen den Morden an Guillaume Lefebvre und Komarov beziehungsweise der Schießerei, deren Ziel auch er selbst gewesen war? Und warum hatte ihm B-Lefski vor Vera Nesvitaylos Garderobe diese Schlägertypen auf den Hals gehetzt?

Dann dieses Foto seiner Eltern mit ihrem Freund bei der Expo '67, das Komarov in seinem Klavier versteckt hatte. War dessen Wohnung wegen dieses Bildes durchsucht worden? Und wenn ja: War er nur wegen dieser simplen Aufnahme gestorben?

Was die Ereignisse von vor vierzig Jahren anging – warum kam das alles ausgerechnet jetzt wieder an die Oberfläche? Und dazu mit einer solchen Wucht?

Victor sah auf seine zitternde Hand. Von den Fragen schwamm ihm der Kopf; die Angst und das Unverständnis schnürten ihm den Magen zu.

Er richtete sich an Jacinthe, die auf Chinatown zufuhr.

»Lefebvre war sich der Risiken bewusst, er hat Vorkehrungen getroffen. Aber er muss mit einer Person zu viel gesprochen haben.«

»Komarov genauso, würde ich sagen. Aber mit wem? Mit der Ballerina? Dem Rapper?«

Victor schüttelte den Kopf; er wusste es auch nicht.

»Wir müssen mit Komarovs Lebensgefährten sprechen, mein Bester. Sofort, meine ich. Niemand kann uns mehr über Komarovs Vergangenheit sagen als er.«

»Aber vorher soll uns Gagné ein paar Infos zu ihm besorgen. Und ich glaube, wir müssen mal kurz bei 'ner Apotheke vorbei.«

Jacinthe nahm den Blick von der Straße und musterte ihn. Statt einer Antwort zeigte er ihr die Finger, mit denen er seine verletzte Schulter berührt hatte. Sie waren blutverschmiert. Jacinthe schlug aufs Lenkrad.

»Verdammte Scheiße!«

Nach ihrem Telefonat mit Gagné hatte Jacinthe den Saab auf dem Parkplatz einer Jean-Coutu-Filiale hinter einem Container abgestellt. Zehn Minuten später verließ sie die Apotheke mit einer Tüte Arzneimittel und Bonbons.

»Dass du auch wegrennen musstest, anstatt einfach deine Waffe zu benutzen.«

Einhändig knöpfte Victor sein Hemd auf.

»Das ganze Theater war voll mit Leuten.«

Bei geöffneter Beifahrertür, ein Knie auf dem Asphalt, zog ihm Jacinthe den durchweichten Verband ab und desinfizierte die wieder blutende Wunde. Victor lief dunkelrot an.

»Was zum Teufel ist das? Reinigungsalkohol?«

Verwundert über seine heftige Reaktion sah sie ihn an.

»Wieso? Nimmst du sonst was anderes?«

Victor war baff. Das meinte sie völlig ernst.

»Ey, jetzt stell dich mal nicht so an, Lessard.«

Die Zunge im Mundwinkel legte sie ihm vorsichtig einen frischen Verband an.

»Hast ganz schön Glück gehabt, dass die Naht nicht aufgegangen ist.«

Er wischte sich den Schweiß von der Stirn.

»Wir müssen Gagné zurückrufen.«

Jacinthe nickte und betrachte ihr getanes Werk.

»Na, das sieht doch wunderschön aus. Würd ich am liebsten signieren.«

»Jetzt komm mal runter. Ist doch kein Gips.«

»Willkommen bei Gagné Juchhe, womit kann ich Ihnen helfen?«

Victor konnte sich ein Lächeln nicht verkneifen. Vermutlich hätte er sogar laut losgelacht, wenn er Gagné gesehen hätte, der schlotternd in den Katakomben Chinatowns saß und sich den erstbesten Morgenmantel übergeworfen hatte, der ihm ihn die Hände gefallen war – der, den er für Jacinthe gekauft hatte.

»Grüß dich, Yves. Hast du was zu Thomson gefunden?«

Im Hintergrund hörte Victor die Computertastatur klappern.

»Robert Thomson, Rue Cedar, Hausnummer 5155.«

Gagné las vom Bildschirm ab, was er über den Mann zusammengetragen hatte.

»Siebenundfünfzig Jahre alt, von 2001 bis 2015 Konservator am hiesigen Kunstmuseum. Sitzt im Aufsichtsrat der Montréaler Oper. Erfolgreiche Karriere im Kunstbetrieb. Ach, schau mal an, das ist ja interessant: Thomson war in den Neunzigern drei Jahre lang im Russischen Museum in Sankt Petersburg tätig.«

Victor hatte den Lautsprecher eingeschaltet. Jacinthe und er sahen einander an. Einen Moment später fragte Gagné:

»Soll ich ihn anrufen?«

Victor antwortete:

»Nein. Er soll keine Zeit haben, sich vorzubereiten. Außerdem sind wir ohne amtlichen Auftrag unterwegs. Er könnte ein Treffen also ablehnen. Vergiss nicht, uns wegen der anderen beiden Namen noch Bescheid zu sagen, ja?«

»Vera Nesvitaylo und B-Lefski. Bin dran.«

Gagné legte auf.

»Bereit, Kollege?«

Victor holte seine Packung Zigaretten heraus und stieg aus dem Saab, um eine zu rauchen. Jacinthe zuckte die Schultern, griff in die Tüte Bonbons und schob sich eine Handvoll in den Mund.

Robert Thomson wohnte in einem viktorianisch anmutenden Haus, das an ein Wäldchen grenzte, in dem die gelben Blätter im Wind rauschten, und sich gegenüber dem Montréaler Hôpital général an die Bergwand schmiegte. Victor klingelte erneut.

»Das ist keine gute Idee, Jacinthe.«

Er hatte geflüstert, und sie flüsterte, die letzten Bonbons im Mund, ein wenig lauter zurück.

»Klappe, Lessard, ich hab's gleich.«

Während Victor mehr schlecht als recht versuchte, sie mit seinem Körper zu verdecken, knackte Jacinthe das Schloss. Ein leises Klicken ertönte.

Stolz sah sie zu ihm auf. Victor seufzte aus Trotz und drückte gegen die Tür, die lautlos aufschwang. Jacinthe ging voraus, Victor ihr nach.

Drinnen kletterten sie über im Eingangsbereich verteilte Umschläge, die der Postbote durch den Briefkastenschlitz geschoben haben musste, und wagten sich im Halbdunkel voran.

Jacinthe rief:

»Monsieur Thomson? Jemand da?«

Sie deutete auf die Holztreppe vor ihnen: Sie würde sich um das obere Stockwerk kümmern. Während die Stufen unter ihrem Gewicht knarzten, blieb Victor bewegungslos im Eingangsbereich stehen. Die Privatsphäre eines Fremden zu missachten und ohne Durchsuchungsbefehl in dessen Haus herumzuschnüffeln, gefiel ihm gar nicht, aber Robert Thomson war nun mal nicht da, und ihnen lief die Zeit davon. Jedes noch so kleine Detail konnte weiterhelfen.

Victor nahm sich das Erdgeschoss vor, um sich ein Bild vom Bewohner des Hauses und seinen Gewohnheiten zu machen.

Dieser erste Eindruck war stets entscheidend, da er alles, was danach kam, beeinflusste. So aufmerksam wie möglich ergründete Victor die Geschichte, die ihm der Ort erzählte, genauso wie die Details, die er verschwieg.

Im Wohnzimmer blieb Victor einen Moment stehen. In der Mitte lag ein rechteckiger Teppich, der auf der einen Seite an einen gemauerten Kamin grenzte und auf der gegenüberliegenden an ein Ledersofa. An den anderen beiden Enden standen zwei perfekt ausgerichtete Eames-Sessel.

Robert Thomson hatte Geschmack. Die Anordnung der Möbel teilte den Raum in verschiedene Bereiche. Aufgrund von Thomsons Vergangenheit als Museumskonservator hatte Victor damit gerechnet, dass das Haus bis in den letzten Winkel mit Kunstwerken vollgestopft sein würde, aber das Gegenteil war der Fall. Jedes einzelne Stück war sorgsam in Szene gesetzt.

Als Nächstes ging Victor ins Esszimmer, in dem ein gewaltiger Teakholzschrank an der Wand verankert war. Auch dieser Raum verfügte über riesige Fenster, und die klaren Linien der Einrichtung schufen ein angenehmes Ambiente.

In der hypermodernen Küche fielen Victor vor allem die makellosen Oberflächen auf. Schließlich blieb er vorm Arbeitszimmer stehen, in dem eine sympathische Unordnung aus Büchern, Bilderrahmen und Pflanzen herrschte. Auf der Fensterbank standen eine Tageslichtlampe und eine alte Remington-Schreibmaschine. Nur befanden sich auf dem Schreibtisch interessanterweise weder Papier noch Computer.

Victor ordnete einen Moment lang seine Gedanken. Das Arbeitszimmer schien der einzig bewohnte Raum zu sein, der einzige mit einer Seele. Und genau das machte Victor stutzig: Wie erklärte sich dann die Abwesenheit von Computer oder Papier?

Er schlenderte noch ein wenig weiter ziellos durch die Zimmer und ließ seinen Geist schweifen. Sein Gehirn hatte unbewusst noch irgendwas anderes registriert.

Victors genereller Eindruck verfestigte sich, als er ins Esszimmer zurückkehrte. Bei Robert Thomson befand sich alles akribisch genau an seinem Platz. Dennoch hatte er etwas gesehen, das nicht ganz passte, und versuchte nun das Bild wiederzufinden. Ohne dass er sagen konnte, warum, ging er auf den Teakholzschrank zu. Dann begriff er.

Eine der Wandbefestigungen des Möbelstücks war herausgerissen und hatte einen kleinen Schlitz in der Gipswand hinterlassen. Daran war sein Blick unbewusst hängen geblieben. Als Victor den Schrank öffnete, fuhr er zurück. Im Inneren lag ein gekrümmter, in Plastik eingewickelter Leichnam.

41.
NIKOLAÏ REDETE EINFACH ZU VIEL

Zweiundzwanzig Minuten
vor dem Mord an Thomson

Mit System of a Down auf den Ohren bog er um die Ecke der Avenue Cedar und sprintete über die Zielgerade. Seine Beine brannten, als er die finalen Meter zurücklegte, dann verlangsamte er sein Tempo und ging gemächlich bis zum Haus.

Lächelnd kam Robert Thomson wieder zu Atem. Trotz seiner siebenundfünfzig Jahre schien ihm das Alter kaum etwas anzuhaben. Beim Joggen konnte er sich fokussieren, bekam den Kopf frei. Er hatte keinen Zweifel mehr: Sondos' Schweigen bedeutete, dass sie ihm grünes Licht gab. Er sollte zur Tat schreiten. Falls etwas schiefging, könnte sie behaupten, er hätte eigenmächtig und ohne ihre Zustimmung gehandelt.

Bevor er das Wohnzimmer betrat, wischte er sich mit dem T-Shirt-Ärmel den Schweiß aus dem Gesicht. Zu seinem Proteinshake wollte er Chopin auflegen. Doch er erschrak, als sich einer der Eames-Sessel langsam zu ihm herumdrehte. Ohne seine Sonnenbrille sah Messiah richtig unheimlich aus.

»War bequemer, hier zu warten als im Wagen.«

Thomson konnte seine Überraschung einigermaßen verbergen.

»Ich … eine gute Entscheidung.«

Messiah stand auf und kam auf ihn zu. Zwischen den beiden Männern, die sich gegenseitig musterten, lag eine fast elektrische Spannung in der Luft.

»Das mit Nikolaï tut mir leid. Wenn ich die Typen finde …«

Thomson wusste durchaus, dass Messiah und seine Männer für

Komarovs Tod verantwortlich waren, ließ sich aber nichts anmerken und tat ratlos.

»Bitte sag mir, dass das nichts mit der Mine zu tun hatte …«

Messiah taxierte ihn wie der Jäger die Beute. Dann lächelte er.

»Aber natürlich nicht. Du wolltest mich sehen?«

Thomson zögerte und setzte alles auf eine Karte.

»Ich mach's kurz. Ich bin der Richtige, um die Mine zu übernehmen, nicht B-Lefski. Der Kleine hat mich angerufen. Er ist völlig überfordert.«

Thomson hielt dem bohrenden Blick seines Gegenübers stand.

»Ich kenne mich gut aus, besitze die nötigen Kontakte. Während du dich um einen Nachfolger kümmerst, zahlst du mir fünfzehn Prozent, und ich garantiere dir zwei Jahre. Danach setze ich mich zur Ruhe.«

Er sprach sanft, versuchte verletzlich zu klingen.

»Ich tue das nicht nur für mich. Nikolaï hätte es so gewollt.«

»Zehn Prozent. Dasselbe, was er auch bekommen hat.«

Messiah war noch nähergetreten und nahm nun Thomsons Gesicht in die Hände.

»Sorg dafür, dass ich's nicht bereue, Robert, klar?«

Thomson kaschierte sein Unbehagen mit einem Lächeln.

»Du vergisst das Präzisionsgewehr. Bis jetzt habe ich doch immer geliefert, oder?«

In Messiahs Gesicht veränderte sich etwas, und er legte ihm, fast schon freundschaftlich, die Hand auf die Schulter.

»Was die Beerdigung angeht … Lass mich wissen, falls ich was für dich tun kann.«

Das hielt Thomson für die Gelegenheit, auf die er gewartet hatte; er ließ es drauf ankommen.

»Mach dir um mich keine Sorgen. Ich werd's überstehen. Du hast auch schon schlimme Dinge durchgemacht und bist damit fertiggeworden.«

Daraufhin machte sich Stille breit, die Thomson erst wieder

mit dem Köder durchbrach, der ihm Messiahs Sympathien einbringen sollte.

»Nikolaï hat mir erzählt, was dir passiert ist. Das hat mich sehr mitgekommen. Du weißt, dass er dich geliebt hat wie ein Vater …«

Kurz schien Messiah gerührt, dann aber schlug das Gefühl in Wut um.

»Wie ein Vater! Auf niemanden ist weniger Verlass.«

Eine tiefe Falte zerfurchte Messiahs Stirn. Unauffällig ließ er die Hand in seine Bomberjacke gleiten, während er Thomson musterte, also wollte er in ihm lesen.

»Was genau hat dir Nikolaï erzählt, hmm?«

»Na, was du in Afghanistan in der Hand der Kleinen gefunden hast. Übrigens habe ich dir von meinen Kontakten in Russland etwas besorgen lassen.«

Die Zeit schrumpfte zusammen, das Zimmer war plötzlich winzig. Unendlich langsam rollte ein Schweißtropfen Thomsons Wange hinab. Dann beschleunigte Messiah die Zeit mit einer einzigen Handbewegung, und sie verging wie im Raffer. Die Klinge seines Kampfmessers durchbohrte Thomsons Unterleib, und der Mann gab mit schreckgeweiteten Augen gurgelnde Laute von sich, bevor er in den Armen seines Mörders zusammenbrach.

Messiah flüsterte ihm noch etwas ins Ohr und ließ ihn sanft zu Boden.

»Tut mir leid, Robert, aber Nikolaï redete einfach zu viel.«

42.
EINE MUMIE UND EINE MEINUNG

Im oberen Stockwerk durchsuchte Jacinthe das Schlafzimmer. Die Laken sahen unberührt aus. Gerade studierte sie den Bücherstapel auf dem Nachttisch: lauter Werke über Maler, außer einem über Nudismus. Amüsiert legte sie das Buch zurück und beugte sich angestrengt hinab, um unters Bett zu schauen, aber auch dort: nichts.

Als sie sich wieder aufrichtete, hörte sie Victor ihren Namen rufen, und zwar in einem Tonfall, der sie immer vier Stufen auf einmal nehmend die Treppe hinunterspurten ließ.

Victor trat durch die Glastür in der Küche auf die Terrasse. Ein paar Züge von der Zigarette vertrieben den Brechreiz. Auf die Marmorbalustrade gestützt, ließ er den Blick über den Felspool im Garten schweifen, auf dessen mit toten Zweigen übersäter Wasseroberfläche Sonnenstrahlen glitzerten.

Er vernahm ein Geräusch in seinem Rücken, dann Jacinthes Stimme.

»Lang liegt der da noch nicht. Aber in der Verpackung würde man den Kadaver auch die nächsten Tage nicht riechen.«

»Ohne das Plastik durchzuschneiden, können wir nicht sicher sein, dass es Thomson ist.«

»Er ist es. So oder so müssen wir aber alles lassen, wie es ist.«

Nickend drehte Victor sich zu ihr um.

»Der Mörder hat aufgeräumt, würde ich sagen. Hast du oben irgendwo einen Computer gefunden? Oder Papiere?«

»Nein, nichts. Warum sollte jemand Thomson umbringen?«

Sie gingen noch einmal jeder für sich ihre Theorien durch. Victor, der seine Kippe ausdrückte, den Stummel aber in der Hand behielt, ergriff als Erster das Wort:

»Thomson hat drei Jahre lang in Russland gearbeitet. Was sagt uns das?«

»Na, vielleicht war er mit Komarov in diese *Rote Flut*-Geschichte verwickelt, diese Sache mit der russischen Sympathisantenliste?«

Victor schaute zu den Baumwipfeln, dann zum Horizont, aber sein Blick war nach innen gerichtet.

»Nur reicht das nicht als Mordmotiv, würde ich sagen. Nach so vielen Jahren …«

Er überlegte kurz. Allmählich stellte er in seinem Kopf Verbindungen her.

»Komarov hatte das Bild von meinen Eltern und Monsieur X im Klavier versteckt. Vielleicht ist er sogar deshalb gestorben. Kannst du mir folgen?«

Sie nickte langsam.

»Wie einem hübschen Hintern in engen Jeans.«

Immer noch angeschlagen, ging Victor ein paar Schritte auf der Terrasse auf und ab.

»In dem russischen Restaurant habe ich Komarov gefragt, wer meinen Vater für *Rote Flut* rekrutiert haben soll. Und wie durch Zauberhand taucht Sekunden später dieses Erschießungskommando auf und bringt ihn um. Warum?«

Jacinthe stieß sich von der Brüstung ab und richtete sich auf. Jetzt standen sie einander gegenüber.

»Sieht nach ’ner Verzweiflungstat aus, findest du nicht? Als wollten sie ihn unbedingt davon abhalten, dir zu helfen, damit du ja nicht auf Monsieur X kommst.«

Auch Victor begab sich auf das Feld der Vermutungen.

»Was, wenn es bei Thomson genauso war, Jacinthe?«

»Du meinst, er kannte die Identität von Monsieur X und wurde deshalb zum Schweigen gebracht?«

Victor nickte, als ihm ein Gedanke kam.

»Vielleicht haben sie sogar Lefebvre aus demselben Grund getötet ...«

Jacinthe kramte eine Handvoll Süßigkeiten aus ihrer Cargohose und schob sie sich in den Mund.

»Mag ja alles sein. Das bringt uns nur kein Scheißstück weiter. Und Thomson ist tot.«

Unruhig warf Victor einen Blick ins Haus. Von dort, wo sie standen, konnte er den Schrank und einen Teil der Leiche in ihrem Plastikgewand sehen.

»Was entgeht uns da noch?«

Jacinthe klopfte ihm auf den Rücken und ging Richtung Tür.

»Keine Ahnung, Mesmer. Aber in der Zwischenzeit sollten wir uns erst mal vom Acker machen, bevor uns wer erwischt.«

Victor ging ihr nach und schloss hinter sich die Tür. Im Eingangsbereich holte er sie ein.

»Wir müssen Paul anrufen.«

Entschlossen schüttelte sie den Kopf.

»Auf gar keinen Fall. Wenn Paul erfährt, dass wir hier waren, gibt's richtig Ärger. Besser, wir rufen Loïc an und behaupten, wir hätten den Verdacht, dass Thomson in Gefahr schwebt. Der schickt 'ne Streife vorbei, wir lassen die Tür ein Stück offenstehen. So kommen sie rein und finden die Leiche.«

Gerade als Victor über die Post steigen wollte, fiel sein Blick auf eine Paketbenachrichtigung von Postes Canada. Er sah zu Jacinthe, die nickte, und steckte den Zettel ein.

»Ich rufe Paul an. Ich habe ihm mein Wort gegeben.«

Sie gingen hinaus zum Auto.

»Verdammt, Lessard! Warum musst du immer das Gegenteil von dem machen, was ich dir sage?«

»Soll ich gegen den gesunden Menschenverstand handeln?«

»Du erfasst es! Gesunder Menschenverstand! Sag ich doch! Gib mal den Lieferschein.«

Verwundert reichte er ihr den Zettel und sagte:

»Wird schwierig, da ranzukommen. Wir haben ja nicht mal seinen Ausweis.«

Jacinthe lächelte verschmitzt.

»Keinen Ausweis? Dann pass mal gut auf, mein Bester.«

Victor hielt sie am Ärmel fest.

»Jacinthe, mit deiner Dienstmarke verhält es sich wie mit Karate: Du kannst weder das eine noch das andere einsetzen.«

Die junge Postmitarbeiterin mit der riesigen Hipsterbrille stellte am Paketschalter auf stur und sagte laut und selbstbewusst:

»Ich brauche ein Ausweisdokument auf den Namen Robert Thomson.«

Victor senkte betreten den Kopf.

»Ich verstehe ja, Madame. Es ist nur …«

Hinter ihm wurde die Schlange länger, das genervte Stöhnen lauter. Jacinthe knallte die Hand auf den Tresen und hielt der Mitarbeiterin ihre SPVM-Dienstmarke unter die Nase.

»Polizei! Reicht dir das, oder brauchst du noch ein Passfoto?«

Der Blick der Mitarbeiterin wanderte demonstrativ über Jacinthes Kopf zu dem Wandplakat mit der Aufschrift, dass aggressives Verhalten nicht geduldet werde, dann machte sie auf dem Absatz kehrt und verschwand durch eine Schwingtür.

Victor sah seine Partnerin genervt an.

»Du hast es versprochen. Außerdem hatte ich die Situation unter Kontrolle.«

»Ja klar, ganz eindeutig!«

Leise und vorwurfsvoll antwortete er:

»Du kannst nicht einfach deine Macht missbrauchen, als wärst du im Namen des SPVM hier. Das bringt dir nur Ärger ein, und das ist echt das Letzte, was ich will. Das Risiko ist viel zu groß.«

Liebenswürdig sah sie ihn an.

»Jetzt reg dich mal ab, mein Bester. Ab und zu kann man so was schon machen.«

»Es ist schlicht gelogen, Jacinthe. Aber wem der Schuh passt, der zieht ihn sich an.«

»Mein Schuh bringt uns wenigstens vorwärts.«

Victor unterdrückte ein Lächeln.

»Ich glaube, du hast das Sprichwort falsch verstanden …«

Sie blies die Backen auf und stieß langsam die Luft aus.

»Ich weiß, wie's gemeint ist.«

Victor beließ es dabei, vor allem, weil in diesem Moment die Mitarbeiterin zurückkehrte. Sie trug ein kleines Paket in den Händen, das sie auf dem Tresen abstellte. Jacinthe schnappte es sich und sagte, jede einzelne Silbe betonend und mit der Freundlichkeit einer fleischfressenden Pflanze:

»Immer schön lächeln, Schätzchen. Das steht dir.«

Gereizt hob Victor die Schultern und bedankte sich bei der jungen Frau, deren Augen Funken sprühten. Sobald sie im Auto saßen, wollte Jacinthe das Paket öffnen, doch Victor überzeugte sie davon zu warten.

»Gehen wir lieber kein Risiko ein, wer weiß, was da drin ist, Jacinthe.«

Auf der Fahrt zurück zu ihrem Unterschlupf in Chinatown beglückwünschte sie sich zu der erfolgreichen Mission.

»Die war so klein mit Hut! Diese dämlichen Millenials, die immer alles besser wissen. Mit Tante Jacinthe legt man sich besser nicht an.«

Das Handy am Ohr saß Victor allein hinterm Steuer des Saab. Der Wagen parkte in einer unauffälligen Querstraße des Boulevard Décarie.

»Grüß dich, Paul. Sagt dir der Name Robert Thomson was?«

Am anderen Ende klang Delaney misstrauisch.

»Wir hatten vor, ihn nachher zu verhören. Wieso?«

»Weil er tot ist. Ihr müsst die Spurensicherung zu ihm nach Hause schicken.«

Delaney machte eine kurze Pause, nur um dann umso lauter zu brüllen.

»Wie bitte?! Was habt ihr bei Thomson getrieben?«

Victor senkte den Kopf und schloss die Augen, sagte aber nichts.

»Ich hoffe, Jacinthe war nicht dabei! Muss ich dir erklären, dass sie gewaltige Schwierigkeiten bekommt, wenn sie während ihres ›Krankenurlaubs‹ Polizei spielt?«

Victor wollte antworten, doch Delaney wetterte weiter.

»Von dir ganz zu schweigen! Ihr könnt doch nicht an einem Tatort herumschnüffeln, ohne dass das Konsequenzen hat!«

Victor, der eine Auseinandersetzung zwar vermeiden, aber auch nicht lügen wollte, seufzte.

»Du hast ja recht, Paul, wir hätten dich anrufen sollen, bevor wir zu Thomson sind. Aber damit konnten wir ja nicht rechnen.«

Das beschwichtigte Delaney auch nicht.

»Nicht damit rechnen? Hallo?! Wir drei hatten eine Abmachung! Ihr solltet mir Bescheid geben, sobald ihr etwas findet. Und dieser Schlamassel an der Place des Arts – dachtet ihr echt, ich komm nicht dahinter?!«

Victor biss die Zähne zusammen. Langsam reichte es ihm, aber er hielt lieber den Mund. Nach einer schmerzhaft langen Pause sagte Delaney:

»Jetzt hör mir mal gut zu, Victor. Ich will, dass ihr euch raushaltet, Jacinthe und du. Ist das klar? Sonst lasse ich euch verhaften!«

Victor verlor zwar nicht die Beherrschung, schlug jedoch gegenüber Paul zum ersten Mal einen anderen Ton an:

»Ich werde nicht aufhören. Ich werde so lange nicht aufhören, bis ich die Verantwortlichen gefunden habe. Tu, was du tun musst, Paul. Das Gleiche werde ich machen.«

Erst als er aufgelegt hatte, merkte Victor, dass er vor Empörung zitterte. In diesem Moment stieg Jacinthe ein, im Gesicht ein kleines Lächeln, in der Hand eine Fast-Food-Dämpfe verströmende Papiertüte.

»Ich habe doch gesagt, ruf ihn nicht an.«

Victor fuhr sich durchs Haar und sagte:

»Paul hat aber recht. Du musst aufhören. Du hast zu viel zu verlieren.«

Jacinthe musterte ihn von oben bis unten.

»Ganz genau. Ich habe zu viel zu verlieren.«

Zurück im Gemeinschaftsraum biss Gagné am Tisch genüsslich in seinen Hamburger.

»Endlich mal was anderes als Chinesisch.«

Jacinthe verspeiste ihren in einem der Sessel.

»Nichts zu danken, Großer. Lessard hat bezahlt.«

Gagné prostete mit seiner Cola Victor zu, der weiter hinten im Schlafsaal auf seinem Feldbett saß und sich nach Nadja erkundigte.

Während Gagné lautstark mit dem Strohhalm schlürfte, deutete Jacinthe auf den Morgenmantel, den er übergezogen hatte.

»Steht dir, das Stück. Gibt's den auch für Frauen?«

Gagné pulte sich mit dem Fingernagel zwischen den Zähnen herum.

»Zieh doch meinen an, ist mir schnuppe.«

Beide wandten die Köpfe, als Victor mit finsterer Miene zu ihnen stieß.

Jacinthe sah ihn freundlich an.

»Und, gibt's was Neues?«

Victor ließ sich in den Sessel rechts neben seiner Partnerin fallen und rieb sich die Augen.

»Momentan keinerlei Veränderung. Aber ihr Zustand ist weiter stabil.«

Zur Aufmunterung klapste ihm Jacinthe auf den linken Oberschenkel.

»Mach dir keine Sorgen. Sie wird schon wieder gesund, deine Chiquita.«

Bekümmert ließ Victor den Kopf hängen. Er hoffte von ganzem Herzen, dass sie recht hatte, aber er sehnte sich nach der Wärme seiner Liebsten. In der Nähe anderer fror er nur.

Jacinthe, die mit so viel Emotionen nicht umgehen konnte, verspeiste ihre letzten Pommes und rieb sich seufzend den Bauch.

»Uff, bin ich voll. Damit du Bescheid weißt, Lessard: Wenn du das nächste Mal auf Fast Food bestehst, werde ich leider ablehnen müssen.«

Ein Lächeln schlich sich auf Gagnés Lippen, und Victor ließ sich davon anstecken. Dann prustete Jacinthe los, und die anderen stimmten mit ein, bis allen dreien die Tränen liefen. Für einen kurzen Moment fühlten sie sich wie ganz normale Menschen. Und schließlich waren sie das auch. Normale Menschen, die sich lediglich in außergewöhnlichen Umständen befanden.

Als sie sich wieder beruhigt hatten, schnappte sich Jacinthe das Paket vom Boden, stellte es auf den Tisch und zog sich Latexhandschuhe über. Gagné nahm ein Messer aus seiner Hosentasche, klappte es auf und reichte es ihr.

»Bereit oder nicht bereit, jetzt kommt's.«

Jacinthe schnitt das Klebeband durch, das den Deckel verschlossen hielt, und nahm vorsichtig das Packpapier heraus. Auf dem Boden des Pakets lagen gut fünfzehn gleich aussehende blaue Steine, die blasslila schimmerten. Einen davon nahm sie heraus. Darin eingraviert war das Gesicht eines Kindes.

»Das sind Lapislazuli.«

Victor hielt ihr die ebenfalls behandschuhte Hand hin, und sie legte den Stein hinein.

»Habt ihr solche nicht als Inuksuk am Abschusspunkt auf dem Mont Royal gefunden?«

Jacinthe kaute auf ihrer Lippe herum und bestätigte, dass es sich, abgesehen von der Gravur, um vergleichbare Steine handelte.

Die Gravur war bei allen gleich. Sie überlegten kurz, hatten aber keine Idee, was sie bedeuten konnte. Gagné sah sich den Karton noch einmal genauer an, vor allem die Absenderadresse.

»Die stammen aus Russland. Was wollte Thomson damit?«

Ratlos runzelte Victor die Stirn.

»Ich habe keine Ahnung. Aber damit hätten wir eine Verbindung zum Mord an Lefebvre.«

Gagné stützte sich auf die Rückenlehne seines Stuhls.

»Ob Thomson auf den Journalisten geschossen hat? Nichts in seinem Profil deutete darauf hin, dass er dazu in der Lage gewesen wäre …«

Victor dachte einen Moment nach. Das passte tatsächlich nicht.

»Ich sehe da zwei Möglichkeiten. Entweder hat jemand die Steine auf dem Mont Royal hinterlassen, um Thomson zu belasten, oder Thomson hat die Steine für die Schützen besorgt.«

Jacinthe legte den Lapislazuli ungewöhnlich behutsam in den Karton zurück.

»Selbst wenn wir davon ausgehen, dass Thomson gestorben ist, weil er Monsieur X' Identität kannte, erklärt das noch immer nicht, was diese Steine bedeuten. Uns fehlen ein paar Zusammenhänge.«

Darüber dachten sie eine Weile nach, und Victor hatte das Gefühl, dass sie dem Kern der Sache langsam näherkamen, auch wenn er noch nicht wusste, worin der bestand. Aber sie waren auf dem richtigen Weg. Er wandte sich an Gagné:

»Was ist mit den Soldaten? Hat die Recherche was ergeben?«

»Die reinste Nadel im Heuhaufen … Und ich bin nicht mal sicher, ob wir im richtigen Stall suchen.«

Der ehemalige Polizist griff nach seinem Notizbuch.

»Auf dem USB-Stick befinden sich ausschließlich Infos von Soldaten mit Vorstrafenregister, die außerdem mal Scharfschützen waren. Zweiundfünfzig Kandidaten. Drogenhandel, tätliche Angriffe, häusliche Gewalt. Kein einziger Mord. Achtundzwanzig von ihnen waren in Afghanistan stationiert.«

Jacinthe seufzte deprimiert.

»Wir können sie schlecht einzeln überprüfen. Selbst mit den Mitteln des Dezernats nähme das Tage in Anspruch, vielleicht sogar Wochen. Davon abgesehen wissen wir weder sicher, dass die Schützen vorbestraft sind, noch dass die Aktion von Militärangehörigen ausgeführt wurde.«

Gagné, der sich mehr als jeder andere der Komplexität der Aufgabe bewusst war, nickte.

»Ich habe mit einem alten Kumpel vom 22. Regiment gesprochen, der mir noch einen Gefallen schuldete. Seiner Meinung nach käme die Liste auf sechshundert Namen, wenn wir Soldaten ohne Vorstrafen dazu nähmen, die als Scharfschützen ausgebildet sind.«

Bevor er fortfuhr, trank er einen Schluck Cola.

»Wenn ich die Scharfschützen vom SPVM auch noch dazu zähle, haben wir mindestens noch mal fünfzig mehr. Und wenn wir die von der Provinzpolizei auch noch dazunehmen, kommen wir auf …«

Er warf einen Blick auf seine Notizen, aber Victor legte ihm eine Hand auf den Arm.

»Schon okay, Yves, gute Arbeit. Irgendwo mussten wir ja anfangen. Aber das beweist, dass wir nicht auf ein Wunder hoffen können. Wollten wir in der Richtung weiterkommen, müssten wir jeden Kandidaten einzeln betrachten, ihn treffen …«

Jacinthe zerknüllte die Verpackung ihres letzten Burgers.

»Jau, gracias, Großer. Schätze, wir bleiben noch was länger in deinem Luxusdomizil.«

Gagné schenkte ihnen ein geheimnisvolles Lächeln.

»Na wunderbar. Ich würde euch nämlich gern einen kleinen Ausflug vorschlagen. Und diesmal spiele ich hier nicht den Sekretär.«

Er zog den Morgenmantel aus, nahm seine Jacke und ging zum Ausgang. Verwundert sahen sich Jacinthe und Victor an.

43.
LEICHEN AUSGRABEN

Nach Victors Abfuhr hatte Paul Delaney mit einem einzigen Armschwung den Schreibtisch in seinem Büro leergefegt. Jetzt hob er mit gelöster Krawatte und hochgekrempelten Hemdsärmeln die auf dem Boden verteilten Akten wieder auf, als Marc Piché im Türrahmen stand. Die Hände in den Hosentaschen begutachtete der Polizeichef skeptisch die sich ihm bietende Szenerie, wie ein Versicherungsinspektor, der Sturmschäden überprüft.

»Hier zieht's wohl?«

Delaney schob die Bilder der Überwachungskamera zusammen, auf denen Victor vor der Datcha Zakouski von den Schützen attackiert wurde. Dann zeigte er auf seinen Standventilator, der wie eine Vogelscheuche in der Ecke lehnte.

»Hier gibt's irgendwelche Stromschwankungen. Ich bekomme nicht mal mehr den alten Propeller da an.«

Mit verkniffenem Gesicht nahm Piché Platz.

»Taillon brauchte also Krankenurlaub, ja? Ist das dein Ernst?«

Delaney ließ sich auf seinen Bürostuhl fallen und hielt Pichés Blick ohne mit der Wimper zu zucken stand.

»Falls es um Überstunden geht, mach dir keine Sorgen.«

»Mein Problem ist, dass der Leiter des Dezernats Kapitalverbrechen aktiv vor Ort ermittelt.«

Delaney schloss die Augen, antwortete aber ruhig:

»Dir ist schon bewusst, dass Jacinthes Partnerin auf der Intensivstation liegt und auf ihren besten Freund geschossen wurde, der noch dazu verschwunden ist?«

Piché zupfte einen Staubkrümel von seiner Uniform.

»Soweit ich weiß, liegt dir nicht mal ein psychologisches Gutachten vor …«

»Was hättest du denn gern? Die Diagnose Posttraumatischer Schock, damit sie uns gleich sechs Monate ausfällt? Da ist mir lieber, sie tourt ein paar Tage mit dem Motorrad durch die Gegend.«

Die beiden Männer kreuzten die Klingen.

»Dann wüsste ich aber gern, wie deine Strategie aussieht, Paul. Und sorg dafür, dass deine Argumente überzeugend klingen.«

Delaney lehnte sich im Stuhl zurück.

»Ich habe den Fall übernommen, und Loïc unterstützt mich. Das ist alles.«

Piché sah zur Decke, bevor er spöttisch antwortete:

»Blouin-Dubois mit seinen fünfzehn Minuten Erfahrung? Und wie lange hast du nicht mehr aktiv ermittelt? Zehn, zwölf Jahre? Oder noch länger?«

Piché fuhr fort, als spräche er mit sich selbst.

»Nein … Ich muss dir jemanden an die Seite stellen. Und zwar möglichst umgehend.«

Delaneys Antwort war beherrscht, aber entschlossen.

»Mein Team wurde angegriffen, also ist das auch mein Fall.«

Piché stand auf, stützte die Hände auf den Schreibtisch und beugte sich zu Delaney.

»Und ich muss hier die schwierigen Entscheidungen treffen. Das nennt man Führungsqualität.«

Paul bohrte seinen Blick in den seines Vorgesetzten.

»Wir können gern über Führungsqualität sprechen, Marc, kein Problem. Aber hier machst du niemandem was vor. Falls du's nicht mitbekommen hast, seit Tanguays Tod brodelt es gewaltig in der Gerüchteküche.«

Darauf erwiderte Piché nichts und richtete sich auf.

»Du hast zweiundsiebzig Stunden. Aber gib lieber nicht zu viel auf das Gerede, Paul.«

Die kaum verhohlene Drohung entging Delaney nicht.

»Mir geht's darum, Mörder zu fassen, keine Leichen auszugraben.«

44.
UNÜBERWINDBARE MAUERN

Der Saab rollte im Dunkeln über einen Kiesweg zum Anlegeplatz einer Ölraffinerie und ihren riesigen Zisternen in der Nähe der Rue Notre-Dame Est. Es hatte wieder zu regnen begonnen, und der Wind ließ die Bäume rauschen. Im Wagen hatte sich automatisch die gewohnte Ordnung wiederhergestellt: Jacinthe saß am Steuer, Victor kauerte angstzerfressen auf dem Beifahrersitz, und Gagné thronte wie der Herr und Gebieter auf der Rückbank.

Diesmal hatte er ihnen keine Wahl gelassen: Er hatte sich geweigert preiszugeben, wo sie die gesuchte Person fänden, und ihnen lediglich unterwegs nach und nach Anweisungen gegeben.

Jacinthe warf ihm im Rückspiegel einen Blick zu.

»Was hast du eigentlich über den kleinen Rapper rausgekriegt?«

Gagné zückte sein Notizbuch und leuchtete sich mit dem Handy.

»Sein richtiger Name ist Lucas Bérubé-Bilefski. Er ist siebenundzwanzig, Schulabbrecher, Einzelkind. Sein Vater ist Kinderpsychologe, die Mutter plastische Chirurgin. Der große Durchbruch gelang ihm 2016 gleich mit seinem ersten Album *Grammatica.*«

Er unterbrach sich und öffnete das Fenster. Jacinthe sah, wie er sich mit der Hand über die Stirn wischte.

»Alles gut, Gagné? Du bist ja bleich, als hättest du 'nen Riesenjoint geraucht.«

Die Augen fest auf den Fußboden geheftet atmete Gagné tief durch.

»Vom Lesen im Auto wird mir schlecht.«

»Dann gib doch Victor deine Notizen.«

Gagné streckte ein paar Sekunden den Kopf aus dem Fenster, dann lehnte er ihn an die Nackenstütze.

»Nein, nein, geht schon wieder. Den Rest schaff ich auch ohne. Er hat keine Vorstrafen, wurde nur 2017 einmal wegen irgendwelcher Pillen festgenommen, kam aus der Sache aber wieder raus. Offenbar fehlten der Staatsanwaltschaft Beweise.«

Victor sah zu Jacinthe.

»Und du bist ganz sicher, dass B-Lefski mit den beiden Typen gesprochen hat, die im Theater hinter mir her waren?«

Sie antwortete ohne zu zögern.

»Aber ja doch. Die beiden sind direkt zu ihm, haben fünfzehn, zwanzig Sekunden mit ihm palavert, und dann hat dein kleiner B-Lefski ihnen den Weg zu den Garderoben gezeigt.«

»Da bleibt ja trotzdem Interpretationsspielraum. Immerhin konntest zu nicht hören, was sie gesagt haben. Vielleicht haben sie ihn bloß gefragt, ob er mich gesehen hat.«

»Ja sicher, im Leben ist vieles Interpretationssache. Was Monsieur X angeht, haben wir dasselbe Problem. Vielleicht vertun wir uns, vielleicht aber auch nicht …«

Victor nickte und ließ Jacinthes Worte stehen. Sie hatte recht. Sie standen vor den unüberwindbaren Mauern eines riesigen Labyrinths und tasteten sich blind voran, mit nur einer einzigen Gewissheit: Dass sie sich auf ihren Instinkt verlassen mussten. Und Jacinthes war sicher nicht schlechter als seiner.

Zwar hatten sie eine unterschiedliche Art, mit der Realität umzugehen, und reagierten anders empfindlich auf bestimmte Situationen, aber für ihre gemeinsame Suche nach der Wahrheit brauchte er sie als Stütze für seine Gedanken und Argumente und sie seine »ausschweifenden Theorien«.

Jacinthe schaltete die Scheinwerfer aus, damit man sie nicht kommen sah, und Victor nahm den Faden wieder auf:

»Kurz gesagt: B-Lefski schmeckt dir nicht.«

Ihre Antwort kam wie aus der Pistole geschossen, eindeutig und ehrlich:

»Nee, kein Stück.«

Der Wagen glitt geräuschlos auf dem Weg durch die Nacht. Jacinthe parkte, und sie verharrten einen Moment schweigend. Vor ihnen erstreckten sich die unruhigen dunklen Fluten des Sankt-Lorenz-Stroms. Zu ihrer Rechten wurde ein am Kai des menschenleeren Petroleumlagers vertäuter Tanker von der Gischt gepeitscht.

Auf der anderen Seite verbarg ein kleines Waldstück ein Gelände mit Lagerhalle, umschlossen von einem Zaun mit Stacheldraht. Es sah aus wie eine Festung. Victor drehte sich zu Gagné, dessen Gesichtsfarbe wieder einen normalen Ton angenommen hatte.

»Und du bist dir sicher, dass wir hier richtig sind, Yves?«

»Jawohl. Das Gebäude ist gleich hinter den Bäumen. Aber …«

Er hielt kurz inne, bevor er seine Bedenken äußerte.

»… vielleicht sollten wir uns ankündigen?«

Jacinthe lud ihren Revolver, schob ihn sich unter den Gürtel und sagte mit verstellter Stimme:

»Aber na klar doch! ›Hallo? B-Lefski? Sag, hast du uns zufällig deine Schläger auf den Hals gehetzt?‹ ›Ach, hallo, Jacinthe! Nimm's bitte nicht persönlich!‹ ›Aber nein, kein Problem, Alter, alles gut.‹«

Victor legte ihr eine Hand auf den Arm.

»Wir machen Folgendes.«

In einer Tasche ihrer Cargohose fand Jacinthe noch eine Handvoll Sonnenblumenkerne und schob sie sich in den Mund. Die letzten zweihundert Meter hatten sie schweigend in der Dunkelheit zu Fuß zurückgelegt und versteckten sich jetzt hinter einem Steinhügel.

»Der Typ ist ein bekannter Rapper und Mitinhaber einer

Schweißerei. Bin ich die Einzige, für die das nicht zusammenpasst?«, versuchte Jacinthe zu flüstern. Zum Glück übertönte der Wind ihre Stimme. Gagné nickte belustigt.

»Aber Realityshowmoderator und Präsident der Vereinigten Staaten passt besser?«

Mit einem Fernglas beobachtete Victor aufmerksam die lang gezogene Lagerhalle vor ihnen. Sein Blick blieb an zwei bewaffneten Männern hängen, die neben einer Metalltonne rauchten, aus der Flammen aufstiegen.

»Ich kann euch schon mal mit Sicherheit sagen, dass das keine Schweißerei ist.«

Er reichte Jacinthe den Feldstecher, die sich die Umgebung ebenfalls ansah.

»Mindestens zwei bewaffnete Typen und ein Sicherheitssystem mit Überwachungskameras.«

Sie spuckte ein paar Schalen aus.

»Wetten, einen Bewegungsmelder gibt's auch? Wenn nicht, zieh ich den Rest der Woche den Morgenmantel an, den Gagné mir gekauft hat.«

Sie linste immer noch durchs Fernglas, als Gagné fragte:

»Wie können wir sicher wissen, dass er wirklich hier ist?«

Jacinthe senkte den Feldstecher und drehte sich zu ihm um.

»Na, wir gehen rein.«

Victor schüttelte den Kopf.

»Und die bewaffneten Wachen? Vergiss es.«

Er nahm Jacinthe das Fernglas ab und studierte noch mal die Anlage.

»Man zettelt keinen Krieg an, wenn man ihn verhindern kann.«

»Okay. Aber hast du einen besseren Plan?«

Gagné stoppte den Saab in einer Staubwolke vor dem Eingangstor des Geländes. Dann drückte er ein paarmal mehrere Sekunden lang auf die Hupe, begleitet von dröhnend lauter Musik aus dem

Radio und stieg schließlich aus. Ein Zipfel seines Hemds hing aus der Hose, und er brüllte wie betrunken:

»Ey, Jungs! Könnt ihr mir hier ma helfen?«

Die beiden rauchenden Wachen bewegten sich nicht vom Fleck. Auf ihren Gesichtern leuchtete der Widerschein der Flammen.

»Ey, ihr da! Ich bräuchte ma Hilfe!«

Jetzt, wo er ihre Aufmerksamkeit hatte, schrie Gagné weiter, bis ihm fast die Stimme wegbrach. Aber als die Wachmänner weiter auf ihrem Posten verblieben, ging er zurück zum Wagen und drückte erneut durchs geöffnete Fenster auf die Hupe. Als das auch nichts half, betätigte er ein paarmal die Lichthupe, bevor er wieder zum Tor ging und mit beiden Händen daran rüttelte.

»Ey! Mein Handy is' leer, ich brauch Hilfe! Ey!«

Die Wachleute sprachen sich kurz ab, dann verschwand einer der beiden aus dem Lichtschein in den Schatten. Wenige Augenblicke später fuhr ein Jeep aufs Tor zu. Der andere Mann, der sich nicht vom Fleck gerührt hatte, schmiss seine Zigarette weg und ging ins Gebäude. Zwischenzeitlich hatte sich Gagné mit dem Kopf in den Händen auf den steinigen Boden gesetzt, als versuchte er sich zu sammeln.

Der Fahrer bremste den Jeep und ließ, auch als er ausstieg und aufs Tor zulief, die Scheinwerfer an, sodass sich der Unbekannte und sein Saab im Lichtkegel befanden.

Gagné stand auf und legte eine Hand über die Augen.

»Ach, danke! Danke, Monsieur! Ich hab 'n Platten, mein Handy is' leer, und ich hab keinen Ersatzreifen. Könnten Sie mir vielleicht 'n Abschleppdienst rufen?«

Gagné hatte seinen Satz noch nicht beendet, als er vermeintlich in seiner Gesäßtasche nach seinem Portemonnaie tastete, bis ihn der Wachmann davon abhielt:

»Lass deine Hände, wo ich sie sehen kann!«

Geblendet vom Scheinwerferlicht kniff Gagné die Augen zusammen, meinte aber, eine geballte Faust mit einer auf ihn gerichteten Pistole zu erkennen. Er hob die Hände, Handflächen Richtung Himmel.

»Ich wollt dir nur 'n bisschen Geld geben.«

»Das hier ist Privatbesitz! Verschwinde!«

Schwankend ging Gagné auf den Wachmann zu.

»Dass aber nich' nett, den Leuten so 'ne Angst einzujagen. Ich müsst nur mal telefonieren, und schon bin ich weg.«

Zwanzig Meter von Gagné und seinem Gegenüber entfernt schnitt Jacinthe mit einer von Gagné mitgebrachten Drahtschere vom Boden aufwärts die Zaunmaschen durch und bog eine Ecke um, damit Victor hindurchschlüpfen konnte. Dabei meldete sich seine verletzte Schulter zurück. Bevor er verschwand, flüsterte ihm Jacinthe zu:

»Ich hoffe nur, du behältst recht, und es gibt keine Bewegungsmelder.«

Victors Oberkörper befand sich schon auf der anderen Seite, als er leise antwortete:

»Wir machen's, wie ich gesagt habe. Aber das Wichtigste ist: Es wird nicht geschossen, egal was passiert. Klar?«

Sie nickte, und Victor schlich in Richtung Tor. Um dem Scheinwerferlicht zu entgehen, lief er im Schatten des Zauns. Seine Rechnung war simpel: Der Wachmann, der zurückgeblieben war, hatte ins Gebäude gehen müssen, um für den Bereich, in dem sich sein Kollege nun befand, den Alarm abzuschalten. Entsprechend blieb Victor am Rand der Zone, die er für aktuell unbewacht hielt.

Gleich hinter dem Zaun diskutierte Gagné weiter mit dem Wachmann, der jedoch allmählich mit seiner Geduld am Ende war.

Victor schlich noch zehn Meter weiter durch Steine und Gebüsch, dann schwenkte er nach links und machte einen Bogen um den Wachmann, bis er genau hinter ihm stand. Der sagte gerade:

»Ich gebe dir zehn Sekunden, um in deine Karre zu steigen und abzuhauen. Sonst …«

Plötzlich spürte der Wachmann eine Pistolenlauf am Hinterkopf und erstarrte. Victor, dessen Stimme kurzzeitig vom Klicken seiner entsicherten Waffe übertönt wurde, fragte:

»Sonst was?«

45.
UNTERHALTUNG IM MONDSCHEIN

Der Saab hielt in einer dunklen Ecke auf einem Schrottplatz nahe dem Hafenterminal Montréal-Est. Victor stieg aus und öffnete den Kofferraum, in dem der an Händen und Füßen gefesselte Wachmann lag. Die Stirn des Mannes war schweißüberströmt, seine Augen wütend aufgerissen, und über dem Mund klebte ein Streifen Duct Tape. Es handelte sich um den Koloss, den Jacinthe im Theater an der Place des Arts mit einem gezielten Tritt in die Weichteile erledigt hatte.

Mit einem Messer in der Hand trat sie ins Blickfeld des Mannes.

»Ich hoffe, du bist nicht seekrank geworden. Hat's auch nicht zu stark geschwankt?«

Sie strich ihm mit der Klinge über Wange und Kinn zur Kehle, dann hinab zum Brustkorb und weiter, bis sie genau über seinem Schritt innehielt. Er blähte die Nüstern und starrte sie an mit einer Mischung aus Bewunderung und Hass.

Im selben scherzhaften Tonfall fuhr sie fort:

»Das passiert nun mal, wenn man zu billig ist für die erste Klasse.«

Die Messerspitze zeichnete kleine Kreise um seine Genitalien.

»Dabei fehlen dir ja nicht mal die Mittel. Mit solchen Kronjuwelen.«

Sie hielt inne, legte zwei Finger ans Ohr, als hätte sie per Funk eine Durchsage erhalten, und lachte dann so breit wie falsch.

»Was? Ach ja! Stimmt! Die Juwelen haben kürzlich eine Delle bekommen.«

Sie zog eine Schnute und durchtrennte seine Fußfesseln.

»Armer kleiner Schatz.«

Zwar war Jacinthes Tonfall die ganze Zeit offensichtlich übertrieben gewesen, dennoch schnaufte der Koloss erleichtert auf. Victor hatte sich die ganze Szene ungerührt angesehen, ohne auch nur eine Sekunde den Blick von dem Mann abzuwenden. Er packte ihn am Kragen und zerrte ihn im Kofferraum in eine aufrechte Position. Victors Augen funkelten vor Wut.

Vorhin auf dem Lagergelände hatte er dem Mann widerstandslos die Waffe abnehmen können und ihn gezwungen, das Tor zu entriegeln. Anfangs hatte der Koloss noch behauptet, er besitze keinen Schlüssel, doch ein heftiger Fausthieb in die Nieren hatte seinem Gedächtnis auf die Sprünge geholfen.

Nachdem das Tor geöffnet war, hatten sie ihn innerhalb einer Minute gefesselt und in den Kofferraum des Saab befördert. Victor hatte noch das Walkie-Talkie und die Waffe des Wachmanns zum Zaun geworfen, dann hatte Jacinthe den Wagen gewendet und war in entgegengesetzter Richtung davongerauscht.

Jetzt marschierte sie vor einer ausrangierten Rückbank, die im Staub auf dem Boden stand, hin und her. Darauf hatten sie ihren Gefangenen platziert. Überall um sie herum türmten sich ausgeschlachtete Autowracks und Metallabfälle.

Der Koloss, den Victor von seinem Knebel befreit hatte, spielte den starken Mann.

»Ihr krümmt mir eh kein Haar. Ich weiß, dass ihr von der Polizei seid.«

Jacinthe beugte sich über den Mann, als wollte sie ihn mit ihrem gesamten Körpergewicht erdrücken. Sie verpasste ihm ein paar kleine Ohrfeigen.

»Ach ja? Und ich glaube, du wirst nicht mehr wissen, wo oben und unten ist, wenn wir erst mal mit dir fertig sind.«

Der Koloss schien weniger von ihren Worten als von dem

Messer beeindruckt, das immer noch in ihrer Hand neben dem Oberschenkel baumelte. Im Hintergrund rauchte Gagné auf der Motorhaube des Saab eine Zigarette.

Victor sah Jacinthe auffordernd an.

»Lass uns allein, Jacinthe. Ich kümmere mich um ihn.«

Sie musterte ihn kurz, dann wandte sie sich an den Koloss:

»Ich hoffe, er nimmt dich nicht zu hart ran. Ich will doch auch noch ein bisschen Spaß mit dir haben.«

Die Augen des Mannes weiteten sich vor Entsetzen, bevor Jacinthe eine unerwartet elegante Drehung hinlegte und ging.

Victor wusste, dass der Koloss schon einiges erlebt hatte und eine harte Nuss sein würde. Aber anders als Jacinthe spielte Victor keine Rolle, um sein Gegenüber einzuschüchtern. Er kochte vor Wut bei dem Gedanken, dass der Typ, den er gleich befragen würde, bei dem Scharmützel dabei gewesen sein könnte, das ihn und Nadja beinahe das Leben gekostet hatte. Während er den Koloss weiter unverhohlen anstarrte, holte Victor sein Handy heraus, entsperrte es und zeigte dem anderen das Display.

»Sieh dir das Bild genau an.«

Sofort schüttelte der Koloss den Kopf.

»Nie gesehen.«

So schnell und heftig, dass der andere gar nicht damit rechnete, packte Victor ihn am Haar, zog ihn zu sich und zwang ihn in die Höhe. Dem Gefangenen stand der Schmerz ins Gesicht geschrieben. Dann lockerte Victor den Griff, verpasste ihm einen Stoß, und der Mann fiel zurück auf die Sitzbank. Regungslos hielt ihm Victor erneut seinen Handybildschirm hin.

»Das ist meine Freundin, im Krankenhaus. Sie wäre beinahe gestorben, weil sie ein paar Irre davon abhalten wollte, mich zu töten. So wie du und dein Kumpel an der Place des Arts.«

»Damit haben wir nichts zu tun.«

Victor verpasste dem Koloss einen Fausthieb in den Magen, und er stöhnte laut auf, als ihm die Luft entwich.

»Du antwortest, wenn ich dich darum bitte.«

Der Koloss hustete sich die Seele aus dem Leib, nickte aber.

»Und ich warne dich. Ich habe keine Zeit für Spielchen.«

Während Victor sein Verhör fortsetzte, hatte Jacinthe den Saab erreicht. Gagné schnippte gerade seine Zigarettenkippe in das rostige Wrack eines Pick-ups. Nebelschwaden waren aufgezogen und verliehen dem Schrottplatz etwas Geisterhaftes. Der Expolizist holte ein in Aluminium eingeschlagenes Päckchen aus der Tasche und wickelte es langsam aus.

Jacinthe schmunzelte.

»Hast du zufällig ein paar übrig?«

Gagné reichte ihr das Päckchen, und Jacinthe fischte sich zwei Dumplings heraus. Auch Gagné aß einen, und kurz kauten beide schweigend.

»Lessard und du, wie lange seid ihr schon Partner?«

»Seit dem 25. Mai 1995. Werde ich nie vergessen.«

Gagné wusste genau, dass er nach der Fortsetzung gar nicht erst fragen musste. Jacinthe hatte den Blick in die Ferne gerichtet.

»Als ich den Job beim Dezernat bekam, arbeitete Lessard noch mit Ted Rutherford. Eine Art Vater-Sohn-Duo. Ich hatte null Erfahrung, befand mich in einer absoluten Männerdomäne und war wütend auf die ganze Welt. Anfangs war Lessard der Einzige, der mit mir sprach. Der Einzige, der sich dafür interessierte, was ich zu sagen hatte, der mir Mut machte. Drei Monate nach meiner Ankunft ging Ted in den Ruhestand, und ich war kurz vorm Rausschmiss. Meine interne Akte hatte schon ziemlichen Umfang. Lessard hingegen war der aufgehende Stern. Er hätte sich jeden als Partner aussuchen können, aber er bestand auf mich. Warum, kapiere ich bis heute nicht.«

Lächelnd rollte Gagné eine Aluminiumkugel.

»Die Wege der Liebe sind unergründlich.«

Als Jacinthe schwieg, merkte er, dass sie in Erinnerungen versunken war.

Erster Arbeitstag im Dezernat Kapitalverbrechen. Sie hat eben erst hinter ihrem neuen Schreibtisch Platz genommen.

Aus einer Kiste mit persönlichen Sachen kramt sie ein Poster und hängt es mit Reißzwecken an die Wand, als Victor wie ein Wirbelwind ins Präsidium fegt und an ihr vorbeirauscht, ohne sie zu bemerken. Doch ein paar Meter weiter bleibt er stehen und läuft zu ihrem Schreibtisch zurück.

»Dein Poster da … Ist das nicht der Film mit der Königin, die den Söldner mit einer Gladiatorin namens Gwendoline verkuppeln will?«

Der titelgebende Vorname prangt in riesigen roten Lettern auf dem Plakat.

Jacinthe kneift die Augen zusammen und bejaht.

»Der Söldner heißt Willard. Hast du den Film gesehen?«

»Klar, ist ein Klassiker. Ich bin Victor Lessard.«

Er mustert sie einen Moment, versucht ihre Persönlichkeit einzuschätzen.

»Bist du Gwendoline oder Willard?«

Ihr Mundwinkel verzieht sich zu einem Lächeln.

»Jacinthe ›Willard‹ Taillon.«

Zum ersten Mal tauschen sie einen komplizenhaften Blick aus.

Traurig schüttelte Gagné den Kopf. Er betrachtete die Aluminiumkugel wie einen zerstörten Stern, auf dem es niemals Leben geben konnte.

»Paare, die schwierige Zeiten gemeinsam durchstehen, sind selten.«

Nickend kehrte Jacinthe aus ihren Erinnerungen zurück. Sie wusste, dass Gagné damit genauso auf ihre Schilderung anspielte wie auf seine eigene schmerzhafte Trennung.

»Ich habe Lessard ein einziges Mal hängengelassen. Ich habe nicht an ihn geglaubt, als ich es hätte tun sollen, während er's andersrum getan hätte. Ich lasse ihn nie wieder im Stich.«

»Bist du deshalb hier?«

»Deshalb und um ihn vor sich selbst zu schützen.«

Victor bekam von der Unterhaltung zwischen Jacinthe und Gagné nichts mit. Seine ganze Aufmerksamkeit galt dem Koloss, dessen Selbstsicherheit zunehmend ins Wanken geriet.

»Jetzt lass mich, Mann. Ich kenn den Typen nicht.«

Victor hielt ihm immer noch sein Handy hin. Auf dem Bildschirm prangte jetzt das Foto seiner Eltern mit Monsieur X. Der Koloss spuckte eine Mischung aus Blut und Speichel auf den Boden vor sich.

»Ich schwöre dir, ich hab den noch nie im Leben gesehen.«

»Hand aufs Herz?«

Jacinthe war wieder zu ihnen getreten, gefolgt von Gagné. Victor machte weiter:

»Was treibt ihr in der Schweißerei?«

»Darüber darf ich nicht spr…«

Victor hatte ihn erneut geschlagen, diesmal in die Leber. Der Schmerz nahm dem Koloss die Luft, und er ging zu Boden. Aus erschrockenen Augen sah er sich um, heftete den Blick an Jacinthe, als sei sie jetzt das geringere Übel. Victor hob erneut die Faust, doch die Antwort kam gerade noch rechtzeitig, bevor er den Schlag ausführte.

»Es ist eine Bitcoinmine!«

Jacinthe verzog das Gesicht, als hätte sie in eine Zitrone gebissen.

»Eine was, bitte?«

Der Koloss beeilte sich mit der Erklärung.

»Virtuelles Geld. Alles voll mit Rechnern, zur Buchung und Sicherung von Transaktionen. Da drinnen stehen Maschinen im Wert von über zwei Millionen.«

Der Mann hatte keinen Augenblick über seine Antwort nachgedacht, und Victor wusste, dass er die Wahrheit sagte. Das ging also in der Lagerhalle vor sich.

»Wer leitet das Ganze? B-Lefski?«

»Ja. Mit seiner Ex.«

Victor kniff die Augen zusammen. Aus seinem Gedächtnis tauchte das Bild einer aufgelösten Frau auf.

»Die Tänzerin? Vera Nesvitaylo?«

»Ja, sie stehen sich immer noch nahe.«

Victor warf seinen zwei Partnern einen vielsagenden Blick zu.

»Wer hängt da noch mit drin? Komarov? Thomson?«

Der Koloss zögerte nur den Bruchteil einer Sekunde, aber es reichte, damit Victor die Lüge kommen sah.

»Niemand.«

Er rammte dem Mann seinen Ellbogen gegen den Kopf, dass er auf den Rücken flog. Und noch bevor der Koloss wusste, wie ihm geschah, drückte ihm Victor das Knie auf die Kehle.

»Pack aus! Und zwar sofort!«

Das Gesicht des Mannes lief rot an, er schnappte nach Luft und stotterte:

»Okay, okay! Ich kenn sonst keine Namen. Ich weiß nur, dass da ab und zu ein Typ zum Kassieren vorbeikommt. Du erstickst mich, Mann!«

Doch Victor ließ nicht locker.

»Wer?«

Der Koloss bekam keine Luft mehr, konnte kaum noch reden.

»Eins achtzig groß, sportlich, circa fünfunddreißig. Extrem kurze Haare. Trägt immer Sonnenbrille.«

Gagné warf ein, dass der Vermummte, der das Erschießungskommando vor der Datcha Zakouski geleitet hatte, ebenfalls Sonnenbrille trug und der beschriebenen Statur entsprach.

Ein bloßer Zufall? Darüber konnte Victor jetzt nicht nachdenken.

»Ich will Namen!«

Schwankend richtete der Mann sich auf.

»Ich weiß nicht, wie er heißt. Nur dass sich B-Lefski jedes Mal in die Hose macht, wenn er vorbeikommt. Dann muss immer alles in bester Ordnung sein.«

Jacinthe schaltete sich ein.

»Wurde ihm gedroht?«

Mit hervorstehenden Augen sank der Koloss zurück. Seine Stimme war kaum mehr als ein Flüstern.

»Hat 'ne Tracht Prügel kassiert. Paar gebrochene Rippen und ausgeschlagene Zähne.«

»Warum wolltet ihr mich im Theater töten, dein Partner und du?«

»Wir wollten dich gar nicht töten. Argh!«

Victor drückte dem Koloss wieder die Kehle zu, dass die Adern an Hals und Schläfen hervortraten.

»Du lügst!«

»Nein! Das stimmt! Hör auf! Ich krieg keine Luft!«

Der Mann hatte inzwischen Todesangst und jeden Widerstand aufgegeben. Jacinthe legte ihrem Partner eine Hand auf die Schulter, und er ließ vom Koloss ab, der sich japsend verschluckte.

»Ich verarsch dich nicht, Mann. Wir sollten dir bloß eine Nachricht überbringen.«

Jacinthe zischte belustigt:

»Na, dann solltest du aber dringend an deinen Manieren arbeiten, mein Großer. Ich geb dir gern die Nummer meines Therapeuten.«

Victors Neugier war noch nicht befriedigt.

»Was für eine Nachricht?«

»B-Lefski wollte mit dir reden.«

Da hatte der junge Rapper eine ziemlich seltsame Art zu kommunizieren, fand Victor, behielt den Gedanken aber für sich.

»Wo kann ich ihn finden? In der Bitcoinmine?«

»Nein, heute nicht. Er ist in den Katakomben.«
»Den Katakomben? Wo sind die?«
Der Koloss sah ihn flehend an.

46.
DIE KATAKOMBEN

Von den Bässen und Percussions vibrierten die Backsteinwände, an denen Victor entlanglief. Das in einer mit Metallcontainern vollgestopften Hinterhofgasse in Hochelaga gelegene Gebäude pulsierte im Rhythmus der Musik, die aus seinem Inneren dröhnte.

Als Victor klar gewesen war, dass er nichts weiter aus dem Koloss herausbekommen würde, hatten sie den Schrottplatz verlassen. Der Mann hatte ihnen alles verraten, was er wusste, also ließen sie ihn dort zurück, nahmen ihm aber vorher noch Telefon, Hose und Schuhe ab. Gagné drückte ihm schließlich die Thermoskanne Tee in die Hand, die er aus Chinatown für sie mitgenommen hatte.

Verärgert schüttelte Jacinthe den Kopf.

»Du bist einfach zu nett.«

Victor sah sich im Gehen in der Straße um. Es war niemand zu sehen, außer zwei Typen, die vor einer Metalltür herumlungerten. Kurz darauf stand er vor ihnen. Von der Musik im Klub bebte die Tür. Die zwei Kerle – finstere Mienen, bedrohliche Körperhaltung – trugen Jacken eines der berüchtigtsten Montréaler Motorradklubs der letzten Jahre: der Death Riders, entstanden aus einem Anwärtertrupp der Hells Angels.

Wortlos suchte ihn der eine Biker mit einer Art Flughafendetektor ab, während ihm der andere ein Terminal hinhielt. Darauf gab Victor die Zahlenfolge ein, die der Koloss ihm widerwillig genannt hatte.

Auf dem Bildschirm erschienen die Worte: *Authentifizierung erfolgt*. Er gab das Gerät zurück, versuchte seine Unruhe zu kaschieren und dachte noch einmal an sein Gespräch mit Jacinthe, bevor er aus dem Saab gestiegen war.

»Woher weißt du, ob der Code immer noch funktioniert?«

Victor hatte ihr seine Pistole gereicht.

»Wie sonst soll Gagné reingekommen sein?«

Sie hatte die Arme verschränkt.

»Vielleicht funktioniert er immer nur einmal.«

Dass er ihren Einwand nicht ganz ernst nahm, bestärkte sie nur.

»Das ist alles keine gute Idee. Ich komme mit.«

»Irgendwer muss uns draußen den Rücken decken, Jacinthe. Wir machen's, wie wir gesagt haben. Es gab schon genug Tote.«

»Ganz genau!«

Victor hatte sie vernichtend angesehen, und sie hatte die Faust aufs Armaturenbrett krachen lassen.

»Wenn ich in zwanzig Minuten nichts von dir gehört habe …«

»Wir haben dreißig abgemacht, Jacinthe.«

»Und jetzt sind es nur noch zwanzig!«

Ohne weitere Erwiderung war Victor ausgestiegen und auf das Gebäude zugelaufen. Sollten die Motorradtypen ebenfalls seine Personenbeschreibung haben oder der Code falsch sein, wäre er ihnen unbewaffnet ausgeliefert.

Er konzentrierte sich aufs Display, das immer noch kein Ergebnis ausspuckte, und zwang sich, ruhig zu bleiben. Nach einer gefühlten Ewigkeit erschien endlich die Bestätigung. Der Mann mit dem Handterminal gab seinem Kollegen ein Zeichen, der daraufhin drei Schlüssel herausholte, die Tür entriegelte und zur Seite trat, um Victor durchzulassen.

Drinnen fand er sich in einem dunkel gemauerten Korridor mit Stroboskoplicht wieder. Am liebsten hätte er sich die Ohren zugehalten, so laut war die Musik, aber er bedankte sich nur bei dem Mann, der ihm geöffnet hatte, und wagte sich vor.

In seinem Kopf überschlugen sich die Fragen. Was hatte B-Lefski ihm so Wichtiges zu sagen, dass er zwei Typen schickte, um ihn abzufangen? Und welchen Zusammenhang gab es zwischen dieser Nachricht, den Morden an Lefebvre, Komarov und Thomson, der Kryptocoinmine und dem Tod seiner Eltern?

In der Hoffnung, dass er den Antworten mit jedem Schritt näherkam, lief er den Korridor entlang. Auf die Wände waren flackernd Worte projiziert: *Unendlichkeit, Einsamkeit, Abgrund* …

Victor fiel auf, dass der Boden abschüssig war. Zweifellos begab er sich unter die Erde. Am Ende stand er vor einer Mauer in einem lilafarbenen Lichtkreis. Er fragte sich noch, wie es von hier aus weiterging, als die Mauer nach rechts schwang und den Blick auf eine Menschenmenge freigab. Ihre Umrisse wogten im hypnotischen Rhythmus elektronischer Musik wie eine Welle in der Brandung. Victor zog seine Lederjacke aus und rollte die Hemdsärmel hoch. Die Hitze war unerträglich.

Aufmerksam bahnte er sich einen Weg durch die Masse sich umarmender, vermischender und vor Schweiß glänzender Körper. Eine beeindruckende Dragqueen mit türkisen Haaren, rasierten Schläfen und silberglänzendem Make-up warf ihm einen schmachtenden Blick zu und fuhr sich mit der Zunge über die feuchten Lippen. Er lächelte ihr höflich zu und setzte seinen Weg fort, vorbei an zwei barbusigen Frauen, die sich leidenschaftlich küssten.

Langsam überkam ihn Panik, und er wusste auch, warum: Tendenziell litt er unter Klaustro- und Agoraphobie, und in dem schmalen Gang, den er durchquerte, mussten sich gut hundert Personen befinden. In seinen Ohren pfiff ein schriller Ton, vermischte sich mit der Musik und dem Schreien der lachenden Münder. Victor hatte den Eindruck, als tauchte er in die Eingeweide eines Tieres ab, in seine pochende Herzkammer.

Über die verschlungenen Körper hinweg erspähte Victor eine Tür, die zu einem größeren Raum führte. Das bläuliche, weiche

Licht, das aus diesem fiel, zog ihn magisch an. Sanft legte er die Hand auf eine nackte Schulter und drückte diese beiseite, um sich einen Weg zu bahnen. Die junge Frau, der die Schulter gehörte, hatte rote Haare, und ihr Gesicht war bis auf zwei schwarze Ringe, die vollständig ihre Augen und Lider bedeckten, weiß geschminkt. Sie musterte ihn ausdruckslos. Dann erschien ein geheimnisvolles Lächeln auf ihren blutroten Lippen, und sie hob langsam die Hand. Sie hielt eine Peitsche, und erst jetzt fiel Victor auf, dass die Frau einen Latexanzug trug, der ihren Hintern freiließ. Er lächelte zurück, als sie schon verführerisch den Mund öffnete, ließ sich aber nicht aufhalten.

Wenige Schritte später erreichte er mit rasendem Puls die Tür zu dem größeren Saal. Er wischte sich über die Stirn und trat erleichtert über die Schwelle, als hätte er ein Minenfeld überwunden. Er befand sich in einem rechteckigen Raum, einer Art Zwischengeschoss, gerammelt voll mit den unterschiedlichsten Gestalten. Vor seinen Augen erstreckte sich im Becken eines ehemaligen öffentlichen Schwimmbads die Tanzfläche.

Victor entdeckte ein freies Stück Geländer, an das er sich lehnte. Links hinter ihm befand sich eine lange Bar, an der drei Kellnerinnen mit routinierten Gesten die Menge abfertigten. Von der Decke hing eine riesige, von gelben Lasern angestrahlte Discokugel, deren Glitzern die Feiernden sprenkelte.

Für einen Beobachter musste es wirken, als sähe Victor den Tanzenden zu. Alle schienen angetrieben von derselben Kraft, getragen vom selben Rausch. Doch in Wahrheit bewegte Victor kaum merklich den Kopf von rechts nach links, notierte sich im Geist die Positionen der Überwachungskameras und lauerte auf die geringste Auffälligkeit.

Er wusste, dass sich die Dinge überschlagen würden, sollte ihn jemand entdecken. Bestenfalls legte ihm ein Securitymann die Hand auf die Schulter und bat ihn mitzukommen. Schlimmstenfalls … Er schob den Gedanken beiseite. Lieber redete er sich ein, dass er das Schlimmste schon vor der Datcha erlebt hatte, machte sich aber keine Illusionen. Die Frage war nicht, ob man ihm auf die Schliche kommen würde, sondern wann. Solange er sich mitten in der Höhle des Löwen befand, schwebte er in akuter Gefahr und musste handeln.

Er verließ das Geländer und lief auf die Treppe zu, die hinab auf die Tanzfläche führte. Dazu drängelte er sich durch die vor der Bar wartenden Gäste. Ihn trennten nur noch wenige Schritte von der Treppe, als ihn plötzlich ein Mann anstarrte, der diese gerade heraufkam. Geschwollene Augen und ein X aus Heftpflastern über der ramponierten Nase.

Ein Pärchen rempelte Victor an, der wie gelähmt an Ort und Stelle klebte: Er erwiderte den Blick des Mannes, der auf der letzten Treppenstufe stehen geblieben war. Er hatte ihn augenblicklich wiedererkannt, und der andere ihn ebenfalls. Es war der zweite Angreifer von der Place des Arts, der Marathonläufer.

Die Ironie, dass sie sich ausgerechnet unter diesen Umständen – sozusagen auf einer Treppe – wiedertrafen, entging weder Victor noch seinem Gegenüber. Nur waren die Rollen diesmal vertauscht: Die Beute war zum Jäger geworden. In dem Moment, in dem sich ihre Blicke voneinander lösten, machte der Marathonläufer kehrt und sprintete die Stufen hinab. Sofort nahm Victor die Verfolgung auf.

Da er kleiner und flinker war als Victor, erreichte der Marathonläufer mit einigem Vorsprung die Tanzfläche. Victor musste ihn um jeden Preis einholen, bevor der andere Alarm schlagen konnte.

Eine Schreckensvision ließ Victor das Blut in den Adern gefrieren. Da er etwas weiter oben stand, konnte er sehen, wohin der Marathonläufer unterwegs war: Zwar wurde er von der Menge gebremst, die sich vor der an die Tanzfläche grenzenden Bar drängte, doch er bewegte sich direkt auf einen schwarz gekleideten Mann zu.

Mit Knopf im Ohr und Funksender an der Schulter stand dieser vor einem schmalen Notausgang hinter der Bar. Ein Sicherheitsmann. Ohne sein Tempo zu verlangsamen, ließ Victor den Blick über den Saal schweifen. Er zählte sechs Ausgänge und insgesamt ebenso viele schwarz gekleidete Männer davor. Fraglos schwirrten noch mehr von ihnen herum. Wenn der Marathonläufer diesen einen erreichte, würde er eine Kettenreaktion auslösen: Der Sicherheitsmann würde bei seinen Kollegen Verstärkung anfordern, und Victor säße in der Falle.

Seine Beine fühlten sich plötzlich viel schwerer an, als Victor auf die letzte Stufe trat. Alles geschah wie im Zeitraffer; Gesichter und Schatten rasten an seinen Augen vorbei. Jetzt, wo er mit dem Marathonläufer auf einer Ebene war, verlor Victor den wesentlich kleineren Mann in der Menge aus den Augen.

Er musste eine Entscheidung treffen. Noch konnte er den Rückzug antreten und der Falle entkommen, die sich langsam um ihn schloss. Doch wieder verfolgte ihn Nadjas Anblick, die wegen dieser Feiglinge ans Bett gefesselt war. Das unerträgliche Bild zwang ihn zum Weitergehen, egal was sein Verstand ihm riet.

Hektisch suchten seine Augen die Menge ab. Wo war der Mann hin? War es schon zu spät? Beginnend bei dem Sicherheitsmann, zu dem der Marathonläufer unterwegs war, überflog Victor die Reihe an Schultern und schätzte, ausgehend von dem Punkt, an dem er den Kerl aus den Augen verloren hatte, ab, wie viel Strecke er noch zurücklegen musste.

Sein Brustkorb brannte, und sein Herz raste, während er sich so schnell und unauffällig wie möglich einen Weg vorwärts bahnte, seine Schultern und Hüften wegdrehte und bestimmt, aber ohne zu rempeln, mit den Händen auf fremden Rücken Körper auseinanderschob. Plötzlich tauchte kurz vor dem Sicherheitsmann der Kopf des Marathonläufers wieder auf.

Victors Beine verweigerten jeden weiteren Schritt. Er wusste: Der Marathonläufer war zu wendig, zu flink, als dass er ihn noch einholen konnte. Er gab sich geschlagen. Er war verloren. Und damit jede Hoffnung, die Wahnsinnigen zu finden, die Nadja und ihn hatten töten wollen.

Victor konnte nicht fassen, dass die Geschichte so endete. Sonst ließe er es jederzeit auf eine Auseinandersetzung ankommen, aber mit seiner verletzten Schulter zöge er nicht nur aufgrund der gegnerischen Überzahl den Kürzeren. Seine beste Option war nach wie vor, in der Menge unterzutauchen und aus dem Gebäude zu verschwinden, bevor ihn jemand schnappte.

Doch als er gerade abhauen wollte, sah er eine Hand aus der Menge hervorschießen, den Marathonläufer am Kragen packen und in Richtung eines anderes Raums aus Victors Blickfeld ziehen.

Er selbst brauchte ein paar Sekunden, um die Tür zu erreichen, durch die der Marathonläufer mit dem anderen Mann verschwunden war. An einer Stelle war sie aus der Angel gerissen. Wer immer ihm vorausgegangen war, hatte die Tür also mit Gewalt geöffnet. Victor schloss sie hinter sich und ging wachsam weiter. Offensichtlich befand er sich in einem Lager. Der Raum stand reihenweise voll mit Getränkekisten und Alkoholnachschub.

Ganz hinten machte er zwei Männer aus. Der eine von ihnen grinste breit.

»Hab mich schon gefragt, wo du bleibst. Wir haben extra auf dich gewartet.«

Den Rücken an der Wand hielt Gagné den Marathonläufer in Schach. Er hatte ihm den Arm umgedreht.

Victor verlor keine Zeit mit überflüssigen Worten.

»Ich muss B-Lefski sprechen.«

Der Marathonläufer grinste trotzig.

»Und woher soll ich wissen, wo der ist?«

Victor lachte leise, dann stimmte Gagné mit ein und sagte amüsiert und laut genug, um die Musik zu übertönen, zu dem Mann:

»Ich wette zehn Dollar, dass es dir gleich einfällt.«

Victor klemmte die gepflasterte Nase des Mannes zwischen Daumen und Zeigefinger und zog mit aller Kraft.

»Tut weh, was?«

Das animalische Brüllen des Marathonläufers verlor sich im Wummern der Musik.

Victor hatte nicht bemerkt, dass er beobachtet worden war. Weiter hinten auf dem Zwischengeschoss hatte eine junge Frau gestanden und reglos den Blick auf ihn geheftet. Als er hinter dem Marathonläufer im Lager verschwand, zögerte sie einen Moment, begab sich dann aber die Treppe hinunter zum Ausgang. Kurz bevor sie die Katakomben verließ, zog sie sich die Kapuze ihres Pullovers über das dunkle Gesicht.

47.
DO IT. DO IT. DO IT.

I know I see everything for what it is. Infinity. Revelation. Four thoughts at the same time. Ten Times the same time. Die düsteren und ätherischen Klänge des Songs *Infinity* von Suuns dröhnten in voller Lautstärke im Kopfhörer Lucas Bérubé-Bilefskis, der das Stück seit einer Stunde in Endlosschleife hörte.

Er stand in einer schwarzen Jeans und einem T-Shirt, auf dem das Gesicht John Frusciantes prangte, vor der Terrassentür, rauchte einen Joint und betrachtete die Lichter der Stadt, die sich unter ihm bis zum Horizont erstreckte. *I know I see I'm in a street. Blood red light. Infinity. Isolation.* Es war noch nicht lange her, da hatte ihm diese Stadt zu Füßen gelegen. Was war passiert? Wann hatte alles angefangen, aus dem Ruder zu laufen? Er seufzte, denn er wusste nicht, ob er die Kraft aufbringen würde, sein Vorhaben durchzuziehen. *Do it, do do do do it,* suggerierte die Stimme des Sängers.

Hinter ihm, auf dem Fußboden seines Kreativzimmers – ein verglaster Kubus aus schwarzem Metall, den er sich auf dem Dach des Hauses hatten bauen lassen, das die Katakomben beherbergte –, lagen fächerförmig ausgebreitet Zettel und ein Keyboard, das an ein MacBook gestöpselt war. Er arbeitete an einer neuen Komposition, war aber über erste Ansätze noch nicht hinausgekommen.

Seit einiger Zeit war seine schöpferische Quelle versiegt, und er versuchte mit allen Mitteln, sie wieder zum Sprudeln zu bringen. Wieder einmal hatte er verschiedene unfertige Texte nebeneinandergelegt und hoffte auf einen Geistesblitz, der ihm half, verschiedene Ideen miteinander zu verknüpfen – eine Collagetechnik, auf die auch David Bowie in einer bestimmten Phase zurückgegriffen hatte –, doch die Worte entglitten ihm und schwirrten um ihn herum, ohne dass er sie einfangen konnte.

Er war zu ruhelos, um kreativ zu arbeiten. Ob er jemals wieder zur Ruhe kommen würde? Was für ein Schwachsinn, dieser Mythos vom Künstler als Schmerzensmann, der nur produktiv sein konnte, wenn sein Leben Stück für Stück in die Brüche ging. Das Gegenteil war richtig. Er brauchte einen klaren Kopf, damit sich sein Schaffensdrang regenerieren konnte. War es nach dem, was er getan hatte, noch möglich, sich von dieser Last zu befreien, die ihm auf der Seele lag und sein Gewissen belastete?

Er schloss die Augen und zog an dem Joint. Die Droge begann zu wirken und ihn zu beruhigen. Einen Moment lang ging sein ganzer Körper in der Musik auf. Befeuert vom Rhythmus gerieten die Finger seiner rechten Hand neben dem Ohr in Bewegung.

B-Lefski, die Kunstfigur, die er erschaffen hatte, erdrückte ihn. Nur die ersten Werke sind authentisch. Sie sind die einzig wahren, die Frucht eines trächtigen Lebens. Dann erwacht der Wunsch nach einem »Weiter-so«, und der Schaffensprozess wird immer schwieriger. Ein Künstler, so dachte er immer öfter, wird um seine Freiheit beneidet, doch wird dabei außer Acht gelassen, dass er Tag für Tag kreativ sein muss, dass er relevant bleiben muss und ständig dazu verdonnert ist, das Publikum zu unterhalten.

Lucas hielt die Augen geschlossen, während sich seine Gedanken im Kreis drehten, durch seine Adern krochen, in seinem Bauch kribbelten.

Mit übergezogener Kapuze und Kopfhörer auf den Ohren geht er durch die Rue Cedar. Robert Thomson will ihn nicht sehen, aber er wird ein Treffen erzwingen. Es muss es tun, um Vera zu schützen. Als er den Blick hebt, sieht er, wie Polizisten vor dem

Haus ein gelbes Plastikband spannen. Überraschung zeichnet sich auf seinem in Blaulicht getauchten Gesicht ab, dann Angst.

B-Lefski hat immer gewusst, dass jederzeit der rote Laserpunkt eines Präzisionsgewehrs auf seiner Stirn auftauchen konnte. Und dass das dann das Ende wäre. Und vielleicht wäre es auch besser so. Lefebvre und Komarov haben sie schon umgebracht. Was sie mit dem Journalisten, einem unbescholtenen Familienvater, gemacht haben, kann auch ihm passieren. Der Tod kann ohne Vorwarnung zuschlagen. Damit hat er sich abgefunden. Aber jetzt, wo auch Thomson auf der Liste steht und ein Dominoeffekt eingetreten ist, muss er rasch handeln. Geschockt setzt er seinen Weg fort, ohne stehen zu bleiben.

B-Lefski hatte das Klingeln des Aufzugs nicht gehört, als die Kabine Sekunden zuvor die Etage erreicht hatte, doch er zuckte nicht mit der Wimper, als die Musik in seinen Ohren verstummte und Victor Lessards Spiegelbild in der Scheibe erschien, in der Hand ein Blatt Papier, das er beim Ausschalten der Stereoanlage vom Klavier geklaubt hatte.

B-Lefski nahm den Kopfhörer ab und drehte sich zu ihm um. Ungerührt zog er am Joint und hielt ihn Victor hin, der mit einem Kopfschütteln ablehnte. Der junge Rapper hob den Arm, deutete auf einen Sessel und forderte ihn auf, sich zu setzen. Wieder lehnte Victor ab.

Die beiden Männer musterten einander. Der Jüngere war sich darüber im Klaren, dass der andere ihm das Genick brechen konnte, wenn er wollte.

Victor ließ den Blick über das Blatt des Rappers wandern und brach das Schweigen.

»*Les étoiles tournent trop vite.* Ist das ein neuer Song?«

»Soll ich ihn dir vorspielen?«

In B-Lefskis Stimme schwang nichts Herausforderndes oder Arrogantes. Nur die Resignation eines Mannes, der gezwungenermaßen beschlossen hatte, sein Herz und sein Gewissen zu erleichtern.

Victor bemerkte ein gerahmtes Platinalbum an der Wand hinter dem kleinen Schreibtisch.

B-Lefski – *Grammatica.*

Er erkannte auch das laminierte Werbeplakat eines Albums, das ihm mal etwas bedeutet hatte, *Wish you were here* von Pink Floyd. Darauf waren zwei Geschäftsmänner zu sehen, die einander die Hand gaben, wie um einen Handel zu besiegeln. Nur dass einer der beiden in Flammen stand wie eine menschliche Fackel. Unter dem Plakat war ein fleckiges und zerknittertes Blatt Papier an die Wand geheftet. Darauf war mit Filzstift der Text eines alten Songs von Neil Young gekritzelt. »And once you're gone, you can never come back. When you're out of the blue and into the black. It's better to burn out than to fade away. The king is gone but he's not forgotten.«

Plötzlich bekam Victor Lust auf einen Drink. Doch das verging. Es verging immer.

»Anscheinend hattest du eine Nachricht für mich, als wir uns begegnet sind. Was wolltest du mir sagen?«

»Dass du verschwinden und die Geschichte vergessen sollst, so lange noch Zeit ist.«

Der Blick, den Victor ihm zuwarf, war wie ein Schrei.

»Ich nehme an, das wolltest du mir aus reiner Nächstenliebe sagen?«

»Vor allem wollte ich Vera aus der Schusslinie bringen.«

Victor überlegte kurz und kombinierte: Wenn der Rapper in ihm eine Bedrohung für die junge Frau gesehen hatte, dann weil er wusste, dass er bei der Schießerei mit Komarov zusammen gewesen war.

»Als ich bei ihr war, wusste sie noch nichts von dem Mord an ihrem Onkel. Du aber sehr wohl …«

B-Lefskis Schweigen kam einem Geständnis gleich.

»Warum hast du es ihr nicht gesagt?«

Der Rapper senkte beschämt den Kopf.

»Ich ... habe es nicht fertiggebracht. Ich war zu feige.«

»Und die Schießerei ... Wie hast du davon erfahren?«

»Das ist unwichtig.«

Victor trat auf den jungen Mann zu und packte ihn am Kragen.

»Weißt du, was sie mir angetan haben? Weißt du, dass die Frau, die ich liebe, in Lebensgefahr schwebt? Du erklärst mir jetzt, warum. Und zwar fix!«

Er hatte die letzten Worte gebrüllt und B-Lefski so brutal gestoßen, dass der rücklings zu Boden gestürzt war.

»Ich habe eine SMS bekommen. Du hast auf einer Todesliste gestanden.«

Victor packte ihn an den Haaren und zwang ihn aufzustehen.

»Auf was für einer Todesliste?«

B-Lefski brüllte in derselben Lautstärke zurück.

»Auf der Todesliste der Freelander.«

48.
LES ÉTOILES TOURNENT TROP VITE

Das Gebrüll war einer Stille gewichen, in der die letzten gebrochenen Echos verklangen, und das in Wallung geratene Blut der beiden hatte sich abgekühlt. Victor erster Reflex war, aus B-Lefski mehr über die Freelander herauszuquetschen, da der Rapper aber von sich aus den Mund aufmachte, ließ er ihn einfach reden.

»Vor zwei Wochen kommt ein Journalist zu mir und stellt Fragen zu Nikolaï Komarov, Veras Onkel. Ich lehne es ab, mit ihm zu reden, doch der Typ weiß schon eine ganze Menge. Ein paar Tage später wird er in seinem Wohnzimmer ermordet. Und als ich dann von den Scharfschützen auf dem Mont Royal höre, wird mir der Zusammenhang klar. Ich weiß, dass es die Freelander waren. Nach der Schießerei vor der Datcha erfahre ich von einem Angestellten, mit dem ich befreundet bin, dass sie Nikolaï erledigt haben, zusammen mit einem anderen Mann.«

B-Lefski räusperte sich.

»Ein paar Stunden später kriege ich eine SMS mit deinem Foto. Ich kenne dich nicht. Hab dich nie im Leben gesehen. Aber die Freelander befehlen allen ihren Kontaktleuten, dich zu erschießen, wenn sie dich sehen, warnen aber gleichzeitig davor, dass du gefährlich und bewaffnet wärst. Ich bin kein Mörder, und ich traue den Freelandern nicht. Deshalb wollte ich mir dir reden. Um herauszufinden, was da vorging und ob Vera und ich wegen der Bitcoinmine in Gefahr waren.«

»Du hast befürchtet, sie könnten auch euch aufs Korn nehmen.«

»Man kann nie vorsichtig genug sein.«

»Wer waren die zwei Schläger, die du mir geschickt hast?«

»Zwei Jugendfreunde, denen ich eine Chance gegeben habe.«

Ein Schatten huschte über sein Gesicht.

»Du hast sie doch nicht …?«

Victor beruhigte ihn mit einem Kopfschütteln.

»Und die Freelander?«

Er hielt die Frage absichtlich vage. Als spräche er mehr zu sich selbst als zu seinem Gegenüber, antwortete B-Lefski:

»Eine bewaffnete rechtsextremistische Gruppe. Rocker und ehemalige Soldaten.«

Er öffnete die Glastür und trat aufs Dach hinaus. Victor folgte ihm. Die Lichter der Stadt flimmerten unten wie Glühwürmchen.

»Was genau sind die? Eine Bürgerwehr wie die Soldiers of Odin oder die Three Percenters?«

B-Lefski trat hart gegen die Blechkante und an den Abgrund heran, während Victor hinten auf der Holzterrasse stehen blieb, neben einem Kugelgrill.

»Nein. Die Freelander sind zehnmal gefährlicher. Sie agieren vollständig im Verborgenen. Und sie haben dic Mittel, die sie zum Erreichen ihrer Ziele brauchen.«

Langsam fügten sich die Teile des Puzzles ins Victors Kopf zusammen.

»Die Typen veranstalten mit Sicherheit keine Spendensammlungen. Wie finanzieren sie sich? Mit deiner Bitcoinmine?«

Der Rapper nickte. Victor sah ihn finster an.

»Was genau wollen sie?«

»Sie glauben, dass es zu viele Migranten gibt, die unsere Werte nicht teilen. Dass das Land daran zugrunde gehen wird und wir uns auf einen Krieg vorbereiten müssen.«

Die Nacht war kalt und windig, und die Stimmung der beiden Männer verdüsterte sich. Doch während B-Lefski Vergangenem nachtrauerte, wurde Victor von bohrenden Fragen gequält.

»Warum haben sie mich angegriffen?«

»Keine Ahnung. Aber die Typen schrecken vor nichts zurück, wenn man ihnen in die Quere kommt.«

»Inwiefern ist Lefebvre ihnen in die Quere gekommen?«

B-Lefski zuckte mit den Schultern.

»Der Journalist? Hat wohl zu viele Fragen gestellt.«

»Und Komarov? Hat er auch zu viele Fragen gestellt?«

»Er konnte die Freelander identifizieren. Wie Robert.«

»Robert Thomson … Was für eine Rolle hat er gespielt? Und Russland? Gibt es da eine Verbindung?«

»Ich weiß nur, dass er Partys bei sich gegeben hat, zu denen auch Komarov und die Freelander eingeladen waren.«

Victor wollte mehr über diese Partys wissen, doch B-Lefski behauptete, er habe nie eine besucht.

»Wie bist du dazu gekommen, mit ihnen Geschäfte zu machen? Über Veras Onkel?«

Der junge Mann schien in Erinnerungen abzutauchen.

»Mir war klar, dass das mit der Musik nicht ewig so weitergeht, und ich hatte Freunde, die sich als Miner betätigten. Ich habe investiert. Nikolaï hat sich dafür interessiert. Er hat Fragen gestellt. Und irgendwann habe ich gesagt, dass man mit mehr Rechnern mehr Kohle machen könne …«

Victor gewann ein immer klareres Bild.

»Aber du hattest nicht das Geld, um sie zu kaufen. Also hat er Investoren angeschleppt … die Freelander.«

Der Rapper drehte sich zu ihm um und nickte, offenbar nicht im Mindesten überrascht. Als hätte er seinem Gegenüber solche Schlussfolgerungen von vornherein zugetraut.

»Ich habe aber erst später erfahren, wer sie wirklich sind.«

Victor steckte sich eine Zigarette an. Er zog so kräftig, dass der Tabak knisterte, und atmete den Rauch durch die Nase aus.

»Welche Rolle hat Vera dabei gespielt? Hat sie euch als Strohfrau gedient?«

B-Lefskis Blick folgte dem beleuchteten Band der Straße, das unten am Haus vorbeilief.

»Nikolaï wollte ihr seinen Anteil am Gewinn zukommen lassen. Ich hatte damit kein Problem, bis ich begriff, worauf ich mich da eingelassen hatte. Wir haben uns zerstritten.«

»Ist das der Grund, warum du nicht mehr mit Vera zusammen bist?«

»Sie wollte einfach nicht wahrhaben, dass Nikolaï in dubiose Geschäfte verwickelt war.«

Victor trat mit drohender Miene auf ihn zu.

»Nenn mir Namen.«

B-Lefski hob beschwichtigend die Hände.

»Ihr Chef lässt sich Messiah nennen.«

Victor starrte ins Leere, als wollte er es verschlingen.

»Ein Typ, der ständig Sonnenbrille trägt?«

Der Rapper machte einen Schritt auf ihn zu.

»Einmal habe ich seine Augen gesehen. Das war vielleicht komisch. Das eine ist braun, und das andere sieht aus wie ausgebleicht.«

»Hat er das von Geburt an? Oder ist es eine Krankheit?«

Ein Licht flammte in der Dunkelheit auf. B-Lefski setzte den Joint wieder in Brand.

»Keine Ahnung.«

»Und die anderen?«

»Haben auch alle Spitznamen.«

Victor erinnerte sich an eine herrische Stimme, die er Kommandos hatte bellen hören, als er, an der Schulter getroffen, ohnmächtig geworden war. Pac Man, Black Dog … Er murmelte vor sich hin.

»Weiße Rassisten …«

Er hatte diese Worte ausgesprochen, wie um sie sich besser einzuprägen.

»Und du, Lucas? Hast du Angst, du könntest der Nächste auf der Todesliste sein?«

Er lauerte auf B-Lefskis Reaktion. Doch statt Angst, wie er erwartet hatte, las er in seinem Gesicht nur Resignation.

»Der Einzige, der mir Angst macht, bin ich selbst.«

Victor war sich nicht sicher, ob er den Wink kapiert hatte, nahm sich aber vor, darauf zurückzukommen. Er griff in seine Jacke, zog das Foto heraus, das bei Komarov gefunden worden war, und zeigte es ihm.

»Kennst du jemanden da drauf? Stell sie dir vierzig Jahre älter vor.«

Der Rapper erkannte weder seine Eltern, was logisch war, noch den anderen Mann auf dem Foto.

»Weißt du, was das Programm *Rote Flut* ist?«

Eine Funkengarbe stob übers Dach. B-Lefski hatte den Joint weggeschnippt.

»Nie davon gehört.«

Victor sah ihn forschend an.

»Sie ist wirklich schön«, sagte B-Lefski. »Wer ist das?«

Victors Züge verfinsterten sich. Er steckte das Foto wieder ein.

»Meine Mutter. Das war meine Mutter.«

Der Rapper war von der Dachkante zu ihm auf die Terrasse zurückgekehrt.

»Glaubst du nicht, dass alles ein Fake ist?«

Victor zog die Stirn kraus und sah ihn an. Aus B-Lefskis Gesicht war jeder Ausdruck gewichen.

»Wie meinst du das? Was ist ein Fake?«

Das Telefon in Victors Tasche vibrierte. Er ließ die Mailbox rangehen.

»Alles. Das Leben. Der Tod. Die Realität. Gefühle. Hast du nicht manchmal das Bedürfnis, mit dir ins Reine zu kommen? Zu verschwinden? In der Dunkelheit gibt es nur mich und mich. Nichts am anderen Ende der Leitung.«

Er entsperrte sein Handy und hielt es Victor hin, der bei dem Anblick zusammenzuckte. Ein Foto von Vera beim Meditieren,

Kopfhörer auf den Ohren, die Augen zu. Im Vordergrund eine Pistole mit Schalldämpfer, deren Lauf auf sie gerichtet war.

Victor sah B-Lefski an.

»Wann ist das …«

Es war einer dieser Momente, in denen alles in Bewegung gerät, sich im Kopf eine Blockade löst und eine Welt auftut, in die man eintaucht, ohne zu wissen, was sich darin verbirgt oder ob man jemals den Weg zurück finden wird.

B-Lefski hatte die Flasche mit dem flüssigen Grillanzünder ergriffen, und noch bevor Victor begriff, was geschah, hatte er sich den gesamten Inhalt über Kopf und Körper gekippt. Ein Feuerzeug erschien in seiner Hand.

»Lucas, hör zu …«

Der junge Mann zitterte.

»Ich bin das Kämpfen leid …«

Victor suchte seinen Blick, doch der andere wich ihm aus. Mit erhobenen Händen glitt er unmerklich auf ihn zu.

»Lucas, hör mir zu. Denk an Vera.«

Mit weit aufgerissenen Augen suchte B-Lefskis in sich selbst, in seiner gequälten Seele.

»Das tue ich ja. Ich denke die ganze Zeit an Vera.«

Victor schwenkte das noch leuchtende Handy des anderen.

»Wann hast du das bekommen?«

»Kurz bevor du hier aufgekreuzt bist. Es war eine Nachricht dabei: ›Warte, bis wir uns melden.‹«

»Sie werden ihr nichts tun. Sie sind auf dich und deine Bitcoinmine angewiesen.«

»Das Foto ist eine Warnung«, erwiderte B-Lefski mit verzweifelter Stimme. »Es soll mir zeigen, dass sie mich in der Hand haben. Sie erpressen mich mit Vera, damit ich tue, was sie wollen. Aber sie weiß nichts Relevantes. Sie hat sie nie zu Gesicht gekriegt.«

»Sag mir, wo sie ist! Wir regeln das gemeinsam, ich gebe dir mein Wort.«

Der Rapper schüttelte den Kopf. Innerhalb von Sekunden schien sein Gesicht komplett eingefallen zu sein, als hätte man Knochen und Knorpel entfernt.

»Du verstehst nicht! Ich habe ihnen Geld gestohlen! Und Nikolaï ist nicht mehr da, um meinen Fehler auszubügeln. Egal wo ich hinschaue, überall ist eine Mauer. Aber diese Typen sind Soldaten, keine Psychopathen. Wenn ich weg bin, ist Vera außer Gefahr. Das ist der einzige Weg, den Teufelskreis zu durchbrechen und wieder frei zu werden. Ins Reine zu kommen.«

Victor machte einen Satz auf ihn zu.

»Nein! Tu's nicht, Lucas!«

Doch es war zu spät. B-Lefski hatte das Feuerzeug angeschnippt. Sein Körper fing sofort Feuer. Und während Victor mit seiner Lederjacke versuchte, die Flammen zu ersticken, sah er, wie sie sich bereits in das Gesicht des jungen Mannes fraßen und es verwüsteten. Dann plötzlich lief dieser zur Dachkante zurück, und mit Entsetzen sah Victor, wie der Feuerball durch die Dunkelheit loderte und ins Nichts stürzte. B-Lefski war ohne einen Schrei in die Tiefe gesprungen.

49.
DIE FARBE DER HAUT

Mit zerzaustem Haar und tränennassen Wangen kniete Vera auf dem Fußboden in ihrer Wohnung, an Händen und Füßen gefesselt. Angsterfüllt blickte sie auf den vermummten Mann, der vor ihr stand und eine Pistole mit Schalldämpfer auf ihren Kopf richtete. Sie blinzelte mehrere Male, als versuchte sie, einen Albtraum zu verscheuchen.

»Ich schwöre, dass ich die Wahrheit sage!«

»Wo hast du das Ding versteckt?«

Sie sah ihn flehentlich an.

»Mein Onkel hat nie mit mir über eine Versicherungspolice gesprochen. Das ist die Wahrheit!«

»Ich rede nicht von irgendeinem Versicherungswisch.«

Die junge Frau war ratlos. So sehr sie auch ihr Gedächtnis durchforstete, sie fand nicht die Information, die ihr das Leben hätte retten können.

»Aber wovon denn dann?«

»Hat dir Komarov nie etwas geschenkt?«

»Doch, aber …«

»Na los, raus mit der Sprache!«

»Ich weiß nicht. Kleider, Schmuck …«

»Nein. Ich suche etwas, wo er ein altes Foto hätte verstecken können. Mit drei Leuten drauf. Zwei Männern und einer Frau. Jung. Wir haben es bei ihm nicht gefunden. Er hat es vielleicht bei deinen Sachen versteckt. Sag mir, wo, und ich lasse dich in Ruhe.«

Vera rang verzweifelt um Fassung. In Panik zu geraten würde ihr jetzt nicht helfen.

Pac Man bewahrte Ruhe und behielt sein Ziel im Auge. Er war fest entschlossen, kein zweites Mal zu versagen und Messiah zu enttäuschen.

»Was sind das für Geschenke, die Komarov dir gemacht hat?«

»Ich weiß nicht. Ich …«

Messiah saß am Schreibtisch und betrachtete auf dem Bildschirm seines Computers das Foto, das er von der dunkelhäutigen jungen Frau in der Metro gemacht hatte. Er zuckte zusammen. Eine Hand hatte sich auf seine Schulter gelegt.

Iba stand hinter ihm. Er hatte sie nicht kommen hören.

»Was willst du?«

»Lässt dir die Schwarze Frau keine Ruhe?«

Iba konnte den Bildschirm natürlich nicht sehen, und dennoch griff Messiah nach der Maus und schloss das Bild, denn es ärgerte ihn, dass sie so leicht erriet, was in ihm vorging. Die junge Frau lächelte traurig.

»Wir hätten uns niemals im Darknet nach einer Hackerin umtun dürfen«, sagte er. »Scheiße. Sie war es, die Lefebvre kontaktiert und ihm Informationen über uns gegeben hat.«

»Woher willst du das wissen? Du hast sie doch nie gesehen, bevor du das Foto gemacht hast. Vielleicht ist sie gar nicht die, die du engagiert hast.«

»Sie ist es. Es gibt keine andere Erklärung. Wer soll die Frau denn sonst sein?«

Er hielt nachdenklich inne, bevor er fortfuhr.

»Und dann ihre Hautfarbe. Die würde erklären, warum sie sich an Lefebvre gewandt hat.«

Iba deutete ironisch auf sich.

»Stimmt, die Hautfarbe. Hab ich ganz vergessen.«

»Du weißt, was ich meine.«

Sie sprach mit ruhiger, fast sanfter Stimme.

»Glaubst du, ich merke nicht, was du machst? Du hast eine Mauer um dich herum gezogen, um nicht mehr zu leiden. Aber sie ergibt keinen Sinn, deine Mauer. So wenig wie deine Ideen.«

Ihre Miene verdüsterte sich.

»Du bist ebenso wenig schuld am Tod der Kleinen wie ich.«

Messiah blockte ab.

»Hör auf, Iba.«

Sie nahm sein Gesicht in die Hände.

»Warum, glaubst du, bleibe ich, obwohl es mich anwidert, was ihr tut?«

Messiah schloss die Augen, genoss die Liebkosung ihrer Hände, diese so ersehnte Berührung, nach der er sich mit jedem Tag mehr verzehrte. Doch er machte sich gleich wieder los.

»Red keinen Unsinn. Du bist nur hier, weil du Arabisch sprichst und weil ...«

»Und weil was? Weil ich blind bin? Hör auf, dir was vorzumachen. Du hättest dutzendweise Dolmetscher finden können.«

»Okay. Warum bleibst du dann?«

Sie schwieg einen Moment, als tauchte sie in Erinnerungen ab, die zwischen anderen vergraben waren.

»Nach der Explosion, als ich im Krankenhaus lag ... Da warst du für mich da. Jetzt bin ich an der Reihe.«

Ihre Antwort verletzte ihn zutiefst, doch er versuchte es sich nicht anmerken zu lassen.

»Du begleichst also nur eine Schuld ... Geht's darum?«

Sie wollte gerade antworten, da klingelte Messiahs Handy. Er nahm den Anruf entgegen, und sie ging auf den Flur hinaus.

»Ich höre. Hast du es?«

Pac Man drehte sich etwas von Vera weg. Sie hob den Kopf und beobachtete ihn aus funkelnden Augen. Der Freelander sprach mit ruhiger Stimme, hinter der er seine Erregung verbarg.

»Noch nicht. Aber wenn du nichts dagegen hast, versuche ich es auf eine andere Art.«

Hinter ihm schob Vera die Arme unter den Beinen durch und brachte die Hände nach vorn. Dann stand sie lautlos auf.

»Okay, aber hör zu. Ich möchte, dass wir uns richtig verstehen. Du kannst sie ein bisschen durchschütteln, aber mehr nicht.«

Vera stürzte sich auf Pac Man, packte ihn von hinten am Hals und begann ihn zu würgen. Er wollte sie wegstoßen, aber die Fessel an ihren Handgelenken machte das unmöglich. Er japste nach Luft und schlug um sich. Rasend vor Zorn sprang ihm Vera auf den Rücken, hakte sich an ihm fest und drückte noch stärker zu.

Der Freelander ließ die Pistole fallen, packte die Unterarme der jungen Frau und drückte sie mit aller Kraft nach oben, über sein Kinn. Vera schrie und versuchte dagegenzuhalten, doch er war stärker als sie. So viel stärker, dass er am Ende des ungleichen Kampfs die Oberhand gewann und rittlings auf ihr saß. Mit der Linken drückte er ihr die Gurgel zu, und mit der Rechten hielt er sein Handy ans Ohr, in dem Messiahs Stimme dröhnte.

»Pac Man? Pac Man?«

Er antwortete schließlich keuchend.

»Ich bin da …«

»Töte sie nicht! Hast du verstanden?«

Auf seinen Befehl folgt eine längere Stille.

»Pac Man?«

»Ich … Ich habe keine andere Wahl …«

»Wieso hast du keine andere Wahl?«

Er zögerte. Sein Blick hing an Veras Faust, die ein schwarzes Stück Stoff umkrallte. Er fürchtete den Gefühlausbruch, der unweigerlich folgen würde.

»Sie hat mein Gesicht gesehen.«

Die Tänzerin hatte ihm bei der Rauferei die Skimaske heruntergerissen. Messiah unterbrach die Verbindung ohne ein weiteres Wort. Pac Man legte sein Handy auf den Boden und wappnete sich innerlich für das, was er gleich tun würde. Vera fing wieder zu zappeln an und schüttelte grimmig den Kopf.

»Ich kenne dich nicht! Du kannst gehen. Ich schwöre, ich werde nichts sagen.«

Mit Tränen in den Augen begann er sie zu würgen.

»Ssscht … ssscht … Es tut mir leid. Es tut mir leid …«

Die Stimme versagte ihm, doch seine Hände drückten der Tänzerin weiter den Hals zu. Sie lief rot an und wehrte sich so lange sie konnte, aber sie spürte schon bald, dass ihr letzter Atemzug nahte und das Leben aus ihr wich.

Er hatte nicht vorausgesehen, dass sie so viele Menschen töten würden. Außerdem hatte er das Gefühl, dass ihm die Situation entglitt. Doch er durfte das Ziel nicht aus den Augen verlieren. Sie befanden sich im Krieg. Liquidierungen waren leider nötig und Kollateralschäden unvermeidlich. Es hatte welche gegeben, und es würde weitere geben. Solche Gedanken und andere, noch düsterere, quälten Messiah, der sich die Haare raufte, als Black Dog wie ein Windstoß ins Zimmer gefegt kam.

»Ich habe gerade einen Anruf aus den Katakomben gekriegt. B-Lefski ist tot.«

Der Chef der Freelander hob entgeistert den Kopf.

»Was?«

»Sieht nach Selbstmord aus.«

Black Dog trat unruhig von einem Bein aufs andere, und Messiah begriff, dass da noch mehr war und sein treuer Leutnant sich scheute, es ihm zu sagen.

»Was gibt es noch? Raus damit!«

»Die Typen von den Death Riders haben sich die Bilder der Überwachungskameras angesehen. Sie glauben, dass jemand bei ihm war, als es passiert ist. Sie haben mir den Typ beschrieben. Er hat Ähnlichkeit mit …«

Messiah ließ die Faust auf den Tisch krachen.

»Victor Lessard!«

Black Dog nickte. Messiah fuhr so jäh in die Höhe, dass sein Stuhl gegen die Wand flog. Er überlegte schnell.

»Pac Man ist noch bei Vera Nesvitaylo … Wir müssen hin, bevor Lessard dort aufkreuzt!«

»Vergiss es, wir haben kaum genügend Zeit, um in den Van zu springen.«

Messiah lief zornig zur Tür, drehte sich an der Schwelle aber noch mal um.

»Ruf Pac Man an. Sag ihm, dass B-Lefski tot ist. Und dass er von dort verschwinden soll.«

»Alles klar.«

Messiah stürmte den Gang hinunter. Er durfte jetzt nicht die Nerven verlieren. Er musste eine Kurskorrektur vornehmen und alle liquidieren, die sich ihm in den Weg stellten. Der Erfolg des Plans hing davon ab.

EINE STUNDE NACH DER ERSTÜRMUNG VON GHETTO X DURCH SPEZIALKRÄFTE

Victor seufzt, als er Sondos' Frage hört. Er möchte eine rauchen und raus aus diesem überheizten Raum. Aber die Agentin des SCRS lässt einfach nicht locker.

»Ich frage dich jetzt zum letzten Mal: Was habt ihr bei Vera Nesvitaylo vorgefunden?«

»Blut. Jede Menge Blut.«

50.
EIN PAAR SEKUNDEN GEGEN DIE EWIGKEIT

Auf der linken Spur der Autoroute Décarie Sud riss Jacinthe brutal das Lenkrad herum, quetschte den schlingernden Saab zwischen zwei auf der rechten Spur fahrenden Wagen durch, richtete ihn wieder gerade aus und stieg aufs Gaspedal. Vor ihnen tauchte die Ausfahrt Sherbrooke auf. Auf dem Rücksitz versuchte Gagné verzweifelt, Vera Nesvitaylo telefonisch zu erreichen, landete aber jedes Mal auf ihrer Mailbox. Derweil ließ Victor, den Kopf ans Beifahrerfenster gelehnt, die letzten Ereignisse noch einmal wie einen Film vor seinem inneren Auge ablaufen.

Die gedämpfte Musik aus den Katakomben im Ohr, war er an die Dachkante vorgetreten und hatte auf B-Lefskis zerschmetterten Körper hinabgeblickt, der acht Stockwerke tiefer auf dem Asphalt zu brennen aufgehört hatte. Einer von den Death Riders war mit einem Feuerlöscher herbeigeeilt, hatte den Leichnam besprüht und die Flammen erstickt.

In diesem Moment hatte Victor gedacht, dass aus der Verzweiflung die düstersten Gedanken und schlimmsten Wahnvorstellungen erwachsen konnten. Und obwohl er im Grunde seines Herzens wusste, dass er sich damit unrecht tat, würde er noch lange schuldbewusst an das Gespräch mit dem jungen Mann zurückdenken und sich sagen, dass alles vor seiner Nase passiert sei und er die Möglichkeit gehabt hätte, ihn davon abzuhalten, sich das Leben zu nehmen.

Aber wie hätte er die Tragweite dessen ermessen können, was B-Lefski wenige Tage zuvor vielleicht selbst noch nicht verstanden hatte? Hatte der Rapper zuvor schon um Hilfe gerufen? Und wenn ja, hatte ihm nur das Echo der eigenen angsterfüllten Stimme geantwortet?

Auf jeden Fall sollte er später etwas Trost aus der Publikation des unfertigen Textes schöpfen, den er beim Betreten des Zimmers entdeckt hatte. Und er sollte nie die Nacht vergessen, in der B-Lefskis Stern erloschen war.

Doch in dem Moment, als die Leiche des Rappers mit Löschschaum bespritzt wurde, beschleunigte sich der Lauf der Zeit. Und obwohl Victor von dem Vorfall tief erschüttert war, setzte der Polizist in ihm den Mechanismus in Gang, der in seinem Eid »zu dienen und zu schützen« wurzelte. Er musste schleunigst hier weg. Vera Nesvitaylo war in Gefahr.

Daher folgte alles, was er anschließend tat, einer klaren, bestechenden Logik und war effizient aufeinander abgestimmt: B-Lefskis Sachen durchsuchen, sich mit Gagné unauffällig einen Weg durch das Gewühl in den Katakomben bahnen, Jacinthe anrufen und zu einer versteckten Hintertür dirigieren, schnellstmöglich verschwinden, die Adresse der Tänzerin besorgen und in der Hoffnung, sie gesund und unversehrt in ihrer Wohnung vorzufinden, mit dem Saab durch die Nacht rasen.

Panik und Schuldgefühle hatten sich mit Verzögerung erst unterwegs eingestellt. Jacinthe, die wusste, wie Victor tickte und dass er noch heute unter dem Riss litt, der durch seine Kindheit und seine Welt gegangen war, genügte ein Blick, um zu verstehen. So lange Victor Lessard lebte, würde er es als seine Pflicht ansehen, Leben zu retten, um den Verlust derer, die ihm genommen worden waren, auszugleichen.

Sie versuchte ihn zu trösten.

»Komm schon, mein Bester, du konntest nichts tun. Der Junge wäre so oder so gesprungen.«

Victor machte nicht den Eindruck, als hätte ihn das überzeugt. Also versuchte sie ihn auf andere Gedanken zu bringen.

»Was hat es eigentlich mit dem verblichenen Auge von diesem Messiah auf sich? Ist es ein Geburtsfehler oder eine Krankheit?«

»Das muss noch gecheckt werden.«

»Und die Papiere von B-Lefski?«

Victor blätterte in dem Stapel auf seinen Knien, den er aus der Wohnung des Rappers mitgenommen hatte.

»Zahlenkolonnen. Sieht so aus, als hätten sie etwas mit der Bitcoinmine zu tun.«

»Bist du sicher, dass Vera nur als Strohfrau fungiert hat?«

»B-Lefski hat es jedenfalls behauptet.«

»Selbst wenn er die Wahrheit gesagt hat, diese Bande von Spinnern … diese Freelander …«

Victor wusste, was sie sagen wollte, und er fürchtete sich davor.

»B-Lefski hat sich umsonst geopfert, um die Kleine zu retten. Wenn sie ihnen nicht mehr von Nutzen ist …«

Sie fuhr sich mit dem Zeigefinger über die Kehle. Gagné beugte sich von der Rückbank nach vorn. Sie wechselten einen besorgten Blick. Victor sprach aus, was alle drei dachten.

»Schneller, Jacinthe.«

Sie beschleunigte. Der Motor lief auf vollen Touren. Bald würden sie Gewissheit haben.

Vera Nesvitaylos Wohnung lag in einem renovierten Altbau in der Rue Sherbrooke in Westmount. Zehn Etagen, umgewandelt in unbezahlbare Wohnungen. Der Fahrstuhl war ein Uraltmodell vom Beginn des letzten Jahrhunderts, bestehend aus Fahrkorb und einer Faltschiebetür aus Metall. Seine Chromteile waren zwar auf Hochglanz poliert, doch fuhr er kaum schneller nach oben, als bei Flut das Wasser steigt.

Oben angekommen, sprangen Victor und Gagné hinaus, fanden die Wohnung, traten ohne Vorwarnung die Tür ein und stürmten mit gezückter Waffe in den Flur. Alles war in Dunkelheit getaucht.

»Vera?«

Victor betätigte den Lichtschalter, ohne Resultat. Gagné rief noch einmal nach der jungen Tänzerin, während sie ihre Taschenlampen anschalteten.

»Mademoiselle Nesvitaylo?«

Sich gegenseitig Deckung gebend, arbeiteten sie sich vorsichtig ins Wohnzimmer vor. Es war so eingerichtet, wie man es aus Zeitschriften für schönes Wohnen oder von Instagram kannte. Der Lichtkegel von Victors Lampe erfasste eine Handtasche und Kleider, die auf dem Fußboden verstreut lagen. Er ging nicht weiter. Sein Blick blieb an einer bestimmten Stelle am Boden kleben.

Gagné war es, der das Schweigen brach.

»Scheiße. Wir kommen zu spät.«

Victor biss die Zähne zusammen. Eine große Blutlache, zähflüssig wie Hustensaft, verunzierte die weiß lackierten Dielen. Farbe, Konsistenz und der metallische Geruch des Bluts verrieten, dass der Mord noch nicht lange her war.

Gagné legte Victor eine Hand auf die Schulter.

»Wir haben getan, was wir konnten.«

So wie er sich zum Vorwurf machte, dass er B-Lefski nicht vom Selbstmord abgehalten hatte, so begann Victor jetzt alles infrage zu stellen, was er getan hatte, seit der Rapper in den Tod gesprungen war. Hätten sie weniger Vorsichtsmaßnahmen treffen und schneller aus den Katakomben verschwinden sollen? Und hätten sie Vera Nesvitaylo retten können, wenn sie nicht minutenlang nach einem anderen Ausgang gesucht hätten, um den Death Riders aus dem Weg zu gehen?

Die Last der Welt drückte ihn. Wäre er umsichtiger und vor allem cleverer zu Werke gegangen, wären B-Lefski und die junge Tänzerin noch am Leben. Ein paar Sekunden gegen die Ewigkeit …

Ein Keuchen und schwere Schritte kündigten das Eintreffen Jacinthes an.

»Ihr Mistkerle. Hätte ich geahnt, dass ich die Treppe erklimmen muss.«

Sie hatte, wie abgesprochen, den Hintereingang genommen.

»Und? Ist sie okay?«

Victor deutete mit dem Kinn auf das Blut, das sich wie die Schleimspur einer Schnecke über den Boden zog und in einem Nebenraum verschwand.

Jacinthe steckte die Waffe weg und ging darauf zu.

»Scheiße … Habt ihr schon einen Blick in das Zimmer geworfen?«

Sie wussten aus Erfahrung, dass die junge Frau einen solchen Blutverlust nicht überlebt haben konnte. Zumal sie sich mit ihren letzten Kräften nach nebenan geschleppt hatte.

Gagné ließ den Kopf sinken.

»Ich kann auf den Anblick verzichten.«

Victor sah die beiden anderen an.

»Ich geh rein.«

Jacinthe hielt ihn am Unterarm zurück.

»Ich komme mit, mein Bester.«

Er ging voraus, wobei er es tunlichst vermied, in das Blut zu treten und den Tatort zu kontaminieren. Erstaunen machte sich auf seinem Gesicht breit, dann Erleichterung.

Hinter ihm rief Jacinthes Stimme:

»Gagné! Sieh dir das an!«

Victor drehte sich zu ihr um.

»Kannst du mir sagen, wer das ist?«

»Bestimmt ein Freelander.«

Fast hätte er sich darüber gefreut, vor einer Leiche zu stehen, was ihm dabei half, seinen Ekel zu überwinden. Der Tote war ein schwarz gekleideter Weißer, der mit dem Gesicht in seinem Blut lag. In seinem Genick steckte ein Küchenmesser, dessen Klinge vorn aus der Gurgel ragte.

Jacinthe schien beeindruckt.

»Sie weiß sich zu wehren, die kleine Ballerina.«

Gagné leuchtete mit der Taschenlampe das Zimmer ab.

»Da sind sogar seine Skimaske und Armeejacke.«

Er war ums Bett herumgegangen. Jacinthe kam ihm nach und sah sich das grüne, blutverschmierte Kleidungsstück im Schein der Lampe genauer an.

»Moment mal, das ist keine Armeejacke. Könnte das nicht der grüne Mantel der Frau sein, die mit Lefebvres Laptop abgehauen ist?«

Gagné, der seinen Irrtum erkannte, stimmte verblüfft zu.

»Yako? Was hätte die hier zu suchen gehabt?«

Victor öffnete den Mund, um zu antworten, da klingelte Jacinthes Handy. Auf dem Display leuchtete »Virginie«.

»Soll ich ran?«

Er nickte. Sie stellte auf laut.

»Das ist gerade ganz ungünstig, Virginie. Ich kann nicht lange reden.«

Zunächst war das Rattern der Metro zu vernehmen, dann die Stimme der Journalistin.

»Ich auch nicht, bin auf dem Weg zu einem Termin. Ich kann jetzt nicht ins Detail gehen, aber ich habe einen Anruf von der IT der Zeitung gekriegt. Sie haben Teile eines Artikels gefunden, den Guillaume in einem gemeinsam benutzten Ordner gespeichert hat. Das Merkwürdige daran ist, dass es sich bei dem Dokument um einen medizinischen Fachartikel handelt.«

Sie legte eine Kunstpause ein.

»Erworbene Heterochromie, sagt euch das was? Das ist eine ziemlich seltene Störung, die von einer Verletzung des Auges herrühren kann.«

Victor sah wie erstarrt die beiden anderen an.

»Messiah … sein verblichenes Auge …«

Das Gespräch war von kurzer Dauer. Nachdem Jacinthe der Journalistin gedankt und aufgelegt hatte, wandte sich Victor an Gagné.

»Nimm dir noch mal deine Liste der Militärs vor, Ives. Der

Kreis der Verdächtigen dürfte geschrumpft sein, und zwar beachtlich.«

Victor wusste nicht, ob sie endlich auf ein wichtiges Indiz gestoßen waren, aber er würde nicht lockerlassen. Nicht solange nicht alle Teile des Puzzles an ihrem Platz lagen, nicht bevor diese Schurken, die versucht hatten, seine Liebste umzubringen, ein für allemal unschädlich gemacht waren.

51.
MIT DEN TOTEN SPRECHEN

Paul Delaney parkte seinen zivilen Dienstwagen vor Robert Thomsons Haus in der Rue Cedar. Er kam wieder her, nachdem er ein paar Stunden zuvor nach Versailles zurückgemusst hatte, um ein paar Brände zu löschen und Papierkram zu erledigen. Beim Einbiegen in die Einfahrt hatte er sich gewundert, dass nur ein Streifenwagen dastand und nur ein Polizist Wache hielt. Trotz der späten Stunde hatte er erwartet, am Tatort das rege Kommen und Gehen vorzufinden, das noch geherrscht hatte, als er weggefahren war.

Irritiert zog er seine Gummihandschuhe an, schlüpfte unter dem gelben Plastikband durch und stieß die Tür auf. Er durchquerte den Flur und trat ins Wohnzimmer. Es war leer. Immer stutziger ging er in Richtung Küche.

»Loïc?«

Keine Antwort. Er blieb vor dem Schrank stehen, in dem Thomsons Leiche gefunden worden war. Loïc erschien auf der Treppe, die ins Obergeschoss führte. Er kämpfte mit einem Kaugummipäckchen, das er wegen der Handschuhe nicht aufbekam.

»Ich bin hier, Chef. Bin eben erst zurückgekommen.«

»Ist die Spurensicherung schon fort?«

»Das hab ich nicht mitbekommen. Ich war etwas essen. Sie haben mir eine Nachricht hinterlassen. Anscheinend haben sie einen Anruf gekriegt, dann zusammengepackt und den Abflug gemacht.«

»Das gibt's doch nicht.«

»Noch merkwürdiger ist das mit der Leiche.«

»Was ist denn mit der Leiche?«

»Ich bin gerade aus meinem Wagen gestiegen, als die Leute vom Leichenschauhaus sie weggebracht haben. Aber sie haben sie nicht in ihren Transporter geladen, sondern in einen schwarzen Van mit Bundeslogo.«

Delaney blickte misstrauisch.

»Von den Mounties?«

Eine weibliche Stimme hinter ihnen ließ sie herumfahren.

»Nein. Vom Service canadien de renseignement de sécurité.«

Die Besitzerin der Stimme – groß, dunkelhäutig, schwarzes Kostüm – hob das gelbe Band an, tauchte drunter durch und trat ins Zimmer.

»Claire Sondos.«

Sie zückte eine Dienstmarke und kam gleich zur Sache.

»Ab sofort übernimmt der SCRS die Ermittlungen in den Mordfällen Nikolaï Komarov und Robert Thomson. Mein Team ist unterwegs.«

Delaney schritt mit abschätzigem Blick auf sie zu.

»Kommt nicht infrage. In beiden Fällen ermittelt das Dezernat Kapitalverbrechen.«

Sondos schmunzelte. Das Schmunzeln einer Frau, die nicht im Geringsten daran zweifelte, dass sie das letzte Wort haben würde.

»Wir brauchen alles, was Sie bereits haben.«

»Die Morde hängen miteinander zusammen. Bei der Schießerei wurden Ermittler von mir verwundet. Sie glauben doch nicht, ich trete sie einfach so ab?«

Sondos ging auf seine Beschwerde nicht ein.

»Alles, was Sie haben, einschließlich Zeugenliste, Vernehmungsprotokolle und so weiter. Und übrigens, was Ihre ›Ermittler‹ angeht … Glauben Sie, wir wären über das Ausscheiden Victor Lessards nicht im Bilde? Nur zu Ihrer Information: Nach ihm wird landesweit gefahndet.«

Mit geschürzten Lippen und erboster Miene dachte Delaney unwillkürlich bei sich, dass es nie so weit gekommen wäre, wenn Jacinthe und Victor auf ihn gehört hätten.

»Ach ja? Auf welcher Grundlage?«

»Er ist ein wichtiger Zeuge im Mordfall Nikolaï Komarov und jetzt auch im Fall Robert Thomson.«

Sondos machte eine Pause und sah alle beide prüfend an.

»Hat sich Lessard mit Ihnen in Verbindung gesetzt?«

Loïc trat von einem Bein auf das andere. Delaney markierte den Unschuldigen.

»Dazu müsste er noch am Leben sein.«

Die Agentin vom SCRS sah ihn durchdringend an.

»Doch, doch, das ist er.«

Delaney zog ein skeptisches Gesicht.

»Woher wollen Sie das wissen?«

»Von Ihnen.«

Delaney heuchelte Überraschung und nahm Loïc als Zeugen.

»Ach ja? Hast du das gehört, Kid?«

Loïc wollte antworten, doch Sondos kam ihm zuvor.

»Sie wirken nicht besonders … traurig, um es mal so auszudrücken. Meiner Meinung nach wissen Sie mehr, als Sie sagen. Sie wissen, dass er noch lebt, denn sie kommunizieren mit ihm.«

Delaney schmunzelte, als hätte er selten einen solchen Unsinn vernommen.

»Vielleicht habe ich die Gabe, mit den Toten zu sprechen.«

Sondos sah sie nacheinander an. Ihre Geduld war ausgeschöpft.

»Wenn Sie wissen, wo ich Lessard finden kann, sagen Sie es mir auf der Stelle, sonst …«

Loïc zuckte mit den Schultern und ließ eine Kaugummiblase platzen.

»Sonst was?«

Die Agentin des SCRS wies ihnen die Tür. Delaney musste sich zusammenreißen, um nicht zu explodieren.

»Sie werden von mir hören. Und zwar bald.«

Sie schien davon wenig beeindruckt.

»Das wird mir nicht den Schlaf rauben, das versichere ich Ihnen.«

Delaney winkte Loïc. Auf dem Weg zur Tür drehte er sich noch einmal um und feuerte eine letzte Spitze auf Sondos ab.

»Falls mir Lessard eine Postkarte schicken sollte, lasse ich es Sie wissen, versprochen.«

Sondos zog ein verächtliches Gesicht.

»Sehr witzig.«

Die Straße war leer. Loïc stand vor der Fahrertür von Delaneys Zivilfahrzeug. Eine Straßenlaterne tauchte sein Gesicht in orangefarbenes Licht.

Der Leiter des Dezernats Kapitalverbrechen hatte sich ans Steuer gesetzt und die Scheibe heruntergelassen.

»Du wirst mir weiter alles melden, was du über Robert Thomson herausfindest, Kid. Klar?«

»Äh … Aber man hat uns den Fall doch eben entzogen. Unter anderem.«

»Gut, wir kommen nicht mehr an die Leiche und den Tatort ran, aber es gibt andere Möglichkeiten zu ermitteln.«

»Das ändert nichts daran, dass der SCRS …«

»Du kannst nicht päpstlicher als der Papst sein, wenn der Papst nicht katholisch ist. Verstehst du, was ich damit sagen will, Loïc?«

»Äh … Ich denke schon, Chef.«

Delaney konnte sich ein Grinsen nicht verkneifen.

»Gut. Wir treffen uns nachher in Versailles. Ich versuche Piché zu erreichen. Das gibt Zoff, das garantiere ich dir.«

Trotz der Dunkelheit setzte der junge Ermittler seine verspiegelte Ray-Ban auf und schlenderte zu seinem Wagen, der auf der anderen Straßenseite parkte.

Delaneys Handy vibrierte. Es war eine Textnachricht von Victor. Nachdem er sie gelesen hatte, verzog er das Gesicht. Durch das noch offene Fenster rief er Loïc, der mit wenigen Schritten wieder bei ihm war.

»Wir haben einen neuen Tatort. Die Wohnung von Komarovs Nichte. Los, steig ein. Wir fahren hin, bevor uns der SCRS dazwischenfunkt.«

Loïc kam der Aufforderung nach. Delaney wartete, bis sie weit genug von Thomsons Haus und dem SCRS entfernt waren, dann schaltete er Blaulicht und Sirene ein.

52.

DER WUNSCH NACH DAUER

In der Zentrale des SPVM in der Rue Saint-Urbain war das Treffen, von dem Virginie gesprochen hatte, in vollem Gang. Mit gelockerter Krawatte und hemdsärmelig saß der Direktor des Montréaler Polizeidienstes in seinem Sessel an der Fensterfront mit Blick auf Chinatown, die Altstadt und die dunkle Fläche des Sankt-Lorenz-Stroms, in der sich gelblich das Mondlicht spiegelte. Bis auf Piché weilte niemand mehr im Büro. Er hatte auf diesen späten Termin bestanden. Virginie hatte ihm gegenüber in einem Sessel Platz genommen.

Die Journalistin schlug die wohlgeformten Beine übereinander.

»Ich wollte Ihnen vor der Veröffentlichung Gelegenheit geben, mir Ihre Version des Sachverhalts darzulegen, Monsieur le Directeur.«

Marc Piché machte ein enttäuschtes Gesicht und schüttelte langsam den Kopf.

»War es Lessard, der mich angeschwärzt hat? Was Sie mir da schildern, ist doch nur ein Kleinkrieg zwischen frustrierten Ermittlern. Es gehört zu meinen Aufgaben, die Behördenkultur beim SPVM zu verbessern und Cliquenwirtschaft auszumerzen. Bedauerlicherweise geht das nicht von heute auf morgen. Aber was ich Ihnen da sage, wissen Sie genauso gut wie ich. Ich gehe davon aus, dass eine Frau mit Ihrer Erfahrung darauf nicht hereinfällt.«

Virginie ließ sich nicht beirren.

»Ich habe aber mehrere Quellen, die meine Geschichte bestätigen. Bestreiten Sie, dass es im Zusammenhang mit den ›Aktivitäten‹ von Commandant Tanguay zu Vertuschungen kam?«

Piché reagierte empört auf die Anschuldigung und beugte sich in seinem Sessel nach vorn.

»Mit aller Entschiedenheit! Es ist das erste Mal, dass ich davon höre.«

Nach einer kurzen Pause schraubte er seine Stimme einen Ton höher.

»Und glauben Sie auch nur eine Sekunde, dass ich das geduldet hätte? Meine Aufgabe ist es, den Schutz der Öffentlichkeit über den der Behörde zu stellen.«

Sie tat so, als glaubte sie ihm, und legte ihre Schlinge aus.

»Dann werden Sie also eine Untersuchung verlangen, um Licht in die Sache zu bringen?«

Doch ein alter Hase wie er ließ sich nichts vormachen.

»Selbstverständlich! Wenn Sie Beweise für Ihre Behauptungen haben, legen Sie sie auf den Tisch. Ich werde mich persönlich darum kümmern.«

Virginie runzelte die Stirn. Sie würde auf keinen Fall ihre Quellen preisgeben.

»Das kann ich nicht tun, das wissen Sie genau.«

Piché warf ihr einen finsteren Blick zu.

»In dem Fall überlegen Sie es sich gut, bevor sie veröffentlichen. Sie wissen ja, im Journalismus sind Karrieren manchmal kurz.«

Sie stand erbost auf.

»Ich lasse mich nicht einschüchtern.«

Piché erhob sich seinerseits und zeigte ein liebenswürdiges Lächeln.

»Das war nur ein Rat, Mademoiselle Tousignant.«

Er streckte ihr die Hand hin. Sie fuhr auf dem Absatz herum und rauschte ohne ein weiteres Wort hinaus.

Marc Piché trat an eines der Fenster, blickte auf die Stadt hinab und überlegte, was er tun sollte. Wenn man sich in eine schwierige Lage gebracht hat, aus der es kein Zurück mehr gibt, so sagte er sich, besteht manchmal nur eine Möglichkeit, unbeschadet davonzukommen: Man muss den eingeschlagenen Weg noch entschiedener gehen, auch auf die Gefahr hin, dass man scheitert. Sobald sein Entschluss gefasst war, wählte er eine Nummer aus seinen Kontakten.

»Hallo, ich brauche deine Hilfe, was Victor Lessard angeht. Wir brauchen jemanden, dem wir den Schwarzen Peter zuschieben können. Sein Verschwinden bietet eine Gelegenheit.«

Der Direktor des SPVM ärgerte sich über die Antwort seines Gesprächspartners.

»Nichts da. Du hast mich nicht verstanden, Lachaîne. Ich will nicht die Hilfe der internen Dienstaufsicht. Ich will deine. Entweder kommen wir beide heil aus der Sache heraus, oder wir gehen zusammen unter. Du hast zehn Sekunden, um dich zu entscheiden.«

Ein Grinsen zupfte an Pichés Lippen.

»Das dachte ich mir. (…) Du hast es erfasst. Lessard ist der ideale Sündenbock. Er ist nicht da und kann sich nicht verteidigen. (…) Wenn er tot ist, umso besser. Aber selbst wenn er wieder auftaucht, ist die Sache bereits am Rollen. (…) Genau, kein Rauch ohne Feuer. (…) Nein, nein, nicht im Büro. (…) Ich rufe dich wieder an.«

Der Direktor des SPVM unterbrach die Verbindung, breitete die Arme aus und legte Handflächen und Stirn an die Scheibe. Die Lichter der Stadt funkelten in seinem Spiegelbild. Nichts und niemand würde ihn vom Sockel stoßen. Schon gar nicht wegen einer alten Geschichte, in die Victor Lessard involviert war.

53.
EIFFELTURM VERSUS SCHIEFER TURM VON PISA

Mit düsterer Miene ging Victor zum linken Duschkopf und drehte das Wasser auf. Er sah zu, wie die Tropfen auf die nicht ganz sauberen Kacheln klatschten, als Gagné erschien.

Der drehte seinerseits eine Dusche auf.

»Der Zugriff auf die Krankenakten wird kontrolliert, aber mein Kontaktmann beim 22. Regiment wird es versuchen. Wenn unser Mann ein Problem mit dem Auge hatte und wenn es kein Geburtsfehler ist, kriegen wir ihn.«

Victor nickte beifällig und packte eine Seife aus.

»Das bedeutet: Guillaume Lefebvre wusste so viel über Messiah, dass er sich die Mühe machte, Artikel darüber zu suchen.«

»Genau. Ich habe eine Suche gestartet, um unsere Scharfschützenliste mit den Datenbanken über die extreme Rechte abzugleichen. Der Computer arbeitet noch dran.«

Victor antwortete nicht. Hinter seinen geschlossenen Lidern lief ein Film ab, den er nicht stoppen konnte, als wäre er in einer Zukunftsvision gefangen.

Nadja ist immer noch ganz in Weiß, doch das Licht wird schwächer.

»Das ist die perfekte Farbe. Die Farbe der Reinheit.«

Sie schenkt ihm ein verliebtes Lächeln und breitet die Arme aus, um sie um ihn zu legen, doch ihre Hände sind voller Blut, das jetzt aus einer großen Wunde an ihrem Bauch rinnt. Victor verharrt am anderen Ende des Zimmers, außerstande, zu ihr zu gehen.

Nadja fordert ihn auf, zu ihr zu kommen.

»Lass uns nicht auseinandergehen.«

Ein Schuss zerreißt die Stille. Er hält eine Pistole in der Hand.

Das Licht erlischt, und alles wird schwarz.

Victor zuckt zusammen, dann kommt er wieder zu sich, noch geschockt. Sein Blick verliert sich in dem Wasser, das im Abfluss verschwindet.

Gagnés Stimme dringt wieder an sein Bewusstsein.

»B-Lefski hat dir doch gesagt, dass die Freelander eine rechtsextremistische Gruppe sind, nicht wahr?«

»Ja«, antwortet Victor verwirrt. »Das stimmt. Wir müssen die Listen abgleichen.«

Das Wasser prasselte auf ihre Köpfe, als sie Jacinthe kommen hörten. Nackt wie sie und ohne sich im Geringsten ihrer Fettpölsterchen und Krampfadern zu schämen, stellte sie sich unter den Duschkopf zwischen ihnen. Einen Moment lang genoss sie das Wasser auf ihrer Haut.

»Was die Freelander angeht: Die werden wir nie unter der Adresse finden, die sie zuletzt bei der Armee angegeben haben. Das mit deiner Liste muss klappen, Großer.«

Sie nahm den Mund voll Wasser und spuckte prustend einen kräftigen Strahl aus.

»Übrigens, Jungs, nur zur Erinnerung, falls einer von euch auf die Idee kommen sollte, es auf eigene Faust zu probieren: Wir spielen im selben Team.«

Sie lachten einhellig. Gagné mimte den Enttäuschten. Jacinthe wandte sich an Victor.

»Gib mir mal die Seife, Lessard.«

Er reichte sie ihr, doch sie starrte ihn weiter an.

»Bist du sicher, dass ich dich nicht begleiten soll?«

»Absolut. Ich möchte, dass Paul dir möglichst wenig vorzuwerfen hat, wenn es schiefgeht.«

Er nahm sein Handtuch vom Haken, trocknete sich ab und verließ den Duschraum. Gagné und Jacinthe wuschen sich schweigend, beide in ihren Gedanken gefangen.

Jacinthe wischte mit der flachen Hand den beschlagenen Spiegel frei. Das Handtuch um die Hüfte gewickelt, begann sie sich die Zähne zu putzen. Gagné, der hinter ihr auf der Bank saß, war fast mit Anziehen fertig, als ihr Telefon, das neben ihm lag, vibrierte. Auf dem Display erschien eine SMS, die zu lesen er sich nicht verkneifen konnte.

»Piché streitet alles ab. Mein Boss zögert.«

Jacinthe kam zur Bank und las die Nachricht. Gagné schaute weg und tat so, als hätte er nichts gesehen. Die Zahnbürste im Mund, tippte sie eine Antwort.

»Hat Piché Druck gemacht?«

Virginies Antwort ließ nicht lange auf sich warten.

»Weiß nicht. Wir müssen was Besseres finden.«

Jacinthe war verärgert zum Spiegel zurückgekehrt und schrubbte dort weiter, als Gagné die Frage wagte:

»Was ist das für eine Geschichte?«

Sie spuckte ins Waschbecken und drehte sich, ihre Rundungen darbietend, zu ihm um. Zahnpasta klebte in ihrem Mundwinkel.

»Das geht dich nichts an, Großer.«

»Ich bin auch kein großer Fan von Piché. Und ich weiß einiges über ihn und wie er Tanguay gedeckt hat. Wenn du mir erklärst, worum es geht, könnte es auch mich was angehen.«

Neugierig geworden, beäugte sie ihn von der Seite.

Jacinthe ging nervös auf und ab, während Gagné, der an seinem Computer saß, ein enttäuschtes Gesicht machte.

»Ich habe die Listen abgeglichen, aber Fehlanzeige. Nichts über den Typ mit dem verblichenen Auge. Und mein Kontaktmann im 22. Regiment kommt an die Krankenakten nicht ran.«

Jacinthe kochte. Victors Abwesenheit setzte ihr zu.

»Na super!«

Sie blieb vor dem Expolizisten stehen und stützte die Hände auf den Schreibtisch.

»Jetzt mal ernsthaft. Was weißt du über Piché? Erzähl.«

»Wie schon gesagt, ich glaube, ich habe das fehlende Glied. Ich muss es nur beibringen.«

Doch Geduld war noch nie Jacinthes Stärke.

»Scheiße, Gagné, hör auf, so geheimnisvoll zu tun, und spuck's aus.«

Er verschränkte die Arme und schüttelte energisch den Kopf.

»Ich war im Knast, weil Piché vor Tanguays kriminellem Treiben die Augen verschlossen hat. Ich warte lieber noch, sonst muss ich es wieder ausbaden.«

Nach einer kurzen Pause fuhr er grimmig fort.

»Wie wir die Sache anpacken, muss Delaney nicht gefallen. Bist du sicher, dass Lessards Vertrauen in ihn berechtigt ist? Ich persönlich habe ihn immer für einen Paragraphenreiter gehalten.«

»Delaney ist einer der ehrlichsten Menschen, die ich kenne. Er ist gerade wie der Eiffelturm.«

»Ich dachte, das wäre Victor.«

Jacinthe grinste und nahm ihren rastlosen Marsch wieder auf.

»Lessard ist eher der Schiefe Turm von Pisa. In sich gerade, aber insgesamt eben schief.«

Gagné legte die Füße über Kreuz auf den Schreibtisch und verschränkte die Hände im Nacken.

»Ich hoffe nur, dass Victor für Delaney nicht zu schief wird.«

Jacinthe konnte nicht verhehlen, dass das auch ihre Sorge war. Sie schwiegen eine Weile. Dann fragte der Expolizist:

»Glaubst du, Yako und Vera Nesvitaylo haben sich zusammen in Sicherheit gebracht?«

Jacinthe strich über ihr kurzes, graumeliertes Haar.

»Ich hoffe es, Großer. Ich hoffe es.«

54.

DER BEWUSSTLOSIGKEIT ENTRINNEN

Yakos Pick-up bog in den holprigen Waldweg ein. Das Scheinwerferlicht erhellte die gespenstischen Silhouetten der Fichten. Auf der Rückbank der Doppelkabine kauerte Vera zitternd unter einer Wolldecke, noch traumatisiert von Pac Mans Angriff und dem Freitod Lucas Bérubé-Bilefskis.

Während der Fahrt hatte sich Yako mehrmals umgedreht, um sie zu trösten, dann aber doch nicht den Mut dazu aufgebracht, da sie fürchtete, nicht die richtigen Worte zu finden, um ihr Mitgefühl auszudrücken.

Sie parkte den Wagen neben dem Wohnwagen und stieg leise aus. Nach einer Weile richtete Vera sich auf, spähte nach draußen und sah, wie Yako etwas abseits in den Wald starrte. Die Tänzerin wurde von einem Angstschauer erfasst und versank wieder in ihren Erinnerungen

Pac Man sitzt rittlings auf Veras Brust und würgt sie. Sie ist der Bewusstlosigkeit nahe und leistet keinen Widerstand mehr. Plötzlich taucht ein Schatten hinter dem Mann auf, packt ihn im Genick und rammt ihm ein Messer zwischen die Rippen. Pac Man brüllt vor Schmerz, schnappt nach Yako, doch sie drückt ihn mit ihrem ganzen Gewicht zur Seite. Sie zieht das Messer wieder heraus und stößt es ihm mit aller Kraft in den Nacken.

Die Klinge tritt am Hals wieder aus. Pac Man wimmert und röchelt und verblutet schließlich. Dann erst steht Yako keuchend auf und hilft Vera auf die Beine.

Hände und Mantel der schwarzen Frau sind voller Blut, aber das kümmert sie nicht. Sie zieht das Kampfmesser aus der Scheide an Pac Mans Oberschenkel und machte eine Geste, um Vera zu beruhigen.

»Deine Hände. Wir müssen hier weg. Sofort.«

Die Tänzerin streckt ihr vorsichtig die Hände hin.

»Wir müssen die Polizei rufen.«

»Nein. Keine Polizei.«

Yako schneidet Veras Fesseln durch.

»Du kommst mit mir, okay?«

Yako überrascht Veras entsetzter Blick. Sie sind beide blutverschmiert. Yako zieht ihren Mantel aus. Sie benutzen ihn, um sich notdürftig das Blut abzuwischen.

Vera verbannte die albtraumhaften Bilder aus ihrem Kopf, stieg aus dem Pick-up und ging zum Wohnwagen. Durch die halb offene Tür sah sie, wie sich Yako im hinteren Teil umzog.

Die Tänzerin stieg hinein. Yako drehte sich zu ihr um.

»Geht es dir besser?«

Vera antwortete mit einem leisen Ja. Dann deutete sie auf ihr Handy, das Yako auf die Anrichte gelegt hatte. Die SIM-Karte war ausgebaut.

»Ich muss meine Mutter in Russland anrufen, sonst macht sie sich Sorgen. Wir telefonieren jeden Tag um dieselbe Zeit.«

Yako ergriff Handy und SIM-Karte und steckte beides in ihre Jackentasche.

»Nicht jetzt. Vertrau mir, bitte.«

Vera fügte sich.

»Das bin ich dir schuldig.«

Die beiden Frauen tauschten ein freudloses Lächeln.

»Während du geschlafen hast«, sagte Yako, »haben sie mehrere Lieder von B-Lefski im Radio gespielt. Alle reden von ihm. Seine Stimme wird nie verstummen.«

Vera drehte das Gesicht weg, Tränen traten ihr in die Augen. Der Schmerz war noch zu groß. Als die Hände ihres Peinigers sie an den Rand des Todes brachten, hatte sie sein Handy vibrieren hören. Und als er ranging und der Anrufer ihm vom Selbstmord B-Lefskis erzählte, da hatte sie, obwohl sie alles nur noch wie durch einen dichten Nebel wahrnahm, fassungslose Verzweiflung überkommen.

Yako nahm sie tröstend in den Arm und deutete auf die Kleider, die sie auf dem Bett ausgebreitet hatte.

»Zieh dich um und versuch zu schlafen. Ich muss noch mal weg.«

55.
AN EINEM STRANG ZIEHEN

Die Wellen klatschten gegen die Betonmauer am Quai de l'Horloge. Nur die beleuchtete Silhouette der Jacques-Cartier-Brücke, die sich zu seiner Linken über den Fluss spannte, leistete ihm Gesellschaft. Victor zog an seiner Zigarette. Er fröstelte, und die Schulter tat ihm weh.

Sein letztes Gespräch mit Delaney war schlecht ausgegangen, doch er konnte ihn verstehen. Der Leiter des Dezernats Kapitalverbrechen hatte ihn immer fair und respektvoll behandelt. Jacinthe und er waren auf zwei Leichen gestoßen, und Victor wollte ihn davon in Kenntnis setzen, was sie wussten.

Delaney machte ein entschlossenes Gesicht, als er kam. Er stützte sich auf das Geländer und holte tief Luft, bevor er sprach. Seine Worte waren hart, doch seine Stimme ruhig und beherrscht.

»Habt ihr den Verstand verloren, du und Jacinthe? Was habt ihr mit Vera Nesvitaylo gemacht?«

Victor zerdrückte seine Kippe unter der Sohle.

»Nichts. Sie war nicht da, als wir eintrafen. Nur die Leiche eines Mannes, der offensichtlich versucht hat, sie umzubringen. Ich schwöre dir, wir wissen nicht, wo sie ist.«

»Hat sie ihn etwa getötet?«

Victor zuckte mit den Schultern. Er war nicht bereit, mit ihm über Yako zu reden. Noch nicht.

»Du musst mir schon etwas mehr erzählen, wenn du nicht willst, dass der SCRS dich kassiert. Ich habe seine Beschatter drei Straßenecken von hier abgeschüttelt.«

Victor zuckte überrascht zusammen.

»Was? Der SCRS hat dich verfolgt?«

»Hast du nicht kapiert? Ich bin es, der hier die Fragen stellt.«

Victor beschloss, ihm alles zu erzählen.

Das Gespräch dauerte schon einige Minuten. Sie waren am Quai entlang nach Westen geschlendert und kamen jetzt auf die Höhe eines alten Schiffes, das sich, umgebaut in ein Wellnessbad, träge auf dem Wasser wiegte.

Delaney vergrub die Hände in den Taschen.

»Hast du mir alles gesagt? Hast du auch nichts vergessen?«

Victor nickte zuerst und schüttelte dann den Kopf.

»Kann ich jetzt fragen, warum dir der SCRS an den Fersen klebt?«

»Weil sie dich suchen, was glaubst du denn?«

»Weil ich mit Komarov zusammen war?«

»Das ist wohl mit ein Grund.«

Delaney machte eine Pause.

»Sie haben mir den Fall Thomson weggenommen. Und den Fall Komarov gleich mit.«

Victor sah ihn bestürzt an.

»Wissen sie, dass die beiden ein Paar waren?«

Delaney nickte.

»Vermutlich.«

»Was sagt Piché? Wird er dich unterstützen?«

Der Leiter des Dezernats Kapitalverbrechen blickte verdrossen.

»Piché … Ich habe nachher einen Termin mit ihm. Aber glaubst du wirklich, er wird auch nur den kleinen Finger rühren, um eine Untersuchung voranzubringen, die dich betrifft?«

Victor vernahm es mit Gleichmut. Er hatte gewusst, dass er sich den Chef des SPVM mit seiner Kündigung zum Feind gemacht hatte. Aber so sehr? Die beiden Männer gingen schweigend weiter. Nach ein paar Metern sagte Delaney:

»Ich habe Loïc und die Kollegen von der Wirtschaftskriminalität ein paar Nachforschungen anstellen lassen. Im letzten Jahr hat Robert Thomson drei bedeutende Transaktionen getätigt.«

»In welcher Höhe?«

»Von mehreren hunderttausend Dollar.«

Victor folgte mit den Augen einem Tanker, der durch die Wellen glitt. Seine Lichter schimmerten wie illuminierte Pentagramme durch den nächtlichen Dunst. Niemand auf der Brücke. Er erinnerte an ein Geisterschiff.

»Was waren das für Transaktionen?«

»Er hat dazu eine Reihe von Briefkastenfirmen benutzt. Keine Chance, mehr rauszukriegen. Fest steht nur, dass die Summe zehn Jahresgehältern in seinem Museum entspricht.«

Delaney folgte dem Beispiel Victors, der soeben stehen geblieben war. Sie standen einander gegenüber.

»Der SCRS weiß Bescheid, Paul. Warum hätte er sich sonst einmischen sollen?«

»Ich kann mich täuschen, aber ich habe das Gefühl, dass sie die Kontrolle über eine Operation verloren haben und jetzt versuchen Zeit zu gewinnen.«

»Zeit zu gewinnen und den Scherbenhaufen zusammenzukehren. Aber du … Hast du keine Angst, dass sie dem Dezernat die Schuld geben, wenn sie dahinterkommen, dass du heimlich in Sachen Komarov und Thomson ermittelst?«

»Als Sündenbock eignest du dich viel besser, meinst du nicht? Du hast dich bei dieser Geschichte so ziemlich überall in die Nesseln gesetzt.«

Victor schüttelte den Kopf.

»Der SCRS … Das hat gerade noch gefehlt.«

»Heute Morgen wollte ich dich noch dazu überreden, das Versteckspiel aufzugeben. Aber jetzt …«

»Wenn ich wieder auf der Bildfläche erscheine und ihnen in die Hände falle …«

Delaney nickte. Ein bitterer Ausdruck legte sich auf sein Gesicht.

»Und was ist mit mir? Muss ich dir sagen, wie es mich ankotzt, dass ich mich vom SCRS abservieren lassen muss?«

Sie tauschten einen wissenden Blick.

»Du musst die Wahrheit herausfinden, Victor, ohne sie und trotz ihnen. Sonst werden der SCRS oder Piché dafür sorgen, dass du die Sache ausbaden musst, so viel ist mal sicher. Ich habe nicht die Absicht, das zuzulassen. Aber ich kann dir nur beistehen, wenn wir an einem Strang ziehen.«

Victor nickte und legte seinem ehemaligen Vorgesetzten die Hand auf die Schulter.

»Du hast mein Wort, Paul.«

Das Problem lag im Unausgesprochenen der folgenden Stille. Delaney wusste es.

»Okay. Wie kann ich dir helfen?«

»Es gibt da Krankenakten, an die ich nicht herankomme. Bei der Armee.«

Das Handy in Victors Tasche vibrierte. Er zog es heraus und schaute auf das Display.

»Außer Gagné, Jacinthe und dir habe ich diese Nummer nur einer einzigen Person gegeben.«

Ohne weiteres Zögern ging er ran.

»Vera? Vera Nesvitaylo?«

Delaney spitzte die Ohren.

56.

KENOTAPH UND EHRENMAL DER TAPFEREN

Victor folgte einem von Bäumen gesäumten Weg im Park Notre-Dame-de-Grâce, der unweit der Wohnung lag, die er sich früher mit seinem Sohn Martin geteilt hatte. Er rauchte eine Zigarette und versuchte sich ungezwungen zu geben, während er auf das Kenotaph zuging, einen länglichen Gedenkstein, der auf einem runden Granitsockel stand. Er hielt nach der Person Ausschau, deretwegen er hier war.

Am Ehrenmal der Tapferen angekommen, das an die Söhne von Notre-Dame-de-Grace erinnerte, die im Ersten Weltkrieg auf dem Feld der Ehre niedergemetzelt worden waren, blieb er stehen und blickte auf seine Hamilton. Er hatte noch über fünf Minuten bis zum Treffen totzuschlagen.

Der Park war um diese Zeit leer. Eigentlich war es verboten, sich nach 22 Uhr noch hier aufzuhalten, doch die Gefahr, auf einen Streifenwagen vom 11. Revier zu stoßen, wo er früher Dienst geschoben hatte, ging gegen null.

Victor stieß den Rauch seiner Zigarette aus und betrachtete die Szene auf der an dem Stein angebrachten Bronzeplatte: Soldaten eines Bataillons, die mit Gewehr und aufgepflanztem Bajonett an einem Friedhof vorbeimarschierten. Er suchte mit den Augen die Parkränder ab und lauschte, doch er hörte keinen Laut bis auf das Rascheln des Laubs unter seinen Füßen.

Die Stimme am Telefon – eine Frauenstimme, die er nie zuvor gehört hatte – hatte ihn aufgefordert, sich zur vereinbarten Zeit vor dem Kenotaph einzufinden, wenn er wissen wolle, was mit

Vera Nesvitaylo geschehen sei. Und bevor sie auflegte, hatte sie noch verlangt, er müsse allein und unbewaffnet kommen.

Trotz des kühlen Winds, der ihn frösteln ließ, zog Victor Lederjacke und Hemd aus und wartete im T-Shirt. Falls die Unbekannte ihn von weitem beobachtete, wollte er ihr auf diese Weise zeigen, dass er ihre Anweisungen befolgt hatte.

Gagné hatte zu Fuß am Nordeingang des Parks Stellung bezogen, an der Ecke Avenue Marcil und Chemin de la Côte-Saint-Antoine. Und Jacinthe wartete am Steuer des Saab, den sie direkt vor dem Taxistand an der Ecke Avenue Girouard und Rue Sherbrooke geparkt hatte. So positioniert, deckten sie alle Seiten des Parks ab und konnten bei der kleinsten verdächtigen Bewegung eingreifen.

Victor zog nervös an seiner Zigarette, machte kehrt und hielt Ausschau.

Ein Wagen kam aus westlicher Richtung die Sherbrooke herauf und drosselte vor der Ampel das Tempo. Victor versuchte den Fahrer im dunklen Innenraum zu erkennen. Doch er machte nur eine vage Gestalt aus, von der er nicht einmal hätte sagen können, ob Mann oder Frau. Seine Anspannung löste sich, als das Fahrzeug nach rechts in die Avenue Old Orchard abbog. Er folgte ihm mit den Augen, um ganz sicherzugehen, doch der Wagen setzte seine Fahrt bis zum Ende der Straße fort, ohne anzuhalten.

Victor trat die Zigarette aus, ging ein paar Schritte in westlicher Richtung und bog in den Weg ein, der um das Kenotaph herumführte. Im Gehen blickte er zu dem Gebäude, das dort, wo der Wagen abgebogen war, die schmale Straße säumte.

Das Empress-Theater mit seiner in ägyptischem Stil gehaltenen Fassade und Innenausstattung hatte vormals zu den architektonischen Glanzlichtern des Viertels gehört, wurde heute aber komplett vernachlässigt. Beim Anblick des Prachtbaus aus längst verflossenen Zeiten bedauerte Victor wieder einmal, dass man sein Schicksal in die Hände von Beamten und Politikern legte und ihn damit dem Verfall preisgab.

Diese sentimentale Anwandlung ließ seine Wachsamkeit für einen Moment erlahmen, und das war ein Fehler. Als er nämlich an einer Bank vorbeiging, die außerhalb des Laternenlichts im Dunkeln stand, übersah er die am Boden kauernde Gestalt. Er gewahrte die Bewegung in seinem Rücken erst, als er kaltes Metall im Nacken spürte.

Eine Frauenstimme sagte:

»Keine Bewegung.«

Victor hob die Arme.

»Keinen Stress. Ich bin unbewaffnet.«

Eine weiche Hand tastete ihn ab, um sich zu vergewissern, dass er die Wahrheit sagte. Als deren Besitzerin zufrieden war, befahl diese ihm, sich langsam umzudrehen. Victor gehorchte und sah sich Auge in Auge mit einer jungen dunkelhäutigen Frau. Sie ließ die Taschenlampe sinken, mit der sie den Lauf einer Pistole vorgetäuscht hatte, und sah ihn prüfend an.

»Vera glaubt, dass man Ihnen trauen kann.«

Die Frau behielt auch weiterhin die Umgebung im Auge.

»Ich denke, sie hat recht. Kommen Sie.«

Sie schlug den Weg zur Nordseite des Parks ein. Victor folgte ihr.

»Und sagen Sie Ihren Freunden Bescheid, dass wir kommen. Ich habe sie gesehen. Ich möchte nicht, dass es Probleme gibt.«

Victor zückte sein Handy und schrieb eine SMS.

»Und Vera? Wo ist sie?«

»In Sicherheit. Ich heiße übrigens Yako Sabara, Monsieur Lessard.«

»Nenn mich Victor.«

Und während sie schweigend weitergingen, dachte Victor bei sich, dass Worte jetzt überflüssig waren.

57.
EIN MOMENT DER STILLE IM CHAOS

Yako befand sich in einem Zustand der Hypervigilanz. Obwohl Victor ihr wiederholt versichert hatte, dass sie nicht verfolgt wurden, suchte sie mit den Augen zum x-ten Mal ängstlich die dunkle Straße ab. Jacinthe, die sie im Rückspiegel beobachtete, sah sie fragend an.

»Bieg hier links ab.«

Yako hatte beschlossen, ihren Pick-up in Montréal stehen zu lassen und mit ihnen zu fahren, und so saß sie jetzt auf der Rückbank neben Yves Gagné, der, den Kopf an die Scheibe gelehnt, irgendwann während der Fahrt eingeschlafen war.

Jacinthe seufzte und befolgte murrend die Anweisung.

»Wollen wir noch lange so im Kreis fahren? Es ist so dunkel wie in einem Otterarsch, und langsam kriege ich Hunger. Du könnest wenigstens ein bisschen was erzählen, wenn wir schon in Montréal die Rallye Paris–Dakar wiederbeleben.«

Es war jetzt über zwanzig Minuten her, dass sie am Park Notre-Dame-de-Grâce losgefahren waren. Victor, der auf dem Beifahrersitz saß, berührte den Arm seiner Partnerin, um sie zu bitten, die Situation nicht noch zu verschlimmern. Die junge Frau hatte sich wenig mitteilsam gezeigt und darauf beschränkt, hier und da Hinweise zu geben, in welche Richtung es weitergehen sollte.

Außerdem lehnte sie es ab, irgendwelche Fragen zu beantworten. Jeder Versuch endete damit, dass sie die Zähne zusammenbiss, die Arme verschränkte und komplett verstummte. Und sie hatte eine Bedingung gestellt: Wenn sie Vera treffen wollten, müssten sie ohne Widerrede ihre Anweisungen befolgen.

»Hör mal, Süße, wir sehen vielleicht nicht so aus, aber wir sind Polizisten. Würde uns jemand verfolgen, hätten wir das längst gemerkt.«

»Ihr habt keine Ahnung, mit wem ihr es zu tun habt.«

Jacinthe konterte:

»Wir wissen über die Freelander Bescheid, falls du die meinst.«

Yako warf einen verstohlenen Blick über die Schulter.

»Würdet ihr sie so kennen, wie ich sie kenne, würdet ihr wissen, dass meine Vorsichtsmaßnahmen notwendig sind. Sogar lebenswichtig. Die nächste rechts.«

Victor fragte sich, was die junge Frau damit bezweckte. Wollte sie wirklich nur mögliche Verfolger abschütteln?

»Ist schon okay, Yako. Wir nehmen uns so viel Zeit, wie du brauchst, um dir sicher zu sein, dass uns niemand folgt. Vielleicht fragst du dich ja auch, ob du uns trauen kannst. Wenn du willst, halten wir irgendwo an, trinken einen Kaffee und reden. Wir erzählen dir alles, was wir wissen. Dann kannst du entscheiden, was du tun willst.«

In Yakos Stimme lag keine Aggressivität, nur Härte, als sie antwortete.

»Das wird nicht nötig sein. Wir nehmen die zweite links nach der Stoppstelle.«

Victor wusste nichts über ihre Vergangenheit, vermutete aber, dass sie sich eine Art psychischen Abwehrschild zugelegt hatte, der sie vor Angriffen bewahrte und andere daran hinderte, in ihre Gefühle einzudringen. Diesen Mechanismus, der dem Schutz und damit dem Überleben diente, hatte er häufig bei Opfern von Gewalttaten oder deren Angehörigen beobachtet.

»Der Freelander, der in Vera Nesvitaylos Wohnung erstochen wurde … Bist du dafür verantwortlich?«

Yako hob das Kinn und schluckte. Victor sah, wie sich ihre Augen verschleierten, und im ersten Moment glaubte er, der Schutzschild würde Risse bekommen, doch dazu kam es nicht. Die alte Härte kehrte zurück.

»Es hieß, Vera oder er. Ich würde dasselbe wieder tun.«

Jacinthe nickte.

»Das wollte ich hören! Gut gemacht!«

Als hätte sie es gar nicht gehört, drehte Yako den Kopf und beobachtete die Straße durch die Heckscheibe. Victor bedachte sie mit einem verständnisvollen Blick. Es war bestimmt das erste Mal, dass sie einem Menschen das Leben genommen hatte.

Jacinthe ging wie selbstverständlich davon aus, dass Yako bereit war, das Gespräch fortzusetzen, und fragte:

»Hast du seine Papiere? Wir haben nämlich nichts in seinen Taschen gefunden.«

Yako stieß zwischen den Zähnen hervor:

»Er hatte keine Papiere bei sich.«

»Und der Cyberangriff der Freelander, weiß du, ob …«

Die Antwort kam vor dem Ende der Frage.

»Nicht jetzt.«

Yako hatte den Schutzschild wieder hochgefahren. Victor gab Jacinthe ein Zeichen zu schweigen und rutschte tiefer in seinen Sitz. Er ließ Stille einkehren. Dann sagte er einfühlsam:

»Was da passiert ist … Wenn du mal das Bedürfnis hast, darüber zu reden …«

Die junge Frau wischte mit dem Daumen eine Träne weg.

»Wir nehmen die 15 nach Norden.«

Jacinthe bog scharf ab und beschleunigte.

»Schön! Wir sind jetzt lange genug nirgendwohin gefahren.«

Sie hatten die Stadt vor zwei Stunden hinter sich gelassen, befanden sich in der Nähe von Rivière-Rouge und fuhren immer noch nach Norden. Victor warf einen Blick nach hinten. Yako war eingeschlafen, nachdem sie ihnen verraten hatte, wo sie hinfuhren. Ihr

Gesicht lehnte an der Schulter Gagnés, der, den Kopf im Nacken und den Mund weit offen, mit seinem Schnarchen das Motorengeräusch übertönte.

Jacinthe ließ kurz das Lenkrad los, reckte die Arme in die Höhe und gähnte.

»Wir wecken sie erst, wenn wir am Arsch der Welt sind … Mann, Gagné! Geht's auch leiser?«

Der Expolizist verstummte, grunzte ein paarmal und begann dann noch lauter zu schnarchen. Jacinthe betrachtete ihn wohlwollend im Rückspiegel.

»Er ist ein guter Mann, dein Gagné.«

Victor nickte lächelnd.

»Du könntest auf ihn zählen, mein Bester, wenn mir eines Tages etwas zustoßen sollte.«

»Wovon sprichst du?«

Sie fuhr sich mit der Hand über das von Müdigkeit gezeichnete Gesicht.

»Keine Panik, ich sag das nur so. Wir führen schließlich kein Klosterleben.«

Da konnte er ihr nur zustimmen. Minutenlang fuhren sie schweigend weiter. Dann blähte Victor die Nasenflügel und verzog das Gesicht.

»Warst du das?«

Ein Geruch nach faulen Eiern verpestete den Innenraum, und er zweifelte keine Sekunde an seiner Herkunft. Jacinthe behielt die Augen stur auf der Straße. Er zog sich das T-Shirt über die Nase.

»Das bin nicht ich, das ist Gagné!«

»Jacinthe Taillon, ich kenne deine Duftnote in- und auswendig!«

Die Schultern seiner Partnerin bebten, dann platzte ein schallendes Lachen aus ihr heraus.

»Gut, was? Dein kleiner Flitzer musste doch getauft werden!«

Victor ließ stoisch die Scheibe herunter, und als ihm der Wind durch die Haare fuhr, schüttelte er langsam den Kopf und musste ebenfalls laut lachen. Als er sich wieder eingekriegt hatte, musste er an Yakos Worte denken, bevor sie sich zusammengekauert und die Augen geschlossen hatte.

»Ich kenne die Freelander sehr gut. Ich habe für sie gearbeitet. Sie suchen uns mit Sicherheit. Diese Leute dulden keine Störungen.«

Dann hatte sie noch mal aufgeschaut und hinzugefügt:

»Wenn ihr Kaffee wollt, müsst ihr welchen kaufen.«

Voller Dankbarkeit gegenüber seinen Schicksalsgefährten drehte sich Victor um und betrachtete Yako und Gagné, die hinten noch tief und fest schliefen. Dann sah er Jacinthe an, die sich aufs Fahren konzentrierte. Überall um sie herum lauerte der Tod, aber sie machten weiter.

58.

WAS FÜR EIN REGISTER?

Der Urin prallte an den Blättern eines Strauchs ab und erzeugte eine Dampfwolke. Seinen Baseballhandschuh unter die Achsel geklemmt, schloss Victor die Augen und atmete lange durch den Mund aus, bis sich die Anspannung in seiner Brust löste. Erleichtert zog er seinen Reißverschluss zu und hob den Kopf. Sie waren bis tief in die Nacht gefahren. Jetzt stieg die Sonne in den kalten Morgen, goss ihre Strahlen über die kahlen Äste und leckte an den Wipfeln der Bäume.

Er machte auf dem Pfad kehrt, sammelte auf dem mit Laub und Kiefernnadeln bedeckten Boden einen Arm voll Brennholz, wozu er ein paar Minuten brauchte, und kehrte dann zügig ins Lager zurück.

Yakos alter Wohnwagen war voller Rostflecken und schmutzig. Teile der Verkleidung waren herausgerissen und durch Holzplatten ersetzt worden. Dahinter stand unter einer geflickten, windgeblähten Plane ein Picknicktisch, der schon bessere Tage gesehen hatte.

Die Tüten mit den Lebensmitteln, die sie unterwegs in einem Laden gekauft hatten, standen neben dem Feuer bereit, das in einem Ring aus Feldsteinen prasselte. Eine Kaffeekanne und Töpfe dampften auf einem Backofengitter, das auf Pfosten ruhte, die sie aus schwarzen Holzklötzen zugehauen hatten.

Victor ließ das Brennholz auf den Boden fallen, streifte, um Gelassenheit zu verströmen, den Handschuh über und warf den Baseball aus braunem, rissigen Leder, den er in einem Abfallhaufen hinter dem Wohnwagen gefunden hatte, in das Webbing.

Die halb verhungerte Jacinthe wendete die Speckscheiben und die Bratkartoffeln mit einer Gabel, während Gagné das Feuer in Gang hielt. Der Essensduft zog über die Lichtung, und Victor merkte, dass er Hunger hatte.

Mit heraushängender Zunge bewunderte Jacinthe den Inhalt ihrer gusseisernen Pfanne.

»Sieh dir das an, mein Bester … Das bringt uns wieder auf die Beine.«

Sie saßen auf Klappstühlen im Halbkreis am Feuer und warteten aufs Frühstück. Jacinthe trug auf und nahm dann, ihren Stuhl verschmähend, auf einem Holzklotz Platz. Victor trank in kleinen Schlucken Kaffee und stellte die Tasse an den Rand seines Tellers, den er auf den Oberschenkeln balancierte.

Yako stieg aus dem Wohnwagen, schloss ganz leise die Tür und kam zu ihnen herüber.

»Wunderbar, sie ist nicht aufgewacht. Sie stand noch unter Schock, als ich zu euch gefahren bin.«

Victor nickte. Der Tod B-Lefskis und der Mordversuch an ihr hatten Vera schwer traumatisiert. Sie würde alle Kraft brauchen, um mit den Erinnerungen fertigzuwerden, die sie unweigerlich verfolgen würden.

Jacinthe verschlang ein halbes Erdnussbutterbrot mit einem Biss.

»Seit wann wohnst du hier?«

»Seit fast einem Jahr. Der Grundstücksbesitzer ist ein Bekannter. Als mein Asylantrag abgelehnt wurde, wusste ich nicht, wohin.«

Victor sah sie mitfühlend an. Einige Monate zuvor hatten Jacinthe und er den Mord an einem illegalen Flüchtling untersucht, der in einer Grünanlage in der Innenstadt wegen einer Handvoll Dollar erstochen worden war. Bei den Ermittlungen hatten sie erfahren, dass jedes Jahr Hunderte von Migranten, die das gesetzliche Verfahren durchlaufen hatten, in den Wäldern verschwanden.

Manche hatten sprachliche oder psychische Probleme, die zu Missverständnissen führten, andere einfach nur Ärger mit der Polizei. Doch die meisten taten es, weil am Ende des Verfahrens nur die Abschiebung auf sie wartete, wie in Yakos Fall.

Die junge Frau setzte sich auf einen der freien Stühle.

»Wo waren wir stehengeblieben?«

Victor reichte ihr einen Teller.

»Du hast uns erklärt, wie du im Darknet deine Dienste angeboten hast.«

Gagné frischte ihr Gedächtnis auf, indem er ihre eigenen Worte wiederholte.

»›Du annoncierst und lässt dich in Bitcoin bezahlen. Alles anonym.‹«

Yako nickte und senkte den Blick auf ihren Teller.

»So läuft das immer. Jemand findet dich in den Spezialforen und gibt dir Aufträge. Einzelheiten sind unnötig. Das garantiert beiden Parteien Sicherheit.«

Jacinthe nahm sich einen Nachschlag Rührei.

»Aber du gehst schon davon aus, dass deine Auftraggeber keine Chorknaben sind.«

»Klar«, antwortete Yako kauend. »Trotzdem gibt es eine Grenze, die ich nicht überschreite. Wenn beispielsweise das Leben von jemandem bedroht wird …«

Sie unterbrach sich und stellte den Teller weg, verwirrt über den Widerspruch in dem eben Gesagten. Alles erinnerte sie daran, dass Guillaume Lefebvre sein Leben verloren hatte.

»Am Anfang hat mir dieser Kunde nur unbedeutende Aufträge gegeben, um mir auf den Zahn zu fühlen. Aber nach und nach wurde das, was er von mir verlangte, anspruchsvoller. Da habe ich begriffen, was er vorhatte, und es mit der Panik bekommen.«

Sie schaute auf. Die anderen hingen ihr an den Lippen. Victor sprang auf, entfernte sich ein paar Schritte und zündete sich eine Zigarette an.

»Du hast nicht gewusst, für wen du arbeitest, aber von da an hast du versucht, mehr über deinen Auftraggeber in Erfahrung zu bringen, richtig?«

»Ja. Und es ist mir gelungen.«

Victor stieß eine Rauchwolke aus.

»Wie?«

»Die lange oder die kurze Version?«

Jacinthe deutete auf Gagné.

»Die einfache. Sonst kommt er durcheinander.«

Grinsend zeigte ihr Gagné den Stinkefinger.

Yako fuhr fort.

»Ich habe ihr System gehackt.«

Victor legte ein Scheit ins Feuer, und Gagné schürte.

»Und dann hast du dich an Guillaume Lefebvre gewandt.«

»Irgendwann habe ich gemerkt, dass jemand eigene Nachforschungen in dieser Angelegenheit anstellte, ohne seine Spuren zu verwischen. Ich habe ihn gewarnt. Es war Guillaume.«

Jacinthe erinnerte sich an ihr Gespräch mit Virginie Tousignant über die Spesenabrechnungen ihres Kollegen.

»Aber Lefebvre wollte mehr. Er hat dich zu einem Treffen überredet. Ihr seid in ein Lokal in Chinatown gegangen. Danach hast du angefangen ihm zu erzählen, was du wusstest. Du bist eine seiner Quellen geworden.«

Yako bejahte und berichtete von ihren ersten Treffen, aus denen sich eine Zusammenarbeit entwickelte.

»Wir haben unsere Erkenntnisse zusammengetragen und schließlich begriffen, mit wem wir es zu tun hatten.«

Auch wenn sie es verbergen wollte und den anderen die furchtlose Kriegerin vorspielte, so bemerkte Victor doch die Risse im Schutzschild der jungen Frau. Nicht nur dass sie Lefebvre verloren hatte. Einen Menschen zu töten ging nicht spurlos an einem vorüber. Er konnte ein Lied davon singen.

»Mit den Freelandern.«

Yako verzog angewidert das Gesicht und spuckte auf den Boden.

»Ohne es zu ahnen, habe ich für dreckige Rassisten gearbeitet.«

Wolken zogen auf, und leichter Nieselregen setzte ein, der die Gesichter benetzte und alles mit einer grauen Patina überzog. Gagné stand leise auf und sammelte die schmutzigen Teller und Bestecke ein.

Im Wohnwagen richtete sich Vera im Bett auf und rang nach Atem. Dann fiel ihr wieder ein, warum sie hier war und was passiert war, und ein heftiger Schmerz überkam sie.

Stimmen drangen von draußen herein. Sie ging zum Fenster. Als sie die anderen am Feuer sah, überlegte sie, ob sie hinausgehen solle, doch sie hatte nicht die Kraft dazu. Nicht jetzt.

Sie starrte lange auf Yakos Jacke, die unordentlich auf einem Stuhl lag. Nach kurzem Zögern durchstöberte sie die Taschen und brachte ihr Handy und die SIM-Karte zum Vorschein, die Yako ihr abgenommen hatte. Sie kaute auf ihrer Lippe und rang mit ihrem Gewissen. Dann steckte sie mit zitternder Hand die Karte ins Gerät und schaltete es ein. Sie drückte eine Nummer. Ein paar Sekunden verstrichen, bis der Anruf aufgebaut war. Sie sprach Russisch, ganz leise.

»Mama? Ja, mir … mir geht's …«

Sie hielt inne.

»Und dir?«

Von ihren Gefühlen überwältigt, weil sie mit ihrer Mutter sprach, aber auch, weil sie etwas Verbotenes tat, begann sie zu weinen.

Gagné spülte das Geschirr unter dem Wasserhahn der Zisterne und setzte sich anschließend wieder ans Feuer. Das Gespräch ging weiter.

Noch verwirrt begann Victor aus dem, was Yako ihnen erzählt hatte, seine Schlüsse zu ziehen.

»Dann hast du Lefebvre also am Tag seines Todes besucht.«

Sie nickte, gefangen im Hin und Her zwischen Victor und den Bildern, die aus ihrer Erinnerung aufstiegen. Und dann, für einen kurzen Moment, sah sie wieder, wie sich die Züge des Journalisten verzerrten, wie sich sein Körper krampfartig aufbäumte und dann zu Boden sank.

»Wir waren verabredet.«

Tränen rannen ihr über die Wangen, als sie ihnen die letzten Augenblicke ihres Mitstreiters schilderte. Dann holte sie tief Luft.

»Ich bin große Risiken eingegangen, um Guillaume mit Informationen zu versorgen. Ich habe umfangreiche Nachforschungen angestellt, damit er das, was ich über die Freelander wusste, belegen konnte. Ich war bereit, die Sache durchzuziehen. Er auch …«

Der Hackerin versagte die Stimme.

»Guillaume war ein guter Mensch, ein mutiger Mann. Aber er war nicht vorsichtig genug.«

Sie tauschten betrübte Blicke.

»Ich habe ihm Informationen über die Freelander und die Bitcoinmine gegeben. Aber trotz meiner Warnungen ist er los, hat Leuten Fragen gestellt und sie dadurch in Gefahr gebracht.«

Victor war, als würde ihm eine eiskalte Hand über den Rücken streichen.

»Vera Nesvitaylo und B-Lefski. Lefebvre ist auf den Radar der Freelander geraten, als er mit den beiden reden wollte.«

Yakos Augen starrten über den Wald hinweg ins Leere.

»Alles ist meine Schuld. Ohne es zu ahnen, habe ich alle drei zu Zielscheiben gemacht. Aber selbst nach dem Mord an Guillaume hätte ich nie gedacht, dass …«

Sie verstummte, um die Fassung nicht zu verlieren. Victor legte ihr eine Hand auf die Schulter, und sie ließ ihn gewähren.

»Dass die Freelander so weit gehen würden?«

Sie bekam feuchte Augen und biss die Zähne zusammen.

»Ich bin in die Katakomben gegangen, um B-Lefski zu warnen, aber er wollte nicht mit mir reden.«

Sie verharrte reglos. Ihre Lider blinzelten nicht mehr. Auch Victor fühlte sich schuldig. Er versuchte die Last auf seine Schultern zu nehmen, um der Hackerin das Gewissen zu erleichtern.

»Ich hätte es tun müssen. Ich war gestern Abend bei ihm.«

Sie strich sich mit der Hand über die kurzen Haare und sah ihn an.

»Ich weiß. Ich hab dich weggehen sehen.«

Victor blickte erstaunt.

»Nach der Schießerei habe ich mich über dich schlau gemacht. Als ich dich in den Katakomben wiedererkannte, dachte ich mir schon, dass es dir gelingen würde, mit ihm zu sprechen.«

Jacinthe rief energisch dazwischen:

»Niemand konnte etwas für B-Lefski tun! Niemand. Ist das klar? Und Vera …«

Sie deutete auf den Wohnwagen.

»… Vera hast du das Leben gerettet. Du hast das Richtige getan.«

Bewegt über die Niedergeschlagenheit der Ivorerin, schwiegen alle eine Weile. Dann sagte Gagné:

»Wofür haben dich die Freelander eigentlich engagiert?«

Yako versuchte sich wieder zu fassen.

»Ich sollte im Computersystem des Verteidigungsministeriums einen Trojaner platzieren. Am Anfang dachte ich, sie wollten dort Schaden anrichten, aber dann ist mir klar geworden, dass ihnen das Ministerium als Einfallstor dienen sollte, um an das Fiche-S-Register ranzukommen.«

Jacinthe legte die Stirn in Falten.

»Was für ein Register?«

Victor sah einen nach dem anderen ernst an. Er wusste, um was es sich dabei handelte.

»Das Fiche-S-Register enthält Datenbankeinträge über in Kanada lebende Personen, die des Dschihadismus verdächtigt werden.«

59.
MIT GLEICHER MÜNZE HEIMZAHLEN

Paul Delaney verließ die SPVM-Zentrale in der Rue Saint-Urbain und ging in ein Schnellrestaurant, wo er sich ein Sandwich und einen Kaffee kaufte. Dann eilte er zum Parterre du Quartier des Spectacles, Ecke Rue de Montigny. Dort biss er in sein Sandwich, glotzte die drei vogelartigen Skulpturen an, die den Platz schmückten, ohne sie wirklich wahrzunehmen, und versuchte den Frust loszuwerden, der ihn peinigte.

Wie erwartet hatte Marc Piché wenig Neigung gezeigt, sich mit dem SCRS anzulegen. Der Leiter des Dezernats Kapitalverbrechen hatte zwar eloquent dargelegt, dass die Glaubwürdigkeit des Polizeidienstes auf dem Spiel stehe, doch sein Vorgesetzter hatte ihn mit hohlen Phrasen abgespeist und ihm versichert, er werde sehen, was sich machen lasse. Beim Rausgehen hatte Delaney die Tür zugeknallt.

Die Situation erschien ihm umso beunruhigender, als eine Stunde zuvor – er saß gerade über der Ermittlungsakte zum Mord an Thomson – die Empfangsdame angerufen hatte, um ihm mitzuteilen, dass Claire Sondos ihn zu sprechen wünsche, und Letztere schon in der nächsten Sekunde in Begleitung eines Mannes in sein Büro geplatzt war.

Delaney hatte eine Schublade geöffnet, die Akte hineingeworfen und so getan, als kramte er in seinem Gedächtnis.

»Sehr witzig …«

Sondos tat so, als hätte sie nicht gemerkt, dass er sie mit derselben herablassenden Bemerkung bedacht hatte wie sie ihn tags zuvor. Gleichwohl legte er, bevor er fortfuhr, eine Pause ein, um festzustellen, welche Wirkung seine Gesprächseröffnung hatte.

»… ich wüsste nicht, dass wir verabredet wären. Suchen Sie Anschluss?«

Die Agentin vom Nachrichtendienst ging nicht darauf ein und deutete auf ihren Begleiter.

»Meine Kollege, Hubert Baron.«

Die beiden Männer begrüßten einander mit einem höflichen Kopfnicken. Mitte dreißig, frisch rasiert und wie aus dem Ei gepellt in seinem dunkelgrauen Anzug, hatte Baron zwar ein jugendliches Gesicht, jedoch graumelierte Schläfen und dunkle Ringe unter den Augen.

Sondos schlug sofort wieder einen feindseligen Ton an.

»Sie mussten doch mit unserem Besuch rechnen.«

Delaney setzte sich in seinem Stuhl kampfbereit zurecht.

»Eigentlich nicht.«

»Glauben Sie, wir merken es nicht, wenn jemand die Nase in unsere Angelegenheiten steckt?«

Er hob abwehrend die Hände.

»Äh … Ich kann Ihnen nicht ganz folgen.«

»Blödsinn!«

Der ruhigere und freundliche Baron griff ein, während seine Kollegin den Raum durchmaß, um ihren Zorn abzukühlen.

»Es ist seltsam, aber jemand aus Ihrem Dezernat hat versucht, auf Datenbanken über ehemalige Soldaten zuzugreifen. Speziell auf Krankenakten.«

Natürlich wusste Delaney Bescheid. Er selbst hatte Loïc ja den Auftrag dazu gegeben. Doch er zuckte mit den Schultern und mimte den Ahnungslosen.

»Auf jeden Fall wären Sie wohl nicht hier, wenn der oder die Betreffende etwas Interessantes gefunden hätte, oder?«

Die Hände in die Hüften gestemmt, wetterte Sondos:

»Ich habe Sie davor gewarnt, uns ins Gehege zu kommen.«

Delaney, den es zunehmend Mühe kostete, sich zu beherrschen, seufzte.

»Auch ich habe eine Untersuchung am Laufen.«

»Ich habe es Ihnen bereits gesagt: Legen Sie sie auf Eis.«

»Die Polizei muss doch ihre Arbeit tun.«

»In diesem Fall besteht die Arbeit der Polizei darin, Victor Lessard zu finden. Ach ja, ich vergaß … Sie wissen ja nicht mal, ob er noch am Leben ist. Und dass Sie sich einen Spaß daraus machen, unsere Beschatter abzuhängen, hat ebenfalls nichts das Geringste mit Lessard zu tun.«

Die Masken waren gefallen, und Delaney versuchte nicht länger, den Schein zu wahren. Sondos musterte ihn noch einmal verächtlich, bevor sie ging. Baron trottete hinterher, blieb aber noch einmal stehen und drehte sich um.

Im ersten Moment hatte Delaney gedacht, der Agent des SCRS wollte etwas sagen, doch nach kurzem Zögern hatte er sich wieder weggedreht und ebenfalls das Büro verlassen.

Delaney betrachtete jetzt das Sandwich, von dem er ohne Appetit knapp die Hälfte gegessen hatte, und stellte fest, dass er keinen Hunger mehr hatte. Auf dem Weg zu seinem Wagen spendierte er die andere Hälfte einem Obdachlosen.

Irgendwas übersah er, und er würde herausfinden, was, mit oder ohne Unterstützung der Führung. Wenn er in den letzten Jahren, in denen er Madeleine in ihrem Kampf gegen den Krebs beigestanden hatte, etwas gelernt hatte, dann, dass man stets kämpfen musste. Wenn ihm jemand seinen Fall wegnehmen wollte, dann würde er es ihm mit gleicher Münze heimzahlen. Er würde nicht unbedingt als Sieger daraus hervorgehen, aber die Gegenseite würde dabei mindestens ebenso viel Prügel beziehen wie er.

Plötzlich merkte er, dass jemand hinter ihm herging und sich seinem Tempo anpasste. Er drehte sich um. Es war Hubert Baron. Er hatte eine Akte in der Hand.

»Gehen Sie weiter.«

Der Agent des SCRS drückte ihm heimlich die Akte in die Hand, ohne stehenzubleiben.

»Das ist der Typ, den Sie suchen.«

Delaney warf ihm einen verstohlenen Blick zu.

»Warum geben sie mir das?«

»Eine Hand wäscht die andere. Eines Tages brauche ich vielleicht Ihre Hilfe, Paul.«

Baron überquerte die Straße zwischen zwei Autos und ließ einen verblüfften Delaney zurück.

60.
ERDHÜGEL VERSETZEN

Sie waren verstummt, nachdem Victor erklärt hatte, worum es sich bei dem Fiche-S-Register handelte, als könnte jedes Wort über die potenziellen Dschihadisten, deren Profile es enthielt, eine sich selbst erfüllende Prophezeiung auslösen oder sie mit einem bösen Fluch belegen. Eine Zeit lang hüllten die Geräusche des Waldes sie ein und beherrschten ihre Gedanken. Und während ein Vogel unaufhörlich denselben hohen Ton piepste, der Wind durch die Äste pfiff und die Bäume sich unter dumpfem Knarren wiegten, nahm in ihren Köpfen langsam wieder die Realität Gestalt an.

Gagné sprach laut aus, was auch seine Gefährten dachten.

»Wir müssen das Verteidigungsministerium warnen.«

Yako schüttelte bitter den Kopf.

»Das Ministerium hat den Trojaner entdeckt und das Leck gestopft. Aber der Schaden ist angerichtet.«

Auf Basis der neuen Erkenntnisse formulierte Victor eine Hypothese.

»Der Cyberangriff, über den Lefebvre für seinen Artikel recherchiert hat, könnte dem Fiche-S-Register gegolten haben. Was meinst du?«

Yako wusste es nicht. Gagné trank einen Schluck Kaffee.

»Auf jeden Fall braut sich da was Größeres zusammen. Warum sonst sterben die Leute wie die Fliegen?«

Ein Augenblick verstrich, ehe Jacinthe sie aus ihren Überlegungen riss.

»Was werden die Freelander mit den Daten aus dem Register anfangen? Dschihadisten aufspüren und kaltmachen?«

Gagné zog ein skeptisches Gesicht.

»Würden die Freelander Dschihadisten umbringen, hätten wir das auf die eine oder andere Art mitgekriegt.«

Wieder kehrte Schweigen ein. Eine Idee keimte in Victors Kopf. Er wandte sich an die junge Hackerin.

»Hat Lefebvre mit dir jemals über das Programm *Rote Flut* gesprochen? Im Kalten Krieg hat die kanadische Regierung geheime Lager eingerichtet, um Kommunisten und ihre Sympathisanten zu internieren.«

»Das einzige Lager, über das Guillaume mit mir gesprochen hat, war das der Freelander. Er nannte es Ghetto X.«

Jacinthe grinste freudlos.

»Monsieur X, Ghetto X … fehlt nur noch ein X, und wir haben eine Pornoseite.«

Wie als Einstimmung auf seine nächste Frage stand Victor auf und warf einen Arm voll Holz auf das heruntergebrannte Feuer.

»Und wenn die Freelander die Dschihadisten gar nicht umbringen, sondern nur aus dem Verkehr ziehen wollen?«

Gagné begriff sofort, worauf er hinauswollte.

»Sie aus dem Verkehr ziehen, um sie in ihrem Lager zu internieren?«

Jacinthe knackte eine Dose Orangenlimo und leerte sie mit einem Schluck zur Hälfte.

»Aber warum sollten die Freelander das tun? Ein Hund scheißt nicht in die eigene Hütte. Wahrscheinlich leben sie in dem Lager und bunkern dort ihre Waffen.«

Der Ton wurde lauter, und jeder verteidigte leidenschaftlich seinen Standpunkt. Doch Victor brachte sie zum Schweigen, als er in Yakos Augen las, dass ihr etwas eingefallen war. Obwohl es ihr unangenehm war, plötzlich im Mittelpunkt der Aufmerksamkeit zu stehen, vertraute sich die Ivorerin ihnen an.

»Ich weiß nicht, ob euch das weiterbringt, aber was die Waffen angeht, glaubte Guillaume, dass jemand bei der Beschaffung mitgewirkt hat, der über Kontakte nach Russland verfügt.«

Auch Gagné stand jetzt auf und ging ein paar Schritte, um sich die Beine zu vertreten.

»Thomson passt nicht unbedingt ins Profil, aber er hat drei Jahre in Russland gearbeitet.«

Victor zündete sich eine Zigarette an. Er hatte das Gefühl, dass sie im Nebel stocherten.

»Oder das ist im Gegenteil die perfekte Tarnung. Vergessen wir nicht, dass er mit all diesen netten Leuten verkehrt hat. Er könnte zum Beispiel als Vermittler fungiert haben. Das würde auch seine Banktransaktionen erklären.«

Jacinthe schien nicht überzeugt.

»Und warum hätte Thomson bei Waffenlieferungen an die Freelander helfen sollen?«

Victor antwortete mit einer Gegenfrage.

»Warum nicht?«

Sie hatten Yako weiter befragt und ihr dabei berichtet, was sie bis jetzt wussten, doch sie kannte niemanden, der unter Heterochromie litt oder Inuksuit aus Lapislazuli anfertigte, und auch zu Afghanistan fiel ihr nichts Bestimmtes ein.

Während sie sprach, sah sich Victor die junge Frau genau an. Sie saß kerzengerade und würdevoll da. Und jetzt, bei Tageslicht, bemerkte er die Glätte ihrer dunklen Haut, die Zartheit ihrer Nasenflügel und die wenigen Kapillaren im Weiß ihren schwarzen Augen.

Er wusste so gut wie nichts über die Umstände, die sie hierher verschlagen hatten. Doch auch so war klar: Sie war geflüchtet. Das hatte Spuren bei ihr hinterlassen. Es zeigte sich in ihrem Gesicht, in den Pausen, die sie zwischen zwei Worten machte, in jedem Schweigen zwischen zwei Sätzen, in den verstohlenen

Blicken, die sie um sich warf, in der Art, wie sie sich bewegte, unauffällig und lautlos.

War sie aus einem Land geflohen, in dem die Jungen die Hoffnung verloren und die Alten ihren Idealen den Rücken gekehrt hatten? War sie aus Verdrossenheit geflohen, aus Not oder um zu überleben? War sie aus einem dieser Dörfer geflohen, die übersät waren mit den Leichen verstümmelter Kinder, oder einfach nur aus einem Haus, in dem getuschelt wurde? Natürlich hatte sie ihre Gründe. Doch das Leben hatte Victor gelehrt, dass die Menschen letztlich vor allem eins machten: Sie flohen vor einem Leben ohne Perspektive.

Damit kannte er sich aus. Mit dem Ausbrechen aus inneren Gefängnissen, die den Geist vergiften. Warum auch immer Yako fortgegangen war, sie hatte es zweifellos in der Hoffnung getan, woanders etwas Besseres zu finden. Aber kann ein Finger auf der Landkarte den Lauf der Dinge ändern?

Victor war ihnen schon viel zu oft begegnet, Menschen, die am Rande der Gesellschaft in ihrer Parallelwelt lebten, diesen Männern und Frauen, die nicht zur Jahreszeit passende Mäntel trugen und früh am Morgen durch die Straßen geisterten oder mit verstörtem Blick auf Bänken lagen, ihre wenigen Habseligkeiten in halb gefüllten Plastiksäcken.

Darum sagte er sich, wenn er in ein depressives Loch fiel, dass er es vergleichsweise gut erwischt habe und dass es seine Pflicht sei, weiterzumachen und seine Qualen zu ignorieren. Und dass eine Ameise manchmal Erdhügel versetzen muss, um ans Licht zu gelangen.

Als wieder Schweigen einkehrte, gab er Yako das Foto, das seine Eltern mit dem Fremden zeigte, den sie Monsieur X nannten.

»Kennst du den Mann da rechts? Nur eben viel älter.«

»Und eventuell mit einem Goldzahn«, ergänzte Jacinthe.

Die junge Frau kniff die Augen zusammen und betrachtete das Foto eine Weile.

»Nein, tut mir leid. Sollte ich?«

Victor nahm das Foto zurück und wollte gerade antworten, da sagte hinter ihm eine Stimme:

»Ich kenne ihn.«

Alle fuhren gleichzeitig herum. Eine Decke um die Schultern, stand da Vera Nesvitaylo und starrte nickend auf das Foto.

61.
ERINNERUNGEN WIEDERFINDEN

Man machte sich kurz miteinander bekannt, dann ging Vera um die kleine Gruppe herum und setzte sich dicht neben Yako ans Feuer. Die Haare der Tänzerin waren zu einem Knoten zurückgebunden, aus dem ein paar widerspenstige Strähnen herausschauten. Sie hatte Ringe unter den Augen. Doch weder die Erschöpfung, die ihrem Gesicht anzusehen war, noch die tragischen Ereignisse der letzten Stunden hatten ihrer Schönheit etwas anhaben können.

Victor stand noch. Das Adrenalin war ihm durch die Adern geschossen, als sie gesagt hatte, dass sie Monsieur X kenne. Von den Fragen, die ihm auf der Zunge brannten, drängte eine nach vorn: Warum hatte sie in ihrer Garderobe noch das Gegenteil behauptet?

»Ich dachte, du hättest ihn nie gesehen. Ich muss es wissen, Vera, es ist wichtig.«

Sie blickte wieder auf das Foto und betrachtete es eine ganze Weile.

»Er hat sich sehr verändert. Aber der Mund und die Augen … Ich glaube, ich habe ihn einmal gesehen.«

Jacinthe schaltete sich in einem Ton ein, der darauf angelegt war, jedes Rumgedruckse zu unterbinden.

»Es ist doch ganz einfach, Schätzchen. Ist er es, oder ist er es nicht?«

Vera vergrub den Kopf zwischen den Händen und sah wieder die Bilder der Gewalt, die sie fast das Leben gekostet hätte. Dann suchte ihr flehender Blick die Augen Victors.

»Ich habe Sie nicht angelogen. Es ist nur so … Ich weiß nicht, wie ich es erklären soll. Es ist, als wäre mir der Zusammenhang erst klar geworden, als …«

Gagné schürte das Feuer. Victor fragte:

»Als was?«

»Der Mann, der mich umbringen wollte, hat ein Foto gesucht. Ich weiß nicht, wieso, aber plötzlich kam mir ein Gedanke. Ich habe mich gefragt, ob es vielleicht das war, das Sie mir gezeigt hatten.«

Victor sah sie noch eindringlicher an.

»Ich glaube, dein Onkel hatte es versteckt, weil er nicht wollte, dass es ihnen in die Hände fiel.«

Ein kurzes Schweigen folgte, bis die Tänzerin die Information verdaut hatte.

»Wenn ich mich nicht irre, waren wir auf einer Party bei dem Partner meines Onkels … Robert Thomson. Dort habe ich ihn gesehen.«

Als erlebte sie Szene noch einmal, schloss Vera die Augen und tauchte in ihre Erinnerungen ab.

Sie hat zu viel geredet, zu viel gelacht, zu viel Champagner getrunken. Ihre Blase ist kurz vor dem Platzen. Und als sie auf dem Weg zur Toilette lächelnd und Entschuldigungen murmelnd den überfüllten Salon durchquert, betrachtet sie die eleganten Frauen in Abendkleidern und die Männer im Smoking, deren Gesichter im gedämpften Licht der Kristallleuchter erstrahlen. Jazzmusik, Gelächter und Gläsergeklirr tönen in ihren Ohren.

Aus einem angrenzenden Raum, den Rauchschwaden durchziehen, dringt penetranter Zigarrengeruch. Ein Mann mit Glatze unterhält sich mit ihrem Onkel Nikolaï. Ihre Blicke begegnen sich nicht. Er ist ihr nicht vorgestellt worden. Aber seine bloße Gegenwart übt auf sie eine merkwürdige Anziehung aus, als sie ihren Weg zur Toilette fortsetzt.

Victor probierte es mit einer anderen Frage, um ihrer Erinnerung auf die Sprünge zu helfen.

»Wie lange ist diese Party her?«

Die Tänzerin schüttelte langsam den Kopf.

»Ein paar Monate … ein Jahr … Ich weiß es nicht mehr.«

»Was fällt dir noch zu dem Mann auf dem Foto ein?«

Als Vera Nesvitaylo die Augen wieder öffnet, wendete sie sich an Victor, als wären nur sie beide am Feuer.

»Er war ein ruhiger Mensch, zurückhaltend. Jemand, den man sieht, ohne ihn zu sehen. Doch man spürt sofort seine Gegenwart, sein Charisma …«

Sie hielt inne, wie um ihre Erinnerung zu präzisieren.

»Er strahlte Macht aus. Und Gefahr.«

Jacinthe blickte verdutzt zu Victor.

»Kennst du seinen Namen?«, fragte er weiter.

Die Tänzerin schürzte die Lippen, während sie sich das Hirn zermarterte. Schließlich gab sie auf.

»Ich entsinne mich nicht mehr. Ich bin mir nicht mal sicher, ob ich ihn überhaupt gekannt habe.«

Plötzlich stiegen andere Bilder aus ihrer Erinnerung hoch.

Vera kommt aus der Toilette und bahnt sich einen Weg durch die Gäste zurück in den Salon, als sich eine Hand auf ihren Arm legt und sie sanft, aber bestimmt, zur Seite zieht. Ihr Onkel wirkt besorgt, obwohl er sie liebevoll anlächelt.

Trotz seiner Erregung hütete sich Victor, Vera zu bedrängen. Manchmal waberten Erinnerungen an der Schwelle des Bewusstseins, bevor sie konkrete Gestalt annahmen. Und dies war auch hier der Fall.

»Warten Sie, warten Sie. Jetzt fällt es mir wieder ein. Ich hatte das Gefühl, dass mein Onkel mich von ihm wegziehen wollte. Als wollte er verhindern, dass ich ihm begegne.«

Victor kauerte sich neben der jungen Frau nieder.

»Und dein Onkel hat vor oder nach der Party nie über diesen Mann gesprochen?«

»Nein … niemals.«

Jacinthe übernahm.

»Der Mann war bei Thomson. Also muss es eine Verbindung zwischen den beiden gegeben haben. Nur worin hat sie bestanden?«

Die Frage bereitete Vera Schwierigkeiten. Sie nagte an ihrer Unterlippe.

»Ich … Ich weiß es nicht.«

Gagné warf größere Äste aufs Feuer und wagte eine Hypothese.

»Rein logisch betrachtet müsste es etwas mit der Bitcoinmine zu tun haben.«

Die Tänzerin zuckte mit den Schultern.

»Darum hat sich Lucas immer gekümmert. Ich habe nur Dokumente unterzeichnet, aus Gefälligkeit gegenüber meinem Onkel.«

Victor stand wieder auf, zündete sich eine Zigarette an und begann auf und ab zu gehen, um seine Unruhe zu bezähmen.

»Erinnerst du dich noch an etwas anderes? Egal was, wie belanglos es dir auch erscheinen mag. War vielleicht jemand bei ihm? Eine Frau? Ein Mann?«

Vera dachte nach. Ihre Augen weiteten sich. Eine weitere Erinnerung stieg in ihr auf.

Während Onkel Nikolaï sie wegführt, schaut sie wieder zu dem Mann mit Glatze, um den sich alles zu drehen scheint. Dann bemerkt sie einen anderen Mann, der schnellen Schritts auf das verrauchte Zimmer zusteuert.

Nach mehreren Sekunden tauchte die Tänzerin wieder auf.

»Da war noch ein Mann. Ein jüngerer.«

Jacinthe beobachtete, wie Victor nervös an seiner Zigarette sog.

Es stimmte sie besorgt, ihn so aufgewühlt zu sehen. Mit ruhiger Stimme fragte sie:

»Würdest du den Jüngeren wiedererkennen?«

»Eher nicht.«

Victor blies den Rauch durch die Nase.

»Wieso nicht?«

»Weil ich seine Augen nicht gesehen habe. Das Licht war gedämpft, und trotzdem hat er seine Sonnenbrille aufbehalten.«

Einen Moment lang herrschte sprachlose Stille. Victor lief ein Schauer über den Rücken. Die Tänzerin schloss noch einmal die Augen.

Bevor sie, gezogen von ihrem Onkel, am Ende des Korridors verschwindet, hört Vera hinter sich die Stimme des jungen Mannes mit der Sonnenbrille. Er ruft den Mann mit der Glatze mit seinem Vornamen, um seine Aufmerksamkeit zu erregen.

Als sie die Augen wieder aufschlug, hatte sich der Nebel gelichtet. Sie hatte nun Klarheit.

»Joseph! Ich glaube, er hieß Joseph, Ihr Monsieur X!«

62.
SPAZIERGANG AM SEE

Die Hände auf den Rücken gefesselt, Ketten an den Fußgelenken und von ihrer Gefangenschaft gezeichnet, folgten die Gefangenen einer hinter dem anderen dem schmalen Pfad. Black Dog und ein anderer Freelander marschierten vornweg. Dichter Nadelwald umgab sie.

Am Ende des Zuges stützte der Mann mit dem verstümmelten Ohr einen Kameraden, der nur mit Mühe einen Fuß vor den anderen setzen konnte. Messiah näherte sich und bot ihnen seine Trinkflasche an. Die beiden Männer nahmen einen großen Schluck und bedankten sich mit einem Nicken. Dann beschleunigte der Chef der Freelander seine Schritte und überholte den Zug, bis er bei Black Dog war.

»Du hast den ganzen Morgen kein Wort gesprochen. Gibt es ein Problem?«

Black Dog zögerte einen Moment, dann gab er seinem Nebenmann ein Zeichen. Wortlos ließ sich dieser ans Ende der Kolonne fallen.

Ohne den Blick vom Pfad zu wenden, machte Black Dog sich Luft.

»Die Männer reden … und nicht nur über den Tod von Pac Man.«

Zwischen den Bäumen tauchte die dunkle Fläche eines Sees auf.

»Worüber sonst noch?«

»Über Iba. Über ihre Hautfarbe, über euch beide …«

Messiah schnitt ihm unwillig das Wort ab.

»Iba hat mit uns gekämpft. Und ich bin nicht der Einzige, dem sie das Leben gerettet hat. Sie hat sich ihren Platz verdient. Das weißt du.«

Black Dog sah ihn an.

»Das Problem der Männer ist nicht, ob sie ihren Platz verdient, sondern ob sie das Recht hat, mit ihrem Chef zu schlafen.«

Messiah funkelte ihn empört an.

»Das ist doch absoluter Schwachsinn! Und wenn jemand was anderes behauptet, dann soll er es mir ins Gesicht sagen.«

Black Dog zog ein finsteres Gesicht.

»Entschuldige. Ich werde mit ihnen reden.«

Nach kurzem Zögern sprach er weiter.

»Wir sind alle gestresst. Jedes Mal, wenn wir etwas unternehmen …«

Genervt ergänzte Messiah:

»… ist Victor Lessard da. Ich weiß.«

Der See glitzerte vor ihnen, umsäumt von Wald und ohne ein Haus an seinen Ufern. Messiah und seine Männer hatten den Gefangenen die Fußfesseln abgenommen, damit diese, wenn sie wollten, die Füße ins Wasser halten konnten. Einer wagte sich bis zur Hüfte ins kalte Nass und ließ sich die Sonne ins Gesicht scheinen.

Während Messiah seinen Gedanken nachhing, näherte sich ihm der Gefangene, dem er den Spitznamen Van Gogh gegeben hatte. Die beiden Männer sahen einander an. Zwischen ihnen hatte sich so etwas wie gegenseitiger Respekt eingestellt. Der Mann mit dem verstümmelten Ohr deutete auf den See und die Natur darum herum und neigte den Kopf, um Messiah seine Dankbarkeit auszudrücken.

»›Die kleinen Gefühle sind die großen Kapitäne unseres Lebens.‹«

Der Gefangene nickte. Messiah gab ihm einen Klaps auf die Schulter, bevor er sich zu Black Dog begab.

»Das ist nicht von mir. Das ist von Vincent van Gogh.«

Als Messiah die Gruppe später ins Lager zurückführte, hob er unterwegs plötzlich den Arm. Alle blieben sofort stehen. Der Chef der Freelander löste sich von der Kolonne und pirschte, den Finger am Abzug seiner Maschinenpistole, geduckt weiter.

Ein Mann tauchte auf dem Pfad auf. Er trug eine Windjacke, hatte die Hände in den Taschen und sah aus wie ein Spaziergänger. Messiah stutzte und ließ die Waffe sinken, als der andere auf sie zusteuerte. Dann wurde sein Blick misstrauisch. Er gab Black Dog ein Zeichen. Dieser übernahm die Spitze der Gruppe, die umgehend weitermarschierte.

Messiah schloss sich dem Mann an, der ihn gezwungen anlächelte. Die Spannung zwischen ihnen war greifbar, als sie den Weg zum See einschlugen.

»Kommst du wegen Pac Man?«

Der andere starrte ihn an und brauchte einen Moment, ehe er antwortete.

»Ich weiß, dass du das Nötige tun wirst. Ich hatte einfach Lust, dich zu sehen.«

Messiah nickte. Er hatte den Wink mit dem Zaunpfahl verstanden.

»Warum hast du Thomson eliminiert?«, fragte der andere. »Wir hatten doch vereinbart, ihn auszunutzen.«

»Weil man mich seinetwegen mit dem Mord an Lefebvre in Verbindung bringen konnte. Und weil man die Spur bis zu dir zurückverfolgen konnte.«

Missmutig bückte sich der Mann und hob einen Stein vom Boden auf.

»Hast du Spuren hinterlassen?«

»Unerheblich. Alles geklärt.«

»Wie das mit der Mine?«

Messiah wurde ungeduldig.

»Ich bin noch beim Aufräumen, okay? Vertrau mir. Einmal in deinem Leben.«

»Das ist keine Frage des Vertrauens. Hast du die Situation unter Kontrolle?«

Messiah sah ihn abschätzig an.

»Jederzeit.«

Sie erreichten den See. Der Mann warf den Stein, den er aufgehoben hatte. Er hüpfte über die Wasseroberfläche.

»Die Schlinge zieht sich zu, aber ich brauche noch etwas Zeit, um mit den Hackern alles vorzubereiten.«

Er wandte sich Messiah zu.

»Und bei dir und deinen Gefangenen?«

»Wir werden die komplette Terrorzelle kriegen. Ihr Chef hat geredet.«

»Der mit dem lädierten Ohr?«

Messiah nickte. Doch der andere witterte ein Unbehagen.

»Ein Problem?«

»Victor Lessard ist hinter uns her. Ich warne dich: Ich werde nicht ins Gefängnis gehen. Wenn es sein muss …«

Der Mann klopfte ihm auf die Schulter.

»Der Plan bleibt, wie er ist. Glaubst du, ich würde dich ins Gefängnis gehen lassen?«

Der Chef der Freelander sah ihn selbstbewusst an. Das Telefon des anderen vibrierte.

»Ich muss da rangehen. Wir treffen uns im Lager.«

Messiah nickte verdutzt und kehrte zum Pfad zurück. Der andere drückte eine Taste an seinem Gerät.

»Hallo, Claire.«

Sondos schien miserabel gelaunt.

»Seit Stunden versuche ich Sie zu erreichen.«

»Unvorhergesehene Umstände … Tut mir leid.«

»Die Todesfälle häufen sich. Wir hatten eine Abmachung. So war das nicht geplant.«

Sie hatte die Stimme erhoben und brauchte ein paar Sekunden, um sich zu fassen.

»Mein Chef ist drauf und dran, alles über den Haufen zu werfen. Das Ende der Fahnenstange ist erreicht.«

»Ich hatte Sie gewarnt. Messiah hat schnell den Finger am Abzug. Aber die Sache ist die Mühe wert, seien Sie versichert. Wir werden so kurz vor dem Ziel doch nicht aufgeben?«

Sondos reagierte erstaunt.

»Ist das Ziel wirklich so nahe?«

»Zum Greifen nahe. Geben Sie mir achtundvierzig Stunden.«

Sondos zögerte, dann fasste sie einen Entschluss.

»Weil Sie es sind, Joseph.«

Er legte auf und lächelte zufrieden, wobei er einen goldenen Schneidezahn entblößte.

63.
ZWEI ROTE KREISE

Nach der ersten Überraschung hatten sie versucht, von Vera Nesvitaylo Näheres über den Mann zu erfahren, der, wie sie sagte, Joseph hieß, doch sie wusste nicht mehr. Schließlich meldete sich Yako zu Wort.

»Guillaume hatte mich gebeten, das Lager der Freelander ausfindig zu machen. Das muss ich euch zeigen …«

Sie führte die anderen zum Wohnwagen. Nur Vera blieb erschöpft am Feuer sitzen und rührte sich nicht. Yako sah sie fragend an.

»Ich wäre jetzt gern ein wenig allein.«

Die Ivorerin kehrte ans Feuer zurück, legte Holz nach und wollte gerade wieder zum Wagen, als Vera, den Blick in die Flammen gerichtet, zu ihr sagte:

»Sag mir, dass das alles ein Albtraum ist, dass ich aufwachen und mit Lucas und meinem Onkel beim Frühstück sitzen werde …«

Yako berührte sie an der Schulter und lächelte sie traurig an.

Der klapprige Wohnwagen ächzte und schien kurz davor, unter ihrem Gewicht zusammenzubrechen und sich in seine Bestandteile zu zerlegen. In der Ecke kämpften zwei dicke Fliegen wie von Sinnen gegen die Fensterscheibe an, warfen sich dagegen, prallten ab, immer wieder, vor und zurück. Ihr Surren bohrte sich in Victors Gehörgänge und gab ihm das Gefühl, dass sie mit der Innenseite seiner Schädeldecke kollidierten.

Er schüttelte seine Erstarrung ab und richtete seine Aufmerksamkeit wieder auf die Landkarte, die Yako auf dem Tisch ausgebreitet hatte. Jacinthe klopfte mit der flachen Hand auf den Computer der jungen Ivorerin, der keinem handelsüblichen Modell ähnelte.

»Wieso benutzt du nicht *Google Maps*?«

Gagné stieß ein kurzes Lachen aus.

»Auch Hacker wissen das gute alte Papier zu schätzen.«

Yako nickte.

»Ich brauche die Karte für die erste Ortung. Danach steige ich auf den Computer um.«

Victor nahm die Karte in Augenschein. Mit rotem Filzstift waren mehrere Kreise eingezeichnet worden. Doch bis auf zwei waren alle später wieder ausgestrichen worden. Der eine markierte Saint-Michel-des-Saints, der andere Lac-aux-Sables sowie das Gebiet im Umkreis von etwa dreißig Kilometern rund um die beiden Gemeinden.

Jacinthe richtete sich auf und dehnte mit verzerrtem Gesicht ihren Rücken.

»Ghetto X … Was genau suchen wir eigentlich? Eine Zuckerhütte? Ein Blockhaus im Wald? Eine Chaletsiedlung?«

»Guillaume dachte an ein altes Wildniscamp. Er hat auch von einem See gesprochen.«

Victor sah sie neugierig an.

»Und die rot umkringelten Gebiete?«

»Die hat er mir als Ausgangspunkt gegeben. Es sind nur zwei übrig, die ich noch nicht ausgeschlossen habe.«

Wie und woher hatte Guillaume Lefebvre so detaillierte Informationen bekommen? Ein Blick zu seinen beiden Gefährten ließ Victor vermuten, dass sie sich dasselbe fragten. Eine Bemerkung Gagnés lieferte ihm die Bestätigung.

»Um so präzise Angaben machen zu können, muss Lefebvre eine weitere Quelle gehabt haben.«

Worauf Jacinthe prompt erwiderte:

»Selbst meine Großmutter hätte darauf ihr letztes Hemd verwettet, Großer.«

Niemand wusste etwas dazu zu sagen, bis Victor Yako fragte:

»Weißt du, mit wem außer dir Lefebvre gesprochen hat?«

»Keine Ahnung. Guillaume war ein guter Journalist. Er hat seine Quellen nie preisgegeben.«

Victors Augen blieben auf die beiden noch nicht überprüften Zonen auf der Karte gerichtet, während sich in seinem Kopf die Gedanken überschlugen: die geheimnisvolle Jugend seiner Eltern, *Rote Flut*, die Familientragödie, Lefebvres Tod und sein Artikel, die Schießerei vor dem russischen Restaurant, der Cyberangriff, die Freelander, das Fiche-S-Register, der Mann auf dem Foto namens Joseph und jetzt Ghetto X.

Hing das alles zusammen, gab es einen roten Faden, der alles miteinander verband, oder tauchten bestimmte Elemente rein zufällig in der Geschichte auf? So sehr er sich auch das Hirn zermarterte, das Rätsel, vor dem sie standen, erschien ihm immer unwirklicher und machte ihn schwindlig.

Gagné riss ihn aus seinen Gedanken.

»Vielleicht war seine Quelle sogar einer aus den Reihen der Freelander.«

Jacinthe stimmte ihm zu und ging noch weiter.

»Es könnte auch Komarov gewesen sein. Oder Thomson.«

Victor seufzte. Sie suchten nach Antworten, ohne zu wissen, ob sie überhaupt die richtigen Fragen stellten. Er trat ans Fenster. Draußen schwankten die Bäume im Wind.

»Auf jeden Fall würde das ihren Tod in einem neuen Licht erscheinen lassen.«

Er wusste nicht, wie das alles miteinander zusammenhing, aber tief in seinem Innern hatte er das Gefühl, dass es in diesem Fall um viel mehr ging als nur um ihn, dass er sich nicht nur von seinem Rachedurst oder dem Wunsch leiten ließ, Licht in seine Vergangenheit zu bringen. Hier standen höhere Interessen auf dem Spiel, davon war er überzeugt. Er würde diese Sache bis zum Ende durchziehen und die verborgenen Geheimnisse aufdecken. Denn er wollte auf keinen Fall in einer Welt leben, in der man abgeknallt werden konnte, weil man versuchte die Wahrheit ans Licht zu bringen, so hässlich sie auch sein mochte. Beim bloßen Gedanken daran überlief ihn ein Schauder, und in seiner Brust machte sich Angst breit.

»Kann ich die Karte behalten, Yako?«

»Kein Problem.«

Victors Handy vibrierte, während er sie zusammenfaltete. Er erkannte die Nummer Delaneys.

»Hallo, Paul.«

»Ich habe etwas für euch.«

»Ich höre.«

»Nein, nicht am Telefon.«

Victor stutzte.

»Hast du einen Stift und Papier? Ich werde dir erklären, wie du uns findest.«

»Ich möchte nicht wissen, wo ihr seid, Victor. Dann brauche ich nicht zu lügen, wenn mich jemand danach fragt.«

»Okay. Ich simse dir einen Treffpunkt, nicht allzu weit von hier.«

»Gut. Aber gib mir ein paar Stunden. Ich habe vorher noch zwei, drei Dinge zu erledigen.«

Victor legte auf und kletterte aus dem Wohnwagen. Er war müde und brauchte frische Luft. Er hob den Blick zu den Baumwipfeln. Ein Schatten breitete sich aus und verdunkelte den Himmel. Bald darauf bedeckte ihn ein dichter Schleier, und kalter Regen setzte ein.

64.
WIR KÖNNTEN IHN HENRI NENNEN

Ganz in Weiß, umwerfend schön und vergänglich steht Nadja im Licht und hält einen in weiße Farbe getunkten Pinsel in der Hand. Fröhlich lächelt sie ihm aus einem der Zimmer ihrer Wohnung zu.

»Wusstest du, dass wenn man zwei Prismen nebeneinander legt, die Farben des Regenbogens wieder Weiß ergeben?«

Victors Blick wandert durchs Zimmer.

»Weiß ist die perfekte Farbe. Die Farbe der Reinheit.«

Er bemerkt Farbeimer, mehrere Pinsel, Rollen, Abdeckfolie. Und ein Kinderbett. Alles ist weiß.

Nadjas Stimme scheint sich zu entfernen.

»Du wirst sehen, damit schlagen wir ein neues Kapitel auf.«

Victor sucht seine Geliebte mit den Augen, doch sie ist hinausgegangen. Er ist jetzt allein in dem makellosen Zimmer. Nadjas Stimme ist nur noch ein Murmeln.

»Es wird alle anderen auslöschen.«

Victor nähert sich einem Farbeimer und späht hinein. Plötzlich tropft Blut in die weiße Farbe. Dann hört er fetale Herzschläge, extrem schnell. Er geht auf das Kinderbett zu. Nadjas leise Stimme führt ihn.

»Ich habe mir Namen überlegt.«

Er geht weiter zum Bett.

»Wenn es ein Junge ist …«

Sie zögert kurz.

»Wenn es ein Junge ist, könnten wir ihn Henri nennen.«

Victor schüttelt verzweifelt den Kopf.

»Nein.«

»Wir könnten ihn Henri nennen.«

»Nein!«

»Wir könnten ihn Henri nennen.«

Victor steht jetzt an dem Kinderbett. Es ist nichts darin. Nur ein Blutfleck.

Die Herzschläge hören auf.

Victor erwachte mit einem Ruck und brauchte ein paar Sekunden, um zu begreifen, wo er war. Er blickte auf seine Uhr. Er hatte, in die Decken verheddert, drei Stunden in Yakos Bett geschlafen.

Wie er hier gelandet war, wusste er nicht mehr genau. Er stand auf und streckte sich. Alles tat ihm weh. Er ging zum Fenster und linste hinaus. Der Regen hatte aufgehört. Wie abwesend ins Leere starrend, saß Vera am Feuer, das Gagné wieder anzufachen versuchte, während Yako Holz sammelte.

Die Tür des Wohnwagens schwang auf, und Jacinthe erschien in der Öffnung.

»Na, du Murmeltier, bist du so weit? Wir müssen bald los, wenn wir Paul nicht warten lassen wollen.«

Victor fixierte einen Punkt irgendwo hinter Jacinthe.

»Fahr du mit Yves. Ich möchte, dass einer von uns dreien hierbleibt.«

Jacinthe blickte hinter sich und verstand. Er beobachtete Vera, die gerade aufgestanden war und nun wie ein Geist über die Lichtung irrte.

»Machst du dir ihretwegen Sorgen?«

»Sie soll wissen, dass sie nicht ganz allein ist.«

Jacinthe nickte. Dies eine Mal gab sie nach, denn sie erriet, was Victor nicht ausgesprochen hatte: Er musste mal abschalten.

»Kein Problem, mein Bester. Wir sind in spätestens einer Stunde zurück.«

Sie rief Gagné und ging zum Saab. Gagné legte seinen improvisierten Schürhaken weg und folgte ihr. Am Wagen angekommen, zog sie die Schlüssel hervor, wog sie in der Hand und warf sie dem Expolizisten zu, der sie ungläubig auffing.

»Du fährst, Großer.«

Gagné strahlte wie ein kleiner Junge.

Auf einem von Bäumen gesäumten Waldweg rollten Jacinthe und Gagné dem mit Delaney vereinbarten Treffpunkt entgegen. Obwohl Gagné happy war, dass er fahren durfte, schien ihn etwas zu bedrücken.

»Wäre es nicht besser gewesen, mit Victor hinzufahren?«

Jacinthe sah ihn belustigt an.

»Lessard verspürt Beschützergefühle … Wegen Yako und der russischen Matrjoschka.«

»Na ja, die ganze Geschichte ist wie eine Matrjoschka.«

»Ich habe Vera gemeint.«

Gagné hatte genau verstanden. Ein frivoles Grinsen erschien auf Jacinthes Lippen.

»He, ich frage mich, ob vielleicht eine kleinere Vera zum Vorschein kommt, wenn du sie ausziehst. Und dann noch eine und noch eine.«

»Hör auf zu phantasieren, Jacinthe.«

Sie legte den Arm hinter den Sitz Gagnés, der wieder auf den Grund seines Unbehagens zu sprechen kam.

»Bleibt die Tatsache, dass Delaney …«

Er unterbrach sich, was Jacinthe nervte.

»Was ist mit Delaney? Los, spuck's aus.«

Er wandte den Blick von der Straße und sah sie an.

»Ich … Er kann mich nicht besonders leiden.«

»Ist doch egal. Das ist hier kein Beliebtheitswettbewerb.«

»Schon … Aber ich habe gesessen, Jacinthe. Ich … Ich habe Tanguay geholfen.«

Seine Trauermiene verriet, dass ihn immer noch ein schlechtes Gewissen plagte.

»Damals wusste ich nicht, was er trieb.«

»Du hast Informationen aus den Datenbanken der Polizei gestohlen, aber keine Kinder vergewaltigt, okay?«

Sie gab ihm einen Klaps auf den Oberschenkel, dass es klatschte.

»Die Vergangenheit ist wie ein zerbrochener Teller, man kann sie nicht kitten. Aber du hast dafür bezahlt, was du getan hast. Jeder hat das Recht auf eine zweite Chance.«

Jacinthe sah, dass ihre Worte bei ihm ankamen.

»Außerdem hast du Suzie. Meinst du, du bekommst auch bei ihr eine zweite Chance?«

Der Expolizist überlegte lange, bevor er antwortete.

»Ich hoffe, ich mache mir da keine falschen Hoffnungen. Das wäre zu bitter.«

»Na ja … Aber so, wie sie dich ansieht …«

»Findest du?«

Sie machte eine obszöne Geste mit dem Mund und einem imaginären Phallus. Er lachte laut und sie auch. Doch als die geteerte Straße in Sicht kam, in die der Waldweg mündete, und er das Tempo drosselte, gruben sich wieder Sorgenfalten in sein Gesicht.

»Ich bin so tief gesunken, Jacinthe. Ich hätte nie gedacht, dass ich noch mal auf die Beine komme. Was ich im Moment erlebe … Ich kann es noch gar nicht richtig fassen.«

»Es gibt Dinge, die muss man sich verdienen, Großer. Und du hast es dir verdient.«

Sie musterte ihn aus dem Augenwinkel. Ihre Worte waren sichtlich Balsam für seine Seele. Sie fuhren noch ein paar Minuten schweigend weiter, dann deutete Gagné mit dem Finger auf einen Punkt am Horizont, der immer größer wurde, bis die Umrisse eines Gebäudes zu erkennen waren.

»Da ist es.«

Die aufgegebene Tankstelle am Straßenrand wirkte in dieser abgeschiedenen Waldgegend wie ein lächerlicher Anachronismus. Die Scheiben des Kassenhäuschens waren zugeklebt, die Zapfsäulen entfernt, und vom Reklameschild stand nur noch der verrostete Rahmen.

Paul Delaney lehnte an seinem Zivilfahrzeug, Sonnenbrille im Gesicht. Gagné parkte den Saab daneben. Als sie ausstiegen, wunderte sich der Chef des Dezernats Kapitalverbrechen über Lessards Nichterscheinen mindestens ebenso sehr, wie er sich über Gagnés Erscheinen ärgerte. Der Handschlag blieb aus.

Die Akte, die Delaney von Hubert Baron bekommen hatte, lag auf dem Kofferraum des Saab. Auf dem Deckel las Jacinthe die Vermerke »vertraulich« und »streng geheim«. Sie schlug auf und begann zu lesen. Gagné linste ihr über die Schulter. Nach einer Weile schaute sie zu Delaney auf, der rechts neben ihnen stand.

»Kannst du mir sagen, woher du das hast?«

»Unwichtig.«

Sie las weiter und grummelte dabei vor sich hin.

»Abel Parker …«

»Die Akte ist ganz schön geschwärzt«, kommentierte Gagné schüchtern.

Tatsächlich waren etliche Textpassagen durch schwarze Balken unleserlich gemacht. Delaney sah Gagné verächtlich an, pflichtete ihm dann aber bei.

»Das ist ein ehemaliger Soldat. Er hat in Afghanistan gedient. Scharfschütze. Der Typ ist in der Lage, ein Ziel aus über zwei Kilometern Entfernung zu treffen.«

Für Jacinthe war der Fall damit klar.

»Kein Zweifel, er hat Lefebvre erschossen.«

Delaney stimmte zu und deutete auf einen anderen Absatz.

»Das ist noch nicht alles. Parker gehört einer rechtsextremistischen Gruppe an, den Freelandern.«

Sie verlor keine Zeit damit, ihm zu erklären, dass sie von deren Existenz bereits wussten, und kam gleich auf den Punkt.

»Hat der Kerl zufällig ein Augenleiden, Paul?«

Erstaunt bejahte der Chef des Dezernats Kapitalverbrechen.

»Eine Heterochromie. Ein braunes und ein graues Auge, das wie ausgebleicht aussieht.«

»Er ist der Chef der Freelander. Es lässt sich von seinen Männern Messiah nennen.«

Gagné hatte direkt zu Delaney gesprochen, doch der zeigte keinerlei Absicht, sich ihm zuzuwenden. Und so war es Jacinthe, die der betretenen Stille ein Ende setzte, indem sie mit der flachen Hand auf den Kofferraum schlug.

»Abel Parker … Und natürlich ist kein Foto von ihm in der beschissenen Akte.«

Die beiden Männer nickten im Gleichklang. Delaney schien noch etwas hinzufügen zu wollen, stutzte aber und schielte zu Gagné hinüber.

Jacinthe war sein Blick nicht entgangen.

»Gibt es noch was, lieber Paul?«

Er verneinte, wand sich wie ein Aal und zückte seinen Schlüsselbund.

»Ich werde weitergraben. Wir reden später.«

Sie tauschten noch ein paar Belanglosigkeiten aus, dann stieg Delaney in seinen Wagen und fuhr davon. Jacinthe sah ihm nach, bis er am Ende der Straße verschwand.

Der Chef hatte ihnen nicht alles gesagt. Aber warum nicht?

Auf der Rückfahrt zu Yakos Wohnwagen saß Jacinthe am Steuer des Saab, während Gagné neben ihr die Akte noch einmal gründlich las.

»Merkwürdig ist das schon. Parker wurde keiner besonderen Überwachung unterzogen. Aber wenn so eine Akte existiert, dann muss ihn doch jemand auf dem Radar gehabt haben, oder?«

Sie warf ihm einen beifälligen Blick zu, ebenso befremdet wie er.

»Völlig richtig. Nur wer?«

Gagné bekam eine Hitzewallung. Im Auto zu lesen war wirklich keine gute Idee. Er zog seinen Baumwollpullover aus und warf ihn nach hinten. Um die leichte Übelkeit zu vertreiben, rieb er sich mit Daumen und Zeigefinger den Nasenrücken.

»Aber hab ich dir's nicht gesagt? Delaney traut mir nicht.«

»Weil er nur deine Fehler sieht.«

Und nach einer Pause fügte sie hinzu:

»Ich weiß, dass du im Grunde deines Herzens ein guter Junge bist. Ganz tief in dir drin.«

»Du bist nett, Jacinthe. Auch wenn du alles dafür tust, damit es keiner merkt.«

Sie lachte aus vollem Hals.

»Ich mag dich auch, aber das braucht niemand zu wissen. Ich muss an meinen Ruf denken.«

65.

EIN LOCH IN DEN WOLKEN

Rauch stieg vom Feuer auf. Yako werkelte im Innern des Wohnwagens, und Victor saß draußen auf einer verrosteten Stufe. Seit mehreren Minuten beobachtete er aus dem Augenwinkel Vera. Die Tänzerin saß im Schneidersitz am Rand der Lichtung und versuchte, die Hände auf den Knien, die Augen geschlossen, zu meditieren. Doch nach einer Weile stand sie wieder auf, weil sie spürte, dass ihr die Tränen kamen. Victor schnellte in die Höhe, zündete sich eine Zigarette an und ging zu ihr, wobei er so tat, als wollte er sich nur die Beine vertreten.

»Was macht der Hals? So weit okay?«

Die junge Frau betastete die fragliche Stelle mit ihren schlanken Fingern und nickte. Auf ihrer Haut prangten jetzt blaue Flecken. Sie bogen in einen schmalen Pfad ein und wechselten ein paar Worte, um das Eis zu brechen. Vera schien lockerer zu werden, als Victor ihr das Du anbot. Der Wald wurde immer dichter, je tiefer sie in ihn vordrangen. Ein Rabe krächzte.

»Ich bin stärker, als du glaubst. Du hättest nicht meinetwegen hierbleiben müssen.«

Victor drückte einen Ast zur Seite, der quer über den Pfad hing, und ließ sie vorbei.

»Wer sagt dir denn, dass ich deinetwegen geblieben bin? Vielleicht habe ich etwas Ruhe gebraucht.«

Ohne stehen zu bleiben, drehte sie den Kopf nach ihm um.

»Ich verstehe nicht …«

Er schloss wieder zu ihr auf.

»Wir beide sitzen im selben Boot. Wir wären beinahe von den Freelandern umgebracht worden … Und ein Mensch, den wir lieben, hat sich für uns geopfert.«

Seine Worte berührten sie.

»Ich fühle mich wegen Lucas schuldig. Er hat mich noch geliebt. Wäre ich nicht gewesen, hätte er sich nicht umgebracht.«

»Es war nicht deine Schuld.«

»Zum Großteil schon. Das weiß ich, und du weißt es auch.«

»Es hat in ihm dringesteckt. Er wollte dich nicht mit in den Abgrund reißen.«

Die Tänzerin seufzte. Eine rote Haarsträhne fiel ihr ins Gesicht. Sie blies sie weg.

»Es ist mir kein Trost, wenn ich es als Opfer ansehe.«

Ihre Augen verschleierten sich. Sie verharrte einen Moment nachdenklich.

»Und du? Fühlst du dich schuldig?«

Victor presste die Lippen zusammen und hob bejahend das Kinn. Auch wenn er gute Gründe für sein Tun hatte, wollte er nicht den Fehler machen, den B-Lefski durch seine Verzweiflungstat vermieden hatte: Er wollte die anderen nicht mit in den Abgrund reißen. Der Abgrund war bereits in ihm, dunkel und tief, und das war seine Bürde.

»Ich beginne mich zu fragen, ob es richtig ist, wenn ich trotz allem weitermache. Ob ich das Recht habe, so egoistisch zu sein.«

Vera kannte seine Geschichte nicht bis in die Einzelheiten, aber sie ahnte den Grund für seine Verzweiflung.

»Willst du aufgeben?«

Er zuckte unschlüssig mit den Schultern.

»Jacinthe und Ives nehmen für mich ein großes Risiko auf sich. Wieso, ist mir ein Rätsel. Und dann habe ich das Gefühl, dass die ganze Geschichte zu persönlich wird. Ich möchte nicht, dass ihnen etwas zustößt. Ich fürchte mich vor mir selbst, vor dem, was ich möglicherweise …«

Er ließ den Satz in der Schwebe.

»Ich verstehe dich«, erwiderte sie. »Auch ich denke darüber nach, was ich mit ihnen machen würde, wenn …«

Nun war sie es, die den Satz nicht beendete. Er wollte ihr gerade von der Gewalt erzählen, die in ihm schlummerte, von der Angst, wozu sie ihn treiben könnte, wenn er ihr nachgab, von dem Riss in seinem Innern, an dem er schon viel zu lange zu zerbrechen drohte, und von den Narben des Schreckens und der Scham darüber, eigenhändig seinen Vater getötet zu haben, als plötzlich ein Surren seine Aufmerksamkeit erregte. Er spitzte die Ohren und hielt Vera am Arm fest, sodass sie nicht weitergehen konnte.

Wie der Flügelschlag einer überdimensionalen Mücke kam das Geräusch näher und wurde lauter. Verwirrt spähte Victor nach oben und suchte den Himmel ab. Da war nichts. Vera öffnete den Mund, um etwas zu sagen, doch er legte sich den Finger an die Lippen.

Und plötzlich sah er sie: Zwischen den Wolken über den Baumwipfeln war eine Drohne aufgetaucht. Sie flog genau in die Richtung, in der Yakos Wohnwagen stand. Noch während er Vera unter einen Baum zog, wurde es ihm zur Gewissheit: Sie würden entdeckt werden.

Zwanzig Minuten zuvor war der Van der Freelander in einen gewundenen Waldweg eingebogen. In seinem Innern herrschte gespannte Stille. Black Dog saß am Steuer, Messiah auf dem Beifahrersitz und hinten noch ein Mann mit Bart und rotem Wuschelkopf.

Messiah zog noch einmal sein Navi zurate und deutete dann nach draußen.

»Wir sind im Einsatzgebiet. Dort ist eine gute Stelle. Fahr den Wagen unter die Bäume.«

Black Dog hielt an und bugsierte den Van rückwärts zwischen zwei Bäume mit ausladenden Ästen. Die Tarnung, die ihr spärliches Blätterdach bot, war alles andere als perfekt, würde für kurze Zeit aber ihren Zweck erfüllen.

Die drei Freelander stiegen aus und ergriffen ihre Sturmgewehre. Messiah schulterte zudem einen grünen Leinenrucksack. Er wandte sich an Red Fox.

»Du bleibst hier und deckst uns den Rücken.«

Er deutete auf eine kleine, mit Sträuchern bewachsene Erhebung.

»Bezieh da oben Posten.«

Red Fox bestätigte mit einem kurzen Nicken und stieg den Hang hinauf. Und als Black Dog und Messiah in den Wald eindrangen, hatte Letzterer, ohne sich umzudrehen, seinen treuen Leutnant mit leiser Stimme gefragt:

»Wie lange brauchst du, um die Drohne einsatzbereit zu machen?«

»Zwei Minuten. Höchstens.«

Victor hatte sich zusammen mit Vera an einen Baum gedrückt und seine Pistole gezückt. Zuerst vernahmen sie das Rascheln von Laub, dann erblickten sie einen Mann, der mit einem Sturmgewehr in der Hand durch den Wald gestapft kam. Der Chef der Freelander ging ganz dicht an ihnen vorbei, ohne sie zu bemerken.

Vera hatte zitternd den Atem angehalten. Wie gelähmt vor Angst starrte sie Victor aus aufgerissenen Augen an. Er bedeutete ihr mit der Hand, sich nicht zu bewegen, und tippte an sein Ohr, um sie darauf aufmerksam zu machen, dass noch jemand in ihre Richtung kam.

Tatsächlich tauchte Sekunden später ein zweiter Mann in ihrem Blickfeld auf. Ein Gewehr über der Schulter und vor der Nase ein Handy, mit dem er die Drohne steuerte.

Messiah blieb stehen, winkte Black Dog, deutete in Richtung Wohnwagen und verschwand dann zwischen den Bäumen. Der Drohnenpilot heftete den Blick wieder auf sein Display.

Victor gab Vera ein Zeichen und machte sich vorsichtig an die Verfolgung des zweiten Freelanders.

Das Surren der Drohne veranlasste Yako, aus dem Wohnwagen zu klettern und nachzusehen, was die Ursache des Geräuschs war. Als sie das Fluggerät am Himmel erblickte, stürzte sie in panischer Angst wieder nach drinnen. Und als gleich darauf Messiah aus dem Wald auf die Lichtung trat, stand sie am Feuer, das sie mit einem Brandbeschleuniger neu entfacht hatte, und warf die Unterlagen in die Flammen, die sie im Laufe der Zusammenarbeit mit Guillaume Lefebvre zusammengetragen hatte. Ascheflocken wirbelten in die Luft.

Messiah kam näher, legte auf sie an und rief:

»Keine Bewegung. Hände hoch! Ich will deine Hände sehen!«

Yako ließ die letzten Papiere fallen, die sie noch in der Hand hielt, und kam der Aufforderung nach. Messiah hatte nicht damit gerechnet, sie hier anzutreffen. Aber natürlich erkannte er in ihr sofort die Frau aus der Metro, von der glaubte, dass es sich um dieselbe handelte, die er im Darknet rekrutiert hatte, um das Computersystem des Verteidigungsministeriums zu hacken, und die ihm soviel Kopfzerbrechen bereitet hatte.

»Ich wusste, dass wir uns wiedersehen würden. Sag mir, wo Vera und die anderen sind.«

Der Chef der Freelander hatte sich die Überwachungsvideos aus den Katakomben angesehen, auf denen zu erkennen war, wie Victor und Gagné zu Jacinthe in den Saab stiegen. Und als er später über Polizeifunk von Pac Mans Tod erfuhr, da hatte für ihn kein Zweifel mehr daran bestanden, dass sie es waren, die die Tänzerin gerettet hatten. Und jetzt sagte ihm sein Bauchgefühl, dass sie noch irgendwo in der Nähe waren.

Yako sah ihn herausfordernd an und schwieg. Was Messiah nur noch wütender machte.

»Ich hab dich was gefragt. Antworte!«

»Vera? Keine Ahnung, von wem du sprichst.«

Er lud das Sturmgewehr durch und brüllte:

»Blödsinn! Wir haben ihr Handy geortet. Ist Victor Lessard bei ihr?«

Yako betastete ihre Jackentasche und stellte fest, dass das Handy nicht mehr da war. Die Bewegung wäre ihr fast zum Verhängnis geworden. Messiah krümmte den Finger am Abzug. Mit drohender Miene trat er auf sie zu, wobei er die Mündung des Laufs auf ihren Kopf richtete. Dann war er ihr so nahe, dass sie die Adern an seinen Schläfen vor Wut pulsieren sah.

»Ich frage dich ein letztes Mal: Wo ist Vera Nesvitaylo?«

Hinter ihm ertönte eine kräftige Stimme.

»Sie ist hier.«

Victor tauchte aus dem Wald auf. Er hatte Black Dog entwaffnet und benutzte ihn jetzt als Schutzschild, indem er ihm den Lauf seiner Pistole ins Genick drückte. Das Gewehr des Freelanders hatte er Vera gegeben, damit sie sich verteidigen konnte, falls etwas schiefging. Allerdings hatte er sie aufgefordert, unter den Bäumen zu bleiben.

Messiah packte Yako auf dieselbe Weise.

»Keine Bewegung, Lessard, sonst puste ich ihr den Kopf weg.«

Victor beschloss, ein wenig im Trüben zu fischen.

»Deine Sonnenbrille hast du ja noch, Messiah. Und die Sturmhaube? Hast du die vergessen?«

Das Schweigen des anderen bestätigte ihm, dass er ins Schwarze getroffen hatte.

»Und die Augen dahinter? Lass mich raten: zwei verschiedene Farben.«

Black Dog beschwor seinen Chef:

»Schieß!«

Messiah schluckte. Seine Finger krampften sich um den Kolben des Sturmgewehrs. Sein Kopf befahl ihm zu feuern, doch etwas in seinem Innern hielt ihn davon ab.

»Töte ihn, Messiah! Auf mich kommt es nicht an!«

Die Zeit setzte aus, während Black Dog seinen Chef zu überzeugen versuchte.

»Du wirst ihn erwischen! Schieß!«

Victor packte den Kragen des Mannes noch fester.

»Keine Bewegung, hab ich gesagt!«

Die beiden Widersacher beäugten sich misstrauisch und versuchten ihre Angst hinter ruhiger Entschlossenheit zu verbergen.

»Wie heißt du eigentlich richtig, Messiah?«

Auch diese Frage stieß auf taube Ohren.

»Was willst du von mir? Was wollt ihr von mir, du und deine Bande?«

»Du kommst mir ständig in die Quere, Lessard.«

»Du mir auch.«

Stille trat ein. Victor blickte zu Yako, die sich bemühte, Ruhe zu bewahren.

»Du bist doch Soldat, aber bist du auch ein Mann, der sein Wort hält? Hast du einen Ehrenkodex?«

Victor hatte nur einen Gedanken im Kopf: Er musste Yako retten, diese junge Frau, die ihr ganzes Leben noch vor sich hatte und die keinesfalls im Namen einer Sache, die sie nichts anging, sterben durfte. Er begann wieder mit fester Stimme:

»Ich bin sicher, dass du keinen deiner Männer opferst, wenn du es vermeiden kannst. Ich schlage dir einen Austausch vor. Es wird nicht geschossen. Beide Seiten ziehen sich zurück. Ich gebe dir mein Wort.«

Victor hoffte inständig, dass er einen Nerv getroffen hatte. Black Dog sah Messiah noch flehentlicher an.

»Hör nicht auf ihn! Schieß!«

Die Zeit kreiste um sich selbst. Die beiden Männer starrten einander hasserfüllt an. Alles konnte kippen und der Tod von Neuem zuschlagen. Doch irgendwann, nach endlosem Schweigen, ließ Messiah die Waffe sinken.

Black Dogs Augen weiteten sich.

»Messiah … Nein! Scheiße!«

Yako wartete wie erstarrt auf Victors Anweisungen.

»Komm und stell dich hinter mich.«

Sie gehorchte. Victor stieß Black Dog in die Richtung Messiahs, der ihm zurief:

»Dir ist klar, dass es damit nicht zu Ende ist, Lessard.«

»Ich weiß. Wir sehen uns wieder.«

»Wir sehen uns wieder.«

Beide Paare zogen sich im Rückwärtsgang auf ihre Seite der Lichtung zurück und verschwanden im Wald. Und als wollten sie zur Ruhe mahnen, legten sich auch die Flammen. Der Rabe begann wieder zu krächzen.

66.
WIR WOLLEN ALLE IN DEN HIMMEL

Der Saab wurde auf der schmalen, gewundenen Straße langsamer und bremste dann abrupt. Gagné hob den Blick von Abel Parkers Akte, die auf seinen Knien lag: Mitten auf der Fahrbahn stand ein Reh und schaute sie an. Er linste zu Jacinthe hinüber. Sie lächelte gerührt. Er hätte erwartet, dass sie ungeduldig auf die Hupe drücken würde, doch sie tat nichts dergleichen und wartete, bis das Tier von allein auf die Seite trottete. Dann erst gab sie Gas. Gagné sah dem Reh nach, wie es im Wald verschwand.

Augenblicke später ließ sich Jacinthes Stimme vernehmen.

»Davor graust mir. Ein Bambi zu überfahren.«

Gagné erwiderte schlagfertig:

»Ach ja? Und vor Rehbraten nicht?«

Sie lachten. Zehn Kilometer weiter hielt Jacinthe abermals an. Gagné stieg aus und öffnete das Gittertor des Waldwegs, der zu Yakos Wohnwagen führte. Er stieg wieder ein und zückte sein Päckchen Zigaretten, während sie weiterfuhr.

»Kannst du nicht warten, bis wir da sind?«

»Stört es dich so sehr?«

Sie seufzte geräuschvoll.

»Na schön, aber dann gilt für dich dasselbe wie für Lessard: Du machst das Fenster auf.«

Das tat er und zündete sich dann eine Zigarette an. Jacinthe meckerte spaßeshalber:

»Unmöglich, einen Partner zu kriegen, der einem nicht das Auto vermieft. Seit Jahren will ich, dass er damit aufhört.«

Gagné sog den Rauch ein und stieß ihn wieder aus.

»Es gibt Schlimmeres. Als ich im Polizeidienst angefangen habe, hat mein Partner schon morgens um zehn nach Alkohol gestunken.«

Jacinthe lächelte und wartete darauf, wie es weiterging.

»Und natürlich hat er darauf bestanden, selbst zu fahren.«

Sie lachten.

»He«, sagte sie, »wo wir gerade von Arschlöchern sprechen. Dieser Pichè …«

Es war ein ebenso abrupter wie geschickter Themenwechsel. Gagné sah sie verdutzt an.

»Was ist mit Piché?«

»Ich glaube, ich habe erraten, was du über ihn rausgekriegt hast.«

»Das kann ich mir nicht vorstellen.«

»Wenn ich es dir sage und recht habe …?«

Gagné zog an seiner Zigarette. Jacinthe gab ihm einen Stoß mit dem Ellbogen, denn sie spürte, dass er zögerte.

»Na los, Gagné. Raus damit.«

Der Regen hatte auf dem Waldweg große Pfützen hinterlassen, die ein solches Hindernis darstellten, dass Jacinthe sie langsam umfahren musste. Ohne den Blick vom Weg zu wenden, drängte sie den Expolizisten so beharrlich, dass er schließlich nachgab.

»Ich habe zwei Sachen. Die erste datiert aus der Zeit, als ich mir für Tanguay die Finger schmutzig gemacht habe. Ich wurde misstrauisch …«

Jacinthe verdrehte spöttisch die Augen.

»Mir völlig unverständlich, wieso.«

Gagné quittierte ihren Sarkasmus mit einem Nicken und spann seinen Gedankengang weiter.

»Und manchmal ist ein Handy sehr praktisch zum Aufnehmen.«

»Du hast deine Gespräche mit ihm aufgenommen?«

»Bestimmte, ja.«

»Und du hast genügend auf Lager?«

»Auf einer der Aufnahmen habe ich ihm erklärt, dass ich mir nicht sicher sei, ob ich weitermachen wollte. Darauf hat Tanguay etwas gesagt von wegen: ›Jetzt ist nicht der richtige Zeitpunkt zum Aufhören. Und überhaupt … Wir haben Rückendeckung, okay?‹«

Jacinthe ruckte mit dem Kopf, damit er weitersprach.

»Ich habe gefragt, wie er das meint, da hat er gesagt: ›Falls mal was schiefläuft, bügelt es einer von oben aus.‹«

»Und du glaubst, er hat Piché damit gemeint?«

»Welches hohe Tier sollte ihm sonst versprochen haben, ihn zu decken, wenn nicht sein alter Partner?«

Jacinthe sah ihn an. Ihr war überhaupt nicht klar gewesen, wie eng die Beziehung zwischen den beiden Männern gewesen war und wie weit sie zurückreichte. Sie sann einen Moment darüber nach.

»Und die andere Sache?«

Gagné warf seine Kippe weg und ließ lächelnd die Scheibe hoch.

»Die andere Sache? Halt dich fest …«

Jacinthe sah den zwischen den Bäumen versteckten Van erst im letzten Moment. Sie stieg im selben Moment auf die Bremse, als sie einen dumpfen Knall hörte. Sie fuhr sich mit der Hand übers Gesicht und wischte die Blutspritzer weg, die sie getroffen hatten. Sie blickte rasch zu Gagné hinüber: Er war von einer Kugel getroffen worden, die die Wagentür durchschlagen hatte. Weitere Schüsse fielen und pfiffen ein Totenlied in den Wald. Die Windschutzscheibe barst. Blech schepperte. Jacinthe warf den Rückwärtsgang rein und trat aufs Gaspedal. Und während alles um sie herum aus den Fugen geriet und der Saab mit Vollgas zurückstieß, brüllte sie:

»Fuck, fuck, fuck, fuck, fuck, fuck!«

Oben auf seinem Beobachtungsposten hatte Red Fox sofort das Gewehr an die Schulter gedrückt, als er das Motorengeräusch hörte. Er hatte die Fahrt des Wagens durch das Zielfernrohr verfolgt, einen der Insassen, den ihm Messiah auf den Überwachungsvideos aus den Katakomben gezeigt hatte, wiedererkannt und das Feuer eröffnet.

Überzeugt, dass er den Beifahrer getroffen hatte, lief er zu der Kurve, hinter der der Saab soeben verschwunden war. Keine zwanzig Sekunden später sah er das Auto fünfzehn Meter vor sich stehen. Er drosselte seine Schritte und ging, das Auge am Zielfernrohr, vorsichtig weiter. Was er durch die Risse in der Frontscheibe sah, machte ihn stutzig. Der Fahrersitz war leer.

Es war das Letzte, was Red Fox zu Augen bekam. Erstaunlich flink sprang Jacinthe aus dem Graben und eröffnete mit Gagnés Gewehr das Feuer auf den Angreifer.

»Hier, du Wichser.«

Ohne einen Blick für den am Boden liegenden Freelander und das Blut, das aus seinem zertrümmerten Schädel strömte, stürzte sie zum Saab.

Erst auf der Hauptstraße hielt Jacinthe an und beugte sich über ihren Gefährten, um festzustellen, wie schwer er verletzt war. Gagné war kreidebleich und hielt sich mit beiden Händen den Bauch. Sie hob sein T-Shirt an. Blut quoll zwischen seinen Fingern hervor und lief über den Sitz. Sie tastete seinen Rücken ab. Die Kugel war hinten ausgetreten.

Gagné versuchte den Tapferen zu spielen.

»Mach mir eine Zigarette an.«

Jacinthe langte nach hinten, angelte den Pullover vom Rücksitz und drückte ihn fest auf die Wunde.

»Vergiss es. Das wäre dein Tod.«

Er lächelte gequält. Sie verspürte einen Anflug von Panik, der sie zu überwältigen drohte, doch sie fing sich wieder.

»Drück da drauf. Du musst durchhalten, bis wir im Krankenhaus sind.«

Gagné bejahte mit einem schwachen Wimpernschlag.

»He, Taillon?«

»Ich bin da, Großer.«

»Schöne Scheiße.«

Dem Expolizisten fiel der Kopf auf die Brust. Entsetzt schüttelte sie ihn mit der freien Hand.

»Nein, bleib bei mir, Großer. Geh nicht!«

Die Linke am Lenkrad, klemmte sie sich mit der Rechten das Handy zwischen Schulter und Ohr und presste dann den Pullover gegen die Wunde.

»Mach schon, Lessard, geh ran!«

67.
ES GIBT IMMER EIN OFFENES FENSTER

Die Wände im Wartezimmer der Intensivstation verströmten einen Hauch von Trübsal. Den Blick ins Leere gerichtet, Abel Parkers Akte in der Hand, hatte Victor das Gefühl, auf einen Abgrund zuzugleiten. Das Leben hatte ihm schon zu viele nahestehende Menschen entrissen, und aus seiner aufgewühlten Seele, deren Tiefe er nicht ergründen konnte, reckten sich ihm die Hände der Toten entgegen, die ihn zu sich holen wollten. Nein, nicht noch einen. Diesmal nicht. Das würde er nicht verkraften.

Er kam in dem Moment wieder zu sich, als Delaney zu ihm zurückkehrte.

»Alles klar. Vera und Yako sind mit Loïc zurückgefahren.«

Victor dankte ihm. Es beruhigte ihn, die beiden Frauen in der Obhut des Dezernats zu wissen. Delaney zögerte.

»Du solltest nicht ewig hierbleiben.«

»Gagné hat alles für mich riskiert. Ich habe ihn mit da hineingezogen. Du würdest an meiner Stelle dasselbe tun, Paul.«

Delaney nickte und senkte den Kopf.

»Wie geht's ihm?«

»Der Chirurg sagt, er hat alles getan, was in seiner Macht steht.«

Delaneys Abneigung gegen den Expolizisten schien verschwunden.

»Aber … wird er durchkommen?«

Victor sah ihn aus feuchten Augen an und machte eine hilflose Geste. Die Wahrheit war, dass Gagné mit dem Tode rang.

»Ist Jacinthe bei ihm?«

Als Antwort ruckte er mit dem Kinn. Delaney legte ihm einen Arm um die Schultern.

Jacinthe hatte Victor vor der drohenden Gefahr gewarnt, als sie zum nächsten Krankenhaus gerast war. Er hatte sie beruhigt: Die Gefahr sei gebannt. Fürs Erste jedenfalls. Nach dem Telefonat hatte er sofort Paul Delaney angerufen. Der Chef des Dezernats Kapitalverbrechen, zu dem Zeitpunkt auf dem Weg nach Montréal, hatte sofort gewendet und sich mit ihnen auf einer sicheren Straße am Waldausgang getroffen, die Yako ihnen angegeben hatte.

Sie hatten kein Wort gesprochen, als sie mit Blaulicht und Sirene ins Krankenhaus von Rivière-Rouge fuhren. Auf dem Rücksitz hatte Yako Vera im Arm gehalten. Und Delaney, der am Steuer saß, hatte nur hin und wieder einen verstohlenen Blick auf Victor geworfen.

Gagné lag bleich und ohne Bewusstsein in dem weißen Bett, künstlich beatmet und an diverse Infusionsbeutel angeschlossen. Die Krankenschwester ließ Jacinthe einen Moment mit ihm allein. So brauchte sie nicht zu verbergen, wie erschüttert sie war. Wie schon bei Nadja sprach sie mit ihm, ohne zu wissen, ob er sie hörte.

»Suzie ist auf dem Weg. Sie muss gleich hier sein.«

Sie ergriff seine Hand.

»Du lässt dich nicht hängen, klar? Du musst durchkommen, Großer!«

Plötzlich stieß sie seine Hand weg, sodass sie aufs Bett fiel und reglos neben seinem Körper liegen blieb.

»Denn wenn du dich hängen lässt, werde ich nicht zu deiner Beerdigung kommen, und ich werde dir auch keine Blumen aufs Grab legen. Ich möchte nicht mal wissen, wo es ist, dein beschissenes Grab.«

Sie verdrückte ihre Tränen und schlug beim Rausgehen die Tür hinter sich zu.

Um neugierigen Blicke zu entgehen, waren sie in einem Untersuchungszimmer unmittelbar neben der Intensivstation zusammengekommen. Delaney hatte Victor über Nadjas Zustand in Kenntnis gesetzt – er war nach wie vor stabil – und von der Akte erzählt, die er Jacinthe und Gagné übergeben hatte, und anschließend hatte Victor von seinem Zusammenstoß mit dem Chef der Freelander im Wald berichtet.

»Bist du sicher, dass er es war?«

Victor biss die Zähne zusammen.

»Ja, alles geht auf sein Konto. Guillaume Lefebvre, die Schießerei vor dem Restaurant und Nadja, Thomson, Gagné und alles andere. Ich hatte ihn direkt vor mir. Und konnte nichts machen.«

»Immer noch besser als ein Blutbad.«

»Dieser verfluchte Abel Parker. Ich muss ihn kriegen, und zwar schnell.«

Er taumelte am Rande des Abgrunds, und Delaney wusste es.

»Vor allem musst du einen kühlen Kopf bewahren, Victor.«

»Leicht gesagt.«

Der Chef des Dezernats Kapitalverbrechen schlug einen vertraulichen Ton an.

»Da ist es noch etwas, was ich vor Gagné nicht sagen wollte, als ich mit Jacinthe gesprochen habe.«

»Was?«

»Ich habe die Akte vom SCRS bekommen.«

Victors Weltbild bekam einen Knacks.

»Vom SCRS?«

Delaney schien darüber ebenso verwundert wie er.

»Ich weiß, mir ist das auch ein Rätsel. Einerseits verlangen sie, dass ich meine Ermittlungen auf Eis lege. Andererseits steckt mir einer ihrer Agenten hinter dem Rücken seiner Chefin das da zu.

Und zwar kurz nachdem ebendiese Chefin in mein Büro platzt und mir erklärt, dass ich mich raushalten soll.«

»Aber wenn sie ihn überwachen, warum geben sie die Akte dann weiter? Was könnten sie damit bezwecken?«

»Das ist die große Frage. Also für mich riecht das nach Manipulation. Vor dieser Chefin, einer gewissen Claire Sondos, würde ich mich an deiner Stelle in Acht nehmen.«

Victor wedelte mit der Akte in seiner Hand.

»Da drin sind mehr Schwärzungen als sonst was. Wir wissen nicht einmal, welchem Regiment er in Afghanistan angehört hat. Wir haben nichts oder fast nichts außer seinem Namen.«

Er überlegte kurz.

»Haben sie uns nur einen Knochen hingeworfen, damit wir etwas zum Nagen haben, oder ist das eine echte Spur?«

Delaney zuckte mit den Schultern. Er wusste es nicht.

»Ich habe Loïc gebeten, ein paar Nachforschungen zu Abel Parker anzustellen. Ich halte dich auf dem Laufenden.«

Nach kurzem Schweigen sagte Victor:

»Das ist doch nicht normal, Paul. Da ist irgendwas faul beim SCRS.«

Nach kurzem Zögern erwiderte Delaney mit Unschuldsmiene:

»Und du würdest am liebsten hingehen und sie höchstpersönlich fragen, was das Ganze soll, stimmt's?«

Victor sah ihn fragend an.

»Der Agent, der mir das da gegeben hat, heißt Hubert Baron.«

68.
SCHREIE UND STILLE

Mit einem leeren Karton unter dem Arm blieb Abel vor einem Metallspind stehen und öffnete ihn. Er rupfte ein Foto ab, das an die Innenseite der Tür geklebt war. Eine Frau in den Fünfzigern lächelte neben Pac Man in die Kamera. Abel betrachtete es, dann steckte er es in seine Brusttasche und begann die persönlichen Sachen des Toten in den Karton zu räumen. Eine Gestalt trat in sein Blickfeld und lehnte sich an den Spind daneben.

Abel versuchte die Traurigkeit in seiner Stimme zu verbergen.

»Pac Man hatte nur seine Mutter. Ich muss sie benachrichtigen, bevor die Medien verbreiten, ihr Sohn sei ein Terrorist und Mörder gewesen. Sie soll wissen, dass er für eine gute Sache gekämpft hat, dass ihr Sohn ein Soldat war und ein Patriot.«

Die Hände auf den Stiel einer Schaufel gestützt, betrachtete Black Dog die Schachtel in Abels Hand, sagte aber nichts.

»Pac Man hätte es verdient gehabt, wie ein Krieger zu sterben. Und dass wir ihn hier begraben. Zusammen mit Red Fox …«

Black Dog sah ihn ernst an.

»Warum hast du nicht auf Lessard geschossen? Er stand direkt vor dir. Dann wären wir ihn los. Und Red Fox wäre vielleicht noch am Leben.«

Abel sah ihn an. Er fühlte sich schuldig, doch er antwortete mit überzeugter Stimme:

»Weil es nicht meine Art ist, meine Männer zu opfern. Und ich wollte dich nicht verlieren, Black Dog. Du und Pac Man, ihr wart meine besten Freunde. Du bist mein Kumpel, okay?«

Black Dog nickte beschämt. Und nach einer kurzen Pause sagte er:

»Das ist deine Stärke, Messiah. Du weißt, dass das, was wir tun, extrem ist. Aber du tust es trotzdem. Deswegen folge ich dir. Deswegen folgen dir die Jungs.«

Doch Abels Zweifel blieben. Immer noch melancholisch gestimmt, fuhr Black Dog fort:

»Jedes Mal, wenn ich vor dem Einschlafen die Augen schließe, sehe ich ausgerissene Beine, verdrehte Arme, heraushängende Eingeweide, Blut und Scheiße. Die Bilder von dem, was wir erlebt haben, werden niemals verblassen, doch mit der Zeit habe ich gelernt, damit zu leben.«

Von seinen Gefühlen überwältigt, hielt er kurz inne, ehe er fortfuhr.

»Ich will dir etwas sagen, Messiah, etwas, was ich dir nie gesagt habe. Damals, als du das Mädchen hinter dem Taliban erschossen hast … An dem Tag waren eigentlich Lewis und ich dafür eingeteilt. Aber Lewis hat sich am Abend davor volllaufen lassen und war nicht in der Verfassung dazu. Der Leutnant hat es gemerkt, und so hat er uns in den Panzer gesetzt, und wir sind an eurer Stelle Patrouille gefahren.«

Der Freelander war jetzt ganz in seinen Erinnerungen versunken.

»Ich frage mich oft, was wohl bei umgekehrten Rollen passiert wäre.«

Messiah brauchte eine Weile, bis der das Gehörte verdaut hatte.

»Die Kleine würde vielleicht noch leben. Und Iba und ich wären vielleicht bei dem Hinterhalt ums Leben gekommen.«

Black Dog schien noch einmal einen Albtraum zu durchleben.

»Acht Mann in einem Panzer und ich der Einzige, der überlebt. Kannst du mir das erklären? Wo ist da die Logik?«

Nach einem Augenblick fuhr er fort.

»Und Lewis schrie und wollte, dass ich sein Bein suche.«

Auch Abel wurde von blutigen Bildern der Vergangenheit verfolgt.

»Das Schlimmste sind nicht die Schreie, das Schlimmste ist die Stille danach.«

Black Dog nickte. Abel klopfte ihm auf die Schulter.

»Wir sollten uns nie zum Vorwurf machen, dass wir noch leben.«

Black Dog fasste sich wieder.

»Du hast recht. Komm, mein Freund. Suchen wir ein ruhiges Plätzchen für Pac Man.«

Sie gingen in den Wald, Black Dog mit der Schaufel, Abel mit dem Karton.

»Was wollte eigentlich dein Vater, was du später mal machst?«

Black Dog lachte.

»Dass ich studiere. Dass ich Anwalt werde, wie er und meine Mutter. Sie waren tief enttäuscht, als ich zur Armee ging. Aber wenn ich im Einsatz bin, fühle ich mich genau am richtigen Platz.«

Seine Worte fanden bei Abel Resonanz.

»Ich auch. Dann weiß ich immer, was ich zu tun habe und wie.«

Er ließ eine Weile verstreichen.

»Und was glaubt dein Vater, was du im Moment machst?«

»Es ist schon eine Ewigkeit her, dass wir miteinander gesprochen haben. Nach Afghanistan habe ich mit einer Bikergang Dummheiten gemacht. Er hat davon erfahren. Er würde es sowieso nicht verstehen.«

Voller Bewunderung sah er Abel an.

»Aber bei dir ist das anders, du bist ein Glückspilz. Was wir da machen, der Cyberangriff …«

Messiah war für einen Moment irritiert.

»Ja, sicher … Wir werden sehen.«

69.

DER GRIFF NACH DEM TÜRÖFFNER

Die Tiefgarage an der Place Dupuis war zu dieser späten Stunde leer. Hubert Baron schlenderte mit gelockerter Krawatte und Händen in den Hosentaschen lässig zu seinem Dienstwagen. Doch hinter dieser Fassade war der Agent des Nachrichtendiensts alles andere als entspannt. Dieser Fall und seine möglichen Auswirkungen auf seine Laufbahn gingen ihm an die Nieren. Er fasste nach dem Türgriff, als er eine Stimme hinter sich hörte.

»He, Baron …«

Er fuhr herum und wappnete sich innerlich.

»Warum haben Sie mich angerufen? Was wollen Sie von mir?«

Jacinthe legte ihm eine Hand auf die Schulter. Er zuckte zusammen.

»Heute war kein guter Tag, mein Junge. Lassen wir also die Faxen.«

Der Agent vom SCRS musterte die beiden abwechselnd. Aus ihren Augen sprühte Mordlust.

»Ich habe, Sie wissen schon wem, Informationen zukommen lassen, das genügt.«

Victor trat auf ihn zu, bis nur noch Zentimeter ihre Gesichter trennten.

»Wieso hast du Delaney die Akte Abel Parkers zugesteckt? Was hast du damit bezweckt?«

Barons Stimme nahm einen feierlichen Ton an.

»Manchmal haben wir die Pflicht, uns über Befehle hinwegzusetzen und etwas anderes zu tun, als von uns verlangt wird.«

Nun trat auch Jacinthe vor, sodass er zwischen ihnen und seinem Wagen in der Falle saß.

»Blablabla … Entschuldigung, aber ich ziehe Klartext vor.«

Der Agent des SCRS suchte mit den Augen die Umgebung ab, als scheute er sich, offen zu sprechen. Was er dann sagte, war kaum zu hören.

»Ich habe das Vertrauen in meine Chefin verloren …«

Victor zog die Pause in der Länge, bevor er ergänzte:

»Claire Sondos.«

Baron nickte.

»Sagen wir mal so: Mir ist nicht wohl dabei, wie sie die Dinge handhabt. Aber wenn sie das mit der Akte erfährt …«

Victor sah ihn prüfend an, konnte aber nicht einschätzen, ob er es ehrlich meinte.

»Inwiefern hat das mit Abel Parker zu tun?«

Baron zögerte mit der Antwort. Jacinthe machte noch einen Schritt auf ihn zu und legte die Hände aufs Autodach, sodass ihr ausladender Busen ihn berührte. Eingeklemmt zwischen ihren Armen, macht er sich so klein wie möglich.

»Und warum sollte Sondos böse werden, wenn sie erfährt, dass wie Parkers Akte haben, Baron? Du wirst mir doch nicht sagen wollen, dass er für euch arbeitet? Dass ihr ihn schützt, weil er einer eurer Informanten ist?«

Baron schüttelte den Kopf, hielt aber weiter den Mund. Jacinthes Hand packte ihn am Oberschenkel und wanderte langsam nach oben.

»Kennst du den Griff nach dem Türöffner?«

Und während in Victors Kopf ein Gedanke zu reifen begann, blickte Hubert Baron in die Runde, als hoffte er darauf, dass ihm jemand aus der Klemme half.

»Spuck's aus, bevor Tante Jacinthe böse wird.«

Das von ihr beschworene Szenario war ein Klassiker. Es kam vor, dass Geheimdienst oder Polizei die Akte einer fragwürdigen

Person, mit der sie zusammenarbeiteten, verschwiegen, um eine laufende Operation nicht zu gefährden.

Das andere und häufigere Motiv für das »Begraben« einer solchen Akte war die Vermeidung von Informationslecks, die die Aufmerksamkeit auf eine verdächtige Person lenken konnten, gegen die bereits ermittelt wurde. Victor wollte herausfinden, ob Letzteres hier zutraf.

»Habt ihr die Freelander infiltriert? Ist das der Grund?«

Er wusste, dass er ins Schwarze getroffen hatte, als Baron den Kopf wegdrehte, ohne zu widersprechen.

»Unseren Methoden sind moralische Grenzen gesetzt. Das ist jedenfalls meine Meinung.«

Victor hatte genug von dem heuchlerischen Getue und brüllte:

»Aber wovon redest du? Los, raus mit der Sprache!«

»Von … von den Waffen.«

Victor dachte an die Vermutung, die er zu einem früheren Zeitpunkt angestellt hatte.

»Was ist mit den Waffen? Hat Thomson sie den Freelandern beschafft?«

Baron schwieg und bedachte ihn mit einem Blick, der zu sagen schien: ›Du hast doch alles, was du brauchst, um zu kapieren.‹

»Dann war er der Spitzel? Sag mir, dass ich falschliege.«

Baron schüttelte den Kopf.

»Du liegst nicht falsch. Er war es.«

Wie ein Stromschlag durchfuhr es Victor und entfachte von Neuem seinen Zorn.

»Moment mal … Hat Thomson sie ihnen hinter eurem Rücken verkauft, oder habt ihr davon gewusst?«

Barons Antwort war unmissverständlich.

»Sondos hat davon gewusst.«

Wutentbrannt packte ihn Victor am Kragen.

»Der SCRS hat die Freelander durch Thomson mit Waffen versorgt?! Ihr habt diesen rechtsradikalen Spinnern Schusswaffen in die Hände gegeben? Was habt ihr euch dabei gedacht? Dass sie keinen Gebrauch davon machen?«

»Lass mich los.«

Victor sah rot. Er drückte Baron den Unterarm gegen die Kehle und schrie ihm ins Gesicht:

»Der SCRS ist für alles verantwortlich, was passiert ist!«

»Hör auf, du tust mir weh … Ich bin doch nur ein kleines Licht.«

Jacinthe packte ihren Partner am Arm.

»Beruhige dich, Lessard.«

»Warum ist die Akte Abel Parkers so umfangreich geschwärzt? Und wo ist er selbst?«

Victor übte einen solchen Druck aus, dass Baron nur mit Mühe sprechen konnte.

»Ich weiß es nicht! Ich weiß gar nichts! Das ist nicht mein Fall!«

»Drecksbande! Verfluchte Drecksbande!«

Jacinthe packte Victor am Revers und stieß ihn von dem anderen weg.

»Verschwinden wir, bevor das hier ausartet.«

Der SCRS-Agent beugte sich vor, stützte die Hände auf die Knie und rang nach Atem und Fassung.

»Wir stehen auf derselben Seite, Lessard. Warum sonst würde ich euch das alles erzählen?«

Victor entfernte sich mit geballten Fäusten, um seinen Frust woanders abzulassen. Jacinthe öffnete den Mund, um noch etwas zu sagen, zog es dann aber vor, ihm zu folgen. Der keuchende Baron blieb allein zurück.

Kaum waren sie seinem Blick entschwunden, stieg der Agent des Nachrichtendienstes in seinen Dienstwagen und wählte eine Nummer auf seinem Handy.

»Es hat geklappt.«

Hätte er seinen Gesprächspartner sehen können, so hätte sich ihm ein Mann gezeigt, der zufrieden lächelte und dabei einen goldenen Schneidezahn entblößte. Doch im Moment konnte er nur nervös aufs Lenkrad trommeln und im Rückspiegel beobachten, ob sich hinter ihm etwas rührte.

»Was soll ich jetzt tun?«

Die Stimme des anderen klang ruhig und zuversichtlich.

»Die Saat ist gelegt. Jetzt heißt es abwarten. Lessard wird sich wieder bei dir melden.«

Baron legte auf und blieb einen Moment nachdenklich sitzen. Dann schnallte er sich an und fuhr los.

70.
VERGANGENHEIT UND GEGENWART VERBINDEN

Sie hatten soeben Baron verlassen und gingen durch eine Straße unweit der Tiefgarage, wobei jeder seinen düsteren Gedanken nachhing.

Victor nahm einen Zug von seiner Zigarette. Bilder blitzten in seiner Erinnerung auf, zerfetzten wie Explosionen die nächtliche Stille. Seine Mutter, seine Brüder, Nadja, Gagné … Bilder, die zwei Dinge gemeinsam hatten: Gewalt und Blut.

»Woran denkst du, mein Bester?«

Beim Klang ihrer brüchigen Stimme sah er zu ihr hinüber. Eine Träne rollte ihr über die Wange.

»An dasselbe wie du.«

Er passte seine Schritte ihren an und legte ihr den Arm um die Schultern. Zu seinem großen Erstaunen hatte sie nichts dagegen einzuwenden.

Wind war aufgekommen. Victor zitterte, vor Kälte wie auch vor Sorge und weil ihn das schlechte Gewissen desjenigen plagte, der sich für die Ursache allen Unglücks dieser Welt hält. Ein paar Minuten später gelangten sie zu dem Wagen, den sie nach Verlassen des Krankenhauses gemietet hatten. Sie waren nämlich zu der Ansicht gelangt, dass die gesprungene Frontscheibe und die sonstigen Einschusslöcher des Saab auffallen und sie in Gefahr bringen könnten.

Delaney hatte ihnen seinen Dienstwagen angeboten, doch Victor hatte abgelehnt. Er fürchtete die Folgen, falls etwas passierte, während sie in seinem Auto unterwegs waren. Er hatte schon zu viele ihm nahestehende Menschen in seinen dunklen Sog gezogen.

Sie durchquerten die Küche und den Kühlraum des Restaurants in Chinatown, folgten dem unterirdischen Gang und gelangten in die Grabesstille des Gemeinschaftssaals. Beim Anblick von Gagnés verwaistem Schreibtisch und seinem Sessel ging ihnen ein Stich durchs Herz. Sie wirkten wie ein Erinnerungsschrein. Mit düsterer Miene lief Jacinthe zu dem Sessel und strich mit den Fingern über den rosa Morgenmantel, der über der Lehne hing. Als sie sich zu Victor umdrehte, hatte er gerötete Augen. Er senkte den Kopf, erschüttert wie sie.

Nichts ging voran. Seit Tagen hatten sie das Gefühl, den Überblick zu verlieren, und mit jeder Stunde wuchs ihre Verunsicherung. Sie versuchten auf ihren Feldbetten ein wenig zu schlafen. Da man von einem Albtraum aber nicht einschlummert, sondern aufwacht, fanden sie keinen Schlaf.

Victor stand zuerst auf, faltete die Karte auseinander, die ihm Yako gegeben hatte, und breitete sie auf dem Tisch aus. Jacinthe gesellte sich wenig später zu ihm und fläzte sich in einen Sessel, ein Bein über der Lehne. Victor deutete auf die beiden roten Kreise auf der Karte. Die beiden Zonen, die Yako noch nicht überprüft hatte.

»Das Lager, von dem Yako uns erzählt hat, Ghetto X … Die Operationsbasis der Freelander. Abel Parker ist mit Sicherheit dort. Wir werden ihn uns holen.«

Er kochte noch immer vor Wut. Ihn in einem solchen Zustand zu sehen, stimmte Jacinthe so besorgt, dass sie ihre eigene Empörung und Erregung beiseiteschob.

»Atme durch die Nase, mein Bester. Solange du dich nicht im Griff hast, werden wir nicht viel reißen.«

Er bedeutete ihr, dass er verstanden hatte, aber schon Sekunden später versenkte er sich wieder in die Akte des Freelander-

Chefs, bis er sie schließlich wütend durch den Raum schleuderte, weil er nichts Greifbares fand, nichts, wo sie ansetzen konnten.

»Wer ist dieser Kerl? Wer ist er?«

Ihren Fettwülsten zum Trotz sammelte Jacinthe die auf dem Boden verstreuten Blätter ein.

»Keine Angst, wir werden ihn schon finden, diesen bescheuerten Messias. Und wenn wir aufs Kreuz steigen und ihm die Nägel einzeln herausreißen müssen, wird es mir ein Vergnügen sein, dir die Leiter zu halten.«

Am Morgen hatte Jacinthe Kaffee gekocht, eine scheußliche Brühe, die sie selbst kaum runterbrachte, Victor hingegen trotz seiner Refluxbeschwerden in sich hineinschüttete wie ein Lebenselixier. Seit vielen Minuten versuchten sie alles, was sie bei den Gesprächen mit Yako und Baron erfahren hatten, zusammenzufassen.

Victor hatte eigens zu diesem Zweck Block und Stift gezückt, um sich Notizen zu machen, was seit seinen glorreichen Tagen im Dezernat Kapitalverbrechen nicht mehr vorgekommen war.

Nachdem sie einige Vermutungen durchgespielt und wieder verworfen hatten, wagte Jacinthe einen neuen Anlauf.

»Okay, noch mal von vorn. Wozu genau könnte der SCRS die Freelander mit Waffen versorgt haben? Damit sie an seiner Stelle auf Dschihadistenjagd gehen?«

Victor nickte und sprach dann so leise, als wollte er einen bösen Fluch bannen.

»Vielleicht hatten sie im Fiche-S-Register erfasste Dschihadisten im Verdacht, einen Anschlag zu planen, konnten aber nicht genug Beweise für einen Haftbefehl vorlegen.«

Jacinthe zog das Gesicht in Falten.

»Und was haben die Freelander mit den in Ghetto X festgesetzten Dschihadisten gemacht? Haben Sie den SCRS gerufen, oder haben sie sie selbst verhört, allerdings ohne Samthandschuhe?«

Victor ließ sich in einen Sessel fallen, kramte das Foto hervor, auf dem der Mann namens Joseph neben seinen Eltern posierte, und betrachtete es. Dann schaut er zu Jacinthe auf.

»Der SCRS hat die Freelander die Drecksarbeit machen lassen. Denk an die Amerikaner. Die haben die Folter nach Guantánamo ausgelagert. Das nennt sich Clean-Hands-Doktrin.«

»Okay, gehen wir mal davon aus. Aber wenn der SCRS bereit war, den Freelandern durch Thomson Waffen zukommen zu lassen, warum hat er ihnen nicht auch gleich die Einträge aus dem Fiche-S-Register zugespielt?«

»Streng geheime Daten weiterzugeben hinterlässt Spuren. Möglicherweise ist es weniger riskant, die Tür offen zu lassen, damit sie sich selbst bedienen konnten.«

Jacinthe spielte den Gedanken durch.

»Du meinst, der SCRS hat sich von den Freelandern absichtlich hacken lassen?«

Ja, genau das habe er gemeint. Jacinthe überlegte, zog Querverbindungen.

»Der von den Dschihadisten geplante Anschlag muss wirklich ein Riesending gewesen sein, wenn der SCRS ein solches Risiko eingeht.«

»Jedenfalls groß genug, um eine Geheimoperation zu rechtfertigen.«

»Und nach Barons Reaktion zu urteilen, ist der Schuss nach hinten losgegangen.«

Victor nickte nachdenklich.

»Aus irgendeinem Grund ist Abel Parker außer Kontrolle geraten.«

Jacinthe deutete auf das Foto in seiner Hand.

»Er oder der, der ihn schützt.«

Sie hielt kurz inne, denn ihr Mund kam ihren Gedanken nicht hinterher.

»Dieser Joseph ist die einzige Verbindung zwischen der Vergangenheit und der Gegenwart, zwischen …«

Victor vervollständigte:

»… zwischen *Roter Flut* und Ghetto X. Die einzige Verbindung zu meinem Vater.«

Er betrachtete das Foto mit Joseph, Jeanne und Henri.

»Ich steig da nicht durch. Der Typ auf dem Foto hat deinen Vater für *Rote Flut* rekrutiert. Er war sein Boss. Er ist der Kopf und Abel Parker sein verlängerter Arm.«

Victor nickte. Jacinthe sprach weiter.

»Die Freelander wollen nicht einfach nur verhindern, dass du ihn findest. Du weißt etwas, was seine Pläne vermasseln könnte. Etwas, was in deine Kindheit zurückreicht.«

Sie tauschten einen wissenden Blick und verfielen in Schweigen. Jacinthe Worte fraßen sich durch Victors Synapsen. Ihm war, als hätte sich unter seinen Füßen eine Falltür geöffnet und er würde ins Bodenlose stürzen.

Wenn es zutraf, was sie sagte, musste er dieses Geheimnis, das irgendwo in den Windungen seines Gedächtnisses begraben war, um jeden Preis finden.

Jacinthes Handy piepte und holte ihn aus der Abwärtsspirale, in der er gefangen war. Sie hatte eine SMS erhalten. Die x-te schlechte Nachricht? Er wartete brav, während sie las.

»Kid hat den Mann ausfindig gemacht, der ihn Afghanistan Abel Parkers vorgesetzter Offizier war. Ein gewisser Jacques Marcoux. Er gibt Workshops für Kriegsveteranen in Notre-Dame-de-Grâce.«

Victor begriff, dass die von Paul angeordneten Nachforschungen Früchte getragen hatten. Wortlos standen sie auf und griffen nach ihren Jacken.

»Sie haben keine Ahnung, von wem Sie reden. Einmal sind wir südlich von Kandahar in einen Hinterhalt geraten. Zwanzig Taliban mit einem schweren Maschinengewehr und einem Mörser.«

Sie hatten in ihrem Mietwagen gewartet, bis die Teilnehmer

an dem Workshop für ehemalige Soldaten das Gebäude des Veteranenverbands Légion royale canadienne in der Rue de Maisonneuve verlassen hatten. Als sie hineingingen, stapelte Jacques Marcoux gerade Stühle auf. Hager und nervös, mit dem gezeichneten Gesicht derjenigen, die das Grauen verzehrt hat, erinnerte der Exoffizier an einen Greis, obwohl er nicht älter als fünfzig gewesen sein dürfte. Der Mann sammelte seine Gedanken.

»Wissen Sie, wie man sich fühlt, wenn man zwischen Steinen und Staub auf den Knien liegt und nicht mal den kleinen Finger rühren kann? Wenn eine Felswand die einzige Grenze zwischen Leben und Tod ist?«

Mit dem Gesicht eines lebendig Begrabenen trat er auf Victor zu.

»Wissen Sie, wie das ist, wenn die Männer kreuz und quer übereinander liegen und genau wissen, dass sie sterben werden?«

Marcoux tauchte wieder in seine düsteren Erinnerungen ein.

»An jenem Tag hat Abel Parker zwölf Menschenleben gerettet. Wäre er nicht auf seinem Posten gewesen, hätte er nicht auf uns aufgepasst, wäre der ganze Zug draufgegangen. Er war mein bester Mann.«

Er sah sie nacheinander an, um sich zu vergewissern, dass er verstanden worden war.

»Abel war für die Jungs der liebe Gott. Wissen Sie, wie sie ihn nannten?«

Victor schob das Kinn vor und antwortete eilends:

»Ja, ist uns bekannt. Messiah.«

Marcoux klappte vor Überraschung der Mund auf. Jacinthe ging in den hinteren Teil des Raums und fischte sich zwei Donuts aus einem Korb, der auf dem Tisch stand. Victor änderte seine Strategie. Bei allem Mitgefühl für den Mann, der Schreckliches erlebt hatte – seine Geduld war langsam erschöpft.

»Hören Sie, Monsieur Marcoux, ich stelle gar nicht infrage, was Abel Parker da unten geleistet hat. Aber mich interessiert, was hier geschieht, was heute geschieht. Mich interessiert, warum diese Morde geschehen, und vor allem, wie man sie stoppen kann.«

Victor ging ein paar Schritte in den Raum. Dann kam er zurück, stellte sich vor Marcoux hin und erklärte ihm, praktisch ohne einmal Luft zu holen, in unmissverständlichem Ton:

»Ich möchte verstehen, wie aus einem Kriegshelden ein blutrünstiger Killer werden konnte, der Unschuldige umbringt. Das ist nicht die Folge eines posttraumatischen Schocks. Dahinter steckt eine Ideologie. Ein Mann ändert sich nicht einfach so. Es muss frühe Anzeichen dafür gegeben haben. Ich möchte wissen, welche.«

Doch der Veteran, der schon ganz anderes erlebt hatte, ließ sich nicht beeindrucken.

»Die Armee ist dazu da, Individuen zu rekrutieren und Mörder aus ihnen zu machen. Und ihnen beizubringen, im Namen unseres mit demokratischen Idealen verbrämten kapitalistischen Systems zu töten, unser Land zu schützen, um die Wirtschaft am Laufen zu halten. So gesehen gibt es keine Schuldigen, keine Logik. Nur einen Feind, den es zu schlagen gilt.«

Marcoux hatte sich ereifert. Er schöpfte Atem, bevor er fortfuhr.

»Wenn du dazu ausgebildet worden bist zu töten, ohne Fragen zu stellen, wenn du im Gefecht gewesen bist und eigenhändig getötet hast, wenn du alles riskiert und um dein Leben gefürchtet hast, dann wird es dir zur zweiten Natur. Das kannst du nicht von heute auf morgen wieder abschütteln.«

Victor und Jacinthe sahen einander verwirrt an. Marcoux sprach weiter.

»Nach dem, was Sie mir über die Freelander erzählen, ist Abel davon überzeugt, dass er weiterhin das tut, was man ihm in der Armee als richtig und notwendig beigebracht hat.«

Jacinthe beschloss, während sie nacheinander ihre Fingerknöchel knacken ließ, ihm dichter auf den Pelz zu rücken.

»Trotzdem glaube ich, dass in Afghanistan etwas passiert sein muss.«

Missmutig ging Marcoux zum Tisch und begann die schmutzigen Teller und Becher zusammenzuräumen. Nach einer Weile drehte er sich um und seufzte.

»Es gab da tatsächlich einen Vorfall …«

Sie hatten seiner Schilderung gelauscht, ohne ihn zu unterbrechen. Diesen gebrochenen Mann voller Gefühl und Menschlichkeit darüber sprechen zu hören, was die von ihm befehligten Soldaten und er erlebt hatten, erschütterte sie. Als Marcoux geendet hatte, herrschte zunächst andächtige Stille, bis Victor fragte:

»Die Granate ist explodiert, als Abel dem Mädchen den Lapislazuli aus der Hand genommen hat?«

»Er war durch ein Stück Angelschnur mit dem Splint verbunden. Seine Beobachterin Iba Khelifi hat ihm das Leben gerettet.«

Victor sah Jacinthe fragend an. Auch sie hatte das Mädchen mit dem Kindergesicht in Verbindung gebracht, das in die bei Thomson gefundenen Steinen eingraviert war. Sie tippte sich mit dem Zeigefinger ans linke Auge und fragte Marcoux:

»Und die Farbveränderung in seinem Auge ist eine Folge davon?«

»Der Druckwelle der Explosion sind sie entgangen, aber die Luft war voller Eisenpartikel. Iba Khelifi hatte weniger Glück. Sie ist vollständig erblindet. Abel war danach nicht mehr derselbe. Er ist unberechenbar hohe Risiken eingegangen.«

Victor wagte eine Erklärung, die an seine eigene Vergangenheit anknüpfte.

»Als hätte er jede Lebensfreude verloren?«

Der Exoffizier nickte und räumte den Tisch ganz ab.

»Er fing an, unsere Mission infrage zu stellen. Meinte, wir hätten in Afghanistan nichts verloren und sollten uns nicht in die Angelegenheiten dieser Leute einmischen.«

Jacinthe kritzelte etwas in ihr Notizbuch, dann machte sie ein weiteres Fass auf.

»Sagen Ihnen die Namen Pac Man und Black Dog etwas?«

Marcoux verneinte. Sie hakte nach.

»Vielleicht Männer aus einer anderen Einheit?«

»Keine Ahnung.«

Der Mann sagte die Wahrheit, Victor spürte es. Er versuchte es in einer anderen Richtung.

»Ist Khelifi ein arabischer Name? Gab es in Ihrer Einheit rassistische Spannungen?«

Zu Jacinthes Bedauern räumte Marcoux die Donuts in einen Karton und klappte ihn zu.

»Wenn es nur das wäre. Wir reden von der Armee. Der kleinste Anlass führt zu Spannungen: Frauen, Schwule, Religion, Haarfarbe, Eishockey …«

Victor bohrte weiter.

»Hatte Abel Parker ein Problem mit Iba Khelifi?«

»Die beiden waren wie Feuer und Wasser, haben sich wegen nichts und wieder nichts gekabbelt und waren gleichzeitig unzertrennlich. Was sich liebt, das neckt sich eben.«

War es sein Tonfall, der sie auf den Gedanken brachte? Mit ihrer gewohnten Unverblümtheit fragte Jacinthe:

»Was? Sie haben miteinander gevögelt?«

Der Exsoldat zögerte, als hätte er das Gefühl, ein Geheimnis zu verraten.

»Abel hat versucht es zu verbergen, aber meiner Ansicht nach wäre er nicht abgeneigt gewesen. Nach der Explosion hat er Monate an ihrem Krankenbett im Lazarett zugebracht. Ich wäre nicht überrascht, wenn er Gefühle für sie entwickelt hätte.«

Die folgende Pause dehnte sich wie ein Gummiband, das zu zerreißen Jacinthe sich beeilte.

»Für ein rechtsradikales Arschloch muss es doch schlimm sein, wenn ihm ausgerechnet eine Araberin den weißen Arsch rettet.«

Victor sah noch einen anderen Haken.

»Fast so schlimm, wie wenn er sich in sie verliebt.«

Er lud auf seinem Handy das Foto hoch, das den Mann namens Joseph mit seinen Eltern zeigte, und hielt es Marcoux hin, der es eingehend betrachtete.

»Nie gesehen. Bedaure.«

Victor schüttelte den Kopf.

»Und wenn ich Sie nach dem Fiche-S-Register oder dem Programm *Rote Flut* frage?«

»Klingelt auch nichts bei mir.«

Unbeirrt versuchte es Victor von einer anderen Seite.

»Hatte Abel Kontakt zum SCRS? Vielleicht im Rahmen von Geheimoperationen?«

Der Exoffizier überlegte.

»Nicht dass ich wüsste. Außerdem hat Abel nicht dem Anforderungsprofil für Geheimoperationen des Nachrichtendienstes entsprochen.«

»Wieso nicht?«

»Im Allgemeinen rekrutieren sie für die Drecksarbeit nur Kandidaten ohne Anhang. Männer und Frauen, die geopfert werden können.«

Jacinthes Frage kam wie aus der Pistole geschossen, als hätte sie nur auf das Stichwort gewartet.

»Genau. Hatte er Familie, unser Messias? Seine Akte ist ziemlich löchrig.«

Marcoux zog den Stecker der Kaffeemaschine heraus und hob den Deckel.

»Einen Vater auf jeden Fall.«

Victor horchte auf.

»Hat er oft von ihm gesprochen?«

Die Antwort ließ nicht lange auf sich warten.

»Wenn ich recht verstanden habe, war sein Vater sehr streng. Trotzdem schien Abel ihn sehr zu bewundern.«

»Ein ehemaliger Soldat?«

Die Frage verstimmte Victors Gesprächspartner.

»Keine Ahnung. Aber es ist selten, dass sich jemand auf dem Schlachtfeld so auszeichnet. Das kommt nicht von ungefähr. Mut, Nervenstärke und Disziplin allein genügen nicht. Männer vom Kaliber Abels müssen quasi vorgeprägt sein, bevor sie in die Armee eintreten.«

Victor riss wie vom Blitz getroffen die Augen auf, nachdem er in seinem Kopf zwei lose Enden miteinander verknüpft hatte. Jacinthe fuhr fort.

»Kennen Sie den Namen des Vaters?«

Marcoux schüttelte den Kopf. Und während Victor in seiner Blase den Gedanken, der ihm gerade gekommen war, weiterspann, stellte Jacinthe noch ein paar Fragen, deren Beantwortung jedoch nichts Erhellendes zu Tage förderte. Sie dankten dem Exoffizier und verabschiedeten sich mit einem höflichen Händedruck.

Als sie in die feuchte Luft hinaustraten, hob Victor den Blick zu den Wolken. Kleine Flocken wirbelten am grauen Himmel. Und auf dem Weg zum Wagen knurrte Jacinthe:

»Ende Oktober … Hast du das Memo nicht gekriegt, verfluchter Winter?«

Bevor sie einstiegen, rief sie übers Autodach hinweg:

»He, Lessard, ich höre wieder den Hamster im Rad strampeln.«

Er wirkte nachdenklich, wie in Trance.

»Was hat Marcoux noch mal über Abels Vater gesagt?«

»Äh … dass er streng war und so …«

»Was noch?«

Sie rief sich seine genauen Worte ins Gedächtnis.

»Na ja … dass Typen wie unser Messias oft vorgeprägt sind, ehe sie in die Armee eintreten. Man kennt das auch aus dem Sport. Beispiel Tiger Woods und sein Vater.«

»Genau. Abel ist von seinem Vater vorgeprägt worden.«

»Mag ja sein, aber das verrät uns auch nicht, wer er ist.«

»Im Gegenteil …«

Er brauchte kein Wort hinzufügen. Jacinthe ging ein Licht auf.

»Warte, warte! Ich weiß, worauf du hinauswillst … Du willst mir doch nicht sagen, dass der Typ auf dem Foto …«

Victor hegte nicht mehr den geringsten Zweifel.

»… Joseph Parker ist. Der Vater von Abel.«

71.
GEHEIMOPERATION

Abel betrat das tipptopp aufgeräumte Büro, verschränkte die Hände auf dem Rücken und nahm Haltung an. Joseph Parker, der hinter seinem makellosen Schreibtisch saß, betrachtete ihn lange, als wollte er ihn durchschauen, ohne aber seine Absichten zu offenbaren. Abel war es, der das unbehagliche Schweigen schließlich brach.

»Du wolltest mich sprechen?«

Die Spannung zwischen ihnen war greifbar.

»Du hättest kommen sollen, ohne dass ich dich dazu auffordern muss.«

Abel schwieg. Doch Josephs bohrender Blick zwang ihn bald aus der Reserve.

»Ich verstehe nicht, wovon du sprichst.«

Joseph schmunzelte spöttisch.

»Ich spreche von Red Fox und Pac Man. Und von deinem kleinen Hahnenkampf mit Victor Lessard. Behandele mich nicht wie einen Idioten, Abel. Ich kenne dich wie meine Westentasche.«

Der Chef der Freelander versuchte seine Überraschung zu verdauen und so gut es ging zu verbergen.

»Wer hat dir davon erzählt?«

Joseph schnippte mit dem Zeigefinger eine Staubfluse vom Schreibtisch.

»Das ist unwichtig. Wichtig ist nur, dass ich es von dir hätte erfahren müssen.«

Abel reckte das Kinn, um sich unbeeindruckt zu zeigen.

»Ich verstehe nicht, inwiefern dich das etwas angeht.«

Josephs Stimme nahm einen drohenden Unterton an.

»Willst du mich herausfordern, Abel? Denn wenn du Zweifel an deiner Mission hast, dann leg jetzt die Karten auf den Tisch.«

»Nein, ich habe keine Zweifel. Aber du solltest mir mehr vertrauen. Ich kenne den Hintergrund der Geschichte nicht, und trotzdem habe ich dir vertraut, was Thomson angeht.«

Sechs Wochen vor dem Mord an Guillaume Lefebvre

Auf dem Schießplatz blickt Joseph Parker durch sein Fernglas, während Abel den Verschluss zurückzieht, damit die Patronenhülse ausgeworfen wird, deren Projektil er gerade in die Mitte der Zielscheibe platziert hat.

»Guter Schuss! Du hast nichts verlernt.«

Er wendet sich Abel zu.

»Der SCRS wird einen Agenten schicken, um euch zu infiltrieren, dich und deine Freelander. Er heißt Robert Thomson. Lass ihn unter Beweis stellen, dass er von Nutzen ist. Bitte ihn, etwas zu tun, das ihn kompromittieren wird, um festzustellen, wie weit er gehen würde.«

»Aber woher weiß der SCRS von uns?«

»Wichtig ist nicht, dass sie von euch wissen. Sondern dass du Bescheid weißt. Du bist ihnen eine Nasenlänge voraus. Nutze das zu deinem Vorteil.«

Joseph schlug auf den Tisch und riss Abel aus seinen Gedanken.

»Und du solltest eigentlich wissen, dass ich immer in deinem besten Interesse gehandelt habe.«

Joseph stand auf und trat auf Abel zu. Jede Spur von Aggressivität war verschwunden. In einer Geste voller Zuneigung fasste er ihn bei den Schultern.

»Was ich tue, tue ich für dich. Du bist mein Sohn.«

Joseph senkte seinen Blick in den Abels. Und wären die Augen des Vaters ein Zugangstor gewesen, das es erlaubte, sich einen Weg durch seine Neuronen zu bahnen und zu den Erinnerungen vorzustoßen, die in seinem Gehirn gespeichert waren, so hätte der Sohn erfahren, wie der SCRS von der Existenz der Freelander erfahren hatte.

Elf Monate vor dem Mord an Guillaume Lefebvre

Mit ernster, nachdenklicher Miene blickt Joseph Parker, die Ellbogen auf das Geländer gestützt, vom Aussichtspunkt Camillien-Houde auf Montreál hinab, das unter einer Smogwolke liegt.

Eiligen Schrittes stößt Claire Sondos zu ihm.

»Ihre Nachricht hat mich beunruhigt, Monsieur. Ich bin so schnell wie möglich gekommen.«

Er spricht mit leiser Stimme, ohne sich ihr zuzuwenden.

»Was ich Ihnen zu sagen habe, ist privater Natur … und delikat. Ich kann Ihnen doch vertrauen, Claire?«

Er sieht sie durchdringend an. Sondos versucht seinem Blick standzuhalten, schlägt dann die Augen nieder.

»Sie haben mich ausgebildet, Monsieur. Sie kennen mich wahrscheinlich besser als ich mich selbst. Und Sie kennen meine Diskretion, meine Loyalität.«

Ganz der Charmeur, legt er der SCRS-Agentin die Hand auf den Unterarm.

»Nennen Sie mich bitte Joseph. Wir kennen uns nun schon so lange.«

Sie nickt. Er richtet den Blick wieder auf die schemenhafte Silhouette der Stadt.

»Es geht um meinen Sohn. Abel hat sich seit seiner Rückkehr aus Afghanistan sehr verändert.«

»Ich kenne seine Dienstakte. Unfassbar, was er durchgemacht hat.«

»Wissen Sie, sein Kind zu beschuldigen, den Menschen, den man am meisten liebt auf der Welt, ist für einen Vater eine ebenso schmerzliche wie herzergreifende Entscheidung. Doch es ist nur zu seinem Besten.«

Er tut so, als schöbe er seine Gefühle beiseite, und fährt fort.

»Ich habe allen Grund zu der Annahme, dass Abel sich radikalisiert hat. Ich glaube, er ist der Kopf einer rechtsextremistischen Gruppe. Einer bewaffneten und gewalttätigen Gruppe. Sie bereiten etwas Größeres vor, Claire.«

»Wollen Sie, dass wir ihn aufhalten?«

Parker hat jahrelang ihre Ausbildung sichergestellt und weiß, wo er den Hebel ansetzen muss, um sie für sich zu gewinnen.

»Das Problem ist: Wenn Sie ihn jetzt aufhalten, werden wir nie erfahren, was sie vorhaben und wer darin verwickelt ist.«

»Was schwebt Ihnen vor? Eine Geheimoperation? Wollen Sie, dass wir sie infiltrieren?«

Er macht die hilflose Geste eines Mannes, der dringend einen Rat braucht.

»Nicht, wenn Ihnen etwas Besseres einfällt.«

Sie antwortet nicht, aber die Idee ist bereits auf dem Weg in ihr Gehirn. Parker hat feuchte Augen und scheint am Boden zerstört.

»Ich finde keinen Schlaf mehr, Claire. Die ganze Nacht geht mir das im Kopf herum. Ich frage mich … ob ich ein guter Vater war, ich frage mich, ob ich nicht mehr hätte tun können.«

Er spricht mit erstickter Stimme und scheint den Tränen nahe.

»Wir sehen sie aufwachsen, wir schenken ihnen all unsere Liebe …«

Seine Verzweiflung rührt sie. Sie legt ihm eine Hand auf die Schulter.

»Abel hat für sein Land gekämpft. Er hat Schreckliches erlebt. Ein posttraumatischer Schock kann einen Menschen dazu treiben, unbegreifliche Dinge zu tun. Selbst wenn er die besten Eltern gehabt hat … Das wissen Sie besser als ich, Monsieur.«

Parker holt tief Luft, scheint sich zu beruhigen. Sondos schließt mit viel Wohlwollen in der Stimme:

»Es war richtig, dass Sie mich angerufen haben, Joseph. Ich werde sehen, was ich tun kann.«

Von aufrichtigen Gefühlen überwältigt, hielt der Vater seinen Sohn noch immer an den Schultern.

»Ich bin sehr stolz auf dich. Das zumindest weißt du doch, oder?«

Abel sah auf und senkte den Kopf.

»Ja. Das weiß ich. Aber trotzdem …«

Er brachte nur schwer über die Lippen, was er dachte.

»… trotzdem verstehe ich immer noch nicht, wieso du dich so für Victor Lessard interessierst.«

Joseph löste die Umarmung und ging ein paar Schritte durchs Zimmer. Dann drehte er sich zu Abel um.

»Du musst nicht alles verstehen. Und ich muss dir nicht alles erklären. So wie du mir nicht alles erklären musst.«

Abel zog die Stirn in Falten, überrascht über die Anspielung.

»Was meinst du damit?«

»Iba Khelifi. Ich hoffe nur, du weißt, was du tust, denn ich möchte nicht, dass du so leidest wie ich, als deine Mutter uns verlassen hat.«

Joseph kehrte zu seinem Sohn zurück, küsste ihn auf die Wange und schlang die Arme um ihn. Abel wusste nicht, wie er auf dieses unerwartete Zeichen der Zuneigung reagieren sollte. Im Bemühen, sich keine Blöße zu geben, blieb er wie erstarrt mit hängenden Armen stehen.

72.
GOTTKOMPLEX

Der Leihwagen fuhr auf dem Boulevard René-Lévesque in östlicher Richtung durch Pfützen, dass es nur so spritzte. Nach ihrem Besuch bei Jacques Marcoux hatten sie beschlossen, erst einmal in ihrem Unterschlupf in Chinatown auszuharren.

Jacinthe trat auf die Bremse und zog abrupt das Lenkrad herum, um einem riesigen Schlagloch auszuweichen. Sie sah hinüber zu Victor, der mit dem Handy am Ohr, pochenden Schläfenadern und – wie Jacinthe fand – ordentlich Schneid gerade das Gespräch beendete.

»Du hast behauptet, wir stünden auf derselben Seite, Baron. Jetzt gebe ich dir die Chance, das zu beweisen … Das ist mir, ehrlich gesagt, scheißegal. Find eine Lösung. Und am besten schnell!«

Dann legte er auf. Jacinthe würdigte seine Worte mit einem Hieb aufs Lenkrad.

»Gut gemacht, mein Bester. Mal sehen, was dabei rumkommt.«

Ein paar Sekunden schwiegen beide. Doch Victor, für den das Folgende inzwischen eine Tatsache darstellte, nahm den Faden wieder auf.

»Denk noch mal drüber nach. *Rote Flut* gehörte zum Zuständigkeitsbereich der Sicherheitsabteilung der GRC. Aus der irgendwann in den Achtzigern der SCRS wurde.«

Jacinthe ließ sich auf das Gedankenspiel ein.

»Okay. Mal angenommen, du hast recht. Mal angenommen, Joseph Parker war der Boss deines Vaters bei *Rote Flut* und ist irgendwann von der GRC zum SCRS gewechselt. Arbeitet er immer noch dort und zieht jetzt die Strippen? Ganz jung kann er ja nicht mehr sein …«

»Nicht er direkt. Aber weißt du noch, was Baron über seine Chefin sagte?«

»Dass er das Vertrauen zu ihr verloren hat. Okay, warte. Ich verstehe, worauf du hinauswillst. Parker ist nicht mehr beim SCRS, verfügt aber immer noch über seine alten Kontakte. Eine Person, die ihm gegenüber nach wie vor loyal ist. Jemand wie Claire Sondos …«

Victor nickte und übernahm:

»Passt doch alles zusammen, oder? Und falls wirklich Sondos intern für die Operation Freelander und die Infiltrierung der Rechten verantwortlich war, was sagt uns das über Abel Parker?«

»Du meinst doch nicht ernsthaft, der Vater hat freiwillig seinen Sohn an den SCRS geliefert?«

Doch Victor nickte.

»Wenn jemand anderes als Joseph Parker oder seine Marionette Bescheid wusste und vor allem ein Interesse an dieser Operation gehabt hätte, glaubst du nicht, wir wären längst darauf gestoßen?«

»Aber warum denn? Ich meine … Stell dir das mal vor: deinen eigenen Sohn zu verraten!«

»Ja, aber denk an unsere Unterhaltung mit Baron: Robert Thomson, ein Spitzel des SCRS, hat den Freelandern vor Sondos' Augen und vermutlich mit ihrem Wissen Waffen besorgt.«

Jacinthe hatte eine Vermutung, worauf er anspielte. Der Vater sollte ihnen viel größere Sorgen bereiten.

»Also hat es Joseph Parker so eingefädelt, dass die Freelander vom SCRS Waffen bekommen?«

»Ganz genau.«

»Das ist echt so verdreht, dass es schon wieder möglich wäre. Und worin besteht nun der Zusammenhang zwischen *Rote Flut* und den Freelandern?«

Victor wollte gerade antworten, dass er das noch nicht wisse, als sein Handy klingelte. Jacinthe runzelte die Stirn.

»Baron? So schnell?«

»Keine Ahnung, unbekannte Nummer.«

Victor nahm ab und stellte auf Lautsprecher. Aus dem Telefon ertönte Yakos Stimme.

»Ich wollte mich noch mal bei dir bedanken, Victor. Und bei Jacinthe. Ihr habt mir das Leben gerettet.«

»Ich habe dir zu danken, Yako. Du hast uns wirklich sehr geholfen.«

Mit einer Prise Humor fügte er hinzu:

»Außerdem spielst du jetzt für die richtige Mannschaft.«

Yako lachte leise und suchte nach den richtigen Worten.

»Ich habe deine Nummer von Vera, nicht von Paul Delaney.«

Victor verstand, was sie nicht laut aussprach: Aufgrund ihrer schlechten Erfahrungen in der Vergangenheit fiel es Yako schwer, den Behörden zu vertrauen.

»Aber weshalb ich anrufe: Mir ist wieder was eingefallen, zu Guillaumes anderen Quellen.«

»Schieß los, ich höre.«

»Als ich mit ihm über Hackerangriffe sprach, wusste er mindestens so gut Bescheid wie ich, wenn nicht besser. Zumindest, was bestimmte Aspekte anging.«

Neugierig runzelte Victor die Stirn.

»Du meinst, er hatte schon mit einem anderen Spezialisten darüber gesprochen?«

»Unterhaltet euch mal mit Elizabeth Iouchenko. Sie ist Professorin an der UQAM.«

Die Verbindung wurde schlechter, und einen Augenblick befürchtete Victor, er hätte Yako verloren, doch ihre Stimme wurde wieder deutlicher.

»Sie ist Politologin und Russlandspezialistin. Gestern, beim Verbrennen meiner Unterlagen, kurz bevor Messiah mich angegriffen hat, ist mir eingefallen, dass ihr Name bei unseren Gesprächen recht häufig fiel. Sie ist eine echte Koryphäe in Québec. Eine der wenigen.«

Verdutzt nahm Jacinthe den Blick von der Straße und flüsterte Victor zu:

»Lefebvre hat einen Pressespiegel zu Cyberattacken in Auftrag gegeben. Der kannte diese Elizabeth Dingsda hundertpro.«

Sie tauschten einen vielsagenden Blick aus.

Die vornehme blonde Frau, die eine Stunde später die Treppe am Ende der Avenue du Musée hinunterlief, war zwischen vierzig und fünfzig Jahre alt. Nervös blickte sie hinab auf die Straße, als sie hinter sich ein Geräusch vernahm und herumfuhr. Auf dem Treppenabsatz standen Jacinthe und Victor.

Lächelnd und mit ausgestreckter Hand ging Victor ihr entgegen.

»Madame Iouchenko? Victor Lessard. Darf ich Ihnen meine … ähm …«

Er unterbrach sich und sah zu Jacinthe, die soeben zu ihnen stieß. Wie sollte er sie jetzt nennen, wo er nicht mehr im Dezernat Kapitalverbrechen arbeitete? Jacinthe setzte seinem Zögern ein Ende und ergriff die Hand der Frau.

»Ich bin seine Partnerin, Jacinthe Taillon. Wollen wir runter? Ich hab's nicht so mit Treppen.«

Die Politologin ging voraus. Jacinthe, deren Blick an den langen Beinen in Nylonstrumpfhosen klebte, verlor das Gleichgewicht und wäre beinahe hingefallen, hätte Victor sie nicht gerade noch zu fassen gekriegt. Rechtzeitig, um sie fluchen zu hören:

»Verdammte Scheißstufen. Irgendwann breche ich mir sämtliche Knochen.«

Die Flagge vor dem russischen Konsulat flatterte energisch im Wind. Sie unterhielten sich bereits seit mehreren Minuten, und

Victor hatte sich eine Zigarette angezündet, während sie langsam den Gehweg in Richtung Avenue du Docteur-Penfield hinabliefen. Ohne zu sehr ins Detail zu gehen, hatten sie der Professorin die Situation geschildert, und Elizabeth Iouchenko bestätigte, dass Guillaume Lefebvre sie konsultiert hatte.

»Inzwischen wird davon ausgegangen, dass mehr als eintausend russische Agenten unerkannt in Nordamerika leben.«

Victor verbarg seine Überraschung nicht.

»Das sind doch mehr als im Kalten Krieg, oder?«

Nickend deutete die Politologin zum Konsulat.

»Und einige von ihnen befinden sich mit Sicherheit in diesem Moment dort drin.«

Jacinthe knurrte sarkastisch:

»Alle mal lächeln für die Kameras.«

»Sie müssen verstehen, dass Präsident Putin Russland wieder zu seiner alten Größe führen will, es allerdings mit den USA und der EU nicht aufnehmen kann. Dafür fehlt ihm die nötige Macht. Um die Demokratien zu destabilisieren, veranlasst er also gezielt Cyberattacken.«

Victor zog die Augenbrauen hoch.

»Mit gezielt meinen Sie, vom Geheimdienst ausgeführt?«

»Ja. Putins Logik ist simpel: je gespaltener der Westen, desto fragiler.«

Nachdenklich sah Jacinthe sie an.

»Und gleichzeitig kann er seine Figuren woanders auf dem Spielfeld vorrücken.«

»Ganz genau. In einer Demokratie ist das Schlachtfeld die öffentliche Meinung. Präsident Putin führt eine Armee von Trollen an, die tagtäglich in den sozialen Medien mit gefälschten Konten Falschinformationen verbreiten.«

Jacinthe sah sie ungläubig an.

»Sie meinen Fake News?!«

»Desinformation, genau. Der zunehmende Populismus ist kein

Zufall. Putins größter Erfolg war, den Westen glauben zu machen, er würde von Migranten bedroht.«

Das Thema weckte zunehmend Jacinthes Interesse, was sie selbst überraschte.

»Aber wozu das alles? Ich meine … einfach nur, um mehr Macht zu bekommen?«

»Während des Zweiten Weltkriegs zog Putins Vater seine Mutter aus einem Leichenberg. Sie atmete kaum noch, aber er konnte sie retten.«

Victor ahnte, worauf sie hinauswollte:

»Putin leidet am Gottkomplex. Er will mit Russland dasselbe schaffen wie sein Vater mit seiner Mutter.«

Elizabeth belohnte seinen Scharfsinn mit einem Nicken.

»Für viele Russen hat er Mutter Heimat auferstehen lassen.«

Zwar bewunderte Victor die Cleverness ihrer Gesprächspartnerin, doch er brauchte konkrete Antworten auf konkrete Fragen. Also entschied er sich für den direkten Weg:

»Beim Fiche-S-Register handelt es sich aber nicht um Fehlinformationen, sondern um höchstsensible Informationen, die aus dem bestgesicherten System des Landes gestohlen wurden. Darüber wollte Lefebvre bei Ihrem Treffen doch bestimmt auch sprechen, oder?«

»Nein. Er wollte mehr über die Cyberattacke in der Ukraine 2015 wissen.«

Perplex sahen Jacinthe und Victor sie an, und die Russlandspezialistin erklärte:

»In der Ukraine kam es kurz vor Weihnachten zu weitreichenden Stromausfällen. Ein Hackerangriff auf drei Stromversorger.«

»Und das waren auch die Russen?«

»Einwandfreie Beweise gibt es nicht, aber das vermuten alle.«

Zweifelnd sagte Jacinthe:

»Und was war das Ziel dabei? Was haben die Hacker dafür verlangt, dass sie den Strom wieder einschalten?«

»Nichts. Sie wollten einfach nur klarstellen, dass sie in der Lage sind, aus der Entfernung sämtliche Systeme zu übernehmen. Ein paar Stunden später haben sie alles wieder freigegeben.«

Victor hatte dafür dieselbe Erklärung, die er Jacinthe auch schon zur Mordmethode bei Lefebvre geliefert hatte:

»Reine Machtdemonstration.«

Ihre Gesprächspartnerin nickte.

»Eine Machtdemonstration, für die sie ihr Ziel haargenau kennen mussten. Weshalb man auch davon ausgeht, dass ein Staat dahintersteckte.«

Victor speicherte die Information ab und fragte:

»Von wie vielen Hackern reden wir hier?«

»Eine kleine Gruppe mit besonderer Expertise im Bereich IT-Sicherheit.«

Jacinthe kniff die Augen zusammen.

»Und jeder Menge Rechner?«

»Nicht unbedingt. Man benötigt Präzision, keine große Rechenleistung.«

Victor bohrte weiter.

»Wie kann man sich diese Hacker vorstellen?«

»Genau! Ein paar Fanta schlürfende Kids in Kapuzenpullovern?«

Die Politologin zeigte lächelnd ihre perfekten Zähne.

»Junge, diskrete Leute. Fest in ihrer Community verankert.«

Sie sprachen ein paar Minuten weiter, ohne dass Jacinthe und Victor noch etwas Wichtiges erfuhren. Als Victor die Fragen ausgegangen waren, schüttelte er der Professorin die Hand.

»Vielen Dank für Ihre Hilfe.«

»Ich hoffe, Sie finden die Schuldigen.«

Sie trennten sich an der Kreuzung Avenue du Musée und Docteur-Penfield. Victor und Jacinthe bogen in Richtung Westen ab und diskutierten auf dem Weg zum Auto ihre neuesten Theorien.

»Also. Lefebvre interessierte sich für die Ukraine und russische Hackerangriffe. Was sagt uns das?«

Den Ellbogen aufs Wagendach gestützt sortierte Victor seine Gedanken.

»Wir wissen, dass es den Freelandern um die Befreiung des Landes geht. Also müssen wir herausfinden, wie sie das anstellen und gleichzeitig ihre Macht demonstrieren wollen.«

»Die werden ja wohl in Montréal keinen Blackout verursachen wie in der Ukraine? Uns doch schnuppe, wenn's dunkel ist.«

Sie stiegen ein. Beim Anlegen des Gurts verzog Victor wegen seiner schmerzenden Schulter das Gesicht. Während Jacinthe den Schlüssel ins Zündschloss steckte, überlegte sie weiter laut.

»Fake News, die öffentliche Meinung manipulieren wie ein Schlachtfeld … Moment mal. Mir fällt gerade was ein. Wenn sie im Ghetto X Dschihadisten gefangen halten, geht's vielleicht gar nicht darum, aus denen herauszukriegen, welches Attentat sie geplant haben …«

Victors Gesicht verfinsterte sich. Worauf Jacinthe da anspielte, war schrecklich, aber möglich.

»Du hast völlig recht. Wenn sie so richtig ihre Macht demonstrieren wollen, müssen sich die Freelander nur damit brüsten, dass sie Terroristen geschnappt haben. Und schon stehen sie als die Helden da.«

Jacinthe wurde schlagartig skeptisch.

»Aber um als Helden dazustehen, müssen sie doch mindestens ein Attentat vereiteln, oder?«

»Im schlimmsten Fall hängen sie den Dschihadisten eins an, Jacinthe. Einen Hackerangriff.«

Beide dachten einen Moment über die Raffiniertheit eines solchen Plans nach. Victor öffnete das Fenster und steckte sich eine Zigarette an. Allmählich dämmerte ihnen das ganze Ausmaß der Sache.

»Ach Mann, lass mich mal ziehen, bitte.«

»Das ist keine gute Idee, Jacinthe. Erinnerst du dich noch ans letzte Mal?«

Das letzte Mal war fünfzehn Jahr her, sie hatten sich gerade kennengelernt. Victor hatte Jacinthes blasses Gesicht, als diese sich auf der Weihnachtsparty des Dezernats in die Kloschüssel übergab, noch genau vor Augen.

Sie ließ den Wagen an.

»Jetzt gib schon her.«

Widerwillig lenkte er ein. Der erste winzige Zug bescherte ihr einen nicht enden wollenden Hustenanfall. Keine Frage, die Zeiten waren hart.

73.

NICHT AUFS FALSCHE ZIEL SCHIESSEN

Vor ihm tat sich der Kiefernwald auf. Die bräunlichen Nadeln auf dem Boden dämpften seine Schritte. Im Näherkommen erhoben sich zwitschernde Vögel aus den Bäumen. Sein Vater, seine Mission, die Männer, die seinetwegen gestorben waren, Victor Lessard, der ihm ständig in die Quere kam, und Iba …

Abel schwirrte der Kopf. Seine Gedanken rasten, er konnte sich auf nichts mehr konzentrieren, hatte keine Ahnung, wie es weitergehen sollte. Sobald er versuchte, in seinem Kopf Ordnung zu schaffen, verhedderte er sich. Es gab nichts Schlimmeres, als innerlich zu verbrennen.

Er hatte sein Präzisionsgewehr geschultert und einen kleinen eingerollten Teppich unterm Arm. Wie immer blieb er vor der höchsten Kiefer stehen. Der Baum maß sicherlich mehr als fünfundzwanzig Meter und war mindestens doppelt so alt wie er selbst.

Den Teppich rollte er auf dem Boden aus, sein Gewehr lehnte er gegen den Stamm. Dann zog er Kampfstiefel und Socken aus. In seiner Jackentasche waren ein paar Lapislazuli, aus denen er neben dem Teppich ein Inuksuk baute. Neben das Totem legte er das Foto eines Kindes.

Er wusch sich mit dem Wasser aus seiner Feldflasche. Bei geschlossenen Augen hob Abel die Hände erst neben die Schultern, Handflächen nach außen, dann legte er die rechte Hand auf Höhe seiner Brust auf die linke und begann zu beten.

»Allahu akbar …«

Afghanistan, 2011. Einige Tage nach der Explosion verlässt er heimlich die Basis und begibt sich zur Familie des Mädchens, das er umgebracht hat. Er will büßen, reicht dem Vater des Kindes sein Gewehr und kniet vor ihm nieder. Als er sieht, dass der Mann zögert, lenkt Messiah die Mündung auf seinen Kopf und fleht den Mann mit Blicken an. Die Waffe zittert in den Händen des Afghanen, doch am Ende senkt er sie.

»Go back to your country. You don't belong here.«

Ergriffen läuft der Mann zu einer Kommode, öffnet eine Schublade, dann geht er zu Messiah zurück und reicht ihm ein Foto seiner Tochter.

»And pray for her. Always.«

Auf dem Teppich verneigte sich Abel und rezitierte die *Rakat* des Nachmittagsgebets. Für ihn gab es nichts Lebendigeres, nichts Wirklicheres als die Erinnerung an das kleine afghanische Mädchen, das seinetwegen gestorben war. Der Moment, in dem er tagtäglich unter derselben Kiefer betete, war der einzige, in dem er so etwas wie inneren Frieden fand.

Der schneidende Wind rauschte in den Bäumen am Rand des schmalen Pfads. Abel hatte den See fast erreicht. Ohne anzuhalten, sah er hinab auf seine linke Faust, in der er den Lapislazuli hielt, der festgemacht an einer Angelschnur die Explosion ausgelöst hatte. Nach der Detonation hatte Abel ihn unversehrt in Ibas Nähe gefunden.

Er betrachtete den See wie die Erinnerung an eine unmögliche Liebe, bevor er am Strand zu einem umgekippten Baum ging. Ein Knie am Boden, ritzte Abel mit dem Messer eine Kerbe in den Stamm und legte den Lapislazuli hinein, sodass er oben noch ein Stück herausragte. Anschließend griff er sein Gewehr und stand auf. Mit versteinertem Gesicht spielte er im Weggehen am Verschluss seiner Waffe.

Hundert Meter weiter legte sich Abel in Schussposition auf den Bauch. Er atmete langsam tief ein und aus, blickte durchs Zielfernrohr und nahm den Lapislazuli aufs Korn. Dann hielt er die Luft an und krümmte den Finger um den Abzug. Doch wieder verlor er den Fokus, kamen erneut andere Bilder auf. Er sah den Vater des Mädchens, die Waffe in der Hand. *»Go back to your country. You don't belong here.«*

Abel senkte den Kopf, unfähig, das Objekt zu zerstören, das die Verbindung zu seiner Verletzung darstellte, zu seinen Qualen, seiner Entkörperlichung. Er öffnete den Mund, um alles hinauszuschreien, doch aus seiner Kehle drang kein Laut.

Abel lag auf dem Bett, den Kopf auf Ibas Brust, und sie streichelte ihm das Haar. Als er vom See zurückgekommen war, hatte er bei der einzigen Seele Trost gesucht, die ihn auch ohne Worte verstand. Als er sich endlich beruhigt hatte, richtete Abel sich auf und betrachtete Ibas Gesicht. Die zur ewigen Dunkelheit verdammten Augen blickten noch eindringlicher, noch lebendiger zurück. Er fand sie wunderschön. Er liebte sie.

Und zum ersten Mal ließ er es drauf ankommen. Erst noch zögerlich streichelte er ihre Wange, fuhr dann über ihren Hals, und Iba schauderte. Er nahm ihr Gesicht in die Hände und berührte vorsichtig ihre Lippen mit seinen. Kurz darauf küssten sie sich in einer leidenschaftlichen Umarmung.

Doch Iba zerstörte die Nähe und schob ihn vorsichtig von sich. Sie begehrte ihn genauso wie er sie, doch in Anbetracht dessen, was aus ihm geworden war, wofür er stand, konnte sie nicht, wollte sie nicht. So blieben sie niedergeschlagen und reglos bis zur Dämmerung liegen; zwei zerrissene Wesen, überwältigt von der Trauer darüber, was hätte sein können, aber niemals sein würde.

Abel wollte etwas sagen, bekam aber nichts heraus. Ibas Hände fanden sein Gesicht, fuhren die Konturen nach.

»Mir fällt es auch schwer. Bitte versteh's nicht als Betrug.«

»Warum bist du immer noch da, wenn … wenn das mit dir und mir unmöglich ist?«

»Weil ich noch eine letzte Mission habe.«

»Eine letzte Mission?«

Sie ließ sich mit ihrer Antwort Zeit.

»Ja … Ich bin deine Beobachterin, du brauchst mich.«

»Worauf willst du hinaus?«

»Ich will nicht, dass du aufs falsche Ziel schießt. Da vertust du dich gerade.«

Er wollte protestieren, doch sie kam ihm zuvor.

»Du bist dermaßen auf Victor Lessard fixiert, dass du viel wichtigere Dinge aus dem Auge verlierst. Du solltest dich vor deinem Vater in Acht nehmen, Abel.«

Der Anführer der Freelander riss verwirrt die Augen auf.

»Erinnere dich, wie du sagtest, niemand könne einen bärtigen Taliban besser vom anderen unterscheiden als ich. Ich kann vielleicht nicht mehr sehen, aber ich bin immer noch verdammt gut im Beobachten.«

Abel, der nicht wusste, was er antworten sollte, stand auf. Bevor er ging, legte er den Lapislazuli, den er nicht hatte zerstören können, auf die Kommode, als hinterließe er Iba seine Bürde.

74.
DIENSTAKTEN UND LAMPIONS

Hubert Baron kniff sich schniefend in die Nase, nachdem er sich im Dienstwagen noch eine Line Koks gegönnt hatte. Was er früher gelegentlich getan hatte, war inzwischen zur Gewohnheit geworden. Er parkte in der Avenue du Parc vor einer Stripteasebar, in der er Stammkunde war, und sah mit geröteten Augen in den Rückspiegel.

Für den Mann, der ihm entgegenschaute, hatte er nichts als Verachtung übrig. Er war auf die schiefe Bahn geraten und redete sich Tag für Tag ein, er könne nicht mehr zurück. Seine offensichtliche Schwäche machte ihn zynisch und desillusioniert, hielt ihn aber auch nicht davon ab, genauso weiterzumachen. Rasch nahm er Augentropfen und griff nach kurzem Zögern zum Handy.

Joseph Parker lief mit einer Aktenmappe unterm Arm auf eine Pizzeria in der Avenue Duluth zu, als sein Handy in der Hosentasche vibrierte. Sofort nahm er Barons Anruf entgegen.

»Du hattest recht. Lessard hat sich bei mir gemeldet.«

Joseph lächelte zufrieden.

»Also hat er den Köder geschluckt. Er vertraut dir.«

»Vielleicht. Aber er durchschaut auch schon eine ganze Menge. Und die schlechte Nachricht ist, dass er deine Dienstakte vom SCRS haben will.«

Parker antwortete umgehend.

»Dann beschaff sie ihm.«

»Welchen Teil genau?«

»Alles.«

»Ich hoffe, du weißt, was du tust, Joseph.«

Parker legte auf und betrat das Restaurant.

Baron seufzte laut. Das Leben im Allgemeinen ekelte ihn an und sein eigenes ganz besonders. Er schaute zum gelben Umschlag auf dem Beifahrersitz. Auch wenn er mit Josephs Reaktion gerechnet hatte, konnte er sich den missbilligenden Kommentar nicht verkneifen. Mit zusammengebissenen Zähnen startete er den Wagen. Heute musste Minifée sich wohl ohne ihn amüsieren.

Joseph Parker durchquerte den lauten Speisesaal des Restaurants, ging in einen Flur und zu einer unscheinbaren Tür gegenüber den Toiletten. Dort tippte er einen Code ins Zahlenschloss und betätigte den Türknauf.

In dem Raum saßen drei Frauen und zwei Männer in den Zwanzigern und klapperten, die Gesichter von breiten Bildschirmen erleuchtet, auf Tastaturen herum. Der Mann, der der Tür am nächsten saß, trug ein Hemd mit Mao-Kragen und sprang auf, um Parker ehrfurchtsvoll zu begrüßen, während die anderen ihre Arbeit ununterbrochen fortsetzten.

Wortlos hielt Parker dem jungen Mann einen Umschlag hin, den er aus der Mappe gezogen hatte. Doch als sein Gegenüber danach greifen wollte, zog Parker die Hand zurück. Der junge Mann schluckte schwer. Jetzt, wo die Rangordnung wieder klargestellt war, ließ Parker los, drehte sich um und ging.

Baron hastete durch Chinatown, überquerte die Place Sun-Yat-Sen und ging an der Pagode mit den eingravierten chinesischen Schriftzeichen vorbei, die zu Ehren des Philosophen und Staatsmannes errichteten worden war, ohne sie eines Blickes zu würdigen. Dann bog er in westlicher Richtung in die Rue de la Gauchetière. An der Ecke Rue Côté umrundete er den Brunnen und steuerte auf die chinesisch-katholische Heilig-Geist-Kirche zu, einen neoklassizistisch inspirierten Bau mit Außenwänden aus Quader- und Bruchsteinen. Nachdem sich Baron versichert hatte, dass ihm niemand gefolgt war, klingelte er. Eine Asiatin öffnete und bat ihn herein.

In Socken, den gelben Umschlag auf dem Schoß, saß Baron auf einem geraden Stuhl vor einem Altar und betrachtete verdrossen die chinesischen Heiligenstatuen. Zum x-ten Mal sah er auf die Uhr; er wartete bereits seit über einer Stunde. Sein Handy vibrierte, und er las Claire Sondos' Namen auf dem Display. Gerade wollte er rangehen, als er rechts von sich Geräusche vernahm. Er drehte sich zum Eingang und sah Jacinthe und Victor, die sich ebenfalls die Schuhe auszogen.

Baron drückte den Anruf weg und musterte die beiden.

»Interessanter Treffpunkt.«

Jacinthe scherzte zurück:

»Tu doch nicht so. Du wolltest doch gerade beichten.«

»Vergiss es. Dafür bräuchte ich mindestens eine Woche … Wer war denn die Frau, die mich hereingelassen hat?«

Jacinthes Antwort war bitterernst.

»Wenn ich dir das sage, muss ich dich leider umbringen.«

Sie kam auf ihn zu, und er glaubte, sie wollte ihm die Hand schütteln, doch sie lief an ihm vorbei zu einem Tisch mit bunten Glaslampions.

Victor trat zu ihnen.

»Hast du dabei, worum ich dich gebeten habe?«

Baron hielt ihm den Umschlag hin, als würde er's bedauern.

»Joseph Parkers vollständige Dienstakte. Wenn mein Boss herausfindet, dass ich dir die gegeben habe, lande ich im Knast. Nationale Sicherheit und so.«

»Da landet ihr alle, wenn wir die Freelander nicht kriegen.«

Jacinthe entzündete einen der Lampions und flüsterte leise:

»Für dich, Chiquita.«

Baron stand auf.

»Ich hab's überprüft; mit deinen Informationen stimmt was nicht. Die Freelander konnten sich unmöglich Zugriff aufs Fiche-S-Register verschaffen. So eine Sicherheitsverletzung wäre mir mindestens aufgefallen.«

Victors Gesicht kam seinem sehr nahe.

»Dann guck besser noch mal nach. Meine Infos sind nämlich einwandfrei.«

»Und woher hast du die? Ich brauche schon etwas mehr. Namen zum Beispiel.«

Im Hintergrund zündete Jacinthe ein zweites Licht an.

»Und eins für dich, mein Großer. Du schaffst das schon.«

Victor schüttelte derweil entschlossen den Kopf.

»Entweder passieren da Dinge hinter deinem Rücken, Baron, oder ihr habt ein mächtiges internes Problem. Ich glaube, bei euch heißt das Maulwurf.«

Baron schien bestürzt.

»Das kann nicht sein. Was weißt du sonst noch? Wo soll ich anfangen?«

»Bei der Frau, der du nicht mehr vertraust.«

Baron nickte nur, während sie sich die Hand reichten.

»Danke für die Akte. Wir halten uns auf dem Laufenden.«

Bevor sie gingen, tippte Jacinthe dem Agenten noch auf die Schulter.

»Hast du eigentlich solche Stinkefüße, Baron? Na, jedenfalls danke für die Unterlagen.«

Dann liefen sie zurück zum Eingang und schlüpften in ihre Schuhe. Auf einem Bein hüpfend rief Jacinthe dem Agenten zu:

»Yo, Baron, lass doch bitte 'nen Fünfer für die Lampions da.«

Ungläubig sah Baron ihnen hinterher und legte schließlich eine Handvoll Münzen in den Spendenkorb. Seine Scheine hob er sich lieber für Minifée auf.

75.
NIETEN UND JOKER

Nachdem sie ewig in Chinatown einen Parkplatz gesucht hatten, ließen sie den Mietwagen schließlich gegenüber vom Guy-Favreau-Komplex stehen. Unterwegs zum Restaurant, dem Geheimgang zu ihrem unterirdischen Versteck, wurden sie von einem Gewitter überrascht, das den Himmel mit Blitzen überzog.

Völlig durchnässt zogen sie sich nach ihrer Ankunft erst einmal um. Jacinthe warf direkt den rosa Morgenmantel über, während sich Victor mit einem trockenen T-Shirt begnügte. Anschließend platzierte er, so wie sonst sein alter Kollege, einen Topf unter einer Stelle, wo es von der Decke tropfte.

Dann teilten sie sich Joseph Parkers Akte auf. Victor setzte sich mit seinem Stapel in einen der Sessel im Gemeinschaftsraum, und Jacinthe breitete vor sich auf dem Tisch die Papierhefter aus, auf denen das Logo des SCRS neben den Aufschriften »Vertraulich« und »Staatsinteresse« prangte. Sie öffnete den ersten und ging die vergilbten Seiten durch, von denen einige noch aus vorsintflutlichen Schreibmaschinenzeiten stammten.

18739SC039
PARKER, JOSEPH L.
AST-12-234
Bachelor in Politikwissenschaften, Université de Montréal, 1974
Master in Internationale Beziehungen, McGill University 1976
Gendarmerie royale du Canada (GRC)
Sicherheitsbeamter 1969–1974

Direktor des Rote-Flut-Programms 1974–1976
Beordert in die Botschaft Kanadas in Russland 1977–1984

Draußen krachte der Donner, dass die Lampen klirrten. Jacinthe sah zu Victor, der gerade eine Pressemappe zu Joseph Parker durchging, und sagte:

»Erst hat er den Bachelor gemacht, dann den Master, war danach beim GRC und im Anschluss an *Rote Flut* sieben Jahre in Russland. Schon wieder Russland.«

Victor war so in seine Lektüre vertieft, dass er nur mit einem Ohr zuhörte und nickte.

»Hmm, hmm.«

»Ich hab übrigens die Tage mit Virginie Tousignant geschlafen. Die hat's faustdick hinter den Ohren, was?«

Da er mit keiner Wimper zuckte, blätterte Jacinthe weiter.

Service canadien du renseignement de sécurité (SCRS)
Stellvertretender Direktor für Datenerfassung im Ausland 1984–1995
Stellvertretender Direktor des Nachrichtendienstes 1995–2001
Vizeeinsatzleiter 2001–2003
Leitender Direktor 2003–2010

Sie führten ihre jeweilige Lektüre noch ein paar Minuten schweigend fort, doch da die Natur nun mal das Vakuum verabscheut, gewann Jacinthes Natur die Oberhand. Sie konnte sich den Kommentar einfach nicht verkneifen.

»Der ist die Karriereleiter hochgeklettert, als wär's ein Spiel. Nur dass er nie auch nur eine einzige Niete gezogen und immer Joker hatte. Stellvertretender Direktor hier, Vizeleiter da und am Ende Komplettdirektor vom SCRS von 2003 bis 2010. Sieben Jahre. Ach, und übrigens, wusstest du, dass Virginie nur klitorale Orgasmen hat?«

Immer noch keine Reaktion von Victor, der gerade mehrere Artikel überflog, die größtenteils eher von der Institution sprachen als von dem Mann selbst und den bedeutenden Strategiewechsel der Behörde unter Parker hervorhoben. Der Titel des letzten Artikels vom Mai 2010 erregte dennoch seine Aufmerksamkeit: *Im Gespräch: Joseph Parker, Direktor des SCRS, geht in den Ruhestand.*

Gleichzeitig zog Jacinthe mehrere Fotos von Joseph Parker im Verlauf der Jahre aus einer Klarsichthülle. Der junge Mann, der gemeinsam mit Victors Eltern posiert hatte, war gealtert, keine Frage, aber von seiner Anziehungskraft hatte er nichts eingebüßt.

»Ist dir klar, dass Parker nicht einfach nur beim SCRS gearbeitet hat? Er war der verdammte Chef!«

Sie ging eins nach dem anderen die Fotos durch.

»Der Freund deiner Eltern, der Typ, der dir Modellflugzeuge mitgebracht hat, als du klein warst. Ich fass es echt nicht … Lessard! Mann, ich rede mit dir!«

In den Artikel vertieft, begann Victor fieberhaft auf und ab zu gehen. Seine Lippen bewegten sich beim Lesen. Jacinthe legte die Fotos zurück in die Hülle, als er plötzlich wie angewurzelt stehen blieb.

»Was ist los? Kriegst du plötzlich Hämorrhoiden?«

Als er sich zu ihr umdrehte, sah sie ihm sofort an, dass er etwas gefunden hatte.

»Hör dir das mal an. Der Artikel hier stammt von kurz vor Parkers Rente: ›*Nach all diesen Jahren beim SCRS, was bereitet Ihnen heute die größten Sorgen, Monsieur Parker?*‹ ›*Die Radikalisierung unserer eigenen Jugend, die terroristische Anschläge plant. Das bereitet mir schlaflose Nächte. Aber es gibt immer einen Zeitpunkt, an dem es mutig und entschlossen zu handeln gilt. Und dieser Zeitpunkt ist jetzt.*‹

»Doppelzüngige Schlange.«

Victor nickte und fuhr fort:

»›Und was haben Sie für Ihren Ruhestand geplant?‹ ›Ich habe schon vor Längerem ein altes Ferienlager im Wald östlich von Saint-

Zénon gekauft und nach und nach mit meinem Sohn renoviert. Vielleicht sollten wir es jetzt wiedereröffnen. Wir müssen uns um unsere Jugend kümmern.‹«

Jacinthe riss die Augen auf.

»Verdammt.«

Mit dieser neuen Information ging Victor auf die Wand zu, an die Jacinthe Yakos Karte gepinnt hatte, und zeigte mit dem Finger auf einen der roten Kreise, der Saint-Michel-des-Saints und Umgebung markierte.

»Östlich von Saint-Zénon. Da liegt Ghetto X!«

Sie musste ihm recht geben.

»Das wäre sonst auch ein verdammt großer Zufall, es sei denn …«

Victor versuchte sich zusammenzureißen. Für ihn bestand kein Zweifel mehr.

»Da muss es sein. Wir überprüfen das auf *Google Maps*, und dann fahren wir hin.«

Jacinthe schüttelte den Kopf.

»Ich weiß genau, was du vorhast, mein Bester. Wäre ich an deiner Stelle, würdest du mir raten, erst mal meine Wut in den Griff zu kriegen.«

Victors furchtbare Vergangenheit hatte sein ganzes Leben bestimmt. Jetzt bot sich ihm zum ersten Mal die Gelegenheit, sich von ihr zu befreien. Die musste er nutzen.

»Ich will's verstehen, Jacinthe. Seit meinem zwölften Lebensjahr will ich einfach nur verstehen.«

Resigniert gab sie ihren Widerspruch auf.

»Okay. Wir fahren vorbei und stellen sicher, dass Ghetto X wirklich da ist. Aber danach warten wir schön brav im Wagen auf die Kavallerie. Versprich's mir.«

Er nickte, aber alles in ihm schrie, dass er niemand anderes über das Schicksal jener dunklen Mächte entscheiden lassen würde, die sich gegen ihn verschworen hatten.

76.
ROSA KLEIDER UND PARABELN

Sie hatten angehalten, um zu tanken. Mit vollem Mund kam Jacinthe aus dem Laden, in der einen Hand die bereits geöffnete Tüte *Cheetos,* in der anderen zwei Sandwiches. Doch ihr Lächeln gefror, als sie Victor sah, der mit erstickter Stimme Nadja am Telefon beteuerte, wie sehr er sie liebe und ihm alles leidtue. Er hatte eine Pflegerin der Intensivstation dazu überredet, Nadja den Hörer ans Ohr zu halten.

Betrübt senkte Jacinthe den Kopf. Aus Anstand bezwang sie ihre Neugier und hielt sich etwas abseits, hörte aber trotzdem einzelne Bruchstücke. Genug, um zu verstehen, dass Victor Nadja um Verzeihung bat und von ihr Abschied nahm, für den Fall, »dass etwas schiefgeht«.

Nachdem Victor aufgelegt hatte, stiegen sie wortlos ins Auto. Er selbst würde es nie erfahren, aber nach seinem Anruf hatte Nadja die Finger bewegt.

Auf dem Weg zu Ghetto X tanzten Schneeflocken im Scheinwerferlicht des Mietwagens. Seitdem sie ihre Sandwiches aufgegessen hatten, herrschte eine drückende Stille im Fahrzeug. Sorgenvoll sah Jacinthe aus dem Augenwinkel zu ihrem Freund. Sie kannte ihn in- und auswendig und wusste, dass er finsteren Gedanken nachhing.

»Habe ich dir schon mal erzählt, wie ich herausfand, dass ich auf Frauen stehe?«

Verwundert tauchte Victor aus seiner Grübelei auf.

»Nein, ich glaube nicht.«

»Ich war vielleicht sieben oder acht. Erste, zweite Klasse. Ich spielte nie mit dem Mädchenkram, den meine Mutter mir kaufte, und das machte sie wahnsinnig.«

Ein mitleidiges Lächeln trat auf Victors Lippen.

»Ich stell dich mir gerade vor. Du warst bestimmt ulkig.«

»Ulkig? Ich sah aus wie ein Clown: Meine Mutter zwang mich, in der Schule Kleider zu tragen. Meistens rosafarbene.«

Victor konnte sich schon denken, wie es weiterging.

»Du wurdest gehänselt.«

»Frag nicht nach Sonnenschein … Ich wusste, dass ich anders war, aber in meinem Kinderkopf hab ich's nicht weiter hinterfragt, verstehst du?«

Er verstand voll und ganz.

»Ein paar Sechstklässlerinnen hatten es in der Pause auf mich abgesehen. Immer dieselbe Bande. Eins von den Mädchen fand ich ziemlich süß. Irgendwann fingen sie an, mich ›die Lesbe‹ zu nennen. Ich wusste nicht mal, was das bedeutet.«

Victor schnürte es den Hals zusammen.

»Jacinthe …«

»Das ging ein paar Monate so. Und dann, eines Tages, hat die Hübsche mich angespuckt. Da hab ich rot gesehen und mir den Erstbesten geschnappt, der an mir vorbeiging, und ihm die Fresse poliert. Alle anderen haben auf mich eingedroschen, damit ich ihn loslasse.«

Sie atmete tief durch.

»Aber weißt du, was mir am meisten wehtat? Nicht die Schläge. Sondern ihr Blick, der von dem Mädchen. Da hab ich's verstanden.«

Sie trank einen Schluck Orangenlimo, bevor sie fortfuhr.

»Ich kam mit zerrissenem Kleid und blutender Nase nach Hause.«

»Und was hat deine Mutter dazu gesagt?«

»Nichts. Hat mich zum Umziehen auf mein Zimmer geschickt. So war das bei uns. Über die wichtigen Dinge wurde nicht geredet. Hauptsache, der Schein wurde gewahrt. Aber von da an zog ich nie wieder Kleider oder irgendwas Rosafarbenes an.«

In ihrem Kopf wirbelten die Bilder der Vergangenheit durcheinander, bevor sie zur Gegenwart zurückkehrte.

»Der arme Gagné mit seinem Morgenmantel.«

Ein düsteres Schweigen machte sich zwischen ihnen breit, bis Victor es sanft unterbrach.

»Schätze, damit willst du mir sagen, dass man seiner Vergangenheit nicht entkommen kann.«

»Ich? Würde mir nie einfallen. Du bist doch derjenige, der immer in Parabeln spricht, Lessard.«

Sie zog eine Schnute.

»Aber gut, wo du mir ausnahmsweise mal zuhörst ...«

Bäume zogen an Victors Augen vorbei, bedeckt mit einer ersten Schneeschicht.

»Ich höre dir immer zu, weißt du? Aber nur, damit du mir glaubst: Virginie Tousignant kommt auch anders.«

Sein Tonfall war völlig beiläufig, allerdings prustete Jacinthe im selben Moment los, in dem sie einen Schluck trinken wollte, und bekam einen solchen Hustenanfall, dass sie keuchend aufs Lenkrad einschlug.

»Lessard, du Arsch! Mir reicht's echt mit dir!«

77.
MODELLFLUGZEUG

Victor senkte das Fernglas und reichte es Jacinthe, die sich in die steif gefrorenen Hände blies, bevor sie es annahm.

So weit sie sehen konnten, bestand Ghetto X aus sechs weiß gestrichenen Holzgebäuden mit dunkelgrünen Firsten, die im Abstand von etwa fünfzig Metern in einem groben Halbkreis angeordnet waren. Das Ganze erinnerte entfernt an ein Militärcamp. In drei der Baracken meinte Victor Licht hinter den Fenstern brennen zu sehen.

Kleine Wölkchen ausatmend, hockten sie hinter dem Stamm einer riesigen Kiefer. Den Mietwagen hatten sie ein ganzes Stück weit entfernt von dem Weg geparkt, den sie möglichst gemieden hatten. Mit gezückten Waffen und Herzklopfen waren sie fast dreißig Minuten durch den dichten, unwirtlichen Wald gestapft und hatten sich so vorsichtig wie möglich genähert. Der inzwischen heftige Schneefall hatte die Sache nicht gerade erleichtert. Sie trugen weder die passende Kleidung noch die richtigen Schuhe.

Bei einer der Baracken ging die Tür auf. Begleitet von einem bewaffneten Aufpasser, an Händen und Füßen gefesselt, kamen zwei arabische Männer heraus. Sie wurden zu einem anderen Gebäude gebracht, in dem sie gleich wieder verschwanden.

Während Jacinthe sie mit dem Fernglas im Auge behielt, flüsterte Victor ihr zu:

»Wir sind uns doch einig, dass wir hier richtig sind, oder?«

Sie nickte und reichte ihm eilig den Feldstecher.

»Guck dir das an.«

Auf dem Pfad, der zum Hauptgebäude führte, patrouillierte ein Freelander mit Maschinenpistole. Jacinthe sah auf ihr Handy, dessen Bildschirm sie mit der Hand abschirmte, damit das Licht sie nicht verriet.

»Ich hab hier kein Netz. Lass uns zurück zum Auto und Delaney und Baron anrufen.«

Victor beobachtete weiter den Freelander.

»Warte. Der Typ steht ja wohl kaum allein mitten im Wald Schmiere.«

»Als würde man die Leute überall immer im Doppelpack antreffen wie unsereins …«

Sie verstummte abrupt. Der Strahl einer Taschenlampe flammte in der Dunkelheit auf und beleuchtete eine Stelle nur wenige Meter links von ihnen.

Unter größter Anstrengung flüsterte Jacinthe:

»Weg hier, Lessard.«

Doch der Lichtstrahl kroch bereits unaufhaltsam in ihre Richtung. Jemand pfiff, und der Mann mit der Taschenlampe trommelte seine Kollegen zusammen. Ein zweites Licht kam dazu. Dann ein drittes, rechts von ihnen. Sie saßen in der Falle.

Blitzschnell dachte Victor nach. Bei ihrem Körperumfang brauchte Jacinthe gar nicht erst an Flucht zu denken. Angriff kam auch nicht infrage. Käme es zu einer Schießerei, hätten sie gegen die Gewehre der Freelander keine Chance. Abgesehen davon, dass sie es mit ausgebildeten Männern zu tun hatten, die bereitwillig über Leichen gingen.

Wenn Angriff oder Flucht im Krieg keine Option mehr waren, blieb nur noch das Opfer. Dachte zumindest Victor. Ohne dass Jacinthe reagieren konnte, erteilte er ihr seine Anweisungen:

»Ruf Paul an. Nicht Baron. Und versuch nicht, mir zu folgen.«

Er stand auf und lief unter so viel Lärm wie möglich, um die Aufmerksamkeit auf sich zu ziehen, in entgegengesetzter Richtung davon. Der Lichtstrahl, der ihnen am nächsten war, schwenkte im selben Augenblick zu ihm, und ein Freelander, der sofort seine Kameraden zur Verstärkung rief, heftete sich an seine Fersen.

Victor sprintete, so schnell er konnte, im Zickzack durch den dichten Wald. Er atmete kurz und schnell, während ihm Zweige ins Gesicht schlugen und ihn der holprige Boden mit seinen unsichtbaren Hürden jederzeit zu Fall bringen konnte. Aber er hatte nur ein einziges Ziel: So viel Distanz wie möglich zwischen sich, seine Verfolger und Jacinthe zu bringen.

Krachende Sturmgewehrschüsse durchbrachen die Stille; ihm sausten Kugeln um die Ohren und schlugen hinter ihm splitternd in einen Ahornbaum. Zu Victors großer Verwunderung stand er plötzlich auf einer Lichtung. Er entschied sich für links, um wieder zwischen den Bäumen zu verschwinden, als vor ihm ein Freelander aus dem Wald trat, das erhobene Gewehr auf ihn gerichtet. Im selben Moment kam hinter ihm ein zweiter Mann angerannt. Dann ein dritter. Atemlos blieb Victor stehen.

Einer der Freelander erteilte ihm brüllend Anweisungen.

»Waffe fallen lassen und runter auf die Knie. Hände hinter den Kopf. Aber langsam.«

Victor wusste, dass sie ihn hatten, und gehorchte widerwillig. Von nun an blieb ihm nur die Hoffnung, das gesichtslose Monster von innen heraus zu bezwingen, als Gefangener in seinem Schoß.

Joseph Parker bemalte konzentriert das Modell einer Militärpropellermaschine, mit dem er erst vor wenigen Tagen begonnen hatte, als Abel hereinkam und sich vor seinem Schreibtisch aufbaute.

»Die Jungs sind so weit. Langsam geht ihnen die Geduld aus. Ich muss endlich wissen, wann die Sache stattfindet.«

Joseph starrte weiter auf die Pinselspitze, mit der er den Flugzeugrumpf betupfte.

»Wie lang warte ich schon darauf, dass deine Jungs endlich so weit sind, Abel? Aber geht wirklich ihnen die Geduld aus oder dir?«

Erst da hob Joseph den Blick und sah zu ihm auf. Immer derselbe Zirkus. Schon seit Abels Jugend war es so zwischen ihnen. Dieser andauernde krankhafte Konkurrenzkampf, die kryptischen Anspielungen und Josephs Art, Abel zur Demonstration seiner Überlegenheit zu testen, sodass dieser ständig auf der Hut sein musste.

Vielleicht lag Iba doch richtig, und er sollte seinem Vater mehr misstrauen. So oder so hatte Abel beschlossen, ihm endlich sein Herz auszuschütten, als sich knackend das Walkie-Talkie meldete.

»Black Dog an Messiah. Black Dog an Messiah.«

Abel nahm das Gerät vom Gürtel und drückte auf den Sendeknopf.

»Messiah hier. Was gibt's?«

Black Dog klang aufgeregt und außer Atem.

»Victor Lessard, er …«

Abel zog die Augenbrauen zusammen, während Joseph auf die Stuhlkante vorrückte, um mitzuhören.

»Was ist mit Victor Lessard?«

»Er ist hier. Und er kommt auch nicht mehr weg.«

Überrascht sahen Vater und Sohn sich an.

»Bin sofort da, Ende.«

Abel hastete aus dem Zimmer und ließ seinen Vater allein. Auf Josephs Gesicht erschien ein rätselhaftes Lächeln, als er die soeben vollendete Mustang auf dem Tisch abstellte.

Black Dog hielt die Pistole auf Victors Stirn gerichtet, während ihm ein anderer Freelander die auf den Rücken gebogenen Hände fesselte. Das Adrenalin sorgte dafür, dass Victor keinen Schmerz verspürte, nicht mal in der Schulter. Die Tür einer Baracke flog auf, und Abel trat heraus. Victor und er musterten sich feindselig.

»Wo ist deine Partnerin?«

»Nicht hier. Ich bin allein gekommen, damit sie nicht weiter ihr Leben für mich riskiert.«

»Bullshit! Durchsucht den Wald. Und schafft ihn rein!«

Seine Befehle unterstrich Abel mit einem Kopfnicken, und die Freelander stießen Victor ins Gebäude.

Während die Freelander Victor mit Gewehren im Rücken in eines der Gebäude zwangen, zögerte Jacinthe. Sollte sie wirklich gehen oder ihm nicht doch um jeden Preis beistehen? Beim Anblick von Messiah schloss sie die Finger um ihren Revolver. Aber sie wusste trotz ihres Zorns, dass jeder Versuch zum Scheitern verurteilt wäre und Victor nur mehr in Gefahr brächte. Angetrieben von ihrem unerschütterlichen Willen, ihm zu helfen, schlich sie geräuschlos davon.

Halb wahnsinnig vor Sorge kämpfte sich Jacinthe in der fast vollständigen Dunkelheit und der beißenden Kälte gegen den wirbelnden Schnee voran. Schnaufend hielt sie alle zwanzig Meter inne, um ihr Handydisplay zu überprüfen, aber sie hatte weiterhin keinen Empfang.

»Scheißnetz und Scheißwinter«, stieß sie zwischen klappernden Zähnen hervor.

Dann setzte sie sich unter sämtlichen Flüchen ihres umfangreichen Repertoires wieder in Bewegung.

EINE STUNDE UND ZWANZIG MINUTEN NACH DER ERSTÜRMUNG VON GHETTO X

Stoisch und reglos sitzen beide auf ihren Stühlen, nur ihre Lippen bewegen sich. Zwei schlaue Köpfe, die systematisch ihre Figuren in Stellung bringen, sich im überheizten Raum eine gnadenlose Schlacht liefern. Auf jede Frage folgt sofort eine Antwort.

»Im Grunde passte es dir doch ganz gut in den Kram, dass die Freelander dich geschnappt haben. Wolltest du das nicht sogar?«

»Warum hätte ich mich freiwillig in die Höhle des Löwen begeben sollen?«

»Weil man manchmal am besten wieder herauskommt, indem man ihm zeigt, dass man keine Angst vor ihm hat.«

Victor war skeptisch.

»Aber das Problem ist doch, dass der Löwe nicht immer derjenige ist, den man dafür hält …«

Sondos war klar, dass er auch sie damit meinte. Das Misstrauen stand ihm deutlich ins Gesicht geschrieben. Einen Moment lang musterten sie sich gegenseitig, dann unterbrach sie den Blickkontakt und fragte weiter.

»Vorhin meintest du, du wusstest nicht, was dich im Ghetto X erwartete. Bist du jetzt schlauer, Victor?«

»Ich weiß zumindest, dass ich einen langen Atem habe und die beste Mitbewohnerin der Welt.«

78.
SEINEM GRAUSAMEN SCHICKSAL ENTGEHEN

Gleichzeitig angespannt und erleichtert betrat Abel das Büro seines Vaters, um ihm die gute Nachricht zu verkünden: Sie hatten Victor Lessard. Doch mit Überschreiten der Türschwelle verschwand das Lächeln aus seinem Gesicht. Joseph Parker glänzte mit Abwesenheit. All seine Sachen waren fort, das Zimmer komplett leer. Das Einzige, was noch auf ihn hindeutete, war das auf dem Schreibtisch thronende Modell einer Mustang.

Abels bestürzter Blick verriet, wie machtlos er war angesichts dieser Wunde, die seit seiner Kindheit immer wieder aufgerissen wurde. Dieser Hoffnung, die noch in den unscheinbarsten Gesten steckte, darauf, seinem Vater zu imponieren, sich von ihm geliebt zu fühlen, die jedoch Tag für Tag, Jahr für Jahr enttäuscht wurde.

Bald wich die Ratlosigkeit Wut, und er trat so heftig gegen die Wand, dass sie zitterte. Schließlich ließ er sich in den Bürosessel fallen, in dem zuvor noch Joseph gesessen hatte.

Als Victor, die Hände auf dem Rücken gefesselt, von zwei Freelandern auf einen Stuhl gezwungen wurde, hatte sich Messiah wieder gefasst. Die beiden Wachen zogen sich in den Hintergrund zurück, bereit, wenn nötig, einzugreifen.

Abel musterte Victor einen Moment, bevor er das Wort ergriff.

»Habe ich nicht gesagt, wir werden uns wiedersehen?«

Stoisch sah Victor sich im Raum um.

»Offenbar hältst du deine Versprechen.«

»Immer.«

Victor verbarg seine Überraschung, als er das Modellflugzeug auf dem Tisch entdeckte, konnte eine gewisse Stimme aus der Vergangenheit, die jetzt in seinem Kopf erklang, aber nicht unterdrücken. *»Der ist für dich, Victor. Eine Mustang. Der beste Propellerjäger aller Zeiten. Der hat die deutschen Piloten vor Angst schlottern lassen.«*

Zurück in der Realität deutete Victor mit dem Kinn auf das Flugzeug.

»Wer bastelt denn hier Modellflieger?«

Abel zuckte die Schultern, aber in seinen Augen war etwas aufgeleuchtet. Und dieses kurze Flackern war Victor nicht entgangen.

»Ich bestimmt nicht.«

Victor studierte den Freelander und wusste, dass er in dieser Richtung nicht weiterkommen würde. Noch nicht. Er versuchte es in einer anderen.

»Deine Gefangenen sind aus einem anderen Grund hier als ich.«

»Sie sind zumindest nicht von alleine hergekommen.«

Als Nächstes testete Victor eine von Jacinthes und seinen Theorien, wobei er sorgfältig Abels Reaktion beobachtete:

»Was willst du ihnen anhängen? Einen Terroranschlag, den ihr selbst inszeniert?«

Der Anführer der Freelander ließ sich zu einem winzigen Lächeln herab, dementierte aber nicht.

»Wir werden einen Terrorangriff abwehren, ja, und danach spricht uns niemand mehr die Legitimität ab. Diese bestimmte Zelle plante einen Anschlag in der U-Bahn.«

Damit bestätigte ihm Abel, was Victor vermutet hatte. Er zweifelte genauso wenig am Wahrheitsgehalt von Abels Aussage, wie er darüber erstaunt war, dass der andere sich ihm so bereitwillig öffnete. Ein Mann wie Abel, ein Elitescharfschütze, der ausgestattet mit allen Ehren den Krieg überlebt hatte, verdankte sein Leben der Fähigkeit, Situationen korrekt einzuschätzen.

Abel konnte einwandfrei sagen, ob ihm eine Person gefährlich war oder auf Gedeih und Verderb ausgeliefert. Victor machte sich nichts vor: Er gehörte zu letzterer Kategorie. Der ehemalige Soldat und sein Elitekommando hatten die absolute Kontrolle über ihn.

Victors einzige Waffe war sein Kopf, und die einzige Chance, seinen Aufenthalt auf Erden zu verlängern, bestand darin, Abel zum Reden zu bringen, sodass er Zeit gewann, während er auf ein Wunder hoffte und darauf, dass Jacinthe mit Verstärkung zurückkam.

»Und dein Vater?«

»Was soll mit dem sein?«

»Was hat der mit dieser Sache zu tun?«

Die Frage schien Abel zu verunsichern, als stellte er sie sich selbst.

»Er hat gar nichts damit zu tun.«

Der Panzer des Freelanders hatte einen winzigen Riss bekommen, und Victor startete einen zweiten Versuch:

»Das Flugzeug … die Mustang, die hat er gebaut.«

Es war eine Feststellung, keine Frage. Die völlige Überraschung in Abels Gesicht verriet ihn ein zweites Mal.

»Woher weißt du das?«

Victor würde einen Teufel tun, seine Neugier zu befriedigen.

»Ich weiß es eben.«

Doch anstatt aus der Haut zu fahren, wurde Abel noch ruhiger.

»Wie hast du unser Camp gefunden?«

Victor blieb still.

»Mit wem hast du geredet?«

Er verlegte sich aufs Schweigen, aber Abel gab den beiden Freelandern, die mit ihnen im Zimmer waren, ein Zeichen.

»Wie du willst. Dann müssen wir wohl andere Saiten aufziehen.«

Victor tat, als bereitete ihm das, was als Nächstes kam, nicht die geringsten Sorgen. Doch innerlich – da er wusste, wozu Abel und seine Männer fähig waren – zitterte er vor Angst.

Einen Wasserkanister in der Hand, den er über Victors Gesicht ausschüttete, fragte Abel ihn weiter aus. Black Dog beobachtete die Szene teils genervt, teils beeindruckt von der Sturheit und dem Kampfgeist ihres Feindes.

»Warum hast du dich mit Komarov getroffen? Was weißt du? Was hat er dir erzählt?«

Sie hatten ihn in einen Raum gebracht, in dessen Mitte ein abschüssiger Holztisch stand. Auf diesen hatte er sich legen müssen, bevor sie ihm Arme, Handgelenke, Brust und Beine festgurteten. Eine letzte Fessel über der Stirn fixierte seinen Kopf.

Victor, kurz vorm Ertrinken, wehrte sich, so gut er konnte.

»Wie hast du uns gefunden? Wer war deine Quelle? Die Schwarze Frau? Was hat sie dir über uns erzählt? Über unsere Pläne?«

Ohne seinen wachsenden Ärger zu zeigen, schüttete Abel weiter Wasser auf das Tuch über Victors Gesicht. Seine Stimme klang betont gelassen.

»Wie hast du das mit dem Flugzeug erraten?«

Plötzlich senkte er den Kanister und zog das Tuch weg. Victor hustete und spuckte die Flüssigkeit aus, die ihm in die Atemwege gelaufen war. Er brauchte ein paar Sekunden, bis er wieder Luft bekam, und noch länger, um einen klaren Gedanken zu fassen.

»Also? Ich höre …«

»Fick dich!«

Eher deprimiert als wütend legte Abel ihm das Tuch wieder aufs Gesicht.

»Es wäre so viel einfacher, wenn du reden würdest, Lessard.«

Vergeblich zerrte Victor an seinen Fesseln, um dem grausamen Schicksal zu entgehen, das ihm bestimmt schien. Doch die Sintflut ging weiter.

79.
ICH LIEBE MORPHIUM

Als Gagné das erste Auge öffnete, fühlte er sich wie nach einer ordentlichen Mütze Schlaf. Mit dem zweiten sah er die bleichen Wände, die Gerätearmada und ihre blinkenden Kontrollleuchten mitsamt dem Gewirr an Schläuchen. Einen Moment fragte er sich panisch, wo er war, dann begegnete er dem liebevollen Blick von Shu, die neben seinem Bett saß. Er drehte sich ein wenig zu ihr, bemüht, sich den Schmerz nicht ansehen zu lassen.

»Du hättest dich ruhig zu Hause ein bisschen ausruhen können.«

Entgegen allen Erwartungen war er schon wenige Stunden nach der OP wieder bei Bewusstsein gewesen. Seitdem hatte sich sein Zustand stetig verbessert.

»Das Morphium tut gut, ich liebe Morphium, aber sag ihnen, dass sie mir keins mehr geben sollen. Ich will wirklich nicht rückfällig werden.«

Shu Sze nahm seine Hand.

»Ich pass schon auf dich auf. Du wirst nicht rückfällig. Aber ich sag trotzdem Bescheid.«

Gagné erwiderte ihr Lächeln, dann verfinsterte sich seine Miene auf einmal.

»Immer noch nichts von Lessard und Taillon?«

Auf ihr Kopfschütteln sagte er:

»Ich hoffe, sie stellen nicht irgendeinen Mist an.«

Sein Mund war so trocken, dass er kaum schlucken konnte, und Shu hielt ihm ein Glas Wasser an die Lippen, damit er etwas trank.

»Es kommt mir vor, als hätte ich sie im Stich gelassen.«

»Du hast mehr für sie getan, als irgendjemand von dir erwartet hätte. Und du hast die Kugel abbekommen. Also hättest du vielmehr fast mich im Stich gelassen.«

So ging es schon, seitdem er aufgewacht war. Wenn er seinem Instinkt trauen durfte, der ihn allerdings schon oft getrogen hatte, waren die ersten Anzeichen bereits in Chinatown erkennbar gewesen. Shu hatte Angst, ihn zu verlieren. Zum ersten Mal glaubte er wieder daran, dass sie eine Chance hatten, doch aus lauter Angst, verletzt zu werden, verdrängte er den Gedanken lieber.

»Niemand lässt hier mehr jemanden im Stich, okay?«

Sie waren beide ergriffen. Shu strich ihm mit den Fingerspitzen über die unrasierte Wange, als es an der Tür klopfte.

Im Rahmen stand eine atemberaubend schöne Frau mit dunklen Haaren.

»Sind Sie Yves Gagné?«

Misstrauisch antwortete Shu an seiner Stelle.

»Kommt drauf an wer fragt.«

Die Journalistin lächelte freundlich, bevor sie sich direkt an ihn wandte.

»Mein Name ist Virginie Tousignant. Sie haben mich angerufen …«

Shu warf ihm einen vorwurfsvollen Blick zu.

»Du hast genug getan! Es reicht!«

Gagné sah zu Virginie.

»Nett, dass Sie gekommen sind.«

Sie trat ein und schloss die Tür hinter sich. Leise sagte Gagné zu Shu:

»Als wärst du besser. Du hast auch nicht aufgehört, nachdem du Victor behandelt hast.«

»Ich habe ihnen die Tür der Kirche aufgemacht, in der mein Vater arbeitet. Das ist ja wohl kaum dasselbe.«

Virginie hielt sich diskret ein Stück abseits, während Gagné die Hand nach seiner Exfrau ausstreckte.

»Ich hänge hier fest, aber ich kann immer noch etwas für sie tun. Etwas, was ich tun möchte. Was wichtig ist. Was ich auch für mich tun muss.«

Shu sah ihn lange an. Je länger die Stille anhielt, desto mehr schmolzen ihre Vorbehalte dahin. Schließlich nickte sie Virginie zu, die daraufhin neben ihr Platz nahm.

Nachdem sie ein paar Höflichkeitsfloskeln ausgetauscht hatten, kam die Journalistin schnell zur Sache.

»Piché hat nicht nur Druck auf mich ausgeübt, damit ich meinen Artikel nicht publiziere. Er hat sogar einer anderen Zeitung ein Interview gegeben, in dem er Victor beschuldigt, ihn nicht früher auf Tanguays Vergehen hingewiesen zu haben. Seine Version der Fakten wurde von einem seiner internen Ermittler bestätigt.«

Gagné schüttelte den Kopf und sah dabei so angewidert aus, als wäre er in einen dampfenden Hundehaufen getreten.

»François Lachaîne, Pichés Marionette. Ekelhaft ist das.«

Shu konnte bei bestem Willen das Problem nicht erkennen. Für sie war immer nur die Wahrheit entscheidend.

»Victors Unschuld lässt sich doch bestimmt beweisen. Wieso versucht ihr es nicht bei seinem Chef? Der ist doch ein ehrlicher Kerl, oder?«

Virginie erinnerte sie daran, dass die Wahrheit allein manchmal nicht ausreichte.

»Mit Delaney begeben wir uns direkt aufs Glatteis. Sie haben ihn jetzt schon auf dem Kieker, und bei Victors heimlichen Ermittlungen sieht er aktuell bewusst weg. Wenn Piché das herausfindet, verwendet er es gegen ihn und macht die Sache nur noch schlimmer.«

Virginie ließ die beiden einen Moment darüber nachdenken, bevor sie fortfuhr.

»Am Telefon hast du etwas von kompromittierenden Informationen zu Piché gesagt. Ganz allein habe ich keine Chance. Aber vielleicht können wir gemeinsam etwas ausrichten.«

Virginie sah von Shu zu Gagné.

»Ihr könnt mir vertrauen. Ich verrate niemals meine Quellen.«

Kommandant Tanguays Stimme klang abwechselnd bedrohlich und beschwichtigend.

»Die Zeit, sich Fragen zu stellen, ist vorbei, Gagné. Du hast sowieso nichts zu befürchten. Wir haben Rückendeckung von oben, okay?«

Shu, das Handy ihres Exmanns in der Hand, stoppte die Aufnahme. Virginie sah zu Gagné.

»Ist das alles?«

Er nickte bedauernd.

»Als ich nachgebohrt habe, hat Tanguay den Finger auf die Lippen gelegt und mir zugezwinkert. Heute würde ich auf Antworten beharren, aber damals …«

»Und dieser Vorgesetzte, die Rückendeckung, das war Piché?«

»*Ist* Piché. Das ist nicht viel wert, ich weiß. Aber das ist noch nicht alles.«

Seine Mundwinkel hoben sich zu einem kleinen Lächeln.

»Ich kann beweisen, dass Piché über den Missbrauchsring Bescheid wusste. Ich gebe dir die Kontaktdaten von jemandem. Suzie …«

Er streckte die Hand aus, und Shu reichte ihm das Telefon. Mit schwachen Fingern durchsuchte er sein Adressbuch. Als er fündig geworden war, reichte er Virginie den Apparat.

»Hier. Ruf sie an. Und sag ihr, dass du die Nummer von mir hast. Aber sachte, ja? Sie darf auf keinen Fall ihre Meinung ändern.«

Virginie nickte. Sie hatte verstanden.

»War gar nicht einfach, sie zu überzeugen. Aber sollte sie reden, hast du Piché an den Eiern. Und nicht nur im übertragenen Sinne.«

Virginie machte mit ihrem Handy ein Foto von Gagnés Bildschirm, betonte noch einmal, dass sein Name nirgends auftauchen würde, und bedankte sich.

»Nichts zu danken. Wenn du erfolgreich bist, kann ich endlich wieder in den Spiegel sehen.«

Verständnisvoll berührte Virginie seinen Arm, dann verabschiedete sie sich und ging. Gagné drehte sich wieder zu Shu, und mit der erbitterten Leidenschaft zweier Liebender, die sich verloren geglaubt und endlich wiedergefunden haben, fielen sie einander in diesem Krankenhauszimmer, in dem er noch vor wenigen Stunden ums Überleben gekämpft hatte, in die Arme.

80.
HAN SOLO UND SEIN KARBONITBLOCK

Der wachhabende Freelander machte ihr die Tür auf, und Iba betrat mithilfe ihres Gehstocks das Zimmer, in dem sämtliche Fenster verbarrikadiert waren. Hinter ihr sperrte der Mann wieder zu. Iba kannte das Zimmer in- und auswendig: ein kleines Bett, ein Nachttisch mit Lampe. Genau wie ihr eigenes. Als sie die Anwesenheit einer Person auf der Pritsche spürte, drehte sie sich zu der Gefangenen um.

»Ich hoffe, sie waren nicht allzu grob zu dir.«

Eine heisere Stimme antwortete:

»Bist du Iba Khelifi?«

»Woher kennst du meinen Namen?«

Stille machte sich breit, aber Iba hakte nach:

»Ich will wissen, woher du meinen Namen kennst.«

Ein paar Kissen im Rücken, die Hände im Nacken gefaltet, saß Jacinthe auf dem Bett und zögerte. Sie wusste nicht, ob sie Iba vertrauen konnte, doch die Frau strahlte eine solche Gutmütigkeit aus, dass es aus Jacinthe herausplatzte.

»Wir haben mit Jacques Marcoux gesprochen.«

»Wir … Dann bist du Victor Lessards Partnerin?«

Weiter auf der Hut ließ Jacinthe die Frage unbeantwortet.

»Du brauchst keine Angst haben. Wir werden nicht abgehört.«

Ibas Zuversicht stand in starkem Kontrast zu ihrem eigenen Argwohn.

»Du heißt Jacinthe, nicht wahr?«

Jetzt konnte sie sich nicht mehr zurückhalten:

»Ist Lessard noch am Leben?«

»Ja. Sie befragen ihn gerade.«

Jacinthe seufzte auf vor Erleichterung, auch wenn sie nur kurz anhielt.

»Bringen sie ihn danach zu den anderen Gefangenen?«

Iba schüttelte den Kopf und sagte voller Mitgefühl:

»Das weiß ich nicht, Jacinthe.«

»Was haben sie mit denen vor? Ihnen ein Attentat anhängen?«

Die junge Frau versuchte gar nicht erst, der Polizistin etwas vorzumachen. Die Hände auf den Knauf ihres Gehstocks gestützt, antwortete sie möglichst leise, damit die Wachen sie nicht hörten.

»Ein paar meinten, sie wollten mit ihnen ein Exempel statuieren. Es so machen wie Isis. Enthauptung vor laufender Kamera und das Video ins Internet stellen.«

Jacinthe sprang vom Bett und flüsterte, so gut sie es konnte:

»Seltsamer Ort für eine Araberin, so ein Nazicamp. Bist du auch ihre Gefangene?«

Sie ging noch ein Stück näher und wedelte mit der Hand vor Ibas Augen herum. Die andere zwinkerte nicht mal.

»Nein. Sagen wir, ich besitze einen Sonderstatus. Übrigens, Jacinthe, ich kann vielleicht nicht sehen, aber den Luftzug spüre ich trotzdem.«

Ertappt trat Jacinthe ein paar Schritte zurück und stammelte:

»Dieser Messiah … Der ist doch echt krank.«

Die blinde Frau drehte den Kopf in Jacinthes Richtung. Ihre Stimme war nicht mehr als ein Flüstern, aber jedes ihrer Worte hallte in Jacinthes Kopf nach.

»Ich heiße weder seine Taten noch seine Ideologie gut, aber du irrst dich. Abel ist ein Getriebener. Das Leben beim Militär ermöglichte ihm eine Art Schutz, einen klaren Rahmen, in dem er sich keine Fragen mehr stellen musste. Die Armee hat seinen Schmerz betäubt, ihn aber nicht ausgelöscht. Wäre er nicht nach

Afghanistan gegangen, wäre die Wunde auch nicht wieder aufgerissen. Und wir wären jetzt nicht hier.«

»Aber es sind ja nicht alle Heimkehrer so.«

»Es haben auch nicht alle so Furchtbares durchgemacht wie wir.«

»Soll das eine Entschuldigung sein?«

»Nein, absolut nicht.«

»Dabei hast du ihn in Afghanistan gerettet. Und jetzt bist du hier … Warum?«

Auf Ibas Gesicht legte sich ein trauriger Schatten.

»Wir sind uns vor zwei Jahren wiederbegegnet. Es war eine schwere Zeit für mich, und er war für mich da. Mal wieder. Jetzt bin ich an der Reihe.«

Jacinthe verdrehte die Augen.

»Willst du mir etwa erzählen, dass du in ihn verliebt bist?«

»Ich bin für ihn verantwortlich. Und er für mich.«

Jacinthe war genervt.

»Und was bitte soll das heißen?«

Iba zögerte einen Moment, bevor sie antwortete.

»Das ist schwer zu erklären. Ich kann's nicht mal selbst.«

Jacinthe verschränkte die Arme vor der Brust und sagte nüchtern:

»Ich habe noch nie verstanden, was ihr Frauen an bösen Jungs so toll findet.«

Iba lächelte abfällig und antwortete immer noch leise:

»Ach nein? Ich dachte, du hast dich ergeben, um deinen zu retten.«

Ibas Schlagfertigkeit beeindruckte sie zwar, aber Jacinthe wurde trotzdem sofort wieder ernst.

»Warum bist du hier, Iba? Was willst du von mir?«

»Vorhin, als sie deinen Partner geschnappt haben, habe ich ein paar Dinge überhört.«

»Und der Zusammenhang ist?«

»Ich habe so eine Ahnung, dass Victor Lessard Abels letzte Chance ist zu begreifen, dass er auf dem Holzweg ist.«

Jacinthe runzelte die Stirn. Sie wusste wenig mit dieser Aussage anzufangen, von der ihr regelrecht schwindelig wurde und die eine Menge Komplikationen mit sich brachte, aber in ihrem Kopf formte sich eine Idee, und bevor Iba noch etwas hinzufügen konnte, spuckte sie es aus.

»Wo du einen Sonderstatus besitzt, würde ich dich gern um eine Art Gefallen bitten …«

Victor, der sich kaum noch auf den Beinen halten konnte, wurde schonungslos von zwei Freelandern über den Flur geschleift und in ein Zimmer gestoßen, dessen Tür sie sofort hinter ihm verriegelten. Geschwächt rollte er sich auf dem Boden zusammen. Doch zwei starke Hände halfen ihm hoch und aufs Bett.

»Komm schon, mein Bester. Moment … Okay, kannst dich setzen.«

Jacinthe beugte sich über ihn und schob ihm ein Kissen in den Rücken. Victor war so zerschlagen, dass er sich nicht mal über ihre Anwesenheit wundern konnte und teilnahmslos zuließ, dass sie ihm das klatschnasse T-Shirt auszog.

»Haben die Waterboarding mit dir gemacht oder was?«

Mühsam brachte Victor ein Nicken zustande, während Jacinthe seine Kleidung auswrang und ihr das Wasser durch die Finger rann.

»Denen hat wohl jemand ins Gehirn geschissen.«

Sein Zustand war erschreckend, aber sie war erleichtert, dass er noch lebte. Vor allem war sie Iba dankbar. Jacinthe hatte sie gebeten, die Wachen zu überreden, Victor in ihr Zimmer zu bringen. Die junge Frau hatte ihr nichts versprochen, aber gesagt, sie würde versuchen, einen Gefallen einzufordern. Jacinthe hoffte nur, dass sie sich nicht in Gefahr gebracht hatte.

»Du siehst aus wie Han Solo, als er aus seinem Karbonitblock rauskommt.«

Unter Schmerzen brachte Victor ein paar Worte heraus.
»Was machst du hier? Haben sie dich geschnappt?«
»Von wegen! Hab mir gedacht, mit 'ner Mitbewohnerin sparst du dir ein bisschen Miete.«
Der Blick, mit dem er sie ansah, war gleichermaßen vorwurfsvoll und dankbar. Dann hustete er wieder und spuckte Wasser.

Er sucht Nadja im weißen Zimmer. Aber sie ist nicht da und der Raum vollkommen leer. Die Farbeimer, das Babybett, alles ist verschwunden.
»Nadja?«
Er sucht weiter, schaut überall nach.
»Nadja, wo bist du?«
Er spürt die aufkommende Panik. Von den Wänden tropft Blut.

Victor schreckte auf und wischte sich den Schweiß von der Stirn. Dann drehte er sich zu Jacinthe, die im Zimmer auf und ab ging.
»Habe ich etwa geschlafen?«
»Und zwar ganz ohne Gutenachtlied.«
Sie reichte ihm sein immer noch leicht feuchtes T-Shirt, das er dankbar nickend entgegennahm, bevor er es überzog.
»Du hättest dich nicht stellen sollen. Die Typen sind absolut wahnsinnig.«
Iba hatte zwar behauptet, die Zimmer würden nicht abgehört, aber Jacinthe sprach vorsichtshalber doch mit leiser Stimme.
»Ich habe mit Paul gesprochen, bevor ich zurück bin. Verstärkung ist auf dem Weg.«
Nach einer kurzen Pause fügte sie hinzu:
»Um ehrlich zu sein … Ohne hätte ich dich hier vertrocknen lassen.«
Er verzog das Gesicht zu einem Grinsen, aber Jacinthe wurde wieder ernst.
»Was hast du ihnen erzählt, damit sie mit der Folter aufhören?«

»Nichts … Sie haben es einfach irgendwann gelassen, keine Ahnung, warum.«

»Du bist schon tough, mein Bester. Hast sie wohl beeindruckt.«

Victor schwieg nachdenklich, als ließe er die Szene noch mal Revue passieren.

»Nein, das ist es nicht … Ich frage mich, ob ich seinen wunden Punkt getroffen habe.«

»Wessen wunden Punkt?«

Sie unterbrachen sich. Jemand hatte einen Schlüssel ins Schloss gesteckt. Die Tür ging auf, und vor ihr standen Messiah, Black Dog und zwei weitere Freelander.

»Du dachtest doch hoffentlich nicht, die Sache wäre erledigt, Lessard?«

Victor setzte sich auf und tat, als wäre er schon wieder munter.

»Was willst du damit sagen?«

»Das jetzt Kapitel zwei kommt.«

Jacinthe und Victor sahen sich an. In ihren Blicken lag zwar noch keine Angst, aber eine stumme Befürchtung, die ihnen die Hälse zuschnürte. Dann legten ihnen die Freelander Handschellen um.

81.

EIN VOGEL AM HIMMEL

Es gibt Momente, die einen Menschen formen und die er nie wieder vergisst. Auch wenn ihn das Leben voranbringt, zwingt es ihn manchmal, sich einer überwältigenden Schuld zu stellen. Einige Minuten nachdem sie Jacinthe und Victor geholt hatten, fand er sich in genau solch einer Situation wieder: Diesmal lag seine Partnerin auf dem schrägen Foltertisch.

Abel füllte am Wasserhahn den Kanister auf und sagte:

»Von da hast du beste Sicht.«

Victor trotzte auf einem Stuhl dem Schmerz und spannte die Muskeln an, um seine Fesseln zu lockern.

»Verdammte Scheiße!«, entfuhr es Jacinthe, als sich Abel mit Kanister und Tuch dem Tisch näherte.

»Tu das nicht, Abel!«, bat Victor.

»Wenn ich's lassen soll, Lessard, dann rede!«

Jacinthe versuchte ihre Panik zu kontrollieren.

»Sag bloß nichts, Lessard!«

»Du bist Soldat, Abel. Kein Henker.«

»Ja, ich bin Soldat, aber einer mit Mission. Und um die zu erfüllen, muss man manchmal zu anderen Mitteln greifen.«

Abel legte das Tuch auf Jacinthes Gesicht, die weiter tapfer tat.

»Könnte ich vielleicht ein anderes haben? Das hier stinkt nach Pipi. So wie der Rothaarige, den ich im Wald erledigt hab.«

Black Dog, der sich bis dahin unbeteiligt im Hintergrund gehalten hatte, stürzte zum Tisch, um Jacinthe zu erwürgen, doch Abel stellte sich ihm in den Weg und flüsterte ihm etwas ins Ohr.

Der Mann beruhigte sich und ging zurück an seinen Posten, doch seine Augen funkelten weiter mordlustig. Abel hingegen ließ sich von Jacinthes Großtuerei nicht beeindrucken. Im Gegenteil schien sie ihn noch zu bestärken. Zurück am Tisch kippte er seinen Kanister und goss ihr Wasser übers Gesicht.

Victor schäumte vor Wut, während Jacinthe röchelte und sich mit verzweifelter Kraft wehrte.

»Du dreckiger Hund!«

Abel machte so ungerührt weiter, als gösse er sich ein Glas Wasser ein.

»Möchtest du mir etwas mitteilen, Lessard?«

Victor presste die Lippen aufeinander. Sie waren den Freelandern ausgeliefert, und wenn sie die gewünschten Informationen erst mal hatten, würden sie Jacinthe und ihn vermutlich ohne zu zögern beseitigen. Doch je länger Abel weitermachte, desto mehr schwanden Jacinthes Kräfte. Victor musste handeln.

»Okay, okay, hör auf!«

Abel hob den Kanister und nahm das Tuch herunter. Als Jacinthe anfing Wasser zu spucken, drehte sich der Anführer der Freelander zu Victor. Es entstand eine lange Pause, während der Jacinthe allmählich wieder zu Atem kam.

»Ich höre …«

»Der SCRS hat uns den Tipp gegeben.«

Abel war sofort verunsichert, Victor konnte es spüren.

»Was willst du damit sagen?«

»Robert Thomson war Undercoveragent, aber der ist tot. Weißt du noch von einer anderen Verbindungen zwischen den Freelandern und dem SCRS?«

Abel sah sich selbst das Büro seines Vaters betreten, um ihn über Lessards Gefangennahme zu informieren, und wie das Lächeln in seinem Gesicht gefror, als ihm klar wurde, dass Joseph fort war.

»Du weißt doch, wovon ich spreche …«

Verwundert sah Black Dog zu seinem Chef. Victor ließ nicht locker.

»Du weißt ganz genau, wovon und *von wem* ich spreche.«

Abel zeigte sich weiter unnachgiebig, aber er sah aus wie vom Blitz getroffen. Und auch die eben erst begonnene Folter war in diesem Augenblick bereits beendet. Er gab den Freelandern, die vor der Tür Wache hielten, ein Zeichen, Jacinthe und Victor in ihr Zimmer zurückzubringen. Im Vorbeigehen warf Victor Abel einen erbarmungslosen Blick zu.

Allein im Verhörraum zurückgeblieben, ließen Messiah und Black Dog die Masken fallen. Eine Mischung aus Wut, Nervosität und Panik lag in der Luft. Black Dog trat einen Schritt auf seinen Freund zu.

»Was meinte Lessard damit? Und vor allem: wen?«

Abel winkte ungeduldig ab.

»Keine Ahnung, Black Dog.«

»Da schien er aber anderer Meinung.«

»Glaubst du ihm mehr als mir?«

»Na ja … Es könnte doch bedeuten, dass …«

Die Hände zu Fäusten geballt, unterbrach Abel ihn in einem Tonfall, der keinen Widerspruch duldete.

»Es bedeutet überhaupt nichts!«

Doch Black Dog blieb unerbittlich.

»Dein Vater … Der war doch ziemlich lange beim SCRS.«

Warnend knurrte Abel:

»Denk nicht mal dran, Black Dog.«

»Will ich ja auch nicht. Aber immer noch besser, als zu tun, als wäre er über jeden Verdacht erhaben, findest du nicht?«

Abel legte ihm eine Hand um den Hals und drückte ihn an die Wand.

»Du hältst gefälligst dein dämliches Maul, klar?«

Ein weiteres Wort, und sie hätten sich geprügelt. Doch draußen ertönte ein Geräusch, zunächst noch kaum hörbar, dann zunehmend lauter. Abel ließ Black Dog los. Sie schnappten sich ihre Maschinenpistolen und eilten zur Tür.

Im Rennen rief Black Dog über den Korridor:

»Vogel am Himmel! Alle Mann auf ihre Posten!«

Unter den feindseligen Blicken der Freelander, die sie durch das Flurlabyrinth zurück zu ihrem Gefängnis eskortierten, hatte Victor Jacinthe gestützt und ihr drinnen aufs Bett geholfen.

»Geht's?«

»Einmal wäre ich fast in 'nem Schwimmkurs ersoffen. Hier hat das Wasser wenigstens nicht nach Chlor geschmeckt.«

Von ihrer Zähigkeit beeindruckt, nickte Victor nur. Jacinthe kam sofort zum Thema.

»Was du zum Messie gesagt hast, damit er aufhört – das hat ihn ja völlig aus der Bahn geworfen.«

Victor nickte erneut und rieb sich die schmerzende Schulter.

»Sein Vater ist sein wunder Punkt. Joseph ist der Schlüssel. Vielleicht kommen wir durch Abel irgendwie an ihn heran.«

Jacinthe wurde von einem Hustenanfall geschüttelt.

»Ich will dir ja nicht den Spaß verderben, aber wir kommen an gar nix ran, bevor wir hier nicht rauskommen.«

Danach saßen beide ratlos und aufgewühlt auf dem Bett. Die letzten Tage waren schon mehr als emotional gewesen, aber die vergangenen Stunden hatten sie zusätzlich physisch und moralisch ausgelaugt.

An die Wand gelehnt, dachte Victor über die Tatsache nach, dass Abels Schwachstelle seiner eigenen glich, als er plötzlich aufhorchend die Augenbrauen zusammenzog. Da war ein noch leises, aber ansteigendes Geräusch. Jacinthe lächelte.

»Showtime, mein Bester.«

Erleichtert erkannte Victor das Brummen eines Helikoptermotors und das charakteristische Flappen der Rotorblätter.

82.
DIE HÖLLE IM KIEFERNWALD

Im Morgengrauen erschien ein vom Schneesturm gepeitschter Kampfhelikopter über Ghetto X. Die letzten zwei Meter sprang Claire Sondos, ihre Waffe in der Hand und geschützt von einer kugelsicheren Weste, zu Boden und lief direkt zur Baumgrenze. Hubert Baron machte es ihr nach. Auf die beiden folgte eine vermummte Spezialeinheit Elitesoldaten mit Helmen und Sturmgewehren, die einen Schutzwall um sie bildete, bevor sie in den Kiefernwald vorrückte und sich hinter den Baumstämmen postierte.

Etwas oberhalb tauchte ein Freelander aus dem Hinterhalt auf und leerte sein Magazin in die Runde. An eine Kiefer gepresst, hörte Sondos die Kugeln in die Rinde einschlagen. Die Spezialeinheit erwiderte das Feuer, bis ihr Angreifer zusammensackte. Für einen kurzen Moment herrschte Stille. Dann – als hätten alle auf dieses Startsignal gewartet – brach im Kiefernwald die Hölle los. Es hagelte Kugeln, und von allen Seiten hallte das Stakkato der Sturmgewehre wider. Zwischen den Sondereinsatzkräften und den Freelandern war ein erbitterter Kampf ausgebrochen.

Einer der Elitesoldaten des SCRS warf kurz hintereinander zwei Rauchgranaten, die eine Nebelwand erzeugten, durch die die Spezialeinheit langsam im Wald vorrückte. Doch ihre Gegner schossen mit doppeltem Eifer zurück, und Sondos wurde von ihrer Truppe getrennt. Ihre Lunge brannte, und ihre Augen tränten. Desorientiert stürzte sie hinter einen Baum, als vor ihr zwischen den Stämmen ein Freelander mit gezückter Waffe heraustrat. Er hatte sie ebenfalls bemerkt und richtete wie in Zeitlupe seinen

Gewehrlauf auf sie. Entsetzt drückte Sondos zuerst ab und traf ihn gleich mehrere Male. Der Mann stolperte einen Schritt zurück und ging zu Boden.

Sondos hastete weiter zu dem Baum, an dem ihr Gegner zusammengebrochen war, um in Deckung zu gehen, als in unmittelbarer Nähe mehrere Detonationen erfolgten. Diese wurden zunehmend lauter, begleitet von kleinen orangen Flammen, die aus den Mündungen der Maschinenpistolen hervorblitzten. Im Nebel der Rauchgranaten zwischen den gespenstischen Baumsilhouetten stöhnten und klagten die Verletzten.

Neben einem der Gebäude im Camp explodierte eine getroffene Propangasflasche, und kurz darauf kam schreiend ein lichterloh brennender Freelander herausgerannt. Er warf sich zu Boden und wälzte sich im Schnee, um das Feuer, das ihn verschlang, zu ersticken.

Unter der Wucht eines Einschlags zerbarsten die Türen einer Baracke zu Holz- und Glassplittern, und einen Moment später fiel aus einem pulverisierten Fenster der leblose Körper eines weiteren Freelanders.

Messiah, der mit seinem Präzisionsgewehr auf einem Gebäudedach lag, konzentrierte sich auf seine Atmung, entfernte eine leere Hülse, lud nach und schoss erneut. Im Visier sah er einen Soldaten der Spezialeinheit im Schnee zusammenbrechen. Dann erspähte er einen seiner Männer, der eingekesselt von zwei Soldaten in Schwierigkeiten steckte. Einen der beiden nahm Messiah aufs Korn, hielt die Luft an und traf.

Der Freelander glaubte sich befreit, richtete sich auf und sprintete los. Aber von seiner Position aus konnte Messiah sehen, dass sein Kamerad keine Chance hatte. Er wollte auf den zweiten Verfolger schießen, doch der befand sich außerhalb seiner Reichweite. Messiah schrie, um seinen Waffenbruder zu warnen, aber vergeblich: Der Gefechtslärm übertönte seine Stimme.

Der Freelander wurde im Lauf niedergestreckt, und Abel musste ohnmächtig zusehen. Er griff nach seinem Präzisionsgewehr und sprang vom Dach.

Den Projektilen, die um ihn herumschwirrten, zum Trotz, rannte er zu seinem gefallenen Freund.

»Black Dog!«

Überwältigt verschanzten sich die restlichen Freelander in einem der Gebäude und waren bald umzingelt. Keine zehn Minuten später mussten sie sich zähneknirschend ergeben.

Als im Kiefernwald wieder Stille eingekehrt war, verließ Hubert Baron sein Versteck. Um kein Risiko einzugehen, hatte er sich hinter dem erstbesten Baum versteckt und abgewartet, bis die Kampfhandlungen vorbei waren.

Ohne einen einzigen Kratzer lief er zwischen den Toten und Verletzten umher, bis er sie fand.

»Alles in Ordnung, Sondos?«

Sie saß immer noch an den Baumstamm gelehnt, neben dem sie in Deckung gegangen war, und starrte auf den Freelander, den sie erschossen hatte. Der Mann war höchstens zwanzig Jahre alt. Aufgewühlt sah sie Baron an.

»Er hätte mein Sohn sein können.«

83.
DIE GEFAHR BANNEN

Mit auf dem Rücken gefesselten Händen ging Victor über den Flur eines der Ghetto-X-Gebäude. Nachdem sie ihn und Jacinthe getrennt hatten, wurde er nun von Claire Sondos und einem Soldaten der Spezialeinsatzkräfte eskortiert. Ohne ein Wort führten sie ihn in einen rechteckigen, fensterlosen Raum. Die SCRS-Agentin ging voran. Dann nahm ihm der Soldat die Handschellen ab, und Sondos zeigte auf einen Stuhl.

»Setzen Sie sich bitte.«

Victor gehorchte, während sie selbst auf einem Bürosessel Platz nahm.

»Möchten Sie etwas essen oder trinken?«

»Ein Kaffee wäre toll. Und meine Zigaretten.«

»Wir bringen Ihnen auch gleich etwas, damit sie sich waschen und umziehen können.«

Er nickte dankbar, und sie fuhr fort.

»Ich weise Sie darauf hin, dass unser Gespräch aufgezeichnet und gefilmt wird.«

Victor seufzte zustimmend. Die Frau sah ihn eindringlich an.

»Der Vollständigkeit halber und fürs Protokoll: Mein Name ist Claire Sondos, ich bin Agentin des kanadischen Sicherheitsnachrichtendienstes. Bitte nennen Sie ebenfalls Ihren Namen.«

»Ich heiße Victor Lessard.«

Inzwischen war der Tisch übersät mit leeren Kaffeebechern und Getränkedosen. Victor rieb sich die Augen. Vor ihm lag ein kaum angerührtes Sandwich, außerdem hatte man ihm ein sauberes T-Shirt gebracht, nicht aber seine Zigaretten. Allmählich reichte es ihm.

»Ich lag mit der Annahme, der SCRS wäre gekommen, um uns zu helfen, offenbar falsch.«

Seit dem Angriff der Spezialeinheit waren eineinhalb Stunden vergangen, und das Verhör zog sich in die Länge. Sondos lehnte sich in ihrem Stuhl zurück.

»Das Problem ist, dass du mir etwas verschweigst.«

Er bemühte sich um eine Klarstellung:

»Nennen wir es Vorsicht.«

Er warf Baron, der ihm geraten hatte, seiner Chefin nicht mehr zu trauen, einen Blick zu. Sondos antwortete, ohne ihre Verärgerung zu verbergen.

»Hier geht's um eine Angelegenheit der nationalen Sicherheit, Victor. Und du weißt mehr als wir. Hilf uns bitte.«

Die SCRS-Agentin klopfte sich mit dem Kugelschreiber auf die Finger.

»Fangen wir noch mal von vorn an. Du sagtest, du hättest einen Zusammenhang mit deiner Vergangenheit entdeckt ...«

Sie sah auf den Papierblock, auf dem sie sich ein paar Notizen gemacht hatte.

»Ich zitiere: ›Ein Zusammenhang, den ich so nie vermutet hätte‹ ... Also frage ich dich noch mal: Worin bestand dieser Zusammenhang?«

Vor Victors Augen erschien das Bild des Mustang-Modells auf Joseph Parkers Schreibtisch. Spontan entschied er, ein Stück weit einzulenken.

»Es gibt einen Zusammenhang zu einer Person, die hier war, kurz bevor ich eintraf.«

»Moment. Ich kann dir nicht folgen. Wen meinst du?«

Wieder versuchte Victor, Blickkontakt zu Baron herzustellen. Er rechnete damit, dass der andere eingreifen oder ihm ein Zeichen geben würde, doch der SCRS-Agent wollte ihm anscheinend nicht helfen. Als Sondos Victor weiter zögern sah, beugte sie sich zu ihm über den Tisch.

»Jetzt lass doch mal das Misstrauen, und rede nicht die ganze Zeit um den heißen Brei herum, Victor. Es geht uns doch um dasselbe.«

»Weißt du denn überhaupt, warum ich misstrauisch bin? In dieser Geschichte wimmelt es nur so von Leuten, die irgendein geheimes Ziel verfolgen und nicht ihr wahres Gesicht zeigen.«

»Was willst du mir damit sagen?«

»Dass es in euren Reihen einen Verräter gibt.«

Baron starrte auf seine Schuhspitzen; Sondos taxierte Victor mit skeptischer Miene. Er setzte sich auf.

»Hast du die Waffenlieferung an die Freelander genehmigt?«

Sondos bemühte sich gar nicht, ihre Überraschung zu verbergen, knickte aber auch nicht ein.

»Ich habe die Operation geleitet, ja. Wir hatten allerdings nie vor, ihnen Waffen zu liefern, sondern den Kopf der Organisation zu enttarnen.«

»Nun, dieser Kopf ist Joseph Parker.«

Die SCRS-Agentin war wie vom Schlag getroffen:

»Ich … Nein, das ist unmöglich.«

»Und warum?«

»Er hat mich persönlich darum gebeten, seinen Sohn im Auge zu behalten. Damit er nicht zu weit geht.«

Entschieden schüttelte sie den Kopf, wie um sich selbst zu überzeugen.

»Nein, nicht Joseph.«

Aber Victor setzte noch eins drauf.

»Parker war sein Leben lang Spion … Es war sein Job, auf mehreren Hochzeiten gleichzeitig zu tanzen!«

Die SCRS-Agentin weigerte sich weiter zu glauben, dass Joseph Parker sie hinters Licht geführt hatte.

»Das ist unmöglich.«

Jetzt brach Baron endlich sein Schweigen.

»Der blufft doch. Der will uns nur auf die falsche Fährte locken.«

Victor zuckte zusammen. Was spielte Baron für ein Spiel? Hatte er Angst vor dem, was passierte, wenn Sondos herausbekam, dass sie Kontakt gehabt hatten, oder verfolgte auch er ein anderes Ziel?

Victor drehte sich zu ihm um, ohne seine Verwunderung zu verbergen, doch Baron ignorierte ihn. Dieser Sinneswandel erwischte Victor eiskalt. Aber jetzt konnte er seinen Kurs nicht mehr wechseln.

»Ihr wollt also, dass ich euch helfe? Genau das versuche ich: Joseph Parker war hier, in diesem Camp.«

Wieder wies ihn Baron entschieden zurück.

»Bullshit!«

Victor musterte ihn zunehmend perplex, bevor er seine Aufmerksamkeit erneut Sondos widmete.

»Habt ihr Abel Parker schon verhört?«

»Bisher macht er den Mund nicht auf.«

Victor war selbst überrascht von seinem Vorschlag:

»Mit mir wird er reden. Vorausgesetzt, niemand hört mit.«

Sondos verschluckte sich fast.

»Das ist ausgeschlossen!«

»Nach dem, was ich dir gerade erzählt habe, hast du nichts zu verlieren.«

Als Baron sah, dass seine Chefin Victors Vorschlag tatsächlich in Betracht zog, platzte ihm der Kragen.

»Mensch, Sondos! Lass dich doch nicht verarschen! Der manipuliert dich nur!«

Damit war auch Victors letzter Zweifel ausgeräumt. Von nun an wusste er, wem sein Misstrauen zu gelten hatte. Der Wolf im Schafspelz hatte sich selbst enttarnt.

»Wovor hast du solche Angst, Baron? Was darf ich nicht herausfinden?«

Sondos musterte ihren Untergebenen.

»Bring mir Joseph Parker. Ich will mit ihm reden.«

»Du glaubst doch nicht ernsthaft, dass …«

Ihr Ton duldete keinen Widerspruch.

»Hubert, indem wir das überprüfen, haben wir nichts zu verlieren.«

Mit einem ängstlichen Leuchten in den Augen verließ Baron den Raum, und Victor packte aus.

»Abel ist der ausführende Arm, aber Joseph Parker ist der Kopf dahinter. Selbst wenn ihr die Freelander ausgeschaltet habt, ist die Geschichte damit längst nicht vorbei: Solange Joseph frei herumläuft, ist die Gefahr nicht gebannt.«

»Was weißt du?«

Als Victor die Bombe platzen ließ, behielt er seine Gesprächspartnerin genau im Auge.

»Ich glaube, er plant einen Cyberangriff.«

»Tut er nicht. Der ist bereits geschehen. Das System des Verteidigungsministeriums wurde gehackt.«

»Das diente nur der Vorbereitung.«

Sondos sah ihn verzweifelt an.

»Du meinst … Sie planen noch was Größeres?«

»Genaueres weiß ich auch nicht. Deshalb will ja ich Abel verhören. Ich glaube, ich kann ihn zum Reden bringen.«

Zwiegespalten dachte die Agentin nach, also machte Victor ihr ein bisschen Druck.

»Du musst dich entscheiden, Sondos. Uns läuft die Zeit davon.«

84.
ÜBERGEORDNETE INTERESSEN

Hätte jemand Virginie vor dem Treffen mit Marc Piché, das sie immerhin selbst eingefädelt hatte, gefragt, wie es ihr gehe, ihre Antwort hätte gelautet: »Mir ist speiübel vor Angst.« Dennoch strahlte sie beim Betreten seines Büros pures Selbstvertrauen aus.

Der Direktor des SPVM saß mit hochgekrempelten Ärmeln hinter seinem Schreibtisch und ließ erst einmal ein paar Sekunden verstreichen, bevor er den Blick von der Akte hob, die er gerade studierte. Als er ihr den Besucherstuhl anbot, schien er absolut entspannt und siegessicher.

»Ich fürchte, Sie haben sich umsonst herbemüht, Mademoiselle Tousignant. Sollte es um Ihren Artikel gehen, ist die Sache erledigt, zumindest was mich betrifft.«

»Nein, nein. Ich habe die Hoffnung längst aufgegeben, dass er noch erscheint. Und Sie haben die Medien sehr geschickt benutzt, um Victor Lessard anzuschwärzen.«

»Apropos Lessard … Falls Sie vorhaben, sich in die Sache zu verbeißen …«

Die Journalistin war baff. Mit so einem Frontalangriff hatte sie nicht gerechnet.

»Wie bitte?«

»Na ja, so ein Interessenkonflikt kann übel enden. Mir ist bekannt, dass Sie und er …«

Er ließ die Anspielung, die Virginie natürlich nicht entgangen war, im Raum stehen.

»Woher haben Sie das? Zwischen uns ist nie etwas passiert.«

Auch wenn das theoretisch der Wahrheit entsprach, hatte Virginie sich praktisch immer zu Victor hingezogen gefühlt und es ihn auch bei jeder Gelegenheit spüren lassen.

Piché lächelte gehässig.

»Wie aus dem Hut gezaubert. Ich habe Ihnen einen Reifen hingehalten, und Sie sind durchgesprungen.«

Virginie biss sich auf die Zunge. Sie war ihm in die Falle gegangen, und die Warnung war klipp und klar: Sollte sie ihm in die Quere kommen, würde er sie skrupellos in Verruf bringen, selbst wenn er dafür etwas erfinden musste.

Jetzt, wo sein Revier abgesteckt war, kam Piché zum Abschluss.

»Manchmal muss man sich übergeordneten Interessen beugen, Mademoiselle Tousignant. Der SPVM kann schlechte Publicity nicht gebrauchen.«

»Was diese übergeordneten Interessen angeht, bin ich ganz Ihrer Meinung. Genau deshalb bin ich hier. Nicht wegen meiner eigenen Karriere als Journalistin.«

Mit all der Arroganz, zu der er fähig war, verzog Piché amüsiert das Gesicht.

»Ach ja?«

»Leugnen Sie immer noch, dass Sie von den Ermittlungen gegen Kommandant Tanguay wegen Zuhälterei wussten? Ermittlungen, die zufällig von Ihrer Abteilung für Inneres ad acta gelegt wurden.«

»Ich habe es Ihnen doch bereits gesagt: Mir war nichts bekannt, bis ich Lessards Abschlussbericht zu seinen Ermittlungen gegen diesen Sprayer erhielt. Wäre er vorher damit zu mir gekommen …«

»Ihr öffentliches Statement habe ich bestens verstanden, Monsieur Direktor. Laut Ihrer Version hat sich Lessard der Rechtsbehinderung schuldig gemacht und nicht etwa Ihre Behörde oder gar Sie selbst.«

Hilflos lächelnd hob Piché die Schultern.

»Sie nehmen mir die Worte aus dem Mund.«

Virginie lehnte sich in ihrem Stuhl zurück und blitzte ihn kampflustig an.

»Wissen Sie, was ich seltsam finde? Ich habe mich kürzlich mit einer jungen Dame unterhalten, die ganz das Gegenteil behauptet, und zwar dass Sie schon seit geraumer Zeit über Maurice Tanguays Machenschaften im Bilde gewesen wären.«

Sie ließ eine Pause verstreichen, damit er angemessen nervös werden konnte.

»Eine junge Frau, die Sie als Salomé kennen.«

Das saß. Piché erbleichte.

»Ich habe keine Ahnung, wovon Sie sprechen.«

»Das macht nichts. Sie ist bereit auszusagen. Wenn Sie vor Gericht unter Eid stehen, im Beisein von Richter und Anwälten, fällt es Ihnen vielleicht etwas schwerer, die Existenz des Missbrauchsrings zu leugnen, zu dessen Kunden Sie höchstpersönlich zählten.«

Nun dämmerte Piché, dass er in der Klemme steckte.

»Es sei denn, Monsieur Direktor, es gibt noch eine andere Möglichkeit. Jetzt sind Sie an der Reihe. Nur denken Sie nicht zu lang nach. Sie wissen ja, wie kurz manche Polizeikarrieren sind. Aber wenn sich dadurch eine Gefängnisstrafe umgehen lässt …«

Virginie würdigte den geschlagenen Mann, der mit offenem Mund dasaß, keines weiteren Blickes und nahm ihre Tasche.

»Das war bloß ein gut gemeinter Ratschlag, Monsieur Direktor.«

85.
VERTAUSCHTE ROLLEN

Abel saß eingesperrt und in Handschellen im selben Raum, der wenige Stunden zuvor noch das Büro seines Vaters gewesen war, und wurde von einem schwer bewaffneten, vermummten Soldaten der Spezialeinsatzkräfte bewacht.

Die Auseinandersetzung war brutal und blutig, die Freelander nicht vorbereitet gewesen. Es war alles seine Schuld. Natürlich hatte er geahnt, dass Lessard und seine Partnerin nicht ohne Notfallplan gekommen waren. Aber er war so auf den Polizisten fixiert gewesen, so besessen darauf herauszufinden, was dieser wusste, dass er die wichtigsten Vorsichtsregeln missachtet hatte.

Er dachte an die Männer, die seinetwegen von den Kugeln der Spezialeinheit getötet worden waren. An seinen Freund Black Dog, der vor seinen Augen gefallen war und dessen Blut nun an seinen Fingern klebte. Ihn überkam eine ungeheure Wut. Ein Gefühl, das davon verstärkt wurde, dass er, was seinen Vater anging, völlig im Unklaren war.

Warum war Joseph ohne ein Wort aus Ghetto X verschwunden? Hatte er ihn absichtlich ausgeliefert? Abel ballte die Fäuste. Er musste es wissen. Und was sollte jetzt, wo er nicht mehr auf sie aufpassen konnte, aus Iba werden? Würde sie, obwohl sie sich nichts vorzuwerfen hatte, im Gefängnis landen?

Die Tür ging auf, und Claire Sondos und Victor Lessard kamen herein. Nacheinander sah Abel sie an. Die SCRS-Agentin gab dem Wachsoldaten ein Zeichen, und sie verschwanden gemeinsam. Die Atmosphäre stand unter Hochspannung.

Victor setzte sich Abel gegenüber.

»Ich würde sagen, jetzt sind die Rollen vertauscht.«

Abels Blick wurde hart.

»Das Blatt kann sich schnell wieder wenden.«

»Wir haben einiges zu besprechen, meinst du nicht? Du hast meiner Vermutung, dass ihr einen Terroranschlag inszenieren wollt, nicht widersprochen. Ein Hackerangriff, nicht wahr? Aber die Spezialkräfte haben euch alles vermasselt. Also kannst du es mir jetzt doch sagen: Was war das Ziel?«

Der Anführer der Freelander schwieg.

»Hilf mir, Abel. Noch ist Zeit, die Sache zu stoppen. Jacques Marcoux hat mir erzählt, was in Afghanistan passiert ist. Das kleine Mädchen … Das war schrecklich. Aber du hast auf der richtigen Seite gestanden.«

Bei diesen Worten kamen für einen Augenblick Abels Erinnerungen hoch, bevor er sie impulsiv wieder verdrängte.

»Nein, eigentlich nicht. Die Politiker, die uns da runtergeschickt haben, hatten von nichts eine Ahnung. Die wissen nicht, was es heißt, ein Leben zu beenden. Das Blut dieses Kindes klebt genauso an ihren Händen wie an meinen. Die Menschen dort, das sind große Nationen. Wir haben kein Recht, bei ihnen einzufallen und ihnen zu sagen, was sie tun und lassen sollen, ihnen unsere Sicht der Dinge aufzuzwingen.«

In Victors Blick lag eine stumme Frage, und Abel fuhr fort.

»Die Taliban wurden geschlagen, aber was hat das geändert? Nichts! Tausende Tote für nichts und wieder nichts! Sollen sich doch alle um ihren eigenen Kram kümmern und mit dem Arsch zu Hause bleiben. Wir versuchen nicht, ihnen eine Demokratie aufzubrummen, dann kommen sie auch nicht her und spazieren hier in Burka rum. Ansonsten sehen wir ja, was passiert: Durch unsere Intervention haben wir den Terrorismus erst richtig angekurbelt. Ihre Antwort bestand aus Hass und Gewalt. Und wenn das so weitergeht, lautet unsere genauso.«

Das alles hatte Abel ohne Unterbrechung heruntergebetet, und Victor wusste, dass es sinnlos war, gegen jahrelange Indoktrination anzureden. Er schüttelte nur langsam den Kopf.

»Es gibt immer mehr als eine Antwort.«

Abel, der das für Schwäche hielt, wandte angewidert den Blick ab.

»Sei doch nicht naiv. Terrorismus ist eine Kriegserklärung. Und ich bin Soldat. Das sind unsere Feinde. Unsere Identität steht auf dem Spiel.«

In diesem Moment wurde Victor klar, dass er über die ideologische Schiene nichts aus Abel herausbekommen würde. Er musste es anders probieren und seine Achillesferse ausnutzen.

»Und dein Vater sieht das genauso?«

»Was hat mein Vater damit zu tun?«

Seine Antwort war so vehement, dass Victor sich bestätigt sah.

»Durch die Freelander bist du auf eine Art mit deinem Vater vereint. Aber er ist aus anderen Gründen dabei als du. Nicht deinetwegen, sondern seinetwegen.«

Abel ließ sich nicht aus der Reserve locken, auch wenn er sichtlich unruhiger wurde.

»Du bist die Marionette deines Vaters, Abel. Deine Ansichten sind ihm scheißegal. Wieso sitzt du hier fest? Weil er dich geopfert hat, weil er dich im Stich gelassen hat. Er hat dich benutzt.«

Auch wenn Abel es sich nicht ansehen lassen wollte, das hatte gesessen und ihn mit voller Wucht in seinen inneren Konflikt zurückkatapultiert. Er starrte geradeaus, während Victor weiter versuchte, ihn aus der Fassung zu bringen.

»Dein Vater verfolgt ein anderes Ziel als du. Welches ist das?«

Keine Antwort.

»Könnte es sein, dass die Bedrohung gar nicht abgewendet ist? Dass dein Vater die Operation ohne dich fortführt? Unabhängig von den Freelandern?«

»Das war aber nicht der Plan.«

Nachdem Abel endlich seine Stimme wiedergefunden hatte, ließ Victor einen Moment verstreichen. Er kam voran.

»Ich habe absichtlich darum gebeten, mit dir allein zu reden, ohne Mikros, aber nicht, weil ich dem SCRS helfen will … Du bist der Einzige, der an deinen Vater herankommt. Und ich habe das Gefühl, es liegt an dir und an mir, diese Sache zu Ende zu bringen.«

Es entstand eine längere Stille.

»Für wann ist der Angriff geplant, Abel?«

Der Anführer der Freelander zögerte, aber dann antwortete er kaum hörbar.

»Bald.«

»Wie viel Zeit bleibt uns noch?«

Statt einer Antwort sah Abel ihm wortlos in die Augen.

86.

EIN PAKT MIT DEM FEIND

Da Ghetto X und das umliegende Terrain inzwischen vom SCRS und seinen Spezialeinsatzkräften kontrolliert wurden, wusste Abel, dass seine Fluchtchancen minimal waren. Aber im Moment gab es sowieso Wichtigeres. Er konnte nicht aufhören, über Victor Lessards Behauptungen nachzudenken, bis ihm schwindelerregende Zweifel kamen. Hatte sein Vater sie wirklich betrogen und dem SCRS zum Fraß vorgeworfen? Und wenn ja, warum?

Dann unterbrach eine Stimme seinen Gedankengang. Die Stimme seines früheren Kendomeisters, den Joseph engagiert hatte, um Abel zu unterrichten, als er erst sechs war. *»Du brauchst stets einen ruhigen Geist, Abel. Mach dich leer.«*

Er hatte es gerade wieder geschafft, sich zu fokussieren, als jemand den Schlüssel ins Schloss steckte. Er hob den Kopf. In der Tür stand Hubert Baron, der dem wachhabenden Soldaten mit einem Nicken dankte. Hinter sich schloss er ab und ging auf Abel zu.

»Tut mir leid, ich konnte nicht früher weg.«

»Du musst mich hier rausbringen.«

»Würde ich ja gern, aber mit der Spezialeinheit vor Ort sind mir die Hände gebunden. Wenn du entkämst, wäre sofort klar, dass du einen Komplizen hast. Und ich glaube, dass sich das Risiko, dass ich mit auffliege, nicht lohnt.«

»Ich muss zu meinem Vater, Baron.«

Der SCRS-Agent schob die Hände in die Tasche und starrte zu Boden.

»Ich habe mit Joseph geredet.«

»Und was hat er gesagt?«

»Dass wir abwarten sollen, bis sich der Staub gelegt hat und wir weitersehen können.«

Abel biss die Zähne aufeinander. Diese weitere Ablehnung war für ihn der nächste Schock.

»Er will mich hier also nicht rausholen?«

»Doch, natürlich, aber nicht jetzt gleich.«

»Baron ... die Cyberattacke ... Ist die Operation abgeblasen?«

Der Agent befand sich auf hauchdünnem Eis.

»Ich ähm ... Ich denke schon.«

»Du denkst?! Hat er dir nichts dazu gesagt?«

Baron versuchte sich aus der Affäre zu ziehen.

»Hör zu, Abel, ich ...«

Doch der Scharfschütze nahm ihn genau ins Visier. So einfach würde er sich nicht abspeisen lassen.

»Will er ohne mich weitermachen?«

Baron wollte ihn beschwichtigen.

»Aber nein, Abel ...«

»Wenn ich hierbleibe, lande ich im Gefängnis.«

»Abel, dein Vater hat eine Menge Einfluss. Ich bin mir sicher ...«

»Tu was, Hubert!«

»Ich habe doch gesagt, hier sieht's aus wie auf Alcatraz!«

Abel stand auf, näherte sich seinem Gegenüber und sah Baron flehend an.

»Ich bitte dich.«

Schneller, als Baron reagieren konnte, warf sich Abel auf ihn, legte ihm die gefesselten Hände um den Hals und hielt ihn im Würgegriff. Baron wehrte sich, aber gegen Abel hatte er keine Chance und verlor schließlich das Bewusstsein. Der Anführer der Freelander ließ Barons reglosen Körper vorsichtig zu Boden gleiten. Dann schnappte er sich dessen Waffe und schlug gegen die Tür, wie es der Agent getan hätte.

Ahnungslos öffnete der Wachsoldat die Tür. Die Waffe auf ihn gerichtet, bedeutete ihm Abel hereinzukommen und zwang ihn auf die Knie. Eine Minute später lag der Soldat ebenfalls bewusstlos neben Baron. Abel tastete den Mann nach dem Schlüssel für seine Handschellen ab und befreite sich. Nachdem er die beiden Männer gefesselt hatte, überprüfte er die restliche Munition in der Pistole und machte sich dann auf, angetrieben von der Stimme seines Sensei: *»Du musst immer in Bewegung bleiben, Abel. Auf geht's!«*

Der Freelander hatte einen weiteren Trumpf im Ärmel: Er kannte die Anlage von Ghetto X wie seine Westentasche. So konnte er sich trotz kleinerer Schreckmomente ohne große Probleme die versteckten Schlüssel besorgen, den Soldaten auf ihren Runden ausweichen und es ins Gebäude zu Ibas Zimmer schaffen. Dort entriegelte er ihre Tür und drückte sie lautlos einen Spaltbreit auf.

Abels Herz zog sich zusammen. Sie lag auf ihrem Bett. Er machte den Mund auf, besann sich jedoch eines Besseren und betrachtete sie schweigend in all ihrer Makellosigkeit und Pracht.

Iba hatte ihn schon an seinem Gang auf dem Flur erkannt; seine Schritte hätte sie unter Tausenden ausgemacht. Die junge Frau lächelte gelassen, auch wenn ihr Tränen in die Augen stiegen. Nicht weniger aufgewühlt ließ Abel sie allein. Erst da begriff er, warum er zu ihr gegangen war: Er würde sie nie wiedersehen.

»Wir sind zwar nicht verhaftet, aber die Tür ist trotzdem verriegelt.«

Zum wiederholten Mal ließ Jacinthe ihre Laune am Türknauf aus. Auf Claire Sondos' Befehl waren Victor und sie in einem Zimmer der Schlafbaracke der Freelander eingesperrt, »bis ich mit Joseph Parker geredet und ein paar Dinge geklärt habe«.

Draußen vorm Fenster blieb ein Soldat stehen. Wie auf jeder seiner Runden warf er einen Blick hinein, aber für Jacinthe war es das eine Mal zu viel.

»Ey, wir sind doch hier nicht im Zoo, du Matschbirne! Schmeißt du uns gleich noch Leckerchen rein?«

Von ihren Beschimpfungen unbeeindruckt, ging der Mann weiter. Victor, der nachdenklich und angespannt auf dem Bett saß, griff ein.

»Du solltest dich hinsetzen und deine Kräfte sparen. Vielleicht brauchst du sie später noch.«

Sie stemmte die Hände in die Hüften.

»Ach ja? Weißt du was, was ich nicht weiß? Ich hab nämlich Neuig…«

Das Klicken des Schlosses unterbrach sie, dann schwang lautlos die Tür auf. Abel kam herein und machte hinter sich zu, den Zeigefinger auf den Lippen, damit sie keinen Mucks von sich gaben. Victor sprang vom Bett und überprüfte am Fenster, wie weit der Wachsoldat mit seiner Runde war.

»Wir haben nicht viel Zeit, Abel.«

Der andere zögerte keine Sekunde.

»Worauf warten wir dann? Let's go.«

Die beiden Männer maßen einander mit Blicken und versuchten einzuschätzen, was der andere im Schilde führte.

»Ähm … 'tschuldigt bitte, aber würde mir mal jemand erklären, was hier los ist?«

»Wir machen uns auf die Suche nach seinem Vater.«

Baff schüttelte Jacinthe den Kopf.

»Ja klar! Das ist doch offensichtlich eine Falle!«

Victor drehte sich zurück zu Abel.

»Weißt du, wo's hingeht?«

»Wir haben ein *Safehouse.*«

Jacinthe packte Victor am Arm.

»Du kannst dem Typen nicht trauen, Lessard. Er hat versucht dich zu töten. Seinetwegen liegt deine Freundin im Koma. Davon abgesehen – selbst wenn wir hier rauskommen, sitzt uns der SCRS im Nacken.«

Bei ihren Worten meldete sich zwar Victors Wut, doch wenn er die Wahrheit herausfinden wollte, blieb ihm nichts anderes übrig, als sich mit dem Feind zusammenzutun.

Abel öffnete die Tür, spähte den Flur hinab und drehte sich zu ihm um.

»Das wolltest du doch, Lessard. Dass wir zwei die Sache zu Ende bringen. Jetzt hast du die Wahl. Bleib hier und tapp weiter im Dunkeln, oder komm mit. Alles oder nichts.«

»Victor Lessard, sag mir, dass du das nicht tust.«

Zwiegespalten, aber mit entschlossener Miene antwortete Victor:

»Tut mir leid, Jacinthe, aber ich muss Bescheid wissen.«

Abel machte ihm Beine.

»Los jetzt, die Luft ist rein!«

Jacinthe atmete durch und sah ihren Freund vorwurfsvoll an.

»Du schuldest mir einen Burger. Fucking Gwendoline. Und zwar mit Blattgold statt Käse.«

Sie postierte sich hinter Abel, der sie misstrauisch ansah.

»Die nicht. Nur du und ich, Lessard!«

Gerührt schüttelte Victor den Kopf. Er konnte kein weiteres Opfer von Jacinthe verlangen; sie hatte ihr Leben schon zu oft für ihn riskiert. Genau das wollte er ihr sagen.

»Bleib hier. Nach allem, was …«

Aber sie unterbrach ihn sofort.

»Du glaubst doch nicht ernsthaft, dass ich dich mit dem Geisteskranken allein lasse! Wir sind Partner, mein Lieber.«

Für Abel hatte sie nur einen herablassenden Blick übrig.

»Und du hältst gefälligst die Klappe, Messie. Niemand hat dich gefragt.«

Vorsichtig schlichen sie aus dem Zimmer, und Abel schloss hinter ihnen die Tür ab. In eisigem Tonfall flüsterte er:

»Links bis zum Ende des Flurs. Schnell.«

Mit Abel als Schlusslicht hasteten sie los.

87.
KÜHLUNGS-EINSTELLUNGEN

Im Hinterzimmer der Pizzeria in der Avenue Duluth ging es zu wie in einem Bienenstock. Sämtliche Arbeitsplätze waren belegt, bis auf den des jungen Mannes mit dem Mao-Kragen, der den Umschlag von Joseph Parker entgegengenommen hatte. Stattdessen stand er hinter den anderen Hackern und erteilte ab und zu Anweisungen, beugte sich dann über die Schulter einer seiner Kolleginnen und las, was sie schrieb. Sie beendete gerade einen Artikel, der in den kommenden Stunden im Internet veröffentlicht werden sollte unter dem Titel *Hackerangriff auf das Atomkraftwerk in Bruce, Ontario. Steckt ein Staat dahinter?*

Der junge Mann diktierte ihr noch ein paar letzte Änderungen, als Parker anrief.

»Wie weit sind wir?«

Der Hacker überprüfte das geöffnete Programm, das einen Überblick der Hauptsystembestandteile des Atomkraftwerks in Bruce zeigte. Darunter bewegte sich ein grüner Fortschrittsbalken, der aktuell bei achtundsiebzig Prozent stand.

»Zwei Stunden noch, dann sind wir im System.«

»Und sind die Artikel fertig?«, fragte Parker.

In dem Wissen, dass ihn sein Auftraggeber per Kamera beobachtete, nickte der Hacker.

»Sie werden es rechtzeitig sein.«

Sofort ärgerte er sich, dass er nicht überzeugter geklungen hatte. Einem so aufmerksamen Ohr wie Parkers entging nichts. Der wurde am anderen Ende der Leitung sofort ungeduldig.

»Also ist alles okay?«

Der junge Mann zögerte einen Moment, aber er wusste, dass er nicht drum herumkäme.

»Dass wir die Kontrolle über das System haben, lässt sich leicht demonstrieren, das ist kein Problem. Aber an den Kühlungseinstellungen des Reaktors herumzupfuschen kann extrem gefährlich werden. Ein einziges falsches Manöver, und es gibt Hunderttausende Tote, Monsieur. Bruce ist das leistungsstärkste Kernkraftwerk der Welt.«

»Genau deshalb ist die Sache den Einsatz wert, mein Junge. Und es wäre doch schade, wenn jemand anderes den Job für dich beenden müsste. Verstehen wir uns?«

Dem Hacker war unbehaglich zumute, aber er senkte den Blick.

»Ja, Monsieur.«

88.
EIN FLOH IM OHR

Gezackter, zersplitterter Kristall, zersprungene Lichter, unterbrochene Schienen. Hubert Baron blinzelte ein paarmal, bevor er begriff, dass er die Scharten an der Zimmerdecke betrachtete. Er drehte den Kopf nach rechts und erspähte wie durch Nebel den reglosen Körper eines Mannes. Eines uniformierten Soldaten. Links von ihm ertönten Stimmen. Mehrere vermummte Personen traten mit gezückten Waffen in sein Blickfeld; jemand erteilte Befehle. Und dann kehrte plötzlich alles zurück: die Spezialeinsatzkräfte, Ghetto X und … Abel Parker, den er hatte entkommen lassen.

Während er allmählich wieder zu sich kam, ging Sondos neben ihm in die Hocke.

»Das war Abel … Er hat mich gewürgt.«

Sie half ihm, sich aufzusetzen, und sagte mit dringlicher Stimme:

»Taillon und Lessard sind auch nicht aufzufinden, und dem Bodentrupp wurde ein Auto geklaut. Wo sind die hin?«

Noch leicht desorientiert und gegen die Übelkeit ankämpfend, massierte sich Baron den Nacken.

»Keine Ahnung.«

Er tastete seinen Oberkörper ab, nur um festzustellen, dass sein Halfter leer war.

»Fuck! Der hat mir die Waffe abgenommen!«

Sondos musterte ihn.

»Was hast du überhaupt hier gemacht?«

Baron blies die Backen auf und pustete langsam wieder aus.

»Ich dachte, ich könnte ihn zum Reden bringen.«

Dann setzte er ein zerknirschtes Gesicht auf.

»Das war ziemlich dämlich.«

Der Agent konnte recht überzeugend lügen, dennoch taxierte Sondos ihn weiter.

»Wenn ich das recht verstehe, hat Abel nach dir verlangt. Warum?«

Von der Frage überrumpelt suchte Baron blitzschnell eine Ausrede.

»Ähm … Er wollte, dass wir Iba Khelifi freilassen. Laut ihm hatte sie nichts mit den Freelandern zu tun.«

Sondos nickte, und Baron ließ ein paar Sekunden verstreichen, während er die Spezialeinsatzkräfte beobachtete, wie sie ihrem Kollegen auf die Füße halfen. Dann beschloss er, seiner Chefin einen Floh ins Ohr zu setzen.

»Warum hätte Abel Lessard und Taillon befreien sollen, anstatt sie zu töten? Waren sie etwa doch Komplizen?«

Jetzt dachte Sondos blitzschnell nach.

»Nein, das glaube ich nicht. Vermutlich hat er sie als Geiseln genommen. Nur für den Fall … Wir müssen sie finden. Vielleicht können wir den Cyberangriff dann noch verhindern.«

»Ich werde meinen Fehler wiedergutmachen, Sondos.«

Sie nickte und trat zurück, um ihn vorbeizulassen. Als er aus dem Raum war, ließ sie den Blick schweifen. Irgendwas mit Barons Erklärungen stimmte nicht.

89.
ZURÜCK ZU DEN ANFÄNGEN

Verschwommenes Licht hinter schwarzem Schleier, lautes Keuchen. Victor saß mit einer Sturmhaube ohne Augenlöcher im Wagen, neben ihm auf der Rückbank Jacinthe, ebenfalls mit verhülltem Kopf. Die Hände hatte Abel ihnen mit Kabelbinder auf dem Rücken gefesselt.

Der saß angespannt und konzentriert hinterm Steuer und behielt sie per Rückspiegel im Auge.

»Ich wusste doch, dass es eine Falle ist!«, rief Jacinthe.

Nachdem sie sich vom SRCS ein Auto mit getönten Scheiben geborgt hatten, hatte sie der Anführer der Freelander mit vorgehaltener Waffe gefesselt. Kurz vor der Stadtgrenze Montréals waren die Sturmhauben dazugekommen.

»Wenn wir nicht bald da sind, kannst du gleich Kotze aus dem Auto wischen, Messie.«

Während Jacinthe weiterfluchte, um Abel abzulenken, mühte sich Victor ohne Rücksicht auf seine Schulter mit den Fesseln ab. Abel biss die Zähne zusammen, blieb aber still. Eine Weile fuhren sie noch schweigend weiter, dann verlangsamte der Wagen sein Tempo, bog schließlich ab und hielt.

»Wurde auch mal Zeit!«

Abel, der die Reaktion seines Vaters auf sein – nein, ihr – unangekündigtes Kommen fürchtete, schloss die Augen und atmete tief durch. Als er sich beruhigt hatte, nahm er erst Jacinthe, die sich sofort mit dem Oberarm über die schweißnasse Stirn wischte, die Sturmhaube ab und dann Victor.

Fassungslos sah der auf das Haus vor ihnen. Es glich jedem anderen im Viertel, nichts an ihm war außergewöhnlich, aber für Victor war es die Inkarnation seines schlimmsten Albtraums.

»Das ist mein altes Haus … Das Haus, in dem meine Mutter und meine Brüder gestorben sind.«

Entsetzt drehte sich Jacinthe zu ihm um, aber er war in Gedanken abgetaucht. Gemessen an Abels Gesichtsausdruck, war der mindestens so überrascht von dieser Neuigkeit wie sie.

Hinter einem der Fenster erschien Josephs Gestalt. Er tippte auf seinem Handy, und das Garagentor ging auf. Abel startete den Wagen. Während Victor Joseph fixierte, der nach wie vor hinterm Fenster stand, spürte er, wie Wut und Furcht in ihm hochkamen.

Vor Jacinthe schwang die Tür auf, die von der Garage ins Haus führte. Abel hatte ihr eine Hand in den Rücken gelegt und schob sie vorwärts, doch sie schlurfte absichtlich, widersetzte sich ihm mit ihrem ganzen Körpergewicht.

»Entspann dich mal, Messie.«

Als Nächstes trat Victor in den Türrahmen. Jeder Winkel, auf den sein Blick fiel, katapultierte ihn in die Vergangenheit, als hätte jemand den Film seines Lebens zurückgespult. Er blieb wie angewurzelt auf der Türschwelle stehen, doch Abel zwang ihn weiter.

Sie betraten das zum Wohnzimmer hin offene Esszimmer. Mit Ausnahme eines Tisches, auf dem Josephs Laptop stand, und einiger Stühle waren die Räume vollkommen leer.

Ohne die Waffe von ihnen abzuwenden, überprüfte Abel den PC-Bildschirm mit dem Fortschrittsbalken, der bei einundachtzig Prozent stand. Also hatte Joseph den Hackerangriff längst gestartet.

Abel nahm zwei Stühle, und während Victor sich noch überwältigt von seinen Gefühlen im Raum umsah, stellte Abel sie Rücken an Rücken zusammen und befahl seinen Geiseln, sich hinzusetzen. Auf der anderen Seite des Esszimmers ertönte eine Stimme.

»Guten Tag, Victor.«

Victor drehte sich um. Joseph Parker ließ mit einem rätselhaften Lächeln im Gesicht den Blick über ihn wandern. Victor, von seiner Gegenwart wie hypnotisiert, schwieg.

»Bei unserer letzten Begegnung warst du …«

Joseph schien ehrlich ergriffen. Allmählich nahm Victors Gesicht einen anderen Ausdruck an; aus der stillen Faszination wurde abgrundtiefer Hass. Abel, der überhaupt nichts mehr begriff, sah von einem zum anderen.

»… elf Jahre alt.«

Joseph nickte.

»Ich hatte dir ein Flugzeug mitgebracht. Eine Mustang. Erinnerst du dich?«

Auch wenn Abel versuchte, sich nichts anmerken zu lassen, zuckte er bei der Bemerkung zusammen, was Jacinthe nicht entging.

Victors Antwort klang bitter.

»Kann mich an nichts erinnern.«

Stocksauer reichte Abel Joseph die Pistole, damit er Jacinthe und Victor in Schach hielt, während sein Sohn sie an den Knöcheln fesselte.

»Du warst ein außergewöhnliches Kind.«

Joseph hielt inne, als blickte er weit zurück in die Vergangenheit.

»Du hast dich verändert. Du ähnelst Jeanne noch mehr als früher.«

Die Erwähnung seiner Mutter am Ort seiner Kindheit stürzte Victor in seine frühesten Erinnerungen.

Er sitzt im Esszimmer und macht Mathehausaufgaben. Seine Mutter, die seinen Bruder Guy in den Armen wiegt, tritt zu ihm.

Im Hintergrund sind Henri und Raymond zu hören, die nebenan ein Spiel spielen.

»Kommst du gut voran, mein Schatz?«

Victor schaut von seinem Heft hoch und betrachtet das wunderschöne Gesicht vor ihm, das vom Licht umrahmt wird wie von einem Heiligenschein. Jeannes rote Lippen lächeln, ihr Blick ist voller Liebe.

»Ich bin stolz auf dich.«

Plötzlich wird sie emotional. Es gibt einen Bruch. Ihre Augen verschleiern sich, und Victor bemerkt es.

»Alles in Ordnung, Mama?«

Sie lächelt, unterdrückt die Tränen.

»Aber ja, mein Schatz.«

Abel hat ihn am Stuhl fixiert und tut nun dasselbe mit Jacinthe, während Joseph weiter die Pistole auf sie richtet.

»Ich habe das Haus schon vor einer ganzen Weile gekauft. Hatte sich kaum verändert, und ich habe nichts angerührt. Dich interessiert bestimmt, warum …«

Victor schüttelte den Kopf. Es war ihm zwar nicht bewusst, aber seine Verwirrung entsprach Abels, der kurz seine Aufgabe unterbrach, weil er diese seltsame Intimität, die er nicht einordnen konnte, kaum aushielt.

Joseph ließ die Waffe sinken und ging auf Victor zu.

»Wir haben uns so viel zu erzählen.«

Als Abel auch mit Jacinthe fertig war, stand er auf und trat zu seinem Vater.

»Und wir müssen reden. Jetzt.«

Er nahm Joseph seine Pistole ab, und beide verschwanden aus Jacinthes und Victors Sichtfeld.

Die Küche war genauso leer wie alle übrigen Zimmer. Mit geröteten Wangen und glühendem Blick trat Abel seinem Vater gegenüber. Schon viel zu lang ignorierte er das Unbehagen, das ihm den Magen zuschnürte, ließ sich schon viel zu lang von seinem Vater beeinflussen. Diesmal würde er seine Wut nicht zurückhalten.

»Du hast mich benutzt.«

Josephs Antwort klang gelassen.

»Wem willst du glauben, Abel? Einem Unbekannten, der dir sonst was erzählt, oder deinem Vater, der dich allein großgezogen hat und dich liebt?«

»Victor Lessard ist also ein Unbekannter? Ich dachte, du hast ihm eine Mustang geschenkt. So wie mir.«

»Ich habe seine Eltern gekannt. Da warst du noch nicht mal auf der Welt.«

»Seine Eltern? Für die hast du sein Elternhaus bestimmt nicht gekauft. Die sind doch tot!«

Abel musterte seinen Vater, unfähig, ihn zu durchschauen.

»Was ist das für eine Geschichte mit Lessard?«

Abwehrend hob Joseph die Hände und gab sich versöhnlich.

»Geduld, Abel. Es wird sich alles aufklären.«

»Geduld? Du bist aus dem Camp abgehauen, ohne mir Bescheid zu geben. Du hast mich und meine Männer ausgeliefert. Klärt sich das auch noch auf?«

»Ich kenne dich und weiß, wozu du imstande bist. Mir war klar, dass du im Nu aus der Sache rauskämst.«

Beschwichtigt und doch immer noch zornig knurrte Abel:

»Ich glaube, du verstehst nicht ganz. Black Dog ist tot! Genauso wie mehrere andere meiner Jungs …«

Joseph zog ein betrübtes Gesicht. Plötzlich begriff Abel.

»Du bist abgehauen, als Lessard eintraf. Du wolltest, dass ich ihn hierherbringe. Du hast auf uns gewartet … stimmt's?«

Joseph blieb weiter ungerührt, und Abel lief ein paar Schritte im Zimmer auf und ab. Dann stellte er sich wieder vor seinen Vater.

»Der SCRS hat die Dschihadisten festgenommen, aber du hast

die Cyberattacke trotzdem gestartet. Ich habe deinen Rechner gesehen. Was spielst du für ein Spiel?«

Neben seinem Oberschenkel zuckte die Waffe in seiner Faust.

»Du willst es mir und den Freelandern in die Schuhe schieben, richtig?«

Joseph legte noch einmal so viel Überzeugung wie möglich in seine Worte.

»Du bist mein Sohn, Abel. Das würde ich niemals tun.«

Abel versteifte sich und richtete die Waffe auf Josephs Kopf.

»Alles, was ich will, ist, dass du mir die Wahrheit sagst.«

»Du kennst nicht mein ganzes Leben, Abel. Es gibt darin Dinge, die dich wütend machen werden, die dich verunsichern werden. Bist du bereit zuzuhören?«

Er streckte die Arme aus, und Abel zögerte, sah von Joseph weg auf den Boden. Doch dann fiel alle Anspannung von ihm ab, er ließ die Pistole sinken und trat auf seinen Vater zu, der ihn an sich drückte. Aber in Abels Gesicht bekämpften sich weiter Verzweiflung und Entschlossenheit.

Während sich Vater und Sohn in der Küche umarmten, verrenkte Jacinthe den Hals, um Victor anzusehen. Sie tat alles, damit er sie wahrnahm. Der Kummer, in dem ihr Partner versunken war, bereitete ihr große Sorgen.

»Lessard? Bist du okay?«

Seit sie allein waren, mühte sie sich ab, aber ihre Fragen blieben unbeantwortet. Victor schien wie in einem bösen Wachtraum gefangen.

»Sprich mit mir, mein Freund, los, sag was.«

Sie wand sich wie ein Wurm, um eine Hand freizubekommen, als er endlich sein Schweigen brach.

»Wenn ich gewusst hätte, dass wir hier enden würden, hätte ich mich mit Komarov erschießen lassen.«

»Rede doch nicht so einen Mist. Außerdem kannst du nicht

ausgerechnet jetzt kneifen, wo es danach aussieht, als bekämst du endlich mal ein paar Antworten. Komm schon, Lessard! Niemand weiß, wo wir sind. Wir sind auf uns allein gestellt. Wir müssen diesen Hackerangriff stoppen und von hier verschwinden.«

Langsam kam Victor zu sich und fing ebenfalls an, seine Fesseln zu bearbeiten; Jacinthe hatte recht. Sie horchte in diesem Moment auf: Die Stimmen waren verstummt. Bevor ihre Kerkermeister zurückkehrten, sagte sie hastig:

»Abel wird auch unruhig. Keine Ahnung, was du ihm im Ghetto X erzählt hast, aber es hat ihn verstört. Und als sein Vater diesen Flieger erwähnte, diese Mustang, die er dir geschenkt hat, dachte ich, der bringt dich auf der Stelle um. Versuch sie weiter gegeneinander auszuspielen. Provozier sie!«

Victor presste die Lippen aufeinander wie ein Mann, der gegen das Ertrinken ankämpft, und strengte sich doppelt an, seine Fesseln zu lösen.

90.
ZUSTÄNDIGKEITS-KRIEGE

In einer der Ghetto-X-Baracken betrat Baron die Toiletten, wobei er nervöse Blicke um sich warf und anschließend unter sämtlichen Kabinentüren nachsah, ob er allein war. Da die Störsender, die aus Ghetto X ein Funkloch gemacht hatten, von den Spezialeinsatzkräften entfernt worden waren, konnte Baron Joseph Parker anrufen. Allerdings landete er direkt auf dessen Mailbox und hinterließ ihm flüsternd eine Nachricht.

»Wir haben ein Problem, Joseph. Ich glaube, Abel ist auf dem Weg zum *Safehouse* mit …«

Missmutig schüttelte er den Kopf.

»Mit Lessard und seiner Partnerin. Ich komme, so schnell ich kann.«

Er legte auf, ging zu einem der Waschbecken und wusch sich die Hände. Einen Moment lang verspürte er Lust auf eine Line Koks, doch als er sich im Spiegel betrachtete, kehrte die Scham zurück. Daran gewöhnt, sie zu ignorieren, richtete er sich auf und ging.

Einen Augenblick herrschte Stille, bevor Claire Sondos, die auf einem Klodeckel gehockt hatte, aus einer der Kabinen trat. Durcheinander und von sich selbst enttäuscht ballte sie die Fäuste. In ihren Ohren pfiff es wie aus einem Teekessel mit kochendem Wasser, und sie konnte kaum einen klaren Gedanken fassen. Was sollte sie jetzt tun?

Sie wusste nicht, was sie wütender machte – die Tatsache, dass Baron, ihr Partner, dem sie voll und ganz vertraut hatte, ein Maulwurf war, oder der Betrug Joseph Parkers, des Mannes, der sie ausgebildet und den sie immer bewundert hatte.

Wie hatte sie nur so dumm sein können? Ihre Inkompetenz hatte Menschenleben gekostet, unter anderem das des jungen Mannes, den sie selbst getötet hatte. Es drehte ihr den Magen um. Sie glaubte sich übergeben zu müssen, schaufelte sich aber schnell kaltes Wasser ins Gesicht und riss sich zusammen. Gerade wollte sie einen Anruf tätigen, als auf dem Flur Stimmen erklangen.

»Wenn du mich nicht in Ruhe lässt, sitzt du gleich auf dem Hintern, Kleiner.«

Verfolgt von einem Soldaten der Spezialeinsatzkräfte, der ihn aufhalten wollte, stürmte Paul Delaney den Flur hinunter und prallte fast mit Sondos zusammen, als diese die Toiletten verließ.

»Wo sind Jacinthe Taillon und Victor Lessard? Ich will sofort mit ihnen sprechen!«

Sondos fuhr sich mit der Hand an die Stirn.

»Das geht leider nicht.«

Das reichte, damit der Chef des Dezernats Kapitalverbrechen endgültig an die Decke ging.

»Was soll das heißen, geht nicht?!«

Er zeigte mit dem Finger auf den Soldaten.

»Du! Schaff sie mir sofort her! Es ist dringend.«

Der Soldat rührte sich nicht von der Stelle.

»Sie sind nicht hier«, erklärte Sondos so sachlich wie möglich.

Das meinte sie offensichtlich ernst.

»Wie bitte? Dafür haben Sie doch hoffentlich eine verdammt gute Erklärung.«

»Ich habe leider gar keine Erklärung. Sie sind uns entwischt, das ist alles. Was ich allerdings mit Sicherheit weiß, ist, dass ich Ihnen keinen Bericht erstatten muss. Außerdem bin ich in Eile.«

Sie machte auf dem Absatz kehrt und entfernte sich in entgegengesetzter Richtung, doch Delaney rief ihr hinterher.

»Diese Zuständigkeitskriege gehen mir am Arsch vorbei, Sondos! Zum Glück muss ich nicht überall hinpinkeln, um mein Revier zu markieren. Jacinthe und Victor sind nicht nur meine Ermittler, sie sind meine Freunde.«

Er beruhigte sich und schlug einen versöhnlicheren Tonfall an.

»Können wir nicht zusammenarbeiten? Lassen Sie mich helfen.«

Sie kam zurück, und die beiden musterten sich eindringlich. In diesem Moment kreuzte Baron auf, der unauffällig eine neue Textnachricht von Joseph überflog.

»Wenn das so ist, lassen wir endlich das Siezen sein«, sagte Sondos.

Paul reichte ihr die Hand, sie schlug ein und drehte sich dann zu ihrem Kollegen um.

»Hubert, sprich du bitte mit Iba Khelifi. Vielleicht kann sie uns helfen, Abel zu finden. Paul und ich verhören noch mal die übrigen Freelander.«

»Schon unterwegs.«

Argwöhnisch sah sie Baron hinterher. Einer der Soldaten trat zu ihnen und flüsterte Sondos etwas ins Ohr. Paul Delaney kniff die Augen zusammen. Da war was im Anmarsch.

91.
DER MOMENT DER WAHRHEIT

In Victors Kopf war alles schwarz. Was er zuvor erlebt hatte, existierte nicht mehr. Als wäre sein Weg vorherbestimmt gewesen, mit dem einzigen Ziel, ihn zu seinem Ursprungspunkt zurückzuführen, zu den Wurzeln des Bösen, zu diesem Haus, das die Tür zum Mausoleum seiner Vergangenheit geöffnet und dadurch seinen schmerzhaften Aufstieg ins Licht ausradiert hatte.

Die Hände auf dem Rücken verschränkt, umkreiste Joseph die Stühle, auf denen sie nach wie vor saßen. Im Hintergrund lehnte Abel, der seine Pistole auf dem Tisch abgelegt hatte, an der Wand und strich mit den Fingerspitzen über sein Messer. Auch wenn Victor von der Situation überfordert war, bescherte ihm das schreckliche Bedürfnis, endlich zu verstehen, die nötige Kraft, Joseph weiter zu auszufragen.

»Beim Programm *Rote Flut* warst du der Chef meines Vaters, bevor du für sieben Jahre nach Moskau gingst. Dort hast du die Seiten gewechselt und den Russen die Liste mit den kommunistischen Sympathisanten verkauft.«

Joseph lächelte knapp, leugnete aber nicht.

Dafür warf Abel ein: »Die Liste war nur die Eintrittskarte, um ein sehr viel größeres Ziel zu erreichen. Ein sehr viel nobleres.«

Victor drehte sich zu ihm um und versuchte es mit Provokation, wie Jacinthe ihm geraten hatte.

»Ach ja? Dann weißt du also über alles Bescheid, Abel?«

Dessen lodernder Blick verriet Victor, das dem nicht so war. Joseph baute sich zwischen ihnen auf.

»Ich beobachte dich schon sehr lange aus der Ferne, Victor. Du bist ein guter Ermittler. Wenn du dich in eine Sache verbissen hast, lässt du nicht mehr los.«

Während Joseph ihm weiter schmeichelte, schielte er unauffällig zu seinem Rechner. Der Fortschrittsbalken stand bei vierundachtzig Prozent.

»Von dem Moment, in dem du Kontakt zu Nikolaï Komarov aufgenommen hast, ahnte ich, dass du mich finden würdest. Ich hätte dich lieber auf unserer Seite gewusst, aber dir fehlt, was es dazu braucht.«

Abel kaute auf der Unterlippe herum. Dieses perfide Theater bereitete ihm Kopfschmerzen, und Victor nutzte die Gelegenheit erneut.

»Hatte Abel, was es braucht, oder hast du ihn entsprechend umprogrammiert?«

Joseph warf seinem Sohn einen bewundernden Blick zu.

»Abel hat gelernt, sein Leben einem Ideal zu opfern. Es braucht Mut, so zu handeln, selbst wenn man Zweifel hat.«

Abels Augen wanderten vom einen zum anderen. Er fühlte sich nackt und verloren, während sie über ihn sprachen, als sei er nicht anwesend. Victors Stimme unterbrach seine Gedanken.

»Klar, um Unschuldige für ein fremdenfeindliches Ideal zu töten, braucht man jede Menge Mut.«

Der Einwurf verunsicherte Abel mehr, als er sich anmerken ließ. Jacinthe unterstrich Victors Urteil mit einem demonstrativen Nicken. Doch Joseph fuhr einfach mit seinem Sermon fort, als predigte er von der Kanzel.

»Wahrer Mut besteht darin, weiterzumachen, auch wenn niemand sonst unsere Taten nachvollziehen kann.«

»Klingt für mich nach einem hohen Tier, das seine Männer in den Tod schickt, ohne sich selbst die Hände schmutzig zu machen. Hörst du nicht dasselbe wie ich, Abel?«

Victors Worte durchbohrten den ehemaligen Soldaten wie

Pfeilspitzen. Die Nerven bis zum Zerreißen gespannt, umklammerte er den Griff seines Messers.

Joseph widersprach übellaunig.

»Und ob ich mir die Hände schmutzig gemacht habe. Nur nicht immer so, wie ich es gern getan hätte.«

»Wovon redest du? Von dem Attentat, das ihr den Dschihadisten anhängen wolltet, die ihr im Ghetto X gefangen gehalten habt?«

Joseph ignorierte ihn und begab sich wieder auf sein Lieblingsterritorium, die abstrakte Gedankenebene.

»Wir leben in seltsamen Zeiten: Die Demokratie schwächelt. Linksextreme kämpfen mit Rechten um die Definitionshoheit über die Normalität. Dabei geht's darum, der öffentlichen Meinung einen kleinen Elektroschock zu verpassen.«

Jacinthe, die auf ihrem Stuhl hin und her rutschte, holte das Gespräch in die Realität zurück.

»Nur dass die Dschihadisten jetzt in Gewahrsam des SRCS sind und euer schöner Plan damit ins Wasser fällt. Platsch!«

Joseph hob die Hand.

»Ein Teil des Plans, ja. Aber nicht unbedingt der wichtigste.«

Für Abel, der seinen Ohren kaum traute, war diese Aussage ein Schlag in die Magengrube. Er konnte sich nicht mehr zurückhalten und packte seinen Vater am Kragen.

»Und was ist der andere Teil? Sag schon!«

Joseph legte seinem Sohn die Hände ums Gesicht und zog es zu sich heran.

»Du hörst mir jetzt zu, bis ich fertig bin. Was ich zu sagen habe, betrifft dich genauso.«

Irritiert ließ Abel von ihm ab. Der Schock war auch Jacinthe und Victor nicht entgangen, der jetzt übernahm.

»Für den anderen Teil des Plans hast du Abel losgeschickt, um Komarov und mich umzulegen, richtig?«

Joseph schüttelte mit aufrichtiger Miene den Kopf.

»Ich hatte nie die Absicht, euch zu töten. Weder ihn noch dich.«

Wütend ballte Abel die Fäuste.

»Es hieß sie oder wir! Ich hatte keine andere Wahl!«

Joseph, der weiter seine Gefangenen umrundete, bat seinen Sohn mit einer Handbewegung um Geduld.

Victor runzelte die Stirn.

»Abel war zu allem bereit, nur damit ich dir nicht auf die Schliche komme, aber du wolltest mich nicht töten? Hier entgeht mir doch irgendwas.«

»Was du nicht weißt, ist, dass ich Henri vor langer Zeit versprochen habe, dich zu verschonen. An dem Tag, an dem er sich erschossen hat …«

Joseph blieb vor Victor stehen, legte ihm die Hände auf die Oberschenkel und beugte sich zu ihm herab.

»Kurz bevor du ins Zimmer kamst, um die Sache eigenhändig zu beenden.«

Victor spürte, wie sich unter seinen Füßen ein Abgrund auftat, als Joseph anfing zu erzählen.

Joseph beugt sich über den schwer verletzten Henri auf dem Bett, als er unten die Haustür aufgehen hört. Victor betritt den Raum im Erdgeschoss, in dem seine tote Mutter und seine toten Brüder liegen. Wie ferngesteuert läuft er daraufhin die Treppe hoch und ins Zimmer seiner Eltern, wo er Henri, der mit dem Tod ringt, so lange würgt, bis es vorbei ist. Joseph beobachtet ihn von seinem Versteck hinter der Tür, gleichermaßen fasziniert und erschüttert. Einen Moment überlegt er einzugreifen, doch dann verlässt er lautlos das Haus. Victor ist zwölf Jahre alt.

Joseph unterbrach sich. Starr vor Fassungslosigkeit murmelte Victor:

»Du warst da …«

Ohne ihn aus den Augen zu lassen, richtete Joseph sich wieder auf und nickte.

»In dem Moment begriff ich, was für ein Mann aus dir werden würde, Victor.«

Schäumend vor Wut versuchte Victor sich loszumachen. Hätte er gekonnt, er hätte Parker auf der Stelle erdrosselt.

»Hast du sie getötet?«

Innerlich verfluchte Abel seinen Vater, und auch Jacinthe schien jetzt völlig durch den Wind. Victor, dessen angeschwollene Halsschlagader pochte, kämpfte weiter gegen die Fesseln.

»Ich bringe dich um! Ich schwöre, du bist tot!«

Joseph ging ein paar Schritte im Zimmer auf und ab, bis sich der Sturm gelegt hatte. Victor, der mit bebender Brust den Kopf schüttelte, wandte er den Rücken zu.

»Nüchtern betrachtet könnte man das so sagen, ja. Ich habe sie umgebracht.«

Als er sich wieder umdrehte, lag so etwas wie Traurigkeit in seinen glänzenden Augen.

»Lass mich zu Ende erzählen, Victor. Danach kannst du über mich überteilen.«

Jacinthe, die ebenfalls heftig an ihren Fesseln zerrte, schrie voller Abscheu:

»Der blufft doch! Der tischt dir nur irgendeine Scheiße auf, Lessard! Hör nicht auf ihn!«

Abel baute sich vor seinem Vater auf.

»Was zum Teufel treibst du hier?«

»Du wolltest doch die Wahrheit, oder? Jetzt bekommst du sie.«

Für einen Augenblick sah Abel seinen Vater herausfordernd an, doch dann gab er nach, und Joseph trat wieder zu Victor.

»Henri und ich wuchsen gemeinsam in Verdun auf. Er war der Ernsthafte von uns beiden. Wir waren nicht immer einer Meinung, aber wir liebten uns wie Brüder. Deiner Mutter begegneten wir auf einem Konzert von Robert Charlebois und waren ziemlich schnell alle drei unzertrennlich.«

Auf seinem Gesicht lag ein trauriges, nostalgisches Lächeln. Fast sah es aus, als spürte er nun doch das Gewicht der Jahre auf seinen Schultern.

»Jeanne war so … perfekt. Wir waren beide völlig vernarrt in sie, Henri und ich. Lange Zeit glaubte ich, wir wären füreinander bestimmt, aber Jeanne fand ihn … nun, vernünftiger als mich.«

Josephs Gefühle waren fast greifbar.

»Eine Zeit lang verloren wir uns aus den Augen. Da fing ich beim GRC an.«

Jacinthe sah zu Abel, dem das Unverständnis ins Gesicht geschrieben stand. Offenbar erfuhr er zum selben Zeitpunkt von der Vergangenheit seines Vaters wie sie.

»Und da hast du meinen Vater für *Rote Flut* rekrutiert«, vermutete Victor.

»Ich hätte ihn in Ruhe lassen sollen. Könnte ich die Zeit zurückdrehen …«

»Ließe sich die Zeit zurückdrehen, wäre ich zur Stelle, und meine Mutter und meine Brüder würden garantiert noch leben!«

Joseph senkte den Blick.

»Als ich herausfand, dass jemand die Liste kopiert hatte, wurde mir recht schnell klar, dass es Henri gewesen sein musste. Aber mir fehlten die Beweise.«

Als Ermittler war Victor jahrelang mit dem Bösen in Berührung gekommen. Da er die dunklen Seiten der menschlichen Seele kannte, fiel es ihm leicht, die Leerstellen in Josephs Geschichte zu füllen.

»Was hast du gemacht? Womit hast du ihnen gedroht, meiner Mutter und ihm? Hast du sie unter Druck gesetzt, um deine Liste wiederzukriegen?«

Abel wollte dazwischenfahren, aber Jacinthe signalisierte ihm unmissverständlich, das besser sein zu lassen. Er funkelte sie an, blieb aber still, während sich Joseph einen Stuhl nahm, ihn genau vor Victor stellte und sich hinsetzte. Beschämt fuhr er mit seiner Beichte fort.

»Henri redete nicht, also musste ich es über Jeanne versuchen …«

Joseph steht vor dem Bett und knöpft sich das Hemd zu. Er betrachtet Jeannes nackten Rücken unter den feinen Laken, setzt sich auf die Decke und streichelt zärtlich ihren Nacken.

»Es ist wunderbar, dir nach so langer Zeit wieder nah zu sein …«

Das Gesicht zur Wand bleibt Jeanne reglos liegen wie eine Marmorstatue. Liebevoll fährt Joseph fort.

»Aber du kannst damit nicht immer weiter Zeit schinden.«

Jeanne kämpft gegen die aufsteigenden Gefühle an. Kaum hörbar sagt sie:

»Wenn ich dir helfe, die Liste wiederzubeschaffen, lässt du Henri dann in Frieden?«

Joseph geht zum Spiegel, um sich die Krawatte zu binden.

»Wir könnten zusammen abhauen, du und ich.«

Wie zu sich selbst flüstert die junge Frau:

»Das wird niemals geschehen.«

Er dreht sich zu ihr um.

»Du musst dich entscheiden, Jeanne. Und tu das Richtige. Eine Anklage wegen Beihilfe ist ziemlich ernst. Sie könnten dir die Kinder wegnehmen. Euch vielleicht sogar in einem der Rote Flut-*Lager internieren.«*

Joseph schenkt ihr ein kleines Lächeln und geht, und Jeanne beginnt zu weinen. Sie hat bereits das Falsche getan. Sie war so naiv zu glauben, wenn sie mit ihm schliefe, könnte sie ihn davon abbringen, ihre Familie weiter zu drangsalieren.

Joseph hielt inne. Victor, der vor Wut und Abscheu fast überschäumte, starrte ihn an, als sich plötzlich ein Erinnerungsfetzen löste und an die Oberfläche trat.

Er liegt im Bett. Neben ihm schnarcht Raymond. Jeanne erscheint im Türrahmen. In dem Glauben, das er schläft, kommt sie herein und rollt sich neben ihm zusammen. Er kann ihr ersticktes Schluchzen hören. Da er nicht weiß, wie er mit den Gefühlen, die auf ihn einstürmen, umgehen soll, stellt er sich schlafend.

»Meine Mutter war zerbrechlich. Wie weit bist du gegangen, um sie kleinzukriegen?«

Josephs Gesicht zeigte eine Mischung aus Reue und Bitterkeit.

»Weit. Viel zu weit.«

»Gottverdammt! Wenn du ihr auch nur ein Haar gekrümmt hast, dann wird dein Tod ein qualvoller, das schwöre ich dir!«

Jetzt warf auch Abel seinem Vater vernichtende Blicke zu.

»Ein echter Mann tut so was nicht.«

Joseph schien ehrlich ergriffen.

»Ich hätte ihr niemals wehgetan. Nicht auf diese Art.«

»Klar«, mischte sich Jacinthe ein, »wenn niemand mehr lebt, der widersprechen kann, lässt sich die Wahrheit leicht verdrehen.«

Vor Victor wiederholte Joseph, was er sich selbst seit Jahren einredete, um seine Schuldgefühle zu unterdrücken:

»Das ist keine Rechtfertigung, aber du musst verstehen, dass wir uns im Kalten Krieg befanden. Der Diebstahl der Liste war eine ernste Sache. Das war Hochverrat!«

»Ach ja? Schlimmer, als die Freundschaft meiner Eltern zu verraten?«

Der Einwand brachte Josephs scheinheilige Fassade endgültig zum Einsturz.

»Ich war jung. Ich musste Erklärungen liefern. Ich hatte Henri rekrutiert. Mir blieb keine andere Wahl. Das dachte ich zumindest. Er oder ich. Ich war feige.«

Die Schwäche seines Vaters ekelte Abel an.

»Warum hattet ihr euch aus den Augen verloren, meine Eltern und du? Wegen meiner Mutter?«

Joseph antwortete eine Weile nicht. Also hatte Victor ins Schwarze getroffen.

»Ich liebte sie, ja … Ich habe sie immer geliebt.«

Victor ergründete sein eigenes Inneres und konnte den Zusammenhang recht schnell herstellen.

»Du hast nie verwunden, dass sie sich für meinen Vater entschied. Du wolltest nicht nur die Liste, du wolltest sie.«

Von Victors Scharfsinn überrumpelt, sah Joseph ihn an.

»Irgendwann hat Jeanne geredet. Ich wusste natürlich, wie sehr es ihr wehtat, Henri zu hintergehen …«

Jeanne steht vor einer Kommode. Joseph ist gerade gegangen. Sie haben erneut miteinander geschlafen, nachdem er wieder von den Konsequenzen anfing, sollte sie Henri weiter decken, und wieder fragte, was aus den Kindern werden solle. Jeanne weinte viel, ihr Make-up verschmierte. Als sie jetzt in einer Schublade mit Henris Sachen wühlt, ist sie eine gebrochene Frau. Sie schiebt einen Stapel T-Shirts beiseite und greift nach dem Revolver.

»… doch was ich zu spät begriff, ist, dass es sie komplett zerstört hatte.«

Eine Träne lief Josephs Wange hinab, als er sich zu Victor umdrehte.

»An dem Tag, an dem ich Henri stellte, bat er mich um einen letzten Gefallen. Er wollte deine Mutter noch einmal sehen, bevor ich ihn abführte.«

Joseph parkt das Auto am Gehwegrand vor Jeannes und Henris Haus. Wortlos hält ihm dieser die Hände hin. Joseph sieht ihn an, dann nimmt er ihm die Handschellen ab.

Joseph kämpfte weiter gegen die Tränen, sein Hals war wie zugeschnürt.

»Das konnte ich ihm doch nicht abschlagen. Wenn ich gewusst hätte …«

Abel sah ihn herablassend an.

»Du hast ihn nicht aufgehalten?!«

Joseph schüttelte den Kopf.

»Es war ganz anders …«

Seine drei Zuhörer lauschten gebannt, als der ehemalige Verantwortliche des Programms *Rote Flut* seinen Bericht fortsetzte.

Lautlos weinend beugt sich Jeanne über die leblosen Körper ihrer Söhne, aufgereiht auf dem Teppichboden im Wohnzimmer. In ihrer unüberwindbaren Verzweiflung greift sie nach dem Revolver und schiebt sich die Mündung in den Mund, kann aber nicht abdrücken. Sie schlägt mit der Faust auf den Boden, brüllt die Namen ihrer verlorenen Kinder. Als Henri und Joseph in der Tür stehen, hat Jeanne erneut den Revolverlauf im Mund. Wie angewurzelt verharrt Joseph auf der Stelle, doch Henri stürzt auf sie zu. Er will ihr die Waffe entreißen, doch Jeanne ist unkontrollierbar. Während sie miteinander ringen, löst sich ein Schuss. Die Augen vor Schreck weit aufgerissen, bricht Jeanne in Henris Armen zusammen, wo sie bald darauf ihren letzten Atemzug tut.

»Ich habe alles mitangesehen und konnte mich nicht rühren.«

Überwältigt von seinen Emotionen blieb Joseph die Stimme weg. Fassungslos, die Augen voller Tränen, schüttelte Victor den Kopf.

»Das hätte meine Mutter niemals getan! Niemals!«

»Hör nicht auf ihn, mein Bester. Der will dich nur verwirren.«

Joseph schaute ihn einen langen Moment an, als könnte er die Veränderung sehen, die sich in seinem Inneren vollzog.

»Das ist leider die Wahrheit. Die ganze tragische Wahrheit.«

Victor war niedergeschmettert und wusste nicht mehr, was er denken sollte; sein Kopf schrie nur noch nach Tod und Vergeltung.

»Nein, du lügst! Warum hätte sich mein Vater sonst das Leben genommen? Und warum hättest du ihm versprechen sollen, mich zu verschonen?«

»Bist du sicher, dass du das wissen willst?«

Jacinthe spürte, dass Gefahr im Verzug war, und versuchte einzugreifen.

»Victor, nein!«

Doch jetzt musste er auch den Rest herausfinden, koste es, was es wolle. Victor nickte, und obwohl Parker die Last seiner Erinnerung fast erdrückte, nahm er den Faden wieder auf.

Henri sitzt schluchzend und völlig abwesend auf dem Bett in der oberen Etage.

»Der Schuss hat sich von allein gelöst, ich wollte das nicht. Ich …«

Mit einem Taschentuch wischt Joseph den Revolver ab und legt ihn Henri in die Hand, damit er darauf seine Fingerabdrücke hinterlässt. Dann legt Joseph die Waffe auf den Boden und holt Henris Jagdgewehr unter dem Bett hervor. Er hält es mit dem Taschentuch fest, platziert es zwischen den Beinen seines Freundes, führt dessen Hände an Griff und Abzug und das Kinn über den Gewehrlauf. Als Henri in die Realität zurückkehrt, zielt Joseph mit der Dienstwaffe auf seinen Kopf.

»Besser, du machst es selbst, Henri.«

Er braucht einen Moment, um zu begreifen.

»Also sorgst du noch schnell für Ordnung, Joseph? Schnell noch alles verschleiern? Aus Angst, dass ich dich verpfeife, wie weit du bei Jeanne gegangen bist?«

Henri wartet die Antwort seines Freundes nicht ab, bevor er sein Herz endlich von seiner Last befreit.

»Ich weiß über alles Bescheid, Joseph. Deine Drohungen. Die Kinder …«

Auch Joseph ist am Boden zerstört, aber wenn er Henri aus

dem Weg geschafft hat, lösen sich alle seine Probleme von selbst. Resigniert hört er sich sagen:

»Mir bleibt keine andere Wahl …«

Es wird Ermittlungen geben, und er kann es sich nicht leisten, dass man ihn beschuldigt, er hätte Jeanne zum Kindesmord und in den Suizid getrieben. Damit wäre sein Leben ruiniert.

»Los Henri. Bringen wir's zu Ende.«

»Und Victor?«

Joseph krümmt den Finger am Abzug.

»Ich kann das Risiko nicht eingehen, dass Jeanne ihm von der gestohlenen Liste erzählt hat oder er's eines Tages von selbst herauskriegt.«

Gehetzt reißt Henri die Augen auf.

»Doch, kannst du! Und du wirst mir versprechen, dass ihm nichts passiert! Er ist dein Sohn!«

Joseph erstarrt. Mit den Nerven am Ende fährt Henri fort:

»Jeanne hat mir gestern alles gebeichtet. Alles!«

Henri zählt ihm sämtliche Details, Daten und Orte auf, an denen Jeanne und Joseph miteinander geschlafen haben, Momente, an die sich Joseph genau erinnern kann, die ihm alles bedeuten und die jetzt beweisen, dass Henri die Wahrheit sagt. Überrumpelt hört sich Joseph alles an, ohne etwas zu erwidern.

»Ich hab's immer gewusst. Und du auch.«

Henri hat recht. Tief in seinem Inneren wusste Joseph immer Bescheid. In seiner Hand zittert die Pistole. Er ist kurz davor abzudrücken, als Henri ihn mit erstaunlich ruhiger Stimme fragt:

»Bist du ein Familienmensch, Joseph?«

Henri drückt ab. Der krachende Schuss des Jagdgewehrs lässt Joseph zurückweichen.

Victor schloss die Augen; er konnte die Tränen nicht länger zurückhalten. Alles in ihm schwankte, als triebe er an Treibholz geklammert auf einem eisigen Meer.

92.
DIE LETZTEN KARTEN SIND GESPIELT

Hubert Baron parkte unweit des Hauses, in dem Victor aufgewachsen war und das Joseph und Abel Parker nun als *Safehouse* diente. Der Agent hatte seine letzten Karten gespielt und stand mit dem Rücken zur Wand; er wusste, dass er aufgeflogen war oder es demnächst sein würde, und hatte keine weitere Minute zu verlieren: Er musste untertauchen. Doch dafür benötigte er das Geld, das Joseph ihm versprochen hatte. Sein Vorschuss war geschmolzen wie Eis in der Sonne.

Baron hatte dem früheren SCRS-Chef aufs Wort gehorcht, hatte alles auf ihn gesetzt und alles verloren. Ihm blieb allerdings die Hoffnung, sich noch aus der Affäre zu ziehen. Er wusste, wie man spurlos verschwand, würde sich absetzen und in Lateinamerika neu anfangen. Dafür musste er Minifée zurücklassen, aber das würde die junge Frau schon verkraften. Und mit Sicherheit fände er an seinem neuen Wohnort innerhalb kürzester Zeit ein neues Talent.

Sein einziges Problem war, dass er seit Josephs Nachricht kein Lebenszeichen mehr von ihm erhalten hatte. Rasch gönnte sich Baron eine Line Koks, um sich Mut zu machen, dann stieg er aus dem Wagen. Er lief gemächlich aufs Haus zu, als er in seinem Rücken eine Stimme vernahm.

»Hände hinter den Kopf, Hubert. Und keine plötzlichen Bewegungen.«

Langsam drehte sich der Verräter um. Sondos und Delaney richteten beide ihre Waffen auf ihn. Ihr Atem kondensierte zu kleinen Wölkchen. Delaney kam auf ihn zu und tastete ihn ab. Baron, der nicht mehr bewaffnet war, tat bestürzt.

»Ich war bei Iba Khelifi, genau wie du mir aufgetragen hast. Diese Adresse habe ich von ihr. Ich hätte dich noch angerufen, aber ich wollte erst mal sichergehen, dass sie mir die Wahrheit gesagt hat.«

Diesmal ließ sich Sondos von seiner Nummer nicht täuschen.

»Iba Khelifi war nicht mehr im Ghetto X. Ich hatte sie längst zur Operationsbasis bringen lassen. Vorhin, als du Joseph die Nachricht hinterlassen hast, habe ich mitgehört. Es ist vorbei, Hubert. Ich weiß alles, absolut alles.«

Delaney legte ihm Handschellen an, und Baron kochte vor Wut. Schonungslos stieß ihn der Polizist zum Wagen, während Sondos auf ihr Handy drückte und es Delaney hinhielt.

»Die Spezialeinsatzkräfte, Paul. Sag Ihnen, sie sollen herkommen.«

Delaney nahm das Telefon entgegen und entfernte sich ein Stück. Dann wandte sich Sondos an Baron.

»Koordiniert Parker den Cyberangriff aus dem *Safehouse*?«

Baron musterte sie, antwortete jedoch nicht. Sondos näherte sich seinem Gesicht bis auf wenige Zentimeter.

»Deinetwegen haben sie immer noch einen Vorsprung. Du dreckiger Maulwurf.«

Er lächelte arrogant.

»Meinetwegen? Denkst du das wirklich? Guck doch mal in den Spiegel, Sondos: Der große Joseph Parker hat dich die ganze Zeit manipuliert. Er ist der wahre Maulwurf. Seit dreißig Jahren schon.«

Er äffte sie nach:

»Sollen wir einen Undercoveragenten einsetzen, Monsieur?«

Während Paul ein Fernglas aus dem Kofferraum nahm, um das Haus zu observieren, packte Sondos Baron entschlossen am Kragen.

»Sag mir, dass er deiner Familie gedroht hat, Hubert. Dass es dir nicht nur ums Geld ging.«

»Geld ist nur das Symptom, Sondos. Die Krankheit nennt sich Macht.«

Sie zwang ihn auf die Rückbank, als Delaney leichenblass, schockiert von dem Anblick, der sich ihm im Haus geboten hatte, zu ihnen trat.

»Da drinnen sieht's verdammt düster aus.«

Schnell fasste er ihr die Situation zusammen. Sondos drehte sich noch einmal zu Baron um.

»Warst du da schon mal drinnen, Hubert?«

»Vielleicht, kommt drauf an.«

»Worauf?«

»Ob ihr mir Immunität garantieren könnt oder nicht.«

Delaney sah endgültig rot und griff ihm in die Haare.

»Du Wichser machst jetzt gefälligst das Maul auf! Zwei Freunde von mir riskieren da drinnen gerade ihr Leben!«

»Habe ich nicht gesagt, man weiß nie, wann man mal Hilfe braucht, Paul?«

Mit zusammengebissenen Zähnen schlug Delaney Barons Kopf gegen den Rahmen der Autotür. Eine Augenbraue platzte, und ihm lief Blut übers Gesicht; trotzdem blieb er ruhig.

»Eure Entscheidung …«

Sondos und Delaney tauschten einen Blick. Sie würden Barons Forderung akzeptieren. Trotzdem griff sich Delaney ein weiteres Mal Barons Kopf und schlug ihn mit voller Wucht an dieselbe Stelle.

»Das erste Mal war für Victor. Das hier für mich, du Arschloch.«

93.
DRECKIGE WÄSCHE WÄSCHT MAN UNTER SICH

»Tief in dir drin weißt du, dass ich die Wahrheit sage.«

Später würde Victor aus der ganzen Sache gelernt haben, dass sich die Wahrheit manchmal in der umfassendsten Stille entfaltet, bis sie eines Tages an die Oberfläche bricht und eine ganze Welt unwiederbringlich und irreparabel zum Einsturz bringt.

Als er das nächste Mal die Augen öffnete, wurde ihm bewusst, dass der Mann, der vor ihm stand, sowohl ihm das Leben geschenkt als auch seinen Eltern das Leben genommen hatte. Von jenem Moment an kam ihm Joseph Parkers Gesicht vor wie eine Maske mit zwei Seiten; auf der einen Schönheit, auf der anderen die ultimative Hässlichkeit. Was er ihm gegenüber empfand, ging weit über Abscheu oder Hass hinaus.

Jacinthe sah ihn aus feuchten, mitfühlenden Augen an und wollte ihm beim Bewältigen dieser schrecklichen Tatsachen helfen.

»Ein biologischer Vater ist nichts als ein Spermium im Universum. Er macht dich nicht aus, mein Bester. Du hast nichts mit diesem Arschloch gemein.«

Abel, der sich nicht länger zurückhalten konnte, rammte sein Messer in die Tischplatte und stürmte auf seinen Vater los.

»Ich fasse es einfach nicht! Du hast ihn nicht beschützt, weil er was wusste, sondern weil er dein Sohn ist?!«

Joseph senkte den Kopf, als würde er zum Henker geführt.

»Selbst mir fällt es schwer, das alles zu begreifen.«

Abel tigerte durchs Zimmer und streifte mit den Händen an

der Wand entlang, während ihn jedes von Josephs Worten, jeder Atemzug mehr von ihm entfremdete.

Jacinthe, die draußen eine Bewegung wahrgenommen hatte, drehte sich unauffällig in Richtung Straße, was Abel in seiner Hypervigilanz natürlich nicht entging. Sofort rannte er zum Fenster.

»Fuck! Sie haben Baron.«

Er boxte gegen die Scheibe, als sein Vater neben ihn trat.

»Dieser Idiot! Ich habe ihm doch gesagt, er soll sich von hier fernhalten.«

»Sie sind ihm gefolgt. Sondos und noch ein anderer.«

Draußen hatten Sondos und Delaney, als sie merkten, dass sie entdeckt worden waren, synchron die Ferngläser gesenkt.

Abel zog die Vorhänge zu. Er schien wie verwandelt. Zurück war der Scharfschütze, der für seine Kaltblütigkeit in Krisensituationen bekannt war.

»Wenn sie nicht schon da sind, wimmelt es hier demnächst von Spezialeinsatzkräften.«

Joseph zeigte zur Küche.

»Nimm den Hinterausgang. Ich kümmere mich um den Rest.«

Schnell fuhr Victor dazwischen.

»Denk nach, Abel. Wenn du jetzt abhaust, kann er dir alles anhängen!«

Joseph wollte seinen Sohn beschwichtigen, doch der hatte offensichtlich etwas anderes im Sinn.

»Niemand haut hier ab.«

Entschlossen lief er zur Treppe und spurtete in den oberen Stock. Unschlüssig, ob er seinem Sohn folgen sollte, ging Joseph zu seinem Rechner. Der Fortschrittsbalken stand bei neunundachtzig Prozent. Nach kurzem Zögern griff er zu seinem Handy und wählte eine Nummer.

Jacinthe versuchte noch immer ihre Fesseln zu lösen, doch die Kabelbinder waren so festgezogen, dass sie sich lediglich die Fingerkuppen aufgeschürft hatte.

»Wo ist der andere Irre hin?«

Da Victor nicht antwortete, fuhr sie fort.

»Paul ist da draußen mit Sondos. Wir müssen Zeit gewinnen … Sprich mit mir.«

Wie ein Kind, das sich vor den Schrecken unter seinem Bett fürchtet, hatte Victor, um weiterleben zu können, um seinen Schmerz zu kaschieren und seiner eigenen Brutalität einen Sinn zu geben, Henri zum Monster gemacht. Doch jetzt, wo dieses Konstrukt, das auf nichts als Lügen basiert hatte, in sich zusammengefallen war, konnte er sich seinen Hass auf den Mann nicht verzeihen. Er hatte einen Vater gehabt, ihn aufgrund seines eigenen Fehlverhaltens verloren und aus seinem Gedächtnis gestrichen.

Jacinthe spitzte derweil die Ohren, um Joseph zu verstehen, der gerade im Esszimmer nebenan flüsterte:

»Die Risiken sind mir egal! Du musst dir umgehend Kontrolle über das System verschaffen! Uns läuft die Zeit davon!«

Nachdem Joseph aufgelegt hatte und wieder zu ihnen gestoßen war, tauchte auch Victor, endlich bereit, sich dem wahren Monster zu stellen, aus seinen Gedanken auf.

»Meine Partnerin hat mit unserer Geschichte nichts zu tun. Lass sie gehen, bevor Abel zurückkommt. Danach können wir unsere dreckige Wäsche unter uns waschen.«

Joseph hob den Kopf und sah ihn an. Er schien die Idee gar nicht schlecht zu finden, doch Jacinthe brauste sofort auf.

»Kommt gar nicht infrage, Lessard!«

»Tu's für meine Mutter, Joseph. Für all die Jahre, die du ihr gestohlen hast.«

Einen Moment wägte Joseph Victors Vorschlag ab, dann zog er Abels Messer aus der Tischplatte, nahm auch noch die Pistole und ging auf Jacinthe zu.

»Nein! Nein, tu das nicht! Abel! Abel!«

Joseph hatte Jacinthes Fußfesseln bereits durchtrennt, als sein Handy klingelte.

Wenige Minuten vorher hatten sich Delaney und Sondos, dieFerngläser um ihre Hälse baumelnd, Seite an Seite hinter eine geöffnete Autotür geduckt. Vom stürmischen Wind wurde der Puderschnee aufgewirbelt.

»Unser Vorteil ist futsch, Sondos. Sie wissen, dass wir hier sind.«

Stinkwütend und besorgt nickte sie.

»Was meinst du? Sollen wir mit dem Eingreifen auf die Spezialeinheit warten oder nicht?«

Delaney schüttelte missmutig den Kopf.

»Zu riskant.«

Sondos holte ihr Handy heraus, drückte eine Taste und beantwortete seine Frage, bevor er sie stellen konnte.

»Ich kenne Joseph Parker, seit ich zwanzig bin.«

»Aber sollten wir nicht lieber auf den Unterhändler warten?«

»Lass mich mein Glück wenigstens versuchen, Paul.«

Aus ihrem Telefon ertönte Parkers Stimme.

»Hallo, Claire.«

»Sagen Sie mir, dass das nicht wahr ist.«

»Sie waren eine hervorragende Schülerin, Claire. Meine beste. Aber Sie wissen besser als jede andere, dass der Schein manchmal trügt.«

»Ergeben Sie sich, und wir klären das alles gemeinsam auf.«

»Ich brauche leider noch ein wenig.«

Delaney, der mit einem Ohr zuhörte, hob erneut das Fernglas und beobachtete das Haus.

»Zeit, um den Hackerangriff auszuführen? Schminken Sie sich das ab. Es ist vorbei, Joseph. Die Spezialeinheit ist jeden Moment da.«

»Als Gegenleistung lasse ich eine der Geiseln frei. Aber wenn Sie eine Katastrophe verhindern wollen, müssen Sie mir mehr Zeit verschaffen.«

»Sie haben mein Vertrauen missbraucht! Sie haben Menschenleben geopfert!«

»Jetzt hören Sie mir mal genau zu: Sie werden bald verstehen, warum, und mir danken.«

Plötzlich brach im Hintergrund ein Heidenlärm los, und jemand schrie:

»Was hast du getan? Gib mir meine Kanone!«

Dann fiel etwas scheppernd zu Boden.

»Joseph? Joseph!«

Panisch senkte Delaney das Fernglas und fuhr zu Sondos herum.

»Wir müssen die Straße evakuieren!«

Für einen Augenblick hatte er Parkers Sohn zwischen den Vorhängen gesehen.

Mit einer Sprengstoffweste um den Oberkörper, in der einen Hand den Zünder, in der anderen seine auf Jacinthe gerichtete Waffe, brüllte Abel seinen Vater an.

»Schaff sie raus! Mach schon!«

Die Hände nach wie vor auf dem Rücken gefesselt, wehrte Jacinthe sich mit verzweifelter Kraft gegen Joseph, der sie zur Tür zerrte.

»Nein! Ihr verdammten Drecksäcke! Nein!«

Während Jacinthe ihn aus panischen Augen fixierte, saß Victor weiter regungslos auf seinem Stuhl und bewahrte Ruhe. Wortlos verabschiedete er sich von ihr mit einem Kopfnicken, das so viel heißen sollte wie: »Wir sehen uns im nächsten Leben, Willard.«

Draußen sah man die Haustür auffliegen und eine korpulente Gestalt im Rahmen erscheinen. Einen Moment lang herrschte Unentschlossenheit, dann zückte Sondos ihre Waffe, während Delaney mit seiner in der Hand auf Jacinthe zurannte, die gerade wutschnaubend mit heftigen Fußtritten die Tür traktierte.

»Parker, du mieses Stück Scheiße! Lessard! Lessard!«

Victor musterte die Sprengstoffweste, kannte sich jedoch zu schlecht aus, um die Gefahr einschätzen zu können. Aber Abels Gesichtsausdruck vertrieb seine letzten Zweifel; er meinte es ernst.

»Stammt die von den Dschihadisten?«

Abel nickte schweigend. Joseph ging auf ihn zu.

»Komm, ich nehme sie dir ab. Das ist doch nicht nötig.«

Er erstarrte in seiner Bewegung, als Abel mit dem Zünder herumfuchtelte, den Daumen nur wenige Millimeter davon entfernt, alles in die Luft zu jagen.

»Du sagst, du liebst mich, aber du hast immer noch einen Trumpf im Ärmel.«

Abel schlug sich mit der Faust gegen die Brust.

»Hier drinnen spüre ich davon gar nichts. Und auf meinen Instinkt ist Verlass. Der hat mich bis heute am Leben gehalten.«

Josephs nächste Worte klangen wie ein flammendes Plädoyer.

»Wenn ich dir etwas vorenthalten habe, dann nur, um dir nicht wehzutun, Abel. Aber deine Zweifel sind völlig unbegründet.«

»Unbegründet? Weißt du, wie lange ich mich schon frage, wer du eigentlich bist?«

Er nickte zu Victor auf seinem Stuhl.

»Warum glaubst du, habe ich ihn hergebracht? Er war meine letzte Chance, mein letzter Versuch, dich zu verstehen!«

»Du hättest mit mir reden sollen. Wir können doch immer noch miteinander reden …«

»Können wir nicht! Du hörst nämlich nie zu! Nie! Mama ist nicht grundlos abgehauen!«

Abel schien fahrig, die Situation stand auf Messers Schneide, während er abwechselnd im Raum auf und ab und um Victor herumging.

»Du hast sie nie geliebt! Gegen einen Geist hatte sie keine Chance. Wie auch.«

Joseph nahm die Wahrheit hin wie eine Ohrfeige.

»Die Kendostunden, deine großen Vorträge über Ehre, Verpflichtungen und den ganzen Mist … Ich habe so sehr daran geglaubt! Ich bin zur Armee, weil ich dachte, dass du das wolltest. Ich bin nach Afghanistan, damit du stolz auf mich bist! Und zurückgekehrt mit zig Auszeichnungen!«

Joseph schien ehrlich erschüttert.

»Aber du irrst dich! Ich bin stolz auf dich!«

»Bist du nicht. Wenn du mich genauso geliebt hättest wie ich dich, hättest du mich davon überzeugt aufzuhören.«

Abels Zorn war auf dem Höhepunkt angelangt.

»Stattdessen hast du mich benutzt, hast mich genauso geopfert wie die Frau, die du geliebt hast, wie deinen besten Freund!«

Er starrte Joseph weiter an und nickte zu Victor.

»Und was du ihm angetan hast! Ich habe mehr Respekt vor ihm als vor dir. Wenigstens besitzt er den Mut, für die Wahrheit zu kämpfen, selbst wenn er dafür sterben muss.«

Aufgebracht lief Abel auf seinen Vater zu.

»Während du Strippen gezogen und deine Vergangenheit vertuscht hast, Papa, musste ich mir einen Panzer zulegen, um überhaupt weiterleben zu können.«

Vor Wut zitternd bohrte er den Blick in Josephs.

»Aber jetzt packst du gefälligst aus. Und zwar alles!«

Abels Daumen näherte sich dem Zünder. Er biss die Zähne zusammen, bereit, seine Drohung wahrzumachen. Um die Situation zu entspannen und vielleicht auch seinen inneren Qualen ein Ende zu bereiten, hob Joseph die Hände.

»Wenn du uns in die Luft jagst, erfährst du gar nichts, Abel.«

94.
ES GIBT DINGE, DIE SIND EINFACH UNVERZEIHLICH

Mit einem von Baron gezeichneten Grundriss in der Hand erteilte Sondos den Scharfschützen und Soldaten der Spezialeinheit die letzten Befehle, bevor sie sich auf ihre Posten begaben.

Jacinthe stand mit Delaney neben einem Panzerfahrzeug.

»Ich habe Parker gehört. Er meinte zu jemandem, er müsse sich umgehend die Kontrolle übers System verschaffen.«

»Aber über welches System? Wir haben keine Wahl, Jacinthe. Wir müssen das Haus stürmen.«

»Nein, nein und nochmals nein! Abel sprengt sich in die Luft, wenn wir das tun. Lessard ist und bleibt unsere einzige Chance.«

Delaney machte ein gequältes Gesicht.

»Was soll er denn mit gefesselten Händen ausrichten, Jacinthe? Zaubern kann Victor immer noch nicht.«

In Jacinthes Augen blitzte es gewaltlustig, und Delaney wandte den Kopf ab: Er wurde lieber nicht zur Zielscheibe ihrer Wut.

Joseph überprüfte erneut den Bildschirm seines Rechners. Der grüne Balken stand bei vierundneunzig Prozent. Anschließend ging er zurück zu Victor und setzte sich ihm gegenüber, während Abel weiter um sie herumkreiste.

»Als ich Henri konfrontierte, sagte er, die Liste sei für Komarov bestimmt.«

»Also hast du Komarov selbst getroffen und ihm die Liste verkauft.«

Joseph nickte.

»Ja, aber nicht für Geld. Er sollte glauben, er hätte einen neuen Spitzel rekrutiert. Nikolaï war meine Eintrittskarte, Victor. Danach habe ich den Russen dreißig Jahre lang Informationen geliefert. Nicht die ganz sensiblen, aber so interessante, dass ich mich bewähren und ihr Vertrauen gewinnen konnte.«

»Warte mal. Du willst mir doch nicht weismachen, du hättest das alles gemacht, um die Russen auszuspionieren?«

»Doch, und das ist die Wahrheit! Das Ganze ist eine der wichtigsten Konterspionageoperationen der Geschichte. Und sie steht kurz vor ihrer Vollendung.«

Alles andere als beeindruckt schüttelte Victor den Kopf. Darin herrschte ein riesiges Durcheinander.

»Die Dschihadisten sollten also die öffentliche Aufmerksamkeit auf die Nachteile der Immigration lenken. Aber das war Abels Ziel. Nicht deins … Dass es die Freelander gab, war nie in deinem Sinn. Du hast sie sogar verraten, sie dem SCRS serviert.«

Abels blutleere Finger waren um den Zünder gekrampft, als er seinem Vater einen hasserfüllten Blick zuwarf, der es erneut mit rationalen Erklärungen versuchte.

»Sie hatten euch längst auf dem Schirm, Abel. Es war nur eine Frage der Zeit. Indem ich dir Robert Thomson lieferte, verschaffte ich dir immerhin wieder die Oberhand.«

Abel wollte antworten, doch Victor kam ihm zuvor.

»Du schaust ununterbrochen auf deinen Rechner. Noch mal: Was wolltet ihr den Dschihadisten anhängen?«

Anders als erwartet gab ihm Abel die Antwort.

»Wir wollten das Kernkraftwerk in Bruce, Ontario, kapern. Und es aussehen lassen, als wären die Dschihadisten dafür verantwortlich.«

Victor musste kurz schlucken, bevor sein Blick wieder zu Joseph wanderte.

»Das war also Abels Ziel. Immer noch das Thema Immigration. Aber jetzt sag mir endlich, welche Absicht *du* verfolgst.«

Mit einer Ernsthaftigkeit, als begleitete er einen Trauerzug, antwortete ihm Joseph in fast feierlichem Tonfall.

»Das wird mein Glanzstück, Victor. Damit steige ich in den innersten Kreis des Kreml auf.«

Victor glaubte ihm kein Wort.

»Schwachsinn. Wenn dem so wäre, wüsste der SCRS Bescheid und stünde nicht mit einsatzbereitem Sonderkommando vor der Tür.«

»Sei doch nicht so naiv, Victor. Damit mich die Russen als vollwertiges Mitglied akzeptieren, damit ich ihr uneingeschränktes Vertrauen gewinne, konnte ich niemanden sonst einweihen.«

Joseph sah sie beide nacheinander lange an.

»Ich hatte keine Wahl: Ich habe alles dafür geopfert.«

»Angefangen bei Mama und mir.«

Mit zerknirschter Miene und liebevollem Blick sah Joseph zu Abel, doch dieser wandte den Kopf ab.

»Und meiner Familie.«

Victor starrte ihn gnadenlos und ohne mit der Wimper zu zucken an.

Eine Geschichte lässt sich immer in mehreren Versionen erzählen, und Joseph hatte seine offenbar längst gewählt.

»Auch ich habe dadurch eine Menge verloren. Henri war für mich wie ein Bruder und Jeanne die Liebe meines Lebens.«

Fast von seinen Gefühlen überwältigt, hielt er kurz inne.

»Ich bin nicht stolz auf den Mann, der ich war, Victor. Alles, was ich danach getan habe, geschah aus einem einzigen Grund: um ihrem Tod einen Sinn zu geben.«

»Wenn ich könnte, würde ich dir mit deinem Mist das Maul stopfen. Aber darum wird sich der SCRS kümmern.«

Joseph grinste höhnisch.

»Glaubst du ernsthaft, sie lassen sich einen Maulwurf in den höchsten Kreml-Kreisen entgehen? Stell dir mal vor, welche Informationen ich ihnen beschaffen könnte.«

Victor wollte gerade antworten, als Abels gebrochene Stimme erklang.

»Dir ging's nie um mich. Ich war immer nur dein Plan B.«

In Josephs bitterem Lächeln lag Reue.

»Ich wollte dir mehr bieten, Abel, nur war ich dazu nicht in der Lage. Aber ich habe auch nicht völlig versagt. Ihr seid gemeinsam hergekommen wie Brüder. Das ist es, was …«

Ein ohrenbetäubender Knall ertönte. Die Augen weit aufgerissen, drehte sich Joseph erst zu Victor, dann zu Abel, der den Griff seiner rauchenden Pistole umklammert hielt. Josephs Kopf sackte auf seine Brust, wo sich in der Nähe des Herzens ein Blutfleck auf seinem Hemd ausbreitete. Erst jetzt erinnerte sich Victor wieder an das Gespräch mit dem Mann, den er davor bewahrt hatte, vom Casinodach zu springen.

»Ihr Sohn wird Ihnen verzeihen, ganz gleich, was Sie getan haben.«

»Nein! Es gibt Dinge, die sind einfach unverzeihlich.«

95.
EINE FRAGE DER GENE

Draußen organisierte sich das Chaos. Die Scharfschützen hatten ihre Positionen auf den Dächern in der Nachbarschaft eingenommen, und eine weitere Einheit des Sondereinsatzkommandos wartete versteckt in der Nähe von Victors früherem Elternhaus auf den Befehl zum Stürmen.

Die umliegenden Straßen waren evakuiert worden, und mehrere Streifenwagen blockierten bei Blaulicht die Zufahrtswege. Polizisten hatten mit gelbem Flatterband das Sperrgebiet gesichert, über dem nun ein Helikopter kreiste.

Delaney, Jacinthe und Sondos waren hinter dem Panzerwagen der Sondereinsatzkräfte in Deckung gegangen und beobachteten das Haus, als das Walkie-Talkie der Agentin knisterte.

»Eagle 1 in Position. Kein Sichtkontakt. *Over.*«

»Eagle 2 in Position. Dasselbe hier. Die Vorhänge sind zugezogen. *Over.*«

»Habe verstanden, Eagle 1 und Eagle 2. Warten Sie auf mein Kommando.«

Sondos wandte sich zu Delaney, der zum Haus starrte.

»Da hat jemand geschossen, Paul. Wir können nicht länger warten.«

Jacinthe ließ das Fernglas sinken.

»Yo, jetzt komm mal runter, Schönheit, wenn du nicht willst, dass ich dir einen Arschtritt verpasse!«

Dann hob sie wieder das Fernglas.

»Verdammt, Lessard …«

Abel saß blutüberströmt mit dem Rücken an der Wand und betrachtete Josephs Leichnam, den er quer durchs Zimmer geschleift hatte und sich nun an die Brust drückte. Victor, der weiterhin bewegungsunfähig auf seinem Stuhl hockte, beobachtete ihn. Trotz der schrecklichen Dinge, die Abel getan hatte, ging ihm dessen Schmerz nahe. Ohne darüber nachzudenken, fing er an zu sprechen.

»Ich habe meinen Vater gehasst, seitdem ich zwölf war. Oft sagte ich mir, ich wäre wie er, dass meine Seele genauso dunkel sein musste wie seine. Aber ich lag falsch: Er war ein guter Mann. Ein gewöhnlicher Mann. Und ich habe ihn …«

Er musste kurz schlucken.

»Was er alles durchgemacht hat … Jetzt muss ich lernen, damit meinen Frieden zu schließen.«

Ihm brach die Stimme weg, und seine Augen füllten sich mit Tränen.

»Und meiner Mutter vergeben.«

»Sie hat aus Liebe gehandelt.«

Victor zuckte die Schultern. Er wusste es nicht, nicht mehr.

»Schlussendlich war ich nie derjenige, für den ich mich hielt.«

Abel wandte ihm den Kopf zu, und ihre Blicke trafen sich, als er sagte:

»Ich dachte, ich täte etwas Gerechtes, etwas Notwendiges … Aber Iba und du, ihr hattet recht, Victor: Ich habe mich geirrt.«

Er betrachtete das leblose Gesicht seines Vaters, der befreit vom Netz seiner Lügen endlich friedlich aussah.

»Die Wahrheit ist, dass ich ein Killer bin.«

»Du hast getötet, das stimmt. Und das lässt sich auch nicht entschuldigen, aber die Wahrheit ist auch, dass du noch zu anderem fähig bist. Du liebst eine Frau, die einer anderen Kultur entstammt. Es ist noch nicht zu spät, ihr zu beweisen, dass du in derselben Welt leben möchtest wie sie. Noch kannst du die Dinge wiedergutmachen.«

Bei Ibas Erwähnung hellten sich Abels Gesichtszüge auf, doch es hielt nicht lang an. Er hatte das Gefühl, als würden die Abscheulichkeiten, die er begangen hatte, für immer an ihm kleben.

»Ich habe einfach zu viele getötet.«

Langsam ließ Abel Josephs Leichnam zu Boden. Dann ging er zu Victor und durchtrennte die Hand- und Fußfesseln.

»Geh. Und lass die Straße evakuieren, falls das noch nicht geschehen ist.«

Victor stand auf, und sie sahen sich eine Weile schweigend an.

»Wenn ein Kernkraftwerk in die Luft fliegt, gibt es unzählige Kollateralschäden. Jacques Marcoux sagte, du hättest in Afghanistan Dutzende Leben gerettet. Und wir können Tausende weitere retten, wenn wir den Hackerangriff jetzt stoppen.«

»Hau ab, Victor.«

Wieder hob er die Hand mit dem Zünder.

»Verschwinde!«

Schneller, als Abel reagieren konnte, umklammerte Victor mit beiden Händen dessen Faust und fixierte den überm Zündknopf schwebenden Daumen.

»Entweder wir gehen gemeinsam, oder wir fliegen gemeinsam in die Luft. Du entscheidest.«

Ein leises Alarmpiepen zerbrach die Stille. Victor nickte zum Computer.

»Uns bleibt nicht mehr viel Zeit. Du musst mir helfen, Abel.«

Einen kurzen Moment später gab er nach, und Victor ließ seine Hand los. Sie hasteten zum Tisch. Vor ihren Augen erreichte der Fortschrittsbalken die einhundert Prozent. Abels Blick wanderte vom Bildschirm zu Victor.

»Für jede Operation gibt es ein Passwort, mit dem alles sofort beendet werden kann. Mit Sicherheit hat mein Vater seinen Hackern eins genannt.«

»Aber du kennst es nicht.«

»Würde ich's kennen, würde ich's dir sagen.«

Victor lief zu Josephs Leiche und nahm dessen Handy. Um es zu entsperren, drückte er den Daumen des Toten auf den Bildschirm, anschließend öffnete er die Anrufliste und wählte die letzte Nummer.

Als das Rufzeichen ertönte, warnte ihn Abel:

»Du hast nur einen Versuch.«

Victor nickte. Jedes Tuten schrillte in seinen Ohren wie Sirenen.

»Wir sind bei einhundert Prozent, Monsieur Parker. Soll ich die Reaktorkühlung unterbrechen?«

Victor sprang beinahe das Herz aus der Brust, als er den rasselnden Atem seines Gesprächspartners hörte, der geduldig auf Anweisungen wartete. Abel flüsterte Victor zu:

»Versuch was Einfaches. Ein Wort. Den Vornamen deiner Mutter. Oder deinen …«

Plötzlich hörte Victor ungewohnt deutlich Stimmen in seinem Kopf. *»Der ist für dich, Victor. Eine Mustang. Der beste Propellerjäger aller Zeiten.«* Er schaute zu Josephs Leiche, dann zu Abel. *»Und als sein Vater diesen Flieger erwähnte, diese Mustang, die er dir geschenkt hat, dachte ich, der bringt dich auf der Stelle um.«*

Victor riss die Augen auf.

»Mustang.«

Der junge Hacker am anderen Ende der Leitung fragte ungläubig:

»Monsieur Parker?«

»Ich sag's kein drittes Mal: Mustang!«

Nach einem Moment, der Victor wie eine Ewigkeit vorkam, ertönte der Befehl:

»Alles sofort abbrechen!«

Victor legte auf und stieß einen lauten Seufzer der Erleichterung aus. Er konnte es zwar nicht sehen, aber der junge Mann mit dem Mao-Kragen im Restaurant in der Avenue Duluth schien wie von einer Last befreit. Victor würde es nie erfahren, aber in seinen zitternden Händen hielt der junge Mann das Blatt Papier aus dem

Umschlag, den Joseph Parker ihm gegeben hatte; darauf stand ein einziges Wort: *Mustang*.

Jetzt griff Victor zu seinem eigenen Handy und wählte eine andere Nummer.

»Wen rufst du an?«

»Meine Partnerin.«

Er machte ein paar Schritte durchs Zimmer, brauchte Luft und Licht. Er fühlte sich eingesperrt. Gerade wollte er die Vorhänge zur Seite ziehen, als ihn Abel am Arm packte.

»Sniper. Mindestens einer auf dem Dach gegenüber, ein zweiter links davon. Glaub's mir.«

Nachdem sich Victors Verwunderung gelegt hatte, nickte er ihm dankbar zu. Gleichzeitig nahm Jacinthe am anderen Ende ab.

»Yo, geht's dir gut, mein Bester?«

»Ich glaube, wir haben den Cyberangriff gestoppt. Aber sag dem SCRS, sie sollen im Kernkraftwerk von Bruce, Ontario, anrufen. Die sollen überprüfen, ob es einen externen Zugriff auf ihr System gegeben hat.«

»Was? Du verarschst mich doch … Alles klar, ich kümmere mich drum.«

Nach einer kurzen Weile war sie zurück.

»Wir wissen beide, was er tun wird. Sag mir, dass du so schnell wie möglich da rauskommst.«

»Du kennst mich doch.«

»Ganz genau.«

»Und ich kenne dich.«

»Fuck, Lessard, was soll das heißen?«

Victor legte auf und drehte sich um zu Abel, der langsam den Kopf schüttelte.

»Du wirst mich nicht umstimmen.«

»Tu, was du tun musst.«

Abels Hand zitterte, aber er konnte nicht auf den Auslöser drücken und Victor mit in den Tod reißen. Die beiden Männer sahen einander an, dann riss Abel plötzlich die Vorhänge auf und schloss die Augen. Mit verschränkten Armen wartete er auf die Kugel, die ihn durchbohren und von seinen Qualen erlösen würde.

»Ist doch seltsam, dass sie nicht schießen, oder?«

Abel drehte sich um und wedelte mit dem Auslöser.

»Bitte zwing mich nicht, Lessard.«

Er machte einen Schritt auf seinen Halbbruder zu.

»Du wirst es nicht tun.«

»Victor!«

Jetzt schrie er.

»Bleib stehen!«

Doch der ehemalige Ermittler ging weiter auf ihn zu.

»Du wirst es nicht tun. Unsere Gene sind nicht ganz so verkorkst, wie du denkst.«

Berührt von Victors Worten starrte Abel ihn an, als er ihm die geöffnete Hand hinhielt.

Draußen warteten die beiden Scharfschützen mit Abel im Visier und dem Finger auf dem Abzug ihrer Präzisionsgewehre auf einen Befehl, der nicht erfolgte.

»Hier Eagle 1. Ich wiederhole: Sichtkontakt. Erbitte Schussfreigabe.«

Hinter dem Panzerwagen fand eine hitzige Diskussion statt.

»Jetzt oder nie, Paul!«

»Sie hat recht, Jacinthe. Der jagt sich sonst in die Luft!«

Jacinthe versuchte ihre Unsicherheit zu verbergen.

»Ich habe gesagt, nicht schießen! Lessard hat die Situation unter Kontrolle.«

Sondos und Delaney tauschten einen Blick. Dann sahen sie, wie Victor die Vorhänge wieder zuzog.

Zehn Minuten später ging die Haustür auf, und Victor kam mit erhobenen Händen heraus. In der einen Hand hielt er eine Pistole am Lauf, die er auf dem Boden ablegte, mit der anderen überreichte er einem Soldaten des Sondereinsatzkommandos begleitet von ein paar Anweisungen den Zünder.

Die Sturmgewehre im Anschlag, bewegte sich die Spezialeinheit sofort aufs Haus zu. Jacinthe lief in dieselbe Richtung, während Sondos Befehle in ihr Walkie-Talkie bellte und Delaney wie wild mit den Armen gestikulierte, damit die Scharfschützen nicht doch noch aktiv wurden. Endlich ließen sie ihre Waffen sinken. Im Haus wurde Abel, der sich hingekniet und die Hände hinterm Kopf verschränkt hatte, von den Soldaten umzingelt.

Victor steckte sich eine Zigarette an und lief Jacinthe entgegen. Die Augen zum Himmel gerichtet, aus dem wieder Schneeflocken rieselten, ähnelte er einem mythischen Krieger, der soeben seinen Erzfeind besiegt hatte.

96.
CODENAME VICTOR

Einige Wochen später

Auf dem Esstisch von Gagnés chaotischer Wohnung stand ein altes Mikrofichelesegerät. Gagné schaltete den Apparat ein und nickte Victor auffordernd zu. Beim Hineinsehen hatte er ein fünfspaltiges und fünfzeiliges Kryptogramm vor sich, dessen fünfundzwanzig Kästchen jeweils ein Symbol enthielten.

»Warum gerade dieses Kryptogramm? Auf dem Mikrofilm, den ich dir mitgebracht habe, sind doch mindestens ein Dutzend.«

Victor hatte sich angewöhnt, beim Fernsehen seinen Baseballhandschuh zu tragen und mit dem Ball auf einen Wäschekorb zu zielen. Dabei war ihm vor wenigen Tagen eine andersfarbige, ausgebesserte Naht aufgefallen.

Die groben Stiche hatten ihn derart neugierig gemacht, dass er den Faden mit einem Messer auftrennte. So hatte er im Futter des Handschuhs die kleine Bleikapsel gefunden, in der er nach vorsichtigem Öffnen den Mikrofilm entdeckte.

»Weil dieses Kryptogramm der Schlüssel ist. Es enthält als einziges sämtliche Symbole aller anderen Kryptogramme. Das funktioniert wie ein Alphabet. Um den Rest zu verstehen, musst du als Erstes das hier dechiffrieren. Anfangs dachte ich, es könnte sich um Griechisch oder Latein handeln. Aber es gibt fünfundzwanzig Symbole im Kryptogramm. Eines weniger als im Lateinischen, eins mehr als im Griechischen. Wegen unserer Russlandgeschichte habe ich mir dann das russische Alphabet angeschaut – dreiunddreißig Buchstaben. Aber dadurch bin ich auf etwas anderes gekommen. Ich habe alte Kryptogramme der Russen aus dem

Kalten Krieg gefunden, unter anderem von einem Spion, der 1957 in den Westen übergelaufen ist.«

»Ein ehemaliger KGB-Agent?«

»Ganz genau. Der Schlüssel zu seinem Kryptogramm wurde nach seinem Übertritt veröffentlicht. Und genau damit wurde unser Alphabet hier erstellt.«

»… und dieser Mikrofilm verschlüsselt. Was kommt dabei raus?«

»Namen. Es ist eine Namensliste …«

»Die Liste der kommunistischen Sympathisanten, die mein Vater beim Programm *Rote Flut* gestohlen hat.«

Gagné nickte.

»Er hatte eine Kopie angefertigt. Aber das Interessanteste daran ist der Name des Kryptogramms, das er für die Verschlüsselung verwendet hat.«

»Du meinst das Kryptogramm des übergelaufenen russischen Spions?«

Genüsslich ließ Gagné mit einem verschmitzten Lächeln die Bombe platzen.

»Du kommst sowieso nicht drauf: *Victor.*«

Also hatte Henri nicht nur eine Kopie der Liste in seinem Baseballhandschuh versteckt, sondern zur Verschlüsselung auch noch ein Kryptogramm mit seinem Namen verwendet.

Noch einmal hörte Victor Teds letzte Worte kurz vor dessen Tod. *»Du darfst nicht denken, dass eure gemeinsame Zeit vor der Tragödie nicht zählt. Du warst ein Kind, das geliebt wurde. Das ist ein Teil von dir. Du hast das Recht, darauf aufzubauen und glücklich zu sein.«*

Mit feuchten Augen und Kloß im Hals kehrte Victor in die Realität zurück. Gagné waren seine starken Emotionen nicht entgangen.

»Das ist wirklich rührend. Muss dich ganz schön geliebt haben, dein Vater.«

Victor nickte. Und während die beiden Männer sich brüderlich umarmten, flüsterte er Gagné ins Ohr:

»Danke, Yves. Danke für alles.«

Das Zimmer war weiß und leer. In Jeans und T-Shirt besserte Victor die letzten Stellen im Putz aus. Er hatte sich in den Kopf gesetzt, endlich mit dem Anstrich des Zimmers, das sie als Büro nutzen wollten, fertigzuwerden. Dazu hatte er einfach keinen Nerv gehabt, seitdem Nadja und er in die obere Wohnung des Zweifamilienhauses in Notre-Dame-de-Grâce gezogen waren, die sie gekauft hatten.

Mit einer Tasse Kaffee in der Hand erschien seine Liebste im Türrahmen. Sie trug nichts als ein kariertes Hemd, das eigentlich ihm gehörte, und ein Paar Wollstrümpfe und sah ihm zärtlich zu.

Die Schussverletzungen bereiteten ihr keine Probleme mehr. Zwar hatte sie aufgrund des Schädeltraumas noch ab und zu leichte Kopfschmerzen und Schwindelanfälle, doch die wurden seltener. Letzten Endes würde sie keine Folgeschäden davontragen.

Wenn sie wollte, könnte sie sogar demnächst in den Dienst zurückkehren, aber Nadja war noch unentschlossen.

»Was hast du nicht für einen hübschen Hintern, Victor Lessard.«

Ganz in die Arbeit versunken hatte Victor sie gar nicht bemerkt. Seine Haare und sein Gesicht waren mit winzigen weißen Punkten gesprenkelt, und Nadja prustete los. Er sah aus wie ein Gespenst. Wie sie so dastand im hellen Tageslicht, fand Victor sie wunderschön. Er ging auf sie zu und schloss sie in die Arme. Beide wussten, mit wie viel Glück sie dem Tod von der Schippe gesprungen waren, und genossen den Moment.

»Ich habe neulich darüber nachgedacht, dass … also, falls wir eines Tages vielleicht doch noch mal ein Kind bekommen … einen Sohn, dann könnten wir ihn Henri nennen.«

Nadja war so überrascht wie gerührt. Sie wusste nicht, ob sie ein Kind wollte, aber wenn, konnte sie es sich mit niemand anderem vorstellen als Victor. Und dass es ihm offensichtlich genauso ging, traf sie mitten ins Herz. Doch am meisten freute sie sich, wie er neuerdings über seinen Vater sprach. Das bewies, dass er endlich mit seiner Vergangenheit Frieden schloss.

»Da hast du also neulich so drüber nachgedacht, ja? Zum Kinderkriegen muss man aber eine Menge üben …«

Ihre Lippen berührten sich, dann wurde ihre Umarmung leidenschaftlicher. Kurz darauf rutschte das karierte Hemd von Nadjas nacktem Rücken sanft zu Boden.

Da er in den Lagerschuppen musste, lief Victor hinunter in den Hof. Er durchwühlte auf der Suche nach Farbeimer und Pinseln die Regale, als hinter ihm eine Stimme ertönte.

»Lustig, dass ich erst deiner Freundin anzügliche Nachrichten schicken muss, um herauszufinden, wo du bist.«

Victor drehte sich um, sein Gesicht von der einzelnen Glühbirne beleuchtet, die von der Decke hing. Wenig überrascht, als hätte er mit ihr gerechnet, sah er Jacinthe entgegen.

Eine rosafarbene Pudelmütze auf dem Kopf, wedelte sie mit einem Umschlag.

»Was ist das?«

»Dein Antrag auf Wiedereingliederung beim Dezernat Kapitalverbrechen. Piché ist weg, Paul hat schon sein Okay gegeben. Fehlt also nur noch deine Unterschrift.«

Victor trat hinaus, nahm ihr den Umschlag ab und drehte ihn in den Händen. Zwei Wochen zuvor hatte der Direktor des SPVM im Zuge einer emotionalen Pressekonferenz unter dem Vorwand, »sich mehr seiner Familie und neuen Herausforderungen« widmen zu wollen, seinen Rücktritt erklärt. Mit den Worten, man müsse »erkennen, wann es Zeit ist, neuen Führungskräften mit neuen Visionen den Weg freizumachen«, hatte er behauptet, seinen Posten guten Gewissens zu räumen, »mit dem tiefgreifenden Gefühl, dass ich meine Pflicht getan habe«.

Victor sah Jacinthe an.

»Und was ist mit unserer unerlaubten Geheimaktion?«

»Die offizielle Version lautet: Es handelte sich um eine gemeinsame Ermittlung von SPVM und SCRS. Wir hätten stets im Interesse der nationalen Sicherheit gehandelt und so weiter und so fort.«

Er nickte.

»Ich habe gestern Gagné getroffen. Sobald ein neuer Chef benannt ist, schickt er ihm seinen Lebenslauf.«

Jacinthe schien bereits Bescheid zu wissen.

»Und ich habe mit Paul gesprochen. Er wird sich für ihn einsetzen.«

Unbeholfen standen sie einen Augenblick herum.

»Tja, also ... Damit ist der Moment der Wahrheit wohl gekommen, mein Bester.«

Jacinthe kramte nacheinander in sämtlichen Taschen und verzog enttäuscht das Gesicht.

»Verdammt. Jetzt habe ich meinen Kuli im Auto vergessen. Komme gleich wieder ...«

Victor lächelte, als sie sich entfernte, und rief ihr hinterher:

»Ey, Willard, Lust auf einen Burger?«

Sie drehte sich um, bemüht, das breite Grinsen zu verbergen.

»Auf gar keinen Fall, Gwendoline.«

»Auch nicht mit Blattgold statt Käse?«

»Ach, na, wenn das so ist.«

Beide mussten lachen. Sie kam zurück und streckte ihm die Faust hin.

»Partner?«

In diesem Moment, da Jacinthe vor seinen Augen die Höllenqualen aufsteigender Tränen ertrug, wurde Victor klar, dass er zurück zum Dezernat Kapitalverbrechen wollte. Nicht wegen des

Jobs – auch wenn er nie etwas anderes gelernt hatte –, sondern weil er weiter für sie da sein wollte, wie sie für ihn da gewesen war, und weil er ihr gegenüber eine Schuld zu begleichen hatte, für die der Rest seines Lebens nicht ausreichen würde.

Victor sah ihr tief in die Augen und schlug ein. Jacinthe war sein Leuchtturm, und er würde ihr Licht nie wieder aus den Augen verlieren.

»Partner.«

Ihre Blicke waren voll gegenseitiger Liebe. Da sich der Moment hinzog und Jacinthe nicht weinen wollte, wechselte sie das Thema.

»Was ist eigentlich aus deinem Saab geworden? War der noch zu retten?«

»Lass uns einfach deinen Wagen nehmen, okay?«

Victor schickte Nadja schnell eine Nachricht, damit sie sich keine Sorgen machte, dann liefen sie zur Straße.

»Aber ich fahre. Sonst wird mir schlecht«, sagte Jacinthe.

»Tut mir leid, wenn Ihnen mein Fahrstil nicht gefällt, Frau Gräfin.«

»Übrigens, neue Regel: Im Auto wird nicht geraucht.«

»Na, das trifft sich gut, ich habe nämlich aufgehört.«

»Seit wann?«

»Seit jetzt.«

Kurz darauf gingen ihre Stimmen im Krach des Müllwagens unter, der neben Jacinthes Wagen hielt. Victor warf seine Schachtel Zigaretten auf dessen Ladefläche und mit ihr vielleicht auch einen Teil seiner Vergangenheit, den er hinter sich lassen wollte.

Seit dem Verlassen seines Elternhauses war er von einer Sache überzeugt: Man konnte sein Leben damit verschwenden, aus der Ferne dabei zuzusehen, wie ganze Städte niederbrannten. Oder man beschloss, Trümmer und Asche beiseitezufegen und mit dem Aufbau zu beginnen.

Er ließ den Blick über die von makellosem Neuschnee bedeckte

Umgebung gleiten. Noch einmal hörte er Nadjas Stimme aus seinem Traum: *»Wusstest du, dass wenn man zwei Prismen nebeneinanderlegt, die Farben des Regenbogens wieder Weiß ergeben? Weiß ist die perfekte Farbe. Die Farbe der Reinheit. Du wirst sehen, damit schlagen wir ein neues Kapitel auf.«*

Gedankenversunken lächelte er und öffnete die Beifahrertür.

»Yo, Lessard, deine Beißerchen erfrieren, wenn du so grinst. Steig endlich ein!«

DANKSAGUNG UND ABSCHLIESSENDE WORTE

Seit *Durch die Tore des Todes* erschienen ist, sind fünf Jahre vergangen, und auf *Club Illico* haben drei Staffeln *Victor Lessard* mehrere Millionen Zuschauerinnen und Zuschauer erreicht.

Zugegeben: Niemand war überraschter als ich, dass so viel Zeit vergehen würde, bis ein »neuer Lessard« in den Buchhandlungen liegt.

Dafür sind vor allem Charles Lafortune verantwortlich, der mich zum Abenteuer Fernsehen überredet hat, und seitdem mein großes Vergnügen daran, diese zweiköpfige Bestie zu zähmen: eine Schriftstellerkarriere auf der einen, eine als Drehbuchautor auf der anderen Seite. Der absolute Traum!

Zwischenzeitlich wurde das Schreiben an diesem Roman durch den Serienstart unterbrochen, was den Schaffensprozess jedoch einzigartig und dynamisch machte, da das eine das andere bereicherte.

Da ich so privilegiert war, in beiden Bereichen viel Unterstützung zu bekommen, möchte ich folgenden Personen meinen tiefsten Dank aussprechen:

Johanne Guay und Christian Jetté für den aufrichtig herzlichen Empfang und ihr Vertrauen. Dadurch habe ich mich schnell bei Librex zu Hause gefühlt.

Marie-Eve Gélinas, meiner Lektorin, für ihre Engelsgeduld, ihre Adleraugen, die immer das Potenzial eines Textes erkennen, für ihr Durchhaltevermögen und ihre unerschütterliche Ausdauer.

Pascale Jeanpierre und seinem Korrektoratsteam für ihre Strenge; Marie-Josée, Janie, Marike, Clémence und dem ganzen Librex-Team für seinen Enthusiasmus und seine Professionalität.

Benoît Bouthillette, meinem Wahlbruder, der während der Überarbeitung dieses Romans erneut meine Stimme der Vernunft war.

Nathalie Brunet, meiner Agentin, die immer noch genauso aufmerksam für mich da ist und deren Unterstützung im letzten Jahr unermesslich war.

Stéphane Berthomet, herausragender Podcastmoderator, mit dem ich die Anfänge dieses Romans schon vor Jahren beim Angeln unter Zuhilfenahme von gutem Essen und ein paar herrlichen Tropfen diskutiert habe.

François Julien, ehemaliger Kriminalbiologe vom kriminaltechnischen und gerichtsmedizinischen Labor *[Laboratoire de sciences judiciaires et de médecine légale (LSJML)]*, der mir freundlicherweise bei einigen fachspezifischen Aspekten behilflich war.

Ich danke allen Buchhändlerinnen und Buchhändlern, Bloggerinnen und Bloggern, Journalistinnen und Journalisten und Moderatorinnen und Moderatoren, die über Literatur berichten, sowie all jenen, die weiter über Bücher sprechen, meine und die von anderen.

Patrice Robitaille und Julie Le Breton, dass sie Victor und Jacinthe mit so viel Herzblut, Feingefühl und Swag verkörpern; in meinen kühnsten Träumen hätte ich mir keine bessere Darstellerin, keinen besseren Darsteller vorstellen können. Und auch allen anderen Schauspielerinnen und Schauspielern, die meine Figuren zum Leben erwecken, vielen Dank!

Ich danke Patrice Sauvé, François Gingras und ihren jeweiligen Teams, die sich mit so viel Feingefühl in das von mir erschaffene Universum hineinversetzen und es so großartig auf die Bildschirme transportieren.

Frédéric Ouellet und Martin Forget, meinen Drehbuch-Co-

Autoren, mit denen es ein Privileg und eine Freude ist zusammenzuarbeiten; auch von euch steckt etwas in diesem Roman!

Nicola Merola, Charles Lafortune, Caroline Raymond, Mario Clément und dem ganzen Team von Pixcom, das mir erlaubt, ununterbrochen die Grenzen meiner Kreativität auszuloten.

Myrianne Pavlovic, treue Freundin und beste Drehbuchlektorin auf der ganzen Welt.

Ginette Viens, Richard Haddad und Dominique Burns von TVA für euren Mut, mich als Drehbuchautor zu engagieren; der ganzen Truppe von *Club Illico* für diese Wahnsinnsaufmerksamkeit.

Ingrid Remazeilles dafür, dass sie als Erste an mich geglaubt hat.

Meiner wunderbaren Frau und meinen Kindern, die ich unendlich liebe und die mich zu einem besseren Menschen machen.

All jenen – zu zahlreich, um hier einzeln aufgezählt zu werden –, die aus der Nähe oder der Entfernung am Erscheinen dieses Romans beteiligt waren.

Und schließlich gilt euch, lieben Leserinnen und Lesern, lieben Fernsehzuschauerinnen und -zuschauern, mein ewiger Dank.

Ich danke euch aus tiefstem Herzen, dass ihr mir folgt, dass ihr Victor und Jacinthe so sehr mögt, vor allem aber für euren Enthusiasmus und eure Liebe.

Mich auf eure Unterstützung verlassen zu können ist wahrer Luxus, und meine Rührung lässt sich nicht in Worte fassen.

In Freundschaft,

M

www.facebook.com/martinmichaudauteur
www.instagram.com/martinmichaudauteur
www.michaudmartin.com

PS: Sollte dieser Roman Fehler enthalten, habe ich allein sie zu verantworten.

Martin Michaud
Aus dem Schatten des Vergessens
Victor Lessard ermittelt. Band 1
Aus dem kanadischen Französisch
von Anabelle Assaf und Reiner Pfleiderer
640 Seiten, Klappenbroschur
ISBN 978-3-455-01007-7
Hoffmann und Campe Verlag

Montreal, heute: Am Tag vor Weihnachten wird Judith Harper, eine renommierte Psychologin, auf grausame Weise umgebracht. Zur gleichen Zeit verschwindet Nathan Lawson, ein angesehener Anwalt, nachdem er in Panik Dokumente auf einem Friedhof vergraben hat. Wenig später stürzt sich ein Obdachloser von einem Wolkenkratzer. Im Mantel des Obdachlosen: die Brieftaschen von Harper und Lawson. Als Sergent-Détective Victor Lessard, der selbst ein Getriebener ist, gemeinsam mit seiner Partnerin Jacinthe Taillon die Ermittlungen aufnimmt, wird den beiden eine verstörende Aufnahme zugespielt, auf der die Stimme von Lee Harvey Oswald zu hören ist, dem Mann, der einst J. F. Kennedy erschoss und der jetzt aus dem Grab zu ihnen spricht. Lessard und Taillon stehen vor einem Fall, der sie in die dunkelsten Abgründe sowohl der menschlichen Seele als auch der amerikanischen Geschichte führt.

»Ein Buch für Krimifans, die Lust auf neue Orte
und Ermittlerkulturen haben und für alle, die einen
intelligenten, packenden Thriller schätzen!«
Katharina te Uhle, WDR2 Lesen

Martin Michaud
Durch die Tore des Todes
Victor Lessard ermittelt. Band 2
Aus dem kanadischen Französisch
von Reiner Pfleiderer und Sabine Reinhardus
432 Seiten, Klappenbroschur
ISBN 978-3-455-01079-4
Hoffmann und Campe Verlag

Montreal, heute: Auf der Stadt lastet der heißeste Sommer seit Langem – bei vierzig Grad im Schatten lässt es die Mordkommission ruhig angehen. Doch dann wird in einem Müllcontainer der abgetrennte Kopf von Commandant Tanguay, einem hohen Polizeibeamten, gefunden. Der Mörder hat am Tatort ein makabres Graffiti eines gekreuzigten Weihnachtsmannes hinterlassen – und den Hinweis, Tanguay sei nur das erste, der Weihnachtsmann werde das letzte Opfer sein. Victor Lessard und seine Partnerin Jacinthe Taillon übernehmen den Fall, und als sie in den eigenen Reihen zu ermitteln beginnen, stoßen sie auf eine verstörende Wand des Schweigens. Bald taucht eine zweite Leiche auf, der Mörder kündigt weitere Opfer an, und die Sache wird für Victor Lessard zu einem Wettlauf gegen die Zeit – und gegen seine eigenen Dämonen …

»Ein ungemein spannender Polizeikrimi.«
Frankfurter Neue Presse